홍루몽

紅樓夢

4

조설근 지음 • 홍상훈 옮김

솔

왕희봉 王熙鳳

가탐춘 賈探春

채란彩鸞
수란繡鸞

경환선고 警幻仙姑

警幻

| 일러두기 |

1 — 이 번역은 조설근曹雪芹 · 고악高鶚 저, 『홍루몽紅樓夢』〔북경北京: 인민문학출판사 人民文學出版社, 1996〕을 완역한 것이다.
2 — 독자들의 이해를 돕고자 각 권의 책 뒤에 역자 주석과 함께 가계도, 등장인물 소개, 찾아보기, 대관원 평면도, 연표 등을 부록으로 붙였다. 번역의 주석은 저본底本의 주석과 기타 문헌을 참조하여 각 회마다 1, 2, 3, 4… 차례대로 번호를 매겨 붙였으며, 특별한 경우가 아니면 저본의 원래 주석은 따로 구별하여 밝히지 않았다. 본문의 등장인물에는 •, 찾아보기에는 * 표시를 하고, 부록 면에 각각 가나다 순으로 간단한 설명을 달아두었다.
3 — 이 번역에서 책 제목은 『 』로, 시나 짧은 문장, 그림 제목, 노래 제목 등은 「 」로 표시했다.
4 — 등장인물에 대한 호칭은 대화를 비롯하여 특별히 필요한 경우가 아니면 일괄적으로 본명으로 표기했다. (예: 가우촌→ 가화, 진사은→ 진비)
5 — 본문에 인용된 시 구절은 주석의 분량이 길어지는 것을 감수하고 가능한 한 원작 전체를 소개했는데, 이는 해당 구절의 정확한 의미와 인용된 맥락을 이해하는 데 도움을 주기 위해서이다.
6 — 각 권 앞에 실은 그림들은 청나라 때 개기改琦가 그린 것으로 『청채회홍루몽도영 淸彩繪紅樓夢圖詠』(중국서점, 2010)에 수록된 것이다. 본문 중 각 회마다 사용된 삽화는 『전도금옥연全圖金玉緣』의 공개된 삽화를 다듬어 사용한 것이다.
7 — 본문에서 시詩, 사詞, 부賦 등 문학작품, 역자 주석이 달린 부분, 성어成語, 의미 강조가 필요한 부분, 동음이의어와 인명, 지명, 사물명 등 처음 나오는 고유명사에 한자를 병기했다. 부록의 각 항목에도 한자가 병기되어 있으며, 한글과 독음이 다를 경우 〔 〕를 사용했다.

| 차례 |

제53회 녕국부에서는 섣달 그믐밤 사당에서 제사를 올리고
영국부에서는 정월 보름날 밤에 잔치를 열다 21

제54회 태부인은 진부한 옛 틀을 비판하고
왕희봉은 노래자를 흉내 내다 45

제55회 친딸에게 모욕을 주며 어리석은 첩은 괜한 화를 내고
어린 주인을 속이며 나쁜 종은 못된 마음을 품다 71

제56회 영민한 탐춘은 이로운 일을 일으켜 옛 폐단을 없애고
때를 아는 보차는 작은 은혜를 베풀어 체통을 보전하다 93

제57회 슬기로운 자견은 바른 말로 보옥을 시험하고
자상한 설씨 댁은 따뜻한 말로 대옥을 위로하다 119

제58회 살구나무 그늘에서 가짜 봉황은 헛된 짝을 슬퍼하고
창가에서 참된 사랑으로 어리석은 이치를 헤아리다 149

제59회 유엽저 근처에서 앵아와 춘연을 꾸짖고
강운헌에서 장수를 불러 병부를 띄우다 169

제60회 말리화 가루로 장미초를 대신하고
장미즙 덕분에 복령상을 얻다 185

제61회 쥐 잡으려다 그릇 깰까봐 보옥은 장물을 감싸주고
억울한 사건을 판결하며 평아는 권세를 휘두르다 207

제62회	장난기 많은 사상운은 술 취해 작약꽃 깔고 자고 철모르던 향릉은 도움을 받아 석류 치마를 벗다 225
제63회	이홍공자의 생일을 축하하며 미녀들이 잔치를 열고 가경이 금단을 먹고 죽어 우씨 혼자 상을 치르다 259
제64회	슬픔에 잠긴 숙녀는 다섯 미인에 대해 시를 짓고 방탕한 탕자는 사랑에 빠져 구룡패를 선물하다 295
제65회	가련은 몰래 우이저에게 장가들고 우삼저는 유이랑에게 시집가려고 생각하다 323
제66회	다정한 우삼저는 수치심 때문에 저승으로 돌아가고 냉정한 유상련은 감정이 식어 불문으로 들어가다 343
제67회	토산품을 선물받은 임대옥은 고향을 생각하고 비밀을 들은 왕희봉은 어린 하인을 심문하다 359
제68회	불쌍한 우이저는 속아서 대관원으로 들어가고 시기심 많은 왕희봉은 녕국부에서 소란을 피우다 383
제69회	잔꾀를 부려 남의 칼을 빌려 살인하고 죽을 때를 깨닫자 생금을 삼켜 자살하다 405

역자 주석 426

부록 가씨 가문 가계도 446 | 주요 가문 가계도 447 | 등장인물 소개 448
       찾아보기 465 | 가부와 대관원 평면도 476 | 연표 477

제53회

녕국부에서는 섣달 그믐밤 사당에서 제사를 올리고
영국부에서는 정월 보름날 밤에 잔치를 열다

寧國府除夕祭宗祠　榮國府元宵開夜宴

태부인이 녕국부 사당에서 조상에게 제사를 올리다.

　청문이 공작새 털 갖옷을 다 기우고 나서 기진맥진 쓰러지자, 보옥은 황급히 하녀들에게 몸을 주무르게 했다. 하녀들이 번갈아 한참 동안 주무르고 두드리다가 겨우 자리에 누었는데, 밥 한 그릇 먹을 시간도 채 되지 않아 날이 훤히 밝았다. 그런데도 보옥은 나갈 생각을 하지 않고 어서 의원을 부르라고 다그쳤다. 잠시 후 왕태의가 와서 진맥을 해보더니, 이상하다는 듯이 물었다.

　"어제는 좀 나아진 것 같더니 오늘은 왜 다시 맥이 약해지기 시작했을까요? 혹시 과식한 거 아닌지요? 그게 아니라면 신경을 너무 쓴 것 같습니다. 감기는 나았지만, 이렇게 땀을 낸 다음에는 조리를 잘해야 합니다. 이렇게 가벼이 볼 일이 아닙니다."

　그러면서 밖으로 나가 약방문을 써서 들어왔다. 보옥이 보니 열이나 통증을 내리고 나쁜 이물질을 제거하는 약재는 빠져 있고, 복령과 지황, 당귀 등 정신과 원기를 북돋는 약재가 더해져 있었다.

　보옥은 얼른 약을 달이라고 지시하고는 탄식했다.

　"이걸 어떡하지? 무슨 일이라도 생기면 모두 내 죄야!"

　청문이 침상에 누워 한숨을 쉬며 말했다.

　"아이고, 도련님! 어서 일어나 보러 가셔요. 제가 무슨 폐병이라도 걸렸나요?"

보옥은 어쩔 수 없이 나갔다가, 오후가 되자 몸이 안 좋다는 핑계로 일찍 돌아왔다. 청문은 병세가 중한 편이었지만, 평소 몸을 많이 써도 신경은 그다지 쓰지 않았고, 음식도 깔끔하게 적당히 먹는 편이라 속이 비거나 과식으로 인해 생기는 탈은 없었다. 가씨 집안에 전해지는 풍속은 위아래를 막론하고 조금이라도 감기 기운이 있거나 기침을 하면 항상 먼저 뱃속을 비우고, 그다음에 약을 먹고 조리를 하는 것이었다. 청문도 며칠 전 병이 든 뒤로는 이삼일을 굶은 채 약을 착실히 먹으며 몸조리를 했다. 그러다가 과로를 조금 한 고로 며칠 더 조리하면서 병세가 점점 나아지길 기다렸다. 근래에 대관원大觀園의 자매들은 모두 각자의 방에서 식사를 했기 때문에 음식을 만들기도 편했다. 보옥이 나름대로 방법을 써서 국 같은 것을 준비하도록 안배한 것에 대해서는 자세히 이야기할 필요 없겠다.

습인이 어머니의 장례를 치른 후 돌아오자, 사월은 곧 평아가 말해준 송할멈과 추아의 일, 청문이 추아를 내쫓은 일 등을 모두 보옥에게 알렸다고 전해주었다. 습인은 별다른 말은 하지 않고 그저 너무 성급하게 처리했다고만 말했다. 이환도 날씨 때문에 감기에 걸렸고, 형부인은 눈병 때문에 눈이 벌겋게 되어 영춘과 수연이 아침저녁으로 들러 약시중을 들었다. 이환의 숙모는 이기와 이문을 데리고 남동생 집에 가서 며칠을 묵었고, 보옥은 어머니 생각으로 늘 슬픔에 잠긴 습인과 아직 완쾌되지 않은 청문을 보살펴야 했다. 이 때문에 시사詩社가 열리는 날이 되었지만 아무도 시를 지을 기분이 아니었다. 이후로 찾아온 몇 차례 정기 모임도 그냥 지나가고 말았다.

어느덧 섣달이 되어 연말이 다가오자 왕부인과 희봉은 설맞이 준비를 했다. 왕자등王子騰˚은 구성도검점九省都檢點[1]으로 승진했고, 가화는 대사마大司馬[2]가 되어 군기처軍機處*의 일을 도우며 조정의 정사에 참여하게 되었다. 이 이야기는 그만하겠다.

한편, 가진賈珍의 집에서는 사당의 문을 열어 청소하고, 제기祭器들을 준비하고 신주를 모셔놓은 다음, 위채를 청소하여 조상들의 초상화를 모실 준비를 했다. 이때 영국부英國府와 녕국부寧國府에는 안팎과 위아래를 막론하고 모두 정신없이 바빴다. 이날 녕국부의 우씨尤氏는 아침에 일어나자마자 가용의 아내와 함께 태부인에게 예물로 보낼 옷가지들을 챙기고 있었다. 그때 하녀가 차 쟁반에 세뱃돈으로 줄 금, 은덩이를 얹어 들고 들어왔다.

"아씨, 흥아가 여쭈랍니다. 지난번 그 금 부스러기는 모두 백 쉰석 냥 여섯 전 일곱 푼인데, 품질이 제각각이지만 합쳐서 다시 녹여 모두 이백 스무 개의 금괴로 만들었답니다."

그러면서 쟁반을 바쳤다. 우씨가 보니 금괴는 매화, 해당화, 필정여의筆錠如意*, 팔보련춘八寶聯春* 등 다양한 모양으로 만들어져 있었다.

"이건 잘 챙겨두고 은괴도 빨리 만들어 올리라고 해라."

하녀가 "예!" 하고 나갔다.

잠시 후 가진이 식사를 하러 들어오자 가용의 아내가 자리를 피했다. 가진이 우씨에게 물었다.

"설 제사에 내리시는 은상恩賞³은 수령해왔던가?"

"오늘 용이를 보냈어요."

"우리 집안이 그 은돈 몇 냥을 기다릴 정도의 형편은 아니지만, 얼마가 되었든 그래도 황상께서 베푸시는 은혜니까 수령해오거든 어머님께 보여드리고 사당에 바칠 제물을 준비하도록 해요. 위로는 황상의 은혜요 아래로는 조상의 덕을 입는 일이니 말이오. 우리야 조상 제사에 만 냥이라도 쓸 수 있지만 그래도 그 은상을 받아서 지내면 더 체면도 서고 조상의 은덕을 입는 게 아니겠소? 우리 같은 몇몇 집안을 제외하면 대대로 가난한 하급 벼슬아치들은 그 돈 아니면 설 제사에 무얼 바치겠소? 정말 황상께서는 은혜도 크게 베푸시고 생각하시는 것도 주도면밀하시지!"

"맞은 말씀이세요!"

그때 하인이 아뢰었다.

"도련님께서 돌아오셨습니다."

가진이 들여보내라고 하자 가용이 노란색 작은 포대를 받쳐들고 들어왔다.

"어찌 하루 종일 걸렸느냐?"

가용이 웃는 얼굴로 대답했다.

"오늘은 예부禮部가 아니라 광록시光祿寺⁴ 창고에서 나눠준다고 해서 거기 가서 수령해왔습니다. 광록시의 관료들이 모두 아버님 안부를 여쭈면서 오래 뵙지 못해 무척 그립다고 했습니다."

"하하, 그놈들이 나를 그리워할 리 있나? 또 연말이 되었으니 나한테 선물이나 술대접을 바라는 것이겠지!"

그러면서 포대를 살펴보니, 위에는 '황은영석皇恩永錫'이라는 글씨가 커다랗게 찍혀 있었고, 한쪽에는 예부 사제사祠祭司*의 직인과 함께 작은 글씨로 다음과 같은 내용이 적혀 있었다.

녕국공 가연賈演*과 영국공 가원賈源*에게 영세토록 하사하는, 설 제사를 위한 은상 두 몫의 순은 몇 냥. 모년 모월 모일 용금위후보시위龍禁尉候補侍衛 가용이 청사에 출두하여 수령함. 당년當年 시승寺丞 아무개.

그 아래에는 붉은 글씨로 서명이 적혀 있었다.

가진은 밥을 먹고 양치한 후, 모자를 바꿔 쓰고 신을 갈아 신고 나서 가용에게 은돈을 들고 따라오라 하고는, 태부인과 영국부의 가사, 형부인에게 차례로 들러서 보고했다. 그리고 집으로 돌아가 은돈을 꺼내고 자루는 사당의 커다란 화로에 넣고 태우게 했다. 또 가용에게 지시했다.

"가서 련蓮이 안사람한테 정월에 잔치를 베풀 날짜를 정했는지 물어봐

라. 정해졌다면 서재에 알려 초청한 이들의 명단을 정서正書해서 가져오너라. 우리가 청하는 손님들과 중복이 되면 안 되니까 말이다. 작년에는 신경을 쓰지 않아서 몇 집이 겹쳤는데 남들이 어디 그렇게 생각하겠느냐? 두 집에서 작당하고 겉치레로 초청장을 보내면서 일을 덜 속셈이라고 여겼겠지."

가용은 얼른 "예!" 하고 나갔다가 얼마 후 설날 잔치 날짜와 초청한 사람 명단을 가지고 돌아왔다. 가진이 보고 나서 뇌대에게 보여 사람을 초청할 때 날짜가 겹치지 않게 하라고 당부했다. 그리고 대청에서 병풍을 나르고 탁자와 금은 제기들을 닦는 하인들을 감독했다. 그때 하인이 편지와 예물 목록을 들고 와서 말했다.

"흑산촌黑山村의 오烏장두莊頭[5]가 왔습니다."

"그 쳐 죽일 놈이 이제야 왔구나!"

가용이 편지와 목록을 받아 얼른 펼쳐서 올리자, 가진은 뒷짐을 진 채 가용의 손에 들린 붉은 편지를 읽었다. 거기에는 이렇게 적혀 있었다.

소생 장두 오진효烏進孝가 나리와 마님의 만수무강과 도련님, 아가씨들의 건강을 기원하옵니다. 새해에도 큰 기쁨과 복을 받으사 부귀영화와 평안을 누리시고, 관록이 높아지며, 모든 일이 뜻대로 되시기 바랍니다.

가진이 웃으며 말했다.

"시골 놈이 제법 재미있구나."

가용도 얼른 웃으며 말했다.

"글은 따지지 마시고 그저 길상吉祥을 기원하는 뜻만 받아들이십시오."

그러면서 얼른 목록을 펼쳐보니, 거기에는 이렇게 적혀 있었다.

큰 사슴 서른 마리, 노루 쉰 마리, 고라니 스무 마리, 삼 돼지[6] 스무 마리,

탕저[7] 스무 마리, 용저[8] 스무 마리, 멧돼지 스무 마리, 소금에 절인 돼지 스무 마리, 산양 스무 마리, 청양[9] 스무 마리, 탕양 스무 마리, 말린 양고기[風羊] 스무 개, 철갑상어[鱘鰉魚] 두 마리, 각종 생선 이백 근, 산 닭과 오리·거위 각기 이백 마리, 말린 닭과 오리·거위 각기 이백 마리, 꿩과 토끼 각기 이백 쌍, 곰 발바닥 스무 쌍, 사슴 힘줄 스무 근, 해삼 쉰 근, 사슴 혀 쉰 개, 소 혀 쉰 개, 말린 맛조개[蟶] 스무 근, 개암[榛]과 잣·복숭아·살구의 속살 각기 스무 포대, 왕새우 쉰 쌍, 말린 새우 이백 근, 은상탄[10] 상등품 일천 근, 중등품 이천 근, 숯 삼만 근, 어전연지미[11] 두 가마, 벽나碧糯 쉰 곡[12], 흰 찹쌀 쉰 곡, 멥쌀[粉粳] 쉰 곡, 잡곡 각기 쉰 곡, 하급 일반미 일천 섬, 말린 채소 한 수레, 은돈 이천오백 냥 어치에 해당하는, 외부 상점에서 사들인 곡물과 가축.

이 외에 소생이 별도로 도련님들과 아가씨들께 놀잇감으로 살아 있는 사슴 두 쌍과 흰 토끼 네 쌍, 검은 토끼 네 쌍, 금계錦雞 두 쌍, 서양 오리 두 쌍을 드립니다.

가진은 그것들을 안으로 들여오라고 지시했다. 잠시 후 오진효가 들어와 뜰에서 머리를 조아리며 문안 인사를 했다. 가진이 그를 일으켜 세우게 하고 싱글벙글 웃으며 말했다.

"자넨 아직 정정하구먼."

"하하, 나리 덕분에 아직 몸을 움직일 만합니다."

"자네 아들도 많이 컸을 텐데 그 아이를 보내지 그랬나?"

"하하, 솔직히 저희들이 다녀가는 것이 습관이 되어 직접 오지 않으면 아주 갑갑합니다. 그 아이들도 모두 천자님 발아래 세상을 구경하러 오고 싶지 않았겠습니까? 하지만 아직 나이가 어린지라 도중에 실수할까 염려스러웠습니다. 몇 년 지나면 안심할 수 있겠지요."

"오는 데 며칠이나 걸렸는가?"

"올해는 눈이 많이 내려서 네다섯 자나 쌓였습니다. 그러다가 그제부터 날이 따뜻해져서 눈이 녹는 바람에 길을 다니기가 여간 힘들지 않아 며칠 늦어졌습니다. 한 달하고도 이틀이나 걸렸습지요. 기한이 정해져 있으니 나리께서 염려하실 것 같아 간신히 맞춰 왔습니다."

"글쎄, 나도 왜 이제야 도착했나 싶었네. 조금 전에 목록을 보니 자네가 올해도 어물어물 넘어가려고 하는 것 같던데……"

오진효가 다급히 두어 걸음 다가와 말했다.

"나리, 금년에는 정말 농사가 잘되지 않았습니다. 삼월부터 비가 내리기 시작해서 팔월까지 줄곧 내리는데, 그사이에 계속해서 닷새 이상 맑은 날이 없었습니다. 구월에는 사발만 한 우박이 쏟아지는 바람에 사방 천삼백 리 안에 있는 사람과 집은 물론 가축과 식량까지 헤아릴 수 없을 만큼 큰 피해를 입었습니다. 그래서 이것밖에 못 바치는 겁니다. 소인이 어찌 감히 거짓을 아뢰겠습니까!"

가진이 눈살을 찌푸렸다.

"난 자네가 은돈 오천 냥쯤 가져오리라 생각했는데, 기껏 이 정도로 뭘 하겠는가! 지금 자네들한테 남은 농장이라 해봐야 합쳐서 겨우 여덟아홉 곳밖에 되지 않는데, 그거나마 올해 두 군데나 한해寒害를 입었다 하고, 자네들은 또 어물어물 넘어가려 하는군. 정말 설을 쇠지 말라는 것인가!"

"나리, 그래도 저희 농장은 괜찮은 편입니다. 겨우 백 리 떨어진 곳에 있는 제 동생은 이보다 훨씬 못합니다. 동생은 저쪽 영국부의 농장 여덟 곳을 관리하고 있는데, 이 댁 농장보다 땅은 두 배나 되지만 올해는 그쪽 역시 이런 것들밖에 바치지 못합니다. 기껏 이삼천 냥 더 많겠지만, 역시 난처한 상황일 겁니다."

"내 말이 그걸세. 우리 집이야 바깥으로 무슨 큰일이 없어서 그저 한 해의 비용만 조금 쓰면 그런대로 괜찮겠지. 내가 좀 군색하더라도 아끼면 될 테니까. 해마다 예물을 보내고 손님을 청하는 것도 좀 낯간지러우니 그것도 좀 줄이면 되겠지. 또 최근 몇 년 동안 돈 쓸 일이 많아진 저쪽 집에 비할 바가 아니지. 저쪽은 분명 쓸 돈이 더 필요할 텐데 돈을 벌 만한 기반은 늘어나지 않았어. 요 한두 해 동안 들어간 게 너무 많으니 자네들이 아니면 누구한테 내라고 하겠나!"

"하하, 지금 저쪽 댁에 일이 늘었다지만, 나가는 게 있으면 들어오는 것도 있지 않겠습니까? 귀비마마와 황제 폐하께서 당연히 하사하시는 게 있겠지요!"

그 말에 가진이 가용 등을 향해 웃으며 말했다.

"다들 들었겠지? 저 사람 얘기가 얼마나 어처구니없난 말이다."

가용 등이 황급히 웃으며 말했다.

"당신들처럼 산골이나 바닷가에 사는 사람들이 이런 이치를 어찌 알겠어? 마마께서 설마 폐하의 창고를 우리한테 주시겠어? 설령 그런 마음이 있으시다 해도 마마 마음대로 하실 수 없지. 물론 하사하시는 건 있지. 그래 봐야 철마다 명절마다 비단이나 골동품 따위를 하사하시는 정도에 지나지 않아. 설령 돈을 하사하신다 해도 기껏 금 백 냥이니, 은돈으로 치자면 천 냥 정도 되겠지. 그런데 그걸로 일 년이나 쓰겠어? 최근 한두 해 동안 적어도 은돈 수천 냥은 썼을 거야! 처음에 귀비마마께서 친척을 보러 들르셨을 때는 정원까지 지었는데, 생각해보라고, 거기 들어간 돈만 해도 얼마나 되는지 말이야. 이제 알겠어? 한두 해 지나서 다시 마마께서 오시면 아마 거덜나고 말 거야!"

가진이 쓴웃음을 지으며 말했다.

"그러니까 자네들처럼 시골에 사는 순박한 사람들은 겉만 보고 속내는 모르는 걸세. 황벽黃檗나무로 만든 딱따기는 겉보기엔 그럴싸하지만 속은 썩어 허술한 것과 마찬가지란 말일세."

또 가용이 가진을 향해 웃음 띤 얼굴로 말했다.

"둘째 숙모님이 원앙이와 몰래 의논하는데, 노마님 물건을 몰래 가져다가 저당 잡히고 돈을 구해볼까 하더군요."

"하하, 제수씨가 또 수작을 피우는 것이겠지. 그렇게 궁할 리가 있느냐? 틀림없이 쓸 데가 많아져서 나가는 돈이 너무 많고, 또 어느 항목의 지출을 줄여야 할지 모르겠으니까 우선 그런 방법을 써서 사람들한테 이 정도로 궁해졌다는 걸 알리려는 뜻일 게다. 나도 속으로 계산을 해보았지만 아직 그 지경까지 이르지는 않았을 게다."

그러면서 가진은 오진효를 데리고 나가 잘 대접하라고 분부했다. 이 이야기는 그만하겠다.

가진은 조금 전의 물건들 가운데 제사에 쓸 것들을 빼고, 나머지 중에서 각기 조금씩 떼어 영국부에 갖다주라고 가용에게 말했다. 그런 다음 집에서 쓸 것은 남겨두고 나머지는 등급에 따라 한 몫씩 월대月臺[13] 아래에 쌓아둔 후, 가족 가운데 아들, 조카들을 불러 나눠주라고 지시했다. 이어서 영국부에서도 많은 제사 예물과 가진에게 주는 예물을 보내왔다. 가진은 제기들이 다 갖춰지자 신을 신고 스라소니〔猞猁猻〕 가죽으로 만든 털옷을 걸친 뒤, 대청 기둥 아래 섬돌 위 햇빛이 잘 비치는 곳에 늑대 가죽으로 만든 자리를 펴게 했다. 그리고 그 위에서 햇볕을 쬐며 문중의 자제들이 설 맞이 물품을 타 가는 것을 느긋하게 구경했다. 그때 가근도 물품을 타러 온 것을 보고 가까이 불러 물었다.

"너는 왜 왔어? 누가 오라고 했지?"

가근이 손을 늘어뜨린 채 공손히 대답했다.

"나리께서 물품을 나눠주신다는 소리를 듣고 제 스스로 왔습니다."

"이것들은 일거리가 없어 수입이 없는 네 숙부나 형제들에게 주려는 것들이다. 두어 해 전에는 너도 일거리가 없어서 나눠주었지만, 지금은 영국부에서 일을 맡아 사당의 승려들과 도사들을 관리하고 있지 않느냐? 그러니 매달 받는 네 몫의 삯 외에도 승려들과 도사들의 삯까지 네 손을 통해 나가지 않느냐? 그런데도 이 물품을 타러 오다니 욕심이 지나치구나! 스스로 한번 봐라. 입고 있는 옷이 어디 네 돈으로 해 입은 것이더냐? 전에도 네가 사리 분별을 못한다고 했는데 지금은 어떠냐? 전보다 더 못해졌구나!"

"저희 집은 식구가 많아서 비용이 많이 듭니다."

"흥! 그래도 나를 속이려고? 네가 사당에서 하는 짓을 내가 모를 줄 아는 모양이구나? 네가 거기서는 나리 대접을 받으니 아무도 네 말을 거역하지 못하겠지. 손에 돈도 있고 우리랑 멀리 떨어져 있으니 왕 노릇을 하면서 밤마다 못된 것들 모아놓고 노름이나 하고, 첩실이며 미동美童을 끼고 살지 않느냐? 그런 꼴을 하고도 감히 물건을 타러 와? 물건 대신에 몽둥이 찜질을 당해봐야겠구나! 설을 쇠고 나면 반드시 련이한테 얘기해서 네 일자리를 뺏고 말 테다!"

가근은 얼굴이 벌게져서 감히 대꾸하지 못했다. 그때 하인이 와서 아뢰었다.

"북정왕께서 대련對聯*과 염낭(荷包)을 보내오셨습니다."

가진은 급히 가용에게 나가서 심부름꾼을 대접하라고 분부를 내렸다.

"나는 집에 없다고 해라."

가용이 떠나자 가진은 물건 나눠주는 것을 끝까지 지켜본 후 방으로 돌아가 우씨와 함께 저녁을 먹었다. 그날 밤은 별일 없이 지나갔고 이튿날은 전날보다 더 바빴는데, 모두 자세하게 이야기할 필요는 없겠다.

어느새 섣달 이십구일이 되었고, 모든 준비가 다 갖춰졌다. 녕국부와 영국부에서는 모두 문신門神[14]과 대련, 괘패掛牌[15]를 갈아 달고, 도부桃符[16]에는 새로 기름칠을 해서 산뜻하게 단장했다. 녕국부에서는 대문에서부터 의문儀門, 대청, 난각暖閣, 내청內廳, 내삼문內三門, 내의문內儀門*, 내새문內塞門[17]을 거쳐 본채(正堂)에 이르기까지 전문들을 활짝 열고, 섬돌 아래에는 양쪽에 주홍색 고조高照[18]를 늘어놓아서, 불을 밝히자 마치 두 마리 금룡이 꿈틀거리는 것 같았다.

이튿날 태부인을 비롯하여 작위를 받은 이들은 모두 품계에 따라 조회복을 입었다. 태부인은 여덟 명이 메는 가마에 올라 여러 사람들을 거느리고 궁궐에 들어가 새해 인사를 하고, 황제가 베푼 연회에 참석한 후 돌아와서 녕국부 난각 아래에서 가마를 내렸다. 자제들 가운데 궁궐에 따라 들어가지 못한 이들은 모두 녕국부 대문 앞에 서열에 따라 늘어서 기다리고 있다가 태부인의 행렬을 인도하여 사당으로 들어갔다.

한편, 이곳에 처음 와보는 보금은 사당 여기저기를 자세히 살펴보았다. 원래 녕국부 서쪽에 따로 정원이 하나 더 있었는데, 검은 기름칠을 한 목책木柵 안에 다섯 칸짜리 대문이 있었다. 거기에는 '가씨종사賈氏宗祠'라는 글씨가 새겨진 편액이 걸려 있었고, 그 글씨 옆에는 "연성공 공계종[19]이 쓰다〔衍聖公孔繼宗書〕."라고 적혀 있었다. 문 양쪽에는 긴 대련이 걸려 있었는데 내용은 이러했다.

몸 바쳐 충성했으니
온 백성이 보육의 은혜 입었고
공명이 하늘에 닿으니
영원토록 성대한 제사[20] 올리며 우러르리라!
肝腦塗地
兆姓賴保育之恩
功名貫天
百代仰蒸嘗之盛

그 글씨 역시 연성공衍聖公*이 쓴 것이었다. 정문으로 들어서자 하얀 돌이 깔린 통로 양쪽으로 짙푸른 소나무와 측백나무가 늘어서 있었고, 월대月臺* 위에는 청록색의 오래된 청동기 솥과 술병 등의 그릇들이 차려져 있었다. 포하청抱夏廳 앞쪽에는 테두리에 아홉 마리 용이 조각된 현판이 걸려 있었는데, '성휘보필星輝輔弼'²¹이라고 쓰인 그 글씨는 전대의 황제가 직접 쓴 것이었다. 양쪽에 걸린 대련에는 이런 내용이 새겨져 있었다.

빛나는 업적은 해와 달처럼 밝고
공명은 끊임없이 자손에게 이어지리라.
勳業有光昭日月
功名無間及兒孫

그 역시 황제가 직접 쓴 것이었다. 다섯 칸짜리 정전正殿 앞에는 테두리에 꿈틀거리는 용을 조각하고 중간에 푸른 돌을 끼워넣어 만든 편액이 걸려 있었는데, 거기에는 '신종추원愼終追遠'²²이라는 글씨가 새겨져 있었고, 그 옆에는 다음과 같은 대련이 걸려 있었다.

후세의 자손이 복과 덕을 이어받으리니
지금의 백성들은 영국공과 녕국공을 추념하네.
已後兒孫承福德
至今黎庶念榮寧

그것들도 모두 황제의 친필이었다. 안쪽에는 등촉과 향불이 휘황찬란하게 빛나고 비단 휘장이 드리워져 있어, 늘어서 있는 신주는 똑똑히 보이지 않았다. 그때 가씨 집안의 사람들이 소목昭穆²³을 나누어 정해진 자리에 섰다. 가경賈敬˚이 제주祭主가 되고 가사賈赦가 보조했으며, 가진賈珍은 술잔을 올리는 헌작獻爵을 맡고, 가련賈璉과 가종賈琮은 폐백을 올리는 헌백獻帛을 맡았다. 가보옥賈寶玉은 향을 올렸으며, 가창賈菖과 가릉賈菱은 절을 올리는 데 쓸 양탄자를 깔고 분향 시중을 들었다. 악사들이 음악을 연주하자 세 번에 걸쳐서 술잔과 절을 올린 후, 폐백을 태우고 술을 땅에 뿌렸다.

34

제례가 끝나자 음악을 멈추고 모두 물러났다.

사람들은 태부인을 에워싸고 본채로 따라갔다. 선조들의 초상화 앞에는 비단 휘장이 높이 걸려 있었고, 오색찬란한 병풍이 둘러진 채 등촉과 향불이 휘황찬란하게 타오르고 있었다. 벽 중앙에는 녕국공寧國公과 영국공英國公의 초상이 걸려 있었는데, 둘은 모두 망포蟒袍를 입고 옥 허리띠를 맨 모습이었다. 그 양쪽에는 두루마리에 그린 몇몇 조상들의 초상화가 걸려 있었다. 가행賈荇과 가지賈芷 등은 내의문에서부터 본채의 회랑 아래까지 서열에 따라 늘어서 있었다. 회랑 난간 밖에는 가경賈敬과 가사賈赦가, 안쪽에는 여자 권속들이 늘어섰고, 하인들은 모두 의문 밖에 서 있었다.

요리가 하나씩 나올 때마다 의문에 전해지면, 가행과 가지 등이 받아 순서대로 전달하여 섬돌 위에 있는 가경에게까지 전달했다. 가용賈蓉은 큰집의 장손이었기 때문에 혼자 여자 권속들을 거느리고 난간 안쪽에 서 있었다. 가경은 요리가 전해질 때마다 받들어서 가용에게 전달했고, 가용은 그것을 자기 아내에게 전달했다. 이어서 왕희봉과 우씨 등을 거쳐 제사상 앞에 이르러 비로소 왕부인에게 전해졌다. 왕부인이 받아 태부인에게 전달하면, 태부인은 두 손에 받들어 제사상에 얹어놓았다. 형부인은 제사상의 서쪽에서 동쪽을 향해 서서 태부인과 함께 제사 음식을 차려놓았다. 그렇게 해서 요리와 밥, 국, 다과, 술, 차가 모두 갖춰지자 가용은 물러나 계단을 내려가서 가근 등이 서 있는 줄의 맨 앞자리에 섰다.

이름에 '둥글월 문攵, 夊'이 들어 있는 항렬에서는 가경이 가장 위였고, 그 아래로 '구슬 옥玉, 王' 변이 들어 있는 항렬에서는 가진이 가장 위였으며, 또 '초 두[艹]'가 들어 있는 항렬에서는 가용이 가장 위였다. 소昭 항렬은 왼쪽, 목穆 항렬은 오른쪽, 남자는 동쪽, 여자는 서쪽으로 나뉘어 서서 태부인이 분향하고 절을 올리자 모든 이들이 일제히 무릎을 꿇었다. 다섯 칸짜리 대청과 세 칸짜리 포하청, 안팎의 회랑, 계단 위아래와 양쪽 섬돌 위까지 울긋불긋 비단옷으로 단장한 사람들이 입추의 여지없이 빽빽이

들어서 있었다. 쥐죽은 듯한 고요 속에서 방울 소리와 패옥 소리만 짤랑짤랑 딸랑딸랑 울리고, 일어섰다 무릎 꿇는 동안 '사르륵 사르륵' 신발 끄는 소리만 들릴 뿐이었다. 잠시 후 예를 마치자, 가경과 가사 등은 황급히 밖으로 물러나와 영국부로 가서 태부인에게 세배를 올리기 위해 기다렸다.

우씨가 위채에 붉은 양탄자를 깔고, 방 가운데 코끼리 코 모양의 다리가 세 개 달린 커다란 법랑으로 만든 화로를 놓아두었는데, 원호圓弧 모양으로 볼록 튀어나온 화로의 가장자리에는 금물로 칠해져 있었다. 정면의 구들 위에는 새로 지은 붉은 양탄자를 깔고 붉은색으로 '운룡봉수雲龍捧壽'[24]의 무늬를 수놓은 사방침[靠背]과 인침引枕[25]을 놓고, 다시 그 위에 검은 여우 가죽으로 만든 보를 씌우고 하얀 여우 가죽으로 만든 방석을 놓은 후, 태부인을 모시고 올라가 자리에 앉혔다. 그 양쪽으로는 가죽 방석을 놓아서 태부인과 항렬이 같은 두세 명의 동서들을 앉혔다. 양쪽에 꽃무늬가 조각된 나무판자로 가림막이 세워진 구들 위에도 가죽 방석을 깔아 형부인 등이 앉게 했다. 아래쪽에 마주보게 늘어놓은, 무늬를 조각해서 옻칠한 열두 개의 의자에는 모두 다람쥐 가죽으로 만든 덮개와 작은 방석을 놓았다. 그리고 의자마다 아래쪽에 발이 달린 구리 난로를 놓아서 설보금 등의 자매들이 앉게 했다. 우씨는 몸소 차 쟁반에 차를 얹어 태부인에게 올렸고, 가용의 아내는 태부인 옆에 앉은 할머니들에게 차를 올렸다. 그런 다음 우씨는 다시 형부인 등에게, 가용의 아내는 여러 자매들에게 차를 올렸다. 왕희봉과 이환 등은 방바닥에 서서 분부를 기다렸다. 차를 마시고 나자 형부인 등은 먼저 일어나 태부인의 시중을 들었다. 태부인은 차를 마시고 나서 동서들과 두어 마디 한담을 나눈 후 가마를 대령하라고 분부했다.

희봉이 얼른 나아가 태부인을 부축해 일으키자 우씨가 웃음 띤 얼굴로 말했다.

"할머님, 저녁 진지를 준비했어요. 해마다 저희 체면은 생각도 않으시고 저녁 진지를 잡수지 않고 가시니, 정말 저희가 희봉이 동서보다 못하다는 건가요?"

희봉이 태부인을 부축하며 말했다.

"호호, 할머니, 어서 우리 집에 가서 진지 잡수셔요. 형님 말엔 신경 쓰지 마시고요."

"호호, 넌 조상님 제사 모시는 일만 해도 말할 수 없이 바쁠 텐데 나까지 번거롭게 해서야 되겠느냐? 게다가 내가 매년 여기서 안 먹으니까 너희가 음식을 보내주지 않느냐? 이번에도 그렇게 해라. 못다 먹으면 남겨두었다가 내일 먹으면 되지. 그럼 여기서 먹는 것보다 더 많이 먹을 수 있을 게 아니냐?"

그 말에 모두 웃음을 터뜨렸다. 태부인이 또 우씨에게 말했다.

"밤에는 쓸 만한 사람으로 향불을 지키도록 해라. 소홀히 하면 안 되느니라."

우씨가 "예!" 하고 대답했다. 그러는 사이에 태부인은 난각 앞에 이르러 가마에 올랐다. 우씨 등이 병풍 뒤로 피하자 하인들이 가마를 메고 대문을 나섰다. 우씨도 형부인 등을 따라 영국부로 갔다.

가마는 대문을 나서서 거리로 들어섰다. 길 동쪽에는 녕국공의 의장과 악대가 늘어서고, 서쪽에는 영국공의 의장과 악대가 늘어서 있어서 오가는 사람들은 모두 이 길을 피해 다녔다. 잠시 후 영국부에 이르자, 이곳 역시 대문에서 정청正廳까지 모든 문들이 활짝 열려 있었다. 이번에는 난각 아래에서 가마를 내리지 않고, 대청을 지나 서쪽으로 돌아 태부인의 거처에 있는 정청에서 가마를 내렸다.

사람들이 태부인을 에워싸고 정실正室로 들어가니, 이곳에도 비단 요를 깔고 수놓인 병풍을 둘러서 산뜻해 보였다. 방 가운데 있는 향로에서는 송백향松柏香[26]과 백합초百合草가 타고 있었다. 태부인이 자리에 앉자 할멈이 와서 아뢰었다.

"할머님들께서 인사하러 오셨습니다."

태부인이 얼른 일어나 맞이하려는데 어느새 두세 명의 동서들이 들어오고 있었다. 그들은 서로 손을 맞잡고 잠시 담소를 주고받으며 자리를 권했다. 동서들이 차를 마시고 일어서자 태부인은 내의문까지만 전송하고 돌아와 다시 자리에 앉았다.

가경과 가사 등이 여러 자제들을 인솔하여 들어왔고, 태부인이 미소를 지으며 말했다.

"한 해 동안 고생 많았네. 절은 그만두게."

그러는 사이에 남녀가 각기 한 무리를 이루어 차례로 절을 올렸다. 이어서 좌우에 팔걸이의자를 놓고 나이순으로 앉아 절을 받았다. 녕국부와 영국부의 남녀 하인들, 일꾼들, 하녀들도 모두 지위의 상, 중, 하에 따라 절을 올렸다. 절이 끝나자 세뱃돈과 염낭, 금괴와 은괴를 나눠주고 온 가족의 잔치가 열렸다. 남자들은 동쪽, 여자들은 서쪽에 앉아 도소주屠蘇酒[27]와 합환탕合歡湯[28], 상서로운 과일들[29], 여의고如意糕[30]를 올렸다. 이어서 태부인은 안방으로 들어가 옷을 갈아입었고, 그제야 사람들은 자리를 파했다.

그날 저녁에는 각지에 있는 불당과 조왕신竈王神 앞에도 향을 사르고 제물을 올렸다. 왕부인의 본채에 있는 뜰 안에는 천신天神과 지신地神의 그림을 놓고 향을 피워놓았으며, 대관원 정문 위에도 커다란 명각등明角燈*을 높이 걸어 안팎을 밝혔고, 곳곳의 길마다 가로등을 밝혔다. 그리고 위아래 할 것 없이 모두가 화려하게 단장하고 밤새 시끌벅적 웃고 떠들었다. 폭죽 소리도 끊임없이 이어졌다.

이튿날 새벽이 되자 태부인 등은 또 품계에 따라 옷을 차려입고 모든 채비를 갖추어 궁궐로 들어가 축하 조회에 참석하고, 아울러 원춘의 만수무강을 기원했다. 그리고 황제가 베푸는 연회에 참석했다가 돌아와서 다시 녕국부에서 조상들에게 제사를 올리고 돌아와 절을 받았다. 모든 일이 끝나자 다시 옷을 갈아입고 쉬었다. 태부인은 명절을 축하하러 찾아온 친지들은 전혀 만나지 않고 그저 설씨 댁 마님과 이환의 숙모하고만 편하게 이야기를 나누거나 보옥과 보금, 보차, 대옥 등 자매들과 함께 바둑을 두고, 골패놀이를 했다. 왕부인과 희봉은 날마다 손님을 접대하느라 바빴다. 저쪽 녕국부의 대청과 뜰에는 모두 연극 무대와 술자리가 마련되어 친지들이 끊임없이 찾아왔으며, 그런 상황은 이레 동안이나 계속되었다. 그사이에 또 원소절元宵節*이 다가와 녕국부와 영국부에서는 모두 등롱을 내다 걸고 오색 비단으로 장식했다. 십일일에는 가사가 태부인 등을 모셔서 대접했고, 이튿날은 가진이 또 모셔 갔다. 이렇게 태부인은 두 번 모두 한나절 동안 편하게 즐겼다. 왕부인과 희봉도 매일 사람들에게 초대를 받아 설술을 마셨는데, 그것들을 전부 기록할 수는 없다.

십오일 밤이 되자 태부인은 큰 응접실〔大花廳〕에 술자리를 몇 상 차리게 하고 조촐한 연극 무대도 마련하게 했다. 그리고 갖가지 아름다운 등롱을 가득 걸고 녕국부와 영국부의 아들, 조카, 손자, 손자며느리들을 거느리고 잔치를 열었다. 가경은 평소 술을 마시지 않았기 때문에 부르지 않았다. 십칠일이 되어 조상에 대한 제사가 끝나면 그는 수양하기 위해 성 밖으로 나갈 예정이었다. 집에 있는 요 며칠 동안에도 밀실에 조용히 앉아 바깥일에는 전혀 신경을 쓰지 않았는데, 그 이야기는 그만하겠다.

가사는 태부인의 하사품을 받고 나자 곧 인사하고 떠났다. 태부인은 그가 이 자리에 있으면 서로 불편하다는 것을 알고 있었기 때문에 굳이 붙들지 않았다. 가사는 자기 집에 가서 문중의 손님들과 함께 등롱을 감상하고 술을 마셨다. 그들은 생황 소리와 노랫소리 속에서 아름다운 미녀들과 어울렸으니, 그 편안함과 즐거움은 당연히 저쪽 잔치 자리에서는 맛깔할 수 없는 것이었다.

태부인은 큰 응접실에 열 개의 술자리를 마련하라고 시켰다. 자리마다 옆에 작은 탁자를 하나씩 놓고 그 위에는 향로와 향합, 향 재 퍼내는 삽을 꽂은 '노병삼사爐瓶三事'를 마련하여 황제께서 하사하신 백합궁향百合宮香

을 피워놓았다. 또 길이 여덟 치에 너비 네다섯 치, 높이 두세 치쯤 되는 분재가 있었는데, 거기에 있는 산과 바위, 이끼 속에는 신선한 화초들이 피어 있었다. 그리고 니스칠한 작은 차 쟁반에는 옛날 가마에서 구워낸 찻잔과 온갖 문양과 꽃무늬가 그려진 작은 찻잔이 놓여 있었는데, 그 안에는 상등품의 명차가 담겨 있었다. 그리고 자단목에 투조透彫로 조각하고, 화초와 초서로 쓴 시사詩詞가 수놓인 붉은 비단으로 만든 영락瓔珞[31]을 박아 넣은 병풍이 펼쳐져 있었다.

이 영락에 수를 놓은 사람은 혜낭慧娘이라는 소주 여자였다. 그녀도 글공부하는 벼슬아치 집안 출신이라 서예와 그림에 뛰어났는데, 우연히 놀이 삼아 한두 가지 자수 작품을 만들어보았고, 결코 시장에 내다 팔 생각은 없었다. 이 병풍에 수놓은 화초는 모두 당, 송, 원, 명나라 때의 대가들의 솜씨를 모방한 것이기 때문에, 그 격식과 색깔 안배가 모두 차분하고 우아해서 그저 화려하기만 한 장인들의 솜씨와는 비교할 수 없었다. 꽃가지마다 옛사람이 그 꽃을 읊은 시나 사詞, 부賦의 구절이 각기 다르게 수놓여 있는데, 모두 검은 털실을 써서 초서로 수놓은 것들이었다. 또한 글자의 구부림과 삐침, 꺾임, 선의 굵고 가는 변화, 이어지고 끊어짐이 모두 붓으로 쓴 초서와 똑같아서, 시장에서 파는 글자 자수들처럼 판에 박히게 딱딱한 글씨가 아니었다. 그녀는 이 재주로 돈을 벌려고 하지 않았기 때문에 세상에 이름은 널리 알려졌어도 그 작품을 구한 이는 아주 드물었다. 대대로 벼슬살이를 한 부귀한 집안 중에도 그녀의 작품을 소유하지 못한 집이 아주 많았다. 당시에는 그 작품을 '혜수慧繡'라고 부르며 칭송했는데, 최근에는 이익을 탐하는 속된 이들이 그것을 흉내 내서 어리석은 사람들에게 바가지를 씌워 팔 정도였다. 그러나 혜낭은 박명하여 열여덟 살에 죽고 말았기 때문에, 더 이상 그런 작품을 만들어낼 수가 없었다. 그렇기 때문에 그 작품을 한두 개라도 가진 집안에서는 대개 그것을 소중히 챙겨놓기만 할 뿐 실제로 사용하지는 않았다. 일부 한림원의 글쟁이들은 '혜수'의 아름다움에 매료되어 '수繡'라는 표현으로는 그 오묘함을 다 나타낼 수 없다고 했다. 그들은 그런 글씨를 그저 하나의 '수'라고 한다면 오히려 품격을 손상시키는 것이라고 생각해서, 함께 상의하여 '수'라는 표현 대신 '문紋'이라 표현해야 한다고 주장했다.

그래서 지금은 모두들 그것을 '혜문慧紋'이라고 부르고 있으며, 진품은 그 값을 헤아릴 수 없었다. 그렇기 때문에 가씨 집안처럼 부귀한 집안도 겨우 두세 개만 가지고 있었는데, 몇 년 전에 두 개는 황실에 진상하고 지금은 하나의 작품만 남아 있었다. 이 병풍은 모두 열여섯 폭으로 이루어져 있는데, 태부인은 그것을 몹시 아껴서 손님을 모신 자리에도 진열하지 않고 늘 자기 곁에 두면서 흥겨운 술자리가 파한 뒤에 감상하곤 했다. 그리고 옛날 가마에서 구워낸 각종 꽃병들에는 '세한삼우歲寒三友'나 '옥당부귀玉堂富貴'[32] 등의 신선한 화초들이 꽂혀 있었다.

위쪽의 두 자리에는 설씨 댁 마님과 이환의 숙모가 앉았다. 태부인의 자리는 동쪽에 마련되었는데, 기룡夔龍이 둘러싸고 있는 모습을 투각한 짧은 다리가 달린 평상에 사방침과 인침, 방석을 갖춰놓았다. 평상 위쪽에는 니스칠하고 금으로 선을 두른 작고 깜찍한 탁자가 놓여 있었는데, 거기에는 찻잔과 양치 그릇, 손수건 등과 안경집이 하나 놓여 있었다. 태부인은 걸상에 비스듬히 누워 사람들과 잠시 담소를 나누고, 몸소 안경을 쓰고 연극 무대를 잠깐 구경하다가 또 설씨 댁 마님과 이환의 숙모를 향해 웃으며 말했다.

"나이가 많아 뼈가 쑤셔서 실례를 무릅쓰고 누워 있으니 양해해주시게."

그리고 호박에게 평상에 올라 앉아 미인권美人拳[33]으로 다리를 두드리라고 했다.

평상 아래쪽에는 따로 자리를 깔지 않고 높다란 탁자에 영락과 꽃병, 향로 등을 진열해놓았다. 그밖에 작고 깜찍한 탁자에 술잔과 수저를 놓아 자신의 술상으로 삼고 보금과 상운, 대옥, 보옥을 함께 앉혔다. 요리나 과일이 나오면 먼저 태부인에게 보였다. 태부인 마음에 드는 것은 작은 탁자에 놓고 맛을 본 후 다시 보옥 등에게 나눠주었으니, 그들 네 명은 결국 태부인과 한자리에 앉은 셈이 되었다. 그렇기 때문에 그 아래가 바로 형부인과 왕부인의 자리가 되었고, 또 그 아래는 우씨와 이환, 희봉, 가용 처의 자리가 되었다. 서쪽으로는 보차와 이문, 이기, 수연, 영춘 자매들이 자리했다.

양쪽 대들보에는 부용꽃 모양의 유리등 다섯 개를 위아래로 연결하고, 그것들 세 묶음을 다시 하나로 묶고, 아래에 오색 수실을 장식한 커다란 등롱이 걸려 있었다. 모든 술자리 앞에는 자루에 옻칠한, 잎이 거꾸로 드리워진 연잎 모양의 촛대가 세워져 있었는데, 연잎 위에는 오색 초가 꽂혀 있었다. 이 연잎 촛대는 법랑으로 만든 것인데 회전식으로 되어 있었다. 지금은 연잎을 모두 바깥쪽으로 돌려 불빛이 모두 밖으로 비추게 해놓았기 때문에, 더욱 실감 나게 연극을 구경할 수 있었다. 덧창과 문짝은 모두 떼어내고 오색 수실이 달린 각종 궁등宮燈을 걸어놓았다. 회랑 안팎과 양쪽 회랑의 지붕에도 각종 양각등과 유리등, 착사등戳紗燈, 요사등料絲燈[34]이 줄지어 걸렸는데, 거기에는 수를 놓거나 그림을 그리고, 여러 개를 쌓거나 조각하고, 비단이나 종이를 붙이는 등 모양도 여러 가지였다. 회랑에 마련된 몇 개의 자리에는 가진과 가련, 가환, 가종, 가용, 가근, 가운, 가릉, 가창 등이 앉았다.

태부인도 사람을 보내 남녀 친척들을 초청했지만 나이가 많아서 번잡한 것을 싫어하거나 집에 사람이 없어서 오기 불편한 이도 있었고, 병 때문에 오고 싶어도 오지 못한 사람, 부귀한 것을 시기하고 가난한 것이 부끄러워 오지 않은 사람, 심지어 희봉이 싫어서 오지 않은 사람, 부끄러움을 많이 타는 성격이라 남들과 잘 어울리지 못해 오지 못한 사람도 있었다. 이 때문에 친척의 수는 많았지만 여자 손님들 중에는 가균의 어머니 누婁씨가 아들을 데리고 왔을 뿐이고, 남자들 중에는 지금 희봉 밑에서 일하고 있는 가근과 가운, 가창, 가릉만이 왔을 뿐이었다. 비록 사람들이 모두 모인 것은 아니었지만, 집에서 여는 조촐한 잔치이니만큼 그 정도의 수만 해도 꽤나 북적거렸다.

마침 임지효댁이 여섯 명의 어멈들을 데리고 다리 짧은 상을 세 개 날라왔는데, 상마다 붉은 펠트가 깔려 있었다. 그 위에는 조폐국에서 새로 나온 반짝이는 동전들이 붉은 노끈에 꿰어 얹혀 있었다. 상 하나에 두 사람이 붙어서 들고 왔는데, 임지효댁은 그 가운데 두 개를 설씨 댁 마님과 이환의 숙모 자리 아래에 놓게 하고, 다른 하나는 태부인의 걸상 아래에 놓으라고 사람들에게 지시했다. 그러자 태부인이 말했다.

"그건 방 가운데에 놓아라."

어멈들은 이 집의 예절을 잘 알고 있었기 때문에 상을 내려놓고 동전을 꿴 노끈을 빼낸 후 동전들을 탁자에 쌓아두었다.

마침 무대에서는 『서루기西樓記』의 「누각에서의 만남[樓會]」35 장면이 끝으로 치닫고 있었다. 극중의 우숙야于叔夜가 화를 내며 떠나버리자 문표文豹가 익살을 부리며 말했다.

"도련님은 화를 내고 가버리셨지만 마침 오늘이 정월 보름이라 영국부의 노마님께서 집안 잔치를 열고 계시니, 나는 이 말을 타고 얼른 가서 과일이나 좀 얻어먹어야지. 암, 이게 최고야!"

그 말에 태부인 등이 일제히 웃음을 터뜨렸다. 설씨 댁 마님이 말했다.

"정말 영리한 아이네요. 너무 귀여워요!"

그러자 희봉이 말했다.

"저 아이는 막 아홉 살이 되었어요."

태부인이 흐뭇하게 웃으며 말했다.

"말재주가 참 좋구나!"

그러면서 그 배우에게 상을 주라고 분부했다. 그 말이 떨어지자 세 명의 어멈들이 작은 소쿠리를 들고 있다가 탁자로 달려가 쌓여 있는 동전을 각기 한 소쿠리씩 쓸어 담아 무대로 가서 말했다.

"노마님과 이모님, 사돈 마님께서 문표의 과일 값으로 내리신 돈일세!"

 어멈들이 무대 위에 돈을 뿌리자 '차르르!' 하는 소리가 무대 가득 울렸다. 가진과 가련도 이미 하인들에게 커다란 소쿠리에 동전을 담아오게 해서 몰래 준비해두고 있었다. 그러다가 상을 주라는 태부인의 분부를 듣자…… 이후에 어찌 되었는지는 다음 회를 보시라.

제54회

태부인은 진부한 옛 틀을 비판하고
왕희봉은 노래자를 흉내 내다[1]
史太君破陳腐舊套　王熙鳳效戲彩斑衣

정월 대보름에 태부인이 술자리를 열고 연극을 감상하다.

 가진과 가련은 커다란 소쿠리에 동전을 미리 준비해두었다가, 태부인이 상을 주라고 하는 말을 듣자 그들도 하인들을 시켜 동전을 뿌리게 했다. 그러자 무대에 동전 쏟아지는 소리가 가득 울렸고, 태부인도 무척 기뻐했다.
 가진과 가련이 자리에서 일어나자 하인들이 얼른 은으로 된 술 주전자를 따뜻하게 데워 가련의 손에 들려주었다. 가련은 그걸 들고 가진을 따라 안으로 들어갔다. 가진은 먼저 이환의 숙모 자리로 가서 허리를 굽혀 잔을 들고 몸을 돌렸다. 그러자 가련이 얼른 한잔을 따랐다. 그런 다음 설씨 댁 마님의 자리로 가서 또 한잔을 따랐다. 이환의 숙모와 설씨 댁 마님이 얼른 자리에서 일어나 웃음 띤 얼굴로 말했다.
 "그냥 앉아 계시지 굳이 이렇게까지 예의를 차리실 거 있나요?"
 그러자 형부인과 왕부인을 제외한 모든 이들이 자리에서 일어나 팔을 늘어뜨리고 공손히 시립했다. 가진 등은 태부인의 평상 앞으로 갔다. 그런데 평상이 낮아서 곧 둘은 무릎을 꿇었다. 가진이 앞에서 술잔을 바치고, 뒤에 있던 가련은 술 주전자를 들었다. 비록 두 사람만이 술을 올렸지만 가환 등의 형제들은 모두 서열에 따라 줄지어 들어왔다가 그 둘이 무릎을 꿇는 것을 보고 일제히 따라서 무릎을 꿇었다. 보옥도 황급히 무릎을 꿇자 상운이 그를 슬쩍 치며 말했다.
 "오빠는 왜 또 덩달아 무릎을 꿇어요? 그럴 바에야 오빠도 한 바퀴 돌면서 술을 따라드리는 게 좋지 않을까요?"

보옥이 나직이 웃으며 말했다.

"조금 있다 따르지 뭐."

그러는 사이에 가진과 가련이 술을 올리고 일어서 다시 형부인과 왕부인에게 술을 따랐다. 가진이 말했다.

"하하, 누이들은 어떡하지요?"

태부인이 말했다.

"너희들이 나가야 저 아이들이 좀 편해질 게다."

그 말을 듣고 나서야 가진 등이 밖으로 물러났다.

때는 아직 이경二更이 되지 않았는데, 무대에서는 『팔의기八義記』「등 구경〔觀燈〕」2의 여덟 번째 대목이 한창 요란한 장면으로 넘어가고 있었다. 그러자 보옥이 자리에서 내려와 밖으로 나가려는데 태부인이 말했다.

"어딜 가느냐! 밖에 폭죽이 심하게 터지는데 불똥이라도 튀어 데이면 어쩌려고!"

"멀리 안 가고 금방 돌아올게요."

태부인은 할멈들에게 따라가서 잘 돌보라고 당부했다. 보옥이 밖으로 나오자 사월과 추문이 어린 하녀 몇 명과 함께 따라갔다. 그걸 보고 태부인이 물었다.

"습인이는 왜 보이지 않느냐? 이제 그 아이도 제법 거드름을 피우면서 어린 것들만 시키는 모양이구나!"

왕부인이 황급히 일어나서 웃음을 지으며 아뢰었다.

"얼마 전에 그 아이 어미가 죽어서 상을 치르는 중이라 나오기 곤란했습니다."

태부인이 고개를 끄덕이더니 또 웃음 띤 얼굴로 말했다.

"상전을 섬기는 마당에 상을 챙기기는! 지금도 내 옆에 있었다면 이 자리에 나오지 않을 수 있었겠느냐? 이게 다 우리가 너무 관대하게 대하기 때문이야. 사람을 부리면서 이런 것들을 따지지 않으면 결국 관례가 되어 버리는 게야!"

희봉이 얼른 나서서 웃으며 말했다.

"오늘 밤에 상복은 벗었지만, 대관원 안은 습인이 돌보지 않으면 안 돼요. 등촉을 가득 밝혀놓고 폭죽을 쏘아대니 아주 위험하잖아요? 여기서 연극을 공연하는데 정원 안의 사람들 가운데 누군들 몰래 와서 구경하지 않겠어요? 그래도 습인이는 꼼꼼하니까 곳곳을 보살피고 있을 거예요. 게다가 잔치가 끝나고 보옥 도련님이 자러 가시면 모든 준비가 다 되어 있어야 하지 않겠어요? 습인이까지 여기 와버리면 다른 사람들도 신경을 쓰지 않아서, 자리를 파하고 돌아갔을 때 이불도 차고 찻물도 준비되지 않아 모든 게 불편할 거예요. 그래서 제가 오지 말고 방을 지키라고 했어요. 그러면 이 자리가 끝나고 가도 모든 준비가 되어 있을 테니 우리도 걱정할 필요 없고, 또 자기 나름대로 상을 치르는 예의도 다할 수 있으니 이야말로 일석삼조가 아니겠어요? 그래도 불러야 한다고 하시면 제가 불러올게요."

그러자 태부인이 얼른 말했다.

"네 말이 맞구나. 역시 나보다 생각이 꼼꼼해. 그냥 둬라! 그나저나 그 아이 어미가 언제 죽었는데 나는 전혀 모르고 있었던 게냐?"

"호호, 저번에 습인이가 직접 말씀드렸는데 잊어버리셨나 보네."

태부인이 잠시 생각해보더니 웃으면서 말했다.

"그래, 생각났다! 내 기억력도 많이 떨어졌어."

그러자 모두들 웃으며 말했다.

"노마님께서 어떻게 그런 것까지 기억하시겠어요!"

태부인이 또 한숨을 내쉬었다.

"그러고 보니 그 아이가 어려서부터 내 시중을 들다가 잠시 상운이 시중을 들었고, 마지막으로는 저 혼세마왕混世魔王* 보옥이한테 맡겨져서요 몇 년 동안 많이 시달렸겠구나. 그 아이는 우리 집 노비 자식도 아니고 우리한테 이렇다 할 큰 은혜도 받지 못했지. 그 아이 어미가 죽었다는 소리를 듣고 장례비용으로 은돈이라도 몇 냥 보내주려 했는데 그것마저 잊어버렸구나!"

희봉이 말했다.

"저번에 마님께서 은돈 마흔 냥을 내리셨으니까 괜찮아요."

태부인이 고개를 끄덕였다.

"그럼 다행이다. 얼마 전에 원앙이 어미도 죽었지. 그 아이 부모가 모두 남쪽에 있어서 초상이 나도 집에 다녀오라고 하지 못했다. 이제 그 둘을 같이 지내게 해줘야겠구나."

그러면서 할멈에게 과일과 요리, 간식을 조금 챙겨서 그 둘에게 갖다주라고 했다. 그러자 호박이 웃으며 말했다.

"여태 방에 있을 리 있나요? 원앙 언니는 벌써 습인 언니한테 가 있을 거예요."

그렇게 이야기를 나누며 다 같이 술을 마시고 연극을 구경했다.

보옥은 곧장 이홍원으로 돌아갔다. 할멈들은 그가 방으로 들어가자 따라 들어가지 않고, 그 틈을 이용해 대관원 안쪽의 다방茶房에 앉아 불을 쬐며 찻물 끓이는 어멈들과 술을 마시면서 골패놀이를 했다. 보옥이 뜰로 들어가니 등롱은 찬란하게 밝혀져 있었지만 인기척은 전혀 없었다. 사월이 말했다.

"다들 자나 보네요? 살그머니 들어가서 깜짝 놀라게 해줄까요?"

그들이 살금살금 거울이 달린 벽 뒤로 들어가보니, 습인이 구들에 누운 채 누군가와 마주하고 있었고, 저쪽에는 두세 명의 할멈들이 졸고 있었다. 보옥은 그들이 자는 줄 알고 막 안으로 들어가려는데 갑자기 원앙이 한숨을 쉬며 말했다.

"그러니 세상사란 어려운 거야. 따지고 보면 너는 혼자 여기 있고 부모님께서는 밖에 계시면서 해마다 여기저기 정처 없이 옮겨다니시니까 네가 임종을 지켜볼 수 있을 줄은 생각도 못하셨을 거 아냐? 그나마 다행히도 올해 여기서 돌아가셨으니 네가 나가서 임종을 지켜볼 수 있었던 거지."

"맞아. 나도 부모님 임종을 지켜볼 수 있으리라고는 생각도 못했어. 마님께서 또 은돈 마흔 냥을 내리셨으니 돌아가신 분도 날 기른 보람이 있다고 생각하셨을 거야. 그러니 나도 감히 헛생각을 하지 못하지."

보옥은 얼른 몸을 돌려 사월 등에게 속삭였다.

"이런! 원앙 누나가 와 있잖아! 내가 들어가면 또 화를 내고 가버릴 테니, 둘이 조용히 얘기 나누게 두고 우리는 그냥 돌아가자. 마침 습인 누나도 울적하던 참인데 다행히 원앙 누나가 와주었으니 잘됐지 뭐."

그들은 다시 살그머니 나왔다.

보옥이 가산 바위 뒤로 돌아가서 바지를 내렸다. 그러자 사월과 추문이 멈춰 서서 얼굴을 돌린 채 낄낄대며 말했다.

"쪼그려 앉아 일을 보셔요. 배에 찬바람 들어가지 않게 조심하시고요!"

뒤쪽에 있던 어린 하녀들은 보옥이 소변을 보려는 줄 알고 얼른 다방으로 달려가 손 씻을 물을 준비했다. 보옥이 막 돌아서자 앞쪽에서 두 명의 어멈이 오고 있었다. 그들이 누구냐고 큰 소리로 묻자 추문이 말했다.

"보옥 도련님께서 여기 계셔요. 그렇게 소리를 지르면 놀라시잖아요!"

어멈들이 황급히 웃으며 말했다.

"어머, 몰랐네요! 정초부터 재앙을 일으킬 뻔했네요. 아가씨들, 연일 고생이 많아요."

그러는 사이에 그들은 벌써 가까이 다가와 있었다.

사월이 물었다.

"뭘 들고 있어요?"

"노마님께서 원앙 아가씨랑 습인 아가씨에게 하사하신 음식이에요."

"호호, 밖에서 공연하는 건 『팔의기八義記』이지 『혼원합混元盒』³이 아닌데 갑자기 웬 '금화성모金花聖母'*가 나와요?"

제54회 **51**

그러자 보옥이 웃으며 말했다.
"뚜껑을 열어봐, 뭐가 들었나 보게."
추문과 사월이 얼른 다가가 두 찬합의 뚜껑을 열었다. 두 어멈이 얼른 무릎을 꿇었다. 보옥은 안에 담긴 것들이 모두 잔치자리에 있던 상등품 과일과 요리들인 걸 보더니 고개를 끄덕이며 자리를 떠났다. 사월과 추문은 서둘러 뚜껑을 덮어놓고 따라왔다. 보옥이 빙그레 웃으며 말했다.
"저 두 사람은 온화하고 말도 잘하는걸? 매일 힘들 텐데 오히려 너희들한테 고생한다고 하는 걸 보니, 자기 자랑만 내세우는 사람들은 아닌 것 같아."
사월이 말했다.
"저 둘이야 아주 좋은 사람들이에요. 하지만 버릇없는 사람들은 또 너무 지나쳐요."
"하하, 너희야 사리에 밝으니까 그런 사람들을 보면 어리석고 불쌍하다고 여겨주면 되잖아?"
그렇게 이야기하는 사이 어느새 대관원 대문에 이르렀다.
할멈들은 술을 마시며 골패놀이를 하면서도 계속 밖의 동정을 살폈다. 그러다가 보옥이 오자 모두 따라왔다. 큰 응접실 뒤쪽 회랑에 이르렀을 때 두 명의 하녀가 보였다. 개중 하나는 작은 목욕 대야를 들고 있었고, 다른 하나는 수건을 걸친 채 구자漚子[4]가 담긴 병을 들고 있었는데, 보아하니 한참 동안 거기서 기다리고 있었던 듯했다. 추문이 얼른 대야 안에 손을 담가보고 말했다.
"애가 갈수록 건성건성 하네? 어디서 이런 찬 물을 떠왔어?"
"호호, 언니, 날씨를 생각하셔야지요. 물이 차가울까봐 일부러 끓는 물을 따라왔는데 다시 식어버렸어요."
그때 마침 할멈 하나가 끓는 물이 담긴 주전자를 들고 지나가자 하녀가 불러세웠다.

"할머니, 여기다 좀 부어주셔요."
"에그! 이건 노마님 차를 우려낼 물이에요. 가서 떠오지 그래요? 거기 좀 다녀온다고 발이 커지는 것도 아닐 텐데."
"누구 물이든 간에 좀 부어요. 안 그러면 노마님 차 끓이는 물이라도 부어서 손을 씻을 테니까요!"
할멈이 돌아보더니 추문이라는 걸 알고는 얼른 주전자를 들고 와서 부었다. 추문이 말했다.
"됐어요. 연세도 이리 많은 분이 왜 그리 눈치가 없어요? 누가 노마님께 가져가는 물인 줄 몰라요? 저는 달라고 할 주제가 못 되나 보군요?"
"호호, 제가 눈이 어두워서 그만 아가씨를 못 알아봤네요."
보옥이 손을 씻자 하녀가 병을 들고 와서 그의 손에 구자를 조금 부었다. 추문과 사월도 손을 씻고 구자로 손을 문지른 후 보옥과 함께 안으로 들어갔다.
보옥은 곧 데운 술 주전자를 달라고 해서 이환의 숙모와 설씨 댁 마님 잔부터 따르기 시작했고, 두 사람은 웃으면서 보옥에게 자리에 앉으라고 권했다. 그러자 태부인이 말했다.
"어린 아이니까 따르게 하시게. 자, 다들 저 애가 따른 술로 건배하세."
그러면서 먼저 잔을 비우자 형부인과 왕부인도 황급히 잔을 비웠다. 그리고 설씨 댁 마님과 이환의 숙모에게도 잔을 비우라고 권했다. 두 사람도 잔을 비우자 태부인이 보옥에게 말했다.
"네 누나들과 동생들한테도 다 따라줘라. 아무렇게나 따르지 말고, 모두 한잔씩 비우게 해야 한다!"
보옥이 "예!" 하고 순서대로 모두에게 한잔씩 따라주었다. 대옥 앞에 이르자 그녀는 술을 마시려 하지 않고 잔을 들어 보옥의 입에 대주었다. 그러자 보옥이 단숨에 비워버렸다. 대옥이 미소를 지으며 말했다.
"고마워요!"

보옥이 다시 따르며 대옥에게 권하자 희봉이 웃으며 말했다.

"도련님, 찬 술 마시면 안 돼요. 손이 떨려서 나중에 글씨도 못 쓰고 활도 당길 수 없어요."

"찬 술은 안 마셨어요."

"호호, 저도 알아요. 그냥 당부하는 말이었어요."

그런 다음 보옥은 안에 들어가서도 모두에게 술을 따랐다. 다만 가용의 아내에게는 하녀들을 시켜서 따랐다. 그는 다시 회랑으로 나와 가진 등에게 술을 따랐고, 잠시 앉아 있다가 다시 들어가 자기 자리에 앉았다.

잠시 후 국이 올라오고, 이어서 원소병元宵餠[5]이 나왔다. 그러자 태부인은 연극을 잠시 멈추게 했다.

"아이들이 불쌍하구나. 따뜻한 국과 요리를 좀 먹이고 나서 계속하게 하거라."

그리고 각종 과일과 원소병 등을 배우들에게 갖다주라고 분부했다. 잠시 후 연극이 잠시 중단되자 할멈이 자주 드나드는 여자 이야기꾼 둘을 데리고 들어와 작은 걸상을 두 개 놓고 앉히더니 삼현금三弦琴과 비파를 건네주었다. 태부인이 설씨 댁 마님과 이환의 숙모에게 무슨 이야기를 듣겠느냐고 물었다.

"아무거나 괜찮습니다."

그러자 태부인이 이야기꾼들에게 물었다.

"근래에 새로 익힌 이야기가 있느냐?"

"한 토막 익혔사온데 잔당殘唐 오대五代* 시절의 이야기이옵니다."

"제목이 뭐지?"

"『봉구란鳳求鸞』*이라고 하옵니다."

"제목이 그럴 듯하구나. 헌데 왜 그런 제목이 붙었는지 우선 줄거리를 대강 얘기해봐라. 괜찮으면 마저 듣도록 하마."

"이 이야기는 잔당 시절의 어느 시골 호족에 대한 것이옵니다. 그 사람의 이름은 왕충王忠˚이고 본래 금릉, 남경 사람인데, 두 왕조에 걸쳐서 재상을 지냈사옵니다. 지금은 연로하여 고향으로 돌아가 지내는데, 슬하에 왕희봉王熙鳳˚이라는 아드님만 한 분 계십니다."

그 말에 모두 웃음을 터뜨렸다. 태부인도 웃으며 말했다.

"우리 희봉이하고 이름이 같구나."

그러자 어멈 하나가 얼른 다가가 이야기꾼을 톡 치며 말했다.

"그건 우리 둘째 아씨 이름이니까 함부로 말하면 안 돼!"

태부인이 웃는 얼굴로 말했다.

"괜찮다. 어서 계속해봐라."

이야기꾼은 얼른 일어나 민망한 웃음을 지으며 말했다.

"죽을죄를 졌사옵니다. 그게 둘째 아씨 성함인 줄 몰랐사옵니다."

희봉이 생글대며 말했다.

"괜찮아. 그냥 계속 해. 세상에는 이름 같은 사람이 많이 있잖아?"

이야기꾼이 말을 이었다.

"어느 해 왕나리는 도련님을 경사에 보내 과거시험을 치르게 했사온데, 그날 비가 많이 내려서 도련님은 비를 피하러 어느 마을로 갔사옵니다. 그 마을에는 왕나리와 대대로 교분이 있던 이 아무개라는 선비가 살고 있어서, 그 도련님을 자기 집 서재에 묵게 했사옵니다. 이 선비의 슬하에는 아들은 없고 애지중지하는 딸만 하나 있었사옵니다. 이 딸의 이름은 이추란李雛鸞이라고 하는데 악기와 바둑, 서예, 그림에 모두 능통했사옵니다."

태부인이 얼른 말했다.

"그래서 제목이 『봉구란』이로구나. 됐다, 무슨 얘기인지 알겠다. 당연히 그 희봉이 추란 아가씨를 아내로 삼았다는 거겠지."

"호호, 노마님께선 이 이야기를 들어보신 적인 있으신가 보네요?"

그러자 사람들이 모두 말했다.

"노마님께서 들어보시지 못한 얘기가 어디 있겠어! 안 들어보신 얘기도 짐작으로 다 아시지."

태부인이 웃으며 말했다.

"그런 이야기들은 다들 상투적이라 재자가인才子佳人 이야기에서 벗어나지 못하니 재미없지. 남의 집 처자를 그렇게 헐뜯어놓고도 '가인'이라고 하니, 도무지 전혀 근거 없이 만들어진 게 아니냔 말이야. 입만 열면 명문 귀족이라 아비가 상서 아니면 재상이고, 외동딸은 반드시 보배처럼 아끼지. 그 처자는 항상 학식이 깊고 예의범절이 반듯하고 모르는 게 없는 절대絶代의 미녀란 말이야. 그런데 기품 있고 잘생긴 남자를 만나면 그게 친척이든 친우든 따지지 않고 바로 '종신대사終身大事'를 떠올리면서 부모도, 글도, 예절도 다 잊어버린 채 귀신도 귀신이라 여기지 않고 도적도 도적이라 여기지 않게 되니, 이게 어디 '가인'이란 말이냐? 아무리 글을 많이 읽었다 한들 이런 짓을 하는 건 '가인'이라고 할 수 없지. 만약 글을 많이 읽은 남자가 도적질을 하면 설마 나라의 법이 그를 '재자'라고 여기고 도적질한 사실을 따지지 않을까? 그러니 그런 이야기를 만들어내는 것들은 스스로 제 입을 틀어막는 짓을 하고 있는 게지. 게다가 대대로 이어진 명문 귀족의 처자는 다 예의범절이 반듯하고 글공부를 많이 했을 테고, 심지어 부인들도 글을 알고 예의에 밝지 않겠어? 연로해서 귀향했다면 당연히 그런 대갓집에 식구도 아주 많을 게 아니냐? 유모와 하녀, 시중드는 시녀들도 많을 텐데 왜 그런 이야기들에서는 그런 일들이 일어나면 꼭 그 처자와 심복으로 따르는 하녀 하나만 알고 있는 거냔 말이다. 다들 생각해보거라. 다른 사람들은 다 뭘 하고 있단 말이냐? 그러니 앞뒤가 안 맞는 얘기가 아니냔 말이지!"

그 말에 모두 웃으며 말했다.

"그 말씀으로 황당함이 다 드러났네요!"

"호호, 거기엔 다 까닭이 있는 게지. 그런 이야기를 만들어내는 것들 가운데 일부는 남이 부귀한 것을 시샘하거나 부귀를 바라도 뜻대로 되지 않으니까 그런 이야기를 만들어 남을 헐뜯는 게지. 또 다른 부류는 그런 책들을 보고 현혹돼서 자기도 '가인'을 하나 얻어보고 싶은 생각에 재미 삼아 그런 이야기를 만드는 게야. 그런 것들이 명문대가의 법도를 어찌 알겠어! 그런 이야기에 나오는 명문대가는 말할 것도 없고, 지금 눈앞에 보이는 우리 같은 중등 집안만 놓고 보더라도 그런 일이 없으니 진짜 명문대가는 말할 필요도 없지. 그러니 그게 다 턱이나 빠질 헛소리일 뿐이라는 걸 알 수 있지! 그래서 우리는 그런 이야기는 공연하지 못하게 하니까, 하녀들도 그런 이야기를 모르고 있지. 요즘은 나도 늙었고 저 아이들은 멀리 떨어져 지내니까 간혹 심심할 때 불러다 몇 마디 듣긴 하지만, 저 아이들이 오면 얼른 그만두게 하지."

이환의 숙모와 설씨 댁 마님이 웃으며 말했다.

"이야말로 대갓집의 규범입니다! 심지어 저희 집안에서도 그런 잡스러운 이야기들을 아이들에게 들려주지 않지요."

희봉이 다가가 술을 따르며 말했다.

"호호, 이제 그만하셔요. 술이 다 식었네요. 할머니, 한 모금 하셔서 목을 적시고 나서 거짓말을 까발려주세요. 자, 여러분, 지금 들려드릴 이야기는 『거짓말 까발리기〔掰謊記〕』로서 지금 이 왕조, 여기에서, 금년, 이 달, 이 날, 이 시각에 일어난 이야기입니다. 할머님께선 한입으로 두 말씀을 하시기 어렵고, 두 송이 꽃이 각기 한 가지에 피어나니, 진짜인지 거짓인지는 잠시 따지지 마셔요. 그리고 저기 등롱 구경하고 연극 구경하는 사람들은 좀 조용히 해주세요. 할머님, 우선 두 친척분들께 한잔 권하시고 연극을 두어 마당 더 보신 후에 지난 왕조의 이야기부터 시작해서 거짓말을 까발리시는 게 어떠신가요?"

그녀가 술을 따르면서 싱글싱글 웃는 얼굴로 이렇게 말하자, 말이 끝나기도 전에 좌중의 모든 사람들이 포복절도했다. 이야기꾼들도 웃음을 참지 못했다.

"아씨, 입담이 정말 대단하십니다! 아씨께서 이야기를 파신다면 정말 저희는 밥벌이 할 곳이 없어지겠네요."

설씨 댁 마님이 웃으며 말했다.

"기분 좀 그만 내라. 밖에도 사람들이 계시니 보통 때와는 다르잖아?"

희봉이 웃으며 말했다.

"밖에 계신 분이라고 해봐야 큰집 시형媤兄밖에 없잖아요. 우리는 어려서부터 오빠, 누이 하면서 함께 장난질도 하면서 자란 사이예요. 몇 년 전부터 친척지간이 되어 저도 이제 제법 예의를 차리고 있어요. 어릴 적 오누이가 아니라 시형, 제수 사이라 하더라도 저 분들이 저 『이십사효二十四孝』[6]에 들어 있는 노래자老萊子의 '희채반의戱彩斑衣' 같은 일로 할머님을 즐겁게 해드릴 수 있나요? 그래서 제가 그걸 흉내 내서 할머님을 한번 웃겨드린 거예요. 덕분에 할머님께서 음식을 좀 더 잡수시고 모두들 즐거웠으니 저한테 감사해야지 오히려 절 비웃으시다니요!"

태부인이 웃으며 말했다.

"요 며칠 후련하게 웃어본 적이 없는데, 저 아이 덕분에 제법 속이 후련해졌네. 그러니 큰 잔으로 한잔 더 마셔야겠어."

그리고 술을 마시면서 보옥에게 분부했다.

"형수님에게 한잔 올려라."

희봉이 웃으며 말했다.

"도련님 잔은 필요 없어요. 저는 할머님의 장수주長壽酒를 얻어 마실래요."

희봉은 태부인의 잔을 들고 반쯤 남은 술을 마시더니, 하녀에게 잔을 주며 따뜻한 물에 담가둔 잔으로 바꿔 올리라고 했다. 이에 각 자리의 술잔을 모두 치우고 따뜻한 물에 담가두었던 잔으로 바꿔놓았다. 그러자 그녀는 모든 이들에게 한잔씩 따르고 자기 자리로 돌아갔다.

이야기꾼이 태부인에게 여쭈었다.

"노마님, 이 이야기를 듣지 않으실 거면 노래나 한 곡 연주해드릴까요?"
"그럼 둘이서 「장군령將軍令」⁷을 한 번 타봐라."
두 이야기꾼들은 서둘러 거문고와 비파의 현을 골라 가락에 맞춰 연주하기 시작했다.
태부인이 할멈들을 돌아보며 물었다.
"시간이 얼마나 됐지?"
"삼경三更이 되었습니다."
"어쩐지 으슬으슬 추워지더라니!"
하녀들이 곧 껴입을 옷을 가져왔다. 왕부인이 일어나 웃음 띤 얼굴로 말했다.
"어머님, 난각 안의 구들로 자리를 옮기는 게 좋겠어요. 여기 두 분은 남이 아니니까 저희가 모시면 되잖아요?"
"호호, 그럼 아예 모두 함께 자리를 옮기자꾸나. 그게 낫지 않겠니?"
"안에는 자리가 충분하지 않을 거예요."
"호호, 나한테 좋은 수가 있다. 이 탁자들은 다 옮길 필요 없이 두세 개만 한데 붙여놓고 다들 끼어 앉자꾸나. 그럼 더 친밀해지기도 하고 따뜻하기도 할 게 아니냐?"
그러자 모두들 "그거 재미있겠네요!" 하면서 자리에서 일어났다. 어멈들은 서둘러 자리를 치우고 난각 안에 커다란 탁자 세 개를 나란히 붙여서 과일과 안주를 다시 차렸다. 태부인이 말했다.
"다들 예의에 얽매이지 말고 내가 정해준 대로 앉도록 해라."
그러면서 설씨 댁 마님과 이환의 숙모를 정면 위쪽에 앉히고 태부인 자신은 서쪽을 향해 앉았다. 그리고 보금과 대옥, 상운을 좌우에 바짝 붙여 앉히고는 보옥을 향해 말했다.
"너는 어미 곁에 앉아라."
이에 형부인과 왕부인은 보옥을 사이에 끼고 앉았고, 보차 등 자매들은 서쪽에 앉았다. 그다음에는 차례로 누婁씨가 가균을 데리고 앉았고, 우씨와 이환은 가란을 사이에 끼고 앉았으며, 그 아래쪽의 맨 위에는 가용의 아내가 앉았다. 태부인이 말했다.

"진이는 형제들을 데리고 돌아가라. 나도 좀 누워야겠다."

가진이 "예!" 대답한 후에 모두 데리고 인사하러 들어오려고 하자 태부인이 말했다.

"어서 가라. 들어올 필요 없다. 방금 다들 자리에 앉았는데 또 일어서야 하지 않느냐? 얼른 가서 쉬어라. 내일도 또 큰일이 있지 않느냐?"

가진이 얼른 "예!" 하더니 다시 웃으며 말했다.

"용이는 여기 남아서 술을 따르게 하겠습니다."

"참, 그 아이를 잊고 있었구나!"

가진은 "알겠습니다!" 하고는 곧 돌아서서 가련 등을 데리고 밖으로 나갔다. 둘은 아주 좋아하며 하인들에게 가종과 가황을 각자 집으로 돌려보내게 했다. 그리고 가진은 가련에게 한턱 내겠다며 주색가酒色家를 찾아 나섰다. 이 이야기는 그만하겠다.

이쪽에서는 태부인이 웃으면서 말했다.

"이렇게들 모여서 즐기고 있지만 짝이 함께 있는 사람이 없어서 그만 용이를 잊고 있었구나. 마침 잘됐다. 용이는 네 안사람과 같이 앉아라. 그래야 나름대로 금슬이 좋아 보이지 않겠느냐?"

그때 어멈이 연극을 시작해도 되겠느냐고 물었다.

"호호, 안식구들과 자손들이 모여 흥겹게 이야기를 나누고 있는 판에 또 시끄럽게 굴겠다니! 게다가 저 아이들도 밤늦게까지 추위에 시달렸지 않느냐? 됐다. 그 아이들은 잠시 쉬게 하고, 우리 애들을 불러서 두어 막을 부르게 해라. 저 아이들한테도 구경을 좀 시켜줘야지."

어멈이 "예!" 하고 나가 서둘러 대관원 안으로 사람을 보내 전갈하는 한편, 중문 어귀의 어린 하인들에게 분부를 기다리라고 했다. 하인들은 황급히 희방戱房으로 가서 어른들은 다 내보내고 아이들만 남겨두었다.

잠시 후 이향원梨香院*의 극단 선생이 문관 등 열두 명을 데리고 회랑 쪽 문으로 들어왔다. 할멈들이 간단하게 싼 보따리를 몇 개 안고 나왔는데, 분장 도구를 담은 상자를 옮길 틈이 없어서 임시로 태부인이 즐겨 듣는 서너 가지 연극에 맞는 무대복과 소품들만을 챙겨온 것이었다. 할멈들이 문관 등을 데리고 들어와 인사한 후 그저 손을 늘어뜨리고 공손하게 서 있기만 하자 태부인이 웃으며 말했다.

"정월인데도 너희 사부가 나와 놀게 내버려두지 않는 모양이구나. 너희들은 어떤 극을 할 거냐? 조금 전에 보았던 여덟 막짜리『팔의』는 너무 시끄러워서 머리가 아플 지경이었으니 좀 조용한 걸로 해보렴. 봐라, 저 설씨 댁 마님이나 이씨 댁 마님도 모두 댁에 극단을 갖고 계셔서 좋은 극을 아주 많이 보셨단다. 여기 아가씨들도 우리 집 아가씨들보다 좋은 극도 많이 보고 좋은 노래도 많이 들어보았지. 지금 저 극단은 유명한 놀이 극단인데, 아이들이지만 어른보다 낫더구나. 그러니 우리도 너무 못한다는 소리 듣지 않게 좀 색다른 걸로 해야겠구나. 방관芳官이한테「심몽尋夢」[8]의 한 마당을 노래하라고 해라. 그냥 호금胡琴과 단소로만 반주를 맞추고 생황이나 피리 같은 것들은 일체 쓰지 마라."

문관이 생글거리며 말했다.

"그것도 좋은 생각이십니다. 저희들의 극이 설씨 댁 마님이나 사돈 마님의 눈에 차시겠습니까? 그저 저희들의 소리새김과 목청 틔우는 소리나 들어주시는 정도겠지요."

"호호, 바로 그 말이다."

그러자 이환의 숙모와 설씨 댁 마님이 모두 웃으며 말했다.

"정말 영특한 아이로구나! 노마님과 맞장구를 치며 우리를 놀리다니!"

태부인이 웃음 지으며 말했다.

"원래 이 아이들은 편하게 놀려고 연극을 하는 것이지 돈벌이를 하려는 것이 아니오. 그래서 유행에는 별로 맞지 않는다오."

또 이렇게 말했다.

"규관葵官이한테는 『혜명하서惠明下書』[9] 한 마당을 노래하게 해라. 분장은 할 필요없다. 그저 그 두 마당으로 저분들한테 신선한 재미를 들려주면 된다. 하지만 조금이라도 건성으로 하면 내가 용서하지 않을 게야!"

문관 등은 "예!" 하고 물러나 서둘러 공연을 준비했다. 그들은 먼저 『심몽』을 공연하고, 다음으로 『혜명하서』를 공연하기로 했다. 모두 쥐 죽은 듯 조용하자 설씨 댁 마님이 웃으며 말했다.

"정말 저 아이 덕분에 기대가 되네요. 연극이야 수백 편을 봤지만 단소로만 반주하는 건 보지 못했거든요."

태부인이 말했다.

"그런 것도 있지. 방금 보았던 『서루기西樓記』「초강청楚江晴」[10]만 하더라도 소생小生*이 단소로 반주하는 게 많아. 긴 곡에 악기를 다 갖춰 반주하는 경우는 사실 드문데, 그건 주인이 그런 걸 따지느냐 마느냐에 달린 게지. 그러니 이게 뭐 특이하다고 하겠는가?"

그리고 상운을 가리키며 말했다.

"내가 저 아이만 했을 때 저 아이 할아버지가 작은 극단을 하나 갖고 계셨는데, 거문고 하나로만 반주하는 것들도 있었지. 예를 들어 『서상기西廂記』「청금聽琴」[11], 『옥잠기玉簪記』「금도琴挑」[12], 『속비파續琵琶』「호가십팔박胡笳十八拍」[13] 같은 것들이 그랬는데, 이거에 비하면 더하지 않겠어?"

그러자 사람들이 말했다.

"그렇지요. 그건 더 어려웠겠군요."

태부인은 곧 어멈을 하나 불러 문관 등에게 「등월원燈月圓」이라는 곡을 연주하게 하라고 말했다. 어멈이 명을 받고 나가자 가용 부부가 술을 한 바퀴 돌렸다. 희봉은 태부인이 무척 즐거워하자 웃으며 말했다.

"마침 이야기꾼이 여기 있으니까 그들더러 북을 치라 하고, 우리는 매화를 돌리면서 '춘희상미초春喜上眉梢'[14] 주령놀이를 하는 게 어때요?"

태부인이 웃으면서 말했다.

"그것 참 좋은 주령이구나. 마침 이 계절과 풍경에 딱 들어맞아."

태부인은 즉시 검은 옻칠을 하고 구리 못을 박은 화강령고花腔令鼓[15]를 가져오라 해서 이야기꾼에게 치게 하고는 자리에 놓인 홍매화 가지 하나를 뽑아 들고 웃으며 말했다.

"이 꽃을 들고 있을 때 북소리가 멈추면 그 사람은 술을 한잔 마시고 또 무슨 이야기를 하나씩 해야 돼."

희봉이 생글대며 말했다.

"제 생각에는 할머니처럼 어떤 이야기나 즉석에서 할 수 있는 사람이 없으니까, 저희처럼 잘 못하는 사람들은 재미가 없을 것 같아요. 그러니까 잘하는 사람이나 못하는 사람이나 다들 함께 즐기려면 진 사람이 벌로 우스운 이야기를 하나씩 하는 게 좋겠어요."

사람들은 그녀가 평소 우스갯소리를 잘하고 그런 이야기를 뱃속에 한없이 담고 있다는 것을 알고 있었다. 희봉이 이렇게 말하자 자리에 있던 사람들뿐만 아니라 아래쪽에서 시중들던 할멈, 어멈, 하녀들까지 모두 좋아했다. 어린 하녀들은 서둘러 밖으로 나가 자매들에게 알렸다.

"어서 와서 들어봐요. 둘째 아씨께서 또 우스갯소리를 하신대요."

그러자 하녀들이 일제히 방 안으로 들어왔다.

이에 연극과 음악을 모두 멈추었다. 태부인은 국과 간식, 과일, 요리를 문관 등에게 나눠주라 하고 곧 북을 울리라고 했다. 이야기꾼들은 그런 일에 익숙해서 북을 빠르게 울렸다가 느리게 울리기도 하고, 때로는 낙숫물이 떨어지듯 천천히 치다가도 때로는 콩을 볶듯이 빠르게 울리고, 놀란 말이 내달리듯 어지럽게 두드리기도 하고, 번갯불처럼 순식간에 울렸다가 사라지게 만들기도 했다. 북소리가 느리면 매화도 천천히 돌리고, 북소리가 빨라지면 매화도 빨리 돌렸다. 그러다가 태부인의 손에 이르자 북소리가 뚝 그쳤다. 모두 박장대소하자 가용이 얼른 나아가 술을 한잔 따랐다. 다들 싱글벙글대며 말했다.

"당연히 노마님께서 먼저 즐거워하셔야 덕분에 저희도 좀 즐길 수 있지요!"

"호호, 술이야 마시겠지만 우스갯소리는 하기가 좀 어려운걸?"

"노마님께선 희봉 아씨보다 더 재미있는 걸 많이 아시잖아요. 하나만 들려주셔요. 저희도 좀 웃어보게요!"

"호호, 뭐 새로운 건 없지만 어쩔 수 없이 낯 두꺼운 늙은이 노릇으로 하나 하지 뭐."

그런 다음 태부인이 이야기를 시작했다.

"어느 집에 아들이 열 명 있어서 며느리 열 명을 맞아들였지. 그런데 막내며느리가 무척 영리하고 말재간도 좋아 시부모가 제일 아끼면서 나머지 아홉 명은 효도를 못한다고 늘 나무랐어. 그러니까 나머지 아홉 며느리들이 속이 상해서 서로 의논을 했지. '우리도 마음으로는 시부모님께 효도하는데 저 계집애처럼 말재간이 없어서 늙으신 시부모님이 저것만 좋아하시니 이 억울함을 누구한테 하소연하지?' 그때 맏며느리가 한 가지 꾀를 내었어. '내일 염라대왕 사당에 가서 향을 사르고 우리 사정을 말씀드린 다음, 한번 여쭤보자. 우리를 인간 세상에 내보낼 때 왜 저것한테만 재간 좋은 주둥이를 주고, 우리는 바보처럼 말도 잘 못하게 만들어주셨냐고 말이야.' 그러자 모두들 기뻐하면서 좋은 생각이라고 했지. 다음 날 모두 염라대왕 사당에 가서 향을 사른 후 제사상 앞에서 잠이 들었지. 꿈속에서 아홉 명의 영혼들이 염라대왕이 왕림하시길 기다리는데 아무리 기다려도 오시지 않는 거야. 한참 초조해하고 있는데 손오공이 근두운筋斗雲*을 타고 와서 그들을 보자마자 여의봉을 꺼내 들고 휘두르려 하는 거야. 아홉 명의 영혼들이 깜짝 놀라 다급히 무릎을 꿇고 빌었더니 손오공이 까닭을 물었어. 그들이 사정을 자세히 알려주자 손오공은 발을 탁 구르면서 탄식했어.

'다행히 내가 그 얘기를 들었구나. 염라대왕이 올 때까지 기다렸다 해도 그 작자는 아마 몰랐을 게다.' 그러자 아홉 명의 영혼이 간청했어. '제천대성齊天大聖*님, 제발 자비를 베푸셔서 저희를 구원해주십시오.' '하하, 그건 별로 어려운 일이 아니다. 너희 열 명의 동서들이 태어날 때 마침 내가 염라대왕한테 갔다가 땅바닥에 오줌을 쌌는데, 그걸 너희 막내가 받아먹었느니라. 너희도 이제 영리하고 말재간 좋은 사람이 되고 싶거든 내 오줌을 받아먹도록 해라. 오줌이야 얼마든지 있으니까 말이다.' 이랬다는 거야."

이야기가 끝나자 사람들이 웃음을 터뜨렸다. 희봉도 웃으며 말했다.

"다행이네요. 우리는 모두 말재주가 없으니까요. 그게 아니라면 원숭이 오줌을 먹은 사람일 테니까요!"

그러자 우씨와 누씨가 웃으면서 이환에게 말했다.

"여기 있는 사람들 가운데 원숭이 오줌을 먹은 사람이 있을 텐데, 아무 일 없었던 것처럼 시치미를 떼면 안 되지요!"

설씨 댁 마님이 웃으며 말했다.

"우스갯소리는 그 자체로 좋냐 나쁘냐에 달린 게 아니라 상황에 들어맞게 해야 우스운 법이지요."

그러는 사이에 다시 북이 울리기 시작했다.

하녀들은 오로지 희봉의 우스갯소리를 듣고 싶어서 살그머니 이야기꾼들에게 귀띔해놓고, 자기들이 헛기침을 하는 걸로 신호를 삼았다. 순식간에 매화가 두 바퀴를 돌아 희봉의 손에 이르자 하녀들이 일부러 헛기침을 했고, 그 순간 이야기꾼이 북채를 멈췄다. 그러자 모두 웃으며 말했다.

"딱 걸렸네! 얼른 술을 마시고 재미있는 얘기 하나 해요. 하지만 배가 아플 정도로 너무 웃기는 얘기는 하지 마세요."

희봉이 잠시 생각하더니 생글거리며 말했다.

"어떤 집에서 막 정월 보름을 쇠려고 온 가족이 등롱을 구경하며 술을 마셨어요. 고조할머니, 증조할머니, 시어머니, 며느리, 손자며느리, 증손자며느리, 친손자, 외손자, 증손자, 현손자는 물론 멀고 가까운 손자며 손녀, 외손녀들까지 올망졸망 모여서…… 세상에나! 시끌벅적하기도 했대요!"

모두들 거기까지만 듣고도 벌써 웃으며 말했다.

"저 조잘거리는 것 좀 봐. 또 누굴 놀려주려고 저럴까?"

우씨가 웃으며 말했다.

"나를 끌어들이면 주둥이를 찢어놓을 거야!"

희봉이 일어나 손뼉을 치며 웃었다.

"열심히 얘기하고 있는데 훼방을 놓다니. 그럼 전 그만둘 거예요!"

태부인이 웃으며 말했다.

"어서 계속해봐라. 그다음엔 어찌 됐어?"

희봉이 잠시 생각하다가 생글대며 말했다.

"그다음엔 다들 한 방에 오손도손 모여 앉아 있다가 밤새 술을 마시고 헤어졌어요."

사람들은 그녀가 정색한 채 그렇게 이야기하고 다른 말이 없자, 모두들 멍하니 다음 이야기를 기다리니 분위기가 금세 썰렁해졌다.

상운이 한참 동안 희봉을 쳐다보자 그녀가 웃으며 말했다.

"정월 대보름 쇠는 이야기를 하나 더 해드릴게요. 몇 사람이 집채만큼 큰 폭죽을 쏘러 성 밖으로 들고 나갔는데, 만 명도 넘는 사람들이 구경하러 따라갔지요. 개중에 어느 성질 급한 사람이 참지 못하고 몰래 향불로 심지에 불을 붙였대요. 하지만 '펑!' 하는 소리밖에 들리지 않자 사람들은 모두 와하하 웃으며 흩어졌대요. 그러자 폭죽을 들고 나갔던 사람은 폭죽을 판 사람이 단단히 매지 않아서 불을 놓기도 전에 터져버렸다고 투덜거렸대요."

상운이 말했다.

"설마 그 사람은 소리를 듣지 못했대요?"

"알고 보니 그 사람은 귀머거리였대."

사람들은 그 말을 듣고 잠시 생각해보더니 일제히 포복절도했다. 그러다가 조금 전에 했던 이야기가 아직 끝나지 않았다는 사실을 떠올리고 희봉에게 물었다.

"앞의 얘기는 어떻게 된 거예요? 그것도 마무리를 지어야지요."

희봉이 탁자를 '탁!' 치며 말했다.

"많이 떠들었네요. 내일은 십육일이니까 설도 보름도 다 끝나지요. 저는 사람들이 물건을 수습하는 걸 감독해야 하느라 정신없는데, 그다음 일이 어찌 됐는지 알아볼 틈이 어디 있겠어요?"

그 말에 사람들이 또 웃었다. 희봉도 웃으면서 말했다.

"벌써 사경四更이 돼가고 있어요. 할머님께서도 피곤하신 것 같고, 우리도 귀머거리가 폭죽 터뜨리듯이 쓸데없는 짓 그만하고 이만 자리를 파하도록 하지요!"

우씨 등이 손수건으로 입을 가리고 몸을 앞뒤로 흔들어대면서 웃더니 희봉을 가리키며 말했다.

"저 물건은 정말 입심이 대단하다니까!"

태부인도 웃으며 말했다.

"정말 희봉이 넌은 입심이 갈수록 대단해지는구나."

그러면서 또 이렇게 말했다.

"저 아이가 폭죽 얘기를 꺼냈으니까 우리도 폭죽 구경하면서 술이나 좀 깨자구나."

가용이 얼른 나가 하인들을 데리고 뜰 가운데 병풍을 치고 폭죽놀이를 준비했다. 이 폭죽들은 모두 각지에서 황실에 공물로 바친 것들로서, 그다지 크지는 않았지만 아주 정교하고 갖가지 불꽃 모양에 색깔도 다양했다. 대옥은 기질이 유약해서 '꽝꽝!' 터지는 소리를 견뎌내지 못했기 때문에 태부인이 그녀를 품에 안아주었다. 설씨 댁 마님이 상운을 안자 상운이 웃으면서 말했다.

"전 무섭지 않아요."

보차도 웃으며 말했다.

"걔는 자기 손으로 커다란 폭죽을 터뜨리길 좋아하는데 저런 걸 무서워할 리 있겠어요?"

왕부인이 보옥을 끌어안자 희봉이 웃으며 말했다.

"우린 아껴주시는 분이 없네요."

우씨가 웃는 얼굴로 말했다.

"내가 있잖아? 이리 와, 내가 안아줄게. 부끄러운 줄도 모르고 또 어리광 부리긴! 폭죽 터지는 소리를 듣고 꿀벌 오줌 먹은 사람처럼 오두방정 떨지 말고!"

"호호, 이 자리 파하고 나면 대관원 안에 들어가서 폭죽을 터뜨리자고요. 내가 하인들보다 더 잘 터뜨린다니까요?"

그러는 사이에 바깥에서는 갖가지 폭죽이 하나씩 터졌다. '만천성滿天星', '구룡입운九龍入雲', '일성뢰一聲雷', '비천십향飛天十響' 같은 작은 폭죽들이 수없이 터졌다. 폭죽이 다 터지고 나자 극단 배우들에게 '연화락蓮花落'16을 부르게 했다. 노래가 끝난 후 무대 가득 동전을 뿌려 어린 배우들이 다투어 줍게 하면서 놀았다. 다시 국이 나오자 태부인이 말했다.

"밤이 깊어지니 배가 조금 고파지는구나."

희봉이 얼른 말했다.

"오리고기를 넣어 끓인 죽이 준비되어 있어요."

"난 좀 담백한 걸 먹고 싶구나."

"대추를 넣어 끓인 쌀죽도 있어요. 마님들께서 소식蔬食으로 잡수시도록 준비해둔 거예요."

"호호, 전부 기름기 많은 게 아니면 단 것뿐이구나."

"행인차杏仁茶*도 있는데 그것도 달 것 같네요."

"그나마 그게 낫겠다."

태부인은 할멈들에게 남은 상을 치우고 바깥에 따로 간단한 요리를 차리라고 시켰다. 모두들 내키는 대로 조금씩 먹고 찻물로 입안을 헹구고는 자리를 파했다.

십칠일 아침에 태부인은 또 녕국부에 가서 의례를 치르고 나서 사당을 닫고, 초상화들을 거둬 넣은 후 거처로 돌아갔다. 이날은 설씨 댁 마님이 태부인을 모시고 설술을 대접했다. 십팔일에는 뇌대의 집에서, 십구일에는 녕국부 뇌승의 집에서, 이십일에는 임지효의 집에서, 이십일일에는 선대량의 집에서, 이십이일에는 오신등의 집에서 초대했다. 이들 가운데 태부인은 일부의 초대만 응했는데, 사람들과 즐겁게 어울리다가 자리가 파한 후 돌아온 적도 있고, 한나절만 흥겹게 지내다가 바로 돌아온 적도 있었다. 친척이나 친우들이 초청하러 오면 태부인은 예절에 얽매이는 게 싫어서 일체 참석하지 않았기 때문에, 형부인과 왕부인, 희봉이 적당히 처리해야만 했다. 보옥도 왕자등의 집에 다녀온 것을 제외하고는 다른 모임에는 전혀 나가지 않고, 태부인 곁에서 말동무를 해드려야 한다고 둘러댔다. 그러나 집안의 하인이 초청하면 오히려 편안히 즐길 수 있기 때문에 태부인은 흔쾌히 다녀왔다.

쓸데없는 이야기는 그만하자. 이제 원소절도 지나가고……

제55회

친딸에게 모욕을 주며 어리석은 첩은 괜한 화를 내고
어린 주인을 속이며 나쁜 종은 못된 마음을 품다

辱親女愚妾爭閑氣　欺幼主刁奴蓄險心

가정의 첩 조씨가 가탐춘에게 억지를 부리며 불만을 터뜨리다.

 원소절이 지나갔다. 나라의 황제가 효성으로 천하를 다스리는데, 지금 궁중 태비太妃의 건강이 나빠서 비빈妃嬪들은 모두 음식을 간소하게 줄이고 화장을 하지 않았다. 그러니 친척 집을 찾아가 인사할 수도 없을 뿐만 아니라 잔치를 열 수도 없었다. 그렇기 때문에 영국부에서는 올해 원소절에 등롱 수수께끼를 푸는 모임을 갖지 못했다.
 설 행사로 지나치게 바빴던 희봉이 유산을 하는 바람에 방 안에 누워 있느라 한 달 동안 살림을 돌보지 못하고, 매일 두세 명의 의원을 불러 약을 지어 먹고 있었다. 희봉은 대문 밖을 나서지는 않았지만 그래도 자신의 건강을 믿고서 살림에 대해 꼼꼼히 따지고 계획을 세워, 무슨 일이 생각나면 평아를 시켜 곧 왕부인에게 전했다. 다른 사람들이 무리하지 말라고 권해도 듣지 않았다. 왕부인은 한쪽 팔을 잃은 기분이었다. 혼자서 얼마나 많은 일에 신경 쓸 수 있겠는가? 그러니 큰일이 있으면 자신이 나서서 처리하고, 집안의 자잘한 일들은 모두 잠시 이환에게 맡겼다. 하지만 이환은 덕성만 중시하고 재능은 알아주지 않는 사람이라, 결국 하인들이 제멋대로 일을 처리하게 내버려두는 경우가 생길 수밖에 없었다. 그러자 왕부인은 탐춘에게 이환을 도와 집안일을 처리하게 했다. 그러면서 한 달쯤 뒤에 희봉의 몸이 괜찮아지면 다시 그녀에게 맡기겠다고 했다.
 뜻밖에도 희봉은 타고난 기혈이 부족한데다 나이가 젊다고 몸을 보양할 줄은 모르고 늘 남에게 지려 하지 않았으니 심력은 더욱 허약해졌다. 그래서 유산을 하기도 했지만 결국 허약증까지 생겨 한 달 뒤에는 하혈까지 하게 되었다. 본인은 이야기하지 않았으나 사람들은 누렇게 뜬 그녀의 얼굴을 보고 곧 몸조리를 잘못했다는 걸 알아차렸다. 왕부인은 그녀가 약을 잘 먹고 조리를 하면서 집안일에는 신경 쓰지 못하게 했다. 그녀 자신도 큰 병이 되어 남에게 비웃음을 살까 두려워 틈틈이 조리를 하면서 하루빨리 예전처럼 몸이 회복되기를 간절히 바랐다. 뒷날의 이야기이긴 하지만, 그녀는 팔구월까지 꾸준히 약을 먹고 나서야 조금씩 몸이 회복되면서 하혈도 차츰 멈추게 되었다.

이제 왕부인의 이야기를 잠깐 해보자. 왕부인은 희봉의 상태가 이러하니 탐춘과 이환이 당분간 계속 그 일을 하는 수밖에 없겠다고 생각했다. 그리고 대관원 안에 사람이 많으니 혹시 관리가 허술해질까 싶어서 일부러 보차를 불러 여러 곳에 신경을 써달라고 부탁했다.

"할멈들은 쓸모가 없어. 틈만 나면 술 마시고 놀기나 하지. 낮에는 자고 밤이면 골패놀이나 한다는 걸 나도 다 알아. 희봉이가 밖에 있을 땐 그래도 좀 무서워했지만, 이젠 자기들 마음대로 하잖아. 애야, 그래도 네가 적당할 것 같다. 남자고 여자고 할 것 없이 네 동생들은 다 어리고 나도 시간이 없으니, 네가 내 대신 이삼일만 돌봐다오. 뜻밖의 일이 생기면 나한테 알려라. 할머님께서 물으셨을 때 내가 대답할 말이 없으면 안 되니까 말이다. 제대로 못하는 사람들한테는 네가 얘기하고, 그래도 듣지 않거든 나한테 얘기해라. 그저 큰일만 일어나지 않게 하면 된다."

보차는 "예!" 하는 수밖에 없었다.

때는 초봄이라 대옥은 또 기침이 도졌다. 상운도 감기에 걸려 형무원에 몸져누워서 날마다 의원이 드나들고, 약을 먹었다. 탐춘과 이환의 거처는 좀 떨어져 있었는데, 근래에 함께 일하게 되면서 예전과는 사정이 달라져

드나들며 일에 대해 아뢰는 할멈들이나 어멈들이 불편해했다. 그래서 두 사람이 의논하여 매일 아침 일찍 대관원 대문 남쪽의 세 칸짜리 작은 응접실〔花廳〕에 모여 일을 처리하고 아침을 먹은 다음, 점심 무렵에 각자의 방으로 돌아가기로 했다. 이 응접실은 원래 귀비가 친정에 인사하러 올 때 집사들과 태감들이 거처하도록 마련되었다. 하지만 그 행사가 끝난 뒤에는 쓸데가 없어져서 그저 매일 할멈들이 밤마다 당번을 서는 곳으로 활용되고 있었다. 이제 날씨도 따뜻해졌으니 별로 꾸밀 것도 없이 간단한 가구만 갖다 놓으면 두 사람이 쓸 수 있었다. 여기에 걸린 편액에는 '보인유덕輔仁諭德'[1]이라고 적혀 있었는데 집안의 하인들은 그저 '의사청議事廳'이라고 불렀다. 두 사람은 매일 묘시卯時 정각인 여섯 시에 이곳에 와서 정오가 되면 돌아갔다. 그사이에는 일을 보고하러 드나드는 집사 어멈들의 발길이 끊이지 않았다.

　사람들은 처음에 이환이 혼자 일을 처리한다는 소식을 듣고 각자 속으로 좋아했다. 이환은 평소 후덕하여 은혜를 많이 베풀었고 벌을 주는 일이 없었기 때문이다. 따라서 그들은 당연히 희봉에게 하는 것보다 일을 말로 쉽게 얼버무릴 수 있으리라 생각했다. 탐춘이 함께 있긴 했지만 규방을 나서 본 적이 없는 그저 어린 아가씨인데다 평소 온화하고 얌전했기 때문에 모두 신경 쓰지 않았고 희봉 밑에서 일할 때보다 훨씬 게으름을 피울 수 있었다. 그러나 사나흘쯤 지나 몇 가지 일들을 겪어본 후 그들은 점차 탐춘이 희봉 못지않게 꼼꼼하다는 것을 깨닫기 시작했다. 탐춘은 그저 희봉보다 말을 온화하게 하고 성품만 더 부드러울 따름이었다.

　마침 그 무렵 십여 곳의 왕공후백王公侯伯* 등 세습 관원들의 일로 왕부인이 무척 바빴다. 그들은 모두 녕국부, 영국부와 대대로 교분이 있던 집안이었는데 승진이나 강등, 혼인, 초상 등의 일들이 생겨 왕부인은 하객과 조문객을 맞이하고 보내며 응대하느라 쉴 틈이 없었다. 그래서 앞채에는 더욱 살림을 돌볼 사람이 없었다. 그 바람에 이환과 탐춘은 종일 응접실에서 지내게 되었다. 보차도 종일 위채에서 감독하다가 왕부인이 돌아간 뒤에야 자기 방으로 돌아갔다. 매일 밤 바느질하고 남는 여가 시간에도, 잠자리에 들기 전에도 작은 가마를 타고 대관원에서 당번 서는 사람들을 거느리고 각 처를 한 바퀴 돌아보았다. 그들 셋이 이렇게 일처리를 하자 희봉이 맡았을 때보다 사람들은 더 조심스럽고 신중해졌다. 이 때문에 안팎의 하인들은 모두 속으로 원망하고 있었다.

'바다를 순찰하는 야차〔巡海夜叉〕가 쓰러지자마자 또 산을 다스리는 태세신〔鎭山太歲〕이 셋이나 나타나서² 밤마다 몰래 술 마시며 놀 틈도 없어져버렸지 뭐야!'

이날 왕부인은 금향후錦鄕侯˙ 댁의 잔치에 갔기 때문에, 이환과 탐춘은 일찌감치 세수하고 단장한 후 왕부인을 배웅하고 응접실로 돌아왔다. 막 차를 마시려는데 오신댁이 들어와 말했다.

"작은마님 조씨의 동생 조국기趙國基가 어제 죽었답니다. 어제 마님께 여쭈었더니 알겠다고 하시면서 아씨와 아가씨께 알리라고 하시더군요."

그러고는 더 이상 아무 말 없이 옆에 공손하게 시립했다. 그때는 보고하러 온 사람들이 많았는데, 다들 그 둘이 일을 어떻게 처리하는지 보자고 생각하고 있었다. 타당하게 처리하면 모두 경외하며 두려워하는 마음을 갖겠지만, 조금이라도 틈이 있거나 부당하게 처리하면 경외심을 갖지도 않을 뿐 아니라, 중문을 나서는 순간 온갖 우스갯소리를 만들어 둘을 비웃어줄 작정이었다. 오신댁은 이미 나름대로 생각해둔 바가 있었다. 희봉 앞이라면 진즉 여러 가지 의견을 이야기하고, 또 옛날 사례들을 많이 조사하여 희봉으로 하여금 가장 괜찮은 것을 골라 시행할 수 있도록 해주었을 터였다. 하지만 지금은 이환이 너무 수더분하고 탐춘은 나이 어린 아가씨에 불과하다고 무시하면서 그냥 그 말만 꺼내놓고 두 사람이 어떤 생각을 가지고 있는지 시험해보려고 했다. 탐춘이 이환에게 의견을 묻자 이환이 잠시 생각하더니 이렇게 말했다.

"전에 습인의 어머니가 돌아가셨을 때 은돈 마흔 냥을 주셨다고 들었어. 그러니 이번에도 마흔 냥을 주면 될 거야."

오신댁이 얼른 "예!" 하고 은돈을 수령할 패를 받아 나가려고 했다. 그러자 탐춘이 말했다.

"잠깐! 이리 좀 와봐요."

오신댁이 어쩔 수 없이 돌아오자 탐춘이 말했다.

"아직 은돈을 수령하지 말아요. 물어볼 게 있어요. 전에 할머님 방에 있던 작은할머니〔老姨奶奶〕3들 중에도 원래 이 댁에 계시던 분들도 있고 밖에서 모셔 온 분들도 있어서 대우가 달랐어요. 원래 계시던 분들 친척이 죽었을 때 얼마를 주었고, 밖에서 모셔 온 분들 친척이 죽었을 때 얼마를 주었는지 얘기해보세요."

당시 일을 다 잊고 있었던 오신댁은 얼른 웃으며 대답했다.

"별로 큰일도 아닌데 얼마를 준들 누가 감히 따지겠어요?"

"호호, 말도 안 되는 소리! 내 생각엔 백 냥을 주는 게 좋겠어요. 하지만 관례에 따르지 않으면 여러분한테 비웃음을 살 뿐만 아니라 나중에 희봉 언니한테도 면목이 없어지게 돼요."

오신댁이 달갑지 않게 웃으며 말했다.

"그럼 제가 옛날 장부를 찾아볼게요. 지금은 기억이 나지 않아서요."

"호호, 여태 그런 일을 해오신 분이 기억이 안 난다는 말로 우리를 곤란하게 만들 모양이군요. 평소 희봉 언니한테 보고할 때도 '지금 가서 장부를 보고 오겠습니다.'라고 했나요? 정말 그랬다면 희봉 언니는 엄한 사람이 아니라 굉장히 너그러운 사람이군요! 당장 가서 장부를 가져오세요. 하루라도 늦으면 남들은 여러분이 소홀하다고 여기는 게 아니라 우리가 주견이 없다고 여길 거예요!"

오신댁은 얼굴이 시뻘개져서 황급히 나갔다. 여러 어멈들은 모두 혀를 내두르며 다른 일들을 보고했다.

잠시 후 오신댁이 옛날 장부를 가져왔다. 탐춘이 보니 원래 집안에 있던 이들 두 명에게는 스무 냥씩, 밖에서 모셔 온 두 명에게는 마흔 냥씩 준 것으로 되어 있었다. 그리고 밖에서 모셔 온 또 다른 두 명 가운데 한 사람에게는 백 냥을, 다른 한 사람에게는 예순 냥을 주었는데, 그 아래에 이유가 적혀 있었다. 한 사람은 다른 지역〔省〕으로 부친의 영구를 옮겼기 때문에 예순 냥을 더 주었고, 다른 한 사람은 이 지역에서 묘지를 샀기 때문에 스무 냥을 더 주었다는 것이었다. 탐춘은 그 장부를 이환에게 건네며 오신댁에게 말했다.

"작은마님께는 스무 냥을 드리세요. 그리고 이 장부는 여기 두세요. 우리가 좀 자세히 살펴볼 테니까요."

오신댁이 물러가고 나서 갑자기 조씨가 들어왔다. 이환과 탐춘이 얼른 자리를 권했다. 조씨는 입을 열자마자 이렇게 말했다.

"이 집에 있는 사람들 모두 내 머리를 밟아도 좋아. 하지만 아가씨도 생각해봐요. 당연히 날 위해 분풀이를 해주어야 되는 거 아닌가요?"

그러면서 눈물 콧물을 흘리며 통곡하기 시작했다. 탐춘이 당황하여 물었다.

"누구를 두고 하는 말씀인지 모르겠네요. 누가 머리를 밟아요? 말씀을 해주셔야 제가 분풀이를 해드리지요."

"아가씨가 지금 밟고 있는데 누구한테 하소연하라는 거야!"

탐춘이 벌떡 일어나서 말했다.

"제가 어찌 감히……"

이환도 일어나서 위로하자 조씨가 말했다.

"앉아서 내 말 좀 들어봐요. 나도 이 집에서 이 나이 되도록 고생도 많이 했고 또 아가씨랑 동생도 낳았어. 하지만 지금은 습인보다 못한 대접을 받고 있으니 어떻게 얼굴을 들고 다니겠어? 아가씨에게조차 낯이 서지 않으니 말할 필요도 없지!"

탐춘이 웃으며 말했다.

"알고 보니 그 일 때문이군요. 하지만 저는 감히 이치에 맞지 않게 규정을 어길 수 없어요."

그러면서 자리에 앉아 장부를 펼쳐 조씨에게 보이고 읽어주면서 말했다.

"이건 선조께서 직접 만드신 규범이라 모두들 거기에 따르고 있는데 저만 바꾸라고요? 습인뿐만 아니라 나중에 환이도 바깥에서 첩을 들이면 당연히 습인과 마찬가지로 대우할 거예요. 이건 원래 지위가 높고 낮음을 따질 일이 아니니까 체면이 서니 마니 얘기할 필요도 없어요. 습인은 마님의 종이니까 저는 옛 규범에 따라 처리했어요. 그걸 잘했다고 하면 선조와 큰어머님의 은혜를 아는 일일 테지만, 그렇지 않고 불공평하게 처리했다고 따진다면 그건 자기 복도 모르는 어리석은 처사일 뿐이니까 그냥 계속 원망하라고 해요. 마님께서 남한테 집을 선물하신다 해도 내 체면이 설 일도 아니고, 한 푼도 주시지 않는다 해도 내 체면 구길 일이 아니지요. 제가 보기에는 마님께서 집에 안 계시니까 어머니도 차분하게 기분이나 푸시는 게 좋겠어요. 굳이 이렇게 신경 쓰실 필요 있나요? 마님께서 저를 무척 아껴주시지만 어머니는 매번 말썽만 일으키니 한심할 때가 한두 번이 아니었어요. 내가 남자라서 나갈 수만 있었다면 진즉 나가서 무슨 일이라도 했을 테지요. 그랬다면 저한테도 당연히 방법이 있었겠지요. 하지만 하필 여자로 태어나서 말 한마디도 함부로 하지 못해요. 마님께서도 그걸 잘 알고 계시지요. 이제 저를 중히 여기시고 집안 살림을 감독하게 하셨으나 아직 좋은 일도 하나 하지 못했는데 어머니가 먼저 저를 밟으려 하는군요. 만약 마님께서 이 일을 아시면 제가 껄끄러워할까 걱정하셔서 집안일을 맡기지 않으실 테지요. 그거야말로 제 체면을 구기는 일이고, 심지어 어머니도 정말 낯을 들고 다닐 수 없게 될 거예요!"

그렇게 말하면서 탐춘은 북받치는 눈물을 참지 못했다.

조씨는 대꾸할 말이 궁색해졌다.

"마님께서 귀여워해주시니까 더욱 우리를 잘 보살펴줘야지! 넌 그저 마님께 귀여움받을 생각만 하고 우리는 잊고 있잖아?"

"제가 어떻게 잊어요? 저더러 어떻게 보살피라는 건가요? 각자한테 물어보셔요. 어느 상전이 열심히 일하고 쓸모 있는 사람을 아끼지 않겠어요? 훌륭한 사람이라면 사람을 부리면서 누구만 잘 봐주고 누구는 모른 척하는 그런 경우가 어디 있나요?"

이환은 옆에서 그저 달래기에 바빴다.

"작은마님, 화내지 마셔요. 아가씨를 원망하시면 안 돼요. 아가씨는 마음으로야 작은마님을 보살펴주고 싶겠지만 그걸 어떻게 말로 하겠어요?"

탐춘이 발끈했다.

"큰언니도 말도 안 되는 소리를 하시네요! 누가 누굴 보살펴줘요? 어느 집 아가씨가 종을 보살펴준대요? 다들 알다시피 그 사람들이 좋고 나쁜 게 저랑 무슨 상관이래요!"

조씨가 화가 나서 물었다.

"누가 너더러 남을 보살펴주라고 했어? 네가 살림을 맡고 있지 않다면 나도 따지러 오지 않았을 거야. 지금은 무슨 말이든 네가 하면 다 진리가 되지. 그런데 이제 네 외삼촌이 죽었는데 이삼십 냥쯤 더 준다고 설마 마님께서 나무라실 것 같아? 분명히 마님은 좋은 분이시지. 그런데 너랑 아씨가 너무 각박해서 애석하게도 마님께선 은덕을 베푸실 데가 없단 말이야. 됐네요, 아가씨! 이 일도 아가씨의 은돈을 쓸 필요 없으니까요! 난 네가 나중에 출가하면 조씨 가문을 특별히 보살펴줄 줄 알았지. 그런데 아직 제대로 자라지도 않은 주제에 벌써 근본을 잊어버리고 그저 출세할 생각만 하는구면!"

그 말이 끝나기도 전에 이미 얼굴에 핏기가 싹 사라지고 기가 막힐 정도로 화가 난 탐춘은 꺼이꺼이 울면서 물었다.

"누가 제 외삼촌이지요? 제 외삼촌은 연말에 구성검점九省檢點*으로 승진하셨는데, 어디서 갑자기 외삼촌이 또 하나 나타났나요? 그래도 전 평소에 이치에 맞게 존경을 다해왔는데 그런 친척들까지 떠받들어야 할 상황이 되었네요. 그렇다면 환이가 나갈 때마다 왜 조국기라는 양반은 자리에서 꼭 일어나고, 또 그 애가 서당에 갈 때 왜 모시고 다니나요? 왜 외삼촌 티를 내지 못하지요? 왜 굳이 이러세요? 제가 첩의 딸이라는 걸 모르는 사람이 어디 있어요? 두세 달마다 꼭 무슨 꼬투리를 잡아서 한바탕씩 뒤집어놓는데, 혹시 남이 모를까봐 일부러 우리가 이런 사이라고 알리려는 건가요? 정말 누가 누구 체면을 깎는 건지 모르겠네요. 다행히 제가 사리를 구별할 줄 아니까 망정이지, 그렇지 않은 멍청이라면 진즉 난리가 났을 거예요!"

이환이 다급하게 달랬지만 조씨는 계속 투덜거렸다.

그때 누군가 아뢰었다.

"둘째 아씨께서 전하실 말씀이 있다고 평아 아가씨를 보내셨어요."

조씨는 그제야 입을 다물었다. 잠시 후 평아가 들어오자 조씨는 얼른 웃는 얼굴로 자리를 권하고는 물었다.

"둘째 아씨는 좀 좋아지셨는가? 한 번 가보려고 했지만 짬이 나지 않아서 말일세."

이환이 무슨 일로 왔느냐고 묻자 평아가 웃으며 말했다.

"아씨께서는 작은마님 조씨의 동생이 죽었는데 큰아씨와 탐춘 아가씨가 옛날 관례를 모르고 계실까 걱정하시면서, 상례대로 하자면 스무 냥을 내줄 수밖에 없다고 하셨어요. 하지만 지금 탐춘 아가씨가 살림을 맡고 있으니 재량껏 조금 더 주셔도 된다고 하셨어요."

진즉 눈물을 닦고 난 탐춘이 얼른 말했다.

"쓸데없이 주긴 뭘 더 줘요! 누구는 스물넉 달을 뱃속에서 키우고 낳았나요? 아니면 전쟁터에 나가 말을 키우고 상전을 등에 업고 탈출해 목숨을 구해준 적이라도 있나요? 언니 상전도 정말 영리하네요. 저한테 관례를 깨게 하고 자기만 좋은 사람이 돼서, 마님 돈으로 신나게 선심을 쓰겠다고요? 가서 전하세요. 저는 감히 제 멋대로 더하지도 빼지도 못하겠다고요. 본인이 은혜를 베풀어 더 주고 싶다면 몸이 좋아진 다음 자기 마음대로 더 주라고 해요!"

평아는 왔을 때부터 대충 눈치를 채고 있었지만 이제 그 말을 들으니 더욱 짐작이 갔다. 그러나 탐춘의 화난 얼굴을 보자 예전에 재미있게 놀던 때처럼 대할 수 없어서, 그저 묵묵히 한쪽에서 공손하게 서 있을 수밖에 없었다.

그때 마침 위채에서 보차가 오자 탐춘이 얼른 일어나 자리를 권했다. 그들이 이야기를 시작하기도 전에 또 어멈 하나가 일을 아뢰러 들어왔다. 조금 전에 탐춘이 울어서 서너 명의 하녀들이 세숫대야와 수건, 손거울 등을 들고 왔고, 이때 탐춘은 낮은 걸상에 무릎을 포개고 앉아 있었다. 세숫대야를 든 하녀가 다가와 두 무릎을 꿇고 높이 받쳐들었고, 나머지 두 하녀도 옆에 무릎을 꿇고 수건과 손거울, 지분脂粉 따위를 받쳐들었다. 평아는 대서待書가 그 자리에 없는 것을 보고 얼른 다가와 탐춘의 소매를 걷어올리고 팔찌를 벗기고는 큰 수건으로 탐춘의 앞쪽 옷섶을 가려주었다. 그제야 탐춘은 세숫대야에 손을 내밀어 얼굴을 씻었다. 그러자 그 어멈이 말했다.

"아씨, 아가씨, 서당에 환 도련님과 란 도련님의 한 해 학비를 보내주어야 합니다."

그러자 평아가 먼저 말했다.

"뭐가 그리 바빠요! 아가씨 씻고 계신 거 안 보여요? 나가서 분부를 기다리지는 못할망정 말부터 꺼내다니요. 희봉 아씨 앞에서도 이렇게 눈치 없이 행동하시나요? 아가씨께서 관용을 베푸신다 해도 내가 희봉 아씨한테 아뢰겠어요. 댁들이 모두 아가씨를 안중에도 두지 않는다고 말이에요. 다들 봉변을 당하더라도 날 원망하지 말아요!"

그 어멈이 깜짝 놀라서 얼른 조아리며 말했다.

"제가 생각 없이 굴었네요."

그러면서 얼른 물러났다.

탐춘은 얼굴에 화장을 하면서 평아를 향해 쓴웃음을 지으며 말했다.

"한발 늦었네요. 또 웃기는 일이 있었거든요. 오씨댁 언니처럼 오랫동안 일을 한 사람조차 자세히 조사해보지 않고 그냥 와서 우리를 정신 사납게 하더군요. 다행히 저희가 따졌는데도 뻔뻔하게 잊어버렸다고 둘러대대요. 그래서 언니 상전한테 보고할 때도 잊어버렸다고 다시 찾으러 가냐, 내 생각엔 그 양반이 기다려줄 만큼 참을성이 많지 않을 것 같다고 꼬집어주었지요."

"호호, 한 번이라도 그랬다면 틀림없이 다리 힘줄이 진즉 두어 개쯤 끊어졌을걸요? 그 사람들 믿지 마요. 큰아씨가 보살처럼 보이고 아가씨가 얌전한 규수처럼 보이니까 일부러 게으름을 피워 허튼 수작을 하는 거예요."

그러면서 평아는 문 밖을 향해 말했다.

"계속 그렇게 버릇없이 굴어봐요. 아씨 몸이 나은 다음에 다시 따져봅시다!"

그러자 문 밖의 어멈들이 조심스럽게 웃으며 말했다.

"아가씨, 잘 아시는 분이 왜 그런 말씀을 하세요? '죄는 지은 사람이 감당해야 한다〔一人作罪一人當〕.'라는 속담도 있잖아요. 저희는 감히 탐춘 아가씨를 속이지 못합니다. 지금은 탐춘 아가씨가 존귀하신 분인데 정말 아가씨를 진노하게 해드렸다면 저희는 죽어도 묻힐 곳이 없어질 거예요."

평아가 코웃음을 쳤다.

"아시면 됐어요!"

그리고 다시 탐춘을 향해 웃으며 말했다.

"아가씨도 아시다시피, 우리 아씨는 본래 일이 많아 이런 일들을 돌볼 틈이 없어서 소홀한 데가 없지 않을 거예요. '구경꾼이 더 잘 안다〔旁觀者淸〕.'라는 속담도 있듯이, 아가씨의 냉정한 눈으로 보셨을 때 요 몇 년 동안 더하거나 줄였어야 마땅한데도 우리 아씨가 시행하지 않은 부분이 있다면 깡그리 더하거나 줄여버리세요. 그러면 우선 마님의 일에 도움이 되고, 다음으로 우리 아씨에 대한 정의情義도 저버리지 않는 일이니까요."

그 말이 끝나기도 전에 보차와 이환이 웃으며 말했다.

"어이구! 착한 아가씨일세! 그러니 희봉 아씨가 그리 아끼지! 원래 더하거나 줄일 일이 없었는데 그 말을 듣고 보니 두어 가지를 찾아 따져봐야겠네. 그래야 평아의 말을 무시하지 않는 게 될 테니까 말이야."

탐춘이 웃으며 말했다.

"너무 화가 나는데도 화풀이할 데가 없어서 마침 희봉 언니한테 화풀이를 하러 갈 작정이었는데 평아 언니가 갑자기 와서 이런 말을 하니 대책이 없어져버렸네요."

그러면서 조금 전의 어멈을 불러들여 물었다.

"환이와 란이의 일 년치 서당 학비는 어떤 항목에서 쓰는 건가요?"

"서당에서 간식을 주거나 지필묵을 사는 비용인데 한 사람당 은돈 여덟 냥이 듭니다."

"도련님들 용돈은 모두 각 방에서 매달 타가는 돈에 포함되어 있잖아요? 환이 몫은 제 엄마가 두 냥을 받고, 보옥 오빠 몫은 할머니 방에 딸린 습인 언니가 두 냥을 받고, 란이 몫은 큰언니 방에서 타가잖아요? 그런데 어째서 서당에서 한 사람당 여덟 냥씩을 더 내라는 거지요? 그러고 보니 서당에 다니는 건 이 여덟 냥을 벌려는 속셈이로군요! 오늘부터 이 항목은 폐지하겠어요. 평아 언니, 가서 희봉 언니한테 전하세요. 이 항목은 반드시 없애야겠다고요."

평아가 웃으며 말했다.

"그건 진즉 없애야 했어요. 예전에 우리 아씨께서도 없애려고 하셨는데 연말이라 바쁜 일이 많아서 그만 잊어버리셨어요."

그 어멈은 어쩔 수 없이 "예!" 하고 물러갔다. 곧 대관원의 어멈이 밥이 담긴 찬합을 들고 왔다.

대서와 소운이 작은 식탁을 들어다 놓자 평아도 서둘러 상을 차렸다. 탐춘이 웃으며 말했다.

"얘기 다하셨으면 일보러 가시지 왜 여기서 그리 부산을 떨어요?"

"호호, 일도 없는걸요 뭐. 우리 아씨께서 절 보내신 건 얘기도 전하고, 여기 계신 분들이 불편하실까 싶어서 저더러 동생들을 도와 두 분 시중을 들어드리라는 뜻이었어요."

"보차 언니 밥도 함께 가져오지 그랬어요?"

그러자 하녀들이 얼른 처마 아래로 나가 어멈들에게 전했다.

"보차 아가씨께서도 같이 식사하실 테니까 여기로 가져오라고 해요."

탐춘이 그 소리를 듣고 큰 소리로 말했다.

"너희들이 함부로 일을 시키면 되겠어! 그분들은 큰일을 처리하는 집사마님들인데 너희가 위아래도 모르고 밥 가져와라 차 날라라 시키면 되겠냐고? 평아 언니, 여기 계신 김에 언니가 좀 시키고 와요."

평아가 얼른 "예!" 하고 밖으로 나가자 어멈들이 모두 그녀를 가만히 잡아끌며 말했다.

"호호, 아가씨, 그러실 필요 없어요. 저희들이 벌써 사람을 보냈어요."

그러면서 손수건으로 섬돌 위를 털며 말했다.

"한참 서 계셨으니 피곤하시겠네요. 여기서 햇볕 좀 쬐며 쉬셔요."

평아가 앉자 다방에 있던 두 할멈이 방석을 가져와 깔아주었다.

"돌이 차가워요. 이건 아주 깨끗한 방석이니까 여기 좀 앉아 계셔요."

"호호, 고마워요."

그러자 또 한 사람이 아주 좋은 새 차를 한잔 들고 나와 나직이 웃으며 말했다.

"이건 저희가 일상적으로 마시는 차가 아니라 아가씨들께 대접하려고 준비해둔 건데 목이나 축이셔요."

평아는 얼른 허리를 살짝 숙여 인사하고 잔을 받은 후에 어멈들에게 나직이 말했다.
"왜들 그렇게 말썽을 피우셔요? 아가씨는 규수라서 위세를 부리거나 화를 내려 하지 않는데, 그건 아주머니들을 존중해주려고 그러는 거예요. 그런데 아가씨를 무시하고 속이다니요! 아가씨가 정말 진노하신다면 기껏해야 성미 고약하다는 소리나 듣겠지만, 아주머니들은 당장 곤욕을 치르게 될 거예요. 아가씨가 응석을 부리시면 마님께서도 조금은 양보하실 수밖에 없고, 우리 아씨도 감히 어쩌지 못해요. 그런데도 아주머니들은 대담하게도 저분을 무시하니 그야말로 계란으로 바위를 치는 격이라구요!"
"우리가 어찌 감히 그런 간 큰 짓을 하겠어요? 그게 다 작은마님 조씨가 일으킨 사단 때문이라고요."
"됐어요, 아주머니들! 그건 '무너지는 담을 여러 사람들이 미는 격〔牆倒衆人推〕'으로 곤란에 처한 사람을 여럿이서 공격하는 것 같네요. 작은마님이 원래 앞뒤를 가릴 줄 모르는 분이라고 해서 일만 생기면 다 그분 탓으로 돌리는군요. 아주머니들이 평소 안하무인이고 심보가 고약하다는 걸 몇 년 동안 겪어본 제가 모를까요? 우리 아씨가 조금이라도 생각을 잘못하셨더라면 진즉 아주머니들한테 휘둘렸을 거예요. 그렇게 너그럽게 대해주셔도 틈만 나면 또 아씨를 곤란하게 만들려 했지요. 아주머니들이 뒤에서 하는 욕을 얼마나 들었는지 아세요? 다들 우리 아씨가 무서운 줄 알고 여러분들도 두려워하는데, 나는 아씨도 속으로는 여러분들을 두려워한다는 걸 알지요. 예전에도 그런 얘기를 한 적이 있어요. 아래에서 윗사람 지시를 순순히 따르지 않으면 분명 두어 차례 화를 낼 수밖에 없다고 말이에요. 셋째 아가씨가 어린 규수라서 다들 무시하지만, 우리 아씨도 여기 시누이들 가운데 유일하게 저 아가씨만큼은 조금 두려워해요. 그런데도 다들 저분을 안중에도 두지 않다니요!"
그때 추문이 걸어오자 어멈들은 얼른 맞이하며 인사했다.

"아가씨도 잠시 쉬었다 가셔요. 안에서는 지금 식사 중이시거든요. 상을 치우거든 들어가 용무를 여쭈셔요."

"호호, 아주머니들과 달리 저는 기다릴 시간이 없어요."

그러면서 곧장 응접실로 들어가려 하자 평아가 황급히 불렀다.

"얼른 이리 와!"

추문이 고개를 돌려 평아를 발견하고 웃으면서 말했다.

"언니는 또 여기서 무슨 바깥 경비를 서고 있어요?"

그러면서 돌아와 방석 위에 앉자 평아가 나직이 물었다.

"무슨 일인데?"

"보옥 도련님 용돈과 우리 용돈은 언제 받을 수 있는지 여쭤보려고요."

"그게 무슨 대단한 일이라고! 당장 돌아가서 습인이한테 전해. 내가 그러는데 무슨 일이든 오늘은 절대 여쭙지 말라고 말이야. 오늘은 하나든 백이든 모조리 퇴짜를 맞을 테니까!"

"아니, 왜요?"

평아와 어멈들이 모든 사정을 설명해주면서 말했다.

"지금 막 몇 가지 안 좋은 사례들을 찾아 체통 있는 사람들한테 시범적으로 조치를 취해서 사람들을 다스릴 본보기로 삼으려 하고 있어. 그런데 뭐하러 굳이 너희가 먼저 나서서 매를 맞으려고 해? 지금 가서 얘기했다가 만약 저분들이 너희를 갖고 한두 가지 본보기로 삼게 되면 그건 또 노마님이나 마님의 심기를 건드리는 일이 될 테고, 안 그런다면 남들이 너희들만 봐준다고 뭐라고 할 거 아냐? 노마님이나 마님을 등에 업으면 무서워서 감히 건드리지 못하고 만만한 사람들만 갖고 본때를 보인다고 투덜댈 거란 말이야. 그러니 내 말대로 해. 우리 아씨 일도 두 가지나 퇴짜를 놓아서 겨우 사람들 구설수를 틀어막았단 말이야."

추문이 혀를 빼물고 웃으며 말했다.

"다행히 언니가 여기 있었으니 망정이지 안 그랬더라면 낭패를 당할 뻔했네요. 얼른 가서 얘기해줘야겠어요."

그러면서 곧 일어나 가버렸다.

잠시 후 보차의 식사가 도착하자 평아는 얼른 들어가 시중을 들었다. 그때 조씨는 이미 떠난 뒤라 셋이서 평상에 앉아 밥을 먹었다. 보차는 남쪽을 향하고, 탐춘은 서쪽을, 이환은 동쪽을 향해 앉아 있었다. 어멈들은 모두 회랑에서 조용히 대기하고 안에서는 늘 그들 가까이서 모시던 하녀들만 시중을 들어서, 다른 사람은 누구도 함부로 들어가지 못했다. 어멈들은 속닥속닥 자기들끼리 의논했다.

"다들 일을 번거롭게 만들지 않도록 양심 없는 생각들은 하지 말자고. 심지어 오씨댁마저 낭패를 당했는데 우리한테야 무슨 체면을 봐주시겠어?"

그렇게 속닥거리며 식사가 끝나기를 기다렸다. 하지만 안쪽에서는 그릇 소리, 젓가락 소리조차 들리지 않고 쥐 죽은 듯 조용했다. 잠시 후 하녀 하나가 주렴을 높이 걷고 다른 두 명이 식탁을 들고 나왔다. 다방에서는 벌써 세 명의 하녀들이 세숫대야에 물을 담아 받쳐들고 있다가 식탁이 나오는 걸 보자 안으로 들어갔다. 잠시 후 세숫대야와 양치 그릇이 나오자 대서와 소운, 앵아가 각기 쟁반에 찻잔을 하나씩 받쳐들고 들어갔다. 잠시 후 그들 셋이 밖으로 나오더니 대서가 어린 하녀에게 지시했다.

"잘 모시고 있어. 밥을 먹고 와서 우리가 교대해줄게. 몰래 게으름 피우면 안 돼!"

어멈들은 그제야 하나씩 맡은 일에 대해 공손히 보고하면서 이전처럼 경솔하게 굴지 않았다.

그제야 화가 가라앉은 탐춘이 평아를 보고 말했다.

"한 가지 중요한 일이 있어서 희봉 언니와 상의하려고 했는데 지금 마침 생각이 났어요. 얼른 가서 식사하고 오세요. 보차 언니도 여기 있으니 우리 넷이서 의논해보고 나서 희봉 언니한테 해도 되는지 안 되는지 자세히 물어봐야겠어요."

평아는 "예!" 하고 돌아갔다.

희봉이 왜 이리 오래 걸렸냐고 묻자 평아는 웃으면서 조금 전에 있었던 일들을 자세히 들려주었다. 희봉이 웃으며 말했다.

"훌륭해, 역시 셋째 아가씨는 똑똑하다니까! 내가 보통이 아니라고 했지? 애석하게도 박복해서 마님 배에서 태어나지 못했지만 말이야."

"호호, 무슨 말씀이셔요? 마님이 낳으신 건 아니지만 누가 감히 셋째 아가씨를 깔보며 다른 분들과 다르게 대하겠어요?"

"에그! 네가 어찌 알겠어? 똑같은 서출庶出이라도 여자는 남자에 비할 수 없어. 나중에 혼사를 정할 때 경박한 사람들은 먼저 처자가 본처 소생인지 첩실 소생인지부터 따지고, 대부분 서출이라는 것 때문에 퇴짜를 놓곤 하지. 우리 집 아가씨는 서출이긴 해도 다른 집 규수들보다 훨씬 낫잖아? 나중에 어떤 복 없는 녀석이 본처 소생인지 첩실 소생인지 따지다가 대사를 그르칠지 모르겠다. 또 어떤 운 좋은 녀석이 그런 걸 따지지 않고 데려갈 수도 있겠지."

그러면서 또 평아를 보고 웃으며 말했다.

"너도 알다시피 내가 최근 몇 년 동안 절약할 방도를 얼마나 많이 만들어냈니? 온 집안에 아마 뒤에서 내 욕을 하지 않는 이가 하나도 없을 게다. 하지만 나도 이젠 기호지세騎虎之勢라서 어떤 것들은 너무했다는 걸 알고 있지만 어쩔 수 없는지라 당장은 늦춰주지 못해. 그리고 집에서 나가는 건 많은데 들어오는 건 적잖니? 크고 작은 모든 일들을 모두 할머님께서 정해 놓으신 규칙에 따라 시행해야 하지만 한 해 수입은 이전보다 못해. 너무 절약하면 바깥사람들이 비웃을 테고, 그러면 할머님이나 마님도 체면을 구기시고 집안 하인들도 너무 각박하다고 난리를 치겠지. 하지만 일찌감치 절약할 방안을 마련해놓지 않으면 몇 년 뒤에는 모두 거덜나고 말 거야!"

"그러게 말씀이지요! 나중에 아가씨 서너 분에 도련님 두세 분, 그리고 노마님까지 포함해서 아직 끝나지 않은 큰일이 몇 가지나 있잖아요."

"나도 그걸 걱정하고 있지만, 그나마 그런 비용은 넉넉해. 보옥 도련님이 장가가고 대옥이가 시집가는 데는 집안 공금을 쓸 수 없으니 할머님께서 개인적으로 경비를 내시겠지. 둘째 아가씨는 아버님께서 알아서 하실 테니 걱정할 필요 없어. 나머지 서너 명은 많아봐야 한 사람당 은돈 일만 냥 정도만 쓰면 될 거야. 환이는 혼사 경비가 정해져 있어서 은돈 삼천 냥만 쓰면 될 테니, 그건 어디서든 조금씩 아끼면 충분해. 할머님 일이 생기더라도 모든 준비가 되어 있으니 그저 자잘한 항목으로 사오천 냥쯤 쓰면 될 거야. 그러니 지금부터 조금씩 절약하면 뒷일은 충분히 감당할 수 있어. 다만 지금 갑자기 한두 가지 일이 생기게 되면 대책이 없어진다는 거지······"

하면서 계속 말을 이었다.

"에그! 뒷일을 미리 걱정할 필요는 없지. 어서 밥 먹고 가서 무슨 일을 의논하려는 건지 들어봐. 이건 마침 나한테도 기회야. 도와줄 사람이 없어서 고민하고 있었거든. 보옥 도련님이 있긴 하지만 이런 일을 할 사람은 아니라서 내 편으로 만들어봐야 쓸데가 없어. 형님은 부처님 같은 분이라 역시 쓸모가 없고. 둘째 아가씨는 더욱 안 되는데다 이 집 사람도 아니지. 넷째 아가씨는 아직 어리고, 란이는 더 어리지. 환이는 털을 태워먹은 추운 고양이 같아서 그저 뜨끈뜨끈한 구들만 찾아 기어들려고 해. 정말 한 어미 배에서 어떻게 이렇게 하늘과 땅처럼 딴판인 두 사람이 나왔는지, 그런 생각이 들면 도무지 이해가 안 돼. 대옥과 보차 아가씨는 사람이야 좋지만 모두 친척이라 집안 살림을 맡기기 곤란하단 말이야. 게다가 하나는 미인등美人燈* 같아서 바람만 살짝 불어도 잘못돼버리고, 하나는 '나랑 관계없는 일에는 입을 다물고, 물어도 그저 고개만 내저으며 모르는 척하기로' 생각을 굳힌 사람이라 물어보기도 아주 곤란해. 그나마 셋째 아가씨가 남아 있는데 마음 씀씀이도 말재주도 좋고 또 우리 집안 핏줄이라서 마님도 귀여워하셔. 겉으로야 덤덤히 대하시지만 그건 다 조씨라는 늙은 것 때문에 그러시는 것이지, 속으로야 보옥 도련님과 똑같이 생각하시지. 도무지 귀여워할 구석이 없는 환이랑은 달라. 내 성질 같았으면 진즉 내쫓아버렸을 거야. 그런데 이제 셋째 아가씨가 그런 생각을 하고 있다니 당연히 내가 힘을 합쳐야지. 그러면 모두들 오른팔이 되어줄 테니까 나도 외롭지 않게 될 거야. 올바른 이치와 천리天理, 양심에 따라 말하자면 셋째 아가씨가 도와주어야 우리도 걱정을 덜게 되고 마님의 일에도 유익할 거야. 하지만 못된 사심으로 말하자면 나도 너무 지독한 짓을 많이 했으니까 일에서 손을 떼고 물러나야 마땅해. 돌이켜보면 내가 계속 혹독하게 몰아갈 경우 사람들의 원한이 극에 달해서 암암리에 웃음 속에 칼을 감추고 있을 텐데, 눈이 기껏 네 개밖에 안 되고 생각할 마음도 둘밖에 안 되는 우리 둘이서 한 순간이라도 방비를 제대로 하지 못한다면 고약한 상황이 생기게 될 거란 말이야. 이런 중요한 때에 셋째 아가씨가 나서서 일을 처리하면 사람들도 우리한테 품었던 원한들을 잠시 풀 수 있을 거야. 그리고 한 가지 더. 네가 사리를 잘 아는 줄은 나도 알지만 속으로 이해하지 못할까 걱정스러워 당부하는 거야. 셋째 아가씨가 얌전한 규수이긴 하지만 속으로는 모든 일들을 환히 알고 있어. 그저 말을 조심할 따름이지. 그리고 그 아가씨는 나보다 글공부도 많이 해서 더 대단하지. 속담에도 있잖아? '도적을 잡으려면 먼저 두목을 잡으라〔擒賊必先擒王〕.'고 말이야. 아가씨가 이제 법을 만들어 일을 시작하려고 하니까 분명히 나부터 시작할 거야. 그러니 혹시 내 일에 대해 퇴짜를 놓으면 따지거나 변명하지 말고 오히려 더 공손하게 대하면서 조치를 더 세게 취하라고 얘기해야 돼. 내 체면이 떨어질까 걱정하면 절대 안 돼. 아가씨랑 맞서려고 해서도 안 돼! 알겠지?"

평아는 그 말이 끝나기도 전에 웃으며 말했다.

"저를 아주 바보로 아시나봐요! 벌써 그렇게 처신하고 있는데 이제야 그런 당부를 하고 계시네요."

"호호, 난 그저 네가 오로지 나만 생각하고 다른 사람들 사정은 생각하지 않을까 걱정스러워서 당부하는 거야. 벌써 그렇게 했다면 나보다 세상사를 더 잘 아는 셈이네? 근데 아무리 급해도 그렇지, 나한테 말버릇이 그게 뭐야!"

"에그! 제가 그랬군요! 기분 상하셨다면 여기 따귀를 한 대 갈겨주셔요. 안 맞아본 것도 아닌데 뭐 어때요!"

"호호, 요놈의 계집애! 내 실수를 얼마나 더 우려먹으려고 그래? 이렇게 병든 나를 보고도 속을 긁다니! 이리 와 앉아. 어쨌든 다른 사람들 없을 때라도 같이 앉아 밥을 먹어야지."

그러자 풍아 등 서너 명의 하녀들이 들어와 앉은뱅이 상을 놓았다. 희봉은 연와죽과 정갈한 나물 요리 두 접시만 먹었다. 매일 먹던 요리는 이미 수가 줄었기 때문이다. 풍아는 평아가 늘 먹는 네 가지 요리를 탁자에 차려놓고 평아의 밥을 담아왔다. 평아는 구들 언저리에 한쪽 무릎을 굽히고 한쪽 다리는 구들 아래에 세운 채 희봉과 함께 밥을 먹고, 양치질 시중을 들었다. 양치가 끝나자 평아는 풍아에게 몇 마디 당부하고 탐춘이 있는 곳으로 갔다. 그런데 뜨락에는 정적만 맴돌고 사람들은 벌써 떠나버린 뒤였다. 어찌 된 영문인지는······

제56회

영민한 탐춘은 이로운 일을 일으켜 옛 폐단을 없애고
때를 아는 보차는 작은 은혜를 베풀어 체통을 보전하다

敏探春興利除宿弊　時寶釵小惠全大體

가탐춘과 이환이 영국부 살림살이를 의논하다.

평아가 희봉과 함께 식사를 하고 양치질 시중을 든 다음 탐춘이 있던 곳으로 갔는데, 뜰에는 정적이 맴돌고 하녀와 할멈을 비롯하여 안쪽의 가까운 이들만이 창밖에서 분부를 기다리고 있었다.

평아가 응접실 안으로 들어가니 이환과 탐춘, 보차가 집안일을 의논하고 있었다. 다름 아니라 설에 뇌대의 집에 초청을 받아 술을 마셨을 때 그 집 화원에서 일어난 일에 대한 것이었다. 평아가 들어가자 탐춘은 발 받침대에 앉으라 하고 말했다.

"내 생각은 다른 게 아니에요. 우리가 매달 쓰는 두세 냥 외에 하녀들도 따로 삯을 받자는 거예요. 전에 누가 그러는데 우리가 매달 쓰는 머릿기름과 지분 값도 한 사람당 두 냥이라더군요. 이건 아까 서당에 내는 여덟 냥과 똑같이 중복되는 거잖아요? 사소한 일이긴 하지만 돈이 제한되어 있으니, 그런 관행은 타당하지 않은 것 같아요. 그런데 언니네 아씨는 어떻게 이걸 생각하지 못하셨대요?"

"호호, 거기엔 이유가 있어요. 아가씨들이 쓰는 그 물건들은 당연히 정해진 몫이 있어요. 매달 구매 담당자들이 사들여서 여자들을 시켜 각 방에 나눠주게 하고 나머지는 우리가 간수하지요. 그건 단지 아가씨들이 쓸 것을 미리 준비한 것에 지나지 않아요. 우리가 매일 제각기 돈을 갖고 가서 머릿기름이나 지분을 사올 사람을 구할 수는 없으니까요. 그래서 바깥의 구매 담당자가 한꺼번에 사와서 매달 여자들을 통해 각 방에 있는 저희한테 주는 거지요. 아가씨들한테 매달 드리는 두 냥은 원래 그런 걸 사라는 돈이 아니라, 혹시 살림을 맡는 아씨나 마님이 집에 계시지 않거나 짬을 내기 어려울 때 아가씨들이 우연히 얼마 정도 돈 쓸 일이 생기더라도 아씨나 마님을 찾아갈 필요가 없게 하려고 드리는 것이지요. 그러니까 원래는 아가씨들이 난처한 일을 당하지 않도록 드린 것이지, 그런 물건을 사라고 드린 건 아니에요. 이제 가만히 생각해보니 각 방에 있는 저희 자매들 가운데 현금을 갖고 가서 그런 물건을 사는 사람들이 절반쯤 되더군요. 그래서 의아한 생각이 들었어요. 구매 담당자들이 물건을 공급하지 않거나 며칠 늦어지는 게 아니라면, 제대로 된 물건을 사다주지 않든지 쓰지도 못할 물건으로 대충 때우기 때문이 아닐까 하고요."

그러자 탐춘과 이환이 모두 웃으며 말했다.

"평아도 신경을 써서 발견해냈네? 물건이 들어오지 않은 일도 없고 감히 그러지도 못해. 다만 날짜가 며칠 늦어질 뿐이야. 그러다가 재촉하면 갖다주기는 하는데, 어디서 구해오는지 몰라도 이름만 있을 뿐이지 사실 쓰지도 못할 물건이라 계속 현금으로 사게 되지. 그 두 냥을 쓸 때는 다른 유모나 사촌 형제의 아들을 시켜서 사와야 쓸모 있는 걸 구할 수 있어. 집사들을 시키면 여전히 그 모양이야. 무슨 수를 쓰는지 몰라도 가게에서는 상해서 못쓰게 된 것들을 사다 놓고선, 그게 우리한테 주려고 준비해놓은 거라고 하는 거야!"

"호호, 구매 담당자가 사오는 게 그렇지요 뭐. 다른 사람이 좋은 걸 사오면 구매 담당자들이 그 사람과 친하게 지내려 하겠어요? 그 사람이 자기들 자리를 빼앗으려고 수작을 피운다고 하겠지요. 그러니까 그 사람들도 그렇게 할 수밖에 없는 거지요. 안에 있는 사람들한테 욕을 먹는 게 낫지 밖에서 일보는 사람들한테 밉보이려 하지는 않을 테니까요. 아가씨들이 유모나 어멈들을 시켜 구할 수만 있다면 그 사람들도 감히 딴소리를 못해요."

탐춘이 말했다.

"그래서 저도 마음이 편치 않아요. 돈은 두 곳에서 쓰고 또 물건의 반은 그냥 버리니까, 전체적으로 계산해보면 절반은 낭비란 말이거든요. 차라리 매달 구매 담당자들한테 맡기던 항목을 없애버리는 게 낫겠어요. 이게 첫 번째 일이고, 이제 다음 일이에요. 설에 뇌대의 집에 갔을 때 평아 언니도 갔었지요? 언니가 보기에 그 집 화원이 우리 집에 비해 어떻던가요?"

"호호, 여기 화원보다 크기는 절반도 안 되고 나무와 화초도 훨씬 적던데요?"

"내가 그 집 딸과 한담을 나누다 들었는데, 세상에! 그 화원에서는 그 애들이 꽂고 다니는 꽃과 먹는 죽순, 채소, 생선, 새우 외에도 한 해 단위로 땅을 빌려 농사짓는 사람이 있어서 연말마다 족히 은돈 이백 냥 이상의 이익이 남는대요. 저도 그날에야 비로소 찢어진 연잎 하나나 마른 풀 뿌리까지 모두 돈이 된다는 걸 알았어요."

보차가 웃으며 말했다.

"정말 기름지게 먹고 비단옷 입는 부잣집 사람들이나 할 얘기네! 대갓집 귀한 아가씨야 원래 그런 걸 모른다지만, 다들 글공부를 했을 텐데 주자朱子의 '부자기문不自棄文'[1]도 읽어보지 못했나요?"

탐춘이 말했다.

"호호, 보긴 했지만 그건 남을 근면하게 하고 스스로 독려하라는 말을 쓸데없이 과장해서 쓴 것일 뿐이지 그게 전부 사실일 리 있나요?"

"주자마저도 쓸데없이 과장된 글을 쓴다고? 아니야, 구구절절 다 맞는 말이야. 한 이틀 일을 맡아보더니 이욕利慾에 물들어 주자까지 허무맹랑하다고 치부하네? 앞으로 밖에 나가 이익이나 폐단에 관한 큰일들을 보게 되면 심지어 공자까지 허무맹랑하다고 하겠구나!"

"호호, 언니처럼 고금에 통달한 분이 제자백가諸子百家*의 책도 보지 않으셨나요? 옛날 희자姬子²가 그랬어요. '이윤과 봉록을 추구하는 길에 오르고 운명의 경계에 머무는 사람은 요순堯舜의 글을 훔쳐 쓰고 공자, 맹자의 도리를 저버리며……'"

"호호, 그다음 구절은?"

"호호, 지금은 내 생각에 맞는 구절만 떼어서 읊어본 거예요. 그다음을 계속하면 제가 절 욕하는 셈이 되니까요."

"세상에 쓸모없는 물건은 없고, 쓸모 있다면 돈 값어치가 있는 거야. 너는 총명한 사람이지만 그렇게 중요한 일은 아직 제대로 겪어보지 못했는데 애석하게도 너무 늦어버렸네!"

이환이 웃으며 말했다.

"사람을 불러다 제대로 할 일은 제쳐놓고 둘이서 학문만 강론하고 있구면."

그러자 보차가 말했다.

"학문 속에 제대로 할 일이 있는 법이지요. 지금 작은 일에 대해 학문으로 문제를 제기하니까 그 작은 일도 한층 고상해졌잖아요? 학문으로 따지지 않으면 모두 시정市井의 속된 것으로 빠지고 말 거예요."

셋은 그저 농담을 주고받으며 한참을 놀다가 다시 제대로 된 일에 대해 이야기했다. 탐춘이 이어서 말했다.

"우리 대관원은 그 집 화원보다 배는 되니까, 한 해 수입도 두 배로 계산해서 은돈 사백 냥은 충분히 나와야겠지요. 지금 그것들을 내다 팔아 조잔하게 돈을 버는 것은 당연히 우리처럼 대갓집에서 할 일은 아니지요. 하지만 두어 명 관리할 사람을 두지 않는다면 아무리 값진 물건이 많다 해도 아무에게나 모조리 짓밟히게 될 테니, 그 또한 하늘이 내린 물건을 학대하는 것이라고 할 수 있어요. 그러니 대관원에 있는 할멈들 가운데 성실하고 농사일에 대해 잘 아는 사람을 몇 명 뽑아 그들에게 일정 부분을 맡겨서 운영하게 해보자는 겁니다. 소작료나 세금을 내게 할 필요는 없고 그저 매년 어느 정도 물품을 바치게 하는 정도만 하면 되겠지요. 그러면 우선 대관원을 관리하는 전담자가 정해져서 화초나 수목들도 해가 갈수록 좋아질 테니까, 때가 닥쳐서 바빠 서두를 필요가 없어지지요. 둘째는 함부로 짓밟아서 쓸데없이 물건들을 상하게 하는 일도 없을 테고, 셋째는 할멈들도 이걸 통해 조금이라도 얻는 게 있는 만큼 일 년 내내 고생한 보람이 있겠지요. 넷째는 꽃을 가꾸는 원예사나 산을 관리하는 사람, 청소하는 사람들한테 들어가는 경비를 절약할 수 있다는 겁니다. 그러면 여기서 남는 걸로 부족한 걸 메울 수 있을 테니 할 만하지 않겠어요?"

보차는 서서 벽에 걸린 글씨와 그림을 보고 있다가 그 말을 듣고 고개를 끄덕였다. 그리고 탐춘의 말이 끝나자 웃으면서 말했다.

"훌륭하도다! 삼 년 안에 기근이 없어지리라!"

이환도 웃으며 말했다.

"좋은 생각이야! 그렇게 된다면 마님도 분명 기뻐하실 거야. 돈 아끼는 일쯤이야 별거 아니지만, 무엇보다도 청소를 도맡아 하는 사람이 생기고 또 그 사람들한테 돈을 벌 수 있게 해줄 테니까 권세도 부리고 이익으로 마음을 움직이게 하면 자기 맡은 일에 최선을 다하지 않는 사람이 없을 거야."

평아가 말했다.

"이건 아가씨께서 거론하셔야 할 일이었어요. 저희 아씨도 그런 생각을 하고 계셨지만 말씀을 꺼내기 거북해하셨어요. 지금 아가씨들께서 대관원 안에 살고 계시지만 놀이 시설을 더 만들어드리지도 못하면서 오히려 관리하고 수리할 사람을 두어 돈을 아끼자는 말씀은 절대 쉽게 꺼낼 수 없지요."

보차가 얼른 다가가서 평아의 볼을 쓰다듬으며 말했다.

"호호, 입 좀 벌려봐요. 이랑 혀가 어떻게 생겼나 보게요. 아침부터 지금까지 한 말들이 어쩜 그리 똑같은지! 셋째 아가씨 말에 따르는 것도 아니고, 자기 아씨가 생각이 짧아 미처 고려하지 못했다는 것도 아니고, 셋째 아가씨가 한마디 하면 바로 '예!' 하는 것도 아니고, 어쨌든 셋째 아가씨가 뭐라고 하면 거기다 꼭 한마디를 덧붙여요. 셋째 아가씨가 생각한 것은 자기 아씨도 생각은 했지만 어쩔 수 없는 이유가 있었다고 말이야. 또 이번에는 아가씨들이 살고 있는 대관원이라서 돈을 아끼려고 사람을 시켜 관리하자는 말을 못했다 이거지? 다들 생각해보자고요. 사람들한테 맡겨 돈을 벌게 한다면 그 사람은 당연히 꽃가지 하나도 꺾지 못하게 하고 과일 하나도 따지 못하게 할 텐데, 아가씨들한테야 감히 뭐라고 하지 못하겠지만 하녀들하고는 날마다 말다툼이 일어나지 않겠어요? 평아의 말은 멀고 가까운 미래를 아주 적당히 고려해서 반대하는 것도 아니고 승복하는 것도 아니라고요. 자기 아씨가 우리랑 사이가 나쁘다고 할지라도 우리가 저런 말을 들으면 스스로 부끄러워서 마음을 바꿀 테니, 틀어졌던 사이도 화목하게 바뀌게 될 게 아니겠어요?"

탐춘이 웃으며 말했다.

"나도 아침부터 화가 나 있었는데 평아 언니가 오기에 갑자기 언니 상전이 생각나지 뭐예요. 평소 살림을 맡아보면서 안하무인으로 사람들을 부리던 사람이라 평아 언니를 보자 갑자기 화가 치밀더라고요. 그런데 저 언니는 들어와서도 꼭 고양이 피하는 생쥐처럼 한참 동안 서 있기만 하는데 정말 불쌍하대요. 그리고 이어서 하는 말들이 자기 상전이 나한테 잘해주었다는 말은 하지 않고 오히려 '우리 아씨에 대한 정의情義도 어긋나게 하지 않는 일'이라고 하잖아요? 그 한마디에 화도 가라앉았을 뿐만 아니라 제가 오히려 부끄러워 마음이 슬퍼지더라고요. 가만히 생각해보니까 내 스스로도 아직 아껴줄 사람도 보살펴줄 사람도 없는 여자일 뿐인데, 어디 남한테 잘해준 구석이 있었는가 하는 생각이 들었어요."

그녀는 우물우물 여기까지 이야기하고 자신도 모르게 또 눈물을 흘렸다. 이환 등은 탐춘이 이렇게 간절하게 이야기하자 평소 그녀가 조씨한테 늘

욕을 먹고 또 왕부인 앞에서도 조씨 때문에 난처한 일을 겪는다는 사실을 떠올렸다. 그리고 함께 따라서 눈물을 흘리며 황급히 위로했다.

"마침 오늘처럼 조용한 날 함께 모여 이로움을 일으키고 폐단을 척결하는 두 가지 일에 대해 의논하고 있으니, 그 또한 마님께서 우리에게 맡기신 뜻을 저버리지 않는 일이지. 그런데 그런 중요하지도 않은 일을 뭐하러 얘기해?"

평아도 얼른 말했다.

"저도 이미 알아들었어요. 아가씨, 누구든 괜찮은 사람을 뽑아 시키시면 돼요."

탐춘이 말했다.

"그래도 희봉 언니한테 얘기는 해봐야지. 우리가 여기서 자잘한 폐단을 찾아 없애자고 하는 것 자체가 이미 부당한 일이지만, 희봉 언니는 사리에 밝은 사람이니까 우리가 이럴 수 있는 거잖아요? 만약 어리석은데다 심보 고약하고 시기심 많은 사람이라면 저도 괜히 나서서 희봉 언니를 곤란하게 만들지 않았겠지요. 그러니 당연히 상의해본 뒤에 시행해야지요."

"호호, 그럼 제가 가서 말씀드리고 올게요."

한참 후에 평아가 돌아와 웃으면서 말했다.

"괜히 헛걸음만 했네요. 이렇게 좋은 일을 아씨께서 반대하실 리 있나요!"

탐춘은 곧 이환과 함께 대관원 안에 있는 모든 할멈들의 명단을 가져오라고 해서 함께 살펴본 후 대략 몇 명을 정했다. 그리고 그들을 모두 불러서 이환이 대체적인 이야기를 들려주었다. 할멈들은 다들 좋아했고, 개중의 누구는 이렇게 말했다.

"대밭은 저한테 주셔요. 한 해만 보살피면 내년에는 대밭을 하나 더 만들 수 있을 겁니다. 집에서 먹을 죽순 외에도 해마다 어느 정도 돈이나 양식도 바칠 수 있을 겁니다."

그러자 또 다른 사람이 말했다.

"논은 저한테 주셔요. 한 해만 일하면 새들 모이 정도는 집안 창고의 곡식을 쓸 필요도 없을 거고, 저도 돈이나 곡식을 조금 바칠 수 있을 겁니다."

탐춘이 막 입을 열려는 순간 하인이 들어와 전했다.

"대관원의 아가씨를 살펴보러 의원이 왔습니다."

할멈들은 어쩔 수 없이 의원을 맞이하러 가야 했다. 그러자 평아가 얼른 말했다.

"할멈들만 나가면 백 명이 가더라도 체통이 서지 않으니까 집사 어멈 두어 명을 시켜 모셔 들이라고 해요."

그러자 알리러 온 하인이 말했다.

"오吳아주머니와 선單아주머니가 서남쪽 모퉁이 취금문聚錦門*에서 기다리고 있습니다."

그러자 평아도 아무 말하지 않았다.

할멈들이 떠나고 나서 탐춘이 보차에게 어떻게 하면 좋겠느냐고 물었다.

"호호, 처음에 운 좋게 이득을 본 사람은 마지막에 게으름을 피우기 마련이고, 말을 번지르르하게 꾸미는 사람은 자기 편한 것만 좋아하지."

탐춘이 고개를 끄덕이며 옳은 말이라고 찬탄하고는 곧 명단에서 몇 명을 가리켜 세 사람의 의견을 물었다. 평아가 얼른 붓과 벼루를 가져왔다. 그리고 셋이 함께 의견을 이야기했다.

"이 축祝할멈이 적당한 것 같아. 그 집 영감과 아들이 대대로 대밭 청소를 맡아왔으니 대밭은 전부 거기다 맡기도록 하지. 도향촌 일대의 채소와 곡식은 비록 관상용으로 심은 것이라 거창하게 가꾸지는 않았다 하더라도, 본래 농사를 짓던 전田할멈에게 맡기면 때맞춰 심고 가꿀 테니 더 낫지 않겠어?"

탐춘이 웃으며 말했다.

"애석하게도 형무원과 이홍원은 땅은 넓은데 이익을 낼 만한 것이 없군요."

이환이 미소를 지으며 말했다.

"형무원은 더 좋지! 지금 향료 가게나 큰 시장, 사당에서 파는 각종 향료나 향초가 모두 이런 것들이잖아? 따져보면 다른 곳에서 남기는 이익보다 더 클 거야. 이홍원은 다른 건 젖혀놓고 봄여름에 피는 찔레꽃만 하더라도 얼마나 많아? 그리고 울타리의 장미하고 월계화, 보상화寶相花, 금등金藤, 은등銀藤이 있으니까 별로 필요하지 않은 꽃들만 말려서 차 가게나 약방에 팔면 돈이 꽤 될 거야."

탐춘이 웃는 얼굴로 말했다.

"그렇군요. 하지만 향초를 다룰 줄 아는 사람이 없잖아요?"

그러자 평아가 얼른 활짝 웃으며 말했다.

"보차 아가씨를 모시는 앵아의 엄마가 할 줄 알아요. 아가씨, 생각 안 나셔요? 저번에도 향초를 말려서 꽃바구니랑 호로를 만들어 저한테 주었는데."

보차가 웃으며 말했다.

"금방 칭찬해주었더니 이제 나를 놀리려고 하네?"

세 사람이 의아한 얼굴로 그게 무슨 소리냐고 물었다.

"절대 안 돼! 여기도 부릴 사람이 얼마나 많은데요. 다들 할 일 없이 놀고 있는데 이제 내가 일할 사람을 다른 데서 데려온다면 사람들이 나까지 우습게보지 않겠어요? 차라리 내가 한 사람 추천해줄게요. 이홍원에 있는 섭葉할멈은 바로 명연의 어머니인데, 아주 성실하고 우리 앵아 어머니하고도 아주 친하니까, 이 일은 그 할멈한테 맡기는 게 좋겠어요. 모르는 게 있으면 우리가 말하지 않더라도 앵아의 어머니를 찾아가 의논하지 않겠어요? 설령 섭할멈이 전혀 관여하지 않고 앵아 어머니한테 맡겨버린다 해도 그건 그 사람들 사이의 사적인 사정이니까 누가 쓸데없는 소리를 한다 하더라도 우리를 원망하지는 않을 거예요. 이렇게 하면 여러분의 일처리도 공정하게 되고 일도 아주 잘 돌아갈 거예요."

이환과 평아가 모두 "지당한 말씀!"이라고 칭찬했다. 탐춘이 웃으면서 말했다.

"그렇긴 하지만 저 사람들이 이익에 눈이 멀어 의리를 잊을까봐 걱정이네요."

평아가 웃는 얼굴로 말했다.

"괜찮아요. 예전에 앵아는 섭할멈을 양어머니로 모시고 밥이랑 술까지 대접해서 두 집안 사이가 아주 가까워요."

그러자 탐춘은 더 이상 아무 말도 하지 않았다. 그리고 함께 몇 사람에 대해 상의한 후 평소 객관적으로 보았을 때 괜찮아 보였던 네 명을 골라 붓으로 표시를 해두었다.

잠시 후 할멈들이 돌아와 의원이 떠났다면서 약방문을 올렸다. 셋은 약방문을 살펴보고 사람을 보내 약재를 가져와 조제하여 먹이게 했고, 한편으로 탐춘과 이환은 사람들에게 발표했다. 누가 어디를 관리하든 간에 계절마다 집안에서 쓰는 일정량을 제외한 나머지는 마음대로 채취하여 돈벌이를 하고, 연말에 결산을 하겠다고 말이다. 그리고 탐춘이 웃음 띤 얼굴로 말했다.

"또 한 가지가 생각났어요. 연말에 결산해서 돈을 받을 때는 당연히 장방賬房[3]에서 받아야 하겠지요. 그러자면 거기서도 관리자를 하나 두어야 하니까 여전히 그 사람들 수중에서 또 얼마 정도 뜯기겠지요. 이제 이런 일을 벌여 할멈들한테 맡긴 것부터 벌써 그 사람들 영역을 침범한 것인데, 그쪽에서는 속으로야 화가 나겠지만 말을 하지는 못하겠지요. 그러니 연말에 결산을 하면 그쪽에서 할멈들한테 무슨 수작을 하지 않겠어요? 게다가 한 해 동안 무얼 맡으면 상전이 한몫을 차지할 때 그 사람들은 반몫을 차지하는데, 이게 우리 집안의 관례라는 건 누구나 알고 있지요. 몰래 따로 챙기는 것은 예외로 치더라도 그래요. 이제 대관원 안의 일은 우리가 새로 만든 것이니 그 사람들 손에 들어가게 하지 말고 매년 결산할 때 안쪽에서 받는 게 좋겠어요."

보차가 웃으면서 말했다.

"내 생각에는 안에서 받을 필요는 없을 것 같아. 이건 늘리고 저건 줄이면 오히려 일만 많아지니까 차라리 누구든 맡은 사람이 그 부분에 대해 책임을 지게 하는 게 좋겠어. 기껏해야 대관원 안의 사람들이 쓰는 것에 지나지 않으니까 말이야. 내가 따져보니 몇 가지 안 되더라고. 기껏 머릿기름이랑 연지, 지분, 향, 종이 따위인데, 그것들은 아가씨들과 시녀들한테 모두 정해진 양이 있잖아? 그리고 각처의 빗자루랑 쓰레받기, 먼지떨이, 크고 작은 가금家禽들, 새, 사슴, 토끼들한테 주는 먹이가 있지. 이런 것들은 장방에서 돈을 탈 필요 없이 그냥 저 할멈들이 다 책임을 지게 하는 거야. 계산해봐. 그러면 얼마 절약이 되겠어!"

평아가 웃으며 말했다.

"그게 사소한 것들이긴 하지만 한 해 몫을 모두 합치면 은돈 사백 냥쯤은 절약할 수 있지요."

보차가 웃으며 말했다.

"게다가 일 년에 사백 냥이면 이 년에 팔백 냥이 되잖아! 그거면 세를 내줄 건물도 몇 칸 살 수 있고, 밭도 몇 마지기 장만할 수 있을 거야. 그 외에도 남는 게 있겠지만 할멈들이 한 해 동안 수고했으니까 좀 남겨서 살림에 보태게 해주어야지. 이익을 남기고 절약하는 것을 근본 취지로 삼더라도 너무 인색하면 안 돼. 설령 이삼백 냥쯤 더 아긴다 하더라도 체통을 잃으면 안 되지. 그러니까 이렇게 하면 바깥 장방에도 한 해에 은돈 사오백 냥을 덜 쓸 수 있고, 너무 인색하게 굴지 않아도 할멈들도 조금이나마 살림에 보탬이 되잖아. 일을 맡지 않은 할멈들도 여유가 생기고, 대관원 안의 화초와 수목들도 해마다 무성하게 잘 자랄 수 있으니 여러분들도 쓸 것들을 얻을 수 있지. 그렇게 하면 체통을 잃게 되지 않을 거야. 그저 아끼려고만 하면 몇 푼 정도야 어떻게든 찾아낼 수 있겠지. 하지만 남는 이익을 모조리 집안 창고에 넣는다면 안팎으로 원성이 자자할 테니 대갓집의 체통을 잃게 되지 않겠어? 지금 대관원 안에 할멈들이 몇십 명이나 되는데, 이 할멈들한테만 일을 맡기면 나머지 사람들은 분명 불공평하다고 원망할 거야. 그러니까 조금 전에 얘기한 것처럼 이 할멈들한테 그 몇 가지만 공급하게 하는 건 너무 불공평한 처사라는 거야. 해마다 그것들 외에 각자 남는 게 있건 말건 얼마씩 돈을 내게 해서, 그걸 모아 대관원 안에 있는 다른 할멈들한테 나눠주는 거야. 그 사람들은 이런 일은 하지 않지만 밤낮으로 대관원 안의 심부름을 하고, 대문을 여닫고 하면서 일찍 일어나고 늦게 자야 되잖아? 그리고 비가 오나 눈이 오나 아가씨들이 드나들 때는 가마를 지고, 배를 젓고 썰매를 끌어야 하지. 이렇게 힘든 일들을 모두 그 사람들이 한단 말이야. 일 년 내내 고생하고 있으니 대관원 안에 수익이 있다면 안에도 나눠주어서 조금이라도 이득을 보게 해줘야 해. 그리고 사소한 건데, 말이 나온 김에 하지요 뭐. 할멈들이 자기 살림 늘릴 생각만 하고 다른 사람들한테 나눠주지 않으면 그 사람들이 대놓고 원망하지는 않겠지만 속으로는 승복하지 않을 거예요. 공적인 일이라는 핑계로 과일도 필요한 양보다 더 많이 따고 꽃도 더 많이 꺾어서 사리사욕을 채워버리겠지요. 그러면 여러분들도 억울하지만 하소연할 데가 없지 않겠어요? 오히려 그 사람들도 조금이나마 이득을 보게 된다면 할멈들이 미처 돌보지 못한 것들도 그 사람들이 나서서 돌봐줄 게 아니겠어요?"

할멈들이 이야기를 들어보니 장방의 관할도 받지 않고, 희봉에게 가서 결산할 필요도 없이 해마다 돈만 얼마쯤 더 내면 되는지라 모두들 무척 좋아했다.

"그렇게 할게요! 밖에 나가 시달리고 돈까지 내는 것보다 훨씬 낫지 않겠어요?"

맡은 일이 없는 할멈들도 연말마다 공돈이 굴러 들어온다는 소리를 듣고 모두 기뻐했다.

"저 사람들이야 고생하니까 당연히 남은 돈을 얼마쯤 받을 수 있겠지만, 우리야 어떻게 '가만히 앉아서 개평을 받을[穩坐吃三注]'[4] 짓을 할 수 있나요?"

그러자 보차가 웃으며 말했다.

"할멈들, 사양하지 마셔요. 이건 원래 직분상 당연히 받아야 하는 거니까요. 다들 밤낮으로 고생하시면서 다른 사람들이 게으름 피우거나 멋대로 술 마시고 노름하는 일만 하지 못하게 하시면 돼요. 그렇지 않으면 저도 이 일에 상관하지 않겠어요. 다들 들어서 아시겠지만 이모님께서 직접 서너 번이나 저한테 부탁하셨어요. 큰아씨께서는 여가가 없으시고 다른 아가씨들은 나이가 어려서 저한테 관리를 부탁하신 거지요. 제가 하지 않는다면 분명 이모님께 걱정을 끼치지 않겠어요? 여러분 아씨는 병에 시달리고, 집안일도 바쁘시니, 저야 원래 바깥사람이지만, 설령 이웃이라 해도 좀 도와드려야지요. 하물며 이모님께서 부탁하시는데 어떻게 거절하겠어요? 하는 수 없이 개인적인 생각은 접고 대의를 위해 나섰으니 남들한테 미움을 사더라도 어쩔 수 없지요. 만약 제가 자잘한 체면만 차리고 할멈들이 술에 취해 노름이나 하고 있다가 무슨 일이라도 생긴다면, 제가 무슨 낯으로 이모님을 뵙겠어요? 다들 그때 후회해봐야 소용없고, 여러분이 평소 지켜온 체면까지 다 없어지지 않겠어요? 이 많은 아가씨들이 계시는 이 큰 대관원을 모두 여러분한테 관리하게 맡기는 건 다 여러분이 서너 대에 걸쳐 이 집에서 일해온 분들이고 규범을 잘 지켰기 때문이에요. 그러니 다 함께 마음을 합쳐 체통을 지켜야지요. 여러분들이 멋대로 술이나 마시고 노름이나 하는 다른 사람들을 내버려두었다가 이모님 귀에 들어가게 되어 한바탕 교훈을 내리시는 것쯤이야 그래도 괜찮지요. 하지만 만약 집사 어멈들이 알게 되면 이모님께 여쭐 필요도 없이 한바탕 훈계를 내릴 거예요.

다들 연세도 많으신 분들이 어린 사람들한테 훈계를 받으면 되겠어요? 그 사람들이야 집사 어멈들이니 여러분을 단속하겠지만, 여러분들이 체통을 지키면 그 사람들이 어떻게 여러분을 닦달하겠어요? 그래서 제가 지금 여러분께도 이익이 되는 일을 생각해낸 것이니 모두들 마음을 합쳐 이 대관원을 성실히 보살펴서 저 권세 있는 집사 어멈들이 보더라도 신경 쓸 필요 없고 오히려 마음으로 감복하게 해주자는 거지요. 그래야 제가 여러분에게 이익이 되는 일을 계획한 보람이 있지요. 이렇게 하면 저 사람들한테서 권세를 빼앗고 여러분한테는 이익이 생기게 될 테니까 그야말로 가만히 있어도 일이 잘 돌아가게 만들고 그 사람들의 근심을 덜어주지 않겠어요? 그러니까 다들 잘 생각해보셔요."

할멈들이 모두 환호성을 지르며 다투어 말했다.

"지당하신 말씀입니다! 이제부터 아가씨들과 아씨들께서는 안심하셔도 됩니다. 이렇게 저희들을 생각해주시는데 저희가 체통을 지키지 않고 은혜를 저버린다면 하늘과 땅의 신들도 용서하지 않을 겁니다!"

이때 임지효댁이 들어와 아뢰었다.

"강남의 진甄씨 댁 가족들이 어제 경사에 도착해서 오늘 궁중에 들어가 새해 인사를 올린답니다. 지금 먼저 사람 편에 예물을 보내면서 안부 인사를 여쭙겠답니다."

그리고 예물 목록을 바쳤다. 탐춘이 받아보니 이렇게 적혀 있었다.

상등급 장단妝緞과 망단蟒緞 스무 필, 상등급 잡색 비단 스무 필, 상등급 각종 능사綾紗 스무 필, 상등급 궁중 명주〔宮綢〕열두 필, 관용官用의 각종 비단과 능사·명주·능라 스물네 필.

이환도 목록을 보고 말했다.

"상등급 수고비를 봉투에 담아서 주도록 해요."

그리고 그 사실을 태부인에게 아뢰도록 했다. 태부인은 곧 사람을 보내 이환과 탐춘, 보차를 모두 불러 함께 예물을 살펴보았다. 이환은 예물을 받아 수습하면서 창고지기에게 지시했다.

"어머님께서 보시고 난 뒤에 창고에 넣도록 해요."

태부인이 말했다.

"진씨 댁은 다른 집안과는 다르다. 심부름 온 남자들한테는 상등급의 수고비를 주도록 해라. 조만간 여자들이 인사하러 올 테니 옷감을 미리 준비해두어라."

그 말이 채 끝나기도 전에 과연 하인이 와서 아뢰었다.

"진씨 댁에서 여자분 네 명이 문안 인사를 하러 오셨습니다."

태부인은 얼른 안으로 모시라고 분부를 내렸다.

네 여자는 모두 마흔 살이 넘어 보였고, 치장한 모양새가 그들 상전과 별로 달라 보이지 않았다. 문안 인사가 끝나자 태부인은 발 받침대 네 개를 가져오라고 해서 그들에게 자리를 권했다. 그들은 사양하다가 보차 등이 자리에 앉고 나서야 앉았다. 태부인이 물었다.

"경사에는 언제 들어오셨소?"

네 사람은 황급히 자리에서 일어나 대답했다.

"어제 들어왔습니다. 오늘 마님께선 아가씨와 함께 궁중에 문안 인사를 하러 들어가셔야 해서 저희에게 문안 인사를 올리고, 아가씨들께도 안부를 전해드리라 하셨습니다."

"호호, 요 몇 년 동안 경사에 오지 않아 생각지도 못했는데 올해는 오셨구면."

"호호, 그렇습니다. 올해는 성지聖旨를 받들어 경사에 들어왔습니다."

"가족이 모두 오셨는가?"

"노마님과 도련님, 두 분 아가씨, 그리고 다른 마님들은 모두 오시지 못했고, 마님과 셋째 아가씨만 오셨습니다."

"그 아가씨는 어디 정해놓은 혼처가 있는가?"

"아직 없습니다."

"호호, 자네 집 큰아가씨와 둘째 아가씨는 모두 우리 집안과 무척 사이 좋게 지낸다네."

"호호, 그렇지요. 해마다 아가씨들이 편지를 보내 이 댁의 보살핌을 많이 받는다고 하셨습니다."

"호호, 보살핌이랄 게 뭐 있나? 대대로 교유하던 집안이고 오랜 친척이니 당연한 거지. 자네 집 둘째 아가씨는 참 훌륭하더군. 거들먹거리지도 않아서 우리랑은 아주 친밀하게 지내고 있네."

"호호, 너무 겸손하신 말씀이셔요."

"그 댁 도련님도 노마님과 함께 지내는가?"

"예."

"몇 살이신가? 서당에는 다니시고?"

"호호, 올해 열세 살이 되셨습니다. 아주 잘 생겨서 노마님이 무척 애지중지하시지요. 어려서부터 장난이 심하고 매일 서당을 빼먹는데, 나리와 마님께서도 제대로 단속하시기 어려워하십니다."

"호호, 우리 집 아이하고 똑같군! 그 도련님은 이름이 어떻게 되는가?"

"노마님께서 보배처럼 여기시고 얼굴도 백옥처럼 희여서, 노마님께서 '보옥寶玉'이라고 지으셨습니다."

그러자 태부인이 이환 등을 향해 말했다.

"거기도 이름이 보옥이라는구나!"

이환이 얼른 허리를 슬쩍 숙이며 말했다.

"호호, 예로부터 지금까지 같은 시대나 세대를 건너뛰어 이름이 같은 사람이 아주 많아요."

네 여자도 웃으며 말했다.

"그렇게 아명兒名을 지은 뒤로 우리 집 위아래 사람들 모두 어느 친척 집에도 비슷한 이름을 가진 도련님이 계신 것 같다고 생각했습니다. 하지만 십 년 가까이 경사에 들어오지 않아서 제대로 기억이 나지 않았습니다."

태부인이 웃으며 말했다.

"어찌 이런 일이! 바로 내 손자일세. 여봐라!"

어멈들과 하녀들이 "예!" 대답하고 몇 걸음 다가서자 태부인이 웃으며 말했다.

"대관원에 가서 우리 보옥이를 불러오너라. 저 댁 집사 어멈들께 보여서 그 댁 도련님에 비해 어떤지 물어보자꾸나."

어멈들은 황급히 달려가 잠시 후 보옥을 에워싸고 들어왔는데, 네 여자들은 보옥을 보자마자 얼른 일어나 웃으면서 말했다.

"어머! 깜짝 놀랐네요! 이 댁에 오지 않고 다른 데서 뵀더라면 우리 도련님이 저희를 따라 경사에 들어오신 줄 알았겠습니다!"

그러면서 모두 다가가 보옥의 손을 잡고 이것저것 묻자 보옥도 황망히 웃으며 인사했다. 태부인이 웃음 띤 얼굴로 말했다.

"자네들 도련님에 비해 어떤가?"

그러자 이환 등이 웃으며 말했다.

"네 분이 방금 그러셨잖아요? 아마 둘이 비슷하게 생긴 모양이네요!"

"호호, 이렇게 공교로운 일이! 대갓집 아이들은 귀하게 키우니까 얼굴에 시커멓게 병치레한 흔적만 없다면 얼른 봐서 다들 깔끔하고 단정해 보이겠지. 그러니 이 또한 이상할 게 없지."

그러자 네 여자들이 웃으며 말했다.

"지금 보니 얼굴이 똑같아요! 노마님 말씀대로라면 장난치는 것도 똑같은 모양이네요. 저희들이 보기엔 이 도련님께선 저희 도련님보다 성품이 더 좋은 것 같습니다."

"그걸 어찌 아나?"

"호호, 조금 전에 도련님 손을 잡고 말씀을 나눠보고 알았습니다. 우리 도련님 같으면 무슨 짓이냐고 하시면서 손도 잡지 못하게 하실 뿐만 아니라 자기 물건들도 까딱하지 못하게 하셔요. 시중드는 사람도 모두 여자애들이랍니다."

그들의 말이 끝나기도 전에 이환을 비롯한 자매들은 터져 나오는 웃음을 참지 못했다. 태부인도 웃으며 말했다.

"우리가 지금 사람을 보내 그 댁 도련님을 만나 손을 잡으면 당연히 억지로라도 잠시 참을 걸세. 우리 같은 대갓집 아이들은 아무리 성격이 괴팍하다 해도 바깥사람을 만나면 반드시 점잖게 예의를 차릴 테니까 말일세. 그렇지 않으면 그런 괴팍한 성격을 절대 용납해주지 않겠지. 어른들이 귀여워하는 것은 사람들 마음에 드는 성품을 타고났기 때문이기도 하지만, 사람을 만났을 때 어른들 못지않게 예의를 차려서 보는 이들이 예쁘게 여기기 때문에 뒤에서 조금 멋대로 군다 해도 내버려두는 게지. 만약 안팎을 가리지 않고 어른들 망신만 시킨다면 아무리 잘생겼다 하더라도 때려죽여야 마땅하지!"

그러자 네 여인이 모두 웃으며 말했다.

"지당하신 말씀입니다. 저희 집 도련님도 장난이 심하고 성격이 괴팍하지만 가끔 손님을 만나면 어른보다 예의범절을 더 잘 지킵니다. 그러니 만나는 사람마다 귀여워하면서 그런 분한테 왜 매질을 하느냐고 하시지요. 하지만 그건 집에서 무법천지로 마음대로 굴고, 어른들은 생각지도 못하는 말과 행동을 하는 걸 모르고 하는 말입니다. 그러니 나리와 마님께서도 도무지 방법이 없어 애를 태우시지요. 멋대로 구는 거야 어린아이들한테는 흔한 일이고, 헤프게 쓰는 것도 대갓집 도련님들이 으레 그렇고, 서당 가기 싫어하는 것도 어린아이들이 늘 그러니까 모두 고쳐줄 수 있지요. 하지만 무엇보다도 타고난 그 괴팍한 성미는 어찌해볼 수 없지요."

그들의 말이 끝나기도 전에 누군가 아뢰었다.

"마님께서 돌아오셨습니다."

왕부인이 들어와 태부인에게 문안 인사를 올렸다. 네 여자들도 왕부인에게 문안 인사를 하고 몇 마디 이야기를 나누었다. 그러자 태부인은 곧 왕부인에게 가서 좀 쉬라고 했다. 왕부인은 몸소 차를 한잔 올리고 물러갔다. 네 여인들도 태부인에게 작별 인사를 하고 왕부인의 거처로 갔다. 그리고 잠시 집안일에 대해 이야기를 나누고 나서 그들을 전송했는데, 그에 대해서는 자세히 이야기할 필요 없겠다.

한편, 태부인은 기분이 좋아서 만나는 사람마다 또 다른 보옥이가 하나 있는데 생김새나 하는 짓이 이 집의 보옥이와 똑같다고 이야기했다. 사람들은 다들 세상은 크고 명문귀족도 많으며 이름 같은 사람도 아주 많고, 할머니가 손자를 귀여워하는 것도 예로부터 지금까지 늘 있던 일일 따름이니 별로 희한한 일도 아니라 생각하고 그다지 마음에 두지 않았다. 다만 어수룩한 귀공자의 성격을 가진 보옥만은 그 네 여자들이 태부인의 기분을 좋게 해주려고 해본 말이라고 생각했다. 그런데 나중에 그가 상운의 병문안을 하려고 형무원에 가자 상운이 말했다.

"이제 안심하고 마음대로 하셔요. 예전에는 '올 하나만으로는 실이 되지 못하고 나무 하나만으로는 숲이 되지 못하는〔單絲不成線 獨樹不成林〕' 상황이었지만 지금은 짝이 생겼잖아요? 말썽을 심하게 피워서 매를 맞으면 그 사람을 찾아 남경으로 도망쳐버려요."

"너도 그런 황당한 말을 믿어? 정말 또 다른 보옥이가 있다는 거야?"

"왜 없겠어요? 전국시대에는 인상여藺相如[5]가 있었고, 한나라 때는 사마상여司馬相如*가 있었잖아요."

"하하, 그야 그렇다 치고, 생김새까지 똑같은 사람이 있었던 적은 없잖아?"

"그럼 왜 광匡 땅 사람들이 공자를 보고 양호陽虎인 줄 알았겠어요?"[6]

"하하, 공자와 양호는 생김새가 닮았을 뿐 이름은 달랐고, 인상여와 사

제56회 **113**

마상여는 이름은 같았지만 생김새가 달랐어. 그런데 하필 나하고 그 아이는 두 가지가 다 똑같다고 하잖아?"

상운은 대꾸할 말이 없어서 웃으며 말했다.

"그렇게 아무렇게나 둘러대니까 저도 굳이 증명할 생각이 없네요. 그런 사람이 있거나 말거나 저랑은 상관없으니까요!"

그렇게 말하고 그녀는 자리에 누워버렸다. 보옥은 또 의혹이 생겼다.

'절대 없으리라 생각하자니 있을 것도 같고, 틀림없이 있다 해도 직접 본 적이 없으니 참!'

그는 마음이 답답해져서 자기 방에 돌아갔다. 걸상에 앉아 말없이 생각에 잠겼다가 자기도 모르게 잠이 들었다. 꿈속에서 그는 어느 화원에 이르렀는데 의아한 생각이 들었다.

'우리 대관원 말고 또 이런 정원이 있었나?'

그가 의혹에 빠져 있을 때 저쪽에서 몇 명의 여자들이 다가왔는데 모두 하녀들이었다. 그는 또 의아해졌다.

'원앙 누나랑 습인 누나, 평아 누나 외에 이런 사람들도 있었나?'

그때 그 하녀들이 미소 지으며 말했다.

"보옥 도련님, 여긴 왜 오셨어요?"

보옥은 자기한테 하는 말인 줄 알고 얼른 생글거리면서 대답했다.

"우연히 걷다 보니 여기까지 왔는데 어느 집안의 화원인지 모르겠네? 누나들, 구경 좀 시켜줘요."

"호호, 알고 보니 우리 집 도련님이 아니군요. 그분은 생김새도 더 깔끔하고 말씨도 더 영민하시거든요."

"누나들, 여기에도 보옥이라는 사람이 있어요?"

"보옥이라는 말은 우리가 노마님과 마님의 분부에 따라 그분의 수명을 늘리고 재앙을 없애려고 부르는 거야. 우리가 그렇게 불러드리면 그분도 좋아하시지. 멀리서 온 너 같은 냄새나는 어린 것이 함부로 그 이름을 입에 담다가는 그 냄새 나는 몸뚱이가 흐물흐물해지도록 매를 맞을 거야!"

이어서 한 하녀가 웃으며 말했다.

"다들 어서 가자. 보옥 도련님께서 보시면 이런 냄새나는 어린 것하고 말을 섞어서 냄새가 배었다고 나무라시겠다."

그들이 홱 가버리자 보옥은 고민에 빠졌다.

'여태 나한테 이렇게 모질게 대한 사람이 없었는데 저 사람들은 왜 저러지? 정말 나랑 똑같이 생긴 사람이 있나?'

보옥은 생각에 잠긴 채 발걸음이 닿는 대로 어느 뜰 안에 이르렀다. 그는 또 이상한 생각이 들었다.

'이홍원 말고도 이런 정원이 또 있네?'

계단을 올라가 뜰 안으로 들어가자 걸상에 누군가 누워 있었는데, 저쪽에서는 몇몇 여자아이들이 바느질을 하고 있고, 깔깔거리며 장난치는 아이들도 있었다. 그때 걸상에 있던 소년이 한숨을 내쉬자 한 하녀가 웃으며 물었다.

"보옥 도련님, 안 주무시고 웬 한숨이에요? 또 여동생이 병을 앓는다고 괜한 걱정을 하시나 보군요?"

보옥은 그 소리를 듣고 속으로 깜짝 놀랐다. 그때 걸상 위의 소년이 말했다.

"할머님께서 그러시는데 장안에도 보옥이라는 아이가 있는데 나랑 성격이 똑같다고 하시더라. 나는 그 말을 믿지 않았어. 그런데 조금 전에 꿈속에서 어느 화원에 갔다가 누나들을 몇 명 만났거든? 그런데 그 누나들이 나더러 냄새나는 어린 녀석이라고 하면서 거들떠보지도 않는 거야. 간신히 그 아이 방을 찾아갔더니 하필 자고 있었는데, 그저 육신의 껍데기만 있고 혼은 어디로 갔는지 모르겠더라고."

그 말을 듣고 보옥이 황급히 말했다.

"나도 보옥이를 찾아 여기 왔어. 알고 보니 네가 보옥이였구나?"

그러자 걸상에 있던 아이가 얼른 내려와 그의 손을 붙잡고 말했다.
"네가 보옥이였어? 이게 꿈은 아니겠지?"
"이게 어떻게 꿈이야? 정말 진짜라고, 진짜!"
그 말이 끝나기도 전에 누군가 와서 말했다.
"나리께서 부르십니다."
그 말에 둘 다 놀라 어쩔 줄 몰라 했다. 하나의 보옥이 바로 도망치자 다른 하나의 보옥이 다급히 소리쳤다.
"보옥아, 얼른 돌아와! 얼른!"
곁에 있던 습인이 그의 잠꼬대를 듣고 얼른 흔들어 깨우고는 웃으면서 물었다.
"보옥 도련님이 어디 있어요?"
이때 보옥은 잠이 깨긴 했지만 아직 정신이 몽롱해서 문 밖을 가리키며 말했다.
"금방 나갔어."
"호호, 잠이 덜 깼군요. 눈 비비고 다시 보셔요. 저건 거울에 비친 도련님 모습이라고요!"
보옥이 다가가 보니 그건 바로 나무틀에 박힌 전신거울에 비친 자기 모습이었다. 그러자 자기도 모르게 웃음이 나왔다. 하녀가 양치 그릇과 진한 찻물[茶鹵][7]을 가져오자 그는 양치질을 했다. 그러자 사월이 말했다.
"어쩐지 노마님께서 늘 어린아이 방에 거울이 많으면 안 된다고 하시더라니! 어린아이는 혼이 온전하지 않아서 거울에 너무 많이 비춰지면 잘 때 놀라기도 하고 사나운 꿈을 꾼다고 하시면서 말이에요. 그런데 침대 앞에 저 거울이 있잖아요? 거울 덮개를 씌워놨을 때는 괜찮은데, 이후로 날씨가 더워서 나른해지면 덮개 덮을 생각을 어떻게 하겠어요? 조금 전에도 그랬잖아요? 누워서 거울을 보며 놀다가 어느 순간 잠이 들어버리니, 자연히 그런 말도 안 되는 꿈을 꾸었겠지요. 그게 아니라면 어떻게 자기를 보면서 자기 이름을 부르겠어요? 아무래도 내일은 침대를 안으로 옮겨놓아야겠어요."
 그 말이 끝나기도 전에 왕부인이 사람을 보내 보옥을 불렀다. 무슨 일로 불렀는지는……

제57회

슬기로운 자견은 바른 말로 보옥을 시험하고
자상한 설씨 댁은 따뜻한 말로 대옥을 위로하다
慧紫鵑情辭試忙玉　慈姨媽愛語慰癡顰

설씨 댁 마님이 임대옥을 자상하게 위로하다.

　보옥은 왕부인이 부른다는 소리를 듣고 급히 앞채로 갔다. 알고 보니 왕부인은 그를 데리고 진甄부인에게 인사 가려는 것이었다. 보옥은 기뻐하며 얼른 가서 옷을 갈아입고 왕부인을 따라갔다. 그 집안의 풍경은 가씨 집안과 크게 차이가 나지 않았고, 조금 더 좋아 보이는 것들도 한두 가지 있었다. 진부인이 계속 붙드는 바람에 종일토록 그곳에 있으면서 자세히 물어보니 과연 그 집에도 보옥이라는 아이가 있었다. 보옥은 그제야 그 사실을 믿었다. 저녁에 집에 돌아오자 왕부인은 상등급의 화려한 연회를 준비하라 지시하고, 장편 연극을 공연할 유명한 극단을 불러놓고 진부인과 딸을 초청하여 대접했다. 이틀 후 진씨 댁 모녀는 작별 인사도 없이 임지로 돌아갔다. 그 이야기는 그만하겠다.

　이날 보옥은 상운의 병세가 좀 나아진 것을 확인하고 나서 대옥을 만나러 갔다. 하지만 막 낮잠이 든 대옥을 깨우지 못했다. 그러다가 자견*이 회랑에서 바느질하고 있는 걸 보고 다가가서 물었다.
　"어젯밤에는 기침이 좀 누그러졌던가?"
　"네, 많이 좋아졌어요."
　"하하, 아미타불! 어쨌든 낫기만 하면 되지!"
　"호호, 도련님도 염불을 하세요? 정말 별일이네요?"

"하하, 이런 걸 가리켜 '병이 심하면 아무 의원이라도 불러온다[病篤亂投醫].'라고 하는 거야."

그러면서 살펴보니 자견은 먹물을 뿌린 듯한 무늬가 들어 있는 얇은 능라를 댄 무명 저고리 위에 푸른 비단으로 만든 조끼만 입고 있었다. 그는 손을 뻗어 자견의 몸을 쓰다듬으며 말했다.

"이렇게 얇은 옷을 입고 바람 드는 곳에 앉아 있다니! 바람도 세고 날씨도 안 좋은데 너까지 병이 들면 곤란해지잖아."

"이제부턴 말씀만 나누고 함부로 손을 대진 마세요. 나이가 들수록 행동은 더 어려지니 사람들이 보면 점잖지 못하다고 할 거예요. 저 때려죽일 못된 것들이 뒤에서 도련님을 손가락질하는데도 전혀 신경 쓰지 않으시고 어릴 때와 똑같이 행동하시면 되겠어요? 아가씨도 늘 저희한테 도련님이랑 시시덕거리며 농담하지 말라고 분부하셔요. 도련님께서도 보셨잖아요? 요즘 들어 아가씨도 될 수 있으면 도련님을 멀리하려고 하시잖아요!"

그녀는 일어나서 바느질감을 들고 다른 방으로 들어가버렸다.

그 모습을 보자 보옥은 갑자기 찬물을 뒤집어쓴 기분이 들어서 한참 동안 멍하니 대밭만 쳐다보았다. 그때 축할멈이 죽순을 캐고 대나무를 손질하러 왔다. 보옥은 그저 멍한 상태로 걸어나왔다. 그는 잠시 넋이 나가 갈피를 잡지 못한 채, 되는 대로 가산의 바위에 멍하니 앉아 자기도 모르게 눈물을 흘렸다. 그렇게 대여섯 끼 밥 먹을 시간이 되도록 멍한 상태로 온갖 생각을 다해보았지만 도무지 어떻게 해야 좋을지 몰랐다.

그때 마침 설안이 왕부인의 방에서 인삼을 가지고 오는 길에 지나다가 언뜻 복숭아나무 아래 바위에 누군가 턱을 괴고 넋이 나가 있는 모습을 발견했다. 자세히 보니 다름 아닌 보옥인지라 그녀는 이상하단 생각이 들었다.

'날씨도 추운데 혼자 저기서 뭘 하는 거지? 봄에는 고질이 있는 사람 병이 도지기 쉽다던데, 혹시 멍청병에 걸린 걸까?'

그런 생각을 하며 가까이 다가가 쪼그려 앉아 방긋 웃으며 말했다.

"여기서 뭐하셔요?"

"너는 또 왜 나를 찾으러 왔어? 넌 여자아이 아냐? 안 좋은 소문날까 무서워서 너희들한테 나랑 얘기도 하지 말라고 했다면서? 네가 날 찾아온 걸 누가 보면 또 구설수가 생기지 않겠어? 얼른 돌아가!"

설안은 그저 또 대옥한테 안 좋은 소리를 들었나 보다 생각하고 방으로 돌아갔다. 대옥이 아직 일어나지 않아 설안은 자견에게 인삼을 건네주었다. 자견이 물었다.

"마님께서는 뭐하셔?"

"마님도 낮잠을 주무시는 바람에 한참을 기다렸어요. 언니, 우스운 얘기 하나 해줄까요? 제가 마님이 일어나시길 기다리면서 옥천 언니랑 아랫방에서 얘기를 나누고 있었는데, 갑자기 작은마님 조씨가 저한테 손짓을 하며 부르시지 뭐예요. 무슨 할 말이 있나 보다 싶어 가보니, 자기가 마님께 휴가를 내고 동생 집에서 밤을 새고 내일 장례를 치를 거래요. 그런데 데려갈 하녀 길상이한테 입힐 옷이 없다면서 저한테 흰색 비단 저고리를 좀 빌려달라는 거예요. 내 생각에 개들도 보통 그런 옷이 두어 벌쯤 있을 텐데, 불결한 곳에 가면 더러워질까 싶어서 자기 옷은 아까워 입지 못하고 다른 사람 걸 빌려 입으려는 것 같았어요. 내 옷을 빌려 입고 더럽히는 거야 상관없지만, 그분이 평소 우리한테 뭐 잘해준 게 있냐는 생각이 들어서 이렇게 말했지요. '제 옷이랑 비녀, 팔찌 같은 것들은 전부 아가씨께서 자견 언니한테 챙겨두라고 하셨거든요. 우선 자견 언니한테 얘기하고, 또 아가씨께도 말씀을 드려야 해요. 근데 아가씨는 또 병중이라 더 번거로운데, 그러면 작은마님이 외출하시는 데 지장이 생길 거예요. 그러니 차라리 다른 데서 빌리는 게 나을 것 같네요.' 어때요?"

"호호, 조그만 게 꾀가 많네? 빌려주기 싫으니까 나랑 아가씨 핑계를 대서 너를 원망하지도 못하게 만들었구나. 그래 지금 간대, 아니면 내일 아침 일찍 간대?"

"지금 곧 간대요. 아마 지금쯤 벌써 떠났을걸요?"

자견이 고개를 끄덕이자 설안이 말했다.

"아가씨께서는 아직 안 일어나셨는데 누가 보옥 도련님을 화나게 했지요? 저기 앉아 울고 계시던데."

자견이 깜짝 놀라 어디냐고 물었다.

"심방정 뒤쪽 복숭아나무 아래 계셔요."

자견은 황급히 바느질감을 내려놓고 설안에게 방 안의 기색을 잘 살피라고 당부했다.

"나를 찾으시거든 금방 온다고 말씀드려."

그녀는 곧 소상관을 나와 곧장 보옥 앞에 이르러 부드러운 미소를 지으며 말했다.

"저는 모두에게 다 이로우라고 한두 마디 한 것뿐인데 화를 내시고 이 바람 부는 곳에서 울고 계시네요. 그러다 병이라도 나시면 어쩌려고요!"

"하하, 누가 화를 냈다고 그래? 들어보니까 네 말도 일리가 있어. 너희가 그리 생각하는데 당연히 다른 사람들도 그리 생각할 테고, 이후론 점점 나를 거들떠보지도 않겠지. 그런 생각을 하다 보니까 갑자기 슬퍼지더라고."

자견이 그의 옆에 바짝 다가앉자 보옥이 빙그레 웃으며 말했다.

"아까 앞에서 얘기할 때는 홱 가버리더니, 지금은 왜 내 옆에 붙어 앉는 거야?"

"벌써 다 잊으셨어요? 며칠 전에 대옥 아가씨와 얘기하고 계실 때 작은 마님 조씨가 불쑥 들어왔잖아요. 조금 전에 들으니 그분이 집에 안 계신다기에 도련님께 여쭤보려고요. 그때 도련님께서 대옥 아가씨께 '연와'라는 말만 하시고 얘기가 뚝 끊어졌는데, 여태 더 이상 말씀이 없으셨잖아요. 마침 그게 생각나서 여쭤보는 거예요."

"별거 아니야. 그저 내 생각에 연와는 일단 먹으면 계속 먹어야 하는데,

보차 누나도 손님이라 계속 거기서 갖다 먹는 건 너무 눈치 없는 짓이라는 거야. 그렇다고 어머니께 달라고 하는 것도 불편하지. 그래서 내가 할머님께 슬쩍 운을 띄워놨으니 아마 할머님께서 희봉 형수한테 얘기해두셨을 거야. 그 얘기를 해준다는 게 마저 하지 못했던 거지. 듣자 하니 요즘 하루에 연와를 한 냥씩 보낸다며? 그럼 된 거지 뭐."

"알고 보니 도련님께서 말씀하신 거였군요. 신경 써주셔서 고마워요. 저희는 노마님께서 어떻게 갑자기 생각해내시고 매일 한 냥씩 보내주라고 하셨나 궁금했거든요. 이제 알았네요."

"하하, 그건 이삼 년 동안 매일 먹어야 돼."

"여기서야 매일 잡수시겠지만, 내년에 댁에 돌아가시면 그런 걸 사 잡술 여윳돈이 어디 있겠어요?"

보옥이 깜짝 놀라 다급히 물었다.

"응? 누가 어디 집으로 간다는 거야?"

"대옥 아가씨께서 소주의 고향집으로 돌아가신대요."

"하하, 또 헛소리! 소주가 대옥이 고향이긴 하지만 고모도 고모부도 돌아가셔서 보살펴줄 사람이 없기 때문에 여기로 온 건데 내년에 누굴 찾아간다는 거야? 빤한 거짓말을 하고 그래!"

"흥! 사람을 너무 얕잡아 보시네요! 이 댁에만 가족이 많고 다른 집에는 일가친척도 하나 없는 줄 아셔요? 우리 아가씨가 오실 때는 노마님이 어리다고 측은하게 여기셔서, 백부나 숙부가 계시긴 하지만 부모만큼은 못하니까 몇 년 동안 여기서 지내도록 해주신 거였어요. 장성하셔서 출가하실 때가 되면 당연히 임씨 가문으로 보내드려야지요. 임씨 집안 따님을 평생 이 댁에 계시게 할 수는 없는 노릇이잖아요? 임씨 집안이 비록 먹고살기도 힘들고 가난하지만 그래도 대대로 글공부를 하고 벼슬살이를 해온 집안인데, 자기 가문 사람을 친척 집에 내버려두고 남들한테 비웃음을 받으려 할 리 있겠어요? 그러니 이르면 내년 봄, 늦어도 가을쯤엔 이 댁에서 보내지 않는다 하더라도 임씨 가문에서 모셔 갈 사람을 보낼 거예요. 며칠 전 밤에 아가씨께서 저한테 그렇게 말씀하시면서 도련님께도 알려드리라고 하셨어요. 어릴 때 갖고 놀던 물건들 가운데 아가씨가 드렸던 것들도 모두 챙겨서 돌려달라고 하셨어요. 아가씨도 도련님께 받은 것들을 모두 돌려드리려고 챙겨놓으셨어요."

보옥은 머릿속에 천둥이 울리는 것 같았다. 자견은 그의 대답을 기다렸지만 그는 아무 말도 하지 않았다. 그때 청문이 찾으러 왔다.

"노마님께서 부르셔요. 설마 여기 계실 줄은 몰랐네요."

자견이 웃으며 말했다.

"대옥 아가씨 병세에 대해 물으시기에 한참 동안 말씀을 드렸는데도 믿지 않으시네. 네가 모시고 가."

자견은 곧 방으로 돌아가버렸다.

청문은 보옥이 땀을 뻘뻘 흘리며 온 얼굴이 벌겋게 된 채 멍하니 있자, 황급히 그의 손을 이끌고 이홍원으로 갔다. 습인은 그 모습을 보고 당황했지만 그저 감기에 걸려 열이 나는데 찬바람을 쐬어서 그런가 보다 생각했다. 그러나 보옥의 몸에서 열이 끓어오르는 것은 오히려 별문제가 아니었다. 더 심각한 것은 그의 눈이 툭 튀어나오고 입가에 침이 질질 흐르는데도 정작 본인은 전혀 느끼지 못하고 있다는 것이었다. 습인이 그에게 베개를 주자 그는 바로 누웠고, 부축해 일으키자 곧 주저앉았다. 차를 따라 갖다주자 받아 마셨다. 모두들 그런 그의 모습을 보고 갑자기 당황스러워졌다. 그렇다고 태부인에게 말하지도 못하고 우선 사람을 보내 유모 이씨를 불러왔다.

잠시 후 유모가 와서 한참 살펴보면서 몇 마디 물었지만 보옥은 아무 대답이 없었다. 손으로 맥을 짚어보고 입술 위 인중人中[1]을 손톱자국이 남도록 두어 번 힘껏 눌렀지만, 보옥은 아픔조차 느끼지 못했다. 유모는 연신 "이거 큰일났네!" 하더니, "아이고!" 하며 그를 끌어안고 목 놓아 통곡하기 시작했다. 초조해진 습인이 황급히 유모를 붙들고 물었다.

"유모, 어때 보여요? 괜찮을까요? 노마님과 마님께 알려야 할까요? 말도 없이 통곡부터 하면 어떡해요?"

유모는 침대와 베개를 두드리며 말했다.

"틀렸어! 내가 평생 부질없는 마음고생만 했어!"

습인은 유모가 나이가 많아 아는 것도 많으리라 생각해서 불러와 보여주었는데, 이제 그녀의 그런 모습을 보자 정말 틀렸나 보다 생각하고 모두 울음을 터뜨렸다.

곧 청문은 조금 전에 있었던 일들을 습인에게 모두 이야기해주었다. 그 말을 들은 습인은 서둘러 소상관으로 갔다. 자견은 대옥의 약시중을 들고 있었는데, 습인은 이것저것 따지지 않고 그녀에게 다가가 단도직입적으로 물었다.

"너 조금 전에 우리 도련님한테 무슨 얘기했어? 가서 보고 네가 노마님께 여쭤라! 난 몰라!"

그러면서 의자에 털썩 주저앉아버렸다.

대옥은 습인이 화가 잔뜩 나 있는데다 눈물자국까지 있고, 행동거지가 여느 때와는 무척 다른지라 당혹스러워서 황급히 무슨 일이냐고 물었다. 습인은 잠시 진정하고 통곡하면서 말했다.

"자견이 뭐라고 했는지 몰라도 저 바보 도련님이 눈도 멍하고 손발도 차갑고 말도 못하시고 유모가 손톱으로 눌러도 아픈 줄도 모르신 채 벌써 반쯤 송장이 되셨다고요! 유모마저도 틀렸다고 하면서 통곡하고 있어요. 지금쯤 다 죽었을지도 몰라요!"

대옥은 유모처럼 경험 많은 사람이 그랬다면 틀림없을 거라고 생각해 먹었던 약까지 "왝!" 토해버렸다. 그녀는 창자가 떨리고 폐가 오그라들고 위장이 타고 간이 벌떡이는 것처럼 몇 차례 기침을 하더니, 순식간에 온 얼굴이 시뻘겋게 변하고 눈동자가 풀리면서 숨이 가빠 고개조차 들지 못했다. 자견이 황급히 다가가 등을 두드리자 대옥은 베개에 엎드려 한참 동안 가쁜 숨을 몰아쉬더니 자견을 홱 밀치며 말했다.

"그딴 거 필요 없어! 차라리 밧줄을 가져다가 내 목을 졸라 죽여!"

자견이 울면서 말했다.

"별다른 말은 하지 않았어요. 그냥 농담 몇 마디 한 것뿐인데 진짜로 알아들으셨나봐요."

습인이 말했다.

"아직도 도련님을 몰라? 그 멍청한 양반은 항상 농담을 진짜로 여긴단 말이야!"

대옥이 말했다.

"무슨 말을 했는지 몰라도 얼른 가서 해명해줘. 그럼 혹시 깨어날지 모르니까."

자견은 서둘러 침대에서 내려와 습인과 함께 이홍원으로 갔다. 뜻밖에도 그곳에는 벌써 태부인과 왕부인이 와 있었다. 태부인은 자견을 보자마자 눈에 불길을 내뿜으며 꾸짖었다.

"이 망할 계집애야, 대체 저 아이한테 무슨 말을 한 거냐?"

"별말 아니었습니다. 그냥 몇 마디 농담한 것뿐이에요."

그런데 보옥이 자견을 보자마자 "아이고!" 하면서 목 놓아 구슬피 울기 시작했다. 그 모습을 보자 다들 안도의 한숨을 쉬었다. 태부인은 자견이 보옥에게 잘못을 저질렀다 생각하고 그녀를 덥석 붙들어 끌고 가서 보옥에게 때려주라고 했다. 그런데 뜻밖에 보옥이 그녀를 붙들고 한사코 놓지 않으려 하면서 말했다.

"가려거든 나도 데려가줘!"

다들 무슨 영문인지 몰라 따져 물었다. 그때서야 비로소 이 소동이 "소주로 돌아갈 거예요."라고 던진 자견의 농담 한마디 때문에 벌어졌다는 것을 알았다. 태부인이 눈물을 흘리며 말했다.

"나는 또 무슨 큰일이 일어난 줄 알았더니 기껏 그 농담 때문이었구나."

그러면서 자견에게 말했다.

"넌 평소 아주 영리한 애가 아니더냐? 저 아이가 좀 맹하다는 걸 빤히 알면서도 쓸데없이 왜 그런 거짓말을 했어?"

설씨 댁 마님이 위로했다.

"보옥이는 본래 고지식한데다 대옥이와는 어려서부터 함께 자라서 다른 자매들과는 달리 각별한 사이지요. 그런데 갑자기 하나가 떠난다고 하니 보옥이처럼 고지식한 아이뿐만 아니라 마음이 얼음장처럼 냉정한 어른이라도 상심할 수밖에 없지요. 결코 무슨 큰 병은 아니니까 노마님이나 언니께서는 마음 푹 놓으셔요. 약을 한두 첩 먹으면 괜찮아질 거예요."

이때 하인이 와서 임지효댁과 선대량댁이 문병을 왔다고 아뢰니 태부인이 말했다.

"고맙게도 걱정을 해주는구먼. 들여보내도록 해라!"

보옥은 얼핏 '임林'이라는 소리를 듣자 침대 위를 마구 뒹굴며 말했다.

"이제 다 틀렸어! 임씨 집안에서 쟤들을 데리러 왔구나. 당장 내쫓아버려요, 당장!"

태부인이 얼른 "내쫓아버려라!" 하고는 보옥을 달랬다.

"임씨 댁 사람들이 아니다. 그 댁 사람들은 다 죽어버려서 대옥이를 데리러 올 사람이 없어. 그러니 안심해라."

보옥이 흐느끼면서 말했다.

"누구든 간에 대옥이 말고는 임씨 성을 가지면 안 돼!"

"임씨가 온 게 아니야. 임씨 성을 가진 사람은 내가 다 쫓아버렸다."

그러면서 사람들에게 명했다.

"앞으로 임지효댁은 대관원에 들어오지 못하게 해라. 너희들도 '임' 자를 입에 담지 말고! 얘들아, 착하지? 다들 내 말 알아들었지?"

모두 "예!" 하고 대답했지만 감히 웃을 수도 없었다.

잠시 후 보옥은 진열장〔十錦格子〕에 있는 황금으로 된 서양 증기선을 언뜻 보고는 손가락으로 가리키며 마구 소리쳤다.
"저기 쟤들을 데려갈 배가 왔잖아! 저기 대놨어!"
태부인이 얼른 배를 가져오라고 하자 습인이 내려와서는 보옥에게 건네주었다. 보옥은 배를 이불 속에 밀어넣고 실실 웃으며 말했다.
"이젠 못 가겠지!"
그러면서도 그는 한사코 자견을 붙들고 있는 손을 놓지 않았다.
잠시 후 의원이 도착했다고 하자 태부인은 어서 안으로 모시라고 했다. 왕부인과 설씨 댁 마님, 보차 등은 잠시 안방으로 몸을 피했고, 태부인은 보옥 옆에 앉아 있었다. 왕태의가 들어와 많은 사람들이 있는 걸 보고는 얼른 태부인에게 다가가 인사한 후 보옥의 손을 잡고 진맥했다. 자견은 어쩔 수 없이 고개를 푹 숙이고 있었다. 왕태의도 영문을 몰라 하더니 일어나 입을 열었다.
"도련님은 갑작스러운 충격에 정신이 흐려지셨습니다. 옛사람이 말하기를 '담미痰迷[2]의 증세는 몇 가지가 있는데, 기혈이 약해져서 음식을 소화시키지 못해 생기는 것과 화가 나거나 고민이 깊어 담이 뭉쳐서 막히는 것, 갑작스러운 충격으로 막히는 것이 있다.'고 했습니다. 이 역시 '담미'의 증세인데, 갑작스러운 충격 때문에 잠시 담이 막힌 것에 지나지 않습니다. 다른 '담미' 증세에 비해서는 비교적 가벼운 것입니다."
태부인이 말했다.
"그저 위태로운지 아닌지만 말씀하시게. 누가 자네더러 의서醫書를 읊으라고 했나!"
왕태의가 황급히 허리를 숙였다.
"하하, 괜찮습니다. 괜찮아요."
"정말인가?"
"정말입니다. 소생이 장담하겠습니다."

"그럼 밖에 나가서 약방문을 적어주시게. 약을 먹고 괜찮아지면 따로 후하게 사례하겠네. 저 아이더러 직접 들고 가서 인사하게 하겠네. 하지만 잘못되면 사람들을 보내 의원을 허물어버리고 말걸세!"

왕태의가 연신 허리를 굽히며 말했다.

"허허, 황송하옵니다."

그는 따로 후하게 사례를 준비해서 보옥에게 직접 가져가 인사하게 한다는 소리만 듣고 연신 "황송하옵니다." 하면서, 태부인이 의원을 허물어버리겠다고 농담한 것은 듣지 못하고 계속 "황송하옵니다."라는 말만 되풀이했다. 그러자 태부인을 비롯한 모든 이들이 웃음을 터뜨렸다. 잠시 후 처방에 따라 약을 달여 먹이자 과연 보옥의 상태가 많이 안정되었다. 하지만 그는 여전히 자견의 손을 놓지 않고 그저 자견이 떠나면 소주로 가버릴 거라는 말만 되풀이했다. 태부인과 왕부인도 방법이 없어서 자견에게 그를 지키게 하고, 따로 호박을 보내 대옥의 시중을 들게 했다.

대옥은 수시로 설안을 보내 소식을 알아보았기 때문에 이쪽 사정을 모두 알고 속으로 한숨을 내쉬었다. 다행히 사람들은 보옥이 평소에 좀 고지식하고, 그들 둘이 어려서부터 친했기 때문에 자견이 농담한 것도 으레 있을 수 있는 일이라 생각했고, 보옥이 아픈 것도 특별한 일이 아니기 때문에 별다른 의심은 하지 않았다.

저녁이 되어 보옥이 조금 안정을 되찾자 태부인과 왕부인 등은 비로소 자기 방으로 돌아갔다. 하지만 밤새 몇 번이나 사람을 보내 상황을 물었고, 유모인 이할멈은 송할멈 등 몇 명의 할멈들과 함께 정성껏 당번을 섰다. 자견과 습인, 청문 등은 밤낮으로 돌아가며 그의 곁을 지켰다. 보옥은 가끔 잠이 들었다가도 꿈결에 놀라 깨서 대옥이 떠나버렸다고 울거나, 누가 그녀를 데리러 왔다고 난리를 피웠다. 그럴 때마다 자견이 달래주어야 그쳤다. 그때 태부인은 사악한 것을 물리치고 혼령을 지키는 거사수령단祛邪守靈丹과 숨구멍을 틔워주고 정신이 통하게 만드는 개규통신산開竅通神

散 등 여러 가지 비전秘傳의 약방문에 따라 지은 약들을 처방대로 먹이라고 지시했다.

이튿날 다시 왕태의가 처방한 약을 먹이고 나자 보옥의 상태가 점차 나아지기 시작했다. 보옥은 정신이 멀쩡해졌지만 자견이 돌아갈까 걱정스러워서 일부러 가끔 미친 척하고 난동을 부렸다. 자견은 첫날부터 후회하고 있었기 때문에 이렇게 밤낮으로 고생해도 전혀 원망하는 마음이 들지 않았다. 습인은 심신이 안정되자 자견에게 웃으면서 말했다.

"이게 다 너 때문에 생긴 병이니 네가 고쳐놔. 너는 이 멍청한 도련님이 바람 소리만 들어도 비온다고 하는 줄도 모르고…… 앞으로 어떻게 할래?"

이 일은 잠시 젖혀놓도록 하자.

이때 상운은 병이 나아서 날마다 보옥의 상태를 보러 왔다. 그녀가 보옥의 정신이 돌아온 걸 보고 그가 아플 때 부렸던 광기를 흉내 내자 보옥도 베개에 얼굴을 묻고 웃음을 터뜨렸다. 그는 자기가 그런 짓을 했다는 걸 몰랐기 때문에 남들이 이야기해도 믿지 않았다. 그러다가 주위에 다른 사람들이 없을 때 보옥은 자견의 손을 붙들고 물었다.

"왜 나를 놀라게 했어?"

"그냥 놀려주려고 한 건데 도련님께서 진짜로 받아들이신 거죠 뭐."

"그렇게 사리에 딱 들어맞는 얘기가 어떻게 농담이라는 거야?"

"호호, 그건 다 제가 꾸며낸 얘기예요. 임씨 집안에는 남아 있는 사람이 없고, 설사 있다 해도 아주 먼 친척일 뿐이지요. 그나마 친척들도 소주에 사는 게 아니라 각 지역을 이리저리 떠돌고 있어요. 그러니 설령 누가 데리러 온다 해도 노마님께서 보내주지 않으실 거예요."

"할머님께서 보내주신다 해도 내가 가만있지 않을 거야."

"호호, 정말요? 말로만 그러시는 거겠지요. 도련님께서도 이제 장성하셔서 혼사도 정해졌는데, 두어 해 뒤에 혼인하시게 되면 다른 사람이 눈에 들어오기나 할까요?"

"혼사가 정해졌다고? 누구하고?"

"호호, 설에 노마님 말씀을 들으니 보금 아가씨와 짝을 정하실 모양이던데요? 그게 아니라면 저리 귀여워하실 리 있겠어요?"

"하하, 다들 나더러 멍청하다고 하더니 너는 나보다 더 멍청하구나. 그건 그저 농담일 뿐이야. 보금이는 벌써 한림학사 매씨 집안과 정혼한 사이야. 정말 보금이와 혼사가 정해졌다면 내가 여태 이러고 있겠어? 저번에 내가 맹세하면서 이 빌어먹을 옥을 저주할 때 너도 나더러 미쳤냐면서 말리지 않았어? 요새 몸이 좀 좋아진다 싶으니까 또 나를 괴롭히려는구나."

그러면서 이를 갈며 말했다.

"당장 죽어서 심장을 꺼내 너희들한테 보여주고 나서, 살이고 뼈고 할 것 없이 전부 재로 변해⋯⋯ 아니지. 재로 변해도 형체가 남으니까 차라리 연기로 변하는 게 낫겠다. 참, 연기도 뭉치면 사람들 눈에 띄니까 사방팔방으로 거센 바람이 불어야 순식간에 흩어지지. 그래, 그렇게 되면 원이 없겠다!"

그러면서 다시 눈물을 흘렸다. 자견은 황급히 보옥의 입을 막고 눈물을 닦아주면서 얼른 웃는 얼굴로 달랬다.

"너무 마음 졸이지 마셔요. 사실은 제 마음이 초조해서 도련님을 시험해본 거였어요."

보옥은 더욱 의아한 생각이 들었다.

"네가 왜 초조해?"

"아시다시피 저도 임씨 집안사람이 아니라 습인이나 원앙이와 마찬가지 신세인데, 하필 대옥 아가씨 시중을 들게 되었잖아요. 대옥 아가씨께서는 저한테 정말 잘해주세요. 오히려 소주에서 데려온 아이들보다 열 배나 잘 대해주셔서, 우리 둘은 한시도 떨어져 지내지 못해요. 그런데 혹시라도 아가씨께서 소주로 가시게 되면 저도 따라가야 하지 않을까 걱정하고 있었어요. 저는 가족이 모두 여기 있는데, 따라가지 않자니 평소 쌓은 정을 저버리는 일이고, 따라가자니 또 가족을 버리는 일이 되잖아요? 그래서 혹시나 하고 그런 거짓말을 꾸며서 도련님께 여쭤본 거였어요. 그런데 그 야단을 치실 줄 누가 알았겠어요?"

"하하, 알고 보니 그걸 걱정하고 있었구나. 그러니 네가 바보인 게야. 이제부턴 걱정하지 마. 한마디로 잘라 말하지. 살아 있는 동안 우리는 같이 살고, 죽으면 함께 재가 되고 먼지가 되는 거야. 어때?"

자견은 그 말을 듣고 속으로 뜻을 되새기는데 갑자기 할멈이 말했다.

"환 도련님과 란 도련님이 문안 인사를 왔습니다."

보옥이 말했다.

"고맙다 하고, 내가 방금 잠들었으니 들어오지 말라고 해요."

할멈이 "예!" 하고 가자 자견이 방긋 웃으며 말했다.

"이제 몸도 좋아지셨으니 저를 돌려보내주서요. 저쪽 분도 돌봐드려야 하잖아요?"

"맞아! 나도 어제 돌려보내려 했는데 그만 잊어버렸어. 난 이제 다 나았으니 가봐."

자견이 자기 이부자리와 화장품들을 챙기자 보옥이 웃는 얼굴로 말했다.

"화장품 상자 속에 거울이 두세 개 있던데, 그 마름꽃 모양으로 생긴 건 나한테 주면 안 돼? 베갯맡에 두고 누워서 비쳐보면 좋겠고, 또 가볍고 예뻐서 외출할 때 들고 다니기도 좋겠던데……"

자견은 어쩔 수 없이 거울을 건네주었다. 그리고 먼저 하녀들에게 짐을 옮기게 하고 나서 사람들에게 작별하고 소상관으로 돌아갔다.

요즘 들어 대옥은 보옥의 상황을 듣고 병세가 나빠지는가 하면 여러 차례 울기도 했다. 이제 자견이 돌아와서 보옥이 다 나았다는 걸 알고는 호박을 다시 태부인 곁으로 돌려보냈다. 다들 잠이 든 밤중에 자견이 옷을 벗고 자리에 누워서 대옥에게 나직이 말했다.

"보옥 도련님의 마음이 그래도 굳건하시더군요. 우리가 떠난다는 애기를 들으시고 저렇게 병까지 난 걸 보니 말이에요, 호호!"
 대옥이 아무 대답하지 않자 자견은 한참 기다리다가 혼잣말처럼 중얼거렸다.
 "섣불리 움직이는 건 차라리 가만히 있는 것만 못해요. 여기는 좋은 곳이에요. 다른 것들도 다 좋지만 무엇보다도 어려서부터 함께 자랐으니까 성격이나 기질 같은 것도 서로 잘 알잖아요?"
 대옥이 "쳇!" 하며 말했다.
 "며칠 동안 피곤하지도 않았어? 쉬지는 않고 웬 헛소리를 그리 씨부렁대는 거야!"
 "호호, 헛소리는 아니지요. 저는 그래도 오로지 아가씨를 위해 진심으로 하는 말이에요. 요 몇 해 동안 아가씨 때문에 걱정이 많았거든요. 부모 형제도 없는데 살뜰하게 보살펴줄 사람이 어디 있겠어요? 노마님께서 아직 정정하실 때 일찌감치 대사를 정해놓는 게 중요해요. '노인네 건강은 봄날 추위나 가을이 오고 난 뒤의 더위 같다〔老健春寒秋後熱〕.'³라는 속담도 있잖아요? 혹시 노마님께서 갑자기 어떻게 되신다면 일이 성사된다 해도 때를 놓치게 되고, 또 뜻대로 되지 않을 수도 있어요. 대갓집 도련님이나 왕손은 많지만 다들 첩을 서너 명씩 두고 오늘은 이 집, 내일은 저 집으로 돌아다니지요. 선녀와 짝이 되어도 사오일 밤만 지내고 나면 뒷전으로 팽개치고, 심지어 첩이나 하녀 때문에 수가 틀어져서 원수처럼 지내게 되기도 하지요. 처가에 사람이 있고 권세가 있으면 그래도 좀 낫지만, 아가씨 같은 경우는 노마님께서 살아 계실 때는 괜찮아도 그분이 돌아가시면 아무에게나 푸대접을 받을 게 뻔해요. 그러니까 마음을 단단히 다지는 게 중요해요. 세상사를 잘 아시는 아가씨께서 '황금 만 냥은 얻기 쉬워도 마음 맞는 사람 하나는 구하기 어렵다〔萬兩黃金容易得 知心一個也難求〕.' 라는 속담도 못 들어보셨어요?"
 "이놈의 계집애가 미쳤나? 며칠 떠나 있더니 갑자기 딴사람이 돼서 돌아왔네? 내일 할머님께 다시 데려가시라고 말씀드려야겠군. 너 같은 아이는 필요 없어!"

"아이, 참! 저는 아가씨께 이로운 말을 하는 거잖아요, 호호! 그냥 그런 점도 생각하시라는 거지 누가 나쁜 짓을 하라고 했나요? 굳이 노마님께 말씀드려서 제가 혼나면 뭐 좋을 게 있다고요."

그러면서 자견은 잠이 들었다. 대옥은 말은 그렇게 했지만 내심 슬픔이 치밀어, 자견이 잠든 후 밤새 눈물을 흘리다가 날이 밝아올 무렵에야 선잠이 들었다. 이튿날 억지로 양치질을 하고 연와죽을 조금 먹었는데, 곧바로 태부인이 직접 찾아와 살펴보고 이런저런 당부를 했다.

설씨 댁 마님의 생일이 다가오자 태부인을 비롯한 많은 이들이 축하 예물을 보냈다. 대옥도 미리 준비한 두어 가지 수예품을 보냈다. 생일날에는 짤막한 연극을 준비해서 태부인과 왕부인 등을 초청했는데, 보옥과 대옥만 가지 못했다. 저녁에 자리를 파하고 돌아오는 길에 태부인 등은 두 사람의 거처를 들렀다가 자기 방으로 돌아갔다. 이튿날 설씨 댁 마님은 설과를 시켜서 가게 일꾼들에게 술을 대접하게 했다. 그렇게 사나흘이 지나서야 잔치가 끝났다.

설씨 댁 마님은 곱상하고 얌전한 수연을 설반의 배필로 점찍어두고 있었다. 가난한 집안의 딸이긴 해도 사람됨이 맘에 들었다. 하지만 평소 설반의 행실이 경망하고 사치스러워서 남의 딸 신세를 망칠까 걱정스럽기도 했다. 그렇게 주저하던 차에 마침 설과도 아직 결혼하지 않았다는 사실이 떠올랐다. 그리고 보니 둘이 마치 천생연분처럼 보여서 희봉에게 그 일을 의논했다. 그러자 그녀가 한숨을 내쉬었다.

"아시다시피 저희 시어머님은 성미가 좀 괴팍하시니까 이 일은 제가 천천히 추진해볼게요."

그리고 태부인이 희봉에게 찾아갔을 때 그 일을 이야기했다.

"고모님이 할머님께 청이 하나 있다고 하시는데 말씀을 꺼내시기가 좀 곤란하다고 하셨어요."

태부인이 무슨 일이냐고 묻자 희봉은 혼사 이야기를 들려주었다.

"호호, 그게 뭐 어려운 부탁이라고? 아주 좋은 일이니까 내가 네 시어미한테 얘기해보마. 설마 내 말을 안 듣겠느냐?"

태부인은 방에 돌아가자 즉시 형부인을 불러다 놓고 중매를 섰다. 형부인이 생각해보니 설씨 집안은 기반도 튼튼하고 현재 재산도 많은데다 설과의 인물도 좋고, 게다가 태부인이 중매를 서니 좋은 기회다 싶어 바로 응낙했다. 태부인은 무척 기뻐하며 황급히 설씨 댁 마님을 모셔 오게 했다. 두 부인이 만나자 당연히 이런저런 겸양의 말들이 오갔다. 형부인은 즉시 사람을 보내 형충邢忠* 부부에게 알렸다. 형충 부부는 원래 형부인에게 의탁하러 온 처지이니 거절할 리 없었다. 그들은 아주 좋은 혼처라며 적극 찬성했다. 그러자 태부인이 흐뭇하게 웃으며 말했다.

"내가 쓸데없는 일에 나서길 좋아해서 오늘 한 가지를 성사시켰구먼. 그래, 중매 값은 얼마나 줄 텐가?"

설씨 댁 마님이 환하게 웃으며 말했다.

"오호, 은돈 십만 냥을 드린다 한들 노마님께서 성에 차시겠어요? 다만 한 가지, 기왕 중매를 서셨으니 혼사를 주관할 분도 정해주시면 좋겠네요."

"호호, 우리 집안에 다른 건 없어도 다리 부러지고 손이 문드러져서 놀고 있는 사람이야 두어 명 있지."

그러면서 곧 우씨네 시어머니와 며느리를 불러오게 했다. 태부인이 사정을 이야기하자 다들 황급히 축하 인사를 건넸다. 태부인이 당부했다.

"너도 우리 집안의 법도를 잘 알겠지만, 지금까지 사돈 사이에 예물이나 체면을 놓고 다투는 일은 없었다. 이제 네가 내 대신 중간에서 일을 처리하되, 너무 인색해서도 안 되고 너무 헤프게 써서도 안 된다. 두 집안의 혼사가 잘 마무리되거든 나한테 알리도록 해라."

우씨가 얼른 "예!" 대답했다. 설씨 댁 마님은 무척 기뻐하며 집에 돌아가자마자 즉시 청혼서를 써서 녕국부에 보냈다. 우씨는 형부인의 성품을 잘 알기 때문에 관여하고 싶지 않았다. 하지만 태부인의 분부를 어길 수 없어서 그저 형부인의 의중을 헤아려 일을 처리할 수밖에 없었다. 설씨 댁 마님은 아주 무던한 사람이라 이야기하기가 쉬웠다. 이 이야기는 그만 하겠다.

설씨 댁 마님이 수연을 며느리로 삼게 되었다는 사실이 온 집안에 퍼졌다. 형부인은 수연을 자기 집에 데려다 놓으려 했지만 태부인이 말렸다.

"그냥 둬도 되지 않겠느냐? 당사자들은 아직 만날 수 없고 그저 이모와 두 시누이만 만나는데 뭐 어때서? 게다가 다들 여자아이들이니까 더 친하게 지낼 수 있지 않겠느냐?"

그러니 형부인도 그냥 둘 수밖에 없었다.

설과와 수연은 예전에 경사로 오는 도중에 한 번 만난 적이 있기 때문에 둘 다 이 혼사가 마음에 드는 눈치였다. 다만 수연은 보차 자매와 전보다 좀 어색해져 함께 한담을 나누는 것이 불편해졌고, 놀리기를 좋아하는 상운을 대하기는 더욱 곤란해졌다. 다행히 그녀는 글공부도 했고 예의범절에도 밝아서, 비록 여자지만 부끄러운 체하며 경박한 짓을 하는 부류와는 달랐다.

보차는 수연을 처음 보았을 때부터 그녀의 집안이 가난하고, 다른 부모들은 모두 나이도 많고 후덕한 데 비해 그녀의 부모는 술에 찌들어 사는 사람들인데다 딸에게 신경도 쓰지 않는 사람들이라는 걸 알고 있었다. 형부인도 겨우 체면치레를 하는 정도이지 진심으로 그녀를 아끼는 것은 아니었다. 또한 수연은 사람됨이 점잖은 데 비해 영춘은 도무지 무덤덤한 사람이라 자기 몸조차 제대로 돌보지 못하니 더욱이 수연을 보살펴줄 여력이 없었다. 그러니 규방에서 흔히 쓰는 물건이 없거나 모자라더라도 챙겨주는 사람도 없었고, 수연 또한 이에 대해 남에게 얘기하지 않았기 때문에 보차가 항상 남몰래 챙겨주었다. 하지만 형부인에게 눈치를 보이지는 않았으니, 그 또한 괜한 뒷이야기를 불러일으키지 않기 위해서였다. 그런데 뜻밖에 신기한 인연으로 이 혼사가 이루어진 것이다. 수연은 전부터 보차가 마음에 들었는데, 이제 설과와 짝이 된 것이다. 수연은 이따금 예전처럼 보차와 한담을 나누었고, 보차도 예전처럼 자매 사이로 지냈다.

하루는 보차가 대옥의 병문안을 가는데 마침 수연도 대옥을 보러 가던 길이라 도중에 만났다. 보차가 미소를 머금고 그녀를 불러 함께 돌담 뒤로 가서 미소 띤 얼굴로 물었다.

"날씨가 아직 추운데 왜 벌써 겹옷을 다 바꿔 입었어?"

수연이 고개를 숙이고 대답하지 않자 보차는 무슨 까닭이 있으리라 짐작하고 빙긋이 웃으면서 물었다.

"틀림없이 이달 용돈을 받지 못한 게로구나? 희봉 언니도 요즘은 도무지 생각이 없단 말이야!"

"아니요. 날짜에 맞춰 주셨어요. 그런데 고모님이 사람을 보내 말씀하시길, 매달 두 냥씩이나 쓸 수는 없을 테니까 한 냥은 아껴서 부모님께 보내드리고, 필요한 게 있으면 영춘 언니한테 조금 얻어 쓰면 되지 않겠냐고 하셨어요. 그런데 언니도 생각해보세요. 영춘 언니야 무던한 사람이니까 별로 신경을 쓰지 않아서 제가 언니 물건을 써도 뭐라 하지 않겠지만, 어멈이나 하녀들 가운데 말썽 안 피우고 험한 소리 못하는 사람이 어디 있나요? 제가 그 방에 있지만 그 사람들을 마음대로 부리지도 못하고 사나흘에 한 번씩 술값이며 간식 값을 주어야 해요. 가뜩이나 한 달에 두 냥도 모자란데 또 한 냥이 줄어버렸어요. 그래서 그저께 남몰래 솜옷을 저당 잡히고 돈을 몇 푼 마련해서 썼어요."

보차가 눈살을 찌푸리며 탄식했다.

"하필 매씨 집안도 전부 부임지로 떠나서 내년에나 경사로 들어온대. 여기 있어서 보금이를 데려간다면 네 일도 의논하기 좋을 텐데. 여길 떠나면 그만 아니겠니? 지금은 과 오빠도 동생 일을 마무리 짓지 못했기 때문에 자기가 먼저 장가를 들려 하지 않을 거야. 지금은 아무래도 어렵지. 하지만 이러다가 두어 해쯤 더 늦어지면 너도 시달리다가 병이 나고 말겠다. 내가 어머니와 상의해볼게. 누가 구박하더라도 그저 조금만 참아. 너무 몸을 혹사해서 병나지 않게 조심하고! 나머지 은돈 한 냥도 내일 부모님께 드리는 게 속 편하겠다. 이후로는 사람들한테 쓸데없이 먹을 걸 사주지 마. 구시렁대더라도 내버려두고, 정 참지 못하겠거든 상종을 안 하면 그만이지. 혹시 뭐 모자란 게 있으면 궁한 집안 딸이라고 주눅들지 말고 나를 찾아와. 우리가 한 집안 사람이 돼서 이러는 게 아니라, 네가 처음 왔을 때부터 줄곧 사이가 좋았잖아? 남들이 쓸데없는 소리 할까 걱정스러우면 남몰래 나한테 하녀를 보내서 알려줘."

수연은 고개를 숙인 채 "그럴게요." 대답했다.

보차가 수연의 치마 위에 찬 벽옥 노리개를 가리키며 물었다.

"이건 누가 준 거야?"

"탐춘 언니가 줬어요."

보차가 고개를 끄덕이며 웃었다.

"다들 하나씩 있는데 너만 없으니까 남들이 비웃을까 싶어서 하나 준 모양이구나. 탐춘이는 정말 총명하고 세심하단 말이야! 하지만 한 가지 알아둬야 할 게 있어. 원래 이런 장식은 부귀한 대갓집 처자들이나 하는 거야. 너도 봐. 내 머리부터 발끝까지 그런 화려한 장식품이 어디 있니? 칠팔 년 전에는 나도 그런 걸 차고 다녔지. 하지만 지금은 갈수록 형편이 안 좋아지고 있으니까 나도 절약해야 할 건 절약하고 있어. 나중에 우리 집에 오면 이런 쓸데없는 물건이 장롱 하나에 가득하다는 걸 알게 될 거야. 지금 우리는 이 집 사람들과는 비교할 수 없으니까 늘 형편에 맞게 분수를 지키는 게 좋아."

"호호, 언니가 그렇게 얘기하니까 돌아가면 떼어버릴게요."

"호호, 넌 너무 말을 잘 들어! 하지만 이건 탐춘이가 좋은 뜻에서 준 건데 네가 차고 다니지 않으면 이상하게 생각하지 않겠어? 난 그저 우연히 얘기하다 보니 그런 얘기를 한 거니까 이후로는 명심하고 있으면 돼."

수연은 얼른 "예!" 하고 나서 또 물었다.

"그런데 언니, 지금 어디 가시는 길이에요?"

"소상관에 가는 길이야. 너는 돌아가서 하녀 편에 전당표를 내게 보내줘. 내가 몰래 찾아다가 저녁에 보내줄게. 아침저녁으로는 든든하게 입어야지, 안 그러면 찬바람이 들어 큰일난다. 그런데 어디 있는 전당포야?"

"고루鼓樓 서쪽 큰길에 있는 '항서전恒舒典'*이에요."

"호호, 그러니까 한 집안에 맡긴 셈이네? 점원들이 알면 '사람이 오기 전에 옷부터 왔다.'고 웃겠다."

수연은 그게 설씨 집안의 전당포인 줄 알고는 자기도 모르게 얼굴이 붉어져서 소리 없이 웃었다.

보차는 수연과 헤어져서 소상관으로 갔는데, 마침 설씨 댁 마님도 대옥을 보러와 한담을 나누고 있는 중이었다. 보차가 웃으면서 말했다.

"엄마, 언제 오셨어요? 저는 전혀 몰랐어요."

"요새 계속 바빠서 보옥이와 대옥이한테는 와보지도 못했구나. 그래서 오늘 와봤더니 둘 다 몸이 좋아졌구나."

대옥은 보차에게 자리를 권하면서 물었다.

"세상사는 정말 알 수 없어요. 언니 집이랑 이 댁 큰집이 사돈이 될 줄 누가 생각이나 했겠어요?"

그러자 설씨 댁 마님이 말했다.

"애야, 너희 같은 여자아이들이 어찌 알겠느냐? 옛말에 '천리 밖의 인연도 실오라기 하나로 이어진다〔千裏姻緣一線牽〕.'라고 했지. 혼인을 관장하는 월하노인月下老人*이 미리 인연을 정해놓고 남몰래 붉은 실로 두 사람의 다리를 묶어놓으면, 두 사람이 아무리 바다 건너 다른 나라에 떨어져 살거나 대대로 원수지간이라 해도 결국 언젠가는 부부가 되는 거야. 이건 늘 사람들의 예상을 벗어나지. 부모나 본인이 모두 원하고 또 해마다 같이 지내니까 틀림없이 혼례를 올릴 거라 생각하고 있다 하더라도 월하노인이 붉은 실로 묶어주지 않으면 부부가 될 수 없어. 너희 둘의 혼사도 마찬가지야. 너희 짝이 지금 코앞에 있을 수도 있고, 저 산 너머 남쪽이나 바다 건너 북쪽에 있을 수도 있거든?"

보차가 말했다.

"아이 참, 어머니! 말만 꺼내면 우릴 끌어들이시네!"

그러면서 어머니의 품에 파고들어 생긋 웃으면서 말했다.

"어서 가요."

대옥이 웃음 띤 얼굴로 말했다.

"에그! 다 커서 저게 무슨 짓이래? 이모님 안 계실 때는 제일 어른 티를 내더니 이모님 앞에서는 어리광을 피우네!"

설씨 댁 마님이 보차를 쓰다듬으며 대옥을 향해 한숨을 쉬며 말했다.

"네 언니도 희봉이가 노마님 앞에서 하는 것과 똑같단다. 중요한 일이 있을 때는 이 아이와 의논하지만, 다른 때는 이 아이가 내 기분을 풀어주거든. 이런 걸 보면 온갖 근심이 다 없어지지!"

대옥이 눈물을 흘리며 서럽게 말했다.

"언니가 여기서 이러는 건 분명히 엄마 없는 저를 약 올리려고 일부러 하는 짓이겠지요!"

보차가 웃으며 말했다.

"어머! 쟤 좀 봐요, 어머니. 자기는 저리 경망스럽게 굴면서 오히려 나보고 어리광을 피운다고 하네요."

설씨 댁 마님이 말했다.

"그래도 가슴 아픈 게 당연하지. 불쌍하게도 부모도 없고 친척도 없잖니……"

그리고는 대옥을 부드럽게 쓰다듬으며 말했다.

"애야, 울지 마라. 네 언니를 귀여워하는 걸 보고 슬퍼진 모양인데, 내가 속으로는 널 더 예뻐한다는 걸 모르는 모양이구나? 네 언니는 아버지가 없지만 그래도 내가 있고 친오빠도 있으니 이건 너보다 낫다고 하겠지. 하지만 네 언니한테도 늘 얘기하듯이 마음으로야 널 무척 아끼지만 밖으로 드러내기는 곤란하단다. 여긴 사람도 많고 말들이 많아서 말이야. 좋은 말하는 사람은 적고 나쁜 말하는 사람은 많아. 네가 의지할 데가 없지만 사람됨이나 행실이 귀여움받을 만하다고 여기는 사람은 없고, 노마님께서 귀여워하시니까 우리도 아첨하느라고 귀여워하는 척한다고 할 테니 말이다."

대옥이 웃으며 말했다.

"그렇게 말씀해주시니까 내일부터는 이모님을 어머니로 모시겠어요. 거절하신다면 그건 절 귀여워하는 척만 하시는 거예요."

"너만 좋다면 그렇게 하렴."

그러자 보차가 얼른 말했다.

"안 돼요!"

대옥이 물었다.

"왜 안 돼?"

"호호, 하나 물어볼게. 우리 오빠는 아직 혼사도 정해놓지 않았는데 왜 수연이를 먼저 사촌오빠와 짝을 지어주었을까? 이게 무슨 이치지?"

"그야 언니 오빠가 집에 없어서 그랬거나, 아니면 사주팔자가 맞지 않아서 그러셨겠지."

"호호, 틀렸어! 오빠는 이미 찜해둔 데가 있으니까 집에 돌아오면 바로 정할 거야. 누군지 얘기할 필요는 없지만, 내가 조금 전에 넌 우리 어머니를 어머니로 모시면 안 된다고 했으니까 곰곰이 생각해봐."
 그러면서 그녀의 어머니에게 눈을 찡긋하며 웃었다. 그 말을 듣자 대옥은 설씨 댁 마님의 품에 머리를 묻으며 말했다.
 "이모, 언니를 때려줘요!"
 설씨 댁 마님이 얼른 그녀를 끌어안으며 말했다.
 "호호, 언니 말 믿지 마라. 놀리려고 농담하는 거야."
 보차가 깔깔대며 말했다.
 "진짜라니까? 어머니, 나중에 할머님께 대옥이를 며느리로 달라고 하셔요. 밖에서 찾는 것보다 훨씬 낫잖아요?"
 대옥이 달려들어 꼬집으려고 하면서 웃는 얼굴로 웅얼웅얼 말했다.
 "계속 미친 소리만 할 거야?"
 설씨 댁 마님이 웃으면서 얼른 둘을 떼어놓고 보차에게 말했다.
 "수연이도 네 오빠가 신세 망치게 할까봐 두려워서 네 사촌오빠와 짝을 지어주었는데, 이 아이는 말할 것도 없지. 절대 그놈한테는 주지 않아! 예전에 노마님께서 보금이를 보옥이한테 주고 싶다고 하셨는데, 그 아이는 이미 정해진 혼처가 있지 않니? 그렇지 않았으면 좋은 사돈지간이 될 뻔했는데 말이다. 예전에 내가 수연이와 혼사를 정했다고 말씀드리니까 노마님께서 웃으시며 이렇게 말씀하시더구나. '원래 그 집에서 사람을 하나 얻으려고 했는데, 뜻밖에도 얻지는 못하고 오히려 우리 집 아이를 하나 빼앗기고 말았구먼.' 비록 농담이셨지만 가만히 생각해보면 재미있어. 생각해보니 보금이는 혼처가 정해져 있고, 내가 드릴 사람은 없지만 그래도 한마디 올리지 않을 수 없었지. 그래서 이렇게 생각했어. 노마님께서 보옥이를 저리 끔찍이 아끼시고 보옥이도 저리 잘생겼으니 밖에서 얘기해봐야 절대 노마님 마음에 들지 않을 테고, 차라리 대옥이를 보옥이 짝으로 맺어주면 사방팔방으로 딱 들어맞겠다고 말이야."
 대옥은 처음에 멍하니 듣고 있다가 나중에 자기 얘기가 나오자 보차에게 욕을 내뱉고는 얼굴이 빨개진 채 보차를 붙들고 말했다.

"호호, 맞아봐! 왜 이모님한테 저런 쓸데없는 말씀을 하시게 만들었어?"

"호호, 그게 무슨 소리야! 어머니가 네 얘기를 하셨는데 왜 나를 때려?"

그러자 자견이 얼른 달려와서 웃으며 말했다.

"마님, 그런 생각을 갖고 계시다면 우리 마님께 말씀드려보시지 그러셔요?"

설씨 댁 마님이 크게 웃으며 말했다.

"너는 또 왜 이리 급해? 틀림없이 너희 아가씨를 빨리 시집보내고 너도 얼른 신랑감을 찾아보겠다는 게로구나?"

얼굴이 빨개진 자견이 헤실대며 말했다.

"마님, 연세가 많으시다고 정말 아무 말씀이나 다 하시네요!"

그러면서 몸을 돌려 나가버렸다.

대옥은 "이 계집애야, 너는 또 무슨 상관이라고 끼어드는 거야!" 하고 꾸짖다가 나중에 그런 모습을 보고는 웃음이 절로 나왔다.

"아미타불! 당해도 싸다, 싸! 그렇게 까부니까 놀림을 당하지!"

그러자 설씨 댁 모녀와 방 안에 있던 할멈들, 하녀들이 모두 웃음을 터뜨렸다. 할멈들이 웃으며 말했다.

"마님, 농담이긴 해도 틀린 말씀은 아닙니다. 시간 있으실 때 노마님께 상의해보셔요. 마님께서 중매를 서신다면 이 혼사는 틀림없이 성사될 겁니다."

"내가 이런 말씀을 드리면 노마님도 분명 기뻐하실 걸세."

그 말이 끝나기도 전에 상운이 전당표를 들고 와서 생글거리며 중얼거렸다.

"이게 무슨 명세서지?"

대옥도 보았지만 무엇인지 알아보지 못했다. 그러자 아래쪽에 서 있던 할멈들이 모두 웃으면서 말했다.

"아주 신기한 건데 그냥 알려드릴 수는 없지요!"

보차가 얼른 받아보니 바로 조금 전에 수연이 말했던 전당표였다. 그녀가 황급히 접기 시작하자 설씨 댁 마님이 상운에게 말했다.

"분명 어느 어멈이 전당표를 흘린 모양이구나. 나중에 찾으려고 난리를 피울 텐데 어디서 주웠어?"

"전당표가 뭐예요?"

그러자 모두 낄낄대며 말했다.

"정말 숙맥일세. 전당표도 모르다니!"

설씨 댁 마님이 탄식하며 말했다.

"그럴 수도 있지. 후작 가문의 천금 규수인데다 나이도 어리니 어찌 그걸 알겠으며 어디서 그걸 얻겠어? 하인들이 갖고 있다 해도 어찌 구경이나 해봤겠나? 숙맥이라고 놀리지 말게. 이 댁 아가씨들한테 보여도 모두 숙맥이 될 테니까!"

할멈들이 웃으며 말했다.

"대옥 아가씨도 알아보지 못하시니 다른 아가씨들은 말할 필요도 없지요. 보옥 도련님도 바깥에 자주 나가시지만 아마 보신 적이 없을걸요?"

설씨 댁 마님이 전당표가 무엇인지 설명해주자 상운과 대옥이 웃는 얼굴로 말했다.

"그런 거였군요. 사람들이 돈벌이 방법도 잘들 생각해내는군요. 이모님 전당포에도 이게 있어요?"

사람들이 박장대소하며 말했다.

"또 숙맥 같은 소리! '세상 까마귀는 다 검다〔天下老鴉一般黑〕.'라는 속담도 있는데 어떻게 다르겠어요?"

다시 설씨 댁 마님이 어디서 그걸 주웠냐고 물었다. 상운이 막 말하려는데 보차가 얼른 끼어들었다.

"이건 기한이 지나서 못 쓰는 거예요. 언제 갚은 건지는 모르겠는데 향룽이 저 아이들을 놀려주려고 갖고 나왔나봐요."

설씨 댁 마님은 그런가 보다 생각하고 더 이상 캐묻지 않았다. 잠시 후 할멈이 아뢰었다.

"저쪽 댁 큰아씨께서 마님께 드릴 말씀이 있다고 찾아오셨습니다."

그러자 설씨 댁 마님은 자리에서 일어나 방을 나섰다. 방 안에 다른 사람이 없는 틈에 보차가 상운에게 어디서 주웠는지 물었다.

"호호, 언니네 올케의 하녀 전아가 몰래 앵아한테 주는 걸 봤어요. 앵아는 내가 못 본 줄 알고 아무렇게나 책 속에 끼워넣더군요. 그래서 앵아가 나간 뒤에 훔쳐봤는데 도무지 뭔지 모르겠더라고요. 그래서 다들 여기 있는 줄 알고 물어보려고 가져왔지요."

대옥이 얼른 물었다.

"어떻게 수연이도 옷을 저당 잡히지? 그리고 저당을 잡혀놓고 왜 그걸 언니한테 줬을까?"

보차는 두 사람을 속일 수 없어서 이 일을 모두 이야기해주었다. 그러자 대옥은 탄식을 금치 못했다.

"정말 '토끼가 죽으면 여우가 슬퍼하듯이 비슷한 신세끼리 서로 불행을 슬퍼하는 격〔兎死狐悲 物傷其類〕'이로구나!"

상운이 화를 버럭 내며 말했다.

"영춘 언니한테 가서 따져야겠어요! 내가 거기 할멈들하고 하녀들한테 한바탕 욕을 퍼부어서 대신 화풀이를 해줄게요. 어때요?"

그러면서 당장 일어나 가려고 하자 보차가 얼른 붙들고 달갑지 않게 웃으면서 말했다.

"또 미친 짓을 하려고 하네? 얼른 앉아!"

대옥이 픽 웃으며 말했다.

"쟤가 남자였다면 밖에 나가서 남한테 불공평한 대접받는 사람들 복수를 해줬을 거야. 네가 무슨 형가荊軻나 섭정聶政[4]이라도 되는 줄 아니? 정말 웃겨!"

"가서 따지지도 못하게 할 거면 내일 수연 아가씨를 우리 형무원으로 데려와 같이 지내는 게 좋지 않겠어요?"

보차가 웃으며 말했다.

"그래. 내일 다시 상의하자꾸나."

그때 하녀가 와서 아뢰었다.

"셋째 아가씨와 넷째 아가씨가 오셨어요."

셋은 얼른 입을 다물고 그 일을 다시 꺼내지 않았다. 이후에 어찌 되었는지는 다음 회를 보시라.

제58회

살구나무 그늘에서 가짜 봉황은 헛된 짝을 슬퍼하고[1]
창가에서 참된 사랑으로 어리석은 이치를 헤아리다

杏子陰假鳳泣虛凰　茜紗窓眞情揆癡理

가보옥이 살구나무 아래에서 인생의 무상함을 느끼고 감상에 젖다.

보차, 대옥, 상운은 탐춘 등이 들어오는 걸 보자 얼른 하던 말을 멈추었고, 문병을 온 탐춘 일행과 한참 동안 담소를 나누었다.

뜻밖에 앞서 언급했던 태비마마가 세상을 떠나는 바람에, 작위를 받은 이들은 모두 조정에 들어가 조문하고 반열에 따라 수제守制[2]를 해야 했다. 또한 황제가 온 나라에 칙령을 내려 작위 있는 가문에서는 일 년 동안 연회와 풍악 연주가 금지되었고, 서민들은 모두 석 달 동안 결혼을 하지 못하게 되었다. 태부인과 형부인, 왕부인, 우씨 그리고 많은 고부姑婦[3]와 조손祖孫들은 매일 조정에 들어가 제사에 참석하고, 미시未時 정각이 지난 후에야 집으로 돌아왔다. 태비의 영구는 궁궐 안 편궁偏宮[4]에 이십일 일 동안 안치되었다가 선조의 묘지가 있는 효자현孝慈縣*으로 모시게 되어 있었다. 이 묘지는 경사에서 왕복하는 데만 열흘 남짓 걸리는 곳이었다. 이제 영구가 이곳에 이르면 다시 며칠 동안 더 안치했다가 지하의 묘실로 들이기 때문에 장례 절차가 한 달 가까이 걸렸다. 녕국부의 가진 부부도 어쩔 수 없이 거기로 가야 했다.

하지만 그렇게 되면 녕국부에 주인이 하나도 남아 있지 않게 되어, 이로 인해 함께 상의한 결과 우씨가 출산을 한다고 보고하여 열외로 빼서 두 집안의 일을 맡아보도록 했다. 그리고 설씨 댁 마님에게 대관원 안에서 자매들과 하녀들을 보살펴달라고 부탁하니, 설씨 댁 마님도 대관원 안으로 거처를 옮길 수밖에 없었다. 하지만 보차의 거처에는 상운과 향릉이 있었고, 이환의 거처에는 그녀의 숙모와 딸들이 사나흘마다 드나드는데다 태부인이 보금까지 거기에 맡겼다. 영춘의 거처에는 수연이 함께 지내고 있었고, 집안일이 많은 탐춘은 조씨와 가환까지 수시로 찾아와 말썽을 부리니 지내기가 불편했다. 그리고 석춘의 거처는 너무 비좁았다. 그런데 평소에 태부인이 대옥을 잘 보살펴달라고 신신당부했고 설씨 댁 마님도 그녀를 가장 아꼈기 때문에, 마침 일이 그렇게 되자 소상관으로 가서 대옥과 함께 지내면서 약과 음식을 신경 쓰며 성심껏 보살펴주었다. 대옥은 너무나 감격하여 이후로는 보차처럼 설씨 댁 마님을 "어머니"라고 불렀고, 보차에게는 언니, 보금에게는 동생이라 부르면서 마치 한배에서 난 친자매들처럼 다른 사람들보다 더 친하게 지냈다.

그 모습을 보고 태부인도 무척 기뻐하며 마음을 놓았다. 설씨 댁 마님은 자매들을 보살피고 하인들을 단속하는 것 외에 집안의 크고 작은 일들에 대해서는 그다지 참견하지 않았다. 우씨가 매일 들르긴 했지만 그저 점호나 하는 정도일 뿐 함부로 위세를 부리지 않았다. 녕국부의 위아래 일들을 모두 혼자 처리해야 하는 그녀는 매일 태부인과 왕부인이 묵고 있는 곳에 보낼 음식과 물건들도 살펴야 했기 때문에 이만저만 신경 쓸 일이 많은 게 아니었다.

이때 녕국부와 영국부 두 집안의 주인들도 이처럼 경황이 없었을 뿐만 아니라, 집사들도 상전을 따라 조정에 들어가거나 조정 밖에서 임시 숙소의 사무를 관리하고, 미리 답사하느라 모두들 정신없이 바빴다. 이 때문에 두 집안 하인들 사이에는 위계질서가 제대로 잡히지 않아서 몰래 게으름을 피우는 이들도 있었고, 기회를 틈타 작당을 해서 임시 집사들과 함께 멋대로 위세를 부리는 이들도 있었다. 영국부에는 뇌대와 몇몇 집사들만 남아서 바깥 사무를 맡아보고 있었다. 뇌대의 수하에 있던 몇몇 사람들이 장례 행렬을 따라갔기 때문에 다른 사람들에게 일을 맡겼지만 모두 서툴러서 일이 제대로 되지 않았다. 게다가 무지하기까지 해서 마구잡이로 협잡하여 이득을 챙기거나 무고한 사람을 고발하고, 마땅한 이유도 없이 사람을 천거하는 등 갖가지 좋지 않은 일들을 곳곳에서 벌였다. 이루 다 설명할 수 없을 정도였다.

또한 벼슬아치 가운데 집안에 남녀 배우를 두고 있는 경우에는 모두 연극과 노래를 하지 않아도 되도록 임무를 면제해주거나 내보내게 되었다. 우씨 등도 의논을 해서 왕부인이 돌아오자 열두 명의 여배우들을 내보내야겠다고 보고했다.

"이 아이들은 원래 사들인 애들이니 지금 노래 연습은 하지 못하더라도 모두 남겨두고 일을 시킬 수 있어요. 그러니 가르치는 선생들만 내보내면 되겠네요."

그러자 왕부인이 말했다.

"연극 배우이던 애들한테 다른 일을 시킬 순 없어. 그 아이들도 양가집 딸들이었는데 집이 가난해서 팔려와 이런 일을 하면서 몇 년 동안 광대 노릇을 하게 되었던 거야. 이 기회에 각자에게 은돈 몇 냥씩 노자로 주어서 각자 제 길로 떠나게 해주렴. 옛날에 조상들께서 일을 맡아 하실 때도 이런 예가 있었어. 만약 우리가 그 애들을 부린다면 조상의 음덕을 손상시킬 뿐만 아니라 너무 인색한 짓이기도 해. 나이가 많은 이들도 아직 몇 있지만 그건 각자 사정이 있기 때문이야. 집에 돌아가려 하지 않아서 그냥 남겨두고 일을 시키다가 나이가 차자 우리 집안의 하인들과 짝을 지어주었던 게지."

"그럼 그 열두 명에게 물어서 돌아가고 싶어 하는 애들은 부모한테 편지를 보내 직접 와서 데려가게 하고 노자라도 몇 냥 주면 되겠네요. 부모나 친척이 데려가지 않는다면 혹시 못된 놈들이 자기 자식이라고 속여서 데리고 나가 팔아먹을 수도 있으니, 그건 우리가 베푼 은덕을 저버리는 일이 되겠지요. 그러니 돌아가려고 하지 않는 애들은 남겨두도록 하지요."

"그래, 그러는 게 좋겠구나."

우씨 등은 희봉에게 사람을 보내서 알리는 한편, 집사 사무실에도 알려 극단 선생들에게 각기 은돈 여덟 냥씩을 주어서 각자 편한 대로 가도록 했다. 그리고 이향원에 있던 물건들은 모두 장부와 대조하여 창고에 거둬들이고, 밤중에 당번을 두어 지키도록 했다. 열두 명의 여자아이들을 불러 물어보니 대부분 집에 돌아가려 하지 않았다. 어떤 아이들은 부모가 있긴 하지만 걸핏하면 딸자식을 팔아먹으니 돌아가봐야 다시 팔려나갈 거라고 했고, 어떤 아이들은 부모가 이미 죽어서 숙부나 백부, 오라비나 동생이 팔아먹을 거라고 했다. 또 어떤 아이들은 의지할 만한 사람이 없다고 했고, 어떤 아이들은 이 댁의 은혜를 저버릴 수 없다고 하기도 했다. 그러다 보니 돌아가겠다고 하는 아이는 네다섯 명밖에 되지 않았다. 그 이야기를 들은 왕부인은 아이들을 남겨둘 수밖에 없었다. 돌아가겠다고 한 아이들은 모두 수양어미의 집에 데리고 있다가 그들의 친부모가 오면 데려가게 하고, 남겠다는 아이들은 대관원 각지에 나눠주어서 일을 시키게 했다.

태부인은 문관文官*을 데리고 있겠다 했고, 정단正旦* 배역을 연기하던 방관芳官*은 보옥에게, 소단小旦*을 연기하던 예관蕊官*은 보차에게, 소생小生*을 연기하던 우관藕官*은 대옥에게, 대화면大花面*을 연기하던 규관葵官*은 상운에게, 소화면小花面*을 연기하던 두관豆官*은 보금에게, 노외老外*를 연기하던 애관艾官*은 탐춘에게 주었다. 우씨는 노단老旦*을 연기하던 가관茄官*을 달라고 해서 데려갔다. 이렇게 각자 거처가 정해지자 여자아이들은 조롱에서 벗어난 새처럼 매일 대관원 안을 돌아다니며 놀았다. 모두 그 아이들이 바느질도 할 줄 모르고 심부름도 익숙하지 않다는 것을 알고 있었기 때문에 그다지 나무라지도 않았다. 개중에 생각이 있는 한두 명은 나중에 써먹을 기술이 없을까 걱정하여 여태 배운 재간을 버리고 곧 바느질이나 길쌈 같은 일들을 배우기 시작했다.

하루는 조정에서 큰 제사를 지내는 날이라 태부인 등이 새벽부터 출발하여 임시 숙소에서 간단한 간식을 먹고 궁중으로 들어갔다. 아침 제사가 끝나자 숙소로 물러나 아침 식사를 하고, 잠시 쉬었다가 다시 입궐하여 점심과 저녁 제사를 지냈다. 제사가 끝나자 다시 숙소로 가서 잠시 쉬다가 저녁 식사를 하고 나서 집으로 돌아왔다. 공교롭게도 그 숙소는 어느 높은 벼슬아치 집안의 사당으로서 비구니들이 향을 사르고 수도修道하는 곳이라 방도 아주 많았고 무척 깔끔했다. 거기에는 동서로 두 개의 정원이 있어서 영국부는 동쪽 정원을, 북정왕은 서쪽 정원을 빌려 쓰고 있었다. 태비와 소비小妃들은 매일 그곳에서 쉬다가 태부인 등이 동쪽 정원에 있다는 걸 알고 서로 왕래하며 보살펴주었다. 하지만 밖에서 일어난 자잘한 일들은 굳이 세세히 설명할 필요 없겠다.

한편, 대관원에서는 태부인과 왕부인이 매일 집에 없고 또 영구를 따라간 사람들은 한 달 뒤에나 돌아올 예정이기 때문에 하녀들과 할멈들은 모두 한가했고, 대부분은 대관원 안을 돌아다니며 놀았다. 게다가 이향원에서 시중들던 할멈들도 모두 돌아와 각처에서 분부를 기다렸기 때문에, 대관원 안의 사람들 수가 몇십 명은 늘어난 것 같았다. 문관 등은 원래 오만한 성격이어서 주인을 믿고 아랫사람을 업신여기거나, 옷과 음식을 가리고, 말도 험하게 하는 등 분수를 지키지 못했다. 이 때문에 할멈들은 너나 없이 그들에게 불만이 많았다. 하지만 대놓고 따지지는 못했다. 그런데 이제 극단이 해체되자 다들 바라는 대로 되었다며 좋아했다. 그래도 어떤 이들은 예전 일들을 잊어버렸고, 속 좁은 이들은 여전히 원한을 품고 있었지만 각기 여러 방에 나뉘어 있기 때문에 감히 건드리지 못했다.

공교롭게도 이날은 청명절清明節*이라 가련은 미리 제사를 준비하여 가환과 가종, 가란을 데리고 철함사鐵檻寺*로 떠났다. 녕국부의 가용도 친척 몇 사람과 함께 제사를 준비해서 떠났다. 하지만 몸이 완전히 낫지 않은 보옥은 함께 가지 않았다. 밥을 먹고 나른해지자 습인이 말했다.

"날씨가 아주 좋으니까 나가서 바람이나 좀 쐬고 오셔요. 그릇을 내려놓자마자 누우시면 소화가 안 돼요."

보옥은 어쩔 수 없이 지팡이를 짚고 신을 신고는 이홍원 대문을 나섰다. 근래에 대관원은 할멈들이 나누어 관리하면서 각기 맡은 일에 분주했다. 대밭을 관리하는 이, 나무의 가지치기를 하는 이, 꽃을 심는 이, 콩을 심는 이도 있었다. 연못에서는 여자 뱃사공들이 배를 몰고 다니며 진흙을 퍼내고 연뿌리를 심었다. 향릉과 상운, 보금은 하녀들과 함께 가산의 바위에 앉아 할멈들이 일하는 모습을 구경하며 놀았다. 그러다가 저쪽에서 천천히 걸어오는 보옥을 발견한 상운이 크게 웃으며 말했다.

"얼른 저 배들을 쫓아버려라! 대옥이를 데리러 왔어!"

모두들 웃음을 터뜨리자 보옥도 얼굴이 붉어져서 생글거리며 말했다.

"남이 아프면 누구나 안타까운 마음으로 위로하는데 너는 흉내나 내면서 놀리는구나?"

"호호, 아픈 것도 남달라서 우스운 상황을 만들어놓고 오히려 남탓만 하시네요!"

보옥도 자리에 앉아 할멈들의 바쁜 모습을 한참 동안 구경했다. 그러자 상운이 말했다.

"여긴 바람도 불고 바위도 차가우니 조금만 앉아 있다가 돌아가요."

보옥도 마침 대옥에게 가보려던 참이라 곧 지팡이를 짚고 일어나 작별하고, 심방교 주위의 제방을 따라 걸어갔다. 버들가지는 금실처럼 늘어졌고 복사꽃이 노을처럼 아름다운데 바위 뒤쪽의 커다란 살구나무는 벌써 꽃이 다 지고 잎들이 무성한 그늘을 이루고 있었다. 그리고 위쪽에는 콩알만 한 살구들이 아주 많이 달려 있었다.

'며칠 앓고 있는 동안 살구꽃도 다 졌구나! 어느새 푸른 잎 무성한 가지에 열매 가득 달리는〔綠葉成蔭子滿枝〕[5] 계절이 되었어!'

이런 생각을 하며 하염없이 살구나무를 올려다보고 있노라니, 수연의 혼사가 이미 정해졌다는 사실이 떠올랐다.

'남녀 간의 대사이니까 안 할 순 없지만 또 좋은 여자 하나가 줄어들었군. 두어 해쯤 지나면 푸른 잎 무성한 가지에 열매 가득 달리듯이 자식들도 많이 생기겠지. 또 며칠 지나면 이 살구나무도 빈 가지로 남을 테고, 또 몇 년 지나면 수연이도 검은 머리가 은발로 바뀌고 발그레하게 고운 얼굴도 마른 나무처럼 변하겠지.'

이런 생각을 하니 가슴이 아파서 그는 그저 살구나무 앞에서 눈물 흘리며 탄식하고 있었다.

그때 갑자기 어디선가 참새 한 마리가 날아와 가지에 앉아서 요란하게 울어댔다. 그는 또 멍해지는 성벽性癖이 발동하여 생각에 잠겼다.

'이 참새는 분명 살구꽃이 한창일 때 와본 적이 있을 거야. 이제 꽃은 없고 열매랑 잎만 있으니 어지럽게 울어대는 거겠지. 이 소리는 분명 통곡하는 소리야. 안타깝게도 공야장公冶長[6]이 여기 없으니 물어볼 수 없구나. 내년에 다시 꽃이 필 때 이 참새가 이곳을 기억하고 다시 날아와 꽃을 볼 수 있을까?'

그렇게 황당한 생각에 잠겨 있을 때 산의 바위 쪽에서 한줄기 불빛이 피어나는 바람에 참새가 놀라 날아가버렸다. 보옥도 깜짝 놀랐는데 저쪽에서 누군가 꾸짖는 소리가 들렸다.

"우관, 너 죽고 싶어? 왜 지전을 갖고 들어와 태우는 거야! 아씨들께 일러바치면 네 뼈다귀가 성할 줄 알아?"

보옥은 더욱 의아한 생각이 들어 황급히 바위 뒤로 돌아가보았다. 그곳에는 우관이 눈물범벅이 된 채 아직 불타고 있는 지전을 손에 들고 쪼그리고 앉아, 타서 재가 되는 모습을 지켜보고 있었다. 보옥이 다급히 물었다.

"누굴 위해 지전을 태우고 있는 거냐? 그걸 여기서 태우면 어떡해! 혹시 부모나 형제를 위해 태우는 거라면 나한테 성명을 알려줘. 바깥의 일꾼들한테 주머니[包袱][7]를 만들어 거기다 성명을 쓰고 태우게 해줄게."

우관은 보옥을 보고도 한마디도 하지 않았다. 여러 차례 물어도 대답하지 않는데 갑자기 할멈 하나가 씩씩거리며 다가와 우관의 팔을 홱 잡아끌며 웅얼거리듯 말했다.

"벌써 아씨들께 일러드렸다. 이만저만 화를 내시는 게 아니었어!"

아직 어린아이 티를 벗지 못한 우관은 그 말을 듣자 혼이 날까 무서워서 따라가려 하지 않았다. 그러자 할멈이 나무랐다.

"그러게 너무 설치고 다니지 말라고 했지! 지금은 너희가 밖에서 멋대로 까불고 다닐 때와는 다르단 말이다. 여긴 법도가 엄한 곳이야!"

그리고 보옥을 가리키며 말했다.

"심지어 도련님께서도 규범을 지키시는데 네깟 게 뭐라고 함부로 말썽을 부려? 벌벌 떨어봐야 소용없으니 어서 따라와!"

보옥이 급히 나섰다.

"쟤는 지전을 태운 게 아니야. 대옥이가 글자 연습한 종이를 태우라고 한 거야. 제대로 보지도 못하고 일러바치기부터 하면 어떡해!"

우관은 할멈의 말에 어쩔 줄 몰라 하다가 보옥을 보고 더욱 무서웠던 참이었는데 보옥이 오히려 자기 잘못을 덮어주자 내심 기뻐하며 억지를 부렸다.

"정말 지전인지 확실히 봤어요? 제가 태운 건 대옥 아가씨께서 버리신 글자 연습지라고요!"

할멈은 그 말에 더욱 화가 치밀어 허리를 굽히고 잿더미 속에서 타다 남은 종이들을 두어 조각 집어 들고 말했다.

"아직도 잡아뗄 테냐? 여기 증거가 있어! 일단 대청에 가서 따져보자!"

그러면서 다시 우관의 소매를 잡아끌고 가려고 했다.

보옥이 재빨리 우관을 붙들고 지팡이로 할멈의 손을 두드려 떼면서 말했다.

"그냥 그거나 갖고 돌아가요. 사실 간밤에 꿈을 꿨는데 살구나무 신이

나한테 빈 지전을 한 뭉치 달라고 하면서, 내 방에 있는 사람 대신 낯선 사람이 태워야 내 병이 낫는다고 했어요. 그래서 내가 이 빈 지전을 구해 대옥이한테 간신히 부탁해서 저 아이더러 대신 태워달라고 했거든. 다른 사람 모르게 말이야. 그래서 내가 오늘 일어날 수 있게 된 건데 하필 할멈한테 들켰지 뭐야. 이제 내 몸이 또 안 좋아지면 다 할멈 때문이야! 그래도 일러바칠 작정이에요? 우관아, 따라가라. 아씨들한테는 내 말을 그대로 전해라. 할머님께서 돌아오시면 저 할멈이 일부러 훼방을 놓아서 내가 일찍 죽으라고 빌었다고 말씀드릴 거야!"

우관은 그 말을 듣자 더욱 자신이 생겨서 오히려 제가 할멈을 잡아끌고 가려고 했다. 할멈은 얼른 지전을 버리고 웃으면서 보옥에게 사정했다.

"저는 그런 줄 몰랐습니다. 도련님, 노마님께 아뢰면 이 늙은이가 온전하겠습니까? 제가 가서 아씨들께 여쭙겠습니다. 도련님께서 신께 제사를 지내신 거였는데 제가 잘못 보았다고 말이에요."

"다시 돌아가서 얘기하지 않아도 돼요. 그럼 나도 할머님께 말씀드리지 않겠어."

"벌써 말씀드려서 저더러 저 아이를 잡아오라고 하셨는데 어떻게 말씀 드리지 않을 수 있겠어요? 좋습니다. 그냥 제가 데리러 갔는데 벌써 대옥 아가씨께 불려가고 없더라고 하겠습니다."

보옥은 잠시 생각해보고 나서 고개를 끄덕였다.

할멈이 어쩔 수 없이 그냥 떠나자 보옥이 우관에게 물었다.

"대체 누굴 위해 지전을 사른 거야? 부모나 형제라면 다들 바깥사람들한테 부탁해서 지전을 살랐는데 여기서 사른 것은 분명 사적인 정 때문이겠구나?"

우관은 방금 자신을 옹호해준 데 감격하여 보옥도 자신과 비슷한 사람이라는 걸 알고는 눈물을 머금고 말했다.

"이 일은 도련님 방의 방관이와 보차 아가씨 방의 예관이 외에 다른 사람은 전혀 몰라요. 오늘 도련님 눈에 띄었고 또 그렇게 절 변호해주셨으니 어쩔 수 없이 말씀드리지만, 다른 사람한테는 절대 얘기하시면 안 돼요."

그녀는 울면서 말을 이었다.

"저도 도련님 앞에서 직접 말씀드리기 곤란하니 나중에 방관이한테 살짝 물어보시면 아시게 될 거예요."

그렇게 말하고 성큼성큼 가버렸다.

보옥은 생각이 복잡했지만 어쩔 수 없이 소상관으로 갔다. 대옥은 불쌍할 정도로 수척해져 있었는데, 저번보다는 많이 나아진 편이라고 했다. 대옥은 보옥도 전에 비해 많이 수척해진 걸 보고 지난 일이 떠올라 자기도 모르게 눈물을 흘렸다. 그래서 잠시 이야기를 나누다가 보옥에게 얼른 돌아가 쉬면서 몸조리하라고 재촉했다. 보옥은 어쩔 수 없이 돌아와서 방관에게 일에 대한 전말을 물어보려고 했는데, 하필 그때 상운과 향릉이 와서 습인, 방관과 더불어 담소를 나누고 있었다. 그는 방관을 부르면 다른 사람들이 무슨 일이냐고 따져 물을 것 같아서 참고 기다리는 수밖에 없었다.

잠시 후, 방관은 수양어미를 따라 머리를 감으러 갔다. 그녀의 수양어미가 자기 친딸을 먼저 씻긴 후 방관을 씻겨주자 방관은 편애를 한다면서 투덜거렸다.

"자기 딸 씻기고 남은 물에다 씻으라고요? 제 한 달 용돈을 전부 가져가면서 그게 제 덕택인 줄은 모르고 오히려 저한테는 쓰다 남은 것만 주시는군요!"

수양어미는 부끄럽고 화도 나서 욕을 퍼부었다.

"출세시켜준 은혜도 모르는 것! 어쩐지 다들 극단에는 상종할 만한 게 하나도 없다고 하더라니! 네가 아무리 잘나도 일단 거기 들어가면 다 망가지게 마련이야. 콩알만 한 년이 좋은 것만 가리면서 이것저것 따지고 드니, 꼭 닥치는 대로 물어대려는 노새 같구나!"

둘이 말다툼을 시작하자 습인이 얼른 사람을 보내 말렸다.

"그만 좀 시끄럽게 떠들어요! 노마님께서 집에 안 계시니까 도무지 조용하게 얘기하는 사람이 하나도 없다니까!"

그러자 청문°이 말했다.

"이게 다 방관이가 철이 없어서 생기는 일이야. 도무지 미친 것처럼 못된 짓만 하고 다닌다니까? 그깟 연극 좀 할 줄 안다고 도적 괴수라도 때려죽이고 역적이라도 잡은 것처럼 거들먹거리거든!"

습인이 말했다.

"손바닥 하나로는 소리를 내지 못하는 법이야. 늙은 것은 너무 불공평하고 어린 것은 너무 미운 짓만 하니까 그러는 게지!"

그러자 보옥이 끼어들었다.

"방관이만 탓할 일도 아니야. 예로부터 '사물은 불공평하면 운다〔物不平則鳴〕.'[8]라고 했어. 저 아이는 친척도 없고 보살펴줄 사람도 없는데, 수양어미가 그 아이 덕에 돈을 받으면서 천대만 하니 어떻게 저 아이를 나무랄 수 있겠어?"

그리고 다시 습인에게 물었다.

"쟤가 한 달에 얼마 받아? 이제부턴 누나가 받아서 보살펴주면 덜 번거롭지 않을까?"

"그거야 어렵지 않지만, 그깟 몇 푼을 바라고 나선다고 욕이나 먹게 될걸요?"

습인은 다른 방에서 향수병과 계란 몇 개, 비누, 댕기 따위를 가져와서 할멈더러 방관에게 갖다주면서, 싸우지 말고 물을 따로 받아다가 혼자 머리를 감게 하라고 지시했다. 수양어미는 더욱 부끄러운 나머지 방관에게 "양심도 없는 년! 내가 네 돈을 우려먹었다고 모함을 해?" 하면서 몇 대 후려치자 방관이 울음을 터뜨렸다. 보옥이 달려나가려 하자 습인이 황급히 붙들었다.

"왜 이러세요! 제가 가서 얘기할게요."

하지만 청문이 먼저 달려가 수양어미를 꾸짖었다.

"노인네가 너무 생각이 없군요! 할멈이 쟤한테 머리 감을 물을 주지 않아서 우리가 그것들을 주었는데, 부끄러워하기는커녕 뻔뻔하게 애를 때리다니요! 쟤가 계속 극단에서 연기를 배우고 있었다면 당신이 감히 때릴 수 있겠어요?"

"한 번 어미면 평생 어미인 법인데, 저년이 저한테 거들먹거리니 때릴 수밖에요!"

습인이 사월을 불러 말했다.

"나는 말씨름을 할 줄 모르고 청문이는 성미가 너무 급하니까 네가 얼른 가서 두어 마디 꾸짖어줘라."

사월이 황급히 달려가 말했다.

"시끄러워요! 어디 좀 물어보자고요. 여기는 말할 것도 없고 대관원 전체에서 누가 상전의 집 안에서 딸자식을 훈계하던가요? 친딸이라 하더라도 따로 나와서 상전을 모시게 되면 때리거나 욕을 해도 당연히 상전이 해야 마땅하지 않나요? 나이 많은 시녀라도 그럴 수 있고요. 그런데 누가 할멈더러 중간에서 쓸데없이 끼어들라고 했어요? 다들 그런 식으로 끼어든다면 저 애들한테 뭘 가르치면서 우리 곁에 두겠어요? 도무지 나이가 들수록 법도를 무시한단 말이야! 예전에 추아 어머니가 와서 난리 피우는 걸 보고 배우셨나요? 좋아요, 안심해요! 그동안 연일 이 사람, 저 사람 병을 앓는 바람에 노마님께서도 마음이 편치 않으셔서 내가 여쭙지 못했지만, 한 번 단단히 일러바쳐서 모두들 모진 꼴을 당하게 해줄 테니까요! 보옥 도련님 몸이 좀 좋아져서 우리도 감히 큰소리를 못 내는데, 할멈 같은 주제에 사람을 때리고 독살스럽게 소리를 질러대고 난리를 피우다니! 상전들이 며칠 집에 안 계시니까 다들 무법천지로 설치면서 우리는 안중에도 두지 않는데 며칠만 더 지나면 심지어 때리고 덤비겠군요! 저 아이가 할멈을 수양어미로 삼지 않겠다면 거름더미에 파묻기라도 할 건가요?"

보옥은 화가 나서 지팡이로 문지방을 두드리며 소리쳤다.

"이놈의 할멈들 간장이 다들 철석으로 만들어졌나? 그렇다면 희한한 일이로군. 보살펴주지는 못할망정 오히려 못살게 구니 이후로 허구한 날을 어떻게 보내라는 거야?"

청문이 말했다.

"어떻게 보내긴 뭘 어떻게 보내요? 다 내쫓아야지요. 이런 빛 좋은 개살구 같은 것들은 필요 없어요!"

그 할멈은 너무 부끄러워 아무 말도 못했다. 방관은 해당화 빛깔 숨저고리에 꽃무늬가 들어간 비단 겹바지의 밑동을 풀어헤치고 검은 머리카락을 머리 뒤쪽으로 풀어 늘어뜨린 채 눈물범벅이 되어 있었다. 그 꼴을 보고 사월이 웃으며 말했다.

"멀쩡하던 앵앵鶯鶯 아가씨를 때리고 문초해서 홍낭紅娘으로 만들어버렸네! 분장도 하지 않았는데 어쩜 이리 엉망이니?"

보옥이 말했다.

"본래 모습이 아주 예쁘니까 너무 머리를 단단히 묶지 마."

청문이 다가가서 방관의 머리를 감겨준 후, 수건으로 닦고 헐겁게 용장계慵妝髻[9]를 묶어주었다. 그리고 그녀에게 옷을 입으라 하고 이쪽으로 건너왔다.

잠시 후 주방을 담당하는 할멈이 와서 물었다.

"저녁 진지가 준비되었는데 가져올까요?"

하녀들이 들어가 습인에게 묻자 그녀가 웃으며 말했다.

"방금 한바탕 난리를 피우느라 자명종이 몇 번 울렸는지도 듣지 못했구나."

청문이 말했다.

"이 염병할 건 또 어떻게 된 거야? 손 좀 한번 봐야 되겠네."

그러면서 회중시계를 들여다보고 말했다.

"차 반 잔쯤 마실 시간만 지나면 저녁 시간이네."

하녀가 나가자 사월이 웃으며 말했다.

"장난 심한 걸로 따지면 방관이도 몇 대 맞아야 해. 어제는 저 시계추를 한참 동안 갖고 놀더니 결국 고장을 내버렸어."

그러는 사이에 식기들이 다 갖춰졌다.

잠시 후 하녀가 찬합을 들고 들어왔다. 청문과 사월이 열어보니 예전과 똑같은 네 가지의 간단한 요리가 들어 있었다. 청문이 픽 웃으며 말했다.

"이젠 다 나으셨으니까 두어 가지 개운한 요리를 드려야지. 이 죽이랑 절인 채소를 얼마나 더 드릴 작정이지?"

그러면서 음식을 차려놓고 다른 찬합을 들여다보니 소시지를 넣어 끓인 죽순탕이 들어 있었다. 청문이 얼른 들어다 보옥 앞에 놓자 보옥이 식탁 앞으로 다가와 한 모금 마셨다.

"아이고, 뜨거워!"

그러자 습인이 웃으며 말했다.

"보살님 맙소사! 고기 맛을 며칠 못 보셨다고 이 난리를 치시나요?"

그러면서 얼른 그릇을 들어 입으로 호호 불다가, 옆에 방관이 있는 걸 발견하고 그녀에게 건네면서 말했다.

"호호, 너도 시중드는 걸 좀 배워라. 맨날 그리 게으름 피우면서 잠이나 자지 말고! 침 튀지 않게 살살 불어야 한다?"

방관이 그 말대로 몇 번 불었는데 아주 요령 있게 잘했다.

방관의 수양어미도 황급히 밥그릇을 받쳐들고 문 밖에서 시중을 들었다. 옛날 방관 등이 처음 왔을 때, 수양어미도 바깥에서부터 알고 지내는 사이라는 이유로 함께 이향원으로 들어갔다. 하지만 이 수양어미는 원래 영국부의 하인들 중 서열이 삼등급에 해당했기 때문에 물 뜨고 빨래하는 일만 할 뿐 안에 들어와 심부름을 해본 적이 없어서 방 안의 규범을 잘 몰랐다. 지금은 배우들이 대관원으로 들어올 때 수양딸을 따라 들어와 보옥의 방에 배치되었던 것이다. 이전에 이 할멈은 사월에게 훈계를 듣고 나서 어느 정도 규범을 알게 되었는데, 방관의 수양어미 노릇을 하지 못하면 여러 가지 이익을 잃게 될 것 같아 그들의 비위를 맞추려고 애쓰고 있었다. 그러다가 이제 방관이 죽순탕을 불어 식히자 얼른 달려 들어와 헤실대면서 말했다.

"저 아이는 서툴러서 그릇을 깰지 모르니까 제가 할게요."

그러면서 얼른 그릇을 받아들려고 했다.

그 순간 사월이 고함을 질렀다.

"당장 나가요! 그 애가 그릇을 깬다 해도 할멈이 그 일을 할 순 없어. 어느 틈에 이 안쪽으로 들어왔어요? 어서 나가요!"

그러면서 하녀들을 꾸짖었다.

"대체 생각이 있는 게냐? 저 할멈이야 법도를 모른다 치고 너희들이 알려주어야 할 거 아냐!"

하녀들이 모두 말했다.

"나가라고 해도 나가지 않고 얘기를 해도 믿지 않았어요. 이것 봐요, 이제 우리까지 욕을 먹으니까 믿어지나요? 우리가 들어갈 수 있는 곳도 할멈은 절반밖에 들어가지 못한단 말이에요! 하물며 우리조차 들어갈 수 없는 곳에 들어가서야 되겠어요? 그것쯤은 그렇다 치고, 왜 주제넘게 손을 놀리고 입을 나불거려요!"

하녀들은 할멈을 떠밀고 밖으로 나갔다. 계단 아래에서 빈 찬합과 식기들이 나오기를 기다리고 있던 몇몇 할멈들이 그 수양어미가 떠밀려 나오는 것을 보고 모두 깔깔대며 웃었다.

"아줌마, 거울에 얼굴이나 한 번 비춰보고 들어가시지!"

그 수양어미는 원망스럽기도 하고 화도 났지만 참을 수밖에 없었다.

방관이 몇 번 불자 보옥이 웃으며 말했다.

"됐다. 그러다 원기元氣가 상하겠다. 이제 식었는지 맛을 좀 봐라."

방관이 농담인 줄 알고 웃으며 습인을 쳐다보자, 그녀가 말했다.

"괜찮으니까 한입 먹어봐."

청문이 빙긋 웃으며 말했다.

"자, 봐라. 나도 먹잖아?"

그러면서 한 모금 마시자 방관도 한 모금 먹어보더니 "괜찮아졌네요." 하면서 보옥에게 그릇을 건넸다. 보옥이 반 그릇쯤 마시고 죽순을 몇 조각 먹은 다음 죽을 반 그릇쯤 먹고 수저를 놓으니, 시녀들이 상을 치웠다. 하녀들이 세숫대야를 받쳐 올리자 보옥이 손을 씻고 양치질을 했다. 그 일을 모두 마치자 습인 등도 밥을 먹으러 나갔다. 그때 보옥이 방관에서 슬쩍 눈짓을 하자, 본래 영리한데다 몇 년 동안 연극을 배운 방관인지라 금방 눈치채고, 머리가 아파서 밥 먹기 싫다고 둘러댔다. 그러자 습인이 말했다.

"그럼 도련님 곁에 있어. 이 죽은 두고 갈 테니까 나중에 배고프면 먹어."

모두 나가고 둘만 남자 보옥은 조금 전에 불빛이 일어난 일부터 우관을 만난 일, 거짓말로 감싸준 일, 그리고 우관이 방관한테 사정을 물어보라고 한 일까지 자세하게 들려준 다음, 대체 우관이 누구를 위해 제사를 지낸 거냐고 물었다. 방관은 만면에 웃음을 짓더니 또 한숨을 쉬며 말했다.

"이 일을 말씀드리자면 우습기도 하고 안타깝기도 해요."

보옥이 다급하게 무슨 일이냐고 묻자 방관이 웃으면서 말했다.

"그 제사는 죽은 적관菂官*이를 위해 올린 거예요."

"그야 친한 친구 사이에 마땅히 해줘야 할 일이잖아?"

"호호, 우정 때문에 그랬을 리 있나요? 걔는 정말 황당한 생각을 하고 있어요. 자기는 소생小生이고 적관이는 소단小旦이라서 늘 부부 연기를 했는데, 연극으로 하는 것이지만 늘 공연할 때마다 진정으로 서로 위해주는 연기를 하다 보니 둘이 정말 정신이 나가버렸어요. 연기를 하지 않을 때도 늘 함께 먹고 함께 지내면서 서로 사랑하네, 좋아하네 하며 지냈거든요.

그러다가 적관이 죽으니까 우관이가 저러다 죽지 싶을 정도로 울었죠. 지금도 잊지 못하고 절기마다 지전을 살라주고 있어요. 나중에 예관이가 소단 역을 맡게 되니까 또 똑같이 지내기에 '새사람 얻었다고 옛사람은 버렸니?' 하고 물었더니 걔가 이러대요. '여기엔 큰 이치가 담겨 있어. 예를 들어서 남자는 아내가 죽으면 새사람을 얻어야 하고 그럴 필요가 있어. 하지만 죽은 사람을 그냥 버려두고 입에 담지 않는 것도 바로 정이 깊어서 그런 거야. 아내가 죽었다고 새사람을 얻지 않고 평생 혼자 지낸다면 사람된 도리를 어기는 것일 뿐만 아니라 사리에도 맞지 않아 죽은 사람이 오히려 불편해지는 거야.' 이러니 정말 정신 나간 바보 아니에요? 얘기하니까 우습지요?"

보옥은 이 황당한 얘기가 그래도 자신의 어리석은 성격에는 들어맞는다고 생각하여 자기도 모르게 기뻐하기도 했고 슬퍼하기도 했다. 그는 정말 너무나 특이한 일이라고 감탄했다.

"하늘이 그런 사람을 태어나게 해놓고 무엇하러 또 나처럼 이렇게 수염투성이의 지저분한 물건을 보내 세상을 더럽혔단 말인가!"

그러더니 방관의 손을 덥석 잡으며 당부했다.

"그러면 나도 부탁이 있다. 내가 직접 우관이한테 얘기하면 불편해할 테니까 네가 대신 전해다오."

방관이 무슨 일이냐고 묻자 보옥이 말했다.

"이후로는 절대 지전을 사르지 말라고 해라. 지전을 사르는 건 후세 사람들이 만들어낸 이단적인 풍속이지 공자께서 남기신 가르침이 아니란 말이다. 이후로는 계절과 명절에 맞춰 향로만 하나 준비해서 향을 피우며 정성껏 축원하면 귀신도 감동하여 감응할 거야. 어리석은 사람들은 아무것도 모르고 신이나 부처, 죽은 사람을 막론하고 모두 각자에 맞는 제사 형식을 따지는데, 그저 '정성'만 다하면 되는 거야. 경황없이 떠도는 와중이라 향조차 없을 때는 되는 대로 정결한 흙이나 풀을 가지고도 제사를 올릴 수 있어. 그러면 죽은 사람도 제사를 받을 뿐만 아니라 귀신이나 신들도 와서 제사를 받거든. 저기 내 탁자 위를 봐라. 그냥 향로만 하나 두고 아무 날이든 늘 향을 피우지 않니? 다들 까닭을 모르지만 내 마음속엔 다 이유가 있단다. 편한 대로 맑은 차가 있으면 차를 한잔 올리고, 깨끗한 물이 있으면 물을 한잔 올리고, 신선한 꽃이나 과일, 심지어 고깃국이나 비린 요리라도 정성스럽고 정갈한 마음으로 그것들을 놓고 제사를 올리면 부처님도 와서 제사를 받으시지. 그러니까 제사라는 건 헛된 명분이 아니라 공경하는 마음에 달린 거야. 그러니 앞으로 다시는 지전을 사르지 말라고 해라."

방관은 그러겠노라 대답하고 나서 잠시 후 죽을 먹는데 누군가 와서 아뢰었다.

"노마님과 마님께서 돌아오셨습니다."

제59회

유엽저 근처에서 앵아와 춘연을 꾸짖고
강운헌에서 장수를 불러 병부를 띄우다
柳葉渚邊嗔鶯叱燕　絳雲軒裏召將飛符

행엽저에서 버들가지로 바구니를 짜던 앵아가 춘연의 고모를 꾸짖다.

　보옥은 태부인 등이 돌아왔다는 소식을 듣고 옷을 하나 더 걸친 다음 지팡이를 짚고 앞채로 가서 모두에게 인사했다. 태부인 등은 매일 고생했다며 모두 좀 일찍 쉬고 싶다고 했다. 그날 밤은 별다른 일 없이 지나갔고, 이튿날 새벽에 다시 조정에 들어갔다.
　영구를 보내는 날이 다가오자 원앙과 호박, 비취, 파리는 모두 태부인의 짐을 싸느라 바빴고, 옥천과 채운, 채하 등은 왕부인의 짐을 싸서 집사 어멈들 앞에서 하나씩 점검하며 넘겨주었다. 따라가는 이들은 하녀들이 여섯 명, 할멈 및 어멈들이 열 명이었다. 남자 하인들은 계산에 넣지 않았다. 그들은 연일 타교駄轎[1]와 장비들을 손질했다. 원앙과 옥천은 따라가지 않고 집을 지키게 되었다. 휘장이나 이부자리 같은 것들은 며칠 앞서서 미리 보내야 했기 때문에 네다섯 명의 어멈과 남자들이 수령하여 몇 대의 수레에 싣고 길을 서둘러 먼저 임시 숙소에 도착해서 준비해놓고 기다렸다.
　출발하는 날이 되자 태부인은 가용의 아내[2]와 함께 한 대의 타교에 올랐고, 왕부인도 뒤쪽에서 타교를 탔다. 가진은 말을 타고 집안 하인들을 인솔하여 두 대의 타교를 호위했다. 몇 대의 수레에는 할멈들과 하녀들이 타고, 수시로 갈아입을 옷 보따리 등을 실었다. 이날 설씨 댁 마님과 우씨는 사람들을 거느리고 대문 밖까지 전송하고 돌아갔다. 가련은 태부인이 도중에 불편할까 걱정되어, 자기 부모를 보낸 뒤에 바로 태부인과 왕부인이 탄 타교를 따라가 직접 집안 하인들을 인솔하여 뒤를 지키며 갔다.

영국부의 뇌대는 장정들을 더 풀어 밤 당번을 서면서 두 집의 대문을 모두 닫아걸고, 드나드는 사람들은 모두 서쪽 쪽문을 통하도록 했다. 해가 지면 의문을 닫아 출입을 금지시켰다. 대관원의 앞뒤와 동서의 쪽문도 모두 닫아 자물쇠를 채웠지만, 왕부인의 본채 뒤쪽 자매들이 늘 드나드는 문과 설씨 댁 마님의 거처로 통하는 동쪽의 쪽문은 안뜰에 있는 것이라서 잠글 필요가 없었다. 그 안쪽의 원앙과 옥천도 각기 위채를 잠그고, 하녀들과 할멈들을 데리고 아래채로 가서 쉬었다. 임지효댁은 매일 들어와서 십여 명의 할멈들과 함께 밤 당번을 서고, 천당穿堂 안에는 많은 어린 남자아이들을 더 보내 야경을 돌며 딱따기를 치게 했다. 이렇게 해서 모든 일이 알맞게 잘 안배되었다.

어느 날 새벽, 보차가 잠에서 깨어 휘장을 걷고 침대에서 내려왔다가 조금 추운 것 같아 창을 열고 내다보니 땅이 축축하고 이끼가 더 푸른빛을 띠고 있었다. 새벽 무렵에 조금 내린 가는 비 때문이었다. 그녀가 상운 등을 불러 세수를 하는데, 볼이 가려운 것이 또 행반선杏癍癬[3]에 걸린 것 같다면서 상운이 보차에게 장미초薔薇硝[4]를 조금 달라고 했다.

"저번에 남은 건 전부 보금이한테 줘버렸어. 저번에 빈아가 많이 만들어놔서 나도 좀 달라고 하려던 참이었는데 올해는 가려움증이 생기지 않아서 잊고 있었네."

보차는 곧 앵아더러 대옥에게 가서 조금 얻어오라고 했다. 앵아가 "예!" 하고 나가려 하자 예관이 말했다.

"같이 가요. 이참에 우관이 좀 보게요."

둘이 곧장 형무원을 나서 이런저런 얘기를 주고받으며 걷다 보니 어느새 유엽저柳葉渚*에 이르러 버들가지 늘어진 제방을 따라 걷게 되었다. 연둣빛 버들잎과 금실처럼 늘어진 버들가지를 보자 앵아가 웃으며 말했다.

"너 버들가지 엮어서 물건 만들 줄 알아?"

"호호, 뭘 만드는데요?"

"뭐든 다 되지. 장난감이나 쓸모 있는 물건들을 만들 수 있어. 내가 몇 개 꺾어서 잎이 달린 채로 꽃바구니를 엮어볼까? 갖가지 꽃을 따서 담아두면 얼마나 예쁘다고!"

그러면서 나온 목적도 잊어버리고 부드러운 버들가지를 많이 꺾어서 예관에게 들고 있으라고 했다. 그리고 걸으면서 꽃바구니를 엮으며, 가는 길에 꽃이 보이면 한두 가지 꺾어서 손잡이가 달린 예쁜 꽃바구니를 만들었다. 버들가지에는 본래 달려 있던 잎이 가득한데, 그 위에 꽃을 놓으니 특별한 정취가 풍겼다. 예관이 좋아하며 말했다.

"언니, 그거 저 주셔요."

"이건 대옥 아가씨께 드리고, 돌아오는 길에 좀 더 많이 꺾어서 몇 개 더 만들어 함께 갖고 놀자꾸나."

그들이 소상관에 도착해보니, 아침 단장을 하고 있던 대옥이 꽃바구니를 보고 환하게 웃으며 말했다.

"그 산뜻한 꽃바구니는 누가 엮었어요?"

앵아가 웃는 얼굴로 말했다.

"제가 대옥 아가씨 드리려고 엮은 거예요."

대옥이 받아들고 좋아하면서 말했다.

"어쩐지 다들 언니 솜씨가 좋다고 하더라니! 이건 정말 특별한 정취가 있네."

대옥은 꽃바구니를 살펴보더니 자견을 시켜 저쪽에 걸어두라고 했다. 앵아는 설씨 댁 마님의 안부를 묻고 나서 장미초를 조금 달라고 했다. 대옥은 자견에게 얼른 한 봉지 싸오라고 해서 건네주며 말했다.

"저도 몸이 좋아져서 오늘은 바람을 쐬러 나가볼까 해요. 돌아가거든 언니한테 어머니께 문안 인사하러 올 필요도 없고, 수고스럽게 나를 보러 오지 않아도 된다고 전해줘요. 머리 빗고 나서 어머니와 함께 거기로 갈게요. 아예 밥까지 가져갈 테니까 즐겁게 놀아보자 하더라고 전해요."

앵아는 "예!" 하고 나와서 예관을 찾아 자견의 방으로 갔다. 우관과 예관은 한참 재미나게 이야기를 나누면서 헤어지기 아쉬워했다.

"대옥 아가씨도 저쪽에 가신다니까 우관이는 우리랑 먼저 갈까? 어때?"

자견이 말했다.

"그게 좋겠네. 저 아이는 여기서 지겹도록 장난만 쳐대니까 말이야."

그러면서 대옥의 수저를 수건에 싸서 우관에게 건네주며 말했다.

"이걸 가지고 먼저 가라. 심부름 한 번 하는 셈으로 치지 뭐."

우관은 그걸 받아들고 해죽해죽 웃으며 둘을 따라 나와서 버들 제방을 따라 걸었다. 앵아는 또 버들가지를 조금 꺾어 아예 바위에 자리를 잡고 앉아 엮으면서 예관이더러 먼저 가서 장미초를 갖다주고 오라고 했다. 하지만 예관과 우관은 그녀가 버들가지 엮는 모습을 더 보고 싶어서 좀처럼 가려 하지 않았다. 그러자 앵아가 재촉했다.

"다녀오지 않으면 나도 안 엮을 테야."

우관이 말했다.

"우리가 같이 얼른 갔다 오자."

둘이 떠나고 나서 앵아가 한참 버들가지를 엮고 있는데, 하할멈•의 딸 춘연春燕•이 걸어와서 웃으며 물었다.

"언니, 뭘 엮고 있어요?"

그러던 차에 예관과 우관이 돌아왔고, 춘연이 우관에게 물었다.

"근데 저번에 너 무슨 종이를 태웠어? 우리 고모가 보고 일러바치려다가 보옥 도련님께 꾸중만 듣고는 화가 나서 우리 엄마한테 낱낱이 얘기했어. 밖에 있던 두어 해 동안 너희들과 무슨 원수를 졌기에 여태 화해하지 않고 있는 거야?"

"흥! 원수는 무슨 원수! 자기들이 욕심이 너무 많아 오히려 우릴 원망하는 거지. 밖에 있던 두어 해 동안 다른 건 내버려두고 우리 밥값이랑 요리 값을 얼마나 떼먹었는지 몰라. 온 가족이 먹고도 남아서 맨날 이런저런 물건 살 돈까지 있었거든. 그러다가 우리가 자기들을 부리게 되니까 온갖 원망을 다하는 거지. 네가 보기엔 그게 양심적이야?"

"호호, 그래도 명색이 우리 고모인데 어떻게 남 앞에서 흉을 보니? 보옥 도련님께서도 그러셨잖아? '여자가 시집가기 전에는 값을 매기기 힘든 보물이지만, 일단 시집을 가고 나면 어찌 된 영문인지 온갖 안 좋은 병폐들이 생겨나지. 그러니까 구슬이긴 하지만 보배로운 광채가 없는 죽은 구슬이라는 거야. 거기서 더 늙으면 구슬 꼴도 아닌 생선 눈깔처럼 변해버리지. 분명히 한 사람인데 어떻게 이렇게 세 번이나 바뀌지?' 말도 안 되는 소리지만 어느 정도 일리는 있어. 다른 사람은 모르겠고 우리 엄마랑 고모만 보더라도 늙을수록 더 돈만 밝히잖아? 옛날에 두 노인네가 집에 있을 때는 일거리도 없고 들어오는 것도 없다고 원망하더니, 이 대관원이 생겨서 다행히 내가 뽑혀 들어와 공교롭게도 이홍원에서 일하게 되었는데, 집에서 나한테 들어가는 비용이 절약되는 것은 젖혀놓고라도 매달 사오백 전 남짓 남는데도 여전히 모자란다고 하셔. 나중에 엄마랑 고모가 모두 이향원에 가서 너희들을 보살필 때 우관이는 우리 고모를, 방관이는 우리 엄마를 수양어미로 모셔서 요 몇 년 동안 살림이 정말 넉넉해졌어. 이제 이쪽으로 옮겨 들어왔으니까 두 분 다 너희들한테서 손을 뗀 셈이 됐는데도 계속 욕심을 부리고 있으니, 우습지 않아? 고모가 우관이와 싸우고 나서 얼마 뒤에 우리 엄마는 머리 감겨주는 것 때문에 방관이랑 싸웠어. 방관이 머리도 감겨주지 않았지. 어제 방관이 용돈을 받아서는 쌓아놓을 수가 없었던지 물건을 사와서 내 머리부터 감겨주겠다고 하셨어. 그때 난 이런 생각을 했어. 나도 돈이 있지만 돈이 없어도 머리를 감고 싶으면 습인 언니나 청문 언니, 사월 언니 가운데 누구한테라도 얘기만 하면 되는데 왜 굳이 엄마한테 이런 도움을 받아야 하느냔 말이야. 정말 너무 짜증이 나서 머리를 감지 않았어. 그러자 엄마는 또 내 동생 구아의 머리를 감겨주고 나서 방관이를 불렀지. 아니나 다를까 곧 싸움이 일어나더라고! 그다음엔 보옥 도련님 죽순탕을 불어 식혀주려고 하시더라고요. 얼마나 웃기는 일이야! 엄마가 안으로 들어오시기에 그 방의 법도들을 알려드렸지. 그런데도 믿지 않고 굳이 자기 식대로 하려다가 된통 창피를 당했지. 다행히 대관원 안에 사람이 많아서 누가 누구 친척인지 분명히 모르니까 망정이지, 누군가 기억하고 있어서 우리 집안사람들만 싸움을 했다고 소문을 낸다면 얼마나 체면 깎이는 일이겠어? 그런데 지금 언니가 또 여기서 이걸 하고 있잖아요? 이 부근의 물건들은 모두 우리 고모가 관리하는데, 그걸 얻은 게 무슨 영원한 사업 기반을 얻은 것보다 좋아하시더라고요. 매일 아침 일찍 일어나 저녁 늦게 주무시면서 자기만 고생하는 게 아니라 날마다 우리한테 보살피라고 다그치셔요. 그러니 누가 화초를 망가뜨려서 내게 맡겨진 일을 망치게 될까 걱정이 되지요. 여기 들어온 뒤로 시누이, 올케가 아주 열심히 보살피면서 풀 한 포기조차 남들이 건드리지 못하게 하시는데 언니가 저 꽃들을 따고 또 여린 버들가지들을 꺾었으니 당장 그분들이 오면 원망을 퍼부을 거예요."

그러자 앵아가 말했다.

"다른 사람은 함부로 꽃을 따고 버들을 꺾어서는 안 되지만 나는 괜찮아. 구역을 나눠 맡긴 뒤로 날마다 각 방에서 필요한 만큼 가져갈 수 있게 정해져 있어. 먹을 건 따질 필요 없지만 화초나 놀잇감은 그래. 누가 관리하든 간에 날마다 각 방 아가씨들과 하녀들이 머리에 꽂는 데 필요한 것들은 종류별로 몇 가지 꺾어 보내줘야 해. 병에 꽂을 것들도 보내줘야 하지. 단지 우리가 '전부 보내줄 필요는 없고, 필요한 게 있으면 달라고 할게요.' 하고 얘기해두었을 뿐이야. 하지만 난 지금까지 한 번도 달라고 한 적이 없어. 그러니까 내가 지금 좀 딴다고 해도 기분 나빠하지 않을 거야."

그 말이 채 끝나기도 전에 과연 춘연의 고모가 지팡이를 짚고 왔다. 앵아와 춘연 등이 얼른 자리를 권했다. 그 할멈은 꺾어놓은 버들가지가 많고 우관 등이 신선한 꽃을 많이 따놓은 걸 보고는 내심 기분이 나빠졌다. 하지만 앵아가 꽃바구니를 엮고 있는 걸 보고는 뭐라 말하기 곤란해서 춘연이한테 말했다.

"와서 좀 보살피라고 했더니 노는 데 정신이 팔렸구나! 어쩌다 일을 시키면 부려먹는다 투덜거리기나 하고. 나를 네년의 은신부隱身符*로 삼아서 들키지 않고 실컷 놀 셈이냐?"

"저한테 일을 시켜놓고 뭐라 하기 겁나니까 저만 나무라시네요. 설마 절 조각조각 쪼개놓으실 셈인가요?"

앵아가 웃으며 말했다.

"할멈, 그 아이 말 믿지 마셔요. 이건 다 걔가 꺾어온 거예요. 저한테 꽃바구니를 엮어달라고 귀찮게 조르더라고요. 쫓아도 가지 않던데요?"

춘연이 웃으며 말했다.

"언니, 그런 농담 마셔요! 언니야 농담으로 하는 말이지만, 노인네는 진짜로 알아들으신다니까요?"

그 할멈은 원래 우둔한데다 근래 들어서 더욱 흐리멍덩해지고, 그저 잇속만 죽어라 밝힐 뿐 인정이라고는 전혀 돌아보지 않는 사람이라 정말 애간장이 끊어질 듯 속이 아팠지만 도무지 방법이 없었다. 그러던 차에 앵아가 그렇게 말하자 당장 어른이랍시고 티를 내면서 지팡이를 들어 춘연을 몇 대 후려치며 욕을 퍼부었다.

"이놈의 계집애! 내가 타이르는데도 계속 변명을 해? 네 어미가 널 잘근잘근 씹어주고 싶어서 이가 근질근질하다고 하더라! 그래도 나한테 막대기처럼 뻣뻣이 대들어?"

매를 맞은 춘연은 부끄럽기도 하고 화가 나기도 해서 큰 소리로 서럽게 울었다.

"앵아 언니가 농담한 건데 진짜로 알아듣고 저를 때리면 어떻게해요? 우리 엄마가 왜 절 미워해요? 제가 세숫물 데우다가 다 졸여 없애버린 것도 아닌데 무슨 잘못을 했다고 그래요!"

앵아는 원래 농담한 건데 갑자기 할멈이 진짜로 알아듣고 화를 내자 얼른 다가가 할멈의 팔을 붙들고 웃으며 말했다.

"농담한 건데 저 아이를 때리면 제가 부끄럽잖아요."

"아가씨, 저희 일에는 신경 쓰지 마세요. 설마 아가씨 앞이라고 아이 버릇조차 잡지 못하겠어요?"

앵아는 그런 멍청한 말을 듣자 버럭 화가 치밀어 얼굴이 벌게진 채 손을 핵 놓고 코웃음을 쳤다.

"흥! 버릇을 잡으려면 언제라도 잡을 수 있을 텐데 하필 내가 한마디 하자마자 아이 버릇을 잡을 건 뭐죠? 그래, 어떻게 하나 좀 봅시다!"

그러면서 그녀는 자리에 앉아 다시 버들 바구니를 엮기 시작했다.

하필 그때 춘연의 어머니가 딸을 찾으러 왔다가 고함을 질렀다.

"물 길어 오랬더니 거기서 뭐하는 거냐?"

그러자 춘연의 고모가 말을 받았다.

"좀 와서 봐. 자네 딸이 내 말도 안 듣고 나를 타박하고 있구먼!"

춘연의 어머니가 다가와 말했다.

"고모, 또 무슨 일이에요? 우리 딸들이 저희 어미를 안중에 두지 않는 거야 그렇다 치고, 심지어 고모한테조차 그런단 말이에요?"

앵아는 어쩔 수 없이 춘연의 어머니에게도 자초지종을 설명했다. 하지만 춘연의 고모는 남의 말에는 아랑곳하지 않고 바위 위에 놓인 꽃과 버들가지를 춘연의 어머니에게 보여주며 말했다.

"이것 보라고. 자네 딸처럼 다 큰 애가 이런 장난을 해서야 되겠는가? 자기가 먼저 사람들을 데려와서 여기를 망쳐 놓으니 내가 다른 사람들한테 어떻게 말을 하겠어?"

춘연의 어머니는 그렇지 않아도 방관 때문에 치밀었던 화가 아직 풀리지 않은 상태였고, 또 자기 말을 듣지 않는 춘연이 미워서 냉큼 달려들어 따귀를 올려붙이며 꾸짖었다.

"이런 쌍년! 네가 그 자리에 몇 년이나 있었다고 그 헤픈 갈보년들을 따라 해? 내가 너 같은 것들 버릇을 잡지 못할 것 같아? 수양딸이야 어쩌지 못한다 해도 내 밑구멍으로 낳은 너를 다잡지 못할 것 같아? 너희 같은 계집애들이 갈 수 있는 데를 나는 못 간다면서! 거기서 죽어라 시중이나 들 일이지 뭐하러 나왔어? 사내놈이나 꼬드기려고?"

그러면서 버들가지를 집어 들어 춘연의 얼굴에 바짝 들이대며 물었다.

"이게 뭐냐? 이걸로 지 애미 씹이나 엮을 거냐?"

앵아가 황급히 말했다.

"그건 우리가 엮은 거예요. 괜히 그 아이한테 나무라는 척하면서 우리를 욕하지 마요!"

춘연의 어머니는 습인이나 청문 등을 무척 시기하고 있었다. 그들처럼 지체가 높은 하녀들은 자신들에 비해 체통도 서고 권세도 있다는 걸 알았기 때문에 그들을 보면 속으로 무서워하면서 숙였지만, 한편으론 화도 나고 원망스럽기도 해서 괜히 다른 사람들한테 화풀이를 했다. 또 우관을 보니 바로 자기 언니와 원수지간이었기 때문에, 이런저런 불만이 합쳐져서 폭발했던 것이다.

춘연은 울면서 이홍원으로 갔다. 그녀의 어머니는 남들이 춘연에게 왜 우냐고 물으면 자기가 때려서 그렇다고 얘기할 테고, 그러면 또 청문 등에게 분풀이를 당하게 될까 두려웠다. 그녀는 마음이 조급해져서 황급히 소리쳤다.

"당장 돌아와! 할 말이 있으니까 듣고 가!"

춘연이 돌아올 리가 있겠는가? 다급해진 그녀의 어머니가 춘연을 붙잡으려고 달려갔지만 춘연은 뒤를 흘끗 돌아보더니 나는 듯이 달려 도망쳐 버렸다. 그녀의 어머니는 정신없이 뒤쫓다가 그만 이끼에 발이 미끄러져

나뒹굴어버렸다. 그 모습을 보고 앵아를 비롯한 셋은 웃음을 터뜨렸다. 앵아는 화가 나서 꽃과 버들가지를 개울에 던져버리고 방으로 돌아갔다. 남아 있던 할멈은 아까워서 염불을 하며 또 욕을 퍼부었다.

"못돼 처먹은 계집애 같으니! 꽃을 이리 망쳐놓았으니 벼락이나 맞아라!"

그리고 자기도 꽃을 꺾어 각 방에 보냈는데, 그 이야기는 그만하겠다.

한편, 춘연은 곧장 이홍원으로 뛰어 들어가다가 앞쪽에서 오고 있던 습인과 마주쳤다. 습인은 대옥의 방으로 문안 인사를 하러 가던 참이었다. 춘연은 대뜸 습인을 끌어안고 말했다.

"언니, 살려주세요! 엄마가 절 또 때려요!"

습인은 춘연의 어머니가 오자 화가 치밀어 말했다.

"사흘 사이에 수양딸이며 친딸을 때리는데 딸자식 많다고 자랑하는 건가요, 아니면 정말 법도를 모르는 건가요?"

춘연의 어머니는 며칠 동안 보기에 습인이 말수도 적고 성격 좋은 사람이라고 생각해서 대뜸 이렇게 말했다.

"아가씨, 알지도 못하면서 쓸데없이 남의 일에 간섭하지 마셔요! 이게 다 댁들이 멋대로 하도록 내버려두었기 때문인데 이제 와서 무슨 간섭이에요?"

그러면서 또 춘연에게 달려들어 때리려고 했다. 습인이 화가 나서 휙 돌아 들어가는데, 마침 사월이 해당화 나무 아래에서 손수건을 널고 있다가 고함 소리를 듣고 습인에게 말했다.

"언니, 가만 내버려둬요. 어쩌는지 보게요!"

그러면서 슬쩍 춘연에게 눈짓하자 춘연도 눈치를 알아채고 그대로 보옥에게로 달려가버렸다. 그러자 모두들 웃으며 말했다.

"이야말로 전대미문前代未聞의 소동이 한꺼번에 터지는구나!"

사월이 춘연의 어머니에게 말했다.

"성질 좀 죽이지 그래요? 설마 여기 사람들 체면보다 할멈 화풀이하는 게 더 중요하다는 건 아니겠지요?"

춘연이 보옥에게 도망치자 보옥이 그녀의 손을 잡고 말했다.

"겁내지 마. 내가 있잖아?"

춘연이 또 울면서 방금 앵아 등과 있었던 일을 모두 이야기했다. 그러자 보옥이 더욱 화를 내며 말했다.

"할멈이 여기서 소동을 피운 것쯤이야 그렇다 치고, 어떻게 친척까지 문제를 일으킨단 말이야!"

사월이 또 춘연의 어머니와 다른 사람들을 향해 말했다.

"어쩐지 이 아주머니가 우리더러 자기네 일에 상관 말라고 하더라니! 우리가 무지해서 단속을 잘못했으니 이제 단속 잘하는 사람을 한 분 모셔 와야겠군요. 그러면 아주머니도 진심으로 승복하고 법도도 알게 되겠지요!"

그러면서 곧 하녀들에게 말했다.

"가서 평아 언니를 불러와라! 평아 언니가 시간이 없다고 하면 임집사 아주머니를 불러와!"

하녀가 "예!" 하고 나가자 어멈들이 춘연의 어머니에게 달려가 말했다.

"아주머니, 어서 아가씨들한테 사정해서 저 아이를 다시 부르게 해요. 평아 아가씨가 오면 큰일이 벌어져요!"

"아무리 평아 아가씨인지 누가 와서 따지더라도 딸자식 다스리는 어미한테 뭐라고 할 수는 없어요!"

"호호, 평아 아가씨가 누군지나 알고 그래요? 바로 둘째 아씨 방에 있는 그 평아 아가씨란 말이에요! 그 아가씨가 사정을 봐준다면 한두 마디 하고 말겠지만, 일단 얼굴을 바꾸면 아주머니는 끝까지 책임을 감당해야 해요!"

그러는 사이에 하녀가 돌아와서 말했다.

"평아 아가씨는 마침 일이 있어서 바쁘신데 무슨 일이냐고 물으셔서 제가 사정을 말씀드렸더니, 그럼 일단 내쫓고 임집사 아주머니한테 얘기해서 쪽문 밖으로 끌고 가 곤장 마흔 대를 치라고 말씀하셨어요."

춘연의 어머니는 한사코 나가려 하지 않으면서 눈물을 펑펑 흘리며 습인 등에게 사정했다.

"정말 간신히 대관원에 들어왔습니다. 게다가 저는 과부라서 집에 사람이 없으니 오로지 한마음으로 아가씨들 시중을 들어드릴 수 있습니다. 그러니 아가씨들께서도 편하셨고 저희 집도 생활비를 줄일 수 있었지요. 이제 내쫓기면 혼자 먹고살 길을 찾아야 하는데 나중엔 결국 살아갈 길이 없어질 겁니다!"

그 모습을 보고 습인은 마음이 약해졌다.

"여기 있고 싶다면서 법도도 지키지 않고 윗사람 말도 듣지 않고 또 함부로 사람을 때린단 말이에요? 어디서 이렇게 눈치 없는 사람을 데려와서 매일 말다툼이나 일으키고 남들한테 비웃음이나 사고, 우리 체통을 잃게 만드는지 원!"

그러자 청문이 말했다.

"아예 상대하지 말고 그냥 내보내는 게 좋아. 뭐하러 저 할멈하고 계속 입씨름을 해?"

춘연의 어머니가 또 사람들에게 사정했다.

"제가 잘못했어요. 아가씨들께서 분부하셨으니 이후로는 고칠게요. 아가씨들, 제발 음덕 쌓는 셈 치고 용서해주셔요!"

또 춘연에게도 사정했다.

"너를 때리려다 결국 때리지도 못하고 오히려 내가 벌을 받게 됐구나. 애야, 내 대신 얘기 좀 해다오!"

보옥은 그 모습이 너무 불쌍해서 그냥 대관원에 있게 하라고 할 수밖에 없었다. 하지만 다시는 말썽을 일으켜서는 안 된다고 다짐을 받았다. 춘연의 어머니는 사람들에게 일일이 사과했다.

그때 평아가 와서 무슨 일이냐고 묻자 습인이 얼른 나섰다.

"다 끝났으니까 더 이상 문제삼지 마세요."

"호호, '용서할 만하면 용서하는' 방식으로 더 이상 사단이 일어나지 않게 했으면 됐어. 그런데 며칠 집밖에 나가 있었더니 곳곳에서 어른이건 아이건 할 것 없이 들고일어나서 한군데 문제가 해결되기도 전에 또 다른 곳에서 문제가 생긴다고 하던데, 어디서부터 다스려야 할지 모르겠네."

"호호, 나는 여기서만 그런 줄 알았는데 다른 곳에서도 그런 일이 있었나 보네요?"

"여기 일은 아무것도 아니야! 마침 진珍 도련님 댁 큰아씨와 따져보니까 요 사나흘 동안 크고 작은 사건이 여덟아홉 건이나 일어났어. 여기 일이야 아주 사소한 거라 계산에도 넣지 않았지. 그 외에도 더 심각하고, 화가 나기도 하고 우습기도 한 일들이 있었어."

습인은 그게 무슨 일이냐고 물었다. 이에 대해서는 다음 회를 보시라.

제60회

말리화 가루로 장미초를 대신하고
장미즙 덕분에 복령상을 얻다

茉莉粉替去薔薇硝　玫瑰露引來茯苓霜

방관이 가환에게 장미초 대신 말리화 가루를 주다.

습인이 평아에게 무슨 일이길래 그리 난리가 났냐고 묻자 평아가 웃으며 대답했다.

"모두 상식적으로는 생각할 수 없는 일이라서 얘기하자면 좀 우스워. 며칠 있다 얘기해줄게. 지금은 아직 단서도 잡지 못했고, 또 그런 이야기할 시간도 없으니까 말이야."

그 말이 끝나기도 전에 이환의 하녀가 와서 말했다.

"평아 언니, 여기 계셨네요. 아씨께서 기다리고 계신데 왜 여태 안 가셨어요?"

평아가 얼른 몸을 돌려 나가면서 방긋 웃으며 말했다.

"그래, 간다, 가!"

습인 등이 웃으면서 말했다.

"희봉 아씨가 아프니까 평아 언니 인기가 많아졌네. 다들 서로 만나려고 난리야!"

평아가 간 일에 대해서는 더 이상 이야기하지 않겠다.

그때 보옥이 춘연을 불렀다.

"너는 어머니와 보차 누나 방에 가서 앵아 누나한테 잘 얘기하고 와. 괜히 앵아 누나한테 미움을 사면 안 되니까 말이야."

춘연이 "예!" 하고 자기 어머니와 함께 나가자 보옥은 다시 창 너머로 이야기했다.

"보차 누나 앞에서 얘기하지 마라. 그랬다간 오히려 앵아 누나가 꾸중 듣게 될 테니까!"

그들 모녀는 "예!" 하고 이홍원을 나와 걸으면서 한담을 나누었다. 춘연이 그 김에 어머니에게 말했다.

"제가 평소 얘기를 해도 믿지 않더니 굳이 창피를 당하고 나서야 믿게 되셨네요."

"호호, 요년아, 어서 걷기나 해라! 속담에도 '일을 당해봐야 지혜가 는다〔不經一事 不長一智〕.'라고 하더니, 나도 이제야 알았다. 그런데도 계속 따지고 드는구나!"

"호호, 엄마, 분수를 지켜 처신하면 여기 오래 있게 될 테니까 자연히 좋은 일도 많을 거예요. 그리고 알아두실 게 있어요. 보옥 도련님께서 늘 그러시는데, 장래에 우리 방에 있는 사람들은 이 집에서 태어난 노비든 밖에서 사들인 노비든 모두 마님께 말씀드려서 내보내주시겠대요. 그럼 각자 부모와 함께하고 싶은 대로 할 수 있잖아요? 어때요, 좋지 않아요?"

"그게 정말이냐?"

"뭐하러 그런 거짓말을 하겠어요?"

춘연의 어머니는 그 말을 듣고 연신 염불을 해댔다.

그들이 형무원에 도착하니 마침 보차와 대옥, 설씨 댁 마님 등이 식사 중이었다. 앵아는 혼자 차를 끓이러 갔는데, 춘연이 곧 자기 어머니와 함께 앵아한테 가서 웃으며 말했다.

"아까는 말을 함부로 해서 사죄하러 왔어요. 아가씨, 화내지 마셔요."

앵아는 웃으며 자리를 권하고 차를 따라주었다. 모녀가 일이 있다면서 작별하고 돌아오는데, 갑자기 예관이 쫓아오며 소리쳤다.

"아주머니, 언니, 잠깐 기다려요!"

그러면서 달려와 종이 봉지를 내밀며 방관이에게 전해달라면서 얼굴에 바르는 장미초를 주었다. 춘연이 웃으며 말했다.
"너무 쩨쩨한데? 거기에 이런 게 없을 것 같아서 이렇게 봉지에 담아 전해주라고 하는 거야?"
"걔한테도 있겠지만 이건 제가 선물로 주는 거예요. 그러니 언니, 제발 좀 갖다줘요."
춘연은 어쩔 수 없이 받아들고 어머니와 함께 돌아갔다. 마침 가종과 가환이 보옥에게 문안 인사를 하러 와 있었다. 춘연은 어머니에게 말했다.
"저만 들어갈 테니까 엄마는 들어오지 마세요."
춘연의 어머니는 이때부터 무슨 일이든 춘연이 시키는 대로 하면서 억지를 부리지 않았다.
춘연이 들어가자 보옥은 다녀온 일을 보고하려는 줄 알고 미리 고개를 끄덕였다. 춘연도 무슨 뜻인지 알고 아무 말 없이 잠시 서 있다가 밖으로 나가면서 방관에게 눈짓을 했다. 방관이 나오자 춘연은 나직이 예관의 말을 전하면서 장미초를 건네주었다. 보옥은 가종이나 가환과 나눌 이야기가 없었기 때문에 방관에게 손에 들고 있는 게 뭐냐고 물었다. 방관이 얼른 건네주면서 얼굴 버짐에 바르는 장미초라고 했다. 그러자 보옥이 웃으며 말했다.
"그 아이가 날 생각해주다니 고마운 일이구나."
가환이 그 말을 듣고 고개를 내밀어 살펴보더니 또 청량한 향기가 풍기는지라 곧 허리를 굽혀 장화 통에서 종이를 한 장 꺼내 내밀면서 웃었다.
"형님, 저도 반만 주세요."
보옥이 어쩔 수 없이 조금 주려고 하자 방관은 예관의 선물을 다른 사람에게 주기 싫어서 얼른 막으며 말했다.
"호호, 이건 그냥 두세요. 다른 걸 가져올게요."
보옥이 눈치채고 얼른 봉투를 접으며 말했다.
"하하, 그래, 얼른 가져와라."

방관은 그 봉투를 받아 잘 챙겨넣고, 자기가 늘 쓰던 것을 찾으려고 화장품 상자를 열었다. 그런데 속이 비어 있자 이상한 생각이 들었다.

'아침까지만 해도 조금 남아 있었는데 왜 다 없어졌지?'

다른 사람들한테 물어보았지만 누구도 모른다고 했다. 그때 사월이 말했다.

"그걸 지금 갑자기 물으면 어떡해? 이 방에 있는 사람 중에 누가 자기 게 다 떨어져서 쓴 게지. 아무거나 갖다줘. 그 사람들이 알아챌 리 없잖아? 얼른 보내고 밥이나 먹자."

방관은 곧 말리화 가루를 종이에 싸서 가져갔다. 가환이 손을 내밀어 받으려 하자 방관은 얼른 그걸 구들 위로 던졌다. 가환은 그걸 주워 품에 넣고는 곧 작별 인사를 하고 떠났다.

원래 가정과 왕부인 등이 집에 없는 사이에 가환은 매일 아프다는 핑계로 서당을 빼먹고 있었다. 그러다가 장미초를 얻게 되자 신이 나서 채운을 찾아갔다. 마침 채운은 조씨와 한담을 나누고 있었는데, 가환이 싱글벙글 웃으면서 채운에게 말했다.

"내가 좋은 걸 얻었는데 너한테 줄 테니까 얼굴에 발라. 네가 늘 버짐에는 장미초를 바르는 게 밖에서 산 은가루(銀硝)보다 낫다고 했잖아? 자, 봐. 혹시 이거 아냐?"

채운이 봉투를 열어 보더니 피식 웃으며 말했다.

"누구한테 얻은 거예요?"

가환이 조금 전의 일을 들려주자 채운이 웃으며 말했.

"그 사람들이 시골뜨기 같은 도련님을 놀린 게로군요. 이건 장미초가 아니라 말리화 가루예요."

가환이 다시 보니 정말 먼저 보았던 것보다 색깔도 조금 더 붉고 향도 진했다.

"하하, 이것도 좋은 거야. 똑같은 가루니까 갖고 있다가 얼굴에 발라. 어쨌든 밖에서 산 것보다 좋은 거면 되지 뭐."

채운이 마지못해 받자 조씨가 말했다.

"좋은 게 있으면 너한테 주겠냐? 누가 너한테 그런 거나 얻으러 다니라고 했어? 놀림을 당해도 싸지! 나 같으면 갖고 가서 그년 상판대기에다 던져버리겠다. 지금처럼 송장 만나러 간 것들도 있고 늘어져 자빠진 것들도 있을 때[1], 한바탕 난리를 피워서 다들 속이 불편하게 만들어주는 것도 복수하는 셈이 되겠지. 설마 두어 달 지난 뒤에도 사단이 일어난 까닭을 찾아 너한테 따지겠냐? 그런다 해도 너로서도 할 말이 있지. 보옥이는 네 형이니까 건드리지 못한다 해도, 그 방에 있는 개나 고양이 같은 것들한테야 따지지 못하겠어?"

가환이 그 말을 듣고 고개를 푹 숙이자 채운이 얼른 말했다.

"뭐하러 굳이 문제를 일으켜요? 어쨌든 좀 참으면 돼요."

"넌 상관 마라. 어쨌든 너랑은 상관없는 일이니까. 꼬투리 잡은 김에 그 갈보년들한테 욕을 한바탕 해주는 것도 괜찮아!"

그러면서 가환에게 말했다.

"에라, 이 물러 터진 놈아! 그런 애송이년한테 놀림이나 당하다니! 괜히 내가 한마디 하거나 무심코 뭘 잘못 갖다주기라도 하면 고개를 삐딱하게 돌리고 목에 힘이나 주면서 눈을 부릅뜨고는 손을 내젓고 발을 구르며 어미한테 화를 내지 않았더냐? 그런데 지금 그 잡년들한테 놀림을 당하고도 가만히 있어? 이러니 나중에 그런 아이들이 너를 무서워할 것 같으냐? 너는 염병할 재주도 없으니 내가 대신 창피해 죽겠다!"

가환은 부끄럽기도 하고 화도 났지만 감히 이홍원으로 달려가지는 못하고 그저 손을 내저으며 말했다.

"어머니도 말씀은 잘하시지만 직접 달려가지는 못하시고 저더러 가서 난리를 피우라고 하시네요. 혹시 서당에 알려서 제가 매라도 맞게 되면 어머니 마음이 아프지 않겠어요? 매번 저를 부추겨 일을 저지르게 하시고,

일이 터져서 제가 매를 맞게 되면 어머니는 그저 머리만 숙이고 계시잖아요! 지금도 저를 부추겨 하녀들과 싸우라고 하시는데 어머니가 탐춘 누나를 무서워하지 않고 가서 따지신다면 저도 어머니 말씀대로 할게요!"

그 한마디에 가슴이 뜨끔해진 조씨가 악을 썼다.

"내 뱃속에서 나온 것들을 내가 왜 무서워해! 어이구, 이놈의 집구석이 아주 갈수록 살 만해지는구나!"

그러면서 그 종이봉투를 집어 들고 빠른 걸음으로 대관원으로 갔다. 아무리 말려도 소용이 없자 하는 수 없이 채운은 다른 방으로 피해버렸다. 가환도 의문 밖으로 몸을 피해 혼자 놀러가버렸다.

조씨가 머리끝까지 열이 올라 대관원으로 들어가는데, 앞쪽에서 우관의 수양어미인 하할멈이 걸어오다가 조씨를 발견하고 물었다.

"작은마님, 어디 가셔요?"

"좀 보라고. 이 집에 들어온 지 며칠 안 되는, 연극이나 하던 그 어린 화냥년들이 다들 멋대로 사람들을 저울질해 등급을 나눠서는 차별대우를 하고 있잖아! 다른 것들이라면 내가 화도 내지 않겠지만, 이 어린 잡년들까지 농간을 부리면 어찌 되겠어?"

하할멈은 그 말이 자기 생각과도 딱 맞는지라 다급히 무슨 일이냐고 물었다. 조씨가 방관이 말리화 가루를 장미초라고 속여 가환을 농락한 일을 자세히 이야기하자 하할멈이 말했다.

"아이고, 작은마님! 그걸 이제야 아셨어요? 그까짓 게 뭐라고요! 심지어 어제 여기서 멋대로 지전을 태웠는데도 보옥 도련님이 오히려 감싸주었어요. 다른 사람이라면 어떤 것도 갖고 들어가지 못하게 하면서 부정한 걸 피해야 한다고 하는데, 지전 사르는 건 기피할 일이 아닌가요? 한번 생각해보셔요. 이 집에서 마님 외에 누가 작은마님만큼 지위가 높나요? 작은마님께서 몸소 나서지 않으셔서 그렇지, 나서기만 하신다면 누군들 무서워하지 않겠어요? 제 생각에는 마침 저 어린 갈보들은 출신도 변변치 않으니까 그것들한테 미움을 산다 해도 그다지 큰일은 나지 않을 거예요. 그러니 이 두 가지 일을 핑계로 잡아다가 주리를 트셔요. 제가 증인이 될 테니까요. 작은마님이 위풍을 한 번 떨쳐 보이면, 이후로 다른 일에서도 체통이 설 겁니다. 아씨나 아가씨들도 그 광대 계집아이들 때문에 작은마님께 뭐라 하시기 곤란하겠지요."

조씨는 그 말을 듣자 일리가 있다고 생각했다.

"지전 태운 일에 대해선 모르고 있었는데 어디 좀 자세히 얘기해봐."

하할멈은 전에 있었던 일을 자세히 전한 후 이렇게 말했다.

"어서 가서 훈계를 하셔요. 혹시 말썽이 생기더라도 저희가 도울게요."

그 말에 조씨는 더욱 득의양양해서 배짱 좋게 곧장 이홍원으로 갔다.

공교롭게도 보옥이 대옥에게 가 있다는 소리를 듣자 그녀는 즉시 안으로 들어갔다. 방관은 습인 등과 밥을 먹고 있었는데 조씨가 들어오자 모두 일어나서 웃으며 자리를 권했다.

"작은마님, 진지 좀 잡수셔요. 그런데 무슨 일로 그리 바쁘셔요?"

조씨는 아무 대답도 없이 다가와 말리화 가루를 방관의 얼굴에 홱 뿌리며 욕을 퍼부었다.

"같잖은 잡년! 내 돈 들여 사와서 연극을 가르쳤으니 너는 기껏 창부나 광대 따위가 아니냐! 우리 집의 삼등급 노비도 너보단 신분이 높을 텐데 그 주제에 사람을 재서 차별대우를 해? 보옥 도련님이 장미초를 주려 하시니까 나서서 막았다는데, 누가 네 걸 달라고 하더냐? 이 따위 걸로 환이를 속이면 그 아이가 모를 줄 알았겠지? 좋든 싫든 둘은 형제니까 다 똑같은 상전이란 말이다. 그런데 네가 어떻게 환이를 무시해!"

방관이 그 말에 참지 못하고 울면서 말했다.

"장미초가 떨어져서 그걸 준 거예요. 떨어졌다고 하면 믿지 않으실 것 같아서 그랬는데, 그게 잘못인가요? 그리고 제가 연극을 배우긴 했어도 밖에 나가 노래해본 적은 없어요. 아무리 제가 어린 여자아이라 해도 창녀니

뭐니 하는 게 뭔지는 알아요! 작은마님이 저를 사온 것도 아닌데 저한테 그런 욕을 하시면 안 되지요. '매향이와 자매를 맺으면 나이에 상관없이 다 종〔梅香拜把子-都是奴幾〕'² 아닌가요!"

습인이 얼른 방관을 잡아당기며 말했다.

"헛소리 그만해!"

조씨가 씩씩거리며 달려들어 방관에게 따귀를 두어 대 갈겼다. 습인 등이 황급히 붙들고 말렸다.

"작은마님, 철없는 어린애하고 똑같이 굴지 마셔요. 저희가 잘 타이를게요."

하지만 따귀를 맞은 방관이 어디 가만있겠는가? 당장 머리로 들이받고 데굴데굴 구르며 대성통곡하고 난리를 피우기 시작했다.

"당신이 날 때릴 자격이 있어? 그 꼬락서니를 하고도 손찌검을 해? 당신한테 맞느니 죽고 말지!"

방관은 조씨의 가슴에 머리를 들이박으며 계속 때려보라고 악을 썼다. 사람들이 달래면서 떼어내자 청문이 습인을 슬쩍 잡아당기며 속삭였다.

"내버려둬. 실컷 난리를 피우고 어떻게 해결하는지 좀 보자! 요즘 아무나 왕 노릇하면서 너도나도 달려와 사람을 때리는데 다들 이러면 어찌 되겠어!"

조씨를 따라온 이들은 바깥에서 그 모습을 보면서 다들 속으로 쾌재를 부르며 염불을 했다.

"살다 보니 이런 날도 있구나!"

평소 원한을 품고 있던 할멈들은 방관이 맞는 것을 보고 고소해했다.

그때 우관과 예관은 함께 놀고 있었는데 상운의 시중드는 대화면 규관과 보금의 시중드는 두관이 이 소식을 듣고 황급히 찾아왔다.

"방관이 모욕당하는 건 우리 체면도 떨어지는 거니까 함께 가서 크게 한 판 벌이고 분풀이를 해야 되지 않겠어?"

넷은 결국 어린아이들이라 그저 자기들끼리 정리에서 치솟는 의분만 생각할 뿐 다른 건 돌아보지도 않고 일제히 이홍원으로 달려갔다. 두관이 맨 먼저 머리로 들이박으니 조씨가 하마터면 벌렁 나자빠질 뻔했다. 그러자 나머지 셋이 달려들어 대성통곡하며 조씨에게 들러붙어서 할퀴고 머리로 들이박았다. 청문 등은 웃으면서 건성으로 말리는 체했다. 다급해진 습인이 이 아이를 잡아끌다가 또 저 아이한테 달려가면서 중얼거렸다.

"너희들이 죽고 싶은 모양이구나! 억울한 게 있으면 말로 할 일이지 어떻게 이렇게 말도 안 되는 짓을 해!"

이렇게 되자 도리어 대책이 없어진 조씨는 그저 마구잡이로 욕만 퍼부었다. 예관과 우관은 양쪽에서 조씨의 팔을 하나씩 끌어안았고, 규관과 두관은 앞뒤에서 계속 머리로 들이받으며 고함을 질러댔다.

"우리 넷을 다 때려죽여봐! 아주 끝장을 볼 거야!"

방관은 울다가 지쳐 죽은 듯이 땅바닥에 뻣뻣이 누워 있었다.

그렇게 그들을 떼어놓지 못하고 있는 동안 청문은 어느새 춘연을 보내 탐춘에게 알렸다. 곧 우씨와 이환, 탐춘이 평아와 여러 어멈들을 거느리고 와서 넷에게 호통을 쳐서 떼어놓았다. 일이 벌어진 이유를 묻자 조씨는 화가 나서 눈을 부릅뜬 채 두서없이 주절주절 말을 늘어놓았다. 우씨와 이환은 아무 대꾸도 하지 않고 그저 네 여자아이들에게 호통을 쳐서 가만히 있게 했다. 탐춘은 한숨을 내쉬며 말했다.

"그게 무슨 큰일이라고 그래요? 어머니도 걸핏하면 너무 화를 내시네요! 그렇지 않아도 상의할 일이 있었는데, 아이들이 어머니가 어디 계신지 모르겠다고 하더니만, 여기서 화를 내고 계셨군요. 어서 같이 가요."

우씨와 이환이 웃으며 말했다.

"작은마님, 응접실로 가셔서 함께 상의 좀 하시지요."

조씨가 어쩔 수 없이 그들을 따라나서며 계속 투덜거리자 탐춘이 말했다.

"그 아이들은 본래 장난감 같은 존재니까 마음에 들면 함께 우스갯소리나 하고, 그렇지 않으면 상대하지 않으면 돼요. 그 아이들이 잘못을 했다 해도 고양이나 개한테 한 번 할퀴거나 물린 거나 마찬가지니까 용서할 만 하면 용서하고, 그럴 수 없더라도 집사 어멈들한테 처벌하게 할 일이지 왜 군이 자중하지 못하고 요란을 떨어서 체면을 깎아요? 작은마님 주씨를 좀 보셔요. 그분이라고 무시하는 사람이 없겠어요? 그런데도 그분은 직접 따지러 나서지 않잖아요? 잠시 방에 돌아가셔서 분을 삭이셔요. 저 못된 사람들이 꼬드기는 말에는 신경 쓰지 마셔요. 그랬다간 괜히 남들한테 비웃음만 사고 다른 사람들만 힘들게 할 뿐이니까요. 아무리 분한 마음이 들더라도 며칠만 꾹 참고 계셔요. 마님께서 돌아오시면 당연히 처리하실 테니까요."

그 말에 조씨는 아무 말도 못하고 자기 방으로 돌아갈 수밖에 없었다.

탐춘은 화가 나서 우씨와 이환에게 말했다.

"연세도 저만큼 된 분이 하는 일마다 남한테 존경받을 만한 것은 없네요. 그까짓 게 뭐라고 체통도 없이 저 난리를 치는지 원! 귀도 얇고 앞뒤를 따질 줄도 모르시네요. 이것도 저 염치없는 못된 것들이 꼬드겨서 생긴 일이겠지요. 어리석은 사람을 내세워 자기들 분풀이나 할 셈으로 말이지요."

그녀는 생각할수록 화가 치밀어 누가 부추겼는지 조사해보라고 지시했다. 어멈들은 "예!" 하고 밖으로 나와 서로 바라보며 웃었다.

"이거야 원 모래밭에서 바늘 찾는 격 아냐?"

그들은 어쩔 수 없이 조씨 방의 하인들과 대관원의 하녀들을 불러 추궁했지만 모두들 모르겠다는 대답뿐이었다. 어멈들은 어쩔 수 없이 탐춘에게 보고했다.

"당장은 밝혀내기 어려우니까 천천히 탐문해보겠어요. 평판이 나쁜 것들은 모조리 불러다 처벌을 내리도록 하세요."

탐춘도 차츰 화가 가라앉자 그렇게 하려고 했는데 하필 그때 애관*이 소곤소곤 귀띔해주었다.

"전부 하할멈 때문일 거예요. 그 할멈이 우리랑 사이가 안 좋아서 늘 말을 꾸며 말썽이 생기게 하거든요. 전에 우관이 지전을 태웠다고 트집을 잡았는데, 다행히 보옥 도련님께서 시키신 일이라고 하시니까 할 말이 없어졌지요. 오늘도 제가 아가씨한테 손수건을 갖다드리러 가는데 그 할멈이 작은마님하고 한참 동안 뭐라뭐라 지껄이더니 저를 보고는 가버리대요."

탐춘은 그 아이들이 모두 한통속이고 본래 장난도 심해서 뭔가 꿍꿍이가 있다는 생각이 들어 그저 "그랬구나." 하면서 그 말을 사실이라고 여기지 않았다.

하할멈에게는 외손녀 선저蟬姐*가 있었다. 선저는 탐춘의 거처에서 심부름을 하면서 종종 방 안의 하녀들에게 물건을 사다주거나 사람을 불러다 주곤해서, 다른 하녀들과 다들 사이가 좋았다. 이날도 밥을 먹고 나서 탐춘은 일을 처리하러 응접실로 가고, 취묵이 집을 지키고 있다가 선저에게 어린 일꾼을 시켜 떡을 사오라고 했다. 그러자 선저가 말했다.

"저는 조금 전에 이 큰 정원 청소를 마쳐서 허리도 아프고 다리도 아프니까 다른 사람을 시키시면 안 돼요?"

"호호, 그럼 누구를 시키라고? 얼른 다녀와. 그럼 내가 좋은 얘기 하나 해줄게. 뒷문에 가서 너희 할머니한테 좀 조심하는 게 좋을 거라고 전해."

그러면서 조금 전에 애관이가 하할멈에 대해 일러바친 일들을 들려주었다. 그러자 선저는 얼른 돈을 받으며 말했다.

"이 계집애도 농간을 부리려고 하네? 얼른 가서 알려드려야지!"

그리고 즉시 뒷문으로 가보니, 마침 주방이 한가한 때라서 다들 계단에 앉아 한담을 나누고 있었다. 하할멈도 거기 끼어 있었다. 선저는 할멈 하나를 불러 떡을 사오라 하고, 욕을 섞어가며 방금 들은 이야기를 하할멈에게 일러바쳤다. 하할멈은 화도 나고 두렵기도 해서 당장 애관을 찾아가 따지고 탐춘을 찾아가 억울함을 호소하려고 했다. 그러자 선저가 다급히 말리며 말했다.

"가서 무슨 말씀을 하시려고요? 그 얘기를 어떻게 알았냐고 하시면 또 문제가 생기지 않겠어요? 조심하시라고 알려드렸으면 됐지, 그렇게 성급하게 구실 필요 있어요?"

그렇게 말하고 있는데 갑자기 방관이 와서 정원 문을 열고 주방에 있는 유어멈에게 웃으며 말했다.

"아주머니, 보옥 도련님께서 저녁 진지 채소 요리는 좀 시원하고 시큼한 걸로 하고, 느끼하지 않게 참기름은 치지 말라고 하셨어요."

"호호, 알았어요. 오늘은 어쩐 일로 아가씨한테 이리 중요한 얘기를 전하게 하셨을까? 지저분해도 괜찮다면 잠깐 들어와 놀다 가지 그래요?"

방관이 들어와보니 한 할멈이 떡이 담긴 접시를 들고 있었다. 그걸 보고 방관이 농담을 했다.

"누가 산 거예요? 따끈따끈해 보이는데 제가 먼저 한 덩이만 맛볼까요?"

그러자 선저가 냉큼 접시를 받아들며 말했다.

"이건 다른 사람이 산 거야. 너희 같은 애들도 이런 걸 다 먹고 싶어 하니?"

유어멈이 웃으며 말했다.

"아가씨, 먹고 싶어요? 조금 전에 아가씨 언니 주려고 사놓은 게 있는데, 아직 먹지 않아서 저기 두었어요. 아무도 손대지 않아서 아주 깨끗해요."

그녀는 접시를 하나 들고 나와 방관에게 주면서 말했다.

"잠깐 기다려요. 맛있는 차를 끓여줄게요."

그러면서 들어가 지펴놓은 불에 차를 끓였다. 방관은 따끈한 떡을 집어들어 선저에 얼굴에 바짝 들이대면서 물었다.

"네 떡만 맛있는 줄 알아? 이건 떡이 아니야? 그냥 농담 한 번 한 것뿐이라고. 네 건 잡숴주세요 하고 절을 해도 안 먹어!"

그러면서 손에 든 따끈한 떡을 들고 선저의 얼굴에 들이밀며 말했다.
"누가 네 떡이 부럽대? 이건 떡이 아니야?"
방관은 들고 있던 떡을 조금씩 떼어 참새에게 던져주며 중얼거리듯 말했다.
"호호, 아주머니, 아까워하지 마셔요. 나중에 제가 두어 근 사드릴게요."
선저는 화가 나서 째려보며 말했다.
"흥! 벼락신〔雷公老爺〕께서도 눈이 있으실 텐데 이런 못된 것을 왜 치지 않으시는지 몰라! 자꾸 약을 올리잖아. 난 너희들한테 비할 수 없지. 너희한테야 뇌물을 바치고 종노릇을 자처하면서 열심히 아부하고 떠받들며 말도 거들어주는 사람이 있으니까 말이야."
그러자 어멈들이 말했다.
"아가씨들, 그만해요. 날마다 만나기만 하면 다퉈서야 되겠어요?"
눈치 빠른 몇몇은 그들이 말다툼을 시작하자 말썽이 생길 것 같아서 슬그머니 자리를 피해버렸다. 선저도 하고 싶은 말을 다 못하고 투덜거리며 떠나버렸다.
유어멈은 사람들이 없는 틈을 타서 얼른 방관에게 말했다.
"요전에 그 얘기는 말씀드렸어요?"
"예. 하루 이틀 뒤에 다시 말씀드릴게요. 하필 그 뒈지지도 않는 조씨인지 뭔지가 저랑 한바탕 했거든요. 저번에 갖다드린 장미즙은 언니가 먹었나요? 몸은 좀 나아졌어요?"
"다 먹었지요. 그 아이가 무지 좋아했지만 더 달라고 하긴 뭐해서……"
"그까짓 게 뭐라고요. 나중에 조금 더 얻어다 드릴게요."
유어멈에게는 올해 열여섯 살 된 딸이 하나 있었다. 비록 부엌데기의 딸이지만 타고난 인물은 평아나 습인, 자견, 앵아 등에게 뒤지지 않았다. 그녀는 항렬이 다섯째라서 '오아五兒'라고 불렸다. 그런데 평소 몸이 허약해서 일거리를 얻지 못하고 있었다. 근래에 유어멈은 보옥의 방에 하는 일은 별로 없는데 하녀들이 많은 걸 보고, 또 보옥이 나중에 하녀들을 다 내보내줄 거라는 소문을 듣고는 오아를 그곳에 들여보내려고 하고 있었다. 하지만 연줄이 없어서 고민하고 있던 차에 마침 유어멈이 이향원에서 일을 하게 되었다. 그녀는 일부러 다른 수양어미들보다 더 정성껏 방관 등의 시중을 들었고, 방관 등도 그녀를 비롯한 어멈들에게 아주 잘 대해주었다. 그래서 유어멈이 방관더러 보옥에게 이야기를 좀 잘 해달라고 부탁했던 것이다. 보옥이 응낙을 하긴 했지만 근래에 몸도 아프고 일도 많아서 방관도 더 구체적인 이야기는 하지 못하고 있었다. 지난 이야기는 그만 늘어놓겠다.

한편, 방관은 이홍원으로 돌아가 보옥에게 다녀온 일을 보고했다. 보옥은 조씨가 난리를 피워대는 소리에 기분이 좋지 않았지만, 뭐라고 하기도 가만히 있기도 곤란해서 그저 말다툼이 끝나기를 기다리는 수밖에 없었다. 그러다가 탐춘이 조씨를 달래서 데려가고, 나중에 형무원에서 돌아와 방관을 달래주었다는 소리를 듣고 분위기가 다시 좋아졌다. 그런데 이제 방관이 돌아와서 또 오아에게 장미즙을 좀 더 주어야겠다고 하자 그가 선뜻 말했다.

"더 있다. 나는 별로 많이 먹지 않으니까 전부 갖다줘라."

그러면서 습인에게 장미즙을 가져오라고 했다. 그런데 병에 조금밖에 남아 있지 않은 걸 보고 아예 병째로 방관에게 건네주었다.

방관은 곧 병을 들고 유어멈에게 갔다. 마침 유어멈은 딸을 데리고 들어와서 심심풀이로 저쪽의 짐승 뿔 모양으로 생긴 지역을 한 바퀴 돌아보고 주방으로 돌아와 차를 마시며 쉬고 있었다. 방관이 다섯 치 길이의 작은 유리병을 들고 밝은 데서 비쳐보니, 안쪽에는 연지 빛깔 즙이 반이 좀 못 되게 들어 있었다. 그러면서 그게 보옥이 먹던 서양 포도주라고 하자 유어멈과 오아가 말했다.

"얼른 선자旋子[3]를 가져와 물을 끓여야겠네요. 잠시 앉아 계셔요."

"호호, 이것밖에 남지 않았으니 병째로 드릴게요."

오아는 그제야 그것이 장미즙이라는 걸 알고 얼른 받아들며 연신 고맙다고 했다. 방관이 좀 나아졌느냐고 묻자 오아가 말했다.

"오늘은 기분이 좀 좋아져서 여기 들어와 구경을 좀 했어. 이 뒤쪽은 별로 재미있는 게 없고 그저 큰 바위랑 큰 나무 몇 그루하고 건물 뒷벽만 있어서 진짜 좋은 경치는 구경하지 못했어."

"앞쪽에는 왜 안 갔어?"

그러자 유어멈이 말했다.

"제가 가지 말라고 했어요. 아가씨들은 저 아이를 모르니까 혹시 누가 보고 눈에 거슬린다고 하면 구설수에 오를 것 같아서요. 나중에 아가씨 덕분에 안에 들어가서 방이 생기면 데리고 다니며 구경시켜줄 사람이 있을 거 아니에요? 물리도록 실컷 구경할 날이 있겠지요."

"호호, 무슨 걱정이에요? 제가 있잖아요!"

"에그! 아가씨, 우린 신분이 낮아서 아가씨들하고는 다르지요!"

그러면서 유어멈은 또 차를 따랐다. 방관이 어디 그런 차를 마시려 하겠는가? 그녀는 그저 입만 한 번 헹구고 곧 일어섰다. 유어멈이 말했다.

"저는 여기 일이 바빠서 그러니까, 우리 오아가 배웅해드릴 겁니다."

오아는 배웅해주러 나왔다가 주위에 다른 사람이 없는 걸 보고 방관의 손을 잡으며 말했다.

"내 얘기 말씀드려봤어?"

"호호, 설마 내가 속이겠어? 듣자 하니까 우리 방에도 두 자리가 비었지만 아직 채우지 않고 있더라고. 하나는 홍옥紅玉˚이 자리인데, 희봉 아씨가 데려가서 아직 다른 사람을 보내주시지 않았어. 다른 하나는 추아 자리인데, 그 자리도 아직 비어 있어. 그러니 지금 너 하나쯤 더 들이겠다고 해도 정원을 초과하는 게 아니야. 평아 언니가 늘 습인 언니한테 얘기하는데, 사람을 쓰거나 돈 쓰는 일은 늦출 수 있으면 하루라도 더 늦추는 게 좋대. 그리고 지금 탐춘 아가씨께서 잡아다가 본보기를 보여줄 사람을 찾고 계셔. 심지어 평아 아가씨 방에서 하려는 일도 두어 가지나 퇴짜를 맞았대. 지금 우리 방에서도 무슨 꼬투리를 잡으려고 하시지만 아직 찾지 못하고 계시는데 굳이 그물로 뛰어드는 짓을 할 필요는 없잖아? 혹시 얘기를 꺼냈다가 퇴짜를 맞으면 이미 때가 늦어서 되돌리기 어려워지지 않겠어? 그러니 차라리 분위기가 좀 가라앉아서 노마님과 마님 마음에 여유가 생길 때까지 기다리는 게 좋을 것 같아. 아무리 큰일이라도 일단 그분들께 말씀드리면 안 되는 게 없으니까 말이야."

"그렇긴 해도 난 너무 조바심이 나서 기다리기 힘들어. 이 기회에 뽑혀 들어가면 우리 엄마도 자랑할 게 생길 테니까 키워주신 보람이 있으실 테고, 또 달마다 삯을 보태면 집안 살림도 좀 넉넉해지겠지. 나도 기분이 풀려서 병도 금방 나을 거야. 혹시 의원을 불러 약을 먹는다 해도 집안 돈을 아낄 수 있잖아."

"잘 알았으니까 안심해."

둘이 작별하고 방관이 돌아간 일은 더 이상 이야기하지 않겠다.

오아는 돌아와서 어머니와 함께 방관의 친절에 대해 깊이 감사하며 이야기를 나누었다. 그녀의 어머니가 말했다.

"이런 걸 얻게 되리라고는 생각지도 못했다. 귀한 것이긴 하지만 너무 많이 먹으면 몸에 열이 날 거야. 그러니 다른 사람한테도 좀 주면 큰 선심을 쓰는 셈이 되지 않겠니?"

"누구한테 주려고요?"

"네 외사촌한테 주자꾸나. 그 아이도 어제 열병이 들어서 이런 걸 먹고 싶어 한다. 반 잔만 따라서 갖다주자."

오아는 한참 동안 아무 말 없이 자기 어머니가 반 잔을 따르고 남은 것을 병째로 찬장에 넣는 걸 보더니 씁쓸히 웃으며 말했다.

"제 생각엔 주지 않는 게 좋을 것 같아요. 혹시 누가 물으면 오히려 말썽이 생기지 않겠어요?"

"설마 그런 일이야 있겠니? 그래도 괜찮다. 우리가 고생고생하면서 일하고 있으니 안에서 조금 얻어 쓰는 거야 당연한 일이 아니겠니? 훔친 것도 아니잖아?"

유어멈은 곧장 바깥의 오빠 집으로 갔다. 그녀의 조카는 누워 있었는데, 유어멈이 가져온 걸 보자 오빠 내외는 무척 기뻐했다. 그들은 즉시 우물에서 찬물을 길어다 사발 하나에 타서 아들에게 먹였는데, 마시자마자 아들은 속이 시원해지면서 머리가 가뿐해졌다. 남은 반 잔은 종이로 덮어서 탁자에 놓아두었다.

공교롭게도 집안의 어린 일꾼들 가운데 몇몇이 유어멈의 조카와 친해서 병문안을 하러 왔다. 개중에는 전괴錢槐*라는 아이도 끼어 있었는데, 그는 작은마님 조씨의 친정 조카였다. 그의 부모는 지금 창고에서 장부를 관리하고 있었고, 그는 가환이 서당 다니는 것을 시중들고 있었다. 그는 돈도 좀 있었지만 아직 결혼하지 않고 있었는데, 평소 유씨 집안의 오아가 예뻐서 마음에 들어 자기 부모에게 그녀와 결혼하고 싶다고 얘기했다. 그래서 여러 차례 중매쟁이를 보내 청혼했고, 유어멈은 허락하려 했지만 오아가 한사코 따르려 하지 않았다. 그녀가 분명하게 말로 표현하지는 않았지만 행동거지 속에 이미 그런 뜻이 드러나 있는지라 부모도 혼사를 승낙하지 못하고 있었다. 근래에는 대관원에 들어가려고 하는 바람에 더욱 이 일을 제쳐두게 되었다. 그러니 어쩔 수 없이 사오 년 후 대관원에서 나오면 밖에서 사위를 고를 수밖에 없었다. 전씨 집안에서도 그런 상황을 보고 어쩔 수 없이 단념했다. 하지만 전괴는 오아와 결혼하지 못하게 되자 화도 나고 부끄럽기도 해서 어떻게든 그 일을 성사시키려고 생각하고 있었다. 그러던 차에 유어멈의 조카에게 문병을 하러 왔는데, 뜻밖에 유어멈도 거기에 있었다.

유어멈은 몰려온 사람들 가운데 전괴도 있는 걸 보자 바쁜 일이 있다면서 일어나려고 했다. 그러자 올케가 황급히 붙들며 말했다.

"차도 안 마시고 가려고? 조카를 생각해주신 마음에 감사할 기회를 줘야지."

"호호, 안에서 식사하실 시간이 돼서요. 나중에 시간 나면 조카 보러 다시 나올게요."

올케는 서랍에서 종이봉투를 하나 꺼내 들고 유어멈을 전송하러 나왔다가 담 모퉁이에서 건네주며 말했다.

"호호, 이건 오라버니가 대문에서 번을 서다가 얻은 거라네. 닷새에 하루씩 번을 서는데 요즘은 경기가 좋지 않아서 밖에서 들어오는 게 전혀 없었대. 그런데 어제 광동에서 인사하러 온 관리가 질 좋은 복령상茯苓霜* 두 바구니를 예물로 올리면서 대문에서 번 서는 사람들에게 한 바구니를 주길래 오라버니도 조금 얻어왔다는구먼. 그 지방에는 오래된 소나무, 잣나무가 많아서 이 복령의 즙만 가지고 약을 개서 먹는대. 어쩌면 이리도 서리처럼 흰 걸 만들었는지 모르겠더구먼. 제일 좋은 건 사람 젖에 타서 매일 아침 큰 잔으로 한잔씩 마시는 건데 몸을 보하는 데 최고래. 그게 아니면 우유에 타 먹으면 되고, 그것마저 안 되면 끓인 물에 타 마셔도 된대. 오아한테 먹이면 좋을 것 같아 오전에 하녀 편에 집으로 보냈는데, 하필 대문이 잠겨 있고 오아도 대관원에 들어갔다고 하더구먼. 내가 갖고 가서 오아도 좀 볼까 했는데 상전들이 외출하셔서 곳곳에 단속이 심하고 나도 무슨 일거리가 있는 것도 아니라서 다녀오기가 쉽지 않았어. 게다가 요즘 듣자 하니 안쪽이 좀 시끄럽다고 하던데 혹시 휩쓸려서 복잡한 일이 생길까 염려스럽기도 했고. 마침 왔으니 직접 갖고 가게."

유어멈은 감사하며 받은 후에 작별 인사를 하고 돌아섰다. 그리고 막 쪽문 앞에 이르자 일꾼 하나가 웃으며 말했다.

"어디 갔다 오세요? 안에서 세 번이나 찾아서 저희 넷이 여기저기 찾아다녔는데 보이지 않대요. 대체 어디서 오시는 길이세요? 이 길은 댁으로 가는 길도 아니니 좀 의심스러운데요?"

"호호, 요 원숭이 같은 녀석……"

이후에 어찌 되었는지는 다음 회를 보시라.

제61회

쥐 잡으려다 그릇 깰까봐 보옥은 장물을 감싸주고
억울한 사건을 판결하며 평아는 권세를 휘두르다

甄士隱投鼠忌器寶玉瞞贓　判冤決獄平兒行權

가보옥이 죄를 뒤집어써서 도둑질을 덮어주고, 채운은 잘못을 자백하다.

유어멈이 웃으며 말했다.

"요 원숭이 같은 녀석, 이 숙모님이 숨겨둔 샛서방을 찾아갔다면 너한텐 삼촌이 하나 더 생기는데, 뭘 의심하고 그래! 대가리 위의 요강 뚜껑〔馬子蓋〕같은 몇 가닥 안 되는 머리카락¹을 뽑아버리기 전에 얼른 문이나 열어라!"

하지만 그 녀석은 문은 열지 않고 유어멈의 팔을 붙들며 말했다.

"헤헤, 아주머니, 들어가시거든 제발 살구 몇 개만 훔쳐다 주세요. 여기서 기다리고 있을게요. 만약 잊어버리시면 한밤중에 술이나 기름 사러 가실 때 문 안 열어드릴 거예요. 아무리 불러도 대답도 안 하고 고생만 하시게 만들 거예요!"

"에라 이 정신 나간 놈아! 올해는 예년하고 달라서 그런 것들은 전부 할멈들이 나누어 관리하고 있어. 다들 서로 체면이고 뭐고 아랑곳하지 않을 태세로 사람들이 나무 밑을 지나기만 해도 새매〔鷔鷄〕² 같은 눈을 하고 보는데 과일에 손을 대겠어? 어제 자두나무 밑을 지나는데 꿀벌 한 마리가 얼굴 앞으로 달려들어서 손을 한 번 휘저었는데, 하필 네 외숙모가 그걸 봤어. 멀리서 봐서 제대로 보지 못하고 내가 자두를 땄다고 생각하고는 지랄지랄 고함을 치면서, '아직 부처님께도 바치지 못했다.' 느니 '노마님과 마님이 집에 안 계셔서 새로 딴 과일을 아직 드리지도 못했고, 상전들한테 바치고 나면 어멈들한테도 나눠줄 건데 왜 그러느냐!' 느니 하면서, 누가 살구 먹고 싶어서 안달이 난 것처럼 오해하더란 말이다. 그 바람에 뭐라 말할 틈도 없이 괜히 욕만 얻어먹었지 뭐야. 너희 외숙모랑 이모까지 두세 명의 친척들이 관리하고 있는데 왜 그 사람들한테 달라고 하지 않고 나한테 달라고 그래? 이거야말로 '창고 안의 쥐가 까마귀한테 곡식을 꾸는 격으로, 있는 사람이 없는 사람한테 달라는 것〔倉老鼠和老鴰去借糧 守著的沒有 飛著的有〕.' 이 아니겠어?"

"아이고! 없으면 그만이지 무슨 딴소리가 그리 많대요! 아주머니는 나중에 저한테 일 시킬 때가 없을 줄 아셔요? 누나가 좋은 데로 가시면 나중에 심부름시킬 날이 많아질 텐데 우리 말을 잘 들어줘야 하지 않겠어요?"

"호호, 요 원숭이 녀석! 또 음흉한 수작을 부리면서 주둥이를 함부로 놀리는구나! 그래, 우리 오아가 어디 좋은 곳으로 간단 말이냐?"

"헤헤, 다 알고 있으니까 속일 생각 마셔요! 아주머니만 안에 끈이 있고 우리는 없는 줄 아셔요? 저도 여기서 심부름이나 하지만 안에 체통 있는 하녀로 일하고 있는 누나가 둘이나 있다고요. 그러니 무슨 일이든 우릴 속이지 못하지요!"

그때 대문 안에서 어느 할멈이 바깥을 향해 소리를 질렀다.

"이놈 자식들아! 얼른 가서 유아주머니를 데려와. 안 오면 식사가 늦어진단 말이다!"

유어멈이 일꾼을 내버려두고 얼른 들어가 싱글대며 말했다.

"서두를 필요 없어요. 벌써 와 있으니까요."

그러면서 주방으로 가서 사람들에게 일을 시켰다. 함께 일하는 사람들이 몇 명 있기는 했지만 다들 자기 마음대로 처리하지 못하고 그녀가 와서 일을 맡길 때까지 기다리고만 있었다.

"우리 오아는 어디 갔대요?"

"조금 전에 자매들을 찾아 다방으로 갔어요."

유어멈은 복령상을 꺼내놓고, 각 방마다 요리와 반찬을 나눠보냈다. 그때 영춘의 방에 있는 하녀 연화*가 와서 말했다.

"사기* 언니가 살짝 익힌 달걀백숙을 한 그릇 달라고 하셨어요."

"그리 비싼 걸 달라고 하다니! 어찌 된 영문인지 올해는 달걀이 아주 귀해서 한 개에 십 전을 주고도 구하지 못해. 어제도 윗분들이 친척집에 쌀죽을 보내신다고 해서 구매 담당자 네다섯 명이 나가서 간신히 이천 개를 구해 왔어. 그런 걸 내가 어디서 구해? 그러니 나중에 잡수시라고 전해줘."

"저번에 두부를 먹고 싶다고 했을 때는 좀 쉰 것을 줘서 언니한테 한바탕 훈계를 듣게 하더니, 오늘은 달걀마저 없다고 하시네요. 별것도 아닌 달걀이 없다니 믿을 수 없어요. 어디, 내가 찾아봐야겠어요!"

그러면서 찬장을 열어보니 안에는 달걀이 열 개 남짓 들어 있었다.

"여기 있잖아요? 정말 너무하시네요! 우리는 상전께서 우리 몫으로 주시는 걸 먹는데 왜 아주머니가 아까워해요? 아주머니가 낳은 달걀도 아닌데 왜 남이 먹는 걸 걱정해요?"

유어멈은 하던 일을 멈추고 다가와 말했다.

"말도 안 되는 소리! 달걀은 네 어미나 돼야 낳지! 남은 게 전부 그것뿐인데, 요리 위에 얹을 지짐이나 만들려고 남겨놓은 거다, 급할 때 쓰려고. 아가씨들도 달라 하시지 않으면 드리지 않고 있단 말이다. 너희들이 먹어버렸다가 혹시 아가씨들이 달라고 하시는데, 다른 귀한 거라면 몰라도 달걀조차 없다고 할 수 있겠어? 너희들이야 커다란 정원 깊은 저택에 있으면서 물 떠다 주면 손 내밀고 밥 갖다주면 입만 벌리니까, 계란쯤이야 흔한 것으로 여기면서 밖에서 물건 구입하는 사람이 저자에 나가 어떻게 사오는지도 모르겠지. 어떤 해에는 끼니 때울 풀뿌리마저 없는 때도 있단 말이다! 거기 사람들은 질 좋고 흰 쌀밥에 매일 살찐 닭이며 커다란 오리를 먹으니까 조금 모자라도 참는 게 좋겠다고 해라. 실컷 먹고 나서 날마다 말썽만 일으키는구나! 기껏 입맛 바꾸겠다고 계란이며 두부, 무슨 국수, 절인 무 볶음 따위를 달라고 하니 말이다. 하지만 내가 너희들 해달라는 대로 해줄 수는 없어. 곳곳에서 하나씩만 달라고 해도 나는 열 가지를 만들어야 하니 말이야. 윗분들 시중은 들지 말고 그보다 아래인 너희들 음식만 장만해두라는 얘기냐?"

그 말에 연화가 얼굴이 벌게져서 소리를 질렀다.

"누가 날마다 와서 뭘 달라고 했나요? 무슨 잔소리가 그리 많아요! 편하자고 아주머니를 시키는 거지, 그게 아니면 왜 시키겠어요? 저번에 춘연이가 '청문 언니가 쑥갓을 먹고 싶대요.' 하니까 아주머니는 금방 '닭고기에 볶아달라든, 아니면 돼지고기에 볶아달라든?' 하고 물었잖아요? 춘연이가 '고기는 싫다면서 국수를 넣고 볶되 기름은 조금만 치라고 하시대요.' 하니까 아주머니는 '이런, 내 정신 좀 봐!' 하시면서 황급히 손을 씻고 볶는 것이 꼬리 만 강아지처럼 직접 받쳐올리지 않았나요? 그런데 이제 저를 본보기로 삼아 다른 사람들을 훈계하려고요?"

"아미타불! 여기 사람이 다 보고 있다. 저번뿐만 아니라 작년에 이 주방을 만든 뒤로 각 방에서 우연히 아가씨들이나 아씨들이 무슨 요리라도 더 달라고 하실 때는, 누구나 먼저 돈을 갖다주셔서 따로 재료를 사다가 만들어드렸다. 돈이야 내건 안 내건 간에 말이라도 듣기 좋게 하셨던 게지. 나한테 아가씨들 주방 일만 하니 일도 줄고 또 남는 것도 있겠다고 하지만, 따져보면 아가씨들하고 시녀들만 해도 사오십 명은 되니 하루에 닭 두 마리, 오리 두 마리, 돼지고기 열 근 남짓, 그리고 동전 한 꿰미 어치의 채소가 필요하다. 계산해봐라. 그걸로 뭘 충분히 만들겠어? 평소 먹는 하루 두 끼 밥조차 제대로 해대기 어려운데 이건 이렇게 해달라, 저건 저렇게 해달라 성화를 부리지. 사온 건 먹지도 않고 다른 걸 사오라 하고 말이야. 이럴 바엔 차라리 마님께 용돈을 더 달라고 말해서 노마님 진짓상 준비하는 큰 주방처럼 세상 모든 요리를 칠판에 적어놓고 날마다 돌아가면서 먹고 달마다 계산하는 게 낫지! 심지어 저번에 탐춘 아가씨랑 보차 아가씨가 갑자기 볶은 구기자나물을 드시고 싶다며 하녀 편에 오백 전을 보내왔는데 내가 웃으며 그랬어. '두 분 아가씨 배가 미륵보살처럼 크다 해도 오백 전 어치를 다 잡수실 수는 없어요. 이건 이삼십 전만 있으면 준비할 수 있습니다.' 그러면서 바로 돌려보냈는데, 그분들은 끝내 안 받으시면서 내 술값이나 하라고 하셨지. 그리고 또 이러셨어. '지금 주방이 대관원 안에 있으니까 방에 있는 사람들이 찾아가 뭐라고 할 수밖에 없는데, 소금이며 장 같은 것도 다 돈으로 사오는 게 아닌가요? 안 주기도 그렇고 주자니 메울 도리도 없을 테지. 그 돈은 갖고 있다가 평소 사람들이 달라는 걸 마련하는데 써요.' 이게 바로 아랫사람 처지를 알아주시는 처사가 아니겠어? 그래서 우리도 속으로 그분들을 위해 염불을 했지. 그런데 작은마님 조씨께서 그 얘기를 들으시고 너무 내 편의를 봐주신다고 화를 내시면서 열흘이 멀다 하고 하녀를 보내 이것저것 달라고 하시니, 난 그만 어이가 없어 웃음이 나오더라고. 그런데 너희들조차 선례를 만들어서 이걸 달라 했다가 저걸 달라 하면 내가 어떻게 그것들을 메우라는 말이냐?"

그렇게 한참 시끄러울 때 사기가 또 사람을 보내 연화를 재촉했다.

"여기서 죽었어? 왜 이리 안 돌아와?"

연화는 화를 내며 돌아가 몇 가지 지어낸 이야기를 덧붙여서 사기에게 이야기했다. 그 말을 들은 사기는 당연히 화가 치밀었다. 그때 그녀는 영춘의 식사 시중을 마친 참이라 당장 하녀들과 함께 주방으로 갔다. 마침 여러 사람들이 밥을 먹고 있다가 그녀의 기세가 심상치 않자 얼른 일어서서 웃으며 자리를 권했다. 그러자 사기가 하녀들에게 지시했다.

"찬장이나 상자에 들어 있는 요리들을 전부 꺼내 개한테 줘라. 아무도 돈을 챙기지 못하게 말이야!"

하녀들이 "예!" 하며 우르르 달려들어 닥치는 대로 음식들을 꺼내 정신없이 내동댕이쳤다. 어멈들은 다급히 하녀들을 말리면서 사기에게 사정했다.

"아가씨, 어린아이 말만 듣고 이러시면 안 돼요. 유아주머니 머리가 여덟 개라 해도 감히 아가씨들께 죄를 짓지 못하지요. 계란을 사기 어렵다는 말은 사실입니다. 하지만 우리도 방금 유아주머니한테 사리 분별을 못한 다고 얘기했습니다. 뭐든 간에 융통성을 발휘해야 한다고 말이에요. 유아주머니도 벌써 후회하고 달걀찜을 올려놓았습지요. 못 믿겠거든 저 불 위를 보세요."

사기는 여럿이서 달래자 잠시 화를 누그러뜨렸고 하녀들도 물건을 내던지다가 손을 멈추었다. 사기는 한바탕 욕을 퍼붓고 꾸짖다가 여러 어멈들이 달래자 돌아갔다. 유어멈은 내팽개쳐진 그릇과 음식들을 보며 혼자 투덜거리다가 달걀을 한 그릇 쪄서 보냈다. 사기는 그걸 전부 땅에 쏟아버렸지만, 심부름꾼은 또 말썽이 생길까 무서워 유어멈에게 그 일을 이야기하지 못했다.

유어멈은 오아에게 국 한 그릇과 죽 반 그릇을 먹이고 복령상에 대한 이야기를 들려주었다. 오아는 방관에게 좀 나눠주고 싶어서 절반을 종이에 싸두었다가, 날이 저물어 오가는 사람이 드물어진 틈에 꽃밭과 버드나무 사이로 몸을 숨기며 방관을 찾아갔다. 다행히 아무도 캐묻는 사람이 없었다. 오아는 곧장 이홍원 대문 앞에 이르렀지만 들어가기가 곤란하여 찔레꽃 앞에 서서 멀리 안쪽을 들여다보았다.

그렇게 차를 한잔쯤 마실 시간이 지났을 때 마침 춘연이 밖으로 나오자 오아는 얼른 다가가서 불러세웠다. 춘연은 누군가 하다가 가까이 와서야 알아보고 무슨 일이냐고 물었다.

"호호, 방관이 좀 불러줘. 할 말이 있거든."

"호호, 언니, 성질도 급하시네. 어쨌든 열흘 정도만 기다리면 여기 올 텐데 걔는 뭐하러 찾아요? 방관이는 조금 전 앞채에 심부름을 갔으니까 조금 기다려요. 아니면 저한테 얘기해요. 대신 전해줄게요. 대관원 문이 곧 닫힐 테니까 기다릴 시간이 없을 거예요."

오아는 복령상을 춘연에게 건네주며 먹는 법과 효능을 이야기했다.

"내가 조금 얻어서 나눠주는 거니까 미안하지만 대신 좀 전해줘."

그녀는 그렇게 말해놓고 돌아갔다.

오아가 요서蓼漵* 근처를 지나는데 갑자기 맞은편에서 임지효댁이 할멈 몇 명을 거느리고 오고 있었다. 오아는 미처 몸을 피할 겨를이 없어서 하는 수 없이 다가가 인사했다. 그러자 임지효댁이 물었다.

"듣자 하니 몸이 아프다던데 여긴 어쩐 일로 왔어?"

"호호, 요즘 좀 괜찮아져서 심심풀이로 엄마를 따라 들어왔어요. 방금 엄마 심부름으로 이홍원에 그릇을 갖다주고 오는 길이에요."

"그게 무슨 소리냐? 방금 네 엄마가 나가는 걸 보고 문을 잠갔는데? 너한테 심부름을 보냈다면 네 엄마가 왜 나한테 얘기하지 않았지? 무슨 생각으로 그냥 나가서 내가 문을 잠그게 한 거야? 아무래도 네가 거짓말을 하는가 보구나!"

오아는 대답이 궁해져서 얼버무렸다.

"사실 엄마가 아침에 시킨 건데 제가 잊어먹고 있다가 이제야 생각이 났거든요. 아마 엄마는 제가 나간 줄 알고 아주머니께 말씀드리지 않았나 보네요."

임지효댁은 오아가 말도 머뭇거리고 표정도 어색한 걸 보자 의심이 생겼다. 게다가 요즘 옥천이 말하기를 그쪽 본채에서 물건을 잃어버렸는데, 하녀들을 몇 명 다그쳐보았지만 범인을 찾지 못했다고 했다. 하필 선저와 연화가 몇몇 어멈들과 같이 가다가 이 모습을 보고 말했다.

"아주머니, 저 아이를 심문해보셔요. 요 며칠 동안 저 아이가 대관원 안을 드나드는 게 수상했는데, 무슨 짓을 벌이고 다녔는지 모르겠거든요."

선저가 또 거들었다.

"맞아요! 어제 옥천 언니가 그러는데, 마님 계시는 방 쪽방에 장롱이 열려 있고 몇 가지 자잘한 물건들이 없어졌다 하더라고요. 희봉 아씨께서 평아 언니랑 옥천 언니를 보내 장미즙을 좀 달라고 하셨는데, 그것도 한 병이 없어졌대요. 장미즙을 찾지 않았더라면 다른 게 없어진 줄도 몰랐을 거래요."

연화가 웃으며 말했다.

"그런 얘기는 못 들었지만 오늘 장미즙 병을 하나 보긴 했어요."

임지효댁은 마침 그 일의 범인을 잡지 못해서 매일 희봉이 보낸 평아에게 독촉을 받고 있었던 터라, 그 말을 듣자 황급히 그걸 어디서 보았느냐고 물었다. 그러자 연화가 말했다.

"저쪽 주방에 있던데요?"

임지효댁은 급히 등롱을 밝히게 하고 사람들과 함께 찾으러 갔다. 다급해진 오아가 말했다.

"그건 원래 보옥 도련님 방의 방관이가 저한테 준 거예요."

"방관이건 무슨 관이건 간에 지금 장물이 있으니 나는 보고를 해야겠다. 네가 알아서 상전 앞에서 해명을 해라!"

그러면서 주방으로 들어가니 연화가 사람들을 이끌고 장미즙 병을 찾아냈다. 혹시 훔쳐온 다른 물건이 없나 자세히 살펴보니 복령상 한 봉투가 있어서, 함께 꺼내들고 오아를 데리고 이환과 탐춘에게 가서 보고하려고 했다.

그때 이환은 가란의 몸이 아파 집안일을 돌볼 여력이 없어서 탐춘에게 데려가라고 했다. 탐춘은 이미 자기 방으로 돌아간 뒤였는데, 보고하러 들어가보니 하녀들은 뜰 안에서 더위를 식히고 있었고 탐춘은 안에서 목욕을 하고 있었다. 대서가 들어가 여쭈고는 한참 후에 나와서 말했다.

"아가씨께서 알았다고 하시면서 평아 언니를 찾아 희봉 아씨께 보고하라고 하시네요."

임지효댁은 어쩔 수 없이 사람들을 이끌고 나와 희봉의 거처로 갔다. 먼저 평아를 찾아 이야기하자 평아가 들어가 희봉에게 알렸다. 희봉은 막 자리에 누웠다가 이야기를 듣고 이렇게 지시했다.

"그 아이 어미는 곤장 마흔 대를 치고 내쫓아, 영원히 중문 안으로 들어오지 못하게 해라. 오아는 곤장 마흔 대를 치고 당장 시골에 보내 팔아버리거나 시집을 보내버리도록 해라."

평아가 나와서 임지효댁에게 그대로 분부를 전했다. 그러자 오아가 깜짝 놀라 엉엉 울면서 평아 앞에서 무릎을 꿇고 방관의 일을 자세히 이야기했다. 그러자 평아가 말했다.

"그렇다면 어려울 게 없지. 내일 방관이한테 물어보면 진위를 알게 될 테니까 말이야. 하지만 이 복령상은 며칠 전에 선물로 들어온 것이라 노마님과 마님이 돌아와 살펴보신 뒤에야 손을 댈 수 있는 것이야. 그런데 그걸 훔치다니!"

오아가 황급히 자기 외삼촌이 보내주었다는 이야기를 들려주자 평아가 웃으며 말했다.

"그렇다면 너는 아무 잘못도 없는데 잡혀와 누명을 썼다는 말이로구나. 지금은 날이 저물었고 아씨께선 약을 잡수시고 쉬고 계시니까 이런 자잘한 일로 번거롭게 여쭐 수 없겠군요. 지금은 잠시 저 아이를 당번 서는 어멈들에게 맡겨 감시하게 하고, 내일 내가 아씨께 여쭈어서 다시 처리하도록 하지요."

임지효댁은 감히 분부를 어기지 못하고 오아를 데리고 나와 밤 당번 서는 어멈들에게 맡기고 돌아갔다.

오아는 감금을 당해 한 걸음도 밖으로 나갈 수 없게 되었다. 어멈들 중에는 이런 나쁜 짓을 해서는 안 된다고 타이르는 사람도 있었고, 당번 서기도 힘든데 좀도둑까지 지키라고 하니 혹시 잠깐 한눈파는 사이에 자살하거나 도망이라도 치게 되면 모두 자기들 책임이 아니냐고 투덜거리는 사람도 있었다. 평소 유어멈과 사이가 나빴던 이들은 이 틈을 이용해서 오아를 찾아와 조롱했다. 오아는 화도 나고 억울하기도 했지만 하소연할 데가 없었다. 또한 그녀는 본래 겁이 많고 몸도 약한데, 밤새 차나 물도 마시지 못하고 이부자리도 없어 울면서 날을 샜다.

그들 모녀와 사이가 나쁜 사람들은 한시라도 빨리 그들을 내쫓고 싶어 했다. 그들은 혹시 다음 날 상황이 변하게 될까 싶어서 아침 일찍 일어나자마자 몰래 평아를 찾아가 뇌물을 주며 매수하려고 했다. 그들은 평아에게 일처리가 간결하고 단호하다고 아부하는 한편, 오아의 어머니가 평소 나쁜 짓을 많이 했다며 이야기를 늘어놓았다. 평아는 일일이 그랬느냐고 응대해주고 그들을 내보낸 뒤, 몰래 습인을 찾아가 정말 보옥이 방관에게 장미즙을 주었는지 물어보았다.

"방관이한테 준 건 맞지만, 그 아이가 누구한테 주었는지는 나도 몰라요."

습인이 방관에게 물어보니 방관이 그 말을 듣자마자 대성통곡하며 분명 자기가 준 게 맞다고 했다. 방관이 그 사실을 보옥에게 얘기하자 보옥도 당황했다.

"장미즙은 증거가 있지만 복령상을 걸고넘어지면 당연히 그걸 준 사람이 밝혀지지 않겠어? 들은 대로 그 아이 외삼촌이 대문을 지키다가 얻은 거라고 하면, 그 외삼촌도 걸려들게 되겠지. 그렇게 되면 선의를 베풀다가 오히려 우리 때문에 피해를 당하는 결과가 되지 않겠어?"

그는 급히 평아와 함께 대책을 의논했다.

"장미즙 일이 해결된다 해도 복령상에도 문제가 있네요. 누나, 오아한테 그것도 방관이가 주었다고 말하라고 해요."

"호호, 하지만 어제 그 아이가 이미 사람들 앞에서 자기 외삼촌이 주었다고 말해버렸는데 어떻게 다시 도련님께서 주셨다고 말을 바꿔요? 게다가 저쪽에서 장미즙을 잃어버린 뒤로 범인을 잡지 못하고 있던 참에 이제 물증도 나왔는데 그냥 풀어줘버리면 또 누구를 추궁한들 자백을 하겠어요? 사람들도 수긍하려 들지 않을 거예요."

그러자 청문이 걸어와 웃으며 말했다.

"마님 방의 장미즙은 분명 채운이 훔쳐서 환 도련님한테 주었을 거예요. 그러니 근거 없는 얘기들은 그만 하셔요."

평아가 웃으며 말했다.

"그걸 누가 모른대? 하지만 지금 옥천이는 너무 화가 나서 울고불고 난리야. 채운이한테 슬그머니 물어보았을 때 자기가 그랬다고 인정했으면 옥천이도 그냥 넘어갔을 테고, 다른 사람들도 더 이상 캐묻지 않고 넘어갔을 거야. 설마 우리라고 끝까지 그 일의 책임을 지라고 했겠어? 그런데 저 못된 채운이가 자기 죄를 시인하기는커녕 오히려 옥천이가 훔쳤다고 걸고 넘어졌다는 거야. 둘이 방 안에서 싸움이 붙는 바람에 온 집안에서 다 알게 되었는데 우리가 어떻게 아무 일 없었던 것처럼 넘어갈 수 있겠어? 어쩔 수 없이 조사를 했지만 도둑맞았다고 신고한 사람이 범인일 리는 없고, 물증도 없으니 어떻게 그 아이를 다그치겠어?"

보옥이 말했다.

"좋아. 그 일도 내가 책임을 질게요. 내가 그 아이들을 놀려주려고 몰래 어머니 것을 훔쳤다고 하면 두 가지 사건이 모두 해결될 게 아니에요?"

습인이 말했다.

"그러면 음덕을 쌓는 일이기도 하지만, 남의 목숨을 살려주려고 도둑 누명을 쓴 셈이 되겠지요. 하지만 마님께서 들으시면 또 도련님이 철부지처럼 사리 분별 못하는 짓을 했다고 나무라실 거예요."

평아가 웃으며 말했다.

"그래도 이런 건 사소한 일이에요. 지금이라도 당장 작은마님 조씨 방에서 장물을 찾아내기는 쉽지만, 그러다가 괜히 좋은 사람 한 명만 체면이 깎일까 걱정스러워서 참고 있어요. 다른 사람들이야 다 상관하지 않겠지만 그 사람은 분명 화를 낼 테니까요. 저는 그 사람이 가련해서 쥐 잡다가 옥병 깨뜨리는 일은 하고 싶지 않아요."

그러면서 그녀가 손가락 세 개를 펴 보였다. 습인 등은 곧 그 사람이 바로 탐춘이라는 걸 눈치채고 모두 이렇게 말했다.

"그 말도 맞네요. 아무래도 우리 쪽에서 떠안는 게 낫겠어요."

또 평아가 웃으며 말했다.

"그리고 채운과 옥천 사이의 문제를 해결해야 하니까 둘을 불러 정확히 캐물어봐야 해요. 그렇지 않으면 그 아이들은 이런 이유 때문에 자기들이 이익을 보았다고 생각하지 않고, 오히려 우리가 수완이 없어서 사건을 해결하지 못한 채 일을 마무리 지었다고 여기겠지요. 그렇게 되면 이후로 그 아이들 가운데 훔친 아이는 계속 훔치고, 다른 아이는 계속 상관하지 않게 될 거예요."

습인 등이 웃으며 말했다.

"맞아요! 거기에도 여지를 남겨둬야 해요."

평아는 곧 사람을 보내 둘을 불러놓고 말했다.

"놀라지 마. 도둑은 이미 잡혔으니까."

옥천이 먼저 도둑이 어디 있냐고 묻자 평아가 말했다.

"희봉 아씨 방에 있지. 네가 뭐라고 물어도 다 자기가 했다고 자백할 거야. 하지만 난 그 아이가 범인이 아니라는 걸 알고 있어. 불쌍하게도 그 아이는 겁을 집어먹고 다 자기가 했다고 자백하고 있지. 그래서 보옥 도련님께서 측은하게 생각하시고 그 아이 죄의 반을 뒤집어쓰시겠다고 나서셨어. 나도 진범을 말하려 했지만 도둑질한 사람이 평소 나와 사이가 좋았던 자매이고, 장물을 가진 사람은 시치미를 떼고 있지. 또 그사이에 훌륭한 사람 한 분의 체면이 상하게 되었어. 나도 곤란해하다가 어쩔 수 없이 보옥 도련님께서 나서주시면 다들 무사할 거라고 부탁할까 생각 중이야. 자, 이제 너희들한테 물어보자. 이제 어떡할 거냐? 이제부터 모두 조심해서 체통을 지킨다면 도련님께 부탁을 드리고, 그렇지 않으면 희봉 아씨께 사실대로 여쭐 수밖에 없어. 착한 사람을 억울하게 만들지 말아야 하지 않겠어?"

채운은 자기도 모르게 얼굴이 빨개져서 말했다.

"언니, 걱정 마셔요. 착한 사람을 억울하게 만들 필요도 없고, 무고한 사람을 끌어들여 체면 상하게 할 필요도 없어요. 장미즙을 훔친 건 작은마님 조씨가 여러 번 부탁해서 제가 환 도련님께 갖다드린 거예요. 마님이 집에 계실 때도 저희는 이것저것 가져다가 사람들한테 주곤 했어요. 저는 늘 있는 일이니까 그저 한 이틀 시끄럽다가 금방 잠잠해질 걸로 생각했어요. 그런데 착한 사람이 억울하게 누명을 쓰게 되었다고 하시니 저도 견디지 못하겠네요. 언니, 저를 데려가서 희봉 아씨께 말씀해주세요. 제가 전부 자백해서 일을 마무리 지을게요."

다들 그 말을 듣고 용기가 있다면서 놀라워했다. 보옥이 얼른 웃는 얼굴로 말했다.

"채운 누나는 과연 정직한 사람이네요. 누나가 자백할 필요 없어요. 내가 누나들을 놀려주려고 훔쳤다가 이런 말썽이 생겼으니 모두 내 책임이라고 얘기하면 돼요. 다만 누나들도 앞으로는 이런 일이 일어나지 않도록 해요. 그러면 모두 괜찮을 테니까요."

"제가 저지른 일을 왜 도련님께서 떠맡으려고 하셔요? 죽든 살든 제가 처벌을 받을게요."

습인이 얼른 달랬다.

"그렇게 말하면 안 돼. 네가 자백하면 어쩔 수 없이 또 작은마님이 연루되고, 그 얘기를 들으면 탐춘 아가씨께서 또 화를 내시지 않겠어? 차라리 보옥 도련님께서 하셨다고 하면 다들 무사하게 되고, 우리 몇 사람 외에는 아무도 이 일에 대해 모르니까 아주 깔끔하게 처리될 게 아니야? 하지만 이후로는 다들 제발 좀 조심해줘. 뭘 가져가려면 어쨌든 마님께서 돌아오시거든 하란 말이야. 아예 방을 통째로 누구한테 준다 해도 우리는 상관하지 않을 테니까."

채운은 고개를 숙이고 잠시 생각하더니 그렇게 하자고 했다.

제61회 **221**

이렇게 논의를 마치자 평아는 그 둘과 방관을 데리고 앞채로 가서 밤 당번을 서는 사람들이 있는 방으로 갔다. 그리고 오아를 불러서 복령상도 방관이 주었다고 얘기하라며 살그머니 일러두었다. 오아는 말할 수 없이 고마워했다. 평아가 그들을 데리고 자기 거처로 오니 임지효댁이 벌써 한참 전에 몇몇 어멈들을 이끌고 유어멈을 잡아놓고는 기다리고 있었다. 임지효댁이 평아에게 말했다.

"오늘 아침 일찍 저 사람을 잡아오는 바람에 대관원 안에 아가씨들 진지 준비할 사람이 없어서 잠시 진현댁을 보내 일하게 했어요. 아가씨, 그 일도 함께 아씨께 여쭈어주세요. 그 사람도 깔끔하고 부지런하니까 이후로 계속 그 사람한테 그 일을 맡길까 합니다."

"진현댁이 누구지요? 저는 잘 모르겠는데요."

"대관원 남쪽 쪽문에서 밤 당번을 서는 사람이에요. 낮에는 일이 없어서 아가씨께서 잘 모르실 겁니다. 훤칠한 키에 광대뼈가 튀어나왔고, 눈은 커다랗고, 아주 깔끔해요. 성격도 시원시원하고요."

옥천이 말했다.

"맞아요. 언니도 아시잖아요? 바로 영춘 아가씨 방에 있는 사기의 숙모잖아요. 사기의 부모님은 저쪽 큰나리 댁에서 일하지만, 그 작은아버지는 이쪽에 계셔요."

평아는 그제야 생각이 나서 웃으며 말했다.

"아! 진즉 그 사람이라고 했으면 금방 알아들었을 텐데."

그리고 다시 덧붙였다.

"그래도 좀 성급했네요. 이제 이 일도 대체로 진상이 드러났고, 전에 마님 방에서 없어진 물건도 범인을 찾았어요. 그날 보옥 도련님께서 마님 방에 가셔서 요 두 계집애들한테 뭘 좀 달라고 하셨는데, 이것들이 장난으로 '마님께서 집에 안 계셔서 가져올 수 없어요.' 했다네요. 그러니까 보옥 도련님께서 이 둘이 한눈파는 사이에 직접 들어가서 뭘 들고 나오셨는데, 이 계집애들은 그런 줄을 몰랐으니 당황할 수밖에요. 이제 보옥 도련님께서 다른 사람이 연루된 걸 보시고 저한테 자세히 말씀해주시면서 물건을 꺼내 보여주셨는데, 전부 말씀하신 그대로였어요. 복령상은 도련님께서 밖에서 구하신 건데 벌써 여러 사람들한테 선물로 주셨대요. 대관원 안에 있는 사람들뿐만 아니라 심지어 어멈들까지도 얻어서 밖에 가지고 나가 친척들한테 주기도 하고, 또 그 친척이 다른 사람한테 선물하기도 했대요. 습인도 방관이 같은 애들한테 나눠주었고요. 저 아이들 사이에 사사로운 정으로 선물을 주고받은 것은 늘 있는 일이지요. 예전에 선물로 들어온 두 광주리는 아직 응접실에 그대로 있어요. 원래의 봉인도 건드린 흔적이 없는데 왜 함부로 남한테 누명을 씌웠는지 모르겠네요. 일단 아씨께 말씀드리고 나서 다시 얘기하도록 해요."

평아는 곧 침실로 들어가 앞서 말한 그대로 희봉에게 보고했다. 그러자 그녀가 말했다.

"그렇다고 해도 보옥 도련님은 도무지 이것저것 따지지 않고 괜히 나서서 뒤집어쓰길 좋아하니 문제야. 남들이 두어 마디 좋은 말로 사정하면 거절하지 못하고, 험하고 위험한 일까지 죄다 들어주신단 말이야. 우리가 믿어버리고 넘어가면 나중에 큰일이 일어났을 때도 그러실 텐데, 그러면 사람들을 어떻게 다스리겠어? 그러니 철저히 조사하는 게 좋아. 내 생각에는 마님 방에 있는 하녀들을 모두 잡아다가 매질하고 고문하지는 못한다 하더라도 땡볕 아래에서 기왓장 위에 꿇려놓고 밥이나 차도 주지 않는 게 좋겠어. 그렇게 해서 자백하는 년이 나올 때까지 며칠이고 꿇려놓으면 저희들이 무쇠로 만들어진 사람이 아닌 바에야 언젠가는 자백을 하겠지. 그리고 '금 가지 않은 계란에는 파리도 붙지 않는다〔蒼蠅不抱無縫的蛋〕.'라는 말도 있듯이, 유어멈이 물건을 훔치지는 않았더라도 뭔가 흠집이 있으니까 입방아에 오르겠지. 그러니까 그 여편네에게 도둑질한 죄는 묻지 않더라도 내쫓아버리는 게 좋아. 조정에도 연좌법連坐法이 있으니까 그 여편네한테 그리 억울한 일만은 아닐 게야."

"굳이 그렇게까지 하실 필요 있나요? '손을 떼야 할 때는 떼는 게 좋다.' 라는 말도 있으니 별로 대단한 일도 아닌 일에는 은혜를 베푸는 게 좋지 않겠어요? 제 생각에는 아무리 이 댁에다 마음을 쏟아도 결국 우리는 저쪽 집으로 갈 수밖에 없어요. 그러니 괜히 소인배들한테 원수 질 필요가 없다는 거지요. 게다가 아씨도 온갖 재난을 다 겪으면서 간신히 도련님을 잉태했다가 예닐곱 달 만에 유산하고 말았잖아요? 그것도 어쩌면 평소 너무 신경을 많이 쓰시고 과로하셔서 울화와 근심이 쌓여 생긴 일인지도 모르잖아요? 이제부터라도 한쪽 눈으로만 보시고 다른 쪽 눈은 감고 지내시는 게 좋겠어요."

평아의 한바탕 설교에 희봉이 웃으며 말했다.

"이 계집애야, 네 맘대로 해! 이제 몸이 조금 나아졌는데 괜히 화를 낼 필요는 없지."

"호호, 그러셔야 옳지요!"

평아는 곧 밖으로 나와 일을 하나하나 처리했다. 이후에 어찌 되었는지는 다음 회를 보시라.

제62회

장난기 많은 사상운은 술 취해 작약꽃 깔고 자고
철모르던 향릉은 도움을 받아 석류 치마를 벗다

憨湘雲醉眠芍藥裀　獃香菱情解石榴裙

사상운이 술에 취해 작약꽃잎 위에서 잠들다.

평아가 밖으로 나와 임지효댁에게 말했다.

"큰일은 작게, 작은 일은 없었던 일로 만들어야 번창하는 집안이라고 하겠지요. 자잘한 일 하나를 감당하지 못해 떠들썩하게 난리를 피운다면 도리에 맞지 않아요. 저 모녀는 돌려보내서 하던 일을 계속하게 하고, 진현댁도 원래 자리로 돌려보내세요. 이후로 이 일에 대해서는 더 이상 거론하지 말고 날마다 순찰을 꼼꼼하게 돌도록 해요."

평아가 말을 마치고 돌아가자 유어멈과 오아는 그녀의 등 뒤에서 황급히 큰절을 올렸다. 임지효댁이 대관원으로 돌아가 이환과 탐춘에게 보고하자 둘 다 이렇게 말했다.

"알았어요. 별일 없이 마무리돼서 다행이군요."

사기 등은 괜히 한바탕 기분만 냈고, 진현댁도 이 틈에 간신히 주방으로 들어갔지만 기껏 한나절만 기분을 냈을 따름이었다. 그녀는 주방에서 그릇들과 곡식, 숯 등을 인계받으면서 모자라는 것들을 다 찾아내고는 이렇게 말했다.

"멥쌀은 두 섬이 모자라고, 늘 먹는 쌀은 한 달 몫을 더 써버렸고, 숯도 장부에 적힌 것보다 모자라는군."

그러면서도 임지효댁에게 보낼 선물로 숯 한 광주리와 땔감 오백 근, 멥쌀 한 섬을 준비하여 밖에 있는 조카를 시켜 임지효의 집에 보내고, 장방賬

房에 보낼 예물을 준비했다. 그리고 몇 가지 요리를 만들어 동료 몇 사람을 초대했다.

"제가 여기 온 것은 모두 여러분이 도와주신 덕분이에요. 이제 모두 한 식구가 되었으니까 혹시 제가 부족한 부분이 있더라도 다들 잘 보살펴주시길 바랄게요."

그러는 사이에 누군가 와서 전했다.

"이 아침 식사만 챙겨주고 돌아가세요. 유아주머니가 무죄인 게 밝혀져서 다시 이 주방을 관리하게 됐대요."

진현댁은 갑자기 혼이 날아간 듯 고개를 숙이고 맥이 빠져 있다가, 곧 기세등등했던 깃발과 북을 거두고 보따리를 싸서 떠났다. 여기저기 보낸 물건만 헛되게 날리고 모자란 것들은 자기가 수를 써서 메울 수밖에 없었다. 심지어 사기도 고개가 뒤로 젖혀질 정도로 화가 났지만 돌이킬 방법이 없어서 포기할 수밖에 없었다.

조씨는 채운이 많은 물건들을 몰래 준 일 때문에 옥천과 싸움이 났고, 그 일을 따지고 들까 싶어서 매일 가슴을 졸이며 동정을 살폈다. 그때 갑자기 채운이 와서 말했다.

"다 보옥 도련님께서 대신 뒤집어쓰셨으니 이제 아무 일 없을 거예요."

조씨는 그제야 마음이 놓였다. 하지만 뜻밖에도 채운의 말을 듣고 의심이 생긴 가환은 채운이 갖다준 물건들을 죄다 꺼내 채운의 얼굴을 향해 내던지며 말했다.

"이 겉 다르고 속 다른 것 같으니라고! 난 이 따위 것들 필요 없어! 네가 보옥이와 사이가 좋지 않다면 그 작자가 무엇 때문에 대신 죄를 뒤집어쓴단 말이야? 나한테 물건을 갖다줬으면 아무한테도 얘기하지 말았어야지! 이제 네가 그놈한테 일러바쳤으니 내가 이 따위 것들 가져봐야 뭐하겠어!"

채운은 그 말을 듣고 죽어도 그런 일은 없다고 맹세까지 하면서 울며불며 아무리 해명해도 가환은 믿지 않았다.

"평소의 정을 생각해서 둘째 형수에게 일러바치지는 않겠어. 네가 훔쳐다 주었지만 나는 감히 받지 않았다고 말이야. 잘 생각해봐!"

그러면서 휙 돌아서 나가자 조씨는 화가 나서 욕을 퍼부었다.

"못된 놈! 속 좁은 잡놈 같으니라고!"

채운은 너무 화가 나서 눈물이 마르고 애간장이 끊어지도록 울었다. 조씨는 갖은 말로 위로했다.

"얘야, 저놈이 네 마음을 저버렸지만 나는 잘 안다. 이것들은 내가 챙겨 두마. 한 이틀 지나면 저놈도 자연히 마음을 돌릴 게다."

그러면서 물건들을 챙기려 하자, 채운이 홧김에 한꺼번에 물건들을 모조리 싸들고 다른 사람들이 안 보는 틈에 대관원으로 들어가 도랑에 던져버렸다. 물건들은 바닥에 가라앉기도 하고 떠내려가버리기도 했다. 그녀는 분통이 터져서 밤새 이불 속에서 몰래 울었다.

어느덧 보옥의 생일이 돌아왔다. 원래 보금도 같은 날 생일이었지만, 왕부인이 집에 없어서 예년처럼 북적거리지 않았다. 그저 장도사가 네 가지 선물과 함께 새로운 기명부寄名符*를 보내왔고, 또 몇 군데 절에 있는 승려와 비구니들이 공첨供尖[1]과 수성壽星, 종이 말[紙馬], 제문[疏頭], 그리고 보옥이 태어난 시각의 별자리를 관장하는 신과 그 해의 운명을 관장하는 태세신[太歲神]의 모습이 담긴 자물쇠 모양의 목걸이[鎖兒][2]를 보내왔다. 자주 드나들던 여자 이야기꾼도 찾아와 축하 인사를 전했다. 왕자등은 예전처럼 옷 한 벌과 버선 한 켤레, 생일 축하용 복숭아 과자[壽桃] 백 개, 궁중에서 쓰는 새하얀 국수 백 묶음을 보내왔다. 그리고 설씨 댁 마님에게는 그보다 한 등급 낮은 선물을 보내왔다. 그 밖의 집안사람들 가운데 우씨는 예전처럼 버선 한 켤레를 보냈고, 희봉은 궁중에서 만든 사면화합四面和合[3]의 염낭[荷包]에 금으로 만든 수성壽星을 담고, 또 페르시아에서 만든 장난감을 하나 보냈다. 가씨 집안에서는 각 사당에 사람을 보내 재난을 없애고

복을 기원하는 의미에서 돈을 시주했다. 보금을 위한 선물들도 있었지만 여기에 다 적을 수는 없다. 자매들은 각기 부채나 글씨, 그림, 시 등을 보내 나름대로 성의를 표시하는 정도였다.

이날 보옥은 아침 일찍 일어나 세수하고 옷과 모자를 차려입고 밖으로 나왔다. 앞쪽 대청 뜰에 이르러 보니 이귀 등 네다섯 명이 천지의 신께 바칠 향과 촛불을 준비해놓고 있었다. 보옥은 향을 사르고 절한 후 차를 따르고 축원을 담은 종이를 태웠다. 그리고 녕국부 사당에 가서 종사宗祠*와 조선당祖先堂*에서 예를 올리고 나와 월대에 이르러 태부인과 가정, 왕부인 등이 있는 곳을 향해 멀리서나마 절을 올렸다. 이어서 우씨 방에 가서 절을 올리고 잠시 앉아 있다가 영국부로 돌아왔다. 먼저 설씨 댁 마님에게 가서 절을 올리자 그녀는 한사코 보옥을 붙들었다. 그런 다음 우연히 설과를 만나 잠시 인사를 나누고는 대관원으로 돌아왔다. 그리고 청문과 사월을 따르게 하고 하녀들에게는 양탄자를 들려서 이환의 거처부터 연장자의 방에 들러 각각 인사했다. 그 후 다시 중문을 나와 이씨와 조씨, 장씨, 왕씨까지 네 명의 유모 집에 들러 잠깐 인사하고 돌아왔다. 사람들이 인사하려고 했지만 보옥은 받지 않고 방으로 돌아왔다. 습인 등은 모두 보옥에게 다가가 축하 인사만 한마디 하는 정도였다. 왕부인은 나이 어린 사람이 절을 받으면 복이 날아가고 수명이 줄 수 있다고 믿었기 때문에 시녀들은 모두 절을 올리지 않았다.

잠시 쉬고 있으니 가환과 가란 등이 와서 인사를 올리려고 했다. 습인이 그들을 얼른 일으켜 세웠고, 그들은 잠시 앉아 있다가 떠났다. 보옥은 걸어다니느라 피곤했다면서 침상에 비스듬히 누워 생글거리며 차를 마셨다. 반 잔쯤 마셨을 때 바깥에서 깔깔거리는 소리가 들리더니 하녀들이 한 무리 들어왔다. 알고 보니 취묵과 소라, 취루, 입화, 그리고 수연의 시녀인 전아, 유모의 품에 안긴 교저와 채란, 수란 등 여덟아홉 명이 모두 붉은 방석을 안고 싱글벙글하며 들어왔다.

"축하 인사하러 온 사람들로 문이 미어터질 지경이니 얼른 국수를 대접해주셔야지요!"

그들이 안으로 들어오고 나서 금방 탐춘과 상운, 보금, 수연, 석춘도 왔다. 보옥은 얼른 나와서 맞이했다.

"하하, 이거 내가 찾아갔어야 하는 건데…… 어서 차를 준비해라!"

그들은 안으로 들어가 잠시 자리를 양보하다가 모두 자리에 앉았다. 습인 등이 차를 가져와 한 모금쯤 마셨을 때 평아도 꽃단장을 하고 찾아왔다. 보옥이 얼른 나가 맞이했다.

"하하, 조금 전에 희봉 누님한테 갔었는데 안에 들어가도 만날 수가 없어서 대신 사람을 보내 인사만 드렸어요."

"호호, 마침 제가 아씨 머리를 빗겨드리고 있어서 나와볼 수 없었어요. 나중에 들으니 저한테까지 인사를 전하라고 하셨다기에 너무 황송해서 절을 올리러 왔지요."

"하하, 저도 절은 감당하지 못합니다."

습인은 어느새 바깥방에 자리를 마련하여 평아에게 앉으라고 권했다. 평아가 만복萬福의 예를 행하자 보옥도 얼른 두 손을 맞잡고 허리를 숙여 읍揖을 했다. 그러자 평아가 무릎을 꿇었고 보옥도 다급히 무릎을 꿇었다. 습인이 황급히 일으켜 세우자 평아가 또 만복의 예를 행했다. 보옥도 얼른 읍을 했다. 습인이 웃으며 보옥을 툭 쳤다.

"어서 읍을 한 번 더 하셔요."

"벌써 했는데 왜 또 하라는 거야?"

"호호, 이건 언니가 하는 축하 인사였고, 오늘은 언니 생일이기도 하니까 도련님도 축하 인사를 하셔야지요."

보옥이 얼른 읍을 하고 기뻐하며 말했다.

"알고 보니 오늘이 누나 생일이기도 했군요!"

평아도 연신 만복의 예로 답례했다. 상운이 보금과 수연을 이끌고 와서 말했다.

"자, 넷이서 맞절을 하려면 하루 종일 걸리겠네요."

그러자 탐춘이 물었다.

"수연이도 생일이 오늘이었어? 내가 그만 깜박했네!"

그러면서 급히 하녀에게 분부했다.

"가서 희봉 아씨께 말씀드려서 얼른 선물을 하나 더 준비하시라고 해라. 보금이한테 준 선물과 똑같은 걸 준비해서 영춘 언니 방으로 보내주시라고 말씀드려."

하녀가 "예!" 하고 물러났다. 수연은 상운이 대놓고 얘기하자 어쩔 수 없이 각 방을 돌아다니며 인사를 해야 했다. 탐춘이 웃는 얼굴로 말했다.

"재미있네요. 일 년 열두 달에 달마다 생일이 몇 번씩 있으니까요. 그런데 사람이 많아지니까 이렇게 교묘한 일도 있군요. 하루에 세 사람 생일이 겹치기도 하고, 두 사람 생일이 겹치기도 하니까요. 정월 초하루도 그냥 넘어가지 않고 큰언니가 차지하셨지요. 큰언니는 복이 많으니까 당연히 생일도 남보다 빠르지요. 그리고 그날은 돌아가신 증조할아버지[4] 생신이기도 해요. 원소절이 지나면 할머니와 보차 언니 생일이니, 두 분도 날짜가 교묘하게 겹쳐요. 그리고 삼월 초하루는 마님 생신이고, 초아흐레는 둘째 가련 오빠의 생일이에요. 그러고 보니 이월이 비었네요?"

그러자 습인이 말했다.

"대옥 아가씨 생일이 이월 십이일인데 왜 비었다고 하셔요? 다만 거긴 이 댁 식구가 아니지만요."

"호호, 내 기억력이 어떻게 된 거야!"

보옥이 습인을 가리키며 말했다.

"하하, 자기도 대옥이와 생일이 같아서 기억하고 있는 거지."

"호호, 알고 보니 두 사람도 생일이 같은 날이었군요? 그러면서 해마다 우리한테는 인사도 한 번 하지 않았잖아요? 평아 언니 생일도 몰랐는데 오늘에야 알게 되었네요."

평아가 웃으며 말했다.

"저희야 하인이니까 생일에 축하 인사를 받을 복도 없고, 선물을 받을 신분도 안 되는데 뭘 떠들고 다녀요? 그냥 조용히 지나가는 거지요 뭐. 오늘 습인이가 떠드는 바람에 알려져버렸으니 아가씨들께서 방에 돌아가시면 인사 올리러 가겠어요."

탐춘이 웃으며 말했다.

"그럴 필요 없어요. 다만 오늘은 제가 대신 생일을 챙겨드려야 마음이 편하겠어요."

보옥과 상운 등이 일제히 "지당해!" 하고 말하자 탐춘이 하녀에게 분부를 내렸다.

"가서 희봉 아씨께 전해라. 우리 모두가 오늘 하루는 평아 언니를 놓아주지 않고, 모두 추렴을 해서 생일잔치를 벌일 거라고 말이야."

하녀가 웃으며 갔다가 한참 후에 돌아와서 아뢰었다.

"둘째 아씨께선 평아 언니 체면을 세워줘서 고맙다고 하시면서 생일잔치에서 뭘 대접받든 간에 아씨를 잊지만 않는다면 아무 말 않겠다고 말씀하셨어요."

그 말에 모두 웃음을 터뜨렸다. 탐춘이 말했다.

"마침 오늘 대관원 안 주방에서는 밥을 준비하지 않아서 국수와 요리를 전부 밖에서 챙겨 오거든요. 그러니까 우리가 돈을 모아 유어멈한테 얘기해서 대관원 안 주방에서 요리를 장만하게 하는 게 어때요?"

모두들 아주 좋은 생각이라고 했다. 탐춘은 이환과 보차, 대옥에게 사람을 보내서 의향을 묻고, 다른 한편으로는 유어멈을 불러들여 얼른 주방에서 술상 두 개를 준비하라고 했다. 유어멈이 영문을 모르고 바깥 주방에 모두 준비되었다고 말하자, 탐춘이 웃으며 말했다.

"모르고 있던 모양인데, 오늘은 평아 언니 생일이에요. 밖에서 준비한 것들은 윗사람들 요리이고, 이제 우리가 개인적으로 추렴해서 평아 언니만을 위해 술상을 두 개 차려서 대접하려고 해요. 그러니까 아주머니도 새롭고 좋은 요리를 준비해서 계산서를 가져오세요. 돈은 내 거처에서 드릴게요."

"호호, 오늘이 평아 아씨 생신이었군요. 저는 전혀 몰랐네요."

그러면서 평아에게 절하자 평아가 다급히 일으켜 세웠다. 유어멈은 서둘러 술상을 준비하러 갔다.

탐춘은 보옥을 청해서 함께 응접실에서 국수를 먹자고 했고, 이환과 보차가 함께 오자 설씨 댁 마님과 대옥을 청하러 또 사람을 보냈다. 대옥도 날씨가 따뜻해지자 몸이 조금씩 좋아져서 함께 참석했다. 이렇게 해서 응접실에는 울긋불긋 단장한 사람들로 가득 찼다.

뜻밖에 설과가 보옥에게 수건과 부채, 향, 비단의 네 가지 예물을 보내서, 보옥은 그에게 찾아가 함께 국수를 먹었다. 양쪽 집안에서 모두 생일상을 차려 서로 선물을 주고받았다. 점심때 보옥이 설과와 함께 술을 두어 잔 마시고 있는데 보차가 보금을 데리고 설과를 찾아와 인사했다. 술을 받아 마시고 나자 보차가 설과에게 당부했다.

"집에 있는 술은 저쪽에 보낼 필요 없어요. 그런 허례허식은 안 해도 돼요. 오빠는 그냥 가게 일꾼들한테나 술을 좀 대접하세요. 우리는 보옥 도련님을 모시고 안에 들어가 대접할 사람이 있는데 오빠랑은 함께 가기 곤란한 자리에요."

"누이, 도련님, 걱정 마시고 가보세요. 그래야 일꾼들도 오기 편하지요."

보옥은 얼른 미안하다는 인사를 남기고 보차 자매와 함께 대관원으로 돌아갔다.

쪽문을 들어서자 보차는 할멈에게 대문을 잠그라 하고 열쇠를 직접 받아 챙겼다. 보옥이 물었다.

"이 문은 왜 잠가요? 드나드는 사람도 많지 않은데. 게다가 이모님과 누나, 동생이 모두 이 안에 있는데 집에 뭐라도 가지러 가려면 불편하지 않겠어요?"

"호호, 만사는 불여튼튼이지요. 도련님 댁에 요 며칠 동안 여러 가지 일들이 있었지만 이쪽에서는 아무 일 없었지요. 그게 다 바로 이 문을 잠가둔 덕분이에요. 만약 열어두었더라면 사람들이 지름길로 다니느라고 여길 드나들 텐데 누굴 막을 수 있겠어요? 차라리 잠가버리는 게 나아요. 어머니나 저조차도 조심하니까 다들 여기로 드나들지 않아요. 그러면 설사 무슨 일이 생기더라도 이쪽 사람들이 연루되지는 않겠지요."

"하하, 우리 집에서 최근에 물건이 없어진 걸 누나도 알고 있었군요?"

"호호, 도련님께선 장미즙이랑 복령상 일만 알고 계실 뿐이고, 그나마 범인이 나타나서야 알게 되었지요. 만약 범인이 나타나지 않았더라면 그 두 가지 사건도 아직 모르고 있었을 거 아니에요? 그것들보다 더 큰 다른 일들이 몇 건이나 더 있을지도 모르지요. 이후로 만약 아무 일도 드러나지 않는다면 모두에게 다행이겠지만, 일이 밝혀진다면 또 얼마나 많은 사람이 연루될지 모르잖아요? 도련님도 집안일에 신경 쓰지 않은 분이니 말씀드리는 거예요. 평아는 사리가 밝은 사람이라 제가 전에 일러둔 적이 있어요. 다 희봉 언니가 밖에 나가 일을 보지 않으니 평아라도 알고 있으라고 그런 거예요. 일이 불거지지 않으면 다들 흔쾌히 손을 털겠지만, 그렇지 않으면 평아도 생각이 있어서 자연히 합리적으로 판단할 테고, 애먼 사람에게 누명을 씌워 억울하게 만들지 않을 거예요. 그러니 제 말씀 명심하시고 이후로 조심하시면 돼요. 그리고 이 얘기는 다른 사람한테 하시면 안 돼요."

그러는 사이에 심방정 근처에 이르렀다. 습인과 향릉, 대서, 소운, 청문, 사월, 방관, 예관, 우관 등 십여 명은 거기서 물고기를 구경하며 놀고 있다가 그들이 오는 것을 보자 저마다 말했다.

"작약꽃밭 안에 자리를 만들어놓았으니 어서 자리에 앉으셔요."

보차 등은 그들과 함께 작약꽃밭 안에 있는 홍향포紅香圃*라는 세 칸짜리 작은 청사로 갔다. 그곳은 사방의 창문이 탁 트여 있었다. 우씨를 비롯한 모든 사람들이 벌써 모여 있었지만 정작 평아는 보이지 않았다.

평아는 진즉 대관원을 나서고 있었는데 마침 뇌대와 임지효를 비롯한 여러 집사들의 집에서 연이어 예물을 보내왔다. 상, 중, 하 세 등급의 하인들도 찾아와 축하 인사를 하고 예물을 올리는 바람에 사례비를 주느라 바빴다. 그러면서 들어온 선물들에 대해 일일이 희봉에게 보고하고 몇 가지만 받아두었다. 어떤 것은 아예 받지 않기도 했고, 받은 즉시 사람들에게 나눠주기도 했다. 그렇게 한참 동안 바쁜 일이 지나고 국수를 먹은 뒤에야 평아는 옷을 갈아입고 대관원으로 들어갔다.

평아가 대관원에 들어서자마자 마중 나온 몇 명의 하녀들과 함께 홍향포로 갔다. 그곳에는 아주 화려하고 풍성한 술자리가 마련되어 있었다. 그녀가 오자 모두들 웃으며 말했다.

"주인공들이 다 모였군요."

그러면서 위쪽의 네 자리에 네 명의 주인공을 앉히려 했지만 모두 사양하자 설씨 댁 마님이 말했다.

"나는 늙어서 기력도 없으니 너희들과 어울리는 게 오히려 어색하구나. 차라리 대청에서 편히 누워 있는 게 좋겠다. 그리고 배가 불러서 뭘 더 먹고 싶지도 않고 술도 별로 못 마시니까 여긴 저 아이들끼리 편하게 놀도록 해주는 게 좋겠어."

우씨 등이 한사코 안 된다고 하자 보차가 말했다.

"그러시라고 하지요. 어머니는 대청에서 편히 누워 계시게 하고 잡수고 싶은 음식은 그리 갖다드리면 되잖아요? 그게 오히려 편해요. 그리고 앞채에 사람이 없으니까 하인들을 관리하실 수도 있잖아요."

그러자 탐춘 등이 웃으며 말했다.

"그럼, 어른 말씀을 따르는 게 최고의 공경이니까……"

이리하여 다들 설씨 댁 마님을 응접실로 전송하고, 하녀들에게 비단 요와 등받이, 사방침 등을 깔게 하면서 또 이렇게 말했다.

"다리 잘 주물러드리고, 차나 물을 찾으시거든 꾸물거리지 말고 얼른 갖다드려라. 나중에 음식을 보내오면 이모님께서 좀 잡수고 나서 너희들에게도 나눠주실 테니까 여길 떠나면 안 된다!"

하녀들이 모두 "예!" 대답했다.

탐춘 등은 홍향포로 돌아가서 결국 보금과 수연을 상석에 앉히고 평아는 서쪽, 보옥은 동쪽에 앉게 했다. 탐춘은 원앙을 데려와서 둘이 나란히 맞은편에 앉았다. 서쪽 술상에는 보차와 대옥, 상운, 영춘, 석춘이 앉고, 또 향릉과 옥천을 끌어다가 동서로 마주보며 앉게 했다. 세 번째 술상에는 우씨와 이환이 습인과 채운을 데리고 앉았고, 네 번째 술상에는 자견과 앵아, 청문, 소라, 사기 등이 둘러앉았다. 이어서 탐춘 등이 건배하려고 하는데 보금 등 네 명이 말했다.

"그걸 하자면 종일 앉아 있어도 다 끝내지 못해요."

그래서 건배는 그만두었다. 그때 두 명의 여자 이야기꾼들이 탄사彈詞[5]로 생일을 축하하겠다고 하자 모두들 싫다고 했다.

"여긴 그런 야담 따위를 듣고 싶어 하는 사람이 없으니 응접실에 가서 이모님 기분이나 풀어드리도록 해요."

그러면서 각종 음식을 골라 설씨 댁 마님께 갖다드리라고 했다. 그때 보옥이 말했다.

"고상한 자리에 흥취가 없으니 주령놀이를 하는 게 좋겠어요."

그러자 다들 이런 주령을 놀자, 저런 주령을 놀자 하며 의견이 분분했는데 대옥이 말했다.

"제 생각에는 지필묵을 가져다가 각자 의견을 써놓고 제비를 뽑아서 정하는 게 좋겠어요."

다들 좋은 생각이라고 칭찬하면서 즉시 지필묵을 가져오게 했다. 근래에

시도 배우고 날마다 글씨 연습을 해온 향릉이 그걸 보자 참지 못하고 얼른 일어나서 말했다.

"제가 쓸게요."

다들 잠시 궁리하여 모두 열 개 남짓한 주령을 생각해냈다. 각자 이야기하면 향릉이 일일이 받아 적고 잘 접어서 병 안에 집어넣었다. 준비가 다 되자 탐춘이 평아에게 하나 뽑으라고 했다. 평아가 병 안에 젓가락을 집어넣고 한 번 휘저은 다음 하나를 집어냈는데, 펼쳐보니 '사복射覆'[6]이라고 적혀 있었다. 보차가 웃으며 말했다.

"주령의 원조를 뽑았네요! '사복'은 옛날부터 있었지만 지금은 전해지지 않아요. 지금 하는 방식은 후세 사람들이 만든 것인데 그것도 주령 가운데 제일 어려운 거예요. 여기 있는 사람들 중 태반은 이걸 할 줄 모르니까 이건 버리고 다들 함께 즐길 수 있는 다른 걸로 뽑는 게 좋겠어요."

탐춘이 말했다.

"호호, 이미 뽑은 걸 어떻게 없애요? 다시 하나 뽑아서 누구나 할 수 있는 게 나오면 저 사람들더러 하라 하고, 우리는 이걸로 해요."

이어서 습인에게 하나 뽑게 했더니 '무전拇戰'[7]이 나왔다. 그러자 상운이 말했다.

"호호, 이건 간단하고 시원시원해서 제 성격에 맞네요. 괜히 고개 숙이고 답답하게 고민하게 만드는 '사복'은 관두고 획권劃拳* 이나 하겠어요."

그러자 탐춘이 말했다.

"쟤만 훼방을 놓는군. 보차 언니, 쟤한테 큰 잔에다 벌주 한잔 줘요!"

보차가 다짜고짜 상운에게 한잔을 먹였다.

탐춘이 말했다.

"제가 한잔 마시고 주령관이 되겠어요. 다들 여러 말 말고 제가 시키는 대로 해야 해요."

그러면서 하녀에게 주사위와 주사위 던질 그릇을 가져오게 하고 계속해서 말했다.

"보금이부터 순서대로 던져서 같은 숫자가 나온 두 사람이 '사복'을 하는 거예요."

보금이 주사위를 던지자 삼이 나왔는데, 수연과 보옥 등은 모두 다른 숫자가 나오다가 향릉에게 이르러 삼이 나왔다. 그러자 보금이 웃으며 말했다.

"방 안에 있는 사물로만 문제를 내야 해요. 밖에 있는 것까지 내면 갈피를 잡기 어려우니까요."

탐춘이 말했다.

"당연하지! 세 번 못 맞춘 사람이 벌주 한잔이야. 네가 문제를 내고 향릉이 맞춰봐."

보금은 잠시 생각하다가 "늙었군요〔老〕." 하고 말했다.

이런 주령이 생소한 향릉은 순간적으로 답이 떠오르지 않았다. 온 방 안을 둘러봐도 '늙은' 것과 관련된 성어成語를 찾을 수 없었다. 상운도 그 말을 듣고 여기저기 둘러보다가 문득 문설주에 붙어 있는 '홍향포'라는 글자를 발견하고, 비로소 보금이 낸 문제가 『논어論語』 「자로子路」에서 "나는 늙은 채마지기만도 못하다〔吾不如老圃〕."라고 했을 때의 '포圃'를 암시한다는 것을 알아챘다. 향릉이 맞히지 못하자 사람들이 북을 두드리며 재촉했다. 그러자 상운이 슬며시 향릉의 팔을 잡아당기며 "약藥!" 하고 일러주었다. 하지만 하필 대옥에게 들키고 말았다.

"얼른 재한테 벌주를 줘요! 몰래 귀띔해주었어요."

그러자 다들 알아차리고 재빨리 상운에게 벌주를 안겼다. 상운은 약이 올라 젓가락으로 대옥의 손을 때렸다. 결국 향릉도 벌주를 받았다. 다음은 보차와 탐춘의 주사위 숫자가 맞았다. 탐춘이 "사람〔人〕" 하고 문제를 내자 보차가 생글거리면서 말했다.

"그건 너무 막연한데?"

"그럼 힌트를 하나 더 드릴게요. 두 가지 힌트를 놓고 맞히면 막연하지 않겠지요. 자, 다음 힌트는 '창窓'이에요."

보차는 잠시 생각하다가 상에 닭이 있는 걸 보고는 탐춘이 '계창雞窓'과 '계인雞人'[8]이라는 두 가지 전고를 썼다는 걸 알아차리고 "횃대〔塒〕!" 하고 대답했다. 탐춘은 보차가 『시경詩經』「왕풍王風」「군자어역君子於役」에 들어 있는 "닭은 횃대에 깃들고〔雞棲於塒〕"라는 전고를 써서 답을 맞혔다는 것을 알아맞혔다. 둘은 웃으며 각자 자기 앞에 놓인 잔을 비웠다.

기다리다 지친 상운은 어느새 보옥과 함께 "셋!" "다섯!" 하고 소리치며 획권놀이를 시작했다. 저쪽 자리의 우씨와 원앙 등도 "일곱!" "여덟!" 하며 역시 획권놀이를 시작했다. 평아와 습인도 획권을 시작하자 팔목의 팔찌들이 짤랑짤랑 울렸다. 잠시 후 상운이 보옥을 이기고, 습인은 평아를, 우씨는 원앙을 이겼다. 이긴 세 사람은 진 사람에게 자기 앞의 잔을 채우고 얘기할 내용〔酒面〕과, 다시 술을 마시고 나서 다음 사람에게 차례를 넘기기 전에 얘기할 내용〔酒底〕을 정해주었다. 그러자 상운이 말했다.

"주령을 할 때는 고문古文에서 한 구절, 고시에서 한 구절, 골패 이름에서 한 구절, 곡패曲牌 이름에서 한 구절, 그리고 역서曆書*에서 한 구절을 따서 뜻이 통하게 하나의 구절을 지어야 해요. 그리고 주저酒底할 때는 사람의 일과 관련된 과일이나 채소 이름을 대야 해요."

그 말에 모두들 웃으며 말했다.

"하여튼 상운이 주령은 다른 사람에 비해 복잡하지만 그래도 재미는 있어."

그러면서 보옥에게 빨리 주령을 하라고 재촉했다. 보옥이 싱긋 웃으며 말했다.

"이런 주령은 처음이라 생각을 좀 해봐야겠어."

그러자 대옥이 말했다.

"한잔 더 마시면 제가 대신 해줄게요."

보옥이 정말 한잔을 비우자 대옥이 말했다.

노을은 외로운 오리와 나란히 날고
세찬 바람 부는 강 위에 기러기 구슬피 지나는데
하필 다리 부러진 기러기라
보는 사람 애간장 끊어지나니
이게 바로 손님 기러기일세!⁹
落霞與孤鶩齊飛
風急江天過雁哀
卻是一隻折足雁
叫的人九廻腸
這是鴻雁來賓

그러자 모두 폭소를 터뜨렸다.
"그렇게 엮어놓으니 제법 재미있는걸?"
대옥이 또 개암나무 줄기를 하나 집어 들고 주저를 읊었다.

개암나무 열매는 건너편 뜰의 다듬이와 상관없는데
어디서 들리는가, 집집마다 울리는 다듬이 소리.¹⁰
榛子非關隔院砧
何來萬戶搗衣聲

이어서 원앙과 습인 등도 주령을 했다. 하지만 모두 장수하라는 의미에서 '수壽' 자가 들어 있는 속된 이야기들뿐이어서 일일이 적을 필요가 없는 것들이었다.
다 같이 돌아가며 한바탕 획권놀이를 하는데, 이쪽에서 상운이 보금과 맞섰다. 이환은 수연과 주사위 숫자가 맞아서 '사복'을 시작했다. 이환이 "표주박〔瓢〕!" 하자 수연이 '초록〔綠〕!" 하고 맞추니[11] 두 사람은 뜻이 맞아 각기 앞에 놓인 술을 한잔씩 마셨다. 상운이 획권에서 져서 주령과 주저를 정해달라고 하자, 보금이 웃으며 말했다.

"독 안으로 들어가시지요〔請君入瓮〕!"[12]

그러자 모두들 웃음을 터뜨렸다.

"아주 적당한 전고일세!"

그러자 상운이 말했다.

치솟은 물결 바위에 부딪쳐
강의 파도가 하늘까지 치솟으니
쇠사슬로 외로운 배 묶어놓아야지
온 강에 바람 몰아치니
배 띄우기 곤란하다네.[13]

奔騰而砰湃
江間波浪兼天湧
須要鐵鎖纜孤舟
旣遇著一江風
不宜出行

그러자 다들 배를 잡고 웃어댔다.

"정말 웃기게도 엮어놓았네! 어쩐지 그런 주령을 내더라니! 웃기려고 일부러 그랬지?"

상운은 앞에 놓인 술을 마시고 오리고기 한 점을 집어 입에 넣었다. 그러다가 접시 안에 오리 대가리 반쪽이 들어 있는 것을 발견하고는 바로 집어들고 골을 파먹기 시작했다. 그러자 사람들이 재촉했다.

"먹기만 하지 말고 얼른 주저를 읊어야지!"

그러자 상운이 젓가락으로 오리 대가리를 집어 들고 말했다.

이 오리 대가리는 그 아가씨가 아닌데[14]
머리 위에 어찌 계화 기름이 있으랴!
這鴨頭不是那丫頭
頭上那討桂花油

그러자 다들 또다시 폭소를 터뜨렸고, 그 바람에 청문과 소라, 앵아 등이 모두 달려와 따졌다.

"상운 아가씨, 우스갯소리는 잘하시지만 우리를 끌어다가 웃음거리로 만들었으니 얼른 벌주 한잔 드세요! 우리가 왜 꼭 계화 기름만 발라야 한다는 거죠? 그럼 저희한테 각자 계화 기름 한 병씩 주세요!"

대옥이 웃으며 말했다.

"상운이야 언니들한테 한 병씩 주고 싶은 마음이 있겠지만, 잘못하다가 도둑질했다는 소송에 휘말릴까 무서워서 못 주는 거예요."

다들 그 말에 별로 신경을 쓰지 않았다. 하지만 보옥은 무슨 이야기인 줄 알고 황급히 고개를 숙였다. 채운 역시 마음에 걸리는 게 있어서 자기도 모르게 얼굴이 빨개졌다. 그러자 보차가 몰래 대옥에게 눈짓을 했고, 곧 대옥도 자신의 말실수를 후회했다. 원래 보옥을 놀려주려고 한 말인데 채운의 마음이 상할 수도 있다는 걸 깜박했던 것이다. 하지만 후회해도 때는 이미 늦었는지라 얼른 주령놀이와 획권놀이로 분위기를 돌렸다.

그다음은 공교롭게도 보옥과 보차의 주사위 숫자가 같았다. 보차가 "보배〔寶〕!" 하고 문제를 내자 보옥이 잠시 생각보다가 이내 보차가 자신이 걸고 있는 통령보옥을 가리켜 장난친 것임을 눈치채고 웃으며 말했다.

"누나는 나를 두고 점잖게 놀렸지만 나는 맞췄어요. 얘기한다고 화내지 말아요. 답은 누나 이름의 '비녀〔釵〕'예요."

사람들이 왜 그러냐고 물었다.

"누나가 '보배'라고 했으니 그다음은 당연히 '옥玉'이지요. 옛날 시에 '옥비녀 두드려 부러뜨리니 붉은 촛불 차갑구나〔敲斷玉釵紅燭冷〕.'[15]라는 구절이 있으니까요. 제 답이 맞지요?"

그러자 상운이 말했다.

"이건 지금의 일을 써서 만든 거니까 안 돼요. 두 사람 다 벌주를 마셔야 해요!"

그러자 향릉이 말했다.

"지금의 일뿐만 아니라 그것도 출처가 있어요."

상운이 말했다.

"'보옥'이라는 말에 출처가 어디 있어? 기껏해야 춘련春聯*에나 혹시 있을지 모르지만, 시나 서적에는 전혀 기록되어 있지 않으니까 안 돼."

"예전에 제가 잠참岑參*의 오언율시를 읽었을 때 '이 고을엔 보배로운 옥이 많네〔此鄕多寶玉〕.'[16]라는 구절이 있었는데 어떻게 아가씨께선 이 구절을 잊으셨어요? 나중에 읽은 이상은李商隱*의 칠언절구에도 '보배로운 비녀엔 먼지 끼지 않는 날이 없다〔寶釵無日不生塵〕.'[17]라고 되어 있었어요. 그래서 저는 저 두 분의 이름이 원래 당시唐詩에 나오는 거였구나 하면서 웃었던 적이 있어요."

그러자 다들 웃으며 말했다.

"이젠 더 따질 수 없겠네. 어서 벌주를 마셔!"

상운은 대답이 궁해져서 어쩔 수 없이 벌주를 마셨다. 사람들은 다시 주사위를 던져 '사복'의 짝을 정하기도 하고 획권놀이를 하기도 했다. 이들은 태부인과 왕부인이 집에 없어서 단속할 사람이 없으니 마음대로 "삼!" "오!" "칠!" "팔!" 하고 떠들며 놀았다. 대청 안은 온통 울긋불긋한 비단옷의 무늬들이 이리저리 나풀거리고, 몸에 장식한 옥과 진주 같은 보석들이

현란하게 흔들리며 화려한 풍경을 연출했다.

다들 그렇게 한참을 놀다가 자리를 파하려고 하는데 갑자기 상운이 보이지 않았다. 그들은 그녀가 밖의 화장실에 갔으려니 하고 금방 돌아오리라 생각했다. 하지만 어찌 된 일인지 아무리 기다려도 그림자조차 보이지 않았다. 이에 사람들을 시켜 곳곳을 찾아보게 했지만 어디에서도 찾지 못했다.

잠시 후 임지효댁이 몇몇 할멈들을 데리고 왔다. 그녀는 상전들이 무슨 중요한 일을 시킬 지도 모르고, 또 나이 어린 하녀들이 왕부인이 집에 없다고 탐춘 등의 단속을 듣지 않고 제멋대로 과음을 해서 체통을 잃지 않을까 염려스럽기도 해서 혹시 무슨 일이 없나 알아보러 왔던 것이다. 탐춘은 그들을 보자 바로 찾아온 뜻을 알아차리고 얼른 웃으며 말했다.

"호호, 걱정이 돼서 살펴보러 온 모양이군요? 술은 많이 마시지 않고 그저 다들 웃고 즐기려고 술기운을 조금 빌린 것뿐이니 너무 걱정 말아요."

이환과 우씨도 웃으며 말했다.

"가서 쉬게. 우리도 저 아이들이 너무 많이 마시지 않게 할 테니까."

임지효댁이 웃는 얼굴로 말했다.

"알고 있습니다. 노마님께서 권하셔도 아가씨들은 술을 마시려 하지 않으셨는데, 하물며 마님들께서 집에 안 계시는 때에 더욱 조심하지 않으시겠어요? 당연히 좀 노시다가 끝내시겠지요. 저희는 혹시 시키실 일이라도 있나 싶어서 와보았어요. 그리고 해도 길어졌는데 한참 노셨던 터라 간식이 좀 필요하지 않을까 싶기도 했지요. 평소에는 잡다한 걸 별로 잡수지 않는 분들이지만 지금은 술도 두어 잔 하셨으니까 뭘 좀 잡수시지 않으면 몸이 상할지 몰라요."

탐춘이 웃으며 말했다.

"맞는 말이에요. 저희도 막 뭘 좀 먹으려던 참이었어요."

그러면서 고개를 돌려 하녀들에게 간식을 준비하라고 분부했다. 양쪽에 있던 하녀들이 "예!" 하고 서둘러 간식을 날라왔다. 탐춘이 미소를 지으며 음식을 권했다.

"잠시 쉬었다 가셔요. 아니면 이모님께 가서 말동무라도 해드리셔요. 바로 술과 안주를 보내드릴게요."

임지효댁이 웃으며 말했다.

"아이고, 괜찮습니다!"

그들이 잠시 서 있다가 물러가자 평아가 얼굴을 만지면서 말했다.

"호호, 얼굴이 온통 달아올라서 그 사람들 보기 쑥스러웠어요. 이만 자리를 파하는 게 좋겠어요. 그 사람들이 또 오면 곤란해지잖아요?"

탐춘이 웃으며 말했다.

"괜찮아요. 어쨌든 우리가 술만 적당히 마시면 되잖아요."

그러는 사이에 하녀 하나가 깔깔대며 뛰어와서 말했다.

"아가씨들, 얼른 가보셔요. 상운 아가씨가 취하셔서 바람 쐬시려다 산 뒤쪽에 있는 청석靑石 걸상에 누워서 잠이 드셨어요!"

모두들 그 말을 듣고 웃으면서 말했다.

"떠들지 마라!"

그러면서 함께 가서 보니 과연 상운이 바위 구석진 곳에 있는 돌 걸상에 누워 단잠을 자고 있었는데, 사방에서 작약꽃이 날려 얼굴과 옷자락을 온통 분홍빛으로 덮고 있었다. 손에 쥐고 있던 부채도 땅바닥에 떨어져 꽃잎에 반쯤 묻혀 있었고, 한 무리 나비와 벌들이 주위를 맴돌고 있었다. 그녀는 손수건에 작약꽃잎을 싸서 베개로 삼고 있었다. 사람들은 그 모습이 귀엽기도 하고 우습기도 해서 얼른 다가가 깨워 일으켜서 부축했다. 상운은 여전히 꿈속에서 주령을 읊는 것처럼 중얼중얼 잠꼬대를 했다.

    샘물 향기로우니 술도 맑고
    옥그릇에 호박색 술 가득 찰랑이니

매화 가지에 달 걸릴 때까지 마시고

취한 몸 부축받아 돌아가나니

우의 깊은 벗들과 모임을 가졌기 때문이지.[18]

泉香而酒冽

玉碗盛來琥珀光

直飮到梅梢月上

醉扶歸

卻爲宜會親友

사람들이 그녀를 흔들어 깨우며 말했다.

"호호, 어서 일어나 밥 먹어. 축축한 의자 위에서 자면 병 생겨!"

상운이 천천히 눈을 뜨다가 사람들을 발견하고 다시 고개를 숙여 자신을 살펴보았다. 그제야 자기가 취해 잠이 들었음을 깨달았다. 원래 그녀는 더위도 식힐 겸 조용한 곳을 찾아왔던 것인데 벌주를 좀 많이 마신 탓에 약한 몸이 이기지 못하고 자기도 모르게 잠이 들었던 것이다. 그녀는 부끄러워서 얼른 일어나 사람들과 함께 비틀비틀 홍향포로 가서 물을 마시고, 또 진한 찻물을 두 잔이나 마셨다. 탐춘이 급히 술 깨는 돌〔醒酒石〕[19]을 갖다가 그녀의 입에 물려주게 하고, 잠시 후에는 산매탕〔酸梅湯〕*을 조금 마시게 하자 비로소 정신이 맑아졌다.

그 후 몇 가지 과일과 요리를 골라 희봉에게 보냈고, 그녀도 몇 가지를 보내왔다. 보차 등은 간식을 먹고 나서 각기 편한 대로 앉아 있거나 서서, 또는 밖에서 꽃구경을 하거나 난간에 기대 물고기를 구경하면서 웃고 떠들었다. 탐춘은 보금과 바둑을 두었고, 보차와 수연은 옆에서 구경했다. 대옥과 보옥은 꽃나무 아래에서 무언가 재잘재잘 이야기하고 있었다.

그때 임지효댁과 한 무리 여인들이 어멈 하나를 데리고 들어왔다. 그 어멈은 시름으로 일그러진 얼굴을 한 채 감히 대청 안으로 들어오지 못하고 계단 아래에서 무릎을 꿇고, 땅바닥에 소리가 나도록 머리를 조아렸다. 탐춘은 대마大馬 하나가 공격을 당하고 있는데, 이리저리 생각해보니 그래도 두 눈은 만들 수 있을 것 같아서 곧 공배空排*를 메웠다. 두 눈은 바둑판을 응시하면서 한 손은 돌 통에 넣은 채 바둑알을 만지작거리며 생각에 잠겨 있었다. 임지효댁이 한참 동안 서 있었는데 탐춘이 차를 달라고 하려다가 그녀를 발견하고 물었다.

"무슨 일이에요?"

임지효댁이 그 어멈을 가리키며 말했다.

"저 사람은 석춘 아가씨 방에 있는 채아라는 하녀의 어미인데, 지금 대관원 안에서 시중을 들고 있지요. 그런데 말버릇이 아주 안 좋습니다. 방금 제가 무슨 소리를 듣고 물었더니, 대답하는 말도 차마 말씀드리기 곤란할 정도로 험해서 아무래도 내쫓아야 할 것 같습니다."

"큰언니한테 알리지 그랬어요?"

"큰아씨께도 조금 전에 설씨 댁 마님 계신 응접실로 가시는 길에 만나 사정을 자세히 말씀드렸더니 아가씨께 여쭈라고 하셨어요."

"그럼 희봉 언니한테 알리면 되잖아요?"

그러자 평아가 말했다.

"그럴 필요 없어요. 제가 돌아가서 말씀드리면 되니까요."

탐춘이 고개를 끄덕이며 말했다.

"그럼 일단 내쫓아요. 마님께서 돌아오시면 다시 여쭈어서 처분을 기다리도록 하지요."

그렇게 말하고 나서 다시 바둑에 열중하자, 임지효댁은 그 어멈을 데리고 물러갔다. 이 이야기는 그만하겠다.

대옥과 보옥은 꽃그늘에 서 있었지만, 멀리서나마 상황을 대충 짐작했다. 대옥이 말했다.

"셋째 아가씨는 정말 총명해요. 집안일을 맡겨도 조금도 지나치게 나서

지 않으니까요. 웬만한 사람이라면 진즉 위세를 부리려 들었을 거예요."

"모르는 모양이군. 네가 아플 때 저 아이가 몇 가지 훌륭한 일을 해놨어. 이 대관원도 할멈들한테 나누어 관리하게 해서 지금은 풀 한 포기조차 함부로 뽑지 못해. 또 몇 가지 불미스러운 일이 있었는데 나와 둘째 형수만 내세워 본보기를 삼았지. 단순히 총명하기만 한 게 아니라 마음 씀씀이도 아주 꼼꼼해."

"그러면 좋지요. 우리 집은 낭비가 너무 심해요. 저는 집안일에 관여하지 않지만 마음에 여유가 있을 때 이 집안 사정을 따져보면 나가는 건 많고 들어오는 건 적어요. 그러니 지금부터 절약하지 않으면 나중에는 정말 대책이 없어질 거예요."

"하하, 훗날 사정이 아무리 곤란해져도 우리 두 사람 쓸 돈까지 모자랄까?"

그 말을 듣자 대옥은 바로 돌아서서 보차와 담소를 나누러 대청으로 가버렸다.

보옥이 막 따라가려고 하는데 습인이 니스칠한 작은 연환식連環式 차 쟁반에 새 차 두 잔을 얹어 들고 와서 물었다.

"아가씨는 어디 가셨어요? 두 분이 한참 동안 차를 들지 않으시기에 일부러 두 잔을 따라왔는데 가버리셨네요."

"저기 있잖아. 갖다줘."

보옥이 한잔을 들자 습인은 다른 잔을 들고 저쪽으로 갔다. 그런데 보차가 함께 있는데 차는 한잔뿐이라 대옥에게만 권하기가 곤란했다.

"목마른 분부터 먼저 드셔요. 다시 한잔 가져올게요."

보차가 웃으며 말했다.

"나는 목은 마르지 않고 그저 한 모금으로 입이나 행구면 돼요."

그러면서 잔을 들고 먼저 한 모금 마시고 나서 남은 반 잔을 대옥의 손에 들 주었다. 습인이 웃으며 말했다.

제62회 249

"한잔 더 가져올게요."

대옥이 웃는 얼굴로 말했다.

"언니도 제 병을 아시잖아요? 의원이 차를 너무 많이 마시지 말라고 했으니 이 반 잔이면 충분해요. 생각해줘서 고마워요."

그리고 잔을 비우고 내려놓았다. 습인이 보옥의 잔을 가지러 가자 보옥이 물었다.

"방관이가 한참 보이지 않는데 어디 갔지?"

습인이 사방을 둘러보면서 말했다.

"조금 전에 여기서 몇몇 아이들과 풀싸움을 하고 있었는데, 지금은 보이지 않네요."

보옥이 급히 방으로 돌아가보니 과연 방관이 얼굴을 안쪽으로 향한 채 침대에 누워 있었다. 보옥이 툭 치며 말했다.

"그만 자고 같이 밖에 나가 놀자. 조금 있으면 밥 먹을 시간인데 움직여야 입맛이 돌지."

"다들 술 마시느라 저를 상대해주지 않아서 한참 동안 심심하게 만들었으니 잠이나 자야지요 뭐!"

보옥이 방관을 끌어 일으키며 말했다.

"하하, 밤에 집에서 다시 먹자. 나중에 내가 습인 누나한테 너랑 식탁에서 밥 먹으라고 할게. 어때?"

"우관이랑 예관이도 모두 가지 않았는데 저만 혼자 있으니까 별로예요. 저는 국수를 안 좋아해서 아침도 제대로 못 먹었다고요. 조금 전에 배가 고파서 벌써 유아주머니한테 얘기해두었어요. 우선 저부터 국 한 그릇이랑 밥 반 공기 갖다 달라고 했으니까 여기서 먹으면 돼요. 저녁에 술 마실 때는 아무도 저를 단속하지 못하게 해주세요. 제 마음껏 마실 테니까요. 예전에 집에 있을 때는 좋은 혜천주惠泉酒[20]를 두세 근이나 마신 적도 있어요. 지금은 이 빌어먹을 짓을 배우느라 목이 상한다면서 못 마시게 해서

요 몇 년 동안 술 냄새도 맡아보지 못했어요. 이번 기회에 저도 금주禁酒를 그만둬야겠어요."

"그거야 쉽지!"

그때 유어멈이 사람을 시켜 찬합을 하나 보냈다. 춘연이 받아 열어보니 동그랗게 다진 새우 살과 닭 껍질을 넣어 끓인 국 한 그릇, 술에 절여 찐 오리 한 그릇, 소금에 절인 오리 육포 한 접시, 연유에 갠 밀가루에 잣을 넣고 말아 튀긴 과자 네 개가 담긴 접시 하나, 그리고 뜨끈뜨끈하게 김이 솟는 녹휴향도綠畦香稻[21]의 멥쌀밥이 큰 공기에 하나 담겨 있었다. 춘연은 그걸 탁자에 놓아두고 간단한 채소 요리와 그릇, 젓가락을 가져다 놓고 공기에 밥을 퍼 담았다. 그러자 방관이 말했다.

"온통 느끼한 것들뿐이네! 이런 걸 누가 먹어?"

방관은 국에 밥을 말아 한 그릇 먹고, 소금에 절인 오리고기 육포를 두어 점 집어 먹고는 젓가락을 놓았다. 보옥이 냄새를 맡아보니 예전에 늘 먹던 것보다 조금 나은 것 같아서 연유 과자를 하나 먹어보았다. 또 춘연에게 밥을 반 공기 퍼달라고 해서 국에 말아 먹으니 아주 달콤하고 향긋했다. 그 모습을 보고 춘연과 방관이 모두 웃었다. 그가 다 먹고 나자 춘연이 남은 걸 돌려보내려고 했다. 그러자 보옥이 말했다.

"너도 먹어. 모자라면 더 달라고 해."

"이거면 충분해요. 조금 전에 사월 언니가 간식 두 접시를 갖다주셨는데 이걸 또 먹으면 다른 건 더 이상 먹지 못해요."

곧 춘연은 탁자 옆에 서서 음식을 먹고, 연유 과자 두 개를 남겨놓으며 말했다.

"이건 이따 엄마 드려야겠어요. 그리고 저녁에 약주 잡수시려거든 저한테도 두어 잔 주셔요."

보옥이 웃으며 말했다.

"너도 술을 좋아하니? 이따 저녁에 실컷 마셔보자꾸나. 습인 언니랑 청문 언니도 술이 꽤 세서 마시고 싶어 했지만 매일 술 마실 분위기가 아니었지. 오늘은 다들 날을 잡아 마셔보자꾸나. 그리고 너한테 한 가지 부탁할 일이 있는데 그동안 잊고 있다가 이제야 생각이 났어. 이후로 방관이는 네가 잘 보살펴줘라. 혹시 잘못을 저지르거든 네가 일깨워줘. 습인 누나가 혼자서 사람들을 다 돌볼 수 없으니까 말이야."

"저도 알아요. 걱정 마셔요. 그런데 오아 일은 어떻게 되는 건가요?"

"네가 유어멈한테 얘기해라. 내일 바로 들여보내라고 말이야. 나중에 내가 다른 분들께 말씀드리면 되니까."

방관이 웃으며 말했다.

"그것도 괜찮은 방법이네요."

춘연은 두 하녀를 불러 보옥의 세수 시중을 들고 차를 따르라 하고는 자신은 그릇을 챙겨 할멈에게 건네주었다. 그리고 자신도 손을 씻고 유어멈을 찾아갔는데, 그 이야기는 그만하겠다.

보옥은 곧 밖으로 나와서 다시 홍향포의 자매들을 보러 갔는데, 방관이 손수건과 부채를 들고 뒤따랐다. 그들이 막 이홍원 대문을 나섰을 때 습인과 청문이 손을 맞잡고 돌아오고 있었다.

"둘이 뭐했어?"

습인이 대답했다.

"진지를 차려놓고 도련님을 기다리고 있었지요."

보옥이 생글거리면서 방금 밥 먹은 이야기를 들려주자 습인이 웃음을 머금고 말했다.

"그러니까 제가 도련님은 꼭 고양이 밥 먹듯이 냄새만 맡으면 바로 남의 밥그릇에 군침을 흘리신다고 하지요. 그래도 가셔서 저분들과 같이 앉아 분위기 맞추면서 조금이라도 잡수셔야 해요."

청문이 손가락으로 방관의 이마를 콕 찌르며 말했다.

"요 여우같은 것! 어느새 도망쳐 나와서 밥을 먹었어? 둘이 무슨 약속을 했기에 우리한테는 한마디도 알리지 않은 거야?"
습인이 웃으며 말했다.
"어쩌다 보니 만나게 된 거겠지. 설마 무슨 약속을 했겠어?"
"그럼 우리는 쓸모없겠네? 내일 우리는 모두 떠나고 방관이 혼자 시중을 전부 들게 해야겠어."
"호호, 우리는 다 떠나도 되지만 넌 안 돼."
"내가 제일 먼저 가야지! 게으르고 멍청한데다 성질까지 못됐으니 쓸모가 없거든."
"호호, 혹시 그 공작 깃털로 만든 저고리가 또 불에 구멍이라도 나면 너 말고 누가 고치겠어? 나한테 시킬 생각 마. 내가 뭘 좀 부탁하면 넌 바늘도 잡지 않고 실 한 올도 건드리지 않잖아. 내 개인 물건이 아니라 대부분 도련님 것인데도 손 하나 까딱하려 하지 않았잖아? 그런데 어쩐 일로 내가 며칠 떠나 있을 때 아파서 죽네 사네 골골거리던 네가 목숨까지 내놓고 밤을 새서 바느질을 해드렸더구나. 그건 무엇 때문이지? 얼른 얘기해, 내숭 떨지 말고! 웃는다고 내가 그냥 넘어갈 줄 알아?"
그러는 사이에 홍향포 대청에 이르러 보니 설씨 댁 마님도 와 있었다. 모두들 서열대로 앉아 밥을 먹었는데, 보옥은 차에다 밥 반 공기를 말아서 먹는 흉내만 냈다. 잠시 후 식사가 끝나자 모두들 차를 마시며 한담을 나누고 또 편하게 웃고 떠들었다.

밖에서는 소라와 향릉, 방관, 예관, 우관, 두관* 등 대여섯 명이 대관원 여기저기를 돌아다니며 놀았다. 그들은 화초를 조금 꺾어 와서 풀밭에 앉아 풀싸움을 했다.
"난 관음류觀音柳를 갖고 있어."
"나는 나한송羅漢松이야."
"난 군자죽君子竹으로 상대해주지!"

"나한테는 미인초美人蕉가 있거든?"

"자, 성성취星星翠야!"

"그럼 난 월월홍月月紅으로 상대해주지!"

"나한테는 『모란정牡丹亭』에 나오는 모란이 있다 이거야!"

"나는 『비파기琵琶記』에 나오는 비파枇杷 열매가 있거든?"

그러자 두관이 말했다.

"나한테는 자매화姐妹花가 있지롱!"

아무도 이에 응대하지 못하자 향릉이 말했다.

"나는 부처혜夫妻蕙가 있지!"

두관이 말했다.

"이제껏 '부처혜'라는 게 있다는 말은 들어본 적이 없어요."

"꽃대 하나에 꽃이 한 송이 피는 건 '난蘭'이고, 꽃대 하나에 꽃이 여러 송이가 피는 건 '혜蕙'라고 하지. 모든 혜는 가지가 두 개인데, 위아래로 꽃이 피는 건 '형제혜兄弟蕙'라 하고, 끝머리에 나란히 꽃이 피는 건 '부처혜'라고 하지. 이거 봐. 끝머리에 나란히 꽃이 달렸지?"

두관은 대꾸할 말이 없어서 웃으며 일어났다.

"언니 말대로라면 두 가지 중 하나는 크고 하나는 작은 건 '부자혜父子蕙'가 되겠고, 두 가지에 꽃들이 등을 지고 피면 '원수혜'가 되겠네요? 언니 낭군이 집 떠난 지 반년도 넘으니까 '부부'라는 말이 생각났지요? 괜히 그걸 끌어다 난초한테도 부부가 있다고 우기다니 부끄럽지도 않으세요!"

그 말에 향릉은 얼굴이 빨개져서 황급히 일어나 두관을 꼬집으며 욕을 퍼부었다.

"호호, 요 주둥이 썩어빠질 계집애야! 입만 열었다 하면 열병 난 것처럼 헛소리만 늘어놓지! 요놈의 계집애, 아주 죽도록 패주겠어!"

두관은 향릉이 잡으려 하자 잽싸게 밀쳐서 넘어뜨리고, 고개를 돌려 예관 등에게 부탁했다.

"얘들아, 도와줘! 헛소리만 하는 언니 입을 비틀어버려야겠어!"

둘이 엉켜서 풀밭을 뒹굴자 다들 박수치며 깔깔댔다.

"저런! 거긴 물웅덩이가 있어! 언니 새 치마를 다 버렸네."

두관이 돌아보니 정말 옆에 빗물 고인 웅덩이가 있었는데, 향릉의 치마 반쪽이 젖어 있었다. 그녀는 미안해서 얼른 손을 뿌리치고 도망쳐버렸다. 다들 웃음을 참지 못했지만 향릉이 자기들한테 화풀이를 할까 무서워 모두 깔깔거리며 흩어졌다.

향릉이 일어나 아래를 살펴보니 치마에서는 아직 물방울이 뚝뚝 떨어지고 있었다. 그래서 한참 욕을 해대고 있는데, 하필 보옥이 풀싸움 하는 그들을 보고 자기도 화초를 조금 뜯어서 끼어들려고 왔다. 그런데 그가 와보니 갑자기 다들 도망쳐버리고 향릉만 혼자 남아 치마를 만지작거리고 있었다.

"왜 그만해요?"

"제가 부처혜를 내미니까 쟤들이 알지도 못하면서 오히려 제가 거짓말을 꾸며낸다고 하잖아요. 그래서 싸움이 나는 바람에 제 새 치마를 버리고 말았어요."

"하하, 그쪽에 부처혜가 있다면 나한테는 병체릉並蒂菱이 있지요."

그가 중얼거리듯 말하며 정말 한 가지에 두 송이 꽃이 핀 마름꽃을 들어 보이고, 또 그 부처혜를 받아 쥐었다. 향릉이 말했다.

"부처고 병체고 간에 이 치마 좀 보셔요."

보옥이 내려다보고 "저런!" 하면서 말했다.

"어쩌다 흙탕물에 적셨어요? 그 석류홍 비단은 쉽게 얼룩이 생기고 잘 안 빠지는데."

"이건 저번에 보금 아가씨가 가져온 건데, 아가씨와 제가 치마를 하나씩 만들어 오늘 처음 입은 거라고요."

보옥이 발을 구르며 탄식했다.

"자기 집 거라면 하루에 백 벌을 버려도 별일 아니겠지만, 무엇보다도 이건 보금 아가씨가 가져와서 보차 누나와 향릉 누나한테 하나씩 선물한 거라니 의미가 다르지요. 보차 누나 것은 아직 괜찮은데 향릉 누나 것을 먼저 버려놨으니, 그야말로 보금 아가씨의 성의를 저버린 게 아니겠어요? 그리고 이모님은 잔소리가 많은 분이라 이걸 그냥 넘어가실 리 없어요. 저도 늘 그분이 '너희들은 살림살이를 몰라. 물건을 낭비할 줄만 알지 복을 아낄 줄은 몰라!' 하곤 하신다는 얘기를 들었어요. 이모님께서 이걸 보시면 또 한 말씀을 하시겠군요."

향릉은 그 말이 자기 생각과 같아서 오히려 즐거워지기 시작했다.

"호호, 그러게 말이에요. 새 치마가 몇 벌 있긴 하지만 다 이것과는 달라요. 같은 게 있다면 얼른 갈아입고 넘어갔다가 나중에 다시 말씀드리면 될 텐데요."

"움직이지 말고 그대로 서 계셔요. 안 그랬다간 속옷이며 잠방이, 신에까지 다 묻히겠어요. 저한테 한 가지 방법이 있어요. 습인 누나가 지난달에 이것과 똑같은 치마를 하나 만들었는데 어머님 상을 치르느라 아직 입지 않고 있어요. 그걸 드릴 테니까 바꿔 입는 게 어때요?"

향릉이 웃으며 머리를 내저었다.

"안 돼요. 혹시 저분들이 그 얘기를 들으면 오히려 안 좋아요."

"뭐 그런 걸 걱정하고 그래요? 습인 누나가 탈상을 하고 나면 마음에 드는 걸로 하나 만들어주면 되잖아요? 향릉 누나가 이러는 것도 평소 성격 때문이라고요! 게다가 이건 누굴 속이는 일도 아니니까 보차 누나한테만 얘기하셔요. 그저 이모님께서 화내실 일만 없게 하면 되는 거니까요."

향릉이 잠시 생각해보니 일리 있는 말이라 이내 고개를 끄덕였다.

"호호, 그럼 그렇게 하지요. 도련님의 배려를 저버릴 수야 없으니까요. 여기서 기다리고 있을 테니까 제발 습인 언니더러 직접 가져다 달라고 해주셔요."

보옥은 무척 기뻐하며 그러겠다 하고 서둘러 돌아갔다. 그는 담을 따라 걸으면서 고개를 숙인 채 생각했다.

"애석하게도 저리 훌륭한 사람이 부모도 없고 본래 성조차 잊은 채 남한테 유괴당해서 하필 그런 못된 작자한테 팔려오다니!"

그러다가 예전에 평아의 일도 뜻밖이었는데 오늘은 더욱 뜻밖이라는 생각이 들었다. 그는 그렇게 말도 안 되는 생각에 잠겨 걷다가 방에 이르자 습인을 붙들고 사정을 자세히 설명했다.

향릉은 누구나 가련히 여기며 아껴줄 사람이고, 또 습인은 본래 자기 물건을 남에게 잘 주는 사람이었다. 게다가 그녀는 향릉과 평소 사이가 좋았기 때문에 그 이야기를 듣자마자 바로 장롱 속에서 치마를 꺼내 잘 개웠다. 그리고 보옥을 따라가보니 향릉이 그 자리에 서서 기다리고 있었다. 습인이 웃으면서 말했다.

"그러게 내가 넌 너무 장난이 심하다고 했지? 기어이 사고를 치고 말았잖아!"

얼굴이 빨개진 향릉이 빙긋 웃으며 말했다.

"고마워요, 언니. 그 못된 것들이 앙큼한 수작을 피울 줄 누가 알았겠어요?"

그러면서 치마를 건네받아 펼쳐보니 과연 자기가 입은 것과 똑같았다. 그리고 보옥에게 돌아서 있으라 하고, 두 손을 허리춤에 끼워서 치마를 벗고는 새 걸로 갈아입었다. 습인이 말했다.

"이 더럽혀진 치마는 내가 가져가서 빨고 손질해서 돌려줄게. 네가 가져갔다가 다른 사람 눈에 띄면 어찌 된 일이냐고 캐물을 테니까."

"언니, 가져가서 아무한테나 줘버리세요. 전 이게 있으니까 그건 필요없어요."

"오호! 너도 통이 제법 크구나?"

향릉은 얼른 다시 만복의 예로 감사했다. 습인은 더럽혀진 치마를 들고 돌아갔다.

향릉은 보옥을 돌아보았다. 그는 땅바닥에 쪼그려 앉아 조금 전의 부처혜와 병체릉을 들고 나뭇가지로 구덩이를 하나 파더니, 그 안에 떨어진 꽃잎을 깔고 부처혜와 병체릉을 잘 놓은 다음 다시 떨어진 꽃잎으로 잘 덮고 그 위에 흙을 평평하게 덮고 있었다. 향릉이 그의 손을 잡아끌며 웃었다.

"그건 또 뭐하는 건가요? 어쩐지 다들 도련님이 남들 몰래 황당한 짓을 잘한다고 하더라니! 보세요. 손에 흙이며 이끼가 잔뜩 묻었잖아요? 어서 가서 씻으세요."

보옥이 싱긋 웃으면서 일어나 손을 씻으러 가자 향릉도 제 갈 길로 걸음을 옮겼다. 그런데 몇 걸음 걷다가 향릉이 돌아서서 보옥을 불렀다. 무슨 할 말이 있나 싶어서 보옥은 흙 묻은 두 손을 마주 쥐고 히죽거리며 돌아왔다.

"무슨 일이에요?"

향릉은 그저 웃고만 있었다. 그때 저쪽에서 향릉의 하녀 진아가 와서 알렸다.

"둘째 아가씨께서 하실 말씀이 있다고 기다리고 계셔요."

그제야 향릉이 보옥에게 말했다.

"치마 얘기는 형님한테 하지 마셔요."

그리고 돌아서 가자 보옥이 웃었다.

"내가 미치지 않고서야 호랑이 아가리에 머리를 들이미는 짓을 하겠어요?"

그러면서 그도 손을 씻으러 갔다.

이후에 어찌 되었는지는 다음 회를 보시라.

제63회

이홍공자의 생일을 축하하며 미녀들이 잔치를 열고
가경이 금단을 먹고 죽어 우씨 혼자 상을 치르다

壽怡紅群芳開夜宴　死金丹獨艶理親喪

이홍원에서 미녀들이 가보옥의 생일잔치를 열어주다.

보옥은 방에 돌아와 손을 씻으며 습인에게 말했다.

"저녁에 술 마실 때는 예절에 얽매이지 말고 다들 즐겁게 놀자. 그런데 뭘 먹을 거야? 미리 얘기해서 준비를 시켜야 되지 않을까?"

"호호, 걱정 마셔요. 저랑 청문, 사월, 추문이가 각자 은돈 다섯 전씩 추렴해서 모두 두 냥이 되었고, 방관이랑 벽흔, 춘연, 사아가 각자 네 전씩 추렴했어요. 휴가 간 사람들은 빼고 모두 은돈 세 냥 두 전을 모았는데, 벌써 유어멈한테 주고 과일과 간식 마흔 접시를 준비하라고 했어요. 그리고 제가 평아 언니한테 부탁해서 벌써 좋은 소흥주紹興酒*를 한 독 가져왔어요. 그리고 저쪽에 넣어두었어요. 우리 여덟 명이 도련님께만 생일잔치를 해드리는 거예요."

보옥이 기뻐하며 말했다.

"그 아이들한테 무슨 돈이 있다고 그래? 아이들은 내지 말라고 했어야지."

그러자 청문이 말했다.

"그 아이들한테는 돈이 없고 저희한테는 있다는 말씀인가요? 이건 각자의 성의예요. 설마 훔쳐온 거겠어요? 그냥 성의니까 받아주셔요."

"하하, 맞는 말이네!"

습인이 웃으며 말했다.

"하루라도 쟤한테 두어 마디씩 면박을 받지 않고는 못 지나가시네요."

청문이 웃으며 말했다.

"너도 요즘 못된 걸 배웠어. 그저 이간질시켜서 싸우게 만들기나 하고 말이야!"

그 말에 모두 웃었다.

보옥이 말했다.

"대문을 잠가야지?"

습인이 웃으며 말했다.

"어쩐지 다들 도련님더러 '일 없이 바쁜〔無事忙〕' 분이라고 하더라니! 지금 대문을 잠그면 오히려 다들 이상하게 생각할 테니까 조금 더 기다리는 게 나아요."

보옥이 고개를 끄덕이며 말했다.

"잠깐 나갔다 올게. 사아는 물 좀 길어 오고 춘연이는 나를 따라와."

그리고 밖에 이르러 주위에 다른 사람이 없는 걸 확인하고 오아의 일에 대해 물었다. 춘연이 말했다.

"조금 전에 유아주머니한테 얘기하니까 무척 좋아하셨어요. 하지만 오아가 그날 밤 억울한 일을 당하고 나서 집에 돌아간 뒤로 또 화병이 생겨서 당장은 올 수 없대요. 병이 나을 때까지 기다리는 수밖에 없겠어요."

보옥이 후회 섞인 한숨을 길게 내쉬며 또 물었다.

"습인 누나도 이 일을 아니?"

"저는 말씀 안 드렸는데 혹시 방관이가 말씀드렸는지 모르지요."

"나는 아직 얘기하지 않았다. 됐다. 내가 얘기하지 뭐."

그리고 다시 들어와 일부러 손을 씻는 체했다.

어느덧 등을 밝힐 때가 되었는데 대문 쪽에서 사람들 무리가 들어오는 소리가 들렸다. 다들 창으로 내다보니 과연 임지효댁이 몇몇 집사 어멈들을 거느리고, 커다란 등롱 든 사람을 하나 앞세운 채 오고 있었다. 청문이 나직이 웃으면서 말했다.

"밤 당번 서는 사람들을 점검하러 온 모양이네요. 저 사람들 나가면 문을 잠그도록 해요."

그때 이홍원의 밤 당번을 서는 사람들이 모두 나가 임지효댁을 맞이했다. 그녀는 빠진 사람이 없는 걸 확인하고 이렇게 지시했다.

"노름하거나 술 마시거나 날 샐 때까지 자면 안 돼요. 그러다가 내 귀에 들어오면 가만두지 않겠어요!"

그러자 다들 웃으며 대답했다.

"어디 그렇게 간 큰 사람이 있을라고요."

"보옥 도련님께서는 주무시는가?"

"잘 모르겠는데요."

그러자 습인이 얼른 보옥을 슬쩍 찔렀다. 보옥은 신을 신고 맞으러 나가 생글대며 말했다.

"아직 안 잡니다. 잠깐 들어가 쉬었다 가시지요. 습인 누나, 차 좀 따라 와요!"

임지효댁이 얼른 들어서며 말했다.

"호호, 아직 안 주무시네요? 요즘 날이 길어지고 밤이 짧아졌으니 좀 일찍 주무셔야 내일 아침에 일찍 일어나실 수 있지요. 아침에 늦잠을 주무시면 사람들이 글공부하는 귀공자가 아니라 막노동하는 일꾼 같다고 흉볼 거예요."

그렇게 말하고 또 웃자 보옥도 얼른 따라 웃으며 말했다.

"맞는 말씀입니다. 저는 매일 일찍 잠자리에 들어서 아주머니가 매일 다녀가시는 것도 몰랐네요. 오늘은 국수를 먹었는데 소화가 잘 안 돼서 좀 더 놀다가 자려고요."

임지효댁이 습인 등을 향해 미소 지으며 말했다.

"보이차普洱茶[1]를 좀 달여드려야겠네요."

습인과 청문이 얼른 웃으며 대답했다.

"여아차女兒茶[2]를 한 그릇 달여서 벌써 두 잔이나 드셨어요. 아주머니도 한잔 맛보셔요. 달여놓은 게 있으니까요."

그러면서 청문이 한잔 따라오자 임지효댁이 웃으며 말했다.

"요즘 듣자 하니 도련님께서 물건이나 사람 이름을 바꿔 부르신다던데, 여기 계신 아가씨들도 따라서 그렇게 부르신다고 하더군요. 아가씨들께서는 이 방에 계시지만 결국 노마님이나 마님 밑에 있는 몸이니까 말을 조심하셔야 해요. 뭐 아주 잠깐 그렇게 부르시는 건 괜찮지만, 계속 그러시다가 이후에 형제들이나 조카들이 따라하게 되면 남들이 비웃을 겁니다. 이 집안사람들은 위아래도 없다고 쑤군거리지 않겠어요?"

보옥이 웃으며 말했다.

"옳은 말씀입니다. 그냥 잠깐 그래본 것뿐이에요."

습인과 청문이 웃으며 말했다.

"그건 도련님 잘못이 아니에요. 지금까지 줄곧 '누나'라는 말을 입에서 떼어놓으신 적이 없어요. 장난치실 때는 잠깐 이름을 부르시지만 남들 앞에서는 그러시지 않아요."

"호호, 그러셔야지요. 그래야 글공부하시고 예의범절을 아는 분답게 되는 겁니다. 겸손할수록 존경받게 되는 법이니까요. 삼사 대에 걸쳐 이 댁에 있는 사람들은 말할 것도 없고, 지금 노마님과 마님 방에서 보내온 거라면 고양이나 개라 해도 함부로 다치게 해선 안 됩니다. 그래야 잘 배운 귀공자답게 행하는 거지요."

그녀는 차를 마시고 나서 다시 말했다.

"편히 쉬셔요. 저희는 이만 가보겠습니다."

보옥이 말했다.

"좀 더 쉬었다가 가시지요."

하지만 임지효댁은 벌써 사람들을 이끌고 다른 곳을 점검하러 떠났다.

청문 등은 서둘러 대문을 잠그고 들어와 싱글벙글 웃으면서 말했다.

"그 아주머니 어디서 한잔 하셨나? 잔소리만 늘어놓고 또 한바탕 훈계하고 가시는군!"

사월도 웃으면서 말했다.

"호의로 그러는 것도 아니에요. 늘 무슨 꼬투리를 잡으려 해요. 어쨌든 그것도 법도를 어기지 못하게 방비하려는 것이겠지요."

그러면서 술과 과일을 차려놓았다. 습인이 말했다.

"둘러앉는 탁자를 쓰지 말고, 저 이화목梨花木으로 만든 앉은뱅이 상을 구들 위에 놓고 앉자. 그게 더 널찍하고 편하잖아?"

그러자 몇몇이 앉은뱅이 상을 날라왔다. 사월과 사아는 저쪽에서 과일을 날라왔는데, 커다란 차 쟁반으로 네다섯 번이나 나른 끝에 겨우 다 날랐다. 할멈 두 명이 바깥에 놓인 화로에서 술을 데웠다. 보옥이 말했다.

"날이 더우니까 다들 겉옷은 벗는 게 좋겠어."

그러자 모두 웃으며 말했다.

"벗고 싶으면 벗으셔요. 저희는 차례로 절하고 술을 올려야 하잖아요?"

"하하, 그러다간 날이 샐 때까지 해야 할걸? 다들 알다시피 난 그런 속된 형식을 제일 싫어해. 외부 사람이 있을 때는 어쩔 수 없지만 지금 같은 때 내 기분을 상하면 안 되지!"

그러자 모두 "그렇게 해요." 하고는 자리에 앉기 전에 서둘러 단장을 풀었다. 순식간에 정장을 벗고 머리카락은 편한 대로 틀어 올리고, 몸에는 긴 치마와 짧은 저고리만 입었다. 보옥은 붉은 면사로 만든 짧은 저고리와 초록 능라에 먹물을 뿌린 듯한 꽃무늬가 들어 있는 겹바지만 입은 채 대님까지 풀고, 장미와 작약 등 여러 가지 꽃잎 모양이 들어간 새로 만든 옥색 비단 베개에 기대어 방관과 먼저 획권놀이를 시작했다. 그때 방관은 더워 죽겠다며 옥색과 발그레한 검은색, 낙타 털 색의 세 가지 비단을 이어 붙여 가사袈裟처럼 만든 겹저고리와 꽃무늬가 있는 연분홍 겹바지만 입은 채 역시 대님을 풀고 있었다. 머리는 이마 위에서 작고 동그랗게 땋아 정수리로 올리고, 다시 거기에서 거위 알만 한 굵기의 한 줄로 묶어서 머리 뒤쪽으로 늘어뜨렸다. 오른쪽 귓불의 뚫린 구멍에는 쌀알만 한 크기의 조그마한 옥 귀고리를 달고, 왼쪽 귀에는 금에다 붉은 옥 장식을 박아 넣고 은행만 한 크기의 금 구슬이 달린 귀걸이를 걸었다. 그 때문에 보름달보다 하얀 얼굴과 가을 물보다 맑은 눈망울이 더욱 두드러져 보였다. 그걸 보고 모두 놀려댔다.

"두 사람 모습이 꼭 쌍둥이 형제 같네!"

습인 등이 저마다 술을 따라놓고 말했다.

"획권은 잠시 멈추시고, 차례로 술을 올리지는 않더라도 각자 자기 잔을 들어 건배라도 해요."

그리하여 습인부터 한잔을 마시고, 나머지 사람들도 순서대로 한잔씩 마신 후 모두 상에 둘러앉았다. 춘연과 사아는 구들 가장자리에 앉을 자리가 없어서 의자 두 개를 구들 곁에 갖다 놓고 앉았다. 마흔 개의 접시는 모두 정요定窯[3]에서 만든 새하얀 자기였으며 크기는 작은 차 접시만 했는데, 그 안에는 중국 남북부와 외국에서 들어온 각종 말린 것들과 신선한 것들, 물과 육지에서 나는 것들을 포함하여 세상의 모든 술안주와 과일, 요리들이 담겨 있었다. 그걸 보고 보옥이 말했다.

"우리도 주령놀이를 하나 하는 게 좋겠어."

그러자 습인이 말했다.

"좀 고상한 걸로 해요. 시끌벅적 떠들어대면 다른 사람들이 들을 거예요. 그리고 우리는 무식하니까 문인들이나 하는 놀이는 싫어요."

사월이 웃으며 말했다.

"주사위를 가져와서 '붉은색 따먹기〔搶紅〕'[4]를 하는 게 어때요?"

보옥이 말했다.

"그건 재미없어서 싫어. '꽃 이름 뽑기〔占花名兒〕'[5]가 좋겠어."

청문이 말했다.

"호호, 저도 아까부터 그걸 하자고 말하려던 참이었어요."

습인이 말했다.

"그것도 재미있긴 하지만 사람이 적으면 재미없어요."

그러자 춘연이 웃는 얼굴로 말했다.

"제 생각에는 몰래 보차 아가씨랑 대옥 아가씨를 모시고 와서 같이 노는 게 좋겠어요. 자정 무렵에 자도 그리 늦지 않을 테니까요."

습인이 말했다.

"대문을 열고 가서 부르다가 순찰 도는 사람들한테 들키면 어쩌려고?"

보옥이 말했다.

"뭐 어때? 탐춘이도 술을 좋아하니까 같이 부르자. 보금이도 부르고."

그러자 다들 입을 모아 말했다.

"보금 아가씨는 됐어요. 그 아가씨는 큰아씨 방에 계시는데, 부르면서 소란을 피우면 들통나고 말아요."

"뭐 어때? 얼른 가서 불러와."

춘연과 사아가 어쩔 수 없이 "예!" 하고는 서둘러 대문을 열게 하고, 각자 길을 나누어 사람들을 부르러 갔다.

또 청문과 사월, 습인이 말했다.

"저 아이들 둘만 모시러 가면 보차 아가씨랑 대옥 아가씨는 안 오시려 할지도 몰라요. 아무래도 우리가 가서 억지로라도 끌고 와야겠어요!"

습인과 청문은 얼른 할멈들에게 등롱을 준비하게 해서 나갔다. 과연 보차는 밤이 너무 깊어서 안 된다 했고, 대옥은 몸이 안 좋다며 가려 하지 않았다. 습인과 청문이 재삼 간청했다.

"제발 우리 체면을 생각해서 잠시만 앉아 있다가 오셔요."

탐춘은 그 이야기를 듣고 좋아했지만 걱정이 좀 되기도 했다.

"큰언니를 모시지 그래? 부르지 않았다가 혹시 나중에 알게 되면 좋지 않을 것 같아."

곧 취묵은 춘연과 함께 가서 이환과 보금을 모시고 이홍원으로 갔다. 또 습인은 향릉까지 억지로 끌고 왔다. 그리고 구들 위에 상을 하나 더 놓고 자리를 만들었다. 보옥이 말했다.

"대옥이는 추위를 잘 타니까 이쪽 벽에 기대고 앉아."

그리고 등받이를 가져다가 받쳐주었다. 습인 등은 모두 의자를 구들 옆에 갖다 놓고 앉았다. 대옥은 상에서 멀찌감치 떨어진 곳에서 등받이에 기대앉아 보차와 이환, 탐춘 등에게 웃으면서 말했다.

"날마다 사람들이 밤에 모여 술 마시고 도박한다고 꾸짖었는데 오늘은 자기들이 이러고 있으니 나중에 사람들을 어떻게 나무랄 수 있겠어요?"

이환이 웃으며 말했다.

"이건 괜찮아! 일 년 중에 고작 생일에만 이러지 밤마다 이러는 건 아니니까 걱정할 거 없어."

그러는 사이에 청문이 대나무 통에 조각을 장식한 제비뽑기 통을 들고 왔다. 그 안에는 상아로 만든 꽃 이름이 적힌 제비가 들어 있었다. 청문이 통을 한 번 흔들고 나서 가운데다 놓았다. 그리고 주사위를 가져와서 상자에 넣고 흔든 다음 열어보니 오 점이 찍힌 면이 위로 나왔다. 순서대로 따져보니 보차를 가리켰다. 보차가 웃으며 말했다.

"제가 먼저 뽑게 됐군요. 어디, 뭐가 나오나 볼까?"

그녀가 제비 통을 흔들고 나서 하나를 뽑았는데, 그 제비에는 모란 한 송이가 그려져 있었고 "꽃 중에 제일 아름답다〔艶冠群芳〕."라는 구절 아래 작은 글씨로 당시唐詩 한 구절이 적혀 있었다.

무정하다 해도 사람을 움직이리라.[6]
任是無情也動人

또 다음과 같은 풀이가 달려 있었다.

자리에 있는 사람들은 축배를 들 것. 이는 여러 꽃 중에 으뜸이니 아무에게나 시나 사詞 또는 고상한 농담을 하게 하고, 끝나면 술을 권하게 할 것.

다들 그걸 보고 웃으며 말했다.
"어쩜 이리 공교로울 수가! 보차 아가씨는 원래 모란과 어울리잖아요."
이어서 다함께 축하주를 마셨다. 보차도 마신 다음 활짝 웃으며 말했다.
"방관아, 노래 한 곡 불러줘!"
"그럼 모두 앞에 놓인 잔을 비워야지요."
이에 모두 잔을 비우자 방관이 노래를 불렀다.
"생일잔치 여는 곳에 경치도 좋을시고〔壽筵開處風光好〕[7]……"
그러자 모두들 입을 모아 말했다.
"그건 그만둬! 지금은 네가 생일을 축하할 필요 없으니까 제일 잘하는 걸로 하나 뽑아봐."
방관은 어쩔 수 없이 가느다란 목소리로「꽃구경하는 시절〔賞花時〕」[8]을 불렀다.

푸른 봉황새 깃털로 빗자루 매어
느긋하게 하늘 문에 올라 떨어진 꽃잎을 쓰네.
보게나, 바람에 옥모래 날리더니
갑자기 저 구름 내려오나니
몇 개의 대문 나가야 하늘 끝에 이를까?
그대여, 다시는 황룡 베려 찰 휘둘러 죽을 뻔한 일하지 말고[9]
다시는 가난한 동쪽 노인에게 술빚 지지 마시게.[10]
그대여, 나와 함께 저 높은 하늘 보세.
여동빈이여!
꽃잎 쓸 사람 생겼거든 미리 알려주시게.

늦어지면

이 몸은 반도회蟠桃會에 가지 못해 복사꽃만 미워하게 된다오.

翠鳳毛翎紮帚叉

閑踏天門掃落花

您看那風起玉塵沙

猛可的那一層雲下

抵多少門外卽天涯

您再休要劍斬黃龍一線兒差

再休向東老貧窮賣酒家

您與俺眼向雲霞

洞賓呵

您得了人可便早些兒回話

若遲呵

錯敎人留恨碧桃花

노래가 끝났다. 보옥은 그 제비를 손에 쥐고 '무정하다 해도 사람을 움직이리라.'라는 구절을 계속 되뇌었고, 이 노래를 듣자 말없이 방관을 쳐다보았다. 그러자 상운이 냉큼 낚아채서 보차에게 던져주었다. 보차가 또 주사위를 던지자 십육 점이 나왔으니, 바로 탐춘을 가리키는 것이었다. 탐춘이 웃으며 말했다.

"나한테는 어떤 게 뽑히려나?"

그녀는 제비를 하나 뽑아 혼자 보더니 곧 얼굴이 빨개져서 바닥에 던져버리고 웃으며 말했다.

"이 주령은 안 좋아. 난 안 할래! 원래 바깥에서 남자들이 하던 주령이라 온갖 잡소리만 가득 적혀 있잖아!"

다들 영문을 몰라 하는데 습인이 얼른 주워보니 그 제비에는 살구꽃 한 송이가 그려져 있었고, 붉은 글씨로 "요지선품瑤池仙品"이라고 적혀 있었다. 그 아래에는 다음과 같은 시 구절이 적혀 있었다.

해 옆의 붉은 살구 구름에 기대 심었구나.[11]
日邊紅杏倚雲栽

그 아래에는 다음과 같은 풀이가 달려 있었다.

이 제비를 뽑은 사람은 틀림없이 좋은 낭군을 얻을 것이니, 모두 축하주를 한잔 올리고 나서 다 함께 건배할 것.

모두들 웃으며 말했다.
"뭔가 했네! 이 제비는 원래 규방에서 놀려고 만든 거라서 두세 개에만 이런 말이 적혀 있어. 그것도 잡스러운 소리는 전혀 아닌데 무슨 상관이에요? 우리 집안에 이미 왕비가 나왔는데 탐춘 아가씨라고 그러지 말라는 법이 어디 있어요? 이건 아주 축하할 일이지요! 자, 축하합니다!"
그러면서 다 같이 축하주를 올렸다. 하지만 탐춘이 어디 받으려 했겠는가? 그러자 상운과 향릉, 이환 등 서너 명이 우르르 달려들어 억지로 먹였다. 탐춘은 이 주령을 그만두고 다른 걸 하자고 우겼지만 아무도 그 말을 듣지 않았다. 상운이 그녀의 손을 잡고 억지로 주사위를 던지자 십구 점이 나왔는데, 바로 이환을 가리키는 것이었다. 이환이 통을 흔들고 제비를 하나 뽑아 읽어보더니 "호호!" 웃으며 말했다.
"아주 좋아! 이것 좀 봐요. 요놈의 것이 제법 재미있어요."
그 제비에는 오래된 매화나무 가지가 하나 그려져 있었고 "서리 내린 새벽의 추운 자태〔霜曉寒姿〕"라는 글귀 아래 다음과 같은 옛 시의 구절이 적혀 있었다.

대 울타리 초가집도 스스로 달가워하노라.¹²
竹籬茅舍自甘心

그 아래에는 다음과 같은 풀이가 적혀 있었다.

혼자 한잔 마시고, 다음 사람에게 주사위를 던지게 할 것.

이환이 웃으며 말했다.
"정말 재미있어! 다들 주사위를 던지세요. 난 혼자 한잔 하면서 여러분 이야 잘되든 말든 상관하지 않겠어요."
그러면서 술을 마시고 대옥에게 주사위를 건네주었다. 대옥이 주사위를 던지자 십팔 점이 나왔으니 바로 상운을 가리키는 것이었다. 상운이 싱글대면서 소매를 걷어올리고 손을 뻗어 제비를 하나 뽑았다. 거기에는 해당화 한 송이가 그려져 있었고, "달콤한 꿈에 빠지다〔香夢沉酣〕."라는 글귀 아래 다음과 같은 시 구절이 적혀 있었다.

그저 밤이 깊어 꽃도 잠들까 걱정일 뿐.¹³
只恐夜深花睡去

대옥이 웃으며 말했다.
"'밤이 깊어〔夜深〕'라는 표현은 '돌이 차가워서〔石凉〕'라고 바꾸는 게 좋겠네요."
모두들 그녀가 낮에 상운이 취해 잠든 일을 놀린다는 걸 알고 웃음을 터뜨렸다. 그러자 상운이 장난감 증기선과 대옥을 가리키며 말했다.
"호호, 얼른 저 배를 타고 집에 돌아가요. 쓸데없는 소리 그만하고!"
이에 다들 또다시 한바탕 폭소를 터뜨리며 풀이를 살펴보았다.

'달콤한 꿈에 빠졌다.'고 했으니 이 제비를 뽑은 사람은 술을 마시기 곤란할 것이기 때문에 위아래에 앉은 두 사람에게 한잔씩 마시게 할 것.

상운이 박수를 치며 말했다.
"아미타불! 정말 훌륭한 제비로세!"
공교롭게도 대옥과 보옥이 각기 위아래 자리에 있어서, 두 사람은 잔에 술을 따라 마실 수밖에 없었다. 보옥은 먼저 반 잔을 마시고 나서 다른 사람이 보지 않는 틈에 얼른 방관에게 건네주었다. 그 잔을 받자마자 방관은 바로 고개를 젖히고 단숨에 들이켰다. 대옥은 계속 다른 사람들한테 말을 걸면서 술을 양치 그릇에 쏟아버렸다. 상운이 주사위를 들어 던지자 구 점이 나왔는데, 바로 사월을 가리키는 것이었다. 사월이 제비를 하나 뽑으니 거기에는 도미꽃荼蘪花 한 송이가 그려져 있고 "더없이 아름다운 나날〔韶華勝極〕"이라는 글귀 아래 다음과 같은 옛 시가 적혀 있었다.

도미꽃 피면 한 해의 꽃도 다 피는 셈.[14]
開到荼蘪花事了

그다음에는 이런 풀이가 적혀 있었다.

자리에 있는 이들 모두 세 잔씩 마셔서 봄을 전송할 것.

사월이 무슨 뜻이냐고 묻자 보옥은 눈살을 찌푸리며 얼른 제비를 감췄다.
"자자, 술이나 마시자고."
다들 세 모금을 마시고 세 잔을 마신 셈으로 쳤다. 사월이 주사위를 던지자 십구 점이 나왔는데 바로 향릉을 가리키는 것이었다. 향릉이 뽑은 제비에는 한 가지에 두 송이 꽃이 나란히 핀 그림이 그려져 있었고 "봄마다 상서로움 넘치리라〔聯春繞瑞〕."라는 글귀 아래 다음과 같은 시 구절이 적혀 있었다.

연리지 끝에 꽃이 활짝 피었구나.[15]
連理枝頭花正開

그 제비의 풀이는 이러했다.

제비를 뽑은 사람에게 세 잔의 축하주를 올리고, 다 함께 한잔씩 마실 것.

향릉이 주사위를 던지자 육 점이 나왔는데 바로 대옥을 가리키는 것이었다. 대옥은 말없이 생각했다.
'무슨 좋은 제비를 뽑아야 할까?'
그러면서 하나를 뽑으니 윗면에 부용화 한 송이가 그려져 있었고 "바람과 이슬에 맑은 시름에 잠기네〔風露淸愁〕."라는 글귀 아래 다음과 같은 옛시가 적혀 있었다.

봄바람 원망 말고 자기 팔자로 여겨야지.[16]
莫怨東風當自嗟

그 제비의 풀이는 이러했다.

혼자 한잔을 마시되, 모란꽃 제비를 뽑은 사람이 함께 한잔 마실 것.

그러자 다들 웃으면서 말했다.
"이거 아주 좋군요! 대옥 아가씨 외에 누가 부용꽃에 어울리겠어요?"

대옥도 웃으며 술을 마시고 주사위를 던지니 이십 점이 나와 이번에는 습인 차례가 되었다. 습인이 제비를 하나 뽑으니 복사꽃 한 가지가 그려져 있었고 "무릉별경武陵別景"이라는 글귀 아래 다음과 같은 옛 시가 적혀 있었다.

복사꽃 붉게 피니 또 봄이 왔구나.[17]
桃紅又是一年春

그 제비의 풀이는 이러했다.

살구꽃 제비를 뽑은 사람과 한잔, 좌중에서 나이가 같은 사람들과 한잔, 태어난 날짜가 같은 사람과 한잔, 성이 같은 사람과 한잔 마실 것.

그러자 모두들 웃으며 말했다.
"이거야말로 아주 재미있네요!"
함께 따져보니 향릉과 청문, 보차가 모두 습인과 나이가 같았고, 대옥은 생일이 같았다. 다만 성이 같은 사람은 없었다. 그러자 방관이 얼른 나섰다.
"저도 성이 화花씨니까 큰 잔으로 같이 한잔 마실게요."
이렇게 해서 다들 잔을 따르자 대옥이 탐춘에게 말했다.
"호호, 훌륭한 낭군을 얻을 팔자인 네가 살구꽃이니까 얼른 마셔. 그래야 우리도 마시지."
"호호, 무슨 소리! 큰언니! 가까이 있으니까 한 대 때려줘요."
이환이 웃으며 말했다.
"훌륭한 낭군도 얻지 못하는 사람에게 매까지 때리라니! 난 차마 못해."
그 말에 모두 폭소를 터뜨렸다.
습인이 주사위를 던지려 할 때 누군가 대문을 두드렸다. 할멈이 황급히 나가보니 설씨 댁 마님이 대옥을 데려오라고 사람을 보낸 것이었다. 그제야 시간이 얼마나 되었는지 물어보자 하녀가 대답했다.

"이경二更(오후 9~11시)이 지나서 괘종시계가 열한 번을 쳤어요."

그 말이 믿기지 않은 보옥은 회중시계를 가져오라고 해서 보았다. 과연 밤 열한 시가 조금 넘어 있었다. 대옥이 자리에서 일어나며 말했다.

"저는 더 버티기 힘들어요. 돌아가서 약을 먹어야겠어요."

그러자 다들 말했다.

"우리도 자리를 파해야지요."

습인과 보옥 등이 사람들을 붙들자 이환과 보차가 말했다.

"밤이 너무 깊었어요. 이만큼 논 것도 전에 없던 일이잖아요?"

습인이 말했다.

"그럼 모두 한잔씩만 더 마시고 가셔요."

그러는 사이에 청문 등이 벌써 잔을 따라놓아서, 다 함께 잔을 비우고 등롱을 밝혔다. 습인은 심방정 근처까지 전송하고 돌아왔다.

대문을 닫고 나서 그들은 다시 주령놀이를 시작했다. 습인 등은 또 큰 잔에다 몇 잔 따르고, 쟁반에 각종 과일과 요리를 모아 마루에 있는 할멈들에게 주었다. 다들 어지간히 술이 올랐기 때문에 획권놀이를 해서 이긴 사람이 노래를 불렀다. 시간은 벌써 사경四更(오전 1~3시) 무렵이 되었는데, 할멈들은 받아먹는 술 말고도 몰래 훔쳐먹기도 했기 때문에 술독은 이미 바닥이 났다. 보옥 등은 술이 바닥났다는 말을 듣고 이상하게 생각했지만, 이내 상을 치우고 양치질을 한 다음 잠자리에 들었다.

방관은 술이 올라 두 볼이 연지처럼 빨갛게 되었고, 눈썹 끝과 눈언저리에 더욱 요염한 기색이 풍겼다. 그녀는 몸을 가누지 못하고 습인의 몸 위에 쓰러졌다.

"언니, 가슴이 막 뛰어요."

"호호, 그러게 누가 그렇게 많이 마시라던?"

춘연과 사아도 몸을 가누지 못하고 일찌감치 누워버렸다. 청문이 계속 그들을 깨우자 보옥이 말했다.

"깨우지 마. 우리도 대충 누워 자자."

그러면서 그는 홍향침을 베고 비스듬히 눕더니 이내 잠이 들어버렸다. 습인은 방관이 너무 취해 건드리면 토할 것 같아서 살그머니 일어나 방관을 보옥 옆에 눕혀 재우고, 자기는 맞은편 침대에 누웠다.

그렇게 다들 정신없이 자고 있는데 날이 밝았다. 습인이 눈을 떠보니 벌써 하늘이 환했다.

"이런, 늦잠을 잤구나!"

맞은편 침상을 보니 방관이 구들 가장자리를 베고 아직 잠들어 있었다. 얼른 일어나라고 깨우자 보옥이 뒤척이며 잠에서 깨어났다.

"이런, 늦잠을 잤군!"

그러면서 방관을 흔들어 깨우자, 방관은 몽롱한 얼굴로 일어나 앉았다. 그 모습을 보고 습인이 웃으며 말했다.

"부끄럽지도 않아? 아무리 취했다 해도 아무 자리에나 자빠져 자면 어떡해?"

방관이 주위를 둘러보고 나서야 보옥과 한 침대에 있다는 걸 알고는 배시시 웃으며 얼른 내려왔다.

"어쩌다 그리 인사불성으로 취했담?"

보옥이 찡긋 웃으며 말했다.

"나도 마찬가지야. 네가 여기 있는 줄 알았더라면 얼굴에 먹칠을 해놓았을 텐데……"

그러는 사이에 하녀들이 들어와 세수 시중을 들었다. 보옥이 웃는 얼굴로 말했다.

"어제는 신세를 졌으니 오늘 밤에는 내가 한턱 내야겠군."

습인도 웃으며 말했다.

"됐네요, 됐어! 오늘은 소란 피우면 안 돼요. 또 그랬다간 구설수에 오를 거예요."

"뭐 어때? 기껏 두 번이잖아. 그나저나 우리도 술을 꽤나 잘 마시는 편인데? 그 한 독을 다 마시다니 말이야. 한참 흥이 오르는데 술이 떨어져버렸어."

"호호, 원래 그래야 재미있는 법이에요. 끝을 봐버리면 오히려 나중엔 재미가 없어져요. 어제는 모두 기분이 좋아서 청문이는 부끄러운 줄도 모르고 노래까지 한 곡 불렀잖아요?"

그러자 사아가 웃으며 말했다.

"언니도 한 곡 불렀는데, 잊어버리신 모양이네요? 자리에 있는 사람은 하나도 빠짐없이 다 불렀다고요!"

다들 그 말에 얼굴이 빨개져서 두 손으로 감싸고 웃어댔다.

그때 평아가 히죽히죽 웃으며 와서 어제 자리에 있었던 사람들을 초청하러 왔다고 말했다.

"오늘은 제가 한턱 낼 테니까 한 사람도 빠지면 안 돼요."

모두들 얼른 자리를 권하고 차를 마시는데 청문이 웃으며 말했다.

"아쉽게도 엊저녁에 언니가 빠졌네요."

"간밤에 무슨 짓들 했어?"

습인이 말했다.

"언니한테는 얘기할 수 없었어요. 엊저녁엔 정말 재미있었어요. 예전에 노마님이나 마님께서 자리를 만드셨을 때보다 훨씬 재미있었지요. 술 한 독을 다 마시고 다들 부끄러움도 내팽개치고는 어찌 된 일인지 노래까지 불렀지요. 거의 날이 샐 무렵에야 대충 쓰러져서 잠깐 잤어요."

"호호, 잘들 하시는군! 나한테는 술만 얻어가고 초청은 안 하고, 게다가 약 올리려고 자랑까지 하시네?"

청문이 말했다.

"오늘은 저분께서 한턱 내시겠대요. 분명 언니도 초청할 테니까 기다려 보셔요."

"호호, 저분이 누구야? 누가 저분이지?"

청문이 웃으며 평아를 때렸다.

"아이 참! 쓸데없이 귀는 밝아가지고!"

"호호, 지금은 일이 있어 너랑 얘기할 시간이 없다. 이따가 사람을 보낼 텐데 한 사람도 안 오면 와서 확 뒤집어놓고 말겠어!"

보옥 등이 얼른 붙잡으려 했지만 평아는 벌써 문을 나선 뒤였다.

보옥은 세수하고 머리를 빗은 뒤에 차를 마시다가 문득 벼루에 눌려진 종이 한 장을 발견했다.

"물건을 이렇게 아무렇게나 눌러놓으면 안 돼!"

습인과 청문이 황급히 물었다.

"또 무슨 일이에요? 누가 또 잘못한 거라도 있어요?"

보옥이 종이를 가리키며 말했다.

"벼루 밑에 있는 게 뭐야? 분명 누군가 본을 떠놓은 건데 받아놓고 잊어 버린 거 아냐?"

청문이 얼른 벼루를 들추고 꺼내보니 명첩名帖이었다. 보옥이 건네받아 보니 분홍색 편지였다. 거기에는 "문지방 밖의 사람[檻外人] 묘옥이 삼가 멀리서 생신을 축하합니다."라고 적혀 있었다. 보옥이 그걸 보고 벌떡 일어나 물었다.

"이 편지 누가 받았어? 나한테 얘기도 안 하고 말이야!"

습인과 청문은 그의 그런 모습을 보고 어느 중요한 사람이 보낸 편지라고 생각하여 황급히 하녀들에게 물었다.

"엊저녁에 누가 편지를 받았어?"

사아가 재빨리 달려와 웃으면서 말했다.

"어제 묘옥 스님이 직접 오시지는 않고 어멈을 통해 보냈어요. 제가 받아서 바로 거기다 끼워놨는데 술을 마시는 바람에 그만 잊어버렸네요."

모두들 그 말을 듣고 허탈해했다.

"난 또 누군가 했네? 별것도 아닌데 뭘 그런 걸 가지고 그 난리를 치셔요?"

보옥이 서둘러 지시했다.

"얼른 종이를 가져와!"

그는 즉시 종이를 가져오게 하고 먹을 갈았는데, '함외인檻外人'이라는 칭호를 보면서 답장에 자기 별호를 어떻게 써야 어울릴지 몰라 한참을 망설였다. 붓을 들고 한참 동안 멍하니 생각에 잠겼지만 도무지 좋은 생각이 떠오르지 않았다.

'보차 누나한테 물으면 틀림없이 허튼 짓을 한다고 나무랄 테니 아무래도 대옥이한테 가서 물어봐야겠군.'

곧 그는 편지를 소매에 넣고 곧장 대옥을 찾아갔다. 그가 막 심방정 근처를 지나는데 갑자기 수연이 앞쪽에서 휘적휘적 걸어오고 있었다.

"누이, 어디 가?"

"호호, 묘옥 스님한테 할 얘기가 있어서요."

보옥이 깜짝 놀라며 말했다.

"그 사람은 성격이 괴팍하고 시류에 어울리지 않아서 누구든 안중에 없는데, 알고 보니 누이를 존중하는 모양이네? 그걸 보면 누이도 우리 같은 속된 사람은 아닌 모양이군?"

"꼭 저를 존중하는 건 아니지만 저랑 십 년 가까이 담 하나를 사이에 두고 이웃으로 지냈어요. 묘옥 스님이 반향사蟠香寺에서 수련할 때, 저희 집이 가난해서 그 절의 방을 세내어 십 년 동안 살았는데, 심심할 때는 절에 가서 함께 놀곤 했어요. 제가 몇 글자 아는 것도 모두 묘옥 스님한테 배운 거예요. 저랑은 가난한 시절에 사귄 사이이기도 하고, 반쯤은 스승과 제자 사이이기도 하지요. 나중에 저희 집은 친척 집에 신세를 지러 떠났는데,

듣자 하니 묘옥 스님도 시류에 어울리지 않고 권세에 아부하기 싫어서 결국 여기로 오게 되었다고 하더군요. 이제 또 하늘이 정한 인연이 들어맞아 다시 만나게 되었는데 옛정이 아직 변하지 않았어요. 게다가 저를 잘 봐주셔서 오히려 옛날보다 더 돈독하게 대해주셔요."

보옥은 그 말을 듣자 천둥소리를 들은 듯이 놀랍고 기뻤다.

"하하, 어쩐지 누이의 행동거지나 말투가 들판의 학이나 느긋한 구름처럼 초연한 데가 있더라니! 알고 보니 까닭이 있었군. 마침 나도 묘옥 스님 때문에 한 가지 곤란한 일이 있어서 누구한테 도움을 청하러 가는 길이었어. 그러던 차에 이렇게 우연히 누이를 만났으니 정말 하늘의 인연이 교묘하게 들어맞은 셈이네. 누이가 좀 도와줘."

"호호, 묘옥 스님은 결국 기질을 바꾸지 못하고 이렇게 거리낌 없고 괴팍하게 되었군요. 여태 편지에 별호를 쓴 걸 본 적이 없는데, 이야말로 '중이되 중이 아니고, 속세인이되 속세인이 아니고, 여자이되 여자가 아니고, 남자이되 남자가 아니다.'라는 속담에 딱 맞는 별호네요. 저는 대체 무슨 뜻인지 모르겠어요."

"하하, 누이가 몰라서 그러는데, 묘옥 스님은 원래 우리 같은 보통 사람이 아니라 세상 사람들이 짐작할 수 없는 경지에 오른 사람이지. 아마 내가 속된 것과는 다른, 참다운 식견을 조금이나마 알고 있으려니 생각하고 이런 편지를 보낸 것 같아. 나도 무슨 별호를 써서 답장을 해야 할지 몰라 고민했는데, 도저히 마땅한 게 떠오르지 않아서 대옥 누이한테 물어보러 가던 참이었어. 그런데 공교롭게도 누이를 만나게 된 거야."

수연은 그 말을 듣고 한참 동안 그를 위아래로 훑어보더니 웃으면서 말했다.

"어쩐지 속담에 '백문이불여일견百聞而不如一見'이라고 하더라니! 묘옥 스님이 도련님에게 이런 편지를 보내고, 또 작년에 그 홍매화를 주신 이유를 알겠네요. 이렇게 된 바에야 제가 도련님에게 까닭을 말씀드리지 않을 수 없네요. 그분은 늘 이런 말씀을 하셔요. '한나라와 진晉나라, 오대, 당, 송 이래로 옛사람들이 쓴 시는 좋은 게 하나도 없는데 오직 두 구절만 훌륭하지요.

천년 동안 부귀영화를 누린다 해도
결국 한 무더기 무덤으로 돌아갈 뿐.[18]
縱有千年鐵門檻
終須一個土饅頭

바로 이거랍니다.' 그래서 스스로 '문지방 밖의 사람〔檻外人〕'이라고 한 것이지요. 또 문장으로는 장자莊子*의 것이 좋기 때문에 자신을 '기인畸人'[19]이라고 부르기도 해요. 그분이 편지에서 자신의 별호를 '기인'이라고 했다면 도련님은 답장에 '세속의 사람〔世人〕'이라고 써주면 돼요. 기인이라고 한 것은 그분 스스로 세상 밖으로 벗어난 외로운 사람이라고 칭한 것이니까, 도련님께서는 세상 속에서 부질없이 바쁜 사람이라고 하시면 그분이 좋아하실 거예요. 이제 그분이 '문지방 밖의 사람'이라고 한 것은 자신이 부귀영화에 초연한 사람이라고 자처하셨으니까 도련님께서는 부귀영화에서 벗어나지 못하는 '문지방 안의 사람〔檻內人〕'이라고 하면 그분의 뜻에 맞출 수 있을 거예요."

보옥은 그 말을 듣자 갑자기 큰 깨달음이라도 얻은 것처럼 "아아!" 탄성을 내지르며 말했다.

"하하, 그래서 우리 집 사원의 이름이 '철함사'였군! 원래 그런 뜻이 담겨 있었어. 누이, 이제 가봐. 나는 가서 답장을 써야겠어."

수연은 혼자 농취암으로 갔다. 보옥은 방으로 돌아와 편지를 쓰고, 겉에다 "문지방 안의 사람 보옥이 삼가 목욕재계하고 올립니다."라고 쓴 후 직접 들고 농취암으로 가서 문틈에 집어넣고 돌아왔다.

방관이 머리를 감고 나서 위로 틀어 올린 채 꽃을 몇 송이 꽂고 있었는데 보옥은 방관에게 머리 모양을 바꿔보라고 했다. 주위의 짧은 머리를 깎아서 파릇한 머리 피부를 드러내고, 정수리에 남은 긴 머리를 갈라서 땋게 했다.

"겨울에 담비 가죽으로 모자를 만들어 쓰고, 호랑이 문양과 오색구름 무늬가 들어간 짧은 장화를 신어라. 혹시 대님을 풀면 흰 버선에 바닥이 두꺼운 신을 신어라. 그리고 방관이라는 이름은 별로 안 좋으니까 남자 이름으로 바꾸면 특별한 운치가 있겠다."

그래서 그녀의 이름을 '웅노雄奴'로 바꾸라고 하자 방관도 아주 마음에 들어 했다.

"기왕 이렇게 됐으니까 도련님 외출하실 때 저도 데려가주셔요. 사람들이 물으면 저도 명연이와 같은 하인이라고 하면 되잖아요."

"하하, 그래도 사람들이 눈치챌걸?"

"호호, 그러니까 도련님께선 재치가 없다는 거예요. 이 댁에는 지금 소수민족이 몇 명 있으니까 저도 나이 어린 소수민족이라고 하면 되잖아요. 게다가 다들 제가 머리를 땋아 내린 게 보기 좋다고 하는데, 괜찮은 생각 아닌가요?"

보옥은 무척 좋아하면서 웃었다.

"그것도 좋겠구나. 나도 관리들이 비바람을 무서워하지 않고 말고삐를 잘 잡아주는, 외국에서 바치거나 포로로 잡아온 사람들을 데리고 다니는 걸 자주 본 적이 있어. 그렇다면 네 이름도 소수민족처럼 고쳐서 '야율웅노耶律雄奴'라고 해야겠구나. '웅노'라는 이름의 발음은 또 흉노匈奴와도 통하니 전부 견융犬戎[20] 민족의 이름인 게지. 게다가 그 두 민족은 요堯, 순舜 시절부터 우리나라의 우환덩어리였고, 진晉나라와 당나라 때도 그들한테 많은 피해를 입었지. 다행히 우리는 복을 받아서 위대한 순임금의 정통 후예로서 순임금의 공덕과 덕행, 효성으로 하늘을 크게 감동시켜 천지, 일월과 더불어 영원히 빛나는 지금 세상에 태어났으니, 역대 왕조에서 창궐하여 못된 짓을 일삼던 것들도 지금은 창칼 한번 쓸 필요 없이 모두 하늘이 그들로 하여금 두 손 모으고 머리 숙여 멀리서부터 찾아와 투항하도록 만들었지. 그러니 그들에게 모욕을 주어서 천자 폐하를 더욱 영광스럽게 해드리자꾸나!"

"호호, 그럼 도련님께서도 말 타고 활 쏘는 무예를 익혀 출정하셔서 천자에 반항하는 무리들을 몇 명 잡아오시면 더욱 충성을 다하는 게 되겠네요. 왜 하필 저희를 끌어들여 장광설을 늘어놓고 혼자 기분풀이를 하면서, 말로만 공덕을 칭송한다고 하시는 거예요?"

"하하, 그러니까 네가 뭘 모른다는 거야. 지금은 온 천하가 천자 폐하께 복종하여 온누리가 평안하니 천년만년 군대를 동원할 필요가 없어졌어. 우리야 장난삼아 하는 것이지만, 그래도 공덕을 칭송해야 이 태평성대를 누리는 은혜를 저버리지 않는 거야."

방관은 그 말이 일리가 있다고 생각하여 둘은 곧 의견의 일치를 보았다. 그래서 보옥은 방관을 '야율웅노'라고 부르게 되었다.

어쨌든 녕국부와 영국부에는 모두 옛날 조상들이 포로로 잡아왔다가 노예로 하사받은 이들이 있었지만, 그들은 기껏 말이나 기르게 할 뿐 큰일은 맡기지 않았다. 상운은 평소 별난 장난을 좋아해서 늘 무사 복장을 하고, 자신이 직접 말고삐를 매고, 활을 쏠 때 쓰는 손등 덮개가 달린 옷[折袖]을 입었다. 그러다가 근래에 보옥이 방관에게 남장을 시키자 그녀도 규관에게 남장을 시켰다. 규관은 평소 머리를 짧게 깎고 있어서 얼굴에 먹이나 물감을 칠해 분장하기 편했고, 몸놀림도 빨라 남장하는 데 방관보다 손이 덜 갔다. 이환과 탐춘도 그 모습을 보고 귀여워서 보금이 데리고 있던 두 관에게도 남장을 하라고 했다. 그래서 두관은 머리에 두 개의 쪽을 틀고, 짧은 저고리를 입고, 붉은 신을 신었다. 얼굴에 분장은 하지 않았지만 영락없이 연극에 등장하는 거문고를 든 시동[琴童]의 모습이었다. 상운은 규관의 이름을 대영大英으로 바꾸고, 그녀의 성이 위韋씨라서 위대영韋大英이라고 불렀는데, 이것은 '오직 위대한 영웅만이 본래 면모를 내보일 수 있다〔惟大英雄能本色〕.'[21]라는 의미를 함축한 것으로서 자기 마음에 쏙 드는 이름이었다. 굳이 얼굴에 분장을 하지 않아도 남자처럼 생겼다는 뜻이다. 두관豆官은 나이도 어리고 키도 작은데다 하는 짓도 아주 영리해서 '두관'이라고 불렀는데, 대관원 안의 사람들은 그를 '아두阿荳'라 부르기도 하고 '볶은 콩〔炒豆子〕'이라 부르기도 했다. 보금은 금동琴童이니 서동書童이니 하는 이름은 너무 상투적이고, 어쨌든 '두荳'라는 글자가 색다른 맛이 있다고 생각해서 그의 이름을 '두동荳童'이라고 고쳤다.

밥을 먹고 나서 평아는 답례 잔치를 열었다. 홍향포는 너무 더워서 유음당楡蔭堂에 몇 개의 자리를 만들어 새 술과 좋은 안주들을 마련했다. 반갑게도 우씨가 패봉佩鳳*과 해원偕鴛*이라는 두 명의 희첩들을 데리고 와서 함께 놀았다. 이 두 희첩은 젊고 아름다웠지만 대관원에 자주 오지는 않았다. 그러다가 이제 들어와서 상운과 향릉, 방관, 우관 등을 만나니 말 그대로 '사람이건 사물이건 끼리끼리 모인다〔方以類聚 物以群分〕.'[22]라는 식으로 자기들끼리 웃고 떠들면서, 우씨야 어디 있든 상관 않고 하녀들더러 시중들게 내버려두고는 상운 등과 놀러 다녔다. 잠시 후 그들이 이홍원에 이르렀는데, 갑자기 보옥이 "야율웅노!" 하고 부르는 소리가 들렸다. 그러자 패봉과 해원, 향릉이 꺄르르 웃으며 그게 무슨 소리냐고 물었다. 그리고 그들도 덩달아 그 이름을 따라 불렀다. 그런데 발음이 틀리거나 글자를 빼먹기도 하고, 심지어 '야려자野驢子(촌 당나귀)'라고 부르기도 해서 듣는 사람들이 배꼽을 쥐고 웃게 만들었다. 그렇게 다들 놀려대자 보옥은 그들이 방관을 무시할까 걱정스러워서 얼른 설명을 덧붙였다.

"듣자 하니 바다 서쪽 프랑스에 금성 유리 보석이 있는데, 그 나라 말로 금성 유리를 '온도리나溫都裏納'[23]라고 부르지. 이제 너의 이름을 거기에 빗대어 '온도리나'로 바꿔 부르는 게 어때?"

그러자 방관이 더 좋아했다.

"그렇게 해요."

그렇게 해서 또 이름을 바꾸었다. 하지만 사람들은 그 발음이 어렵다면서 중국어로 의역意譯하여 '유리〔玻璃〕'라고 불렀다. 쓸데없는 말은 그만하자.

사람들은 유음당에서 술을 핑계로 웃고 떠들면서 여자 이야기꾼에게 북을 치게 했다. 평아가 작약을 한 송이 꺾어와 모두 스무 명쯤 되는 사람들이 함께 꽃 돌리기 주령을 하면서 한참을 즐겁게 놀았다. 그때 하녀가 와서 아뢰었다.

"진甄씨 댁에서 두 여자를 통해 물건을 보내왔습니다."

이에 탐춘과 이환, 우씨가 그들을 만나기 위해 응접실로 갔고, 남아 있던 사람들도 자리를 파했다. 패봉과 해원이 그네를 타려고 하자 보옥이 말했다.

"두 분이 타셔요. 제가 밀어드릴게요."

그러자 패봉이 당황해서 말했다.

"됐어요. 저희 때문에 예법을 어길 수는 없지요. '야려자' 한테 밀어달라고 하면 돼요."

"하하, 누님들, 장난치지 마셔요. 하녀들이 따라 배워서 그 아이를 놀리겠어요."

그러자 해원이 패봉에게 말했다.

"너무 웃어서 그네 탈 힘도 없네. 그러다 떨어지면 창자가 다 터질 거야."

패봉이 그녀를 때리려고 쫓아갔다.

그렇게 한참 웃고 떠들고 있는데 녕국부에서 몇몇 사람들이 황급히 달려와 아뢰었다.

"나리께서 승천하셨습니다!"

모두들 깜짝 놀라 다급히 물었다.

"아무 병도 없이 멀쩡하시던 분이 어떻게 갑자기 돌아가셨다는 게야?"

"나리께서 매일 수련을 하셨으니 분명 공력이 완성되어서 우화등선羽化登仙하신 모양입니다."

그 말에 우씨는 가진 부자와 가련 등이 모두 집에 없는 마당에 갑자기 기댈 남자가 없었기 때문에 다급해질 수밖에 없었다. 그녀는 서둘러 치장을 풀고 먼저 현진관玄眞觀에 사람을 보내 가진이 돌아와 심문할 때까지 거기 있는 도사들을 모두 가둬놓고 있으라고 지시했다. 그리고 서둘러 수레를 타고 뇌승댁을 비롯한 어멈들을 거느리고는 성문을 나섰다. 그리고 의원을 불러 도대체 무슨 병으로 돌아가셨는지 살펴보게 했다.

의원들은 사람이 이미 죽었기 때문에 진맥할 방법이 없었다. 그들은 평소 가경賈敬이 황당하기 그지없는 도인술導引術을 행하고, 별신들에게 제사를 지내고, 경신일庚申日을 지키고[24], 주사朱砂를 복용하는 등 허황된 짓을 함부로 하다가 심신이 과로하여 오히려 이렇게 목숨을 상하게 하는 지경에 이르렀다는 것을 알고 있었다. 가경은 죽은 뒤에도 배가 쇠처럼 단단하고, 얼굴 피부와 입술이 검붉게 타서 갈라져 있었다. 이에 그들은 어멈들에게 말했다.

"이건 도교道敎에서 수행하는 방법대로 금을 삼키고 단사를 복용하시는 바람에 내장이 타고 부풀어 돌아가신 것입니다."

그러자 도사들이 당황하여 아뢰었다.

"나리께서는 새로운 비방으로 만든 단사를 잡수시고 잘못되신 겁니다. 저희들도 공력이 아직 적당한 수준에 오르지 않았으니 잡수시면 안 된다고 말씀드렸는데, 뜻밖에 나리께서 오늘 밤 경신일을 지키실 때 몰래 복용하시고 그대로 승천하셨습니다. 아마도 정성으로 도를 얻으셔서 이미 고해苦海에서 벗어나 육신의 껍질을 벗어 던지고 유유히 떠나셨는지도 모릅니다."

우씨는 그런 말을 믿지 않고 가진이 돌아올 때까지 도사들을 가둬놓게 하고, 신속하게 가진에게 소식을 알리라고 지시했다. 그리고 현진관은 좁아서 영구를 안치할 수 없고, 어쨌든 성 안으로도 들어갈 수 없으니, 서둘러 시신을 염해서 가마에 싣고 철함사로 옮기게 했다. 손가락을 꼽아 헤아려보니 가진이 돌아오려면 빨라도 보름은 걸릴 것 같았다. 하지만 지금은 날씨가 더워 기다릴 수 없으니 직접 상을 치르기로 하고, 천문생天文生[25]에게 입관할 날짜를 정하게 했다. 관은 이미 예전에 준비해서 이 절에 두었기 때문에 일이 아주 수월했다. 그래서 사흘 후에 발상하고, 또 도사와 승려를 불러 제를 지내게 하면서 가진을 기다렸다.

희봉은 영국부에서 나오지 못하고, 이환은 자매들을 돌봐야 했고, 보옥은 일을 잘 몰라서 바깥일은 잠시 집안의 이등 집사들에게 맡겨놓을 수밖에 없었다. 가빈과 가광, 가형, 가영, 가창, 가릉 등이 각기 일을 맡았다. 우씨는 집에 돌아갈 수 없어서 계모를 모셔다가 녕국부 집안일을 보살피게 했다. 계모가 아직 출가하지 않은 두 딸을 데리고 와서 함께 지내자 우씨는 비로소 마음이 놓였다.

한편, 이 소식을 들은 가진은 급히 휴가를 청했다. 가용도 벼슬이 있는 몸이라 휴가를 청해야 했다. 예부에서는 지금 황제가 효도와 공경을 중시하기 때문에 함부로 처리하지 못하고, 사정을 자세히 적어 상주上奏를 올리고 성지聖旨를 기다렸다. 현재 황제는 지극히 어질고 효성스러운데다 가씨 집안이 공신의 후손이기 때문에, 그 상주를 보자마자 즉시 가경이 무슨 관직에 있느냐고 물었다. 이에 예부에서 대신 상주를 올렸다.

"가경은 진사 출신으로서 조상으로부터 이어진 관직은 그 아들 가진이 물려받았습니다. 가경은 나이가 많고 병약하여 늘 도성 바깥의 현진관에서 조용히 수양하다가 이제 그곳에서 병으로 죽었습니다. 그 아들 가진과 손자 가용은 지금 국상으로 인해 영가를 따라 여기 와 있기 때문에 돌아가 장례를 치르도록 휴가를 요청했사옵니다."

황제는 즉시 특별 은사를 베풀었다.

"가경은 비록 평민 신분으로 나라에 공을 세우지는 못했으나, 그 조부의 공을 참작하여 오품의 관직을 추사追賜하노라. 그 자손들로 하여금 북하문北下門을 통해 도성으로 영구를 들여서 자택에 빈소를 차리도록 하라. 자손들은 상례喪禮를 마치고 영구를 원적지로 옮기고, 광록시光祿寺*에서는 전례에 따라 제사 비용을 지급하게 하라. 조정의 왕공 이하 벼슬아치들에게도 조문을 허락하노라. 이대로 시행하라."

이렇게 성지가 내려지자 가씨 집안사람들이 황제의 은혜에 감사했음은 물론, 조정의 모든 대신들도 성덕을 높이 칭송하며 숭호嵩呼[26]를 그치지 않았다.

가진 부자는 밤낮으로 말을 달려 돌아오는 도중에, 하인들을 이끌고 바삐 달려오고 있던 가빈과 가광 일행과 만났다. 그들은 가진을 보자 일제히 말에서 뛰어내려 문안 인사를 했다. 가진이 급히 물었다.

"어찌 된 일이냐?"

가빈이 대답했다.

"형님과 조카가 오시면 노마님께서 오시는 도중에 돌봐드릴 사람이 없을 것 같아서, 형수님께서 저희더러 노마님을 호송하라고 하셨습니다."

가진은 훌륭한 조치라고 칭송하면서 또 집안일을 어찌 처리했느냐고 물었다. 가빈 등은 도사들을 붙잡아둔 일이며 영구를 사당에 모신 일, 그리고 집안을 돌볼 사람이 없어서 우씨가 친정어머니와 두 동생을 모셔다가 위채에서 지내시게 한 일 등을 자세히 설명했다. 이때 가용도 말에서 내렸는데, 이모들이 왔다는 소식을 듣고 가진과 함께 한바탕 웃었다. 가진은 연신 "잘했구먼!" 칭찬하며, 곧 말을 달려 길을 재촉했다. 그는 여관에도 묵지 않고 밤에도 말을 바꿔가며 나는 듯이 달렸다. 그리하여 하루 만에 도성 문에 도착하자 우선 철함사로 달려갔다. 때는 이미 사경四更(오전 1~3시) 무렵이 되었는데, 번을 서던 이들이 소식을 듣고 황급히 사람들을

제63회 **289**

불러 깨웠다. 가진은 말에서 내려 가용과 함께 대성통곡하며 대문 밖에서부터 무릎을 꿇고 기어들어가, 관 앞에 이르자 땅에 이마를 박으며 피를 토하듯 통곡했다. 그렇게 날이 밝을 때까지 통곡하다가 목이 메어 소리가 나오지 않게 되자 겨우 그쳤다. 우씨 등도 모두 와서 인사했다. 가진 부자는 예법에 따라 상복으로 갈아입고 관 앞에 엎드렸다. 하지만 몸소 일들을 처리해야 했기 때문에 '눈은 다른 걸 보지 말고 귀는 다른 소리를 듣지 않는[目不視物 耳不聞聲]' 돌부처처럼 있을 수 없어서, 어쩔 수 없이 슬픔을 억누르고 사람들을 지휘했다. 그리고 황제의 성은과 성지를 친척과 벗들에게 들려주었다. 또한 가용을 먼저 집으로 보내 영구 모실 준비를 하게 했다.

가용은 그 말을 기다렸다는 듯이 말을 타고 재빨리 집으로 돌아가 앞쪽 대청의 탁자와 의자를 치우고 칸막이를 뗀 후 영구를 가릴 휘장을 치게 했다. 그리고 대문 앞에는 음악을 연주할 사람들이 앉을 휘장을 치고 패루牌樓를 세우는 등의 일을 처리했다. 그리고 서둘러 안으로 들어가 외할머니와 두 이모들에게 인사를 했다.

원래 우씨의 계모는 나이가 많아 누워 있기를 좋아해서 늘 침대에 비스듬히 누워 있었고, 두 딸들과 하녀들은 바느질을 하고 있었다. 그가 들어가자 그들은 얼마나 슬프냐면서 위로의 말을 건넸다. 가용이 해죽거리면서 우이저尤二姐*에게 말했다.

"큰이모도 오셨네요? 아버님께서 얼마나 보고 싶어 하셨는지 몰라요."

이저가 곧 얼굴이 붉어지더니 가용을 꾸짖었다.

"이놈! 나한테 며칠 욕을 안 먹었더니 바로 못쓰게 변했구나! 갈수록 체통을 잃고 있어! 그러고도 네가 대갓집 귀공자라고 할 수 있겠어? 매일 책을 읽고 예절을 배운다는 놈이 상놈 집안의 건달보다 못하구나!"

그녀는 손에 잡히는 대로 인두를 들고 그의 머리를 때리려 하자, 화들짝 놀란 가용이 머리를 감싼 채 그녀의 품에 덥석 쓰러지며 용서해달라고 빌었다. 그러자 우삼저尤三姐˙가 다가와 그의 볼을 꼬집으며 말했다.

"언니가 돌아오면 죄다 일러바칠 거야!"

가용이 황급히 구들에 무릎을 꿇고 사정하자 두 이모도 웃음을 터뜨렸다. 가용이 또 이저가 먹고 있던 축사밀의 씨〔砂仁〕27를 낚아채서 먹자, 이저는 입에 머금고 있던 찌꺼기를 그의 얼굴에 뱉어버렸다. 가용이 그걸 혀로 핥아 먹자 하녀들이 차마 그 꼴을 보지 못하고 모두 웃음을 터뜨리며 말했다.

"상중에 계신 분께서 그러시면 되나요? 할머님께선 방금 잠드셨어요. 그리고 저 두 분은 나이가 어리다 해도 어쨌든 이모님이신데, 마님을 너무 안중에 두지 않으시네요! 나중에 나리께 말씀드리면 이런 짓을 하신 책임을 지셔야 할 거예요!"

그러자 가용은 이모를 젖혀놓고 곧 하녀들을 끌어안고 입을 맞추었다.

"아이고 귀여운 것! 네 말이 다 맞아. 하지만 우리는 저 둘이 너무 탐나거든!"

하녀들이 급히 그를 떠밀며 욕을 퍼부었다.

"이런 제 명이 죽지 못할 망종 같으니! 아씨랑 하녀들도 두고 있으면서 우리한테 이런 장난을 쳐요? 아는 사람들이야 장난이라고 하겠지만, 모르는 사람이나 심보 고약하게 남 얘기하기 좋아하는 사람이 보면 어쩌려고요! 저쪽 집안까지 소문이 다 퍼질 테고, 다들 이쪽 집안사람들이 문란하다고 뒤에서 쑥덕대지 않겠어요?"

"하하, 두 집이 각자 따로 사는데 누가 누구 일에 상관한다는 거야? 누구나 마음대로 할 수 있는 거야. 예로부터 지금까지, 심지어 한나라와 당나라에 대해서도 사람들은 '더러운 당 왕조, 구린내 나는 한 왕조〔髒唐臭漢〕'라고 하는데, 하물며 우리 같은 종갓집이야 말할 것도 없지! 내가 다 말할 수는 없지만, 어느 집이라고 남녀 간의 풍류가 없을까? 심지어 저 댁 큰할아버님께서 그리 엄격하신데도 가련 숙부는 작은마님과 깨끗한 사이가 아니지. 희봉 숙모가 그리 드센데도 가서 숙부는 숙모를 어찌 해보려고 했었단 말이야. 무슨 일이든 내 눈을 속일 수 없어!"

가용이 입에서 나오는 대로 마구 지껄이고 있을 때 그의 할머니가 잠에서 깼다. 그는 문안 인사를 하고 또 말했다.

"할머님, 노고가 많으십니다. 또 두 분 이모님께서 고생해주시니, 저희 부자는 뭐라고 감사해야 할지 모르겠습니다. 일이 마무리되면 저희 온 가족이 위아래를 막론하고 모두 찾아뵙고 큰절을 올리겠습니다."

그의 외할머니가 고개를 끄덕이며 말했다.

"얘야, 말도 잘하는구나. 나야 친척지간에 당연히 해야 할 일을 하는 것뿐이지. 그래, 네 부친은 안녕하냐? 소식을 언제 듣고 이렇게 빨리 도착했더냐?"

"하하, 조금 전에 막 도착했습니다. 할머님 보살펴드리라고 먼저 저를 보내셨습니다. 아무쪼록 장례가 끝날 때까지 여기 계셔주세요."

그러면서 두 이모에게 눈을 찡긋하자, 이저가 몰래 이를 악물고 코웃음을 치며 욕을 퍼부었다.

"주둥이만 잘 나불거리는 원숭이 새끼 같으니라고! 우리를 붙들어두고 네 아비 첩으로 삼을 셈이냐?"

가용이 또 외할머니에게 농담을 건넸다.

"걱정 마십시오. 저희 아버님께선 매일 두 분 이모님을 걱정하십니다. 가문 좋고 부귀하고, 젊고 잘생긴 이모부님들을 물색해서 두 분 혼사를 치러드려야겠다고요. 요 몇 년 동안 마땅한 자리가 나지 않다가 마침 며칠 전에 노상에서 한 사람의 혼사에 대해 언약을 하셨습니다."

그의 외할머니가 정말인 줄 알고 황급히 뉘 집 자제냐고 묻자 두 자매가 바느질감을 내던지고 웃으면서 가용을 때렸다.

"어머니, 이 벼락 맞아 뒈질 놈의 말은 믿지 마셔요."

심지어 하녀들도 모두 거들었다.

"하늘이 지켜보고 계시니까 벼락 맞지 않게 조심하셔요!"

그때 하인이 와서 아뢰었다.

"분부하신 일을 끝냈습니다. 서방님, 나와서 살펴보시고 나리께 여쭈러 가셔야지요."

가용은 그제야 킬킬 웃으며 떠났다.

이후에 어찌 되었는지는 다음 회를 보시라.

제64회

슬픔에 잠긴 숙녀는 다섯 미인에 대해 시를 짓고
방탕한 탕자는 사랑에 빠져 구룡패를 선물하다

幽淑女悲題五美吟　浪蕩子情遺九龍珮

가보옥이 소상관에서 임대옥의 시를 보다.

　가용은 집안의 모든 일이 준비된 걸 보고 서둘러 철함사로 가서 가진에게 알렸다. 이리하여 밤낮으로 각 분야의 일을 집사들에게 나누어 맡기고, 아울러 장례에 쓸 만장과 깃대 등의 모든 물건들을 준비하게 했다. 그리고 사일 묘시卯時(오전 5~7시)를 택해 영구를 성안으로 들여보냈고, 사람을 보내 여러 친척들과 벗들에게 알리게 했다.
　이날 장례식은 대단히 성대하게 치러져 조문객이 구름처럼 모였고, 철함사에서 녕국부에 이르는 길가 양쪽에는 구경꾼들이 수만 명도 넘게 모여들었다. 그들 중에 탄식하는 사람도 있었고, 부러워하는 사람도 있었다. 또 뭘 좀 안다고 나서기 좋아하는 서생들 중에 "장례라는 건 화려하고 가볍게 치르기보다는 검소하고 비통하게 치르는 게 좋은 법"[1]이라고 하기도 하여 구경꾼들 사이에서 갖가지 논의가 일어났다. 장례 행렬은 미시未時(오후 1~3시)에서 신시申時(오후 3~5시) 사이에야 녕국부에 도착했고, 이때 영구를 정당正堂에 안치했다. 제물을 올리고 애도를 마친 후 친척들과 벗들은 차츰 돌아가고, 일가족만 남아서 조문객을 접대하고 전송하는 일을 나누어 처리했다. 가까운 친척 중에 오직 형부인의 큰오빠만 남아 있었다.
　이때 가진과 가용은 예법 때문에 어쩔 수 없이 영구 옆에 거적을 깔고 흙베개를 벤 채 고된 상주 노릇을 해야 했다. 그러나 조문객들이 돌아간 틈을 타서 그들은 처제들과 질펀하게 뒹굴었다. 보옥도 매일 상복을 입고 녕국부에 갔다가 저녁에 조문객들이 돌아간 뒤에야 대관원으로 돌아갔다. 희봉은 아직 몸이 낫지 않아서 자주 찾아갈 수는 없었지만, 제단을 열고 경전을 낭송하는 날이나 친척들과 벗들이 찾아와 제사를 지내는 날에는 억지로 찾아가 우씨가 일처리하는 것을 도와주곤 했다.

그러던 어느 날, 하루해가 길고 날마다 피곤이 쌓인 가진 등은 아침 제사를 올리고 나서 영구 옆에서 선잠이 들었다. 보옥은 조문객이 없는 걸 보고, 대옥이나 만날 생각으로 먼저 이홍원으로 돌아갔다. 그가 대문을 들어섰을 때 뜰 안은 아무도 없이 조용하고 몇몇 할멈들과 하녀들이 회랑에서 더위를 식히고 있었다. 개중에는 누워 잠든 사람도 있었고, 앉아서 졸고 있는 사람도 있었다. 보옥은 그들을 깨우지 않았지만, 사아가 그를 보고 문발을 올려주려고 황급히 달려왔다. 막 문발을 올렸을 때 방관이 안에서 웃으며 달려나오다가 하마터면 보옥의 가슴에 부딪칠 뻔했다. 그녀는 보옥을 보더니 웃음을 머금고 멈춰 서서 말했다.

"어떻게 돌아오셨어요? 얼른 청문 언니 좀 말려주셔요. 저를 때리려고 하잖아요."

그 말이 채 끝나기도 전에 방 안에서 '차르르!' 하면서 무언가 바닥에 떨어지는 소리가 들렸다. 이어서 청문이 쫓아와 욕을 퍼부었다.

"요 계집애야, 어디로 도망을 쳐? 지고도 맞지 않겠다고? 도련님도 안 계시는데 누구한테 도와달라고 할 거야?"

그러자 보옥이 재빨리 막아서며 말했다.

"저 아이는 아직 어리잖아. 무슨 잘못을 했는지 모르지만 나를 봐서 용서해줘."

청문도 보옥이 불쑥 나타날 줄은 생각지도 못했기 때문에 자기도 모르게 웃음이 나왔다.

"방관이 저건 여우가 변신한 계집이 분명해요! 신장神將을 부르는 부적도 이리 빨리 도련님을 불러올 수 없을 거예요."

그리고 다시 방관에게 말했다.

"네가 정말 신을 불러올 수 있다 해도 내가 무서워할 줄 알아?"

그러면서 보옥의 손을 뿌리치고 방관을 붙잡으려고 했다. 하지만 방관은 어느새 보옥의 몸 뒤에 숨어버린 뒤였다. 보옥은 한 손으로 청문을 붙들고 다른 한 손으로는 방관을 붙잡고 방 안으로 들어갔다. 안을 살펴보니 서쪽 구들 위에서 사월과 추문, 벽흔•, 자초• 등이 호박씨로 공기놀이를 하고 있었다. 알고 보니 방관이 청문에게 지고도 맞지 않으려고 도망치는 바람에, 청문이 쫓아오다가 품에 있던 호박씨를 방바닥에 쏟았던 것이다. 보옥이 즐거워하며 말했다.

"날도 이렇게 긴데 내가 집에 없어서 다들 적적해하면서 밥 먹고 잠만 자다가 병이나 나지 않을까 걱정했는데, 이렇게 재미있는 소일거리를 찾았으니 다행이네."

그러다가 습인이 보이지 않은 것을 알고 물었다.

"습인 누나는?"

청문이 말했다.

"습인이요? 갑자기 도를 닦는다고 혼자 방 안에서 면벽하고 있어요. 저도 한참 동안 들어가보지 않았는데, 아무 소리도 없어서 뭘 하고 있는지 모르겠어요. 어서 들어가보셔요. 혹시 지금쯤 득도했을지도 모르잖아요?"

보옥이 웃으면서 안방으로 들어가니, 습인이 창가 침대에 앉아 회색 실로 뜨개질을 하고 있었다. 그녀는 보옥을 보자 얼른 일어나며 말했다.

"호호, 청문 고것이 저에 대해 뭐라고 꾸며댔어요? 이 뜨개질을 빨리 끝내려면 쓸데없이 놀 틈이 없어서 '너희들끼리 놀아. 나는 도련님 안 계실 때 여기 조용히 앉아 정신을 좀 가다듬어야겠어.' 하고 둘러댔거든요. 그랬더니 그것이 무슨 '면벽'이니 '참선'이니 하는 말을 만들어내 놀려대대요. 저놈의 주둥이를 찢어놓고 말겠어요!"

보옥이 웃으며 다가가 그녀 옆에 앉아서 뜨고 있던 걸 쳐다보며 물었다.

"이렇게 해가 긴데 좀 쉬든지 저 아이들과 놀지 그래? 아니면 대옥이한테라도 가보든지. 날도 더운데 그건 떠서 어디 쓸 거야?"

"제가 보니 도련님이 들고 다니시는 부채 주머니는 작년에 녕국부 가경 可卿 아씨 장례 때 만든 거대요. 그 파란 건 여름에 가족이나 친척들 초상이 났을 때 지니고 다니는건데, 일 년에 어쩌다 한두 번 쓰는 거라서 평상시에는 만들 필요가 없지요. 그런데 이제 저쪽 댁에 일이 생겼으니 날마다 지니고 다니셔야 하잖아요? 그래서 얼른 하나 더 만들고 있어요. 다 뜨면 그 낡은 거랑 바꿔드릴게요. 도련님은 이런 데에 관심이 없으시지만, 노마님께서 돌아와서 보시면 저희들이 게을러 도련님이 지니고 다니시는 물건에 신경을 쓰지 않는다고 나무라실 거예요."

"하하, 거기까지 생각하다니! 그래도 너무 서두를 필요 없어. 그러다 더위라도 먹으면 오히려 더 큰일이니까 말이야."

그때 방관이 냉수에 식힌 차를 한잔 가져왔다. 보옥은 평소 몸이 허약해서 더운 여름에도 얼음에 식힌 차를 마시지 못했다. 그저 새로 길어온 우물물에 차 주전자를 통째로 담가서 수시로 물을 갈아 넣어 식혀 마시는 정도였다. 보옥은 방관에게 찻잔을 들리게 하고 반 잔을 마시고는 습인에게 말했다.

"오면서 명연이한테 가진 형님 쪽에 중요한 손님이 오면 즉시 나한테 알리라고 말해두었으니까 중요한 일이 없다면 난 가지 않을 거야."

보옥은 방에서 나와 벽흔 등을 돌아보며 말했다.

"대옥 아가씨 거처에 있을 테니까 무슨 일이 있으면 그리로 부르러 와."

그는 곧장 대옥을 보러 소상관으로 갔다.

보옥이 심방교를 지나는데 설안*이 할멈 두 명을 거느리고 오고 있었다. 그들은 모두 손에 마름이며 연뿌리, 오이, 과일 등을 들고 있었다. 보옥이 물었다.

"너희 아가씨는 그런 찬 것들은 먹지 않는데 뭐하러 가져가는 거야? 어느 아가씨나 아씨를 모셔서 대접하려는 거야?"

"호호, 말씀드릴 테니 대옥 아가씨께 말씀하시면 안 돼요?"

보옥이 고개를 끄덕이자 설안이 두 할멈에게 말했다.

"먼저 갖고 가서 자견 언니한테 줘요. 저에 대해 묻거든 볼일 좀 보고 금방 간다고 하세요."

할멈들이 "예!" 하고 떠나자 설안이 말했다.

"저희 아가씨가 요 이틀 동안 몸이 좀 좋아지셨어요. 그런데 오늘 식사 후에 탐춘 아가씨가 오셔서 함께 희봉 아씨께 문병을 가자고 했는데 가지 않으셨어요. 또 무슨 영문인지는 모르겠지만 한참 동안 혼자 가슴 아파하시더니 붓을 들어 시인지 사인지 모를 뭔가를 쓰셨어요. 그리고 저한테 오이랑 과일 등을 가져오라 하시고, 또 자견 언니한테 방 안에 있는 작은 거문고 탁자에 진열된 것들을 치우고 탁자를 바깥방의 마루에 내다 놓으라고 하셨어요. 그리고 용무늬가 조각된 작은 향로를 탁자 위에 놓게 하고, 오이랑 과일 등이 오면 쓰겠다고 하셨어요. 손님을 청할 거라면 우선 향로부터 갖다 놓으라고 하실 리 없지요. 또 향을 피우실 거라고 보기에도 이상해요. 우리 아가씨는 평소 방 안에 신선한 꽃이나 과일, 모과 따위를 놓아두시기는 하지만 옷에 향을 쬐이는 것은 별로 좋아하지 않으시거든요. 향을 피우더라도 늘 주무시는 침실에 피워야 할 게 아니에요? 설마 할멈들이 방 안에 고약한 냄새를 배게 했다고 향을 쏘이시려는 건 아니겠지요? 그러니 저도 대체 무슨 영문인지 모르겠어요."

그렇게 말하고 바삐 떠났다.

보옥은 자기도 모르게 고개를 숙이고 생각에 잠겼다.

'설안의 얘기를 들어보니 틀림없이 무슨 까닭이 있어. 어느 자매들과 한가하게 앉아 있을 거라 해도 이렇게 미리 음식과 그릇들을 준비할 필요가 없지. 혹시 고모나 고모부 생신이나 제삿날일까? 내 기억으로 해마다 그런 날이면 할머님께서 따로 음식을 마련하시고 대옥이한테 보내서 제사를 지내게 해주시는데, 지금은 때가 이미 지났잖아? 아마 칠월이 과일의 계절이라 집집마다 성묘하러 가서 가을 제사를 지내니까 대옥이도 느낀 바가 있는 건가? 『예기禮記』에서 말하는 것처럼 '봄가을마다 계절에 맞는 신선한 음식으로 제사를 지내려는〔春秋薦其時食〕' 뜻으로 집에서나마 혼자 제사를 지내려는 건지도 모르지. 지금 가서 대옥이가 상심하는 모습을 보면 최대한 위로해서 풀어줘야겠지만, 그러다가 오히려 마음에 번뇌가 응어리지게 만드는 건 아닐까? 그렇다고 가지 않는다면 너무 상심한 대옥이를 위로해줄 사람이 없으니 곤란하지. 어쨌든 두 경우 모두 병이 도지게 만들기에 충분하구나. 그보다는 먼저 희봉 형수한테 가서 좀 앉아 있다가 돌아오는 게 낫겠어. 그런 다음에 그때 상황을 봐서 대옥이가 상심해하는 걸 풀어줄 방법을 마련해보자. 그러면 너무 상심한 지경에 이르기 전에 애통한 마음을 조금이나마 풀어줄 수 있을 테고, 또 가슴에 슬픔이 맺혀 병이 도지는 것도 막을 수 있겠지.'

보옥은 그렇게 생각을 정하고 대관원을 나와 곧장 희봉의 거처로 갔다. 마침 그곳에는 수많은 집사 할멈들이 맡을 일들을 보고하고 우르르 몰려나와 각자 갈 길로 흩어지는 참이었다. 희봉은 문에 기대어 평아와 이야기를 나누고 있다가 보옥을 보고 미소를 지으면서 말했다.

"돌아오셨군요! 조금 전에 임지효댁더러 도련님 모시는 하인들한테 얘기를 전하라고 일러두었어요. 별로 중요한 일이 없으시면 돌아와서 좀 쉬시라고요. 거긴 사람이 많아서 도련님이 그런 분위기며 냄새를 견디지 못할 테니까요. 그런데 뜻밖에도 마침 오셨네요."

"하하, 생각해주셔서 고마워요. 저도 오늘 별다른 일이 없고, 형수님도 한 이틀 저쪽 댁에 오시지 않아서 몸이 얼마나 나으셨는지 몰라 잠깐 문병하려고 돌아왔어요."

"지금은 기껏 이 모양이에요. 사흘 정도 괜찮다 싶으면 또 이틀 정도는 안 좋지요. 할머님과 마님이 집에 안 계시니까 저 아낙네들도, 에휴! 누구 하나 분수를 못 지키지, 매일 싸우지 않으면 말다툼이나 벌이고, 심지어 노름하고 도둑질까지 해서 두세 가지씩 사건이 생기고 있어요. 탐춘 아가씨가 일처리를 도와주고 있지만, 아직 출가하지 않은 처녀라서 알릴 만한 일도 있지만 알려주지 못할 일도 있으니, 그런 건 제가 아픈 몸을 이끌고 억지로 처리할 수밖에 없지요. 그러니 도무지 잠시라도 마음 편할 때가 없네요. 병이 낫기를 바라기는커녕 더해지지나 않으면 다행이에요."

"그래도 몸 생각하셔서 조금이라도 신경을 덜 쓰셔야지요."

몇 마디 한담을 더 나눈 후에 보옥은 희봉과 작별하고 곧장 대관원으로 갔다.

소상관 대문을 들어서니 향로에는 아직 연기가 남아 있었고 제삿술도 아직 남아 있었다. 자견은 하녀들이 탁자를 안으로 나르고 차려놓았던 것들을 치우는 걸 감독하고 있었다. 보옥은 제사가 이미 끝났다는 걸 알고 방 안으로 들어갔다. 대옥은 안쪽을 바라보며 비스듬히 누워 있었는데, 병약한 몸을 가누기조차 무척 힘겨워 보였다. 자견이 황급히 말했다.

"보옥 도련님 오셨어요."

대옥이 느릿느릿 일어나 웃음을 지으며 자리를 권했다.

"한 이틀 사이에 몸은 많이 좋아졌어? 안색은 그래도 좀 평안해진 것 같은데, 또 무슨 일로 상심한 거야?"

"무슨 소리에요? 제가 언제 상심했다는 거예요?"

"하하, 얼굴에 눈물자국이 있는데도 속이려고? 너는 평소 병이 많으니까 모든 일에 마음을 느긋하게 가져야지 쓸데없이 지나치게 슬퍼하지는 말라는 거야. 그러다가 몸을 망치기라도 한다면 나는……"

그는 다음 말을 잇기 곤란하여 얼른 입을 다물었다. 비록 대옥과 함께 자라서 서로 마음과 감정이 잘 맞아, 죽어도 같이 죽고 살아도 같이 살기를 바랐지만, 그저 마음으로만 이해할 뿐 여태까지 대놓고 그걸 이야기한 적이 없었기 때문이다. 게다가 대옥은 예민한 사람인데, 보옥은 말을 할 때마다 실수를 해서 그녀의 기분을 상하게 하곤 했다. 오늘도 원래는 위로를 해주려고 했는데, 생각지도 않게 또 말실수를 하는 바람에 뒷말을 잇지 못했다. 그는 대옥이 또 화를 낼까 싶어서 마음이 조급해졌다. 사실 자기는 좋은 의도에서 말을 꺼냈던 것인데, 이렇게 되자 조급함이 슬픔으로 변해 어느새 눈물이 흐르고 있었다. 대옥은 처음에는 보옥의 주책없는 말 때문에 화가 났지만, 그의 이런 모습을 보자 마음이 아파왔다. 게다가 본래 잘 우는 그녀인지라 역시 말없이 마주 앉아 눈물을 흘렸다.

자견은 차를 날라오다가 그 모습을 보고 두 사람이 또 무슨 일로 말다툼을 했나 보다 생각했다.

"아가씨 몸이 좀 좋아졌다 싶으니까 도련님이 또 오셔서 화를 내게 부추기시는군요. 대체 어찌 된 일인가요?"

보옥이 눈물을 훔치며 말했다.

"누가 감히 대옥이를 화나게 할 수 있겠어?"

그러면서 분위기를 돌릴 만한 이야깃거리를 생각하며 일어나 방 안을 거닐다가 문득 벼루 아래 슬쩍 삐져나온 종이를 발견하고 집어 들었다. 대옥이 황급히 일어나 빼앗으려고 했지만 보옥은 어느새 품에 넣고 웃으며 사정했다.

"누이, 제발 좀 보여줘."

"오기만 하면 뭐든 가리지 않고 함부로 뒤진다니까!"

그 말이 끝나기도 전에 보차가 웃으면서 들어왔다.

"보옥 도련님, 뭘 보고 싶다는 건가요?"

보옥은 뭐가 적혀 있는지 보지 못했고 또 대옥의 마음이 어떨지 몰라 함부로 대답하지 못했다. 다만 대옥을 바라보며 빙긋 웃고 있었다. 대옥은 보차에게 자리를 권하면서 말했다.

"호호, 제가 옛날 역사에서 보니 재색을 겸비한 여자들의 인생에서 평생

사는 신세를 보면, 사람들이 기뻐하며 선망할 만하거나 슬퍼 탄식할 만한 일들이 아주 많더라고요. 오늘 밥을 먹고 할 일이 없어서 그 가운데 몇 사람을 골라 어설프게 시를 몇 수 지어 감동과 개탄의 심정을 담아보았어요. 하필 그때 탐춘 아가씨가 와서 희봉 언니한테 문병을 가자고 했지만 몸이 피곤해서 함께 가지 않았어요. 조금 전에 다섯 수를 짓고 나자 잠깐 피곤해서 저기다 던져놓았는데 뜻밖에 오빠가 와서 발견하고 말았어요. 사실 오빠한테 보여주는 거야 별게 아니지만, 마음대로 베껴 써서 다른 사람들한테 보여주는 게 싫은 거예요."

"내가 언제 남한테 보여주었다고 그래? 전에 그 부채는 하얀 해당화를 읊은 그 시들이 좋아서 작은 해서楷書로 써두었던 건데, 그저 들고 다니면서 보기 편하게 하려고 그랬던 거라고. 규중에서 쓴 시나 사, 글씨를 함부로 외부에 전하거나 읊조려선 안 된다는 걸 내가 왜 모르겠어? 전에 네가 그런 얘기를 한 뒤부터는 한 번도 대관원 밖으로 들고 나간 적이 없단 말이야."

"대옥이가 그런 걱정을 하는 것도 당연해요. 도련님이 부채에 써두었다가 혹시 잊어버리고 서재에 들고 갔는데 문객들의 눈에 띄면 당연히 누가 지은 거냐고 묻지 않겠어요? 그러다가 혹시 소문이 나버리면 불미스럽지 않겠어요? 옛말에 '여자는 재주가 없는 게 덕〔女子無才便是德〕'이라고 했으니 얌전하고 차분한 게 제일 중요해요. 바느질 같은 건 그다음이지요. 그 외에 시나 사를 짓는 건 규방의 유희에 지나지 않아서 원래는 지을 줄 몰라도 괜찮은 거예요. 우리 같은 이런 대갓집 규수들한테 그런 재주 좋다는 명예 같은 건 필요 없어요."

그리고는 대옥을 향해 웃으며 말했다.

"나한테는 보여줘도 괜찮아. 보옥 도련님이 갖고 나가지만 못하게 하면 되니까 말이야."

"호호, 그럼 언니도 굳이 안 봐도 되잖아요?"

그러면서 또 보옥을 가리키며 말했다.

"도련님이 벌써 낚아채 갔어요."

보옥이 그제서야 품 안에서 종이를 꺼내 보차 옆으로 가서 함께 읽어보았다.

서시

한 시대 나라 기울게 하던 미인도 물거품 따라 떠났으니^2

오나라 궁궐에서 부질없이 고향을 추억했네.

눈살 찡그림 흉내 낸다 동쪽 이웃 아가씨 비웃지 마오.^{3}

흰머리 노파 되어도 아직 개울^{4}가에서 빨래하고 있다네.

西施

一代傾城逐浪花

吳宮空自憶兒家

效顰莫笑東村女

頭白溪邊尙浣紗

우미인^5

애끓는 오추마^{6}는 밤바람 맞으며 울부짖는데

우미인은 깊은 회한에 잠겨 겹 눈동자^7 항우를 마주했네

경포鯨布나 팽월彭越은 지난날 달갑게 해형醢刑을 당했지만^8

어찌 초나라 군막軍幕 안에서 칼 물고 자결한 데에 비하랴?

虞姬

腸斷烏騅夜嘯風

虞兮幽恨對重瞳

黥彭甘受他年醢

飮劍何如楚帳中

명비[9]

빼어난 아름다움 놀라워 한나라 궁전 나왔지만
미인의 운명 사나움은 예나 지금이나 마찬가지라네.
군왕이 설령 미색을 가벼이 여긴다 한들
아끼고 내치는 권한을 어찌하여 화공에게 맡겼단 말인가?[10]

明妃

絶艶驚人出漢宮
紅顏命薄古今同
君王縱使輕顏色
予奪權何畀畫工

녹주[11]

깨진 기와와 진주가 똑같이 버려졌는데
석숭[12]이 언제 미녀를 아낀 적 있던가?
조상의 음덕에 따른 복은 전생에 정해지기 때문이지만
다시 함께 저승에 가서 적막함을 달래게 되었네.

綠珠

瓦礫明珠一例抛
何曾石尉重嬌嬈
都緣頑福前生造
更有同歸慰寂寥

홍불[13]

정중히 허리 굽히고 씩씩하게 얘기하는 모습[14] 절로 빼어나
미인의 밝은 눈은 가난한 영웅의 장래를 알아보았네.
시체처럼 무력한 양소의 군막에서

어찌 여장부를 매어 둘 수 있었으랴?

紅拂

長揖雄談態自殊

美人巨眼識窮途

屍居餘氣楊公幕

豈得覊縻女丈夫

보옥이 보고 나서 연신 칭찬하면서 말했다.

"누이, 이 시들이 마침 다섯 수니까 제목을 「다섯 미인의 노래〔五美吟〕」라고 하는 게 어떨까?"

그러면서 그는 다짜고짜 붓을 들어 뒷면에 그 제목을 적었다. 보차도 말했다.

"시는 제목이 어떻든 간에 옛사람의 뜻을 잘 나타내야 하는 거야. 남을 따라하기만 하면 단어나 구절이 아무리 정밀하고 교묘하다 해도 이미 이류로 떨어져버려서 훌륭한 시가 될 수 없어. 예를 들어, 옛사람들이 왕소군을 노래한 시는 아주 많아서 그녀의 비극적인 운명을 슬퍼하기도 하고, 모연수毛延壽를 미워하기도 하고, 또 한나라 원제가 화공에게 현명한 신하의 초상이 아니라 미인의 초상을 그리게 한 잘못을 지적하기도 하는 등 내용이 제각각이지. 나중에 다시 왕안석王安石 공이 「명비곡明妃曲」에서 '마음의 유래는 그림으로 그릴 수 없거늘, 당시에는 괜히 모연수만 죽였구나〔意態由來畫不成 當時枉殺毛延壽〕.'라고 노래하고, 구양수歐陽脩 공이 「명비곡-다시 왕안석의 시에 화답함〔明妃曲-再和王介甫〕」에서 '눈과 귀로 가까이서 보고 들은 것도 이러하거늘, 만리 밖 오랑캐를 어찌 제압할 수 있었으랴〔耳目所見尙如此 萬里安能制夷狄〕!'라고 노래했지. 두 시는 모두 각자의 식견을 내보이고 있기 때문에 다른 사람들의 작품과는 달랐어. 오늘 동생이 지은 이 다섯 수 역시 새롭고 빼어난 뜻이 담겨 있으니 새로운 경지를 열었다고 할 수 있겠어."

보차가 말을 계속 이어가려는데 하녀가 와서 아뢰었다.

"가련 서방님이 돌아오셨습니다. 조금 전에 밖에서 전갈하기를 한참 전에 저쪽 댁으로 가셨다고 했으니 곧 돌아오실 겁니다."

그 말을 듣자마자 보옥은 황급히 일어나서 대문까지 마중을 나가 안쪽에서 기다렸다. 마침 그때 가련이 말에서 내려 들어오자 보옥은 먼저 무릎을 꿇고 태부인과 왕부인 등의 안부를 물은 뒤 가련에게 인사한 후 둘이 손을 맞잡고 들어왔다. 그때 이환과 희봉, 보차, 대옥, 영춘, 탐춘, 석춘 등은 벌써 중당中堂에서 기다리고 있다가 일일이 인사를 나누었다. 이어서 가련이 말했다.

"할머님은 내일 아침 일찍 도착하실 텐데 오시는 내내 아주 건강하셨어요. 오늘 나를 먼저 보내 집안일을 살피라 하셨어요. 내일 오경五更(오전 3~5시) 무렵에 성 밖으로 마중 나갈 생각이에요."

또 사람들은 도중의 일에 대해 묻고 나서, 먼 길을 오느라 피곤한 가련이 방에 돌아가 쉴 수 있도록 자리를 떴다. 그날 밤의 풍경은 자세히 설명할 게 없다.

다음 날 아침 무렵이 되자 과연 태부인과 왕부인 등이 도착했다. 모두들 맞이하여 인사를 나눈 후 잠시 앉아 차를 마시고서 태부인은 왕부인 등을 거느리고 녕국부로 건너갔다. 그때 안에서는 하늘을 울릴 듯 곡소리가 터져나왔다. 가사와 가련이 태부인을 영국부로 모셔다 드리고 나서 바로 이곳으로 돌아와 곡을 했기 때문이었다. 태부인이 안으로 들어가자 가사와 가련이 친척들을 이끌고 곡을 하며 나와서 맞이했다. 그들 부자는 양쪽에서 태부인을 부축하고 영전으로 가더니, 다시 무릎을 꿇고 태부인의 품에 쓰러져 통곡했다. 연로한 태부인도 이 모습을 보자 가진과 가용을 끌어안고 한없이 통곡했다. 그러다가 가사와 가련이 옆에서 간곡히 위로해드린 뒤에야 조금씩 통곡을 멈추고, 다시 영구의 오른편으로 돌아가 우씨와 그 며느리를 만났다. 거기서도 또 서로 부둥켜안고 한바탕 대성통곡했다. 곡이 끝나자 사람들은 일일이 나아가 태부인에게 문안 인사를 올렸다. 가진은 태부인이 집에 돌아와 쉬지도 못하고 여기 앉아 있으니 또 상심할 게 분명하다고 생각하여 재삼 돌아가 쉬시라고 권했고, 왕부인 등도 계속 그리하라고 권했다. 이에 태부인은 어쩔 수 없이 집으로 돌아왔다. 그런데 과연 연로한 노인이라 여독旅毒에 상심까지 겹쳐 저녁이 되자 머리가 무겁고 눈이 따끔거리면서 코가 막히고 목소리가 가라앉았다. 그 바람에 서둘러 의원을 불러 진맥하고 약을 짓느라 한밤중까지도 정신없이 바빴다. 다행히 약효가 빨리 퍼지고 한기가 경락經絡에까지 퍼지지 않아, 삼경三更(오후 11시~오전 1시) 무렵까지 땀을 조금 내자 맥박도 고르게 되고 열도 내려 모두 안심했다. 태부인은 이튿날에도 계속 약을 먹고 몸조리를 했다.

며칠 후 가경의 영구를 출상하는 날이 되었다. 하지만 태부인의 몸이 아직 낫지 않아서 보옥은 집에 남아 시중을 들었다. 희봉도 몸이 아주 좋아진 상태는 아니었기 때문에 장례에 참석하지 못했다. 그 외에 가사와 가련, 형부인, 왕부인 등은 모두 하인들을 거느리고 철함사까지 영구를 전송하고 밤이 되어서야 집으로 돌아왔다. 가진과 우씨, 가용은 철함사에서 영구를 지키고 백일 후에 영구를 고향으로 모셔가야 했다. 그래서 집안일은 여전히 우씨의 계모와 두 여동생이 맡아보았다.

한편, 가련은 평소 우씨 자매에 대한 소문은 익히 들었지만 만날 기회가 없어서 무척 안타깝게 생각하고 있었다. 그런데 근래에 가경의 영구를 집에 안치해둔 덕분에 매일 두 자매를 만날 수 있어서 친숙한 사이가 되었고, 이로 인해 어쩔 수 없이 침을 흘리게 되었다. 게다가 가진과 가용이 평소 한 여자를 함께한다는 추문을 들은 바가 있기 때문에, 그도 기회를 봐서 온갖 수작을 부리며 눈짓을 보냈다. 삼저는 담담하게 대했지만 이저는 그에게 무척 끌리는 눈치였다. 하지만 보는 눈이 많아서 손을 써볼 도리가 없었다. 또 가진이 질투할까 두려워 함부로 행동하지 못했기 때문에, 둘은 그저 마음으로만 서로를 바라볼 수밖에 없었다.

그러다가 이제 영구가 나가자 가진의 집에는 남아 있는 하인도 적었고, 우씨의 계모가 두 자매와 허드렛일하는 몇몇 하녀와 할멈들을 데리고 안채에 묵고 있을 뿐, 나머지 시첩들은 모두 철함사로 따라간 상황이었다. 바깥의 어멈들도 밤에는 순찰을 돌고 낮에는 문을 지켜야 했으며, 특별한 일이 없으면 낮에도 안으로 들어오는 일이 없었다. 가련은 그 기회를 이용하여 손을 쓸 속셈으로, 가진과 함께 있어준다는 명목으로 자신도 철함사에서 지냈다. 그러면서 늘 가진을 대신해 집안일을 처리한다는 핑계를 대며 자주 녕국부에 드나들면서 이저와 사통하곤 했다.

하루는 젊은 집사인 유록俞祿*이 가진에게 아뢰었다.

"전에 빈소의 천막을 치고 상복을 만들고 상여꾼과 악단을 부르는 데 모두 은돈 천백십 냥을 썼습니다. 이 중 오백 냥은 지불했으나 아직 육백십 냥을 주지 못한 상태입니다. 어제 두 군데 가게에서 돈을 달라고 독촉하러 왔기에 나리의 분부를 받으러 왔습니다."

"집안의 창고에 가서 받아가면 될 것을 무엇하러 나한테 와서 묻는 게냐?"

"어제 창고에 가보았는데, 나리께서 승천하신 뒤로 이리저리 지출이 아주 많아 남은 거라고는 백일 도량을 지내고 사당에서 쓸 비용으로 예비된 것밖에 없어서 지금은 지급할 수 없다고 했습니다. 그래서 소인이 오늘 일부러 와서 나리께 여쭈는 것입니다. 나리께서 갖고 계신 걸로 잠시 지급하거나, 다른 항목에서 돌려쓰라든지 하는 분부를 내리셔야 소인이 일을 처리하기 쉽겠습니다."

"허허, 너는 아직도 예전 같은 줄 아는 모양이구나? 내가 은돈을 쌓아놓고도 쓰지 않는다고 말이다. 네가 아무 데서나 빌려서 지불해주도록 해라."

"헤헤, 그건 좀 곤란합니다. 일이백 냥 정도면 소인도 어찌해볼 수 있겠습니다만 오륙백 냥이나 되는 것을 소인이 어떻게 마련하겠습니까?"

가진은 잠시 생각해보다가 가용에게 말했다.

"가서 네 어미한테 좀 물어봐라. 저번에 출상한 뒤에 강남의 진씨 집안에서 보내온 부의금 오백 냥을 아직 창고에 넣지 않았을 게다. 그걸 달라고 해서 저 아이한테 주도록 해라."

가용이 "예!" 하고 서둘러 우씨에게 가서 말한 후, 다시 돌아와 가진에게 아뢰었다.

"그 돈 가운데 이백 냥은 벌써 쓰고 남은 삼백 냥은 집에 보내 외할머님께 간수해놓으시라고 하셨답니다."

"그럼 저 아이를 데리고 가서 외할머니한테 그 돈을 달라고 해서 내주어라. 그리고 집안에 무슨 일이 없나 살펴보고, 너의 두 이모들한테도 문안 인사하고 오너라. 나머지는 유록이 네가 우선 아무 데서나 빌려서 채우도록 해라."

가용과 유록이 "예!" 하고 물러나려는데 가련이 들어왔다. 유록이 얼른 다가가 인사했다. 가련이 무슨 일이냐고 묻자 가진이 자세히 설명해주었다. 가련은 속으로 '이 기회에 녕국부에 가서 이저를 만날 수 있겠구나!' 생각하고 이렇게 말했다.

"뭐 그까짓 일로 남한테 돈을 빌릴 필요 있습니까? 어제 저한테 들어온 은돈이 있는데 아직 쓰지 않고 있습니다. 이걸로 모자란 걸 메우면 간단히 해결되지 않겠습니까?"

"그럼 아주 좋지. 용이한테 가서 한꺼번에 받으라고 일러두게."

"이건 제가 직접 가야 합니다. 그리고 저도 요 며칠 동안 집에 돌아가보지 못했으니 할머님과 아버님, 어머님 등 어르신들께 문안 인사도 해야지요. 또 형님 댁에 가서 아무 일 없는지 살펴보고 사돈 마님께도 문안을 올려야지요."

"허허, 이거 또 자네한테 폐를 끼치는구먼! 미안해서 어쩌나?"

"하하, 형제지간에 이런 정도도 못하겠습니까?"

또 가진은 가용에게 지시했다.

"숙부를 따라가서 저쪽 댁 증조할머님과 할아버지, 할머니들께 문안 인사를 올리도록 해라. 나와 네 어미 모두 안부를 여쭙더라고 말씀드리고, 증조할머님께서 쾌차하셨는지, 아직 약을 잡수고 계시는지 알아보도록 해라."

가용은 일일이 "예! 예!" 대답하고 가련과 함께 나와서 몇몇 하인들을 거느리고 말에 올라 함께 성안으로 들어갔다.

가는 도중에 숙부와 조카 사이에 한담을 나누었다. 가련은 생각하는 게 있어 이저의 얘기를 꺼내면서 그녀가 정말 아름답고, 품행도 단정하고, 말도 부드럽게 해서 어디 한군데 존경스럽고 사랑스럽지 않은 데가 없다며 칭찬을 늘어놓았다.

"다들 네 숙모 얘기를 하지만, 내가 보기에는 네 큰이모에 비해서는 한참 모자란 것 같더구나."

가용이 그의 속내를 짐작하고 싱글거리면서 말했다.

"숙부님, 그렇게 좋으시다면 제가 중매를 설 테니까 첩으로 들이시는 게 어때요?"

"하하, 그거 농담이냐 진담이냐?"

"저는 진지하게 말씀드리는 겁니다."

"하하, 그러면 얼마나 좋겠냐! 하지만 네 숙모가 반대할 테고 또 네 외할머니도 바라지 않으실 게다. 게다가 듣자 하니 너희 큰이모는 이미 임자가 있는 모양이더구나."

"그런 거야 아무 상관없지요. 저희 두 이모 모두 외조부님의 친딸이 아니라 외할머니께서 데려오신 분들이니까요. 듣자 하니 외할머니께서 재가 하시기 전에 뱃속에 있던 큰이모를 황실 장원莊園을 관리하는 장張씨 집안에 주기로 약속하셨답니다. 하지만 나중에 그 장씨 집안은 송사에 걸려 패

가망신해버렸고 외할머님은 재가를 하셨지요. 벌써 십여 년이 지났는데 그사이에 양쪽 집안이 서로 소식조차 모른답니다. 외할머님께서는 늘 원망하면서 그 집안과 혼사를 물리려 하시고, 저희 아버님께서도 큰이모를 다른 데로 시집보내려 하고 계십니다. 좋은 데가 나타나기만 하면 사람들을 시켜서 장씨 집안을 찾아내 은돈을 열 냥 남짓 주고 혼약을 물린다는 문서를 작성하게 하면 되거든요. 아마 장씨 집안은 가난에 찌들어 있을 테니까 은돈을 보면 마다할 리가 없을 겁니다. 게다가 우리 같은 집안에서 나선 마당에 그 자들이 싫다고 한들 뭐 겁날 게 있겠어요? 또 숙부님 같은 분께서 작은아씨로 들이겠다고 하시면, 제가 보증하건대 저희 외할머님과 아버님께서도 모두 좋아하실 겁니다. 다만 숙모님이 좀 문제가 되겠네요."

가련은 그 말을 듣고 너무 기분이 좋아서 더 이상 말을 못하고 그저 바보처럼 웃기만 했다. 가용이 또 잠시 생각해보더니 웃으며 말했다.

"숙부님, 용기가 있으시다면 제 생각대로 해보시지요. 돈은 조금 들겠지만 틀림없이 잘될 거라고 생각합니다."

"어떤 생각이냐? 어서 말해봐라. 나야 네 말대로 하지 않을 이유가 없지!"

"댁에 돌아가시거든 절대 낌새를 드러내지 마십시오. 제가 아버님께 말씀드리고 저희 외할머니께 잘 말씀드린 뒤에, 저희 집 뒤쪽에 방과 살림살이를 장만해서 하인 두 가족을 보내 시중들게 하십시오. 그런 다음 날짜를 잡아 귀신도 모르게 합방하고, 하인들에게는 소문이 나지 않도록 단속을 하시는 겁니다. 그러면 이 넓은 저택 깊숙이 계시는 숙모님께서 어찌 아시겠습니까? 숙부님께서 두 집 살림을 하시다가 한 해 남짓 지나 혹시 들통이 난다 하더라도 할아버님께 꾸중이나 한 번 들으시고 말겠지요. 그때 그저 숙모님께서 자식을 못 낳으시니까 대를 이을 아이를 낳기 위해 밖에서 몰래 이런 일을 벌였다고 변명하시면 되지 않겠습니까? 숙모님께서도 이미 쌀이 밥이 된 뒤라는 걸 아시면 어쩔 수 없으실 테지요. 그런 뒤에 다시 증조할머님께 부탁드리면 안 될 일이 없지요."

예로부터 '욕심은 지혜를 흐리게 만든다.' 라는 말이 있듯이, 이저의 미색을 탐할 생각만 하고 있던 가련은 그 말을 듣자 더없이 훌륭한 계책이라고 생각했다. 그래서 자기가 지금 상중이라는 것도, 엄한 아버지와 시기심 많은 아내를 두고 첩을 얻기란 힘들다는 등의 여러 가지 불리한 점이 있다는 사실도 모두 도외시해버렸다. 게다가 가용이 좋은 마음으로 그런 제안을 한 게 아니라는 것도 눈치채지 못했다. 가용은 평소 제 이모와 정을 나누고 있었는데, 다만 아버지 가진이 끼어 있어서 마음대로 하지 못하고 있었다. 그런데 만약 가련이 이저를 첩으로 들이면 어쩔 수 없이 밖에다 살림을 차려야 하니, 가련이 없을 때 가서 재미를 보기 좋을 것 같았다. 가련은 그런 생각은 전혀 하지 못하고 가용에게 고마워했다.

"조카, 정말 그렇게만 된다면 내 너에게 아주 예쁜 계집애 둘을 사주마!"

그러는 사이에 녕국부 대문 앞에 도착했다. 가용이 말했다.

"숙부님, 들어가셔서 저희 외할머님께 돈을 달라고 하셔서 유록에게 주셔요. 저는 먼저 증조할머님께 가서 문안 인사를 올리겠습니다."

가련이 미소를 머금고 고개를 끄덕였다.

"할머님께는 나랑 같이 왔다는 말씀은 드리지 마라."

"알겠습니다."

가용이 다시 가련에게 귓속말로 속삭였다.

"오늘 큰이모를 만나시더라도 성급하게 행동하셔서 말썽이 생기지 않도록 하십시오. 그랬다간 나중에 일을 처리하기가 곤란해집니다."

"하하, 헛소리 그만하고 어서 가봐라! 난 여기서 기다리고 있으마."

가용은 곧 태부인에게 문안 인사를 하러 갔다.

가련이 녕국부로 들어가니 하인 우두머리가 하인들을 거느리고 대기하고 있다가 인사를 하고, 곧 그를 호위하여 대청으로 갔다. 가련은 집안일에 대해 이것저것 물어보았지만, 기껏 가진에게 부탁받은 일을 땜질하려는 수작에 지나지 않았다. 그는 이내 하인들을 해산시키고 혼자 안쪽으로 들어갔다. 원래 가련과 가진은 평소에도 친한 형제지간이라 허물없이 지냈기 때문에 굳이 통보할 필요 없이 드나들곤 했다. 그가 위채로 가니 회랑 아래에서 시중드는 할멈들이 주렴을 걷어 그를 들여보냈다.

가련이 방에 들어가보니 남쪽 구들 위에는 이저가 하녀 둘을 데리고 바느질을 하고 있었고, 우씨의 계모와 삼저는 보이지 않았다. 가련이 얼른 다가가 인사하자 이저가 웃으며 자리를 권했다. 가련은 동쪽 칸막이[挿屛]15에 기대앉아 이저에게 상석을 양보하고 몇 마디 인사말을 건넨 후 싱글벙글대며 물었다.

"자당과 아우님은 어디 가셨기에 보이지 않습니까?"

"호호, 조금 전에 일이 있어서 뒤쪽으로 가셨는데 금방 오실 겁니다."

이때 시중드는 하녀가 차를 따르러 가서 곁에 다른 사람이 없게 되었다. 그러자 가련은 쉴 새 없이 이저를 훑어보았다. 그녀는 고개를 숙인 채 미소만 머금고 있을 뿐이었다.

가련도 함부로 경거망동할 수 없었는데, 이저가 염낭에 매달린 손수건을 만지작거리는 걸 보자 짐짓 수작을 걸 핑계를 찾으려고 허리춤을 만지며 말했다.

"이런! 빈랑* 주머니를 차고 오는 걸 깜빡했네. 누이, 빈랑 있으면 한입만 주시구려."

"빈랑이 있긴 하지만 제 빈랑을 남한테 줘본 적은 없어요."

가련이 웃으며 다가가 집으려 하자 이저는 남이 보면 점잖지 못하다고 여길 것 같아 얼른 웃으며 던져주었다. 가련은 주머니를 받아 안에 든 빈랑을 모두 손바닥에 쏟아놓고 반쯤 먹다 남은 걸 골라 입에 넣은 후 나머지는 모두 주머니에 다시 담았다. 그리고 막 염낭을 직접 건네주려는데 두 하녀가 차를 따라 들고 왔다. 가련은 차를 받아 마시면서 자기가 차고 온 한옥구룡패漢玉九龍珮를 몰래 풀어 손수건에 매고는, 하녀들이 고개를 돌린 틈에 재빨리 이저에게 던져주었다. 하지만 이저는 주우려 하지 않고 못 본 체하며 차를 마셨다. 그때 뒤쪽에서 주렴 걷히는 소리가 들리더니, 우씨의 계모와 삼저가 두 명의 하녀를 거느리고 뒤쪽에서 걸어 들어왔다. 가련이 이저에게 주우라고 눈짓을 했지만, 이저는 계속 모른 체했다. 가련은 그녀의 속내를 몰라 무척 조바심을 내면서 어쩔 수 없이 우씨의 계모와 삼저를 맞이하러 나가 인사했다. 그러면서 다시 고개를 돌려 이저를 보니, 그녀는 아무 일 없었던 것처럼 웃고 있었다. 또 손수건을 찾아보니 이미 어디 갔는지 보이지 않았다. 그제야 그는 안심했다.

이어서 모두 자리에 앉아 잠시 한담을 나누었다. 가련이 말했다.

"형수님 말씀이 전에 은돈 한 주머니를 친정어머님께 맡겨두셨다던데, 오늘 돈을 갚아줄 일이 생겨서 형님께서 저더러 받아오라고 하셨습니다. 그 김에 집안에 무슨 일이 없는지도 살펴보라고 하셨습니다."

우씨의 계모는 얼른 이저에게 열쇠를 가지고 가서 은돈을 가져오라고 시켰다. 이저가 나간 사이에 가련이 또 말했다.

"저도 사돈댁 마님께 문안 여쭙고 두 분 아가씨들께 인사도 할 겸 해서 왔습니다. 사돈댁 마님께선 안색이 좋아 보이시는데 두 분 아가씨들께선 저희 집에 오셔서 고생이 많으십니다."

우씨의 계모가 웃으며 말했다.

"모두 친척지간인데 무슨 그런 말씀을 하십니까? 집에 있으나 여기 있으나 마찬가지입니다. 솔직히 우리 집에서는 남편이 먼저 세상을 떠난 뒤로 형편이 아주 어려워져서 전적으로 이곳 사위님의 도움으로 살고 있습니다. 지금 사위님 집안에 이런 큰일이 생겼는데도 우리가 달리 힘을 써서 도와드리지는 못하고 그저 이렇게 집이나 지켜드리는데 무슨 고생이랄 게 있겠습니까?"

그러는 사이에 이저가 은돈을 가져와 어머니에게 주었다. 우씨의 계모가 가련에게 그걸 건네주자, 가련은 하녀에게 할멈을 하나 불러오라 해서 이렇게 지시했다.

"이걸 유록에게 주게. 그리고 그걸 갖고 저쪽 집에 가서 기다리라고 하게."

노파가 "예!" 하고 나갔다.

그때 뜰 안에서 가용의 목소리가 들리더니, 잠시 후 들어와서 외할머니에게 문안 인사를 하고 가련을 향해 웃으며 말했다.

"조금 전에 할아버님께서 숙부님에 대해 물으시면서 시키실 일이 있다고 하셨습니다. 원래는 절에 사람을 보내 부르려 하셨다기에 제가 숙부님도 곧 오실 거라고 말씀드렸습니다. 또 도중에 숙부님을 만나거든 빨리 오라고 전하라 하셨습니다."

그 말에 가련이 황급히 자리에서 일어나는데, 가용이 그의 외할머니에게 이렇게 말하는 것이었다.

"할머님, 저번에 제가 말씀드렸듯이 아버님께서 큰이모님의 혼처를 구했는데, 그분 얼굴이나 키가 이 숙부님과 비슷합니다. 할머님 보시기엔 어떠셔요?"

그러면서 슬그머니 손가락으로 가련을 가리키며 이저에게 입을 삐죽해 보였다. 이저가 난처해서 뭐라 말하기 곤란해하자 삼저가 웃는 듯 마는 듯, 화가 난 듯 아닌 듯한 표정으로 꾸짖었다.

"못돼 처먹은 원숭이 새끼 같으니라고! 염병할 소리 그만해! 조만간 저놈의 주둥이를 찢어놓든지 해야지 원!"

그러면서 쫓아왔지만 가용은 진즉 낄낄대며 재빨리 나가버렸고, 가련도 웃으면서 작별하고 나왔다. 대청에 이르자 그는 하인들에게 도박하거나 술을 먹지 말라는 등 주의를 주고, 또 가용에게는 얼른 돌아가 가진에게 이야기하라고 살그머니 부탁했다. 그리고 유록을 데리고 영국부로 가서 모자란 은돈을 채워주어 가져가게 한 후, 가사와 태부인을 찾아가 문안 인사를 했다. 이 이야기는 그만하겠다.

한편, 가용은 유록이 가련과 함께 영국부로 은돈을 가지러 가고 자신은 할 일이 없게 되자, 다시 안으로 돌아가서 두 이모와 농지거리를 잠깐 하다가 일어났다. 그리고 저녁 무렵에 철함사로 가서 가진에게 보고했다.

"돈은 이미 유록에게 주었습니다. 증조할머님은 몸이 많이 좋아지셔서 지금은 약을 잡수지 않고 계십니다."

그러면서 도중에 가련이 이저를 첩으로 들이고 싶어하더라는 이야기와 함께, 밖에다 살림을 차려서 희봉이 모르게 하려 한다는 것까지 모두 이야기했다.

"지금 이렇게 하는 것은 다 대 이을 아들을 얻기 위해 그러신다는 겁니다. 큰이모랑은 이미 아는 사이고, 친척 간에 결혼하는 것이 아무래도 잘 모르는 남한테 얘기하는 것보다 나을 것 같다고 하셨습니다. 그래서 저한테 아버님께 잘 말씀드려 달라고 재삼 당부하셨습니다."

하지만 그게 자기가 내놓은 생각이라는 말은 전혀 하지 않았다. 가진은 잠시 생각해보더니 웃으며 말했다.

"사실 괜찮기는 하구나. 하지만 네 이모 생각이 어떨지 모르겠구나. 내일 네가 가서 외할머님과 상의하고 큰이모한테 물어보라고 한 뒤에 다시 결정하자꾸나."

그리고 가용에게 이런저런 이야기를 들려주고 우씨에게 가서 알렸다. 우씨는 이 일이 타당하지 않다는 걸 알고 극구 말렸다. 하지만 가진의 생각은 이미 정해졌고, 우씨 또한 평소 남편에게 순종하는 것이 습관이 되어 있었다. 게다가 두 동생들과는 이복 자매지간인지라 깊이 관여하기도 곤란하여, 그들의 뜻대로 처리하게 내버려둘 수밖에 없었다.

이튿날 아침 가용은 다시 성으로 들어가 외할머니를 만나서 자기 아버지의 뜻을 전했다. 그리고 온갖 말을 덧붙여 가련의 사람됨이 대단히 좋으며, 지금 희봉이 병들어 있는데 이미 나을 가망이 없으니 잠시만 집을 마련하여 밖에 살고 있다가, 일 년 남짓 뒤에 희봉이 죽으면 큰이모를 정실로 맞이할 거라는 등의 이야기를 늘어놓았다. 또 자기 아버지가 이모를 어떻게 시집보낼 생각이고, 가련은 또 어떻게 장가를 들 생각이며, 외할머니를 어떻게 모시고, 나중에 막내 이모도 거기서 혼처를 알아봐줄 것이라는 등 온갖 그럴싸한 말을 늘어놓으니, 그의 외할머니는 이 혼처를 도저히 마다할 수 없었다. 게다가 그들 모녀는 평소 전적으로 가진의 도움으로 살고 있는데, 이제 그가 혼사를 주관하겠다 하고, 또한 혼수품 등도 직접 살 필요 없으며, 가련은 나이도 젊은 대갓집 서방님이니 장화張華˙에 비해 열 배는 훌륭하다고 했다. 이에 우씨의 계모는 서둘러 이저의 방으로 가서 의논했다. 이저 또한 경박한 여자인지라 벌써 형부와 부적절한 관계를 맺었고, 또 옛날에 장화한테 혼인을 허락하여 나중에 평생 고생하게 만들었다며 어머니를 늘 원망하고 있던 터에 가련이 자기에게 마음이 있다 하고, 하물며 형부가 혼사를 주관한다고 하니 마다할 리가 없었다. 그래서 곧 고개를 끄덕여 응낙했다. 우씨의 계모는 곧 가용에게 알렸고, 가용은 그의 아버지에게 알렸다.

  이튿날 가진은 사람을 보내 가련을 철함사로 불러놓고, 자신의 장모가 혼사를 허락했다고 알려주었다. 가련은 너무나 기뻐하며 가진과 가용 부자에게 감사해 마지않았다. 둘은 곧 상의해서 사람을 시켜 방을 구해 치장하게 하고, 이저의 화장품과 신방에서 쓸 침상이며 휘장 등을 사놓게 했다. 며칠 지나지 않아서 모든 것이 다 갖춰졌다. 녕국부와 영국부 뒤쪽 이 二 리 남짓한 소화지小花枝 골목 안에 스무 칸 남짓한 집을 한 채 마련하고, 하녀 두 명도 사놓았다. 또 가진은 하인 가운데 포이鮑二˙ 부부를 내주어서 이저가 오면 시중들게 했다. 그 포이 부부가 이 좋은 기회를 마다할 리 있겠는가? 가진은 또 사람을 시켜 장화 부자를 불러다놓고 윽박질러서 우씨의 계모에게 혼사를 물린다는 문서를 써 보내게 했다.

  장화의 할아버지는 원래 황실 장원의 관리인이었는데, 그가 죽은 뒤에 장화의 아버지가 그 일을 이어받았다. 그는 우씨 계모의 전 남편과 사이가 좋아서 장화와 이저의 태중 혼약을 정했던 것이다. 그런데 나중에 뜻밖에 소송에 걸려 집안의 재산을 다 잃고 먹고사는 것조차 힘들게 되는 바람에 며느리를 들일 여력도 없어졌다. 또 우씨의 계모가 재가하여 그 집을 나온 뒤로 두 집안은 십 년이 넘도록 서로 소식조차 모르고 지냈다. 그러다가 이제 가씨 집안사람에게 불려와 혼인 물리는 문서를 작성하라는 협박을 당하자, 마음으로는 원치 않았지만 가진의 권세가 무서워서 따르지 않을 수 없었다. 그리고 우씨의 계모가 그에게 은돈 스무 냥을 주어 양가 사이의 혼사가 취소되자 이 문제를 더 이상 거론하지 않기로 했다.

한편, 가진은 모든 준비가 끝나자 황도길일黃道吉日*인 초사흘로 날짜를 정해 이저를 맞아들였다. 이후의 이야기는 다음 회에서 나누어 하겠다.[16]

제65회

가련[1]은 몰래 우이저에게 장가들고
우삼저는 유이랑에게 시집가려고 생각하다
賈二舍偸娶尤二姨　尤三姐思嫁柳二郎

가련은 왕희봉 몰래 우이저를 첩으로 들이다.

 가련, 가진, 가용 세 사람이 의논하여 모든 준비를 마치자, 초이튿날 먼저 우씨의 계모와 삼저를 새집으로 들여보냈다. 우씨는 새집을 보자마자 가용이 말한 것만큼은 아닐지라도 상당히 잘 갖춰져 있어 벌써 마음에 들었다. 포이 부부는 만나자마자 아주 친절히 대하면서 우씨의 계모를 '할머님〔老娘〕'이나 '노마님〔老太太〕'으로, 삼저는 '아가씨〔三姨〕'나 '이모님〔姨娘〕'이라고 불렀다. 그리고 이튿날 새벽 무렵 깔끔한 가마에 이저를 태워서 왔다. 갖가지 향과 촛불, 종이 말〔紙馬〕, 이부자리, 술, 음식이 아주 알맞게 준비되어 있었다. 잠시 후 흰옷을 입은 가련이 가마를 타고 와서 천지신명에 절을 올리고 종이 말을 불태웠다. 우씨의 계모는 이저가 입고 있는 것이며 머리 장식 등이 집에 있을 때와는 달리 화려하게 바뀌어 있는 것을 보고 무척 마음에 들어 하며 그녀를 신방으로 안내했다. 그날 밤 가련은 이저와 봉황새와 난새가 어우러지듯 갖가지 방법으로 사랑을 나누었는데, 거기에 대해서는 자세히 설명할 필요가 없겠다.

 가련은 이저를 볼수록 사랑스럽고 흐뭇하여 어떻게 하면 그녀의 기분을 즐겁게 해줄 수 있을지 몰라, 포이 등 하인들에게 셋째니 둘째니 하는 말은 빼고 그냥 '아씨'라 부르도록 지시했다. 자신도 그녀를 '아씨'라 부르면서 희봉은 싹 무시해버렸다. 가끔 집에 돌아갈 때면 녕국부에서 일 때문에 붙들려 있었다고 둘러댔는데, 희봉은 그가 가진과 친한 사이라는 걸 알

왔기 때문에 의논할 일이 있었나 보다 생각하고 전혀 의심하지 않았다. 또한 하인들의 수가 많긴 했어도 그런 일에는 전혀 관심을 두지 않았다. 개중에 혹시 건달처럼 빈둥거리며 남의 자잘한 뒷얘기나 캐고 다니는 사람이 있다 해도, 모두 가련을 떠받들며 이 기회를 이용하여 조금이나마 편의를 얻어내려 할 뿐, 누구도 그 일을 누설하려 하지 않았다.

가련은 가진에게 무척 고마워했고, 이저의 집에 매달 은돈 다섯 냥을 생활비로 주었다. 그가 오지 않을 때는 세 모녀가 함께 식사를 했고, 그가 오면 부부끼리 식사하고 우씨의 계모와 삼저는 자기 방에 돌아가 식사를 했다. 또 가련은 자신이 여러 해 동안 몰래 모아놓은 돈도 모두 이저에게 갖다주어 간수하게 했다. 희봉의 평소 사람됨이나 하는 일에 대해서도 베갯머리나 이불 속에서 모두 이저에게 얘기하면서, 희봉이 죽기만 하면 바로 이저를 정실로 들이겠다고 했다. 이저도 당연히 바라는 바였다. 그렇게 해서 그곳에 있는 십여 명은 아주 풍족하게 생활할 수 있었다.

어느덧 두 달이 흘렀다. 이날 가진은 철함사에서 불사를 마치고 밤에 집으로 돌아가다가, 오랫동안 보지 못한 두 처제가 생각나 어떻게 지내는지 보고 싶어졌다. 그래서 먼저 하인을 보내 가련이 있는지 살펴보게 했는데, 마침 거기 없다는 것이었다. 가진은 좋아하며 주위 사람들을 모두 먼저 돌려보내고, 심복으로 부리는 두 아이들만 남겨서 말고삐를 잡게 했다. 잠시 후 새집에 이르니 벌써 등불을 밝힐 시간이 되어 있었다. 그가 슬그머니 안으로 들어가자 두 하인들은 말을 마구간에 매어놓고 행랑채에서 분부를 기다렸다.

가진이 들어가자 곧 방 안에 불이 밝혀졌다. 그는 먼저 우씨의 계모, 삼저와 인사를 나누었는데, 그 뒤에 이저가 나왔다. 가진은 여전히 그녀를 '처제〔二姨〕'라고 불렀다. 그들은 함께 차를 마시며 잠시 한담을 나누었다. 가진이 웃으며 말했다.

"내 중매가 어떤가? 잘못됐다고 하면 안 되지. 그런 사람은 등불을 켜고 찾아다녀도 얻기 어려우니 말이야. 며칠 뒤에 자네 언니도 예물을 준비해서 보러 올 걸세."

그사이에 이저는 술과 안주를 준비하고 대문을 닫으라고 했다. 그들은 모두 한 집안사람들이라 애초에 낯을 가리거나 조심할 게 없었다. 포이가 와서 문안 인사를 하자 가진이 말했다.

"그래도 네가 정직한 놈이라서 시중을 들게 해준 게야. 나중에 크게 써줄 곳이 있을 테니 밖에서 술 마시고 말썽 피우는 일이 없도록 해라. 나도 당연히 너한테 상을 주마. 혹시 여기 부족한 게 있으면 나한테 얘기해라. 너희 서방님은 일도 많고, 저 집에는 드나드는 사람들도 많으니까 말이다. 우리는 형제지간이라 다른 사람들과는 다르지 않느냐?"

"예, 알겠습니다. 소인이 진심을 다하지 않는다면 이 모가지를 잘라버리십시오!"

가진이 고개를 끄덕였다.

"그래야지!"

그렇게 해서 가진은 세 모녀와 술을 마셨다.

이저는 낌새를 파악하고 곧 자기 어머니를 불렀다.

"어머니, 무서워서 그러니까 저랑 저기 좀 다녀와주세요."

우씨의 계모도 그 뜻을 짐작하고 곧 하녀들만 남겨놓고 그녀와 함께 나갔다. 가진은 곧 삼저와 어깨를 맞대고 얼굴을 비비며 온갖 경박한 짓을 해대기 시작했다. 하녀들도 그 꼴을 보기 민망하여 모두 몸을 피해버려서 그들 둘만 남아 마음껏 즐겼으니, 무슨 짓을 했는지 알 수 없다.

가진을 따라 온 두 하인들은 주방에서 포이와 술을 마셨고, 포이댁은 안주를 마련했다. 그때 갑자기 두 하녀가 와서 헤실거리며 술을 달라고 하자 포이가 말했다.

"자네들은 시중은 들지 않고 또 몰래 빠져나왔구먼. 그러다가 갑자기 찾는데 아무도 없으면 또 사단이 나는 거 아냐?"

그러자 포이댁이 욕을 퍼부었다.

"헛소리 집어치워, 멍청이 같으니! 그냥 술이나 퍼마셔! 취하면 사타구니 쥐고 송장처럼 자빠져 잠이나 잘 일이지, 부르거나 말거나 지미 씨벌이라고 상관해? 전부 내가 책임질 테니까 비바람이 불어도 어쨌든 당신 대가리에 술이 쏟아지지 않게 해주면 될 거 아냐?"

포이는 원래 마누라 때문에 출세했고, 근래에는 더욱 아내의 덕을 보고 있었다.[2] 자신은 용돈을 벌어 술 마시는 것 외에 아무 일에도 상관하지 않았고, 가련 등도 그에게 잘못을 질책하지 않았기 때문에, 그는 마누라를 어머니처럼 모시고 모든 일에 순종하면서 그저 술이나 실컷 마시면서 그대로 쓰러져 잠들었다. 포이댁은 하녀들, 하인들과 술을 마시면서 그들의 환심을 샀는데, 이것은 그들이 가진 앞에서 자신에 대해 좋은 말을 해주기 바랐기 때문이다.

넷이 한창 신나게 술을 마시는데 갑자기 대문 두드리는 소리가 들렸다. 포이댁이 황급히 문을 여니 가련이 말에서 내리며 아무 일 없었느냐고 물었다. 그러자 포이댁이 소곤소곤 얘기했다.

"큰서방님께서 서쪽 뜰에 와 계십니다."

가련이 침실로 가보니 이저와 그녀의 어머니가 함께 있다가, 그를 보고는 조금 난감한 표정을 지었다. 가련은 모르는 체하며 말했다.

"어서 술이나 가져와. 두어 잔 마셔야 잠이 잘 오지. 오늘은 정말 피곤하구먼."

이저가 얼른 다가와 눈웃음을 지으며 옷을 받고 차를 올리면서 이것저것 묻자, 가련은 기분이 좋아지면서 마음이 근질거려 참을 수 없었다. 잠시 후 포이댁이 술상을 가져오자 둘이 대작을 했다. 그의 장모는 술을 마시지 않고 자기 방으로 돌아가 잠자리에 들었다. 두 하녀는 하나씩 나누어 시중을 들었다.

가련이 심복으로 부리는 하인 융아*가 말을 매러 가보니 벌써 한 필이 매여 있었는데, 자세히 보니 가진의 말이었다. 그가 사정을 짐작하고 주방으로 가보니 희아*와 수아*가 거기 앉아 술을 마시고 있었다. 융아가 오자 그들도 상황을 짐작하고 일부러 웃으면서 말했다.

"마침 잘 왔네! 우리는 나리의 말을 따라잡지 못해서 통행금지에 걸릴까 싶어 여기서 하룻밤 자고 가려고 왔어."

"하하, 구들이야 있으니까 마음놓고 자라고. 나도 둘째 서방님께서 아씨께 달마다 드리는 용돈을 드리라고 하셔서 왔다가 돌아가지 않았지."

그러자 희아가 말했다.

"우린 많이 마셨으니 너는 큰 잔으로 한잔 마셔."

융아가 자리에 앉아 술잔을 드는데, 갑자기 마구간에서 시끄러운 소리가 들렸다. 두 말을 한 마구간에 들여놓으니 서로 용납하지 못하고 발길질을 해대며 싸웠던 것이다. 융아 등은 황급히 술잔을 내려놓고 달려가 말들을 꾸짖으며 간신히 떼어서 따로따로 잘 매놓고 다시 들어갔다. 포이댁이 웃으며 말했다.

"자네들 셋이 여기 있어. 차도 있으니까 알아서 마시고. 난 가서 자야겠어."

그러면서 문을 닫고 나갔다.

희아는 몇 잔 마시고 벌써 눈이 풀려 있었다. 융아와 수아가 문을 잠그고 돌아보니 희아는 구들 위에 사지를 쩍 벌리고 누워 있었다. 그들 둘이 희아를 밀치며 말했다.

"어이, 동생, 일어나서 똑바로 누워야지! 혼자 그렇게 누우면 우리는 어떡하라고?"

"이제 우리 공평하게 한 화로에 떡을 굽는 거야! 괜히 점잖은 체하는 놈이 있으면 지미 씹구멍을 찢어버릴 거야!"

융아와 수아도 그가 취한 줄 알고 있었기 때문에 상소리에도 토를 달지 않고 그냥 등불을 끄고 자리에 누웠다.

이저는 말들이 싸우는 소리에 마음이 불안해져서 이런저런 말로 가련의 주의를 돌렸다. 가련은 몇 잔을 마시고 나자 춘흥이 일어 술상을 치우고 문을 닫게 하고는 옷을 벗었다. 붉은 속옷만 입고 머리카락을 흐트러뜨린 이저의 얼굴에 발그레한 색기가 가득하니, 낮에 보는 것보다 훨씬 요염해 보였다. 가련이 그녀를 끌어안으며 말했다.

"하하, 다들 내 저 야차 같은 마누라가 단정하게 생겼다고 하지만, 지금 보니 자네 신발 시중조차 들 수 없을 것 같구먼."

"저는 얼굴이 좀 반반하긴 해도 품행이 고상하지 않잖아요. 그러니 어쨌든 예쁘지 않은 편이 더 낫겠어요."

"그게 무슨 소리요? 이해가 안 되는구먼."

그러자 이저가 눈물을 흘리며 말했다.

"서방님네는 저를 바보 취급하지만, 제가 모르는 일이 어디 있는 줄 아셔요? 이제 서방님하고 두 달 동안 부부로 지냈으니 날짜는 오래되지 않았어도 저 또한 서방님이 바보가 아닌 줄은 알아요. 저는 살아도 서방님 사람이고 죽어도 서방님 귀신이에요. 이제 부부가 되어 평생을 서방님께 맡겼는데 어찌 감히 한마디라도 속이겠어요? 그래도 저는 기댈 데가 있지만 나중에 제 동생은 어찌 될까요? 제가 보기에 이런 상황은 오래가지 못할 것 같으니 뭔가 대책을 세워야 할 것 같아요."

"하하, 걱정 말게. 나는 질투심 많은 사람이 아니야. 지난 일은 나도 이미 알고 있으니 자네도 놀라거나 당황할 필요 없어. 자네는 매부가 오히려 나보다 형이라서 당연히 대하기 거북할 테니까 차라리 내가 이런 예를 깨 버리는 게 낫겠구먼."

그러면서 가련이 서쪽 뜰로 가니, 창 안에 등불이 환히 밝혀져 있고 가진과 삼저가 한창 술을 마시며 흥청거리고 있었다. 가련이 문을 밀고 들어가 웃는 얼굴로 말했다.

"형님, 여기 계셨군요. 동생이 인사 올립니다."

가진은 부끄러워 아무 말도 못하고 어쩔 수 없이 일어나 자리를 권했다. 가련이 얼른 웃으면서 말했다.

"이러실 필요 없습니다. 우리 형제가 여태 어떻게 지내왔습니까! 형님이 저를 위해 신경을 써주셨으니, 오늘 제 몸이 가루가 되어도 그 은혜에 다 보답하지 못할 겁니다. 형님께서 의심하신다면 제 마음이 어찌 편하겠습니까? 이제부터는 예전처럼 대하시면 됩니다. 그렇지 않으면 저는 대를 끊을지라도 다시는 여기 오지 않겠습니다."

그러면서 무릎을 꿇자 가진이 깜짝 놀라 얼른 부축해 일으키며 말했다.

"동생이 그리 말하니 나도 어쩔 수 없구먼."

가련이 얼른 하녀에게 말했다.

"술상을 차려와라. 내 형님과 두어 잔 해야겠다."

그리고 삼저의 팔을 붙들고 말했다.

"이리 와서 시숙이랑 한잔 하세."

가진이 웃으며 말했다.

"과연 자네답구먼. 이 형이 잔을 비워야겠구먼."

그러면서 단숨에 술잔을 비웠다. 삼저가 구들에 서서 가련을 가리키며 말했다.

"그따위 감언이설은 필요 없어요. 맹물에 굵은 국수를 담가놓은 것처럼 속이 환하니 어디 한번 해보라지요. 꼭두각시 인형처럼 무대에 올려놓았지만 무대 가린 종이가 찢어지지 않게 조심하는 게 좋을걸요? 잔꾀 부리지 마세요. 우리가 당신네 집에서 일어나는 일을 모를 줄 알아요? 이번에 냄새나는 돈 좀 썼다고 두 형제가 우리 자매를 기생처럼 데리고 놀 생각이라면 잘못 생각하셨어요. 저도 댁의 마님이 무지 까다로운 분이라는 걸 알고 있어요. 이제 제 언니를 꾀어 첩으로 삼긴 했지만 '훔친 꽹과리는 두드리지 못하는 법' 이지요! 저도 그 희봉 아씨한테 가서 대체 그분이 머리가 몇 개고 손이 몇 개 달렸는지 보겠어요. 다들 잘 지낸다면 모를까 조금이라도 견디기 어렵게 만든다면, 저도 두 양반의 시커먼 내장을 긁어내고 그 건달 같은 여편네와 사생결단을 낼 재간이 있다고요. 그러지 못한다면 이 몸이 셋째 아씨가 아니지요! 그까짓 술 누가 무섭다고 그래요? 자, 마시자고요!"

그녀는 술병을 들어 자기 잔을 채우고 먼저 반 잔을 마신 다음, 가련의 목을 끌어안고 입에다가 나머지 반 잔을 들이부으며 말했다.

"당신 형님하고는 이미 마셨으니까 이제 우리끼리 정답게 놀아봐요."

가련은 깜짝 놀라 술이 다 깰 지경이었다. 가진도 삼저가 이렇게 부끄러움도 없고 노련할 줄은 생각지도 못했다. 그들 형제는 본래 화류계에서 이골이 난 몸들이었지만, 뜻밖에도 오늘 규방 아가씨의 일장 연설에 말문이 막혀버렸던 것이다. 삼저가 계속 소리쳤다.

"언니를 불러와서 우리 넷이 한자리에서 즐겨보자고요! '편하기로는 제집 물건이 최고〔便宜不過當家〕'라는 속담도 있듯이, 당신들은 형제지간이고 우리는 자매지간이니까 서로 남남도 아니잖아요? 그러니 어서 불러와요!"

이렇게 되자 이저가 오히려 어색해졌다. 가진은 틈을 봐서 자리를 빠져나오려 했지만 삼저가 놓아주려 하지 않았다. 가진은 그제야 삼저가 이런 사람인 줄도 모르고 가련과 함께 경솔한 짓을 벌였다고 후회했다.

삼저는 머리카락을 풀어헤치고 붉은 속옷도 반쯤 풀어져서 초록빛 젖가리개와 하얀 가슴살을 드러내고 있었다. 초록색 바지와 붉은 신을 신은 발은 한 쌍의 금빛 연꽃처럼 벌어졌다 모아졌다 하면서 한시도 점잖게 있지 않았다. 양쪽 귀걸이는 그네처럼 왔다갔다 흔들렸고, 등불 아래에서 짙은 버들 같은 눈썹은 푸른 안개가 서린 듯했고, 붉은 입술에는 단사丹砂를 찍어놓은 것 같았다. 본래 가을 호수처럼 맑았던 두 눈은 술을 마시고 나자 더욱 게슴츠레하게 요기가 넘쳐서 이저보다 더했다. 가진과 가련의 평에 따르면 여태 본 위아래 모든 여자들 가운데 이보다 더 요염한 여자는 없었다고 했다. 둘은 이미 거나하게 취해서 그녀를 어떻게 해보고 싶은 생각이 간절했지만, 그녀의 음란하고 야한 모습이 오히려 둘의 행동을 막았다. 삼저가 재간을 보여서 슬쩍 시험해보니, 그들 형제는 완전히 숙맥처럼 말도 제대로 하지 못하고 그저 주색에 빠져 있을 따름이었다. 삼저는 혼자 마음대로 지껄이면서 한바탕 휘젓고는 그들 형제를 조롱하며 즐거워했으니, 그야말로 그녀가 남자들을 희롱하는 것이지 남자들이 그녀를 데리고 노는 것 같지 않았다. 잠시 후 그녀는 주흥이 다하자 그들 형제를 더 이상 앉혀두지 않고 내쫓아버린 후, 혼자 문을 잠그고 잠자리에 들었다.

이후로 삼저는 하녀들이나 할멈들이 무슨 잘못을 저지르면 바로 가련과 가진, 가용을 들먹이며 큰소리로 꾸짖으면서, 그 세 놈이 자기들 과부와 딸들을 속여먹는다고 난리를 피웠다. 그 뒤로 가진은 감히 함부로 그곳을 다시 찾아가지 못했고, 이따금 삼저가 흥이 일어 몰래 하인을 보내 부르면 찾아가긴 했지만, 일단 그곳에 가면 삼저가 하자는 대로 따를 수밖에 없었다. 그런데 어찌 알았으랴? 삼저는 타고난 기질을 감당하지 못하고 자기 풍류와 미모에 치장도 빼어나게 하고 누구도 따라잡지 못할 특별한 교태를 부려, 남자들로 하여금 넋이 빠진 채 침을 흘리면서도 감히 다가가지도 못하고, 멀리하고 싶어도 차마 그러지 못한 채 정신 못 차리게 하는 것을 낙으로 삼았다. 어머니와 언니가 간곡히 타이르면 그녀는 오히려 이렇게 대꾸했다.

"언니는 바보야! 금옥 같은 우리가 괜히 귀한 몸을 더럽히는 건 무능한 처사야. 게다가 그 집에는 무시무시한 여자가 있지. 지금은 그 여자 모르게 속이고 있으니 우리가 평안하지만, 언제든 탄로가 나면 그냥 넘어갈 리 있겠어? 틀림없이 한바탕 큰 소동이 벌어져서 누가 죽고 누가 살지 모르게 되겠지. 이 기회에 그들 형제를 놀려먹고 학대해서 보상을 받아놓지 않으면, 그때가 닥쳤을 때 괜히 음탕한 년이니 어쩌니 하는 욕만 얻어먹게 될 거 아냐? 그때는 후회해도 늦다고!"

그렇게까지 말하니 이저와 어머니는 아무리 충고해도 소용없음을 알고 삼저를 그냥 내버려둘 수밖에 없었다. 삼저는 매일 먹을 거며 입을 걸 까다롭게 가렸고, 은을 긁어내고 나면 또 금을 달라 하고, 진주를 얻고 나면 또 보석을 달라 하고, 통통한 거위를 먹고 나면 또 살찐 오리를 잡아달라고 했다. 혹시 마음에 들지 않으면 상을 엎어버렸고, 옷이 마음에 들지 않으면 비단으로 지은 새 옷이든 뭐든 따지지 않고 바로 가위로 잘라버렸다. 가위질을 할 때마다 욕을 한마디씩 퍼부어댔다. 결국 가진 등은 그녀를 안 아보려는 뜻을 한 번도 이루지 못한 채 눈먼 돈만 헤아릴 수 없이 많이 뿌려야 했다.

가련은 올 때마다 이저의 방에만 있으면서 마음으로 후회하기 시작했다. 그나마 이저는 정이 많은 여자라서 가련을 평생의 남편으로 여기고, 모든 일에 아프고 가려운 데를 잘 알아주었다. 온유하고 따스하며 순종적인 면으로 말하자면 매사에 늘 의논하고 감히 자기 마음대로 처리하는 일이 없어서, 사실 희봉에 비해 열 배는 나았다. 또 아름다움이나 말하는 것, 일을 처리하는 것도 희봉보다 조금 나았다. 다만 지금은 개과천선했지만, 이미 실수를 저질러 '음탕하다'는 딱지가 붙어 있었기 때문에 다른 좋은 점들은 모두 덮여버렸다. 하지만 가련은 이렇게 말했다.

"누구나 실수를 하기 마련이지. 잘못을 알고 고치면 되는 거야."

그렇기 때문에 그는 과거의 음란한 일에 대해서는 거론하지 않고 지금의 좋은 면만을 취해서, 둘은 그야말로 찰떡궁합으로 물고기가 물을 만난 듯이 한마음 한뜻으로 생사를 같이하기로 맹세했다. 그러니 그가 희봉과 평아를 마음에 둘 리 있겠는가?

이저는 베갯머리에서나 이불 속에서 늘 가련에게 당부했다.

"형님과 상의해서 잘 아는 사람에게 제 동생을 시집보내주셔요. 저렇게 놓아두는 것도 도리가 아니고, 결국 문제가 생기면 어쩔 거예요?"

"저번에 나도 형님한테 얘기했는데, 형님이 놓아주려 하지 않아. 그래서 내가 그랬지. '살찐 양고기 먹으려다 뜨거워서 고생하고, 장미가 아름답긴 하지만 가시에 손이 찔릴 수 있습니다. 우리가 굴복시킬 수 있을 것 같지 않으니 차라리 사람을 물색해서 시집을 보내버리는 게 나을 것 같습니다.' 하지만 형님이 그러고 싶지 않은 듯이 머뭇거리기에 나도 그만 포기하고 말았소. 대체 나더러 어쩌라는 거요?"

"걱정 마셔요. 내일 우리가 동생한테 먼저 권해보도록 해요. 그 아이가 수긍하면 알아서 해결하게 하고, 그래도 안 되면 어쩔 수 없이 시집을 보내야지요."

"그게 좋겠소."

이튿날 이저는 술상을 준비했고, 가련도 외출하지 않고 있다가 점심 무렵에 삼저를 불러 그녀의 어머니와 함께 윗자리에 앉혔다. 삼저는 바로 그 뜻을 눈치채고 술이 세 순배쯤 돌자 언니가 입을 열기도 전에 먼저 눈물을 흘리며 말했다.

"언니가 오늘 날 불렀으니 틀림없이 내 혼사에 대해 얘기하려는 거겠지요. 하지만 나도 바보는 아니니까 예전의 추잡한 일들에 대해 주절주절 늘어놓을 필요 없어요. 나도 다 알고 있으니까 얘기해봐야 도움도 안 돼요. 이제 언니는 몸 기댈 좋은 곳을 얻었고 어머니도 의지할 곳을 얻었으니, 나도 평생을 맡길 곳을 찾아야 옳겠지요. 하지만 혼인이란 평생의 대사라서 한 번 결정하면 죽을 때까지 계속되니 아이들 소꿉장난하고는 다르지요. 나도 이제 개과천선하고 평소 마음에 두고 있던 사람을 골라 따라가겠어요. 언니나 형부가 비록 석숭石崇*처럼 부유하고, 조식曹植*처럼 재능이 뛰어나고, 반악潘岳*처럼 잘생긴 사람을 골라준다 해도 제 마음에 들지 않으면 일생을 헛되이 보내게 될 테니까요."

가련이 웃으며 말했다.

"그건 쉽지. 처제 마음에 드는 사람이라면 누구든지 괜찮아. 혼수는 내가 다 마련해줄 테니까 장모님도 걱정하실 필요 없고."

삼저가 계속 눈물을 흘리며 말했다.

"언니도 알고 있으니까 제가 얘기할 필요 없어요."

가련이 웃으면서 이저에게 누구냐고 물었다. 하지만 이저는 잠시 생각이 나지 않았다. 모두들 누구일까 생각하고 있는데 가련이 웃으며 말했다.

"틀림없이 그 사람이로구먼!"

그러더니 박수를 치며 말했다.

"하하, 알겠구먼! 그 사람도 괜찮은 사람이지. 과연 처제는 사람 보는 눈이 있어!"

이저가 웃으면서 누구냐고 물었다.

"하하, 다른 사람이 어떻게 처제 마음에 들겠어? 틀림없이 보옥이지!"

이저와 그녀의 어머니도 그런가 보다 생각했다. 그러자 삼저가 입을 열었다.

"체! 우리 자매가 열 명이라도 모두 형부 집안 형제한테 시집을 가야 하나요? 형부 집안 외에는 세상에 괜찮은 남자가 없다는 말씀인가요?"

모두들 그 말에 깜짝 놀랐다.

"보옥이가 아니라면 누구지?"

"호호, 눈앞에 있는 사람만 떠올리지 마셔요. 언니, 오 년 전의 일을 떠올려보면 알 거예요."

그때 가련의 심복인 홍아가 가련을 모시러 왔다.

"나리께서 급한 일로 찾으십니다. 소인이 저쪽 댁에 가셨다고 말씀드려 놓고 서둘러 이리 왔습니다."

"어제 집에서 누가 나를 찾더냐?"

"소인이 아씨께 서방님께선 사당에서 가진 서방님과 백일제百日祭 올리는 일에 대해 상의하고 계셔서 집에 돌아오시지 못할 것 같다고 말씀드렸습니다."

가련은 급히 말을 대령하라 하고 융아와 함께 갔다. 홍아는 그곳에 남아 찾아오는 사람을 맞이하거나 일을 처리하라고 했다. 이저는 요리 두 접시를 준비하고, 큰 잔에 술을 따라 홍아에게 구들 가에 앉아 먹게 하면서 이것저것 물었다.

"희봉 아씨는 나이가 몇이야? 사납다던데 얼마나 무서워? 노마님과 마님은 연세가 얼마나 되셨어? 아가씨들은 몇 명이지?"

이렇게 갖가지 집안 상황에 대해 묻자, 홍아는 배실배실 웃으며 영국부 사정을 자세히 전해주면서 이렇게 덧붙였다.

"저는 중문의 문지기입니다. 문지기는 두 반인데, 한 반에 네 명씩 모두 여덟 명입지요. 이들 가운데 몇몇은 아씨의 심복이고, 몇몇은 서방님의 심복입지요. 아씨의 심복들은 서방님의 심복들을 마음대로 건드리지만, 서방님의 심복들은 아씨의 심복들을 건드리지 못합지요. 우리 아씨로 말씀드리자면 마음도 독하고 말씨도 예리하십니다. 우리 서방님도 좋은 분이지만 아씨 앞에서는 고개도 들지 못합니다. 그래도 아씨를 모시는 평아 아가씨는 아주 좋은 사람이어서, 겉으로는 아씨의 비위를 맞추지만 뒷전으로는 늘 착한 일들을 하고 계시지요. 소인들이 저지른 잘못을 아씨께서 용서하지 않으려 하시면 평아 아가씨께 사정하면 됩니다. 지금 온 집안에서 노마님과 마님 두 분을 제외하고 아씨를 미워하지 않는 사람이 없지만, 겉으로는 무서워하는 체하지요. 그게 다 아씨께서 남들이 모두 자기보다 못나다 여기시고 그저 노마님과 마님께 환심을 사려고만 애쓰고 계시기 때문입지요. 그러니 아씨께서 뭐라 하시면 아무도 감히 거역하지 못합니다. 그리고 돈을 아껴 산처럼 쌓아놓아서 노마님과 마님께 살림살이를 잘한다는 칭찬을 들으시지만, 아랫사람들 고생하는 건 전혀 모른 채 두 분에게 좋은 소리를 들으려고만 하시지요. 좋은 일이 생길 것 같으면 남들보다 먼저 나서서 칭찬을 받고, 안 좋은 일이 생기거나 자기가 잘못하면 목을 움츠려서 남들한테 덮어씌워놓고 오히려 옆에서 화를 내곤 한답니다. 그러니 지금은 시어머니조차 그분을 미워하시면서 '참새는 양지바른 곳으로 날아가고, 검은 암탉은 한 둥지에 살기 마련인데, 자기 집 일은 내버려두고 쓸데없이 남의 집 일에만 바쁘다니까!' 하신다니까요? 노마님만 계시지 않았더라면 진즉 내쫓았을 겁니다."

"호호, 네가 뒤에서 이리 아씨에 대해 험담하는데, 나중에 또 나에 대해 뭐라 할지 모르겠구나. 난 그 아씨보다 조금 못하니 흉볼 말도 더 많겠구나?"

홍아가 황급히 무릎을 꿇으며 말했다.

"아씨, 그랬다가는 소인이 벼락 맞습니다요! 다만 소인들이 운이 좋았더라면 애초에 아씨 같은 분을 맞아들여 소인들이 매 맞고 꾸중 들을 일도 줄어들고 가슴 졸이며 지낼 일도 적었겠지요. 지금 서방님을 따르는 이들은 모두 아씨께서 덕이 많고 아랫사람들을 불쌍히 여기신다고 칭송하고 있습니다. 저희들은 이 댁으로 나와 아씨를 모실 수 있게 해주십사 서방님께 말씀드리려고 상의하고 있습니다."

"호호, 원숭이한테 붙어먹을 놈! 어서 일어나라! 농담 한마디 했더니 놀라는 꼴이라니! 너희들이 무엇하러 와? 내가 너희 아씨를 찾아가는 게 낫지."

홍아가 다급히 손을 내저었다.

"아씨, 제발 그러지 마십시오! 솔직히 말씀드리자면, 그분은 평생 안 보시는 게 좋습니다. 그분은 말은 달콤해도 마음은 쓰고, 양날의 칼을 여러 자루 휘두르며, 얼굴에는 웃음을 지으면서 다리로는 남의 발을 걸고, 겉으로는 화로처럼 따뜻하지만 속으로는 칼을 품고 있는 등 해로운 성품을 모두 갖추고 있습니다. 아마 아씨께선 말로도 당해내지 못하실 겁니다. 아무렴요! 아씨처럼 점잖고 착하신 분이 어떻게 그런 분의 적수가 되겠습니까!"

"호호, 내가 예의를 다해 대하면 그분인들 감히 어쩔 수 있겠어?"

"제가 술을 마시고 함부로 드리는 말씀이 아니라, 아씨께서 예의를 지켜

양보하셔도 그분이 자기보다 아름답고 사람들한테 인심도 더 많이 얻고 있다는 걸 아시면 가만있겠습니까? 남들 시기심이 병만 하다면 그분 시기심은 커다란 항아리만 합니다. 서방님이 하녀한테 눈길이라도 한 번 주는 날이면 당장 서방님 보는 앞에서 그 하녀를 곤죽이 되도록 매질을 합니다. 평아 아가씨가 첩실로 계시지만 한두 해 동안 서방님과 함께 주무시는 건 기껏 한 번 정도지요. 그런데도 그분은 열 번이나 그런 것처럼 바가지를 긁어대곤 합니다. 화가 난 평아 아가씨께서 한바탕 울고불고 난리를 치시고는 이러셨다는군요. '제가 일부러 그런 것도 아니고 아씨께서 그러라고 하셨잖아요? 저는 처음부터 싫다고 했는데 아씨께선 오히려 상전 말을 거역하느냐고 나무라시더니, 이제 와선 또 이러시네요!' 보통 때 같으면 그냥 넘어갔을 테지만, 그때는 그분도 평아 아가씨에게 잘못했다고 빌었답니다."

"거짓말인 것 같은데? 그렇게 야차 같은 분이 같이 사는 첩을 무서워할 리 있겠어?"

"그게 바로 속담에서 말하는 것처럼 '세상 모든 일은 도리에서 벗어나지 못한다〔天下逃不過一個理字去〕.'라는 경우입지요. 평아 아가씨는 어려서부터 함께 자란 하녀인데, 시집오실 때 모두 네 명을 데려왔다가 셋은 시집가거나 죽어버리고 심복인 평아 아가씨만 남았습지요. 평아 아가씨를 첩으로 들인 건 자기가 현명하고 착한 아내라는 걸 내세우기도 하고, 또 서방님 마음을 붙들어두어 밖에서 다른 데 눈을 돌리시지 못하게 하려고 그런 겁니다. 그리고 또 하나의 이유가 있습니다. 원래 우리 집안의 법도는 서방님들께서 장성하시면 결혼하시기 전에 먼저 하녀 둘을 들여서 모시게 합니다. 둘째 서방님께서도 원래 첩을 두 분 두셨는데, 뜻밖에 그 아씨가 시집오시고 반년도 되지 않아 둘 다 꼬투리를 잡아서 모두 내쫓아버리셨습니다. 남들이 말하기 곤란하다 해도 그분 스스로 체면이 서지 않으니까 평아 아가씨를 윽박질러서 첩으로 들이신 게지요. 평아 아가씨는 점잖은 분이라 그 일을 마음에 두지 않으시고, 또 부부 사이를 이간질하지도 않고 한결같이 충심을 다해 모시니까 내쫓기지 않으신 겁니다."

"호호, 그랬구나. 그런데 듣자 하니 그 댁에 과부가 된 아씨 한 분과 아가씨들이 몇 분 계시다면서? 그 아씨가 그리 사납다면 그분들은 어떻게 같이 지낼 수 있는 거지?"

홍아가 손뼉을 치며 웃었다.

"그건 아씨께서 모르시는 말씀입니다! 과부가 되신 그 아씨는 '보살님'이라는 별명이 있을 만큼 선량하고 후덕하신 분입니다. 우리 집안은 법도가 엄격해서 과부가 되신 아씨는 집안일에는 관여하지 않으시고 청정하게 수절만 하십니다. 마침 아가씨들이 많아서 그 아씨께서 보살피며 책도 읽히고 글씨도 쓰면서 바느질과 도리를 배우게 하고 계십니다. 이게 그분의 임무랍니다. 이외에 다른 일은 아시는 것도 없고 관여하시지도 않습니다. 다만 저번에 작은아씨께서 몸이 안 좋으셨는데, 일이 많아 큰아씨께서 며칠 동안 잠시 맡아 보셨습지요. 하지만 관리하실 만한 게 없어서 그저 관례대로 시행하셨으니 작은아씨께서 많은 일을 만들어 재주를 뽐내는 것과는 달랐습지요. 우리 큰아가씨는 말이 필요 없이 좋은 분이시지만, 집안일을 맡을 만큼 그런 큰 복은 없습지요. 둘째 아가씨는 별명이 '나무토막〔二木頭〕'이시라 바늘에 찔려도 신음조차 내지 않으시지요. 셋째 아가씨는 별명이 '장미꽃〔玫瑰花〕'입니다."

우씨 자매가 웃으며 왜 그런 별명이 붙었느냐고 물었다.

"하하, 장미꽃은 붉고 향기로워서 누구나 좋아하지만 가시에 손이 찔릴 위험이 있습지요. 그분도 총명하고 능력이 있으시지만, 애석하게 마님의 친딸이 아니라서 '까마귀 둥지에서 봉황이 난 격〔老鴉窩裏出鳳凰〕'이랍니다. 아직 어리신 넷째 아가씨는 가진 서방님의 친동생인데, 어려서 어머니를 여의시는 바람에 노마님께서 마님더러 키우라 하셔서 이만큼 자라셨습니다만, 역시 집안일에는 관여하지 않으십니다. 아씨께선 모르시겠지만,

우리 집 아가씨 외에 또 두 분의 아가씨들이 계시는데 정말 하늘에서도 보기 드물고 땅에서는 짝이 없을 정도로 빼어난 분들입지요! 한 분은 노마님의 외손녀로서 성은 임씨이고, 어릴 적 이름은 무슨 대옥인가 그렇습니다. 얼굴이나 체구는 여기 셋째 아가씨하고 비슷한데 문장 재능이 대단하시지요. 다만 병약해서서 요즘 같은 날씨에도 옷을 껴입으시고, 밖에 나오셨다가 바람만 조금 쏘여도 금방 몸져눕고 말지요. 그래서 우리 집의 싸가지 없는 주둥이를 가진 놈들은 몰래 그 아가씨를 '약골 서시〔多病西施〕'라고 부른답니다. 또 한 분은 이모님의 따님인데, 성은 설씨이고 이름은 무슨 보차인가 그렇습니다. 꼭 눈덩이 속에서 나오신 분 같습니다. 외출하시거나 마차에 오르실 때, 또는 대관원 안에서 잠깐 그분들을 보기만 해도 저희들은 어쩔 줄 몰라 하고, 그분들을 만나면 감히 숨조차 제대로 쉬지 못합니다."

"호호, 그 댁 같은 대갓집은 법도가 엄해서 너희 같은 어린애들이라 해도 대관원 안에 들어갈 수는 있겠지만, 아가씨들을 만나면 멀찌감치 몸을 피해야 하는 거 아냐?"

홍아가 손을 내저었다.

"아닙니다, 아니에요! 예법대로 하자면 당연히 멀찌감치 몸을 피해야지요. 제 말은 몸을 피하고도 감히 숨조차 제대로 쉬지 못한다는 것 입니다. 혹시 숨을 너무 크게 쉬면 임아가씨께서 날려 쓰러지실까 무섭기 때문이고, 숨이 따뜻하면 설아가씨께서 녹아버리실까 무섭기 때문입지요!"

그 말에 온 방 안이 웃음소리로 가득찼다.

이후에 어찌 되었는지는 다음 회를 보시라.

제66회

다정한 우삼저는 수치심 때문에 저승으로 돌아가고
냉정한 유상련은 감정이 식어 불문으로 들어가다
寧國情小妹恥情歸地府　冷二郎一冷入空門

유상련에게 버림받은 우삼저는 스스로 목숨을 끊다.

포이댁이 홍아를 쥐어박으며 웃었다.

"처음에는 그래도 진짜 같더니 또 그런 헛소리를 꾸며내는구나! 점점 말하는 게 제멋대로야! 넌 둘째 서방님 모시는 사람 같지 않아. 그런 헛소리는 보옥 도련님 쪽에 있는 아이들이나 하는 거잖아."

이저가 다시 물으려는데 갑자기 삼저가 생글거리며 물었다.

"그런데 그 댁의 보옥 보련님은 서당 다니는 일 말고 무슨 일을 하니?"

"하하, 그분 얘기는 묻지도 마십시오. 말씀드려도 믿지 않으실 겁니다. 그분은 그렇게 장성하도록 서당을 제대로 다니지 않습니다. 우리 집에서는 조상부터 둘째 서방님에 이르기까지 누구나 십 년 넘게 열심히 공부를 하셨는데, 그 도련님만 공부를 싫어하시지요. 노마님께서 보배처럼 아끼시기 때문에 나리께서 전에는 단속을 하셨지만 지금은 감히 그러지 못하고 계십니다. 그래서 그분은 매일 정신없는 짓만 하고 다니시거나 남들이 알아듣지 못할 말씀이나 하시고, 남들이 이해하지 못할 일들만 저지르고 다니시지요. 모두들 겉으로 말쑥하고 잘생긴 모습만 보고 당연히 총명하실 거라고 생각하지만, 뜻밖에도 속은 흐리멍덩해서 사람을 만나도 말 한마디 제대로 못하십니다. 그나마 좋은 점이라면 비록 서당에는 열심히 다니지 않으셨지만 글은 좀 아신다는 거지요. 날마다 글공부도 안 하시고, 무예도 익히지 않으시고, 사람 만나기도 싫어하시면서 하녀들 틈바구니에서 어울리며 놀기만 하시지요. 게다가 위엄도 없으셔서 가끔 저희를 만날 때 기분이 좋으시면 위아래도 없이 함께 난장판 치며 노시고, 기분이 안 좋으실 때는 각자 제멋대로 해도 상관하지 않으시지요. 저희가 앉아 있거나 누워 있다가 그분을 보고 모른 체해도 꾸짖으시는 일이 없지요. 아무도 무서워하지 않기 때문에 모두들 편한 대로 해도 전혀 문제가 없어요."

삼저가 웃으며 말했다.

"상전이 너그러우면 너희들은 그 모양이고, 엄하면 또 원망하니 정말 다루기 힘들겠구나!"

이저가 말했다.

"우리도 겉모습만 보고 그래도 사람이 괜찮다고 생각했는데… 알고 보니 그렇구나. 훌륭한 집안의 도련님으로 태어났는데 정말 안타깝네!"

"언니는 저 아이 헛소리를 믿어요? 우리도 한두 번 본 게 아니잖아요? 행실이나 말씀하시는 것, 술 마시는 것들이 좀 여자 같은 구석이 있긴 하지만, 그건 그저 대관원 안에서 지내면서 습관이 된 것일 뿐이지요. 어수룩하다는데 어디가 그렇다는 거지요? 언니도 기억하실 거예요. 상을 치를 때 우리가 함께 거기 있었잖아요? 승려들이 와서 관 주위를 돌 때[1] 우리도 거기 서 있었는데, 그분이 앞에서 다른 사람들의 눈을 막아주셨잖아요. 남들은 그분이 예의를 모르고 눈치도 없다고 하는데, 나중에 그분께서 나직이 일러주시지 않던가요? '누나는 모르겠지만, 내가 절대 눈치가 없는 게 아닙니다. 중들이 지저분해서 누나들한테 냄새가 밸까 싶어서 그랬어요.' 그런 다음에 그분이 차를 마실 때 언니도 차를 달라고 하자, 할멈이 그분이 마신 잔에 차를 따르려고 하니까 얼른 그러셨잖아요. '내가 마셔서 잔이 더러워졌으니까 다른 잔을 씻어서 가져와요.' 이 두 가지 일을 놓고 객관적으로 보면, 그분은 원래 여자아이들과 있을 때는 무슨 일이든 받아주시는데, 다만 그게 외부 사람들의 격식에는 그다지 맞지 않으니 다들 그분에 대해 제대로 모르는 것 같네요."

"호호, 네 말대로라면 너희 둘은 이미 의기투합한 사이로구나! 너 그분한테 시집가는 게 어때?"

삼저는 홍아가 옆에 있어서 말하기가 곤란하여 그저 고개를 숙인 채 수박씨만 깠다. 그러자 홍아가 웃으며 말했다.

"생김새며 행실, 사람됨으로 보자면 두 분은 잘 어울리는 한 쌍입니다. 다만 그분은 이미 내정된 짝이 있는데 아직 드러나지 않고 있을 뿐입지요. 나중에 틀림없이 대옥 아가씨와 결혼할 겁니다. 하지만 대옥 아가씨가 병약하고 또 두 분 다 아직 어리시기 때문에 정혼을 하지 않고 있지요. 이삼 년만 지나면 노마님께서 말씀을 하실 텐데, 그렇게 될 게 분명해요."

그렇게 이야기를 나누고 있는데 융아가 들어왔다.

"나리께서 기밀을 요하는 중요한 일이 생겨 둘째 서방님께 평안주平安州에 다녀오라고 하셨습니다. 사나흘 안에 출발해서 보름쯤 후에 돌아오실 겁니다. 오늘은 오실 수 없으니 할머님께서 아씨와 함께 미리 그 일을 상의해두셔서, 내일 서방님께서 오시면 바로 결정할 수 있게 하라고 하셨습니다."

말을 마치고 융아는 홍아와 함께 돌아갔다.

이저는 대문을 잠그게 하고 일찍 잠자리에 들어 밤새 동생에게 이런저런 의견을 물었다. 이튿날 오후에 가련이 오자 이저가 말했다.

"중요한 일이 있다면서 바쁜데 무엇하러 오셨어요? 저 때문에 일을 그르치시면 안 돼요."

"별일 아니야. 그냥 재수 없이 먼 곳까지 심부름 다녀오는 일이지. 다음 달 초에 출발해서 보름쯤 지나면 돌아올 거요."

"그럼 걱정 말고 다녀오셔요. 여기 일은 전혀 걱정하실 필요 없어요. 동생도 하루아침에 바뀌지 않겠지만, 이미 후회하고 있다니까 틀림없이 바뀌겠지요. 자기가 이미 사람을 정해놓았다니, 서방님께서는 동생이 하자는 대로 해주시기만 하면 돼요."

가련이 누구냐고 묻자 이저가 웃으며 말했다.

"지금은 여기 없는데 언제 올지 모르겠어요. 그래도 사람 보는 눈이 대단해요! 자기 말로는 일 년이든 십 년이든 그 사람이 올 때까지 기다리겠다고 하네요. 그 사람이 죽어서 오지 못하면 머리 깎고 중이 되어서 평생 재계하고 염불을 외우겠답니다."

"대체 누구인데 처제의 마음을 그리 끄는 거지?"

"호호, 얘기하자면 길어요. 오 년 전에 저희 외할머니 생신잔치 때 어머니와 저희가 인사드리러 간 적이 있어요. 그때 외가에서 배우들을 여러 명 초청했는데, 그 가운데 소생小生을 연기하는 유상련柳湘蓮°이라는 사람이 있었어요. 동생은 그 사람이 마음에 들어서 거기로 시집가겠다고 하는 거예요. 몇 년 전에 그 사람이 무슨 일을 저지르고 도망을 쳤다던데 돌아왔는지 모르겠군요."

"어쩐지! 누군가 했더니 바로 그 사람이었구먼! 과연 처제는 사람 보는 눈이 있어. 자네는 잘 모르겠지만 그 유씨 집안의 둘째는 생긴 건 그리 잘 생겼지만 굉장히 차갑고 냉정한 사람이라, 어지간한 사람과는 인정이나 의리를 나누지 않네. 그 사람은 보옥이랑 아주 잘 어울렸는데, 작년에 멍청이 설반을 때린 일 때문에 우리를 볼 면목이 없어져서 어디론가 떠나버렸지. 나중에 누구한테서 돌아왔다는 얘기를 들은 적이 있는데 사실인지 거짓말인지 모르겠구먼. 보옥이 하인들한테 물어보면 바로 알 수 있을 거야. 혹시 오지 않았다면, 부평초처럼 떠도는 사람이 몇 년 뒤에나 돌아올지 어찌 알겠소? 괜히 기다리다 세월만 허비하는 건 아닐까?"

"제 동생은 한다면 하는 아이니까 어쨌든 저 아이 말대로 하는 수밖에 없지요."

그때 삼저가 와서 말했다.

"형부, 걱정 마셔요. 저희는 겉 다르고 속 다른 사람이 아니라서 마음에 없는 말은 하지 않아요. 만약 그 유 아무개가 오면 저는 그 사람한테 시집갈 거예요. 오늘부터 재계하고 염불하면서, 또 어머니를 모시면서 그 사람이 올 때까지 기다리겠어요. 그 사람이 평생 오지 않으면 저는 출가해서 수행을 하겠어요."

그러면서 그녀는 옥비녀를 부러뜨리며 맹세했다.

"제 말이 한마디라도 거짓이라면 바로 이 비녀처럼 될 거예요!"

그 말을 남기고 그녀는 자기 방으로 돌아가버렸다. 그 뒤로 그녀는 정말 '예의가 아니면 행하지도 말하지도 않는〔非禮不動 非禮不言〕' 조신한 처자로 변했다. 그러니 가련도 어쩔 수 없어서 잠시 이저와 함께 집안일을 의논하고, 다시 집으로 돌아가 희봉과 평안주로 출발할 일에 대해 의논했다. 그러면서 명연에게 유상련에 대해 물으니 그가 대답했다.

"모르겠습니다만, 아마 오시지 않은 것 같은데요? 오셨다면 제가 모를 리 없을 테니까요."

다른 한편으로 상련의 동네 이웃들에게도 물어보았지만 역시 오지 않았다는 대답들 뿐이었다. 가련은 이저에게 그대로 알려줄 수밖에 없었다. 출발할 날짜가 가까워지자 그는 먼저 이저의 집에 가서 이틀을 보내고, 그곳에서 남몰래 여로에 올랐다. 삼저가 딴사람으로 변했고, 이저 또한 알뜰하게 살림살이하는 걸 보자 걱정이 사라졌던 것이다.

이날 아침 일찍 가련은 성을 나와 평안주로 향하는 큰길에 올랐다. 새벽에 길을 떠나 저녁이면 여관에 묵고, 목이 마르면 물을 마시고 배가 고프면 요기를 했다. 그렇게 사흘째가 되어 그날도 한창 길을 재촉하고 있는데 앞쪽에서 일군의 무리가 나타났다. 거기에는 주인과 하인을 포함한 십여 명이 말을 타고 있었다. 가까이 왔을 때 보니 다름 아니라 설반과 상련이었다. 가련은 무척 이상하게 생각하면서 서둘러 말을 달려 다가가 함께 인사를 나누었다. 그들은 헤어진 이후의 일들에 대해 몇 마디 주고받았고, 이어서 함께 주막으로 들어가 잠시 쉬면서 이런저런 이야기들을 나누었다. 가련이 웃으며 말했다.

"사건이 일어난 뒤에 우리가 서둘러 두 사람을 불러 화해시키려 했는데, 뜻밖에 유형의 종적이 오리무중이 되었더군요. 그런데 어떻게 지금 두 분이 함께 있게 된 거요?"

설반이 웃으며 대답했다.

"세상에 이런 신기한 일도 있더군요! 제가 가게 점원들과 함께 물건을 장만해서 봄에 귀로에 올랐는데, 내내 별일 없이 평안했지요. 그런데 그저께 평안주의 경계에 이르렀을 때 떼강도를 만나서 물건을 약탈당하고 말았습니다. 뜻밖에도 그때 이 동생이 저쪽에서 오더니 강도들을 내쫓고 물건을 되찾아주었습니다. 그리고 우리 목숨까지도 구해주었지요. 제가 사례를 해도 받으려 하지 않기에, 평생 생사를 같이할 의형제를 맺고 함께 경사로 들어가는 길입니다. 이제부터 저희는 친형제나 마찬가지입니다. 앞쪽 갈림길에 이르면 동생은 남쪽으로 이백 리쯤 떨어진 곳에 있는 고모를 뵙고 올 예정이고, 저는 먼저 경사에 들어가 제 일을 처리한 뒤에 동생한테 집도 마련해주고 혼처도 구해주어 서로 의좋게 지낼 생각입니다."

"그리 된 일이었군요. 그런 줄도 모르고 저희는 며칠 동안 공연한 걱정을 했습니다그려."

그러다가 혼처를 구한다는 얘기를 생각하고 급히 덧붙여 말했다.

"저한테 마침 유동생한테 딱 어울리는 배필감이 하나 있습니다."

그는 자신이 이저와 결혼한 이야기며, 이제 삼저를 시집보내려 한다는 이야기를 죽 들려주었다. 다만 삼저가 스스로 신랑감을 골랐다는 이야기는 하지 않았다. 그리고 설반에게 집안사람들에게는 이야기하지 말라고 당부하면서, 아들을 낳으면 자연히 알게 될 거라고 말했다. 설반이 그 말을 듣고 무척 기뻐하면서 말했다.

"진즉 그러셨어야지요! 이렇게 된 건 모두 희봉 동생의 잘못이 커요."

그때 상련이 얼른 끼어들었다.

"허허, 형님, 또 감정을 절제하지 못하시고 말씀을 함부로 하시는군요!"

설반은 황급히 입을 다물었다가 곧 이렇게 말했다.

"기왕 그렇게 됐다면 이 혼사는 반드시 성사시켜야겠군요."

그러자 상련이 말했다.

"저는 본래 소원이 하나 있었는데, 바로 절세미인과 결혼하는 것입니다. 하지만 지금 두 형제분들께서 이런 호의를 베풀어주시니 제가 이것저것 따져서는 안 되겠지요. 어떻게 결정하시든 간에 저는 그저 따르겠습니다."

가련이 웃으며 말했다.

"지금이야 증거 없이 말만 하니까 믿기지 않겠지만, 나중에 만나보면 내 처제의 인물이 고금에 제일이라는 걸 알게 될 거요."

그러자 상련이 무척 좋아하며 말했다.

"그럼 제가 고모님 댁에 들른 뒤에 이달 안으로 경사에 들어갈 테니, 그때 결정하는 게 어떻습니까?"

"하하, 그럼 여러 말 필요 없이 그렇게 약속합시다. 다만 나는 유형에게 신뢰가 안 가오. 그대는 부평초처럼 떠도는 사람이라 만약 어디서 붙들려서 돌아오지 못한다면 남의 종신대사를 그르치게 되지 않겠소? 그러니 정혼을 약속하는 폐백幣帛*이라도 남겨주셔야 안심하겠소이다."

"사내대장부가 어찌 신의를 어기겠습니까? 그나저나 저는 가난한 몸인데다 객지를 떠돌고 있으니 폐백 같은 걸 어떻게 마련하겠습니까?"

그러자 설반이 말했다.

"나한테 폐백으로 드릴 만한 물건들이 있으니 약소하나마 바로 준비해서 형님께 드리도록 하세."

가련이 말했다.

"하하, 금이나 비단 같은 예물은 필요 없습니다. 형이 지니고 계시는 물건이라면 값이 나가거나 그렇지 않거나 상관없으니 그걸로 주시지요. 그저 제가 가져가서 약속의 증거로 삼으면 그만이니까요."

"저한테 달리 가진 것도 없고, 이 검劍도 몸을 지켜야 하기 때문에 풀어드릴 수 없습니다. 하지만 봇짐 안에 저희 집에서 가보로 전해지는 원앙검鴛鴦劍이 한 자루 있는데, 저도 함부로 쓰지 못하고 그저 소중히 간직하고만 있습니다. 형님, 그걸 폐백으로 삼도록 하십시다. 제가 비록 정처 없이 떠도는 몸이지만 그 검은 절대 떼어놓지 않았습니다."

그리고 봇짐을 풀고 검을 꺼내어 가련에게 건넸다. 가련은 하인에게 잘 간수해두라고 신신당부했다.

이렇게 이야기가 끝나자 그들은 다시 몇 잔을 더 마시고 각자 말에 올라 작별하고 길을 떠났다. 그야말로 이런 격이었다.

장군은 말에서 내리지도 않은 채
각자 앞길을 향해 내달렸네!
將軍不下馬
各自奔前程

가련은 평안주에 도착하여 절도사를 만나 공무를 마쳤다. 절도사가 시월 전후로 다시 한 번 오라고 당부하자 그러겠노라고 대답했다. 이튿날 그는 서둘러 귀로에 올라 먼저 이저의 거처에 들렀다. 가련이 외출한 뒤로 이저는 착실히 집안일을 살피면서 매일 문을 닫아걸고 지냈기 때문에 바깥일에 대해서는 전혀 몰랐다. 삼저도 과연 딱 부러지는 사람이라 매일 어머니와 언니 시중을 들고 남는 시간에는 차분히 분수를 지키며 살아가고 있었다. 비록 밤에 혼자 적적하게 잠드는 것이 익숙하지 않았지만, 오롯한 마음으로 다른 사람들을 떨쳐버리고 그저 상련이 하루빨리 돌아와 종신대사를 이루게 되기만을 바라고 있었다. 이날 대문을 들어선 가련은 이런 모습을 보자 한없이 기뻐하면서 이저의 덕에 무척 감격했다. 모두들 안부 인사를 나눈 후, 가련은 도중에 상련을 만난 이야기를 들려주고 또 원앙검을 꺼내 삼저에게 주었다.

삼저가 보니 그 칼집에는 용이 입을 벌리고 삼키려하자 기虁[2]가 휘감고 막는 모습이 조각되어 있었고, 영롱한 진주와 보석으로 장식되어 있었다. 손잡이를 잡고 뽑아보니, 안쪽에는 두 자루 칼을 합쳐 만든 칼날이 들어 있었다. 하나에는 '원鴛' 자가, 다른 하나에는 '앙鴦' 자가 새겨져 있었는데, 서늘한 기운을 풍기며 날이 허옇게 빛나고 있어서 마치 두 줄기 가을 호수 물을 베어낸 자국 같았다. 삼저는 말할 수 없이 기뻐하며 얼른 챙겨가 자기 방 침상 위에 걸어놓고, 매일 그 칼을 바라보며 자기도 평생 의지할 데가 생겼다고 좋아했다. 가련은 이틀을 묵은 뒤에 집으로 돌아가 아버지에게 다녀온 일의 결과를 보고하고, 집에 가서 희봉을 만났다. 그때 희봉은 이미 병이 완쾌되어 집안일을 처리하러 밖을 드나들고 있었다. 가련은 상련을 만난 일을 가진에게도 알렸다. 그런데 근래에 새 여자가 생긴 가진은 이 일은 마음에 두지 않았고, 가련에게 알아서 결정하라고 했다. 다만 가련 혼자 힘으로는 부족할 것 같아 어쩔 수 없이 은돈 서른 냥을 보태주었다. 가련은 그걸 가져다 이저에게 주면서 혼수를 장만하게 했다.

상련은 팔월이 되어서야 경사로 들어와 먼저 설씨 댁 마님에게 인사를 올리고, 또 설과를 만났다. 그제야 상련은 설반이 객지의 비바람과 풍토, 물이 맞지 않아서 경사에 들어오자마자 몸져눕는 바람에 의원을 불러 치료하고 있다는 소식을 들었다. 설반은 상련이 왔다는 소식을 듣자 침실로 청하여 만났다. 설씨 댁 마님도 옛일은 염두에 두지 않고 그저 새로운 은혜에 감격하여 모자가 모두 그에게 한없이 감사했다. 그리고 혼사 이야기를 하면서 모든 준비가 다 되어 있으니 날짜만 잡으면 된다고 하자 상련도 무척 감격했다.

이튿날 그는 보옥을 찾아갔다. 둘은 물고기가 물을 만난 것처럼 반가워했다. 그러던 차에 상련이 몰래 첩을 들인 가련의 이야기를 해주자 보옥이 웃으며 말했다.

"나도 명연이에게 얘기를 들었지만 직접 보지는 못했고, 또 남의 일에 관여하고 싶지 않네. 그나저나 명연이 얘기로는 둘째 형님이 자네에 대해 꼬치꼬치 물었다던데, 무슨 일이 있는가?"

상련이 도중에 있었던 일을 모두 들려주자 보옥이 활짝 웃으며 말했다.

"이거 경사로군! 축하하네! 그렇게 아름다운 사람은 얻기 어렵지. 정말 고금 제일의 미녀라고 할 수 있으니 자네하고 잘 어울리겠네."

"그렇다면 그쪽에 인물이 없습니까? 왜 굳이 저를 마음에 두고 있었을까요? 게다가 제가 원래 그 사람과 친한 사이가 아니라서 이렇게까지 관심을 줄 관계가 아닌데 말이지요. 길을 가느라 바쁜 와중에도 재삼 정혼을 해버리자고 하던데, 이건 여자 쪽에서 오히려 남자를 뒤쫓는 꼴이 아닙니까? 나중에 저도 의심이 생겨 그 칼을 정혼 예물로 준 것을 후회하고 있었습니다. 그러다가 나중에 도련님을 떠올리고 어찌 된 영문인지 자세히 여쭤봐야겠다고 생각했지요."

"자네처럼 꼼꼼한 사람이 어떻게 정혼 예물을 주고 나서 또 의심을 하는가? 자네는 절세미인을 바란다고만 했으니 이제 그런 사람을 얻었으면 된 거 아닌가? 또 무슨 의심을 하고 그래?"

"도련님은 가련 서방님이 첩을 들였다는 것도 모르시면서, 그 처제가 절세미인이라는 건 어떻게 아십니까?"

"그 자매는 녕국부 형수님의 계모가 데려온 딸들일세. 내가 거기서 한 달 동안 같이 있었는데 모를 수 있겠는가? 정말 둘이 한 쌍의 우물尤物*이라고 할 수 있는데, 그리고 보니 성도 우씨로구먼!"

상련은 그 말을 듣자 발을 구르며 말했다.

"이건 안 돼요. 절대 할 수 없어요! 녕국부에는 저 두 마리 돌사자 외에는 깨끗한 게 하나도 없어요. 심지어 고양이나 개조차 깨끗하지 않다니까요! 저는 그런 멍청한 짓을 할 수 없어요!"

그 말에 보옥의 얼굴이 벌게졌다. 상련도 실언을 했음을 깨닫고 얼른 두 손을 모으고 허리를 굽혀 읍揖하며 말했다.

"제가 죽어 마땅한 헛소리를 했습니다. 그렇지만 부디 그 처자의 품행이 어떤지 좀 알려주십시오."

"하하, 자네도 잘 알면서 나한테 물을 건 뭔가? 심지어 나조차도 그리 깨끗하지 않은데 말이야."

"하하, 제가 잠시 경망하게 실언을 했으니 너무 언짢게 생각하지 마십시오."

"굳이 또 그런 얘기를 꺼내는 걸 보니, 정말 그리 생각하는 모양이군!"

상련은 작별 인사를 하고 나왔다. 설반을 찾아가자니 그는 병석에 누워 있기도 하고 경솔한 사람이기도 해서 안 될 것 같아, 차라리 자신이 직접 가서 혼사를 물리는 게 낫겠다고 생각했다. 그렇게 결심이 서자 그는 곧장 가련을 찾아갔다.

마침 가련은 새집에 있다가 상련이 왔다는 소식을 듣고 기뻐 어쩔 줄 몰랐다. 그는 황급히 나와 상련을 맞이하고 안채로 안내하여 장모에게 인사를 시켰다. 상련은 그저 정중히 읍을 하고 우씨의 계모를 '백모님'이라 부르며 자신은 '소생'이라고 칭했다. 가련은 호칭이 이상해서 의아하게 생각했다. 그러다가 차를 마시면서 상련이 말했다.

"객지에서 우연히 만나 다급하게 혼사를 약속했습니다만, 뜻밖에 제 고모님께서 지난 사월에 이미 제 혼처를 정해놓으셔서 제가 대답할 말을 잊게 만드셨습니다. 여기 서방님과의 약속을 따르자니 고모님의 은혜를 저버리는 것이라 사리에 맞지 않을 것 같습니다. 금이나 비단 같은 폐백을 드렸다면 감히 물려달라고 말씀드리지 못하겠지만, 이 검은 제 조부님께서 남기신 것이니 부디 돌려주셨으면 좋겠습니다."

가련이 당황하여 말했다.

"약속은 약속일세! 원래 나중에 다른 생각을 하지 못하도록 폐백을 받고 약속한 게 아닌가? 어떻게 혼사를 마음대로 정했다 물렸다 할 수 있는가? 여보게, 다시 생각해보게!"

"하하, 그렇다곤 해도 저는 그저 처벌을 달게 받을 수밖에 없습니다. 하지만 이 일은 절대 말씀대로 따를 수 없습니다!"

가련이 또 무슨 말을 하려고 하자 상련이 바로 자리에서 일어섰다.

"여긴 불편하니 밖에서 얘기하시지요."

삼저는 자기 방에서 그 이야기들을 똑똑히 들었다. 그가 오기만을 눈 빠지게 기다렸는데 갑자기 나타나서 혼사를 물리겠다고 하니, 틀림없이 그가 가씨 집안에서 무슨 소문을 듣고 그녀가 음란하고 부끄러운 줄 모르는 부류라는 게 싫어서 결혼하지 않으려는 것이라고 짐작했다. 이제 그가 밖에 나가 가련에게 혼사를 물리겠다고 말하게 내버려두면 가련으로서는 어찌할 방법이 없을 테니 결국 자신만 창피하게 될 것 같았다. 그래서 가련이 함께 나가려는 소리를 듣자마자 그녀는 검을 꺼내려 암칼을 소매 안에 감추고 밖으로 나와 말했다.

"나가서 상의하실 필요 없어요. 여기 납채納采*를 돌려드릴게요."

그녀는 비 오듯 눈물을 흘리면서 왼손으로 칼집을 상련에게 건네며, 오른손을 돌려 자기 목을 가로로 그어버렸다.

복사꽃 쥐어 뜯으니 붉은 빛 땅에 가득하고
옥산처럼 고운 미녀 쓰러지니 다시 일으키기 어렵구나!
揉碎桃花紅滿地
玉山傾倒再難扶

가련하게도 그렇게 아름다운 영혼이 어딘지 모를 아득한 저승으로 떠나고 말았다. 사람들이 깜짝 놀라 급히 구하려 해보았지만 이미 때는 늦어버렸다. 우씨의 계모는 대성통곡하며 상련에게 욕을 퍼부었다. 가련은 다급히 상련의 멱살을 잡고 하인들에게 관아로 압송하라고 소리쳤다. 그러자 이저가 눈물을 흘리며 가련을 만류했다.

"그건 너무 지나친 처사예요. 누가 강요한 것도 아니고 동생 스스로 짧은 소견 때문에 자살한 거잖아요? 서방님께서 저분을 관아로 보낸들 무슨 도움이 되겠어요? 오히려 추한 일만 생길 뿐이지요. 차라리 그분을 보내드리는 게 나아요."

가련은 어찌할 바를 몰라 상련을 놓아주며 빨리 꺼지라고 했다. 하지만 상련은 오히려 꼼짝 않고 눈물을 흘리며 말했다.

"저는 저 사람이 이렇게 지조 굳고 현명한 신붓감이라는 걸 몰랐습니다. 정말 존경스럽습니다!"

상련은 시신을 붙들고 대성통곡했다. 그리고 관을 사서 염하는 모습을 보더니 또 관 위에 엎드려 슬피 울고 나서 작별하고 떠났다.

그는 대문을 나서자 갈 곳이 없어서 멍한 상태로 말없이 조금 전의 일을 떠올렸다. 알고 보니 삼저는 그렇게 아름답고 지조가 굳었는데, 이제와 후회해봐야 소용없었다. 그렇게 걷고 있을 때 설반의 하인이 그를 부르러 왔다. 하지만 그는 계속 넋이 나가 있었다. 하인이 그를 데리고 새집으로 가 보니 모든 살림살이가 잘 갖춰져 있었다. 그때 짤랑짤랑 패옥소리가 울리더니 삼저가 밖에서 들어왔다. 한 손에는 원앙검을 받쳐들고 다른 한 손에는 책을 한 권 들고 있었다. 그녀는 상련을 향해 눈물을 흘리며 말했다.

"저는 오로지 당신만을 그리며 오 년을 기다렸습니다. 뜻밖에도 당신은 마음도 얼굴도 차가운 분이라 저는 죽음으로 제 사랑을 돌려드렸습니다. 이제 저는 경환선고警幻仙姑*의 명에 따라 태허환경太虛幻境*으로 가서 모든 사랑에 빠진 귀신[情鬼]들의 이야기에 대해 해설을 쓰게 되었습니다. 차마 이별이 아쉬워 한 번이라도 뵙고 떠나려고 왔습니다. 이제 우리는 두 번 다시 만날 수 없을 겁니다."

그녀가 떠나려 하자 상련은 차마 그대로 보낼 수가 없었다. 그가 다가가 팔을 붙들고 물으려고 하는데 삼저가 말했다.

"사랑의 하늘[情天]에서 와서 사랑의 땅[情地]³로 돌아갑니다. 전생에서는 잘못되어 사랑에 미혹되었지만 이제 사랑을 부끄러이 여기고 깨달음을 얻었으니, 당신과는 아무 상관이 없는 몸이 되었습니다."

그 말이 끝나자 한줄기 향긋한 바람이 불더니 그녀의 종적이 사라져버렸다.

상련이 깜짝 놀라 깨어서 비몽사몽간에 눈을 떠보니, 설반의 하인은 어디에도 없었고 자신이 있는 곳은 새집이 아니라 버려진 사당 안이었다. 그 옆에 절름발이 도사 하나가 이를 잡고 있었다. 상련이 일어나 머리를 조아려 인사하면서 물었다.

"여기는 어디입니까? 도사님, 도호道號*는 어찌 되시는지요?"

"하하, 저도 여기가 어딘지, 제가 누군지 모르겠습니다. 그저 잠시 다리를 쉬고 있을 뿐이지요."

상련은 그 말을 듣자 자신도 모르게 뼛속까지 싸늘한 한기가 스며드는 듯했다. 그는 수칼을 뽑아 들고 만 가닥 번뇌의 실타래 같은 머리카락을 단번에 잘라버리고, 그 도사를 따라 어디론가 떠나버렸다.

다음 회에서는……

제67회

토산품을 선물받은 임대옥은 고향을 생각하고
비밀을 들은 왕희봉은 어린 하인을 심문하다
見土儀顰卿思故里　聞秘事鳳姐訊家童

비밀을 알게 된 왕희봉이 하인을 심문하다.

 삼저가 자살한 후 우씨의 계모와 이저, 가진, 가련 등이 비통한 마음을 억누르지 못했음은 말할 필요도 없다. 그들은 서둘러 시신을 염하여 성 바깥에 매장했다. 상련은 삼저가 죽자 연모의 마음을 끊지 못하다가, 도사의 몇 마디에 미혹의 관문에서 벗어나 스스로 머리를 깎고 출가하여 미친 도사를 따라 어디론가 표연히 떠나버렸다. 그 일에 대해서는 잠시 이야기하지 않겠다.
 한편, 설씨 댁 마님은 상련이 삼저와 정혼했다는 소식을 듣고 무척 기뻐하며 그에게 집과 살림살이들을 사주고, 날짜를 잡아 신부를 맞이하게 하여 아들의 목숨을 구해준 은혜에 보답할 생각으로 흥에 겨워 있었다. 그때 갑자기 하인이 "삼저가 자살했대!" 소리치자, 하녀들이 듣고 설씨 댁 마님에게 알렸다. 설씨 댁 마님은 어찌 된 영문인지 몰라 깊이 탄식했다. 그렇게 한창 궁금해하던 차에 보차가 대관원에서 건너왔다.
 "얘야, 너도 들었느냐? 저쪽 댁 큰아씨의 둘째 여동생 말이다. 그 사람은 네 오빠의 의동생인 상련이와 이미 정혼한 사이가 아니더냐? 그런데 무슨 이유에선지 자살해버렸다는구나! 상련이도 어디로 가버렸는지 모른다니 정말 괴이한 일이지 뭐냐? 정말 생각지도 못한 일이야!"
 보차는 대수롭지 않은 표정으로 말했다.
 "속담에도 '하늘의 바람과 구름은 예측할 수 없고, 사람은 아침저녁으로 복과 재앙이 바뀐다〔天有不測風雲 人有旦夕禍福〕.'라고 하지 않았어요? 그것도 그 사람들 전생에 전해진 운명이겠지요. 저번에 어머니께서 그 사람이 오빠를 구해주었다고 보답으로 혼례 준비를 해주자고 의논하셨는데, 이제 죽을 사람은 죽고 떠날 사람은 떠나버렸으니 그대로 두는 수밖에 없겠네요. 그 사람들 때문에 상심하지 마셔요. 그나저나 오빠가 강남에서 돌아온 지 스무날 가까이 되었으니, 구해온 물건들도 아마 전부 배부되었을 거예요. 같이 다녀온 점원들도 고생이 많았고, 돌아온 지도 몇 달이 되었으니 어머니와 오빠가 상의해서 그 사람들한테 한 상 차려서 사례를 하셔야 될 것 같아요. 그래야 남들 보기에도 사리에 어긋나지 않을 것 같아요."

그때 설반薛蟠●이 밖에서 들어왔다. 눈에는 아직 눈물자국이 남아 있었다. 그는 문을 들어서자마자 어머니에게 손뼉을 치며 말했다.

"어머니, 상련이와 삼저 얘기 아셔요?"

"조금 전에 들었단다. 마침 네 동생하고 그 일에 대해 얘기하던 참이다."

"그럼 상련이가 어느 도사를 따라 출가했다는 것도 아시나요?"

"그건 더 이상한 일이로구나! 그렇게 젊고 총명한 상련이가 어쩌다가 갑자기 생각이 흐려져서 도사를 따라 출가했단 말이냐? 너희 둘이 사이가 좋아졌고 또 상련이가 부모형제도 없이 혼자 여기 있는 몸이니 네가 여기저기 사람을 보내 찾아보는 게 좋겠구나. 도사를 따라갔다면 얼마나 멀리 갈 수 있겠느냐? 기껏해야 이 근처 사당이나 절간에 있겠지."

"당연히 찾아보았지요. 그 소식을 듣자마자 하인들을 데리고 곳곳을 찾아보았지만 그림자조차 찾지 못했어요. 사람들한테 물어봐도 다들 보지 못했다 하고요."

"찾아봤는데도 없었다면 너도 친구로서 도리를 다한 셈이지. 혹시 상련이가 출가해서 좋은 일이 생길지도 모르는 일 아니냐? 다만 이제 너도 장사나 열심히 하도록 해라. 그리고 네 장가들 준비도 미리 해놔야지. 우리 집에는 손이 모자라는데, 속담에도 '굼뜬 참새가 먼저 난다〔夯雀兒先飛〕.'

고 했듯이, 때가 닥쳤을 때 이것저것 빠져서 제대로 갖춰져 있지 않으면 남들 웃음거리가 된다. 또 네 동생이 방금 말했는데, 네가 집에 돌아온 지 보름이 넘었으니 물건들도 다 나눠주었을 게다. 그러니 같이 다녀온 점원들에게 술이라도 대접하고 고생했다고 인사해야 될 게야. 다들 이삼천 리 길을 다녀오면서 네 시중도 드느라 네다섯 달 동안 고생이 많았고, 또 도중에 너 때문에 놀라고 마음 졸이는 일도 많이 겪지 않았느냐?"

"지당하신 말씀입니다. 역시 동생은 생각하는 게 꼼꼼하네요. 저도 그런 생각을 하고 있었는데, 요 며칠 동안 각처로 물건을 보내느라 너무 정신이 없었습니다. 또 상련 동생 일 때문에 바빴는데, 괜히 시간만 허비하고 공연한 일로 정작 해야 할 일을 다 늦춰버린 셈이 되었네요. 괜찮으시면 내일이나 모레 청첩을 돌리겠습니다."

"네가 알아서 해라."

이야기가 아직 끝나지 않았는데 밖에서 하인이 들어와 아뢰었다.

"총지배인 장어른이 사람 편에 물건 두 상자를 보내왔습니다. 서방님께서 개인적으로 사신 것들이라 장부에 올리지 않은 거랍니다. 더 일찍 보내드리려고 했지만 화물 상자들 밑에 깔려 있어서 꺼낼 수가 없었는데, 어제 물건들을 다 배부해서 오늘에야 보냈답니다."

그러는 사이에 두 하인들이 널빤지를 덮은 커다란 종려나무 상자 두 개를 들고 들어왔다. 설반이 그걸 보더니 말했다.

"이런! 내 정신이 왜 이리 됐을까? 어머니와 보차를 위해 일부러 가져온 물건들인데 집에 가져오는 걸 잊고 있다가 점원들이 보내오게 만들다니!"

"그러니까 일부러 가져온 걸 스무날 가까이 내버려두었다 이거지요? 일부러 가져온 게 아니었다면 아마 연말쯤에나 보내왔겠군요? 오빠는 모든 일에 너무 건성이라니까요!"

"하하, 오는 길에 강도 때문에 혼이 나갔는데 아직 돌아오지 않은 모양이지 뭐."

그 말에 모두 웃음을 터뜨렸다. 이어서 설반이 하녀에게 말했다.

"가서 하인들에게 전해라. 물건을 받았으니 점원들을 돌려보내라고 말이야."

그러자 설씨 댁 마님과 보차가 함께 물었다.

"대체 무슨 물건이기에 이렇게 묶고 싸놓은 거야?"

설반은 곧 하인 둘에게 들어와서 끈을 풀어 널빤지를 제거하게 하고, 상자의 자물쇠를 열라고 시켰다. 첫 번째 상자에는 비단, 명주, 능라, 수입품 등 가정의 일상용품들이 들어 있었다. 설반이 웃으며 말했다.

"저건 보차한테 주려고 가져온 거야."

그리고 자신이 직접 두 번째 상자를 열었다. 거기에는 붓이며, 먹, 종이, 벼루, 각종 종이, 향주머니, 향주香珠[1], 부채, 부채 손잡이에 매다는 장식〔扇墜〕, 꽃가루, 연지 등이 들어 있었다. 그 외에 호구虎丘[2]에서 가져온 자동인형, 주령놀이에 쓰는 장난감, 수은을 넣어 재주넘기를 하게 만든 인형, 사자등沙子燈[3], 그리고 얇고 푸른 비단에 덮인 상자에 담겨 있는, 연극의 한 장면씩을 묘사하는 진흙 인형들이 있었다. 또한 호구산虎丘山*에서 진흙으로 빚은 설반의 자그마한 상像도 있었는데, 생김새가 설반과 정말 똑같았다. 보차는 다른 건 쳐다보지도 않고 그 상을 들고 자세히 살펴보다가 다시 설반을 번갈아 쳐다보면서 터져 나오는 웃음을 참지 못했다. 그녀는 앵아에게 할멈 몇 명을 데리고 와서 그 물건들을 상자 채로 대관원으로 옮겨놓게 하고, 어머니, 오빠와 함께 한참 동안 한담을 나눈 후 대관원으로 돌아갔다. 설씨 댁 마님은 상자 안의 물건을 꺼내 여러 몫으로 나눈 다음 하녀 동희同喜*를 시켜서 태부인과 왕부인 등에게 보냈는데, 거기에 대해서는 더 이상 이야기하지 않겠다.

한편, 자기 방으로 돌아온 보차는 그 장난감들과 선물들을 하나씩 살펴보고 나서, 자기가 쓸 것을 뺀 나머지는 여러 가지를 섞어 몇 개의 몫으로 나누었다. 붓과 먹, 종이 벼루를 한 묶음으로 만들기도 했고, 향주머니와 부채, 부채 손잡이 장식을 한 묶음으로 만들기도 했으며, 지분과 머릿기름을 하나로 묶기도 하고, 그냥 장난감만으로 한 묶음을 만들기도 했다. 다만 대옥의 몫은 다른 이들 것과는 달리 두 배로 준비했다. 그렇게 하나하나 나눈 뒤에 앵아더러 할멈들과 함께 각처로 선물을 보내게 했다.

자매들은 모두 선물을 받고 심부름 온 이들에게 심부름 값을 주면서, 보차에게 만나면 사례하겠다고 전하라 했다. 다만 대옥은 고향에서 온 물건들을 보자 오히려 상심했다. 부모도 모두 돌아가시고 형제자매도 없이 친척 집에 의탁해 살고 있으니, 자신에게 그런 토산품을 갖다줄 사람도 없을 거라는 생각이 들었기 때문이다. 자견은 그녀의 이런 마음을 잘 알고 있었지만 감히 입 밖에 꺼내지 못하고 그저 옆에서 위로할 뿐이었다.

"아가씨는 병약해서 아침저녁으로 약을 잡수셔야 하는데, 요즘 이틀 동안은 예전보다 조금 나아지셔서 기분이 좀 좋아졌다 해도 아직 다 나은 게 아니에요. 이제 보차 아가씨가 이런 물건들을 선물하신 걸 보니 아가씨를 무척 아끼신다는 증거가 아니겠어요? 그러니 아가씨도 선물을 보고 즐거워하셔야지 오히려 상심하시면 어떡해요? 그럼 보차 아가씨가 선물을 보내 오히려 아가씨 마음을 아프게 한 셈이 되잖아요? 보차 아가씨께서 들으시면 오히려 민망하게 생각하시지 않겠어요? 또 노마님을 비롯한 많은 분들이 아가씨가 아프다고 온갖 방법을 써서 의원을 불러 진맥하고 약을 짓게 하셨잖아요? 이제 조금 좋아지셨는데 또 이렇게 우시면 스스로 몸을 상하게 하는 꼴이니 노마님께서 보시면 더 근심하시지 않겠어요? 하물며 아가씨의 병은 평소 근심이 지나쳐서 기혈을 상했기 때문에 생긴 거잖아요. 아가씨는 천금같이 귀하신 몸이니, 제발 몸 생각 좀 하셔요!"

자견이 이렇게 한참을 위로하고 있을 때 뜰 안에서 하녀의 목소리가 들려왔다.

"보옥 도련님께서 오셨어요."

그러자 자견이 얼른 말했다.

"안으로 모셔라!"

보옥이 들어오자 대옥이 자리를 권했다. 보옥은 그녀의 얼굴에 눈물자국이 가득한 걸 보고 물었다.

"누이, 누가 또 기분을 상하게 했어?"

대옥이 억지로 웃음을 지으며 말했다.

"누가 무슨 기분을 상하게 했다고 그러세요?"

옆에 있던 자견이 침대 뒤쪽의 탁자를 향해 입을 삐죽거리자 보옥도 눈치를 채고 그쪽을 쳐다보았다. 거기에는 아주 많은 물건들이 쌓여 있었는데, 바로 보차가 보낸 것들임을 알고 농담을 건넸다.

"저것들은 다 뭐야? 설마 잡화점을 열려고 하나?"

대옥이 아무 대답을 않자 자견이 웃으며 말했다.

"도련님은 왜 또 저 물건들 얘기를 꺼내고 그러세요? 보차 아가씨께서 선물을 조금 보내셨는데, 아가씨가 보시고는 마음이 상하셨어요. 제가 한참 위로해드리고 있었는데, 마침 도련님께서 오셨으니 저희 대신 좀 위로해드리세요."

보옥은 대옥이 상심한 이유를 잘 알고 있었기 때문에 함부로 말하지 못하고 그저 웃으며 말했다.

"너희 아가씨가 상심하신 이유는 아마 다른 게 아니라 보차 아가씨가 보낸 선물이 적어서 화가 나신 모양이구나. 누이, 안심해. 내가 내년에 강남에 사람을 보내 배 두 척에 가득 실어다 주라고 할게. 그러면 지금처럼 눈물 흘릴 일은 없을 거야."

대옥도 보옥이 자기 마음을 풀어주려고 하는 말인 줄 알기 때문에 거절하기도 그렇고 받아들이기도 곤란해서 이렇게 말했다.

"제가 아무리 세상 물정을 모른다고 해도 설마 그런 정도겠어요? 선물이 적다고 화를 내다니요! 두세 살 먹은 어린애도 아닌데 너무 얕잡아 보시네요! 제 나름대로 이유가 있어서 그런 건데, 오빠가 그걸 어찌 알겠어요?"

그러면서 다시 눈물을 흘리자 보옥이 얼른 침상 앞으로 다가가 그녀 옆에 앉았다. 그리고 물건들을 하나하나 집어 들고 자세히 살피면서 일부러 이건 뭐고 이름이 뭐냐는 둥, 저건 어떻게 만든 건데 저리 예쁘냐는 둥, 이건 뭐하는 데 쓰는 물건이냐는 둥 하며 자꾸 그녀의 주의를 돌렸다. 이건 앞에다 두면 좋겠고, 저건 긴 탁자 위에 골동품처럼 얹어놓으면 좋겠다면서 별로 중요하지도 않은 얘기들로 너스레를 떨었다. 대옥은 그의 그런 모습을 보자 오히려 미안한 마음이 들었다.

"오빠, 여기서 정신 사납게 하지 말고 저랑 같이 보차 언니한테나 가요."

보옥은 그렇지 않아도 어떻게든 그녀를 데리고 나가 근심을 풀어주고 슬픔을 덜어줄 생각이었기 때문에 얼른 맞장구를 쳤다.

"보차 누나가 선물을 보내주었으니 당연히 감사 인사를 하러 가야지!"

"우리 자매들끼리 그런 인사는 필요 없어요. 다만 설반 오빠가 돌아와서 틀림없이 남쪽의 옛 유적들에 대해 이야기해주었을 테니까, 가서 들어보고 고향에 한 번 다녀온 셈으로 치려고요."

그렇게 말하면서 다시 눈자위가 붉어졌다. 보옥이 얼른 일어나 기다리자 대옥도 어쩔 수 없이 함께 나와 보차의 거처로 갔다.

한편, 설반은 어머니의 말씀을 듣고 서둘러 초청장을 돌리고 술자리를 마련했다. 이튿날 초청한 네 명의 점원이 모두 모이자 자연스럽게 물건을 다 들여, 장부에 기록하고 발송한 일들에 대한 이야기도 나누었다. 잠시 후 설반은 그들을 상석에 앉히고 차례로 술을 따랐다. 설씨 댁 마님도 사람을 보내 인사했다. 모두들 술을 마시며 한담을 나누는데, 개중에 누군가가 이렇게 말했다.

"오늘 이 자리에 두 친구가 빠졌군요."

다들 누구냐고 묻자 그가 말했다.

"누군 누구겠습니까? 가씨 집안의 가련 서방님과, 우리 서방님의 의형제인 유도령이시지요."

그제야 다들 생각이 나서 설반에게 물었다.

"가련 서방님과 유도령은 왜 초청하지 않았습니까?"

설반이 눈살을 찌푸리고 한숨을 쉬며 말했다.

"가련 서방님은 또 평안주에 가셨다네. 이틀 전에 출발했지. 그 유도령 얘기는 꺼내지도 말게. 정말 세상에서 제일 기가 막힌 일이야. '유도령'이 뭔가? 지금쯤 어디선가 '유도사'가 되어 있을지도 모르는데!"

모두들 의아해하며 물었다.

"그게 무슨 말씀입니까?"

설반이 상련의 일에 대해 앞뒤 사정을 모두 이야기하자 모두들 놀랐다.

"어쩐지! 며칠 전 가게에서 사람들이 떠드는 소리를 들었어요. 어떤 도사가 두세 마디 말로 누군가를 출가시켰다느니, 한바탕 거센 바람이 사람을 쓸어가버렸다느니 하대요. 하지만 그게 누군지는 몰랐지요. 저희는 물건을 발송하느라 바빠서 그런 일에 대해 자세히 알아볼 틈도 없었고, 지금까지도 긴가민가하고 있었습니다. 그게 바로 유도령 얘기였는지 누가 알았겠습니까? 진즉 알았더라면 우리도 당연히 말렸을 겁니다. 어떻게 해서든 떠나지 못하게 했을 테지요."

그러자 한 점원이 말했다.

"그것도 아닌가 보더군요."

사람들이 어찌 된 거냐고 묻자 그가 대답했다.

"유도령처럼 영리한 분이 정말 도사를 따라갔겠습니까? 그분은 원래 무술도 잘하시고 힘도 좋으시니, 혹시 그 도사가 요술이나 사악한 술법을 쓰는 걸 간파하고 일부러 따라가서 뒤에서 무슨 수를 쓰려고 하셨는지도 모르지요."

설반이 말했다.

"정말 그렇다면 그나마 다행이지. 세상에 그런 요사한 말로 사람들을 미혹하는 자들을 혼내줄 사람이 왜 없는지 모르겠구먼."

"설마 서방님께서 그때 아시고도 찾아보지 않으신 건 아니겠지요?"

"성 안팎 어딘들 찾아보지 않았겠는가? 자네들이 비웃을지 모르지만, 난 그 사람을 찾지 못해서 한바탕 통곡까지 했다네!"

말을 마치면서 설반은 연신 한숨을 내쉬며 의기소침해져서 조금 전처럼 신나게 떠들어대지 않았다. 그런 모습을 보고 자연히 오래 앉아 있기 거북해진 점원들도 대충 몇 잔 마시고 밥을 먹은 후에 자리를 파했다.

한편, 보옥은 대옥과 함께 보차에게 가서 말했다.

"형님이 고생고생하며 가져온 물건들인데 누나가 두고 쓰시지 뭐하러 저희한테 보냈어요?"

"호호, 뭐 별로 좋은 물건도 아니고 그저 멀리서 가져온 토산물에 지나지 않아요. 다들 좀 새로운 걸 구경이나 하시라고 보냈어요."

대옥이 말했다.

"어렸을 때는 그런 물건들을 쳐다보지도 않았는데, 지금 보니까 정말 새로운 느낌이 들더군요."

"호호, 동생도 알다시피 이게 바로 '물건이란 고향을 떠나면 귀해진다〔物離鄕貴〕.'는 속담에 들어맞는 경우지 뭐야. 사실 뭐 별다른 거라고 할 수 있나?"

보옥은 그게 바로 조금 전 대옥이 품고 있던 마음을 건드리는 말이라고 생각하여 얼른 화제를 돌렸다.

"내년에 형님이 다시 가시거든 저희들 몫의 선물도 좀 많이 가져오시라고 해줘요."

대옥이 그를 슬쩍 흘겨보며 말했다.

"오빠가 갖고 싶으면 그렇다고 할 일이지 왜 남은 끌어들여요? 언니, 보세요. 오빠는 감사 인사를 하러 온 게 아니라 내년에 받을 선물을 예약하러 온 거잖아요?"

그 말에 보옥과 보차도 웃음을 터뜨렸다.

셋이서 한동안 한담을 나누다가 대옥의 병에 대한 이야기가 나오자 보차가 위로하면서 말했다.

"동생, 몸이 편치 않더라도 억지로 나와 돌아다니면서 기분을 푸는 게 방 안에 답답하게 앉아있는 것보다는 나아. 나도 저번에 몸이 나른하고 온몸에 열이 나서 누워 있고 싶기도 했고, 또 날씨도 안 좋아서 병이 날까 걱정스럽기도 했지. 그래서 일부러 일을 찾아 몰두했더니 요 이틀 사이에 제법 좋아진 느낌이야."

"언니 얘기는 항상 옳아요. 저도 그리 생각하고 있었어요."

그렇게 그들은 한참 앉아 있다가 헤어졌다. 보옥은 대옥을 소상관 대문 앞까지 바래다주고 이홍원으로 돌아갔다.

한편, 조씨는 보차가 가환에게 몇 가지 선물을 보내자 속으로 무척 기뻐했다.

'어쩐지 다들 그 아가씨가 괜찮고 인사성도 밝고 무척 대범하다고 하더라니! 지금 보니 과연 그렇구먼. 오빠가 물건을 얼마나 가져왔는지 모르지만 한 곳도 빠짐없이, 그리고 누구한테는 많이 주고 누구한테는 적게 준다는 차별도 드러내지 않고 집집마다 보내면서, 우리처럼 이렇게 시운時運 없는 사람들까지 생각해주었어. 저 임대옥 아가씨라면 우리 모자를 안중에도 두지 않을 테니 선물까지 보내줄 리 없지.'

그러면서 그 물건들을 이리저리 뒤적이며 한참 동안 살펴보았다. 그러다가 갑자기 보차가 왕부인의 친척이라는 것을 떠올리고 왕부인 앞에 가서 아부라도 좀 하고 와야겠다 생각했다. 그녀는 곧 물건을 챙겨들고 왕부인의 방으로 가 왕부인 옆에 서서 웃으며 말했다.

"이건 조금 전에 보차 아가씨가 환 도령한테 보내주신 것들입니다. 그렇게 연세도 어리신 분이 이리 생각이 꼼꼼하다니, 정말 대갓집 아가씨답게 기품도 훌륭하고 대범합니다. 그러니 누군들 공경하며 감복하지 않겠어요? 어쩐지 노마님이나 마님께서 늘 그분을 칭찬하시고 아끼시더라니요! 하지만 제 마음대로 받을 수 없어서 마님께 보여드리려고 갖고 왔어요. 마님께서도 즐거워하실 것 같아서요."

왕부인은 그녀가 찾아온 속내를 이미 짐작하고 있었고, 말 같지도 않은 소리를 하지만 모른 척하기 곤란하여 한마디 했다.

"그냥 받아서 환이 장난감으로 주게."

조씨는 신이 나서 왔다가 무덤덤한 반응을 얻자 화가 치밀었지만 감히 내색하지 못하고 풀이 죽어 나왔다. 자기 방에 도착하자 물건들을 한쪽에 내던지고 혼자 투덜거렸다.

"그까짓 게 뭐 별거라고?"

그녀는 그렇게 앉아 한참 분을 삭였다.

한편, 앵아는 할멈들과 함께 물건들을 전하고 돌아와서, 사람들이 감사 인사를 하고 심부름 값을 준 일들을 모두 보차에게 알렸다. 그리고 할멈들이 나가자 보차에게 다가가 귓속말로 나직이 말했다.

"조금 전에 희봉 아씨 방에 갔더니 아씨가 잔뜩 화나신 얼굴이었어요. 물건들을 전하고 나오다가 홍아한테 슬쩍 물어보니까, 조금 전에 아씨께서 노마님 방에 갔다 오셨는데 예전처럼 아주 기뻐하시지도 않고 평아 언니를 불러 뭐라고 수군수군 얘기를 하시더래요. 보아하니 무슨 큰일이 생긴 것 같아요. 아가씨, 혹시 노마님께 무슨 얘기 못 들으셨어요?"

보차는 한참을 생각해보았지만 희봉이 무슨 일로 화가 났는지 알 수 없었다.

"저마다 사정이 있기 마련이니 우리가 상관할 일 아니지. 가서 차나 좀 따라 오렴."

앵아가 나가서 차를 따라온 일에 대해서는 더 이상 이야기하지 않겠다.

한편, 보옥은 대옥을 전송하고 돌아오다가 대옥의 외로운 처지가 생각나 가슴이 아파왔다. 습인에게 그 이야기를 하려고 안으로 들어가니 방 안에는 사월과 추문만이 있었다.

"습인 누나는 어디 갔어?"

"기껏해야 대관원 안에 있겠지요. 설마 어디 갔겠어요? 잠깐 보이지 않는다고 이 난리시라니!"

"하하, 어디 가버렸을까봐 이러는 게 아니야. 조금 전에 대옥이한테 다녀왔는데 또 상심하고 있지 않겠어? 그래서 무슨 일이냐고 물었더니, 보차 누나가 보내준 선물이 자기 고향에서 온 토산품이라서 자기도 모르게 고향 생각이 났던 모양이더라고. 그래서 습인 누나한테 얘기해서 시간 날 때 가서 좀 위로해주라고 하려던 거였어."

그때 청문이 달려오면서 물었다.

"도련님, 돌아오셨군요. 그런데 또 누굴 위로해주라시는 건가요?"

보옥이 조금 전의 이야기를 죽 들려주자 청문이 말했다.

"습인은 조금 전에 나갔는데, 희봉 아씨 거처에 간다고 했대요. 어쩌면 지금쯤 대옥 아가씨 방에 가 있을지도 모르지요."

보옥은 그 말을 듣고 아무 말하지 않았다. 추문이 차를 따라오자 그는 입을 한 번 헹구고 잔을 하녀에게 건넨 후 마음이 편치 않아 침상에 대충 누워버렸다.

한편, 습인은 보옥이 외출하자 혼자 바느질을 하다가 문득 희봉의 몸이 편찮다는 것을 떠올렸다. 요 며칠 동안 병문안을 가보지 못했고, 또 가련이 먼 길을 떠났다는 소식도 들었고 해서, 함께 이야기라도 나누기 좋은 기회라고 생각했다. 그래서 그녀는 곧 청문에게 말했다.

"방 비우지 말고 잘 지켜. 도련님 돌아오실 때 아무도 없으면 안 되니까 말이야."

"에그! 이 방 안에서 너 혼자만 도련님 걱정을 한다니? 우리는 모두 하는 일 없이 밥만 축내는 사람들인 줄 알아?"

습인은 웃으면서 대꾸하지 않고 바로 나갔다.

그녀가 막 심방교 근처에 이르렀을 때, 마침 때가 늦여름에서 가을로 넘어가는 시기라 연못의 연잎들은 새잎과 시든 잎이 섞여 있었고, 붉은 꽃과 푸른 잎이 어지럽게 널려 있었다. 제방을 따라 걸으면서 한참 동안 그 풍경을 감상하다가 문득 고개를 들어보니, 저쪽 포도 시렁 아래에서 누군가 먼지떨이로 무언가를 털고 있었다. 가까이 다가가 보니 축祝할멈이었다. 축할멈은 습인을 발견하고 싱글싱글 웃으며 다가왔다.

"아가씨, 오늘은 웬일로 짬이 나서 나들이를 나오셨네요?"

"아니에요. 희봉 아씨께 가보려고요. 그런데 여기서 뭐하고 계셔요?"

"벌을 쫓고 있어요. 올해는 삼복三伏에 비가 적게 내려서 나무에 온통 벌레가 생겨 열매를 점점이 파먹는 바람에 떨어져버린 게 적지 않아요. 아가씨는 모르시겠지만 이 말벌은 제일 지독하답니다. 한 송이에 두세 알만 파먹어도 터진 데서 흘러나온 물이 성한 열매에 떨어지면, 그 송이 전부가 썩어버린답니다. 보셔요, 얘기하느라 쫓지 않은 사이에 또 이렇게 많이 달라붙었네요."

"쉴 새 없이 쫓아봐야 쫓지 못한 것들도 많잖아요. 아무래도 구매 담당한테 얘기해서 구멍이 듬성듬성한 얇은 비단을 사달라고 하는 게 좋겠어요. 그걸로 자루를 만들어서 송이마다 씌우는 거예요. 그럼 바람도 통하고 벌레에 상하지도 않을 거 아니에요?"

"호호, 아무래도 그래야겠네요! 저도 올해 처음 이 일을 맡아서 그런 좋은 방법이 있는 줄은 몰랐네요. 올해는 상한 것들이 조금 있어도 맛은 오히려 좋답니다. 못 믿으시겠거든 하나 따서 잡숴보셔요."

습인이 정색을 하고 말했다.

"그건 안 될 말씀이지요! 익지 않아서 먹지 못할 뿐만 아니라, 익었다 하더라도 윗분들께 먼저 드리지 않고 우리가 먼저 먹을 수 있나요? 이 댁에서 그리 오래 일하신 분이 그런 법도조차 모르실까?"

"호호, 아가씨 말씀이 맞습니다. 제가 아가씨를 보고 너무 기쁜 나머지 그런 말을 했는데, 하마터면 법도를 어길 뻔했네요. 이거 늙어서 정신이 없어졌습니다."

"이런 거야 별일 아니지요. 하지만 연세 많으신 아주머님들이 먼저 법도를 어기는 일은 하지 않아야 해요."

그렇게 말하고 곧장 대관원 문을 나와 희봉의 거처로 갔다.

습인이 뜰에 들어가자 희봉의 목소리가 들렸다.

"세상에 무슨 양심이 이래! 내가 이 집에서 고생할수록 더욱 못된 인간으로 몰리고 마는구먼!"

습인은 무슨 사연이 있나 보다 생각했다. 하지만 돌아가기도 그렇고 들어가기도 어색해서 일부러 발걸음 소리를 크게 내면서 창 너머로 물었다.

"평아 언니, 집에 계셔요?"

평아가 얼른 대답하고 나오자 습인이 물었다.

"희봉 아씨께서 집에 계시는 모양인데 몸은 다 나으셨어요?"

그렇게 말하며 안으로 들어가니, 희봉이 침상에 비스듬히 누워 있다가 습인을 보고 웃으며 일어났다.

"좀 괜찮아졌어. 이거 걱정을 끼쳤네! 그런데 요즘 왜 들르지 않았어?"

"아씨 몸이 편찮으시니 매일 와서 문안 인사를 올려야 마땅하지요. 하지만 조용히 쉬셔야 하는데 저희가 와서 떠들면 더 귀찮게 해드리는 거잖아요?"

"호호, 귀찮을 리 있나? 그보다 도련님 방에 사람은 많아도 네가 도맡아 시중을 들고 있으니 자리를 비울 틈이 없었겠지. 평아가 그러는데 네가 늘 뒤에서도 내 걱정을 하면서 안부를 물었다면서? 그것만으로도 네 마음을 다했다고 할 수 있지."

희봉은 평아에게 걸상을 하나 가져와 침대 옆에 놓게 하고 습인을 앉혔다. 풍아가 차를 가져오자 습인이 허리를 숙여 절하며 말했다.

"너도 앉아."

잠시 한담을 나누는데 하녀가 바깥방에서 평아에게 나직이 말했다.

"왕아가 중문에 와서 분부를 기다리고 있어요."

그러자 평아도 나직이 말했다.

"알았다. 대문 앞에 서 있지 말고, 우선 돌아갔다가 나중에 다시 오라고 해라."

습인은 무슨 일이 있다는 걸 알아채고 두어 마디 나누다가 자리에서 일어서자 희봉이 말했다.

"시간 나면 자주 오렴. 얘기를 나누다 보면 나도 기분이 좋아질 테니까 말이야."

그리고 평아에게 분부를 내렸다.

"바래다주도록 해라."

평아가 "예!" 하고 배웅하러 나왔다. 밖에서는 하녀 두세 명이 숨을 죽인 채 분부를 기다리고 있었다. 습인은 무슨 일인지 모르고 그대로 돌아갔다. 평아가 습인을 배웅하고 돌아와 아뢰었다.

"조금 전에 왕아가 왔는데 습인이 있어서 제가 먼저 밖에 나가 기다리라고 했어요. 지금 당장 부를까요, 아니면 좀 더 있다가 부를까요?"

"불러와!"

평아가 얼른 하녀에게 가서 왕아를 불러들이라고 전했다. 희봉이 또 평아에게 물었다.

"그 얘기를 대체 어디서 들었어?"

"아까 그 하녀가 그러대요. 중문 안에서 바깥의 두 하인들이 '그 새아씨는 옛날 아씨보다 예쁘고 마음씨도 좋다니까!' 하는 얘기를 들었답니다. 그런데 왕아인지 누구인지는 모르겠는데, 그 둘한테 호통을 치더래요. '새

아씨고 옛날 아씨고 간에 어서 목소리 낮춰! 안에서 알게 되면 너희들 혓바닥이 잘릴 거야!' 이랬다네요."
평아가 얘기하는 도중에 하녀가 들어와서 전했다.
"왕아가 밖에서 분부를 기다리고 있습니다.'
희봉이 코웃음을 치며 말했다.
"들여보내라!"
하녀가 나가서 말했다.
"아씨께서 부르셔."
왕아가 황급히 대답하고 들어와 인사를 올리고는 바깥방 문어귀에 두 손을 내리고 공손히 서자 희봉이 말했다.
"가까이 와봐라. 물어볼 말이 있다."
왕아가 안방 문 옆으로 들어와 시립했다.
"서방님이 바깥에서 사람을 들였다는데 알고 있느냐?"
왕아가 왼쪽 무릎을 세우고 오른쪽 무릎을 땅에 꿇어 오른손을 내린 채 대답했다.
"소인은 중문에서 심부름하는 몸인데 어떻게 서방님께서 밖에서 하신 일을 알 수 있겠습니까?"
"흥! 당연히 모르겠지! 네놈이 안다면 어떻게 남의 입을 막으려 했겠느냐?"
왕아는 조금 전에 한 이야기가 이미 누설되어 더 이상 속일 수 없게 되었다는 걸 깨닫고 또 무릎을 꿇으며 대답했다.
"소인은 정말 모릅니다. 아까 홍아와 희아가 저기서 헛소리를 하기에 제가 꾸짖은 적은 있습니다. 자세한 사정은 소인도 모르기 때문에 함부로 아뢸 수 없습니다. 아씨, 홍아한테 물어보십시오. 그 아이가 늘 서방님을 모시고 밖에 다녀오곤 합니다."
희봉이 침을 탁 뱉으며 꾸짖었다.

"이런 양심도 없는 못된 개자식들! 전부 한통속이로구나. 내가 모를 줄 알았겠지? 우선 가서 그 흥아라는 개자식을 불러와라. 너도 가지 말고 기다려! 그놈을 심문하고 나서 다시 네놈을 심문하겠다. 오냐! 잘들 한다! 내가 이런 훌륭한 놈들을 부리고 있었구나!"

왕아는 그저 연신 "예! 예!" 하고는 머리가 땅에 닿도록 절을 하고 기어나와 흥아를 부르러 갔다.

한편, 흥아는 장방에서 하인들과 놀고 있다가 희봉이 부른다는 소리를 듣고 깜짝 놀랐다. 하지만 그 일이 들통 났으리라고는 생각도 못하고 황급히 왕아를 따라 들어갔다. 왕아가 먼저 들어가 아뢰었다.

"흥아가 왔습니다."

희봉이 사납게 소리쳤다.

"들여보내라!"

흥아는 그녀의 목소리를 듣자 일찌감치 혼이 빠졌지만 어쩔 수 없이 억지로 마음을 다잡고 들어가야 했다. 희봉이 그를 보자마자 말했다.

"아주 잘난 놈이로구나! 네놈이 상전하고 아주 훌륭한 일을 저질렀더구나! 어서 사실대로 불어라!"

흥아는 희봉의 기색과 두 하녀의 표정을 보고 너무 놀라 온몸에 힘이 빠진 나머지 자기도 모르게 무릎을 꿇고 그저 머리를 조아릴 뿐이었다. 희봉이 말했다.

"이 일은 네놈과 상관없다는 걸 나도 들어서 알고 있다. 하지만 네놈이 진즉 내게 알리지 않은 건 바로 네놈의 잘못이다. 사실대로 말하면 용서하겠지만, 한마디라도 거짓을 말할 생각이라면 먼저 네놈 모가지 위에 대가리가 몇 개인지나 만져보는 게 좋을 게다!"

흥아가 벌벌 떨며 머리를 조아렸다.

"아씨, 제가 서방님과 무슨 잘못된 일을 저질렀다는 말씀이십니까?"

희봉은 그 말을 듣자 버럭 화가 치밀어 호통을 쳤다.

"따귀를 쳐라!"

왕아가 다가가 치려 하자 희봉이 꾸짖었다.

"병신 같은 놈! 무슨 멍청한 짓이란 말이냐! 제 스스로 치라고 했는데 네가 왜 나서는 게야! 조금 후엔 네놈도 네 따귀를 치게 될 테니까 서두르지 마라!"

홍아는 정말 제 손으로 양쪽 따귀를 열 대 남짓 갈겼다. 희봉이 "멈춰라!" 소리친 후 물었다.

"서방님이 밖에서 무슨 새아씨인지 낡은 아씨인지를 들인 일을 너는 잘 모른다는 게로구나?"

홍아는 그 일에 대한 이야기가 나오자 더욱 당황해서, 황급히 모자를 벗고 벽돌이 깔린 바닥에 머리를 쿵쿵 조아렸다.

"아씨, 제발 용서해주십시오! 소인은 더 이상 거짓말하지 않겠습니다!"

"어서 얘기해봐라!"

홍아는 무릎을 꿇은 채 허리를 꼿꼿이 세우고 말했다.

"처음에는 저도 이 일에 대해 몰랐습니다. 그런데 녕국부 나리의 영구를 보내는 날 유록이 가진 서방님이 계시는 철함사로 은돈을 수령하러 갔습니다. 그때 서방님께서 가용 도련님과 함께 녕국부로 오셨는데, 도중에 서방님과 도련님께서 가진 서방님 댁에 계시는 두 분 이모님에 대한 말씀을 나누셨습니다. 서방님께서 칭찬을 하시니까 가용 도련님께서 장난삼아 둘째 이모님을 서방님께 드리겠다고 하셨습니다."

희봉이 거기까지 듣고 욕을 퍼부었다.

"퉤! 저런 염치도 없는 개잡놈 같으니! 그년이 너희 집안의 이모란 말이더냐?"

홍아가 다급히 머리를 조아리며 말했다.

"제가 죽어 마땅한 실언을 했사옵니다!"

그가 위를 힐끔거리며 감히 말을 잇지 못하자 희봉이 말했다.

"다 했느냐? 왜 계속하지 않지?"

"아씨께서 용서해주신다면 감히 말씀드리겠습니다만……"

"퉤! 지랄하는구나! 용서고 나발이고가 어디 있어! 어서 마저 얘기하는 게 좋을 게다!"

"그러니까 서방님께서 그 얘기를 들으시고 무척 기뻐하셨습니다. 하지만 나중에 어떻게 그 일이 성사되었는지는 소인도 모릅니다."

희봉이 보일 듯 말 듯 냉소를 지으며 말했다.

"그야 당연하지. 네가 어찌 알았겠느냐! 네가 알면 시끄러워질 테니 말이다. 그래, 마저 얘기해봐라!"

"나중에 가용 도련님이 집을 구해드렸습니다."

"그 집이 어디 있느냐?"

"바로 저 뒤쪽에 있습니다."

"음!"

희봉이 평아를 돌아보며 말했다.

"우린 다 송장이었구나! 너도 들었지?"

평아도 감히 아무 소리 못했다. 흥아가 계속 말했다.

"가진 서방님 쪽에서 장씨 집안에 얼마를 주었는지 몰라도 그 장씨 집안에서도 따지고 들지 않았습니다."

"여기서 왜 또 장가니 이가니 하는 것들이 끼어드는 게냐?"

"아씨께선 모르시겠지만, 그 아씨께서는……"

그렇게 말하고 흥아가 얼른 제 따귀를 갈기자 희봉도 웃고 말았다. 양쪽에 있던 하녀들도 입을 오므린 채 웃었다. 흥아가 잠시 생각해보다가 계속했다.

"그 녕국부 마님의 여동생은……"

"그래서? 어서 계속해라!"

"녕국부 마님의 여동생은 원래 어려서 정혼한 사람이 있었습니다. 성이 장씨인데, 장화인가 뭔가 하는 사람이랍니다. 그런데 지금 먹고 살기도 힘들 만큼 가난해졌답니다. 그래서 가진 서방님께서 그 사람한테 은돈을 주고 혼약을 물리는 문서를 쓰게 하셨답니다."

희봉이 고개를 끄덕이더니 하녀들을 돌아보며 말했다.

"너희들도 모두 들었지? 이런데도 요 조그만 개잡놈이 아까는 모른다고 했지?"

홍아가 계속했다.

"나중에 서방님께서 방을 도배하시고 그분을 맞아들였습니다."

"어디서 맞아들였단 말이냐?"

"바로 그분의 어머니 댁에서 가마로 모셔 왔습니다."

"얼씨구! 그런데 여자 쪽에서는 같이 간 사람이 없었더냐?"

"가용 도련님이 가셨습니다. 그리고 하녀와 할멈들이 몇 명 있었을 뿐, 다른 사람은 없었습니다."

"진 서방님 댁 큰아씨는 오시지 않았더냐?"

"한 이틀쯤 뒤에 몇 가지 물건을 가지고 보러 오셨습니다."

희봉이 헛웃음을 한바탕 웃더니 평아를 돌아보며 말했다.

"어쩐지 그 즈음에 서방님이 저쪽 형님을 입에 침이 마르도록 칭찬하더라니!"

다시 홍아를 내려다보며 물었다.

"누가 시중을 들고 있느냐? 당연히 너겠지?"

홍아는 다급히 머리를 바닥에 찧으며 아무 말도 하지 못했다. 희봉이 다시 물었다.

"저번에 저쪽 댁에서 할 일이 있다더니, 생각해보니 바로 그 일이었구나."

"할 일이 있을 때도 있었고, 새집에 갔을 때도 있었습니다."

"누가 그년과 같이 살고 있지?"

"그분 어머니와 여동생입니다. 그런데 어제 여동생이 스스로 목을 베어 자살하고 말았습니다."

"그건 또 무슨 이유 때문이냐?"

홍아가 상련의 일을 죽 늘어놓자 희봉이 말했다.

"그 사람은 그래도 운이 좋구나. 유명한 멍청이가 되는 꼴은 면했으니까 말이야! 그래, 다른 일은 없었느냐?"

"다른 일은 소인도 모릅니다. 방금 말씀드린 건 모두 사실입니다. 한마디라도 거짓이 있었다면 소인을 때려죽여도 원망하지 않겠습니다."

희봉은 잠시 고개를 숙이고 생각하다가 홍아를 가리키며 말했다.

"너 같은 원숭이 새끼는 때려죽여 마땅하다! 또 속이는 건 없겠지? 나를 속여서 그 멍청한 서방님에게 잘 보이고 네놈의 그 새아씨한테 귀여움을 받을 생각이었겠지? 그래도 네가 상전 두려운 줄 알고 사실을 고했기에 망정이지 그렇지 않았다면 네놈 다리몽둥이를 분질러버렸을 게다! 어서 꺼져버려!"

홍아는 머리를 조아리고 기듯 일어나 바깥방 문간까지 뒷걸음질로 물러났다. 하지만 감히 바로 나가지 못했다. 희봉이 말했다.

"이리 와라. 또 할 말이 있다."

홍아가 황급히 두 손을 늘어뜨리고 공손히 경청했다.

"뭐가 그리 바빠? 그래 새아씨가 너한테 무슨 상이라도 주려고 기다리고 있는 모양이지?"

홍아는 감히 고개를 들지 못했다.

"오늘부터 거기 가지 못한다! 언제든 내가 부르면 즉시 달려와라. 한걸음이라도 늦으면 어찌 되는지 시험해봐! 물러가라!"

홍아가 황급히 "예!" 하고 물러가자, 희봉이 "홍아야!" 하고 불렀다. 홍아가 즉시 대답하고 달려오자 희봉이 말했다.

"얼른 가서 서방님께 알리려는 거겠지? 안 그래?"

"아닙니다! 소인이 어찌 감히……"

"나가서 한마디라도 벙긋했다가는 껍질을 홀랑 벗겨줄 테다!"

흥아는 다급히 "예!" 하고 물러났다. 희봉이 다시 왕아를 부르자, 왕아도 얼른 대답하고 들어왔다. 희봉은 몇 마디 할 정도의 시간이 지나도록 한참 동안 그를 노려보다가 물었다.

"좋아! 왕아야, 아주 훌륭하다! 돌아가라! 밖에서 한마디라도 벙긋하는 사람이 있다면 전부 네 책임인 줄 알아라!"

왕아가 "예!" 하고 물러갔다.

희봉이 곧 차를 따르라고 하자, 하녀들이 눈치채고 모두 밖으로 나갔다. 희봉이 평아에게 말했다.

"너도 다 들었지? 이러면 되겠지?"

평아는 감히 아무 대답도 못하고 그저 웃기만 했다. 희봉은 생각할수록 화가 치밀어 베개 위에 비스듬히 누워 멍하니 있더니, 갑자기 눈살을 찌푸리며 마음을 정한 듯 평아를 불렀다. 평아가 얼른 대답하고 다가가자 희봉이 말했다.

"이 일은 이렇게 처리하는 게 좋겠어. 서방님이 돌아온 뒤에 상의할 필요도 없어!"

희봉이 어떻게 처리할지는 다음 회를 보시라.

제68회

불쌍한 우이저는 속아서 대관원으로 들어가고
시기심 많은 왕희봉은 녕국부에서 소란을 피우다

苦尤娘賺入大觀園　酸鳳姐大鬧寧國府

우이저가 왕희봉의 계략에 따라 대관원으로 들어가다.

 가련이 집을 떠난 후 하필 평안주 절도사는 변방을 순찰하느라 외출해 있어서 한 달쯤 후에야 돌아온다고 했다. 가련은 확실한 답신을 얻을 수 없기에 숙소에서 기다릴 수밖에 없었다. 그러다가 절도사가 돌아오자 만나서 일을 처리했는데, 그때는 이미 다녀오기로 한 두 달의 기한이 다 차버린 상태였다.
 이미 마음을 정한 희봉은 가련이 출발하기만을 기다리다가, 곧 각종 장인들에게 동쪽 옆채의 방 세 칸을 정리하여 자신이 거처하는 본채와 똑같이 장식과 진열품을 늘어놓게 했다. 그리고 십사일에 태부인과 왕부인에게 말하길, 십오일 아침 일찍 비구니들이 있는 암자에 향을 올리러 간다고 알렸다. 그날 그녀는 평아와 풍아, 그리고 주서댁, 왕아댁, 이 네 명만 데리고 나와 수레에 타기 직전에야 사람들에게 어디로 가는지 알려주었다. 그리고 남자 하인들에게 흰옷을 입히고 수레에 흰 천을 씌워 곧장 이저의 집으로 갔다.
 홍아가 길을 안내하여 대문 앞에 이르러 문을 두드리자 포이댁이 대문을 열었다. 홍아가 웃으며 말했다.
 "어서 아씨께 여쭈셔요. 희봉 아씨께서 오셨습니다."
 그 말을 들은 포이댁은 정수리로 혼이 빠져나간 듯 놀라 재빨리 달려 들어가서 이저에게 알렸다. 이저도 놀랐지만, 이미 찾아온 마당에 예의를 갖취 맞이하지 않을 수 없어 서둘러 옷을 차려입고 나왔다. 그녀가 대문 앞에 이르자 희봉이 막 수레에서 내려 들어오고 있었다. 이저가 보니 희봉은 머리를 온통 하얀 은으로 장식하고, 몸에는 하얀 주단으로 만든 저고리와 푸른 주단으로 만든 망토에, 하얀 능사로 만든 치마를 입고 있었다. 버들잎 같은 눈썹은 양쪽 끝이 치켜 올라갔고, 붉은 봉황처럼 가로로 늘어진 세모꼴의 눈은 날카롭게 빛나고 있었다. 그 모습은 삼월 봄날의 복사꽃처럼 아름답고, 구월 가을의 국화처럼 고결했다. 주서댁과 왕아댁이 양쪽에서 부축하고 뜰로 들어왔다. 이저는 얼른 웃음을 머금고 맞이하며 만복萬福의 예로 절을 올렸다.

"형님, 오시는 줄도 모르고 멀리 마중 나가지 못하고 황망히 맞이합니다. 부디 용서하십시오."

그러면서 만복의 예를 행하자 희봉도 얼른 웃으며 답례했다. 이어서 둘은 손을 맞잡고 함께 방으로 들어갔다.

희봉이 상석에 앉자 이저는 하녀들에게 방석을 가져오라고 해서 절을 올렸다.

"제가 어려서 여기 온 뒤로 집안일들은 모두 제 어머님께서 큰언니와 상의하여 처리하고 있습니다. 오늘 다행히 이렇게 뵙게 되었으니, 형님께서 미천한 이 몸을 버리지 않으신다면 모든 일에 형님의 가르침을 받겠습니다. 또한 온 마음을 다해 형님을 모시겠습니다."

그렇게 말하고 절을 올리자 희봉이 얼른 자리에서 내려와 답례했다.

"이게 다 내가 아내 된 소견으로 서방님께 신중하게 처신하고, 부모님 걱정하시지 않도록 바깥 기생집에 출입하지 못하게 했기 때문에 생긴 일일세. 이건 모두 자네와 나의 어리석은 마음 때문에 생긴 일이기는 하지만, 서방님께서 내 뜻을 오해하실 줄은 몰랐네. 기생집을 드나드는 것쯤이야 나를 속여도 괜찮겠지만, 이제 자네를 측실로 들이는 일은 가문의 대사인데도 나한테 귀띔조차 하시지 않았구먼. 나 역시 진즉 서방님께 이렇게 하셔서 후손을 낳아 기를 수 있게 하시라고 권했네. 그런데 뜻밖에 서방님께서는 내가 다른 여자들처럼 질투심이 많은 줄 아시고, 나 몰래 이런 대례를 행하시고 전혀 알리지 않으셨구먼. 그러니 내가 억울해도 천지신명을 빼고 어디 다른 데에 하소연하기 어렵게 되었네. 사실 나도 열흘 전쯤에 소문을 들었지만 서방님께서 불쾌해하실까 싶어서 먼저 말씀드리지 못했네. 마침 지금 서방님께서 먼 길을 떠나 계시니, 이렇게 직접 인사도 하고 또 자네가 내 마음을 헤아려, 어려운 걸음이지만 우리 집안으로 옮겨달라고 청하러 찾아온 것일세. 우리 자매가 한집에 살면서 서로 마음을 합쳐 서방님을 보필하여 바깥일에 신중하시고 몸을 잘 보양하게 해드리면, 이게 바로 예법에 맞는 일이 아니겠는가? 내 비록 어리석고 비천한 몸이라 함께 지낼 만한 자격은 못 된다 해도 자네는 밖에 있고 나는 안에 있으면 내 어찌 마음이 편하겠는가? 게다가 바깥사람들이 알게 되면 그 또한 보기 민망한 일이 아니겠는가? 서방님 명성도 중요하니, 나에 대해 이런저런 말들이 많더라도 원망하지 않겠네. 그러니 이 생에서 내 명예와 절개는 모두 자네한테 달린 셈일세. 아랫것들 사이에서도 평소 내가 집안에서 너무 엄하다고 뒤에서 말들이 생겨날 게 뻔하지 않은가? 자네가 실제로 어떤 사람인지 몰라도 어찌 그걸 사실이라고 믿는단 말인가? 내가 정말 못된 데가 있다면 위로는 삼대에 걸친 시부모님들이 계시고, 중간에는 무수한 자매들과 동서들이 있으며, 더욱이 대대로 명문인 가씨 집안에서 어떻게 지금까지 용납될 수 있었겠는가? 이제 서방님께서 바깥에다 자네를 들인 데 대해 다른 사람이라면 화를 내겠지만 나는 다행으로 생각하네. 바로 천지신명께서 내가 소인배들한테 비방당하는 것을 차마 보지 못하셔서 이런 일이 생겼으리라 생각하네. 오늘 나는 자네한테 안에 들어가 함께 살면서, 입고 먹고 쓰는 것을 나와 똑같이 하면서 함께 시부모님을 모시고 서방님을 보필하자고 청하러 왔네. 기쁜 일도 함께하고 슬픈 일도 함께하면서 친자매처럼, 혈육처럼 다정하고 화목하게 지내세. 그렇게 되면 저 소인배들도 예전에 나를 잘못 알았다고 후회하게 될 뿐 아니라, 서방님께서 오셔서 보시면 남편으로서 나에 대해 오해한 것을 속으로 후회하시지 않겠는가? 그러니 자네는 지금까지의 내 오명을 말끔히 씻어줄 큰 은인이라는 말일세. 자네가 나를 따라 들어가지 않겠다면 나도 여기서 자네와 지내겠네. 내가 자네 여동생이 되어 매일 세수하고 머리 감는 시중을 들겠네. 그저 자네가 서방님께 나에 대해 좋게 말씀드려서 내 엉덩이 붙일 자리만이라도 남겨준다면 나는 죽어도 여한이 없네."

그렇게 말하면서 꺼이꺼이 통곡하자 이저도 눈물을 참지 못했다.

둘이 다시 마주보며 인사를 나누고 서열을 나누어 자리에 앉자, 평아도 얼른 나아가 절을 올리려고 했다. 이저는 그녀의 차림새가 예사롭지 않고 행동거지나 용모가 속되지 않은 걸 보고 곧 평아라는 것을 알아챘다. 그리고 다급히 붙들어 일으키면서 말렸다.

"동생, 이러지 말게. 자네나 나나 같은 처지 아닌가?"

희봉도 얼른 자리에서 일어나며 말했다.

"에그, 너무 그러지 말게! 대접이 지나치면 오히려 저 아이 복을 깎아먹는 셈이 되니까 그냥 절을 받게. 저 아이는 원래 우리 시녀니까 이후로는 그러지 말게."

그리고는 주서댁에게 봇짐 속에서 상등품 비단 네 필과 금과 진주로 장식한 비녀 및 팔찌 네 쌍을 꺼내 예물로 주라고 했다. 이저는 황급히 절하고 받았다. 둘은 차를 마시며 지난 이야기들을 나누었다. 희봉은 말끝마다 자신의 잘못을 탓했다.

"남을 원망할 수 없지. 이젠 그저 동생이 나를 불쌍히 여겨주기만 바랄 뿐일세."

이저는 그런 모습을 보고, 원래 희봉이 아주 좋은 사람이라고 생각했다. 하인들이 자기 뜻대로 안 되니까 상전을 헐뜯는 것 또한 당연한 일이려니 생각했다. 그래서 그녀는 속내를 털어놓고 이야기를 나누었고, 결국 희봉을 지기知己로 여기게 되었다. 옆에서 주서댁 등은 평소 희봉이 좋은 일들을 아주 많이 했지만 마음이 너무 순진해서 남들의 원망을 사기도 한다고 말했다. 그리고 또 이렇게 덧붙였다.

"방도 다 준비되었습니다. 아씨께서 들어가보시면 아실 겁니다."

이저는 진즉 들어가서 함께 살면 좋겠다고 생각하고 있었는데, 이제 이렇게 되자 거절할 이유가 없어졌다.

"형님을 따라 들어가야 하는 거야 마땅하지만 여기는 어떡하지요?"

희봉이 대답했다.

"그거야 어려울 거 있나? 장롱과 귀중한 옷가지들은 하인들을 시켜 옮기라 하고, 여기 있는 큰 물건들 가운데 쓸모없는 것들은 잘 간수하게 하면 되지. 자네 생각에 적당한 사람이라면 누구든 여기서 지내게 하게."

"이제 형님을 뵈었으니 들어간 뒤에는 모든 일을 형님께 맡기겠어요. 저는 온 지도 며칠 안 되고 집안일을 해본 적도 없고 세상사도 잘 모르는데 어찌 제 마음대로 하겠어요? 이 장롱들은 옮겨가셔요. 저는 가진 것도 별로 없고, 그 또한 서방님 물건들이니까요."

희봉은 곧 주서댁에게 옮길 물건들을 자세히 기록하고 영국부의 동쪽채로 옮기는 일을 잘 감독하라고 지시했다. 그리고 이저에게 얼른 단장하라고 재촉해서 둘이 손을 맞잡고 수레에 올랐다. 그리고 같은 자리에 앉아 나직이 일러주었다.

"우리 집은 법도가 엄하네. 이 일은 할머님께서도 전혀 모르셔. 만약 서방님이 상중에 자네를 들였다는 걸 아시면 서방님께서는 치도곤을 면치 못하실 걸세. 그러니 지금은 잠시 할머님과 어머님께는 인사드리지 말도록 하세. 우리 집에는 아주 큰 정원이 있는데, 자매들이 살고 있어서 다른 사람들은 함부로 들어가지 못하네. 지금 가면 한 이틀 거기서 지내게. 내가 방법을 마련해서 어른들께 여쭙고 그 후에 인사를 올리는 게 좋겠네."

"저는 그저 형님 뜻대로 따를게요."

수레를 모시던 하인들은 모두 미리 언질을 받았기 때문에 대문으로 가지 않고 후문으로 들어갔다.

마차에서 내리자 희봉은 곧 사람들을 보내고 나서, 이저를 데리고 대관원 후문으로 들어가 이환에게 찾아가 인사를 시켰다. 당시 대관원 사람들 가운데 열에 아홉은 이미 그 일에 대해 알고 있었고, 희봉이 갑자기 이저를 데리고 들어오자 많은 이들이 인사하러 찾아왔다. 이저는 그들과 일일이 인사를 나누었는데, 모두들 그녀의 아름답고 온화한 모습에 칭찬을 금치 못했다. 희봉은 모든 사람들에게 일일이 입단속을 시켰다.

"절대 바깥에 소문을 내서는 안 되네! 할머님이나 어머님께서 아시게 되면 먼저 자네들부터 치도곤을 안겨주겠어!"

대관원 안의 할멈들과 하녀들은 평소 희봉을 무서워했고, 또 가련이 나라와 집안에 겹으로 상이 난 상황에서 저지른 일이기 때문에 보통 일이 아니라는 걸 알고 있으므로 다들 모르는 체했다. 희봉은 이환에게 며칠 거두어달라고 몰래 부탁했다.

"어른들께 여쭙고 나면 바로 저쪽으로 데려갈게요."

이환은 희봉이 이미 방을 정리해두었다는 것을 알았고, 게다가 상중이라 이 일을 드러내기 곤란했기 때문에 그 말이 이치에 맞다고 생각하여, 어쩔 수 없이 임시로 자기 거처에 거두어둘 수밖에 없었다. 희봉은 또 수를 써서 이저의 하녀들을 모두 내쫓고 자기의 하녀 중 하나를 보내 시중들게 했다. 그리고 대관원 안의 어멈들에게 몰래 지시했다.

"잘 감시하게. 혹시 실수해서 도망치기라도 하면 전부 자네들 책임으로 문책하겠네!"

그리고 자신은 몰래 일을 진행시켰다. 온 집안사람들은 희한한 일이라며 수군거렸다.

"저 양반이 어떻게 이리 현숙하게 변했지?"

이저는 이런 거처를 얻게 되고 대관원의 자매들이 모두 잘 대해주자, 잘

왔다고 생각하고 안심하며 기뻐했다. 하지만 뜻밖에도 사흘이 지나자 하녀 선저善姐*가 말을 듣지 않기 시작했다. 이저가 "머릿기름이 떨어졌으니까 큰아씨한테 말씀드려서 좀 가져와라." 하자 선저가 이렇게 대꾸하는 것이었다.

"작은아씨, 왜 그리 사리를 모르셔요? 우리 아씨께서는 매일 노마님을 모시고 또 양쪽 마님들 분부를 들으셔야 해요. 동서들과 아가씨들은 물론 위아래로 수백 명의 남녀들이 매일 일어나기 무섭게 아씨의 분부를 기다리고 있어요. 하루에 적어도 큰일이 일이십 건이고 작은 일은 사오십 건이나 돼요. 밖으로는 귀비마마를 비롯해서 왕공 귀족 가문에서 수많은 예물이 오가고 손님을 맞이해야 하고, 안으로는 또 친척들과 친우들을 보살피셔야 해요. 하루에도 수천수만 냥의 은돈이 들어오고 나가는데 그걸 모두 큰아씨 혼자 처리하셔야 해요. 그러니 이런 자잘한 일로 번거롭게 만들어드려서야 되겠어요? 그냥 좀 참고 지내시는 게 좋겠네요. 게다가 아씨는 정식으로 매파를 통해 들어오신 것도 아니잖아요? 그분이 천고에 드물게 현명하고 어진 분이시니까 아씨를 이렇게 대해주시는 거지, 좀 못한 사람이시라면 이런 얘기를 들으시고 당장 난리를 치시며 아씨를 밖에 내팽개쳐서 죽지도 살지도 못하게 만드셨을 거예요. 그런다고 한들 아씨가 감히 어떻게 하실 수 있겠어요?"

그 말에 이저는 고개를 숙일 수밖에 없었다. 그리고 그 말도 일리가 있다고 생각하여, 이후로는 어쩔 수 없이 모자란 대로 참고 지낼 수밖에 없었다.

선저는 점점 밥조차 제대로 갖다주지 않고 아침이나 저녁 한 끼만 갖다주었는데, 그나마 가져온 것들은 모두 먹다 남은 찌꺼기들이었다. 이저가 두어 번 그에 대해 이야기하자 선저는 오히려 먼저 소리를 지르며 대들었다. 이저는 남들이 제 분수도 모른다고 비웃을까 두려워 어쩔 수 없이 참고 지내야 했다. 그래도 닷새나 여드레 간격으로 한 번씩 만나는 희봉은 온화하고 싹싹한 얼굴로 말끝마다 "동생!" 하면서 친근하게 굴었다.

"혹시 아랫것들이 못되게 굴거나 다루기 어려우면 나한테 말만 해. 혼을 내줄 테니까 말이야!"

그러면서 또 하녀들을 꾸짖었다.

"내가 너희들을 잘 알아. 부드럽게 대하면 업신여기고 엄하게 대하면 무서워하지. 내 눈만 피하면 도무지 무서워하는 사람이 없다니까! 만약 둘째 아씨가 나한테 한마디라도 불편하다는 소리를 하면 너희들의 명줄을 끊어 놓고 말겠다!"

우씨는 그녀가 이렇게 호의를 보이자 이렇게 생각했다.

'이렇게 날 생각해주시는 형님이 있는데 괜히 말썽을 일으킬 필요는 없지. 아랫것들이 사리를 분별하지 못하는 거야 늘 있는 일이지. 내가 얘기하면 저 아이들이 곤욕을 치를 거야. 그러면 오히려 남들한테 내가 현숙하지 못하다는 소리나 듣게 될 거야.'

그래서 그녀는 오히려 하녀들의 잘못을 덮어주었다.

희봉은 왕아에게 자세히 알아보게 해서 이저의 일에 대해 모두 잘 알고 있었다. 원래 정해진 혼처가 있었는데, 지금 열아홉 살이 된 약혼자는 매일 기생집과 노름판을 드나들면서 먹고사는 일에는 신경을 쓰지 않아 집안 재산을 탕진하는 바람에 그의 아비에게 쫓겨났고, 지금은 도박판에 몸을 맡기고 있다는 것이었다. 그는 제 아비가 우씨 계모에게서 은돈 스무 냥을 받고 혼사를 파기했다는 사실조차 모르고 있었다. 알고 보니 이 젊은 녀석의 이름이 장화였다. 희봉은 내막을 자세히 알게 되자 은돈 스무 냥을 봉투에 담아 왕아에게 주면서 장화에게 생활비를 대주고, 그로 하여금 고소장을 써서 관아에 제출하게 하라고 했다. 그 내용은 가련이 나라와 집안의 상중에 성지를 어기고 가족을 속이면서 재물과 권세를 믿고 억지로 혼사를 물리도록 강요했고, 아내를 두고 다시 장가를 들었다는 식으로 하라고 말이다. 하지만 그게 위험한 일이라는 걸 잘 아는 장화는 감히 그러지 못했다. 왕아의 보고를 들은 희봉이 화를 내며 욕을 퍼부었다.

"엉덩이를 받쳐줘도 담장에도 오르지 못할, 게을러터진 개 같은 종자로구나! 가서 잘 얘기해라. 우리 집안은 모반을 꾀했다 해도 별일 없으니, 그저 그놈을 내세워 사건을 일으켜서 몇 사람들한테 망신을 주려는 것뿐이라고 말이다. 그랬다가 일이 커지면 당연히 내가 여기서 조용히 해결해준다고 해!"

왕아는 어쩔 수 없이 장화에게 자세히 설명해주었다. 희봉이 또 분부를 내렸다.

"장화가 너를 고소하면 네가 가서 대질심문에 응하도록 해라."

그렇게 해서 이렇게 저렇게 되면 "내가 알아서 처리하마." 하고 설명했다. 왕아는 기댈 데가 생겼다고 생각하여 장화로 하여금 고소장에 자기 이름을 쓰라고 했다.

"그냥 고소장에 내가 중간에 나서서 줄곧 우리 서방님을 부추겼다고 쓰란 말이야."

장화는 그제야 결심하고 왕아와 의논한 후 고소장을 써서는, 다음 날 도찰원都察院[1]에 가서 억울함을 호소했다.

도찰원 장관이 청사 의자에 앉아 소장을 보니 가련을 고소하는 사건이었다. 그리고 위쪽에 하인 왕아의 이름이 적혀 있었다. 그는 어쩔 수 없이 가씨 댁으로 포교를 보내 대질심문을 위해 왕아를 소환하게 했다. 포교는 감히 함부로 들어가지 못하고 문지기에게 안에다 소환장을 전하게 했다. 왕아는 이 일을 기다리고 있었기 때문에, 소환장이 오기도 전에 미리 골목에서 기다리고 있었다. 그는 포교를 보자 오히려 다가가 히죽히죽 웃으면서 말했다.

"여러분, 수고스럽게 오신 것은 아마 제 일 때문인 모양이군요. 여러 말할 것 없이 어서 포승을 채우시구려!"

그러자 포교들이 망설이며 말했다.

"소란 피울 것 없이 그냥 가십시다!"

이리하여 왕아가 청사에 가서 도찰원 앞에 무릎을 꿇었다. 도찰원 장관이 그에게 고소장을 보여주라고 하자 왕아는 일부러 읽어보는 체한 다음, 머리를 땅에 박으며 말했다.

"이 일은 소인이 잘 알고 있사온데, 제 상전께서 정말 이런 일을 하셨습니다. 하지만 장화가 평소 저하고 원한이 있어서 일부러 저까지 끌어들인 겁니다. 그 일의 중간에 끼어든 사람은 따로 있사옵니다. 나리, 부디 다시 조사해보시기 바랍니다."

그러자 장화도 머리를 찧으며 말했다.

"다른 사람이 있긴 하온데, 소인이 감히 고발하지 못할 분이라 그분의 하인을 고발한 것입니다."

왕아가 일부러 화를 내는 체하며 말했다.

"멍청한 자식! 어서 사실대로 아뢰어라! 여기는 조정의 공무를 처리하는 청사니까 설령 상전이라 해도 말씀을 드려야 한단 말이다!"

이에 장화가 가용의 이름을 말하니, 도찰원 장관도 어쩔 수 없이 가용을 소환하라고 명령했다. 희봉은 경아慶兒˙를 보내 몰래 염탐하게 했다가, 소장이 접수되자 급히 왕신王信˙을 불러 이 일에 대해 이야기하면서 도찰원 장관에게 그저 허장성세로 혼쭐만 내주라고 부탁하라고 했다. 그리고 뇌물로 줄 은돈 삼백 냥을 챙겨주었다. 그날 밤 왕신은 도찰원 장관의 사택으로 가서 뇌물을 넣었다. 사정을 잘 알게 된 도찰원 장관은 뇌물을 받았고, 다음 날 다시 청사로 가서 무뢰배 장화가 가씨 집안에서 빌린 돈을 갚지 못하자 허위로 사건을 날조하여 양민을 무고誣告했다고 판결했다. 도찰원 장관은 왕자등王子騰˙과 친한 사이였고, 왕신이 찾아와 귀띔한 데다 가씨 집안사람과 관련된 일인지라 일을 대충 마무리 지어 덮어버리려고 그저 가용만 불러다가 대질심문을 하려고 했던 것이다.

한편, 가용은 가진의 일로 한창 바쁜 와중이었는데, 갑자기 누군가 와서 소환장을 전하며 이러이러한 이유로 고소되어 여차여차 진행되고 있으니 빨리 대책을 마련하라고 알려주었다. 깜짝 놀란 가용이 황급히 가진에게 알리자 그가 말했다.

"나도 이런 일을 방지하려 했지만 그놈이 이리도 간이 클 줄이야!"

그는 즉시 은돈 이백 냥을 봉투에 담아 사람을 시켜 도찰원 장관에게 보내고, 또 하인들에게 가서 대질심문에 응하게 했다. 그들 부자가 한참 의논하고 있는데 하인이 아뢰었다.

"영국부 둘째 아씨께서 오셨습니다."

가진은 깜짝 놀라 황급히 가용과 함께 몸을 숨기려 했지만 어느새 희봉이 들어와서 말했다.

"정말 훌륭한 형님이시군요! 동생들을 데리고 아주 좋은 일을 하셨더군요!"

가용이 얼른 안부를 묻자, 희봉이 그의 팔을 끌고 안으로 들어갔다. 가진이 웃으며 말했다.

"제수씨를 잘 모셔라. 그리고 가축을 잡아서 푸짐하게 식사도 준비하라고 일러라."

그는 말을 마치자마자 서둘러 말을 대령하게 하여 다른 곳으로 피해버렸다. 희봉이 가용을 이끌고 위채로 오자, 우씨가 맞이하러 나왔다가 그녀의 표정이 심상치 않은 걸 보고 얼른 웃으며 말했다.

"무슨 일로 이리 바빠?"

희봉이 그녀의 얼굴에 침을 뱉으며 말했다.

"당신네 우씨 집안 딸을 달라는 데가 없어서 몰래 가씨 집안으로 보낸 거야? 가씨 가문 사람만 괜찮고, 세상천지에 다른 남자들은 씨가 말랐어? 여기로 보내고 싶었다면 정식으로 중매쟁이를 통해 모두에게 분명히 얘기해서 체통에 맞게 해야 할 거 아냐! 머리가 어떻게 되고 몸의 구멍들이 기름에 막혀서 나라와 집안에서 이중으로 상을 치르는 마당에 사람을 들여

보낸 거야? 지금 누가 우리를 고소했는데 나는 기댈 데가 없어서 마음대로 하지도 못해. 심지어 관청에서도 내가 사납고 시샘이 많다 여기고, 이제 나를 지명해서 호출하고 이혼을 시키려 하고 있어. 내가 이 집에 와서 무슨 잘못을 했다고 나한테 이런 해를 끼치는 거야? 혹시 할머님이나 어머님께서 하신 말씀이라도 있었어? 당신들더러 나한테 이런 누명을 씌워 내쫓아버리라고 말이야! 자, 이제 나랑 같이 관아에 가서 똑똑히 따져보자고! 그런 다음 모든 일가친척을 공개적으로 모시고 면전에서 분명히 설명한 후에 나한테 이혼장을 써줘. 그럼 나도 당장 나갈 테니까 말이야!"

그러면서 대성통곡하며 함께 관아로 가자면서 우씨를 잡아끌었다. 다급해진 가용이 땅바닥에 무릎을 꿇고 머리를 땅에 찧으며 애원했다.

"숙모님, 제발 고정하셔요!"

희봉이 또 가용에게 욕을 퍼부었다.

"대가리에 벼락 맞아 귀신들에게 시체까지 뜯길, 양심도 없는 새끼 같으니! 하늘 높은 줄 땅 두꺼운 줄 모르고 매일 남을 부추겨서 이런 염치도 없고 왕법도 무시하고 패가망신할 짓만 벌이다니! 네 죽은 어미의 혼령도 조상들도 널 용서치 않을 게다! 그런데도 감히 나한테 고정하라고?"

그렇게 울고불고 욕을 퍼부으며 손을 휘둘러 가용을 두들겨 팼다. 가용이 다급히 머리를 조아리며 애원했다.

"숙모님, 노여워 마셔요! 손 아프실 테니 제 스스로 때리겠습니다. 제발 고정하셔요!"

그는 제 손을 들어 제 따귀를 좌우로 갈기면서 스스로 꾸짖었다.

"이후로 또 앞뒤 가리지 못하는 짓을 할 테냐? 앞으로도 숙부님 말씀만 듣고 숙모님 말씀은 안 들을 테냐?"

사람들은 이들을 말리면서도 웃음이 터져나오려 했지만 감히 웃지 못했다. 희봉은 우씨의 가슴에 엎어져서 천지가 울릴 듯이 대성통곡하며 고함을 질렀다.

"시동생한테 첩을 얻어준 걸 가지고 내가 화내는 게 아냐! 왜 서방님에게 성지를 어기고 가족을 배신하게 만들어서 나한테 오명을 뒤집어씌우느냐는 거야! 자, 포교들이 잡으러 오기 전에 어서 관아로 가자! 그런 다음에 할머님과 어머님을 뵙고 다들 공개적으로 의논해서, 내가 현숙하지 못해 서방님이 첩 들이는 것을 용납하지 않았다고 결론 나면 그냥 이혼장을 써 달라고 해. 그럼 나도 즉시 떠날 테니까 말이야! 당신 여동생도 내가 직접 집에 데려다 놓았지만 할머님이나 어머님께서 화를 내실까 무서워서 감히 여쭙지도 못하고, 지금 대관원 안에서 잘 먹고 호사롭게 노비들을 부리면서 살게 해놨어. 내 집에도 내 방과 똑같은 방을 마련해놓고 할머님께 알릴 날만 기다리고 있어. 원래 나는 집에 데려와서 함께 분수를 지키며 사이좋게 지내면서 옛날 일은 다시 꺼내지 않으려고 했지만, 이미 정해진 혼처가 있는 사람인 줄은 꿈에도 몰랐어. 당신이 무슨 짓을 했는지는 나도 전혀 몰라. 그런데 이제 누가 나를 고소했으니 얼마나 당황스러웠겠어? 만약 관아에 출두하면 이 가씨 집안의 체면만 잃게 되어 어쩔 수 없이 어머님의 은돈 오백 냥을 몰래 챙겨서 뇌물을 먹여야 했어. 그런데 우리 하인이 아직 거기에 갇혀 있단 말이야!"

그렇게 말하고 다시 통곡하고, 또다시 통곡한 뒤에 또 욕을 퍼부었다. 나중에는 대성통곡하며 조상에서 부모까지 들춰내더니, 기둥에 머리를 박고 죽으려 했다. 그러면서 희봉은 우씨를 밀가루 덩어리처럼 쥐어짜고 옷에는 온통 눈물로 범벅이 되게 만들어놓았지만, 우씨는 아무 말 못하고 그저 가용만 꾸짖었다.

"천벌 받을 놈! 네 아비하고 아주 훌륭한 일을 저질렀구나! 그러기에 내가 안 된다고 했지 않느냐!"

희봉이 울면서 두 손으로 우씨의 얼굴을 붙잡아 자기 쪽으로 돌리며 따졌다.

"정신 나갔어? 주둥이에 가지가 물려 있었어? 아니면 저들 부자가 당신

입에 재갈이라도 물렸어? 왜 나한테 알리지 않은 거야? 알려주었더라면 이런 일 없이 평안했을 거 아냐! 어쩌자고 관아까지 들썩이게 해서 일이 이 지경이 되도록 만들었어? 그래놓고도 저들 부자를 원망하다니! 옛말에 '아내가 현명해야 남편이 재앙을 덜 일으키고, 겉치레보다는 속치레가 낫다〔妻賢夫禍少 表壯不如裏壯〕.'고 했어. 당신은 재간도 없고 말재주도 없이 주둥이 잘린 조롱박처럼 괜한 걱정만 하면서 현숙한 마누라라는 칭찬만 들으려고 했지! 그러니 저들이 당신을 무서워 않고 당신 말도 듣지 않는 거잖아!"

그러면서 얼굴에 침을 몇 차례 뱉자 우씨도 울면서 말했다.

"나도 그러려고 했지. 못 믿겠거든 내 주위 하녀들한테 물어봐. 아무리 얘기해도 듣지 않는 걸 나더러 어쩌란 말이야! 자네가 화를 내는 것도 당연하니 난 그저 욕만 먹을 수밖에……"

그러자 여러 희첩들과 하녀들, 어멈들이 모두 마루에 무릎을 꿇고 웃는 얼굴로 사정했다.

"현명하기 그지없는 둘째 아씨! 우리 아씨께서 잘못하시긴 했지만, 그만하면 충분히 화풀이를 당한 셈이잖아요? 저희들도 있고 하니 평소 좋았던 두 분 사이를 감안해서 이제 제발 우리 아씨 체면을 봐주셔요!"

그러면서 차를 받쳐 올리자, 희봉은 찻잔을 내던져버렸다. 그리고 울음을 멈추고 머리를 쓸어 올리면서 가용을 꾸짖었다.

"가서 네 아버지를 모셔 와라. 내 면전에서 물어볼 말이 있다. 부친상이 난 지 겨우 한 달 남짓밖에 되지 않았는데, 부친 조카에게 첩을 들여주는 예법도 있는지 나는 모르겠거든? 네 아버지한테 물어보고 잘 배워두었다가, 나중에 자손들한테도 그러라고 가르쳐야 하지 않겠냐!"

가용은 그저 무릎을 꿇고 머리를 조아렸다.

"이 일은 원래 부모님과 상관없는 일입니다. 전부 제가 잠시 못된 버릇으로 숙부님을 부추겨서 생긴 일입니다. 제 아버님께서도 전혀 모르시는 일입니다. 지금 아버님께서는 할아버님 출상 문제로 의논하고 계신데 숙모님께서 이렇게 야단을 치시면 저도 죽은 목숨입니다! 부디 저를 벌해주십시오. 어떤 벌이라도 감수하겠습니다. 이번 소송도 숙모님께서 수습해주십시오. 저는 그런 큰일을 감당할 재간이 없습니다. 숙모님 같은 분께서 '팔은 부러지더라도 소매 안에서 부러진다〔胳膊只折在袖子裏〕.'는 속담을 모르실 리 없으시겠지요. 제가 죽어 마땅한 멍청이라서 이런 못난 짓을 저질렀으니, 저 고양이나 개와 다를 바 없는 몸입니다. 숙모님, 훈계를 내리시는 걸 보니 식견이 못난 저와는 비할 바가 아니라는 걸 알겠습니다. 그러니 부디 심력을 기울여 바깥일을 수습해주십시오. 숙모님께서 이 못난 조카가 일으킨 재앙 때문에 억울한 일을 당하시게 되었지만, 부디 조카를 불쌍히 여겨주십시오!"

그렇게 말하면서 그는 계속 머리를 조아렸다.

그들 모자가 이렇게 나오자 희봉도 더 이상 소란을 피우기 곤란해져서 어쩔 수 없이 표정과 말투를 바꾸어 우씨에게 예의를 갖춰 말했다.

"제가 나이도 어리고 사리에 어두워 고소를 당했다는 얘기를 듣고 너무 놀라 판단이 흐려졌네요. 조금 전에 어쩌자고 형님께 그런 잘못을 저질렀는지 모르겠어요. 용이 말처럼 '팔이 부러지더라도 소매 안'이니, 부디 형님께서 이해하시고 용서해주셔요. 그리고 아주버님께 말씀드려서 우선 소송 사건부터 무마해주세요."

우씨와 가용이 일제히 말했다.

"숙모님, 걱정 마십시오. 어쨌든 숙부님께는 조금도 누가 되지 않도록 하겠습니다. 조금 전에 은돈 오백 냥을 쓰셨다고 하셨는데, 저희 모자가 어떻게든 마련해서 갚아드리겠습니다. 안 그러면 숙모님께서 집안 재산을 축냈다는 오명을 쓰실 테니, 저희 죄가 더욱 커질 겁니다. 다만 한 가지, 증조할머님이나 할머님들 앞에서는 부디 잘 보살피셔서 이런 말씀은 꺼내지 말아주십시오."

희봉이 코웃음을 쳤다.

"나를 억압하는 일을 저질러놓고 오히려 너희를 위해 잘 보살펴달라고? 내가 비록 바보이긴 해도 그 정도는 아니야! 형님 시동생이 제 서방님이지요. 형님이 저희 대가 끊어질까 염려하시는데, 제가 어찌 형님보다 덜 걱정하겠어요? 형님의 여동생은 제 여동생과 마찬가지예요. 저는 그 얘기를 듣고 너무 기뻐서 밤새 잠도 못 이루고, 서둘러 방을 준비하고 맞아들여 함께 살려고 했어요. 하지만 소견머리 없는 아랫것들이 그러더군요. '아씨는 마음이 너무 고와요. 우리 같으면 먼저 노마님이나 마님들께 여쭈어 말씀을 들어보고 나서 방을 마련해 맞아들이겠어요.' 그 말을 듣고 제가 꾸짖고는 매질을 하라는 얘기냐고 하니까 비로소 아무 말 않더군요. 하지만 제 뜻과 상관없이, 제 체면은 아랑곳하지 않고 갑자기 어디서 장화라는 자가 뛰쳐나와 저를 고소했어요. 그 말을 듣고 너무 놀라 이틀 동안 잠을 못 이루었고, 또 내놓고 얘기할 수도 없어서 하는 수 없이 사람을 구해 그 장화라는 사람이 어떤 작자이기에 이리 간이 큰지 알아보게 했지요. 이틀 동안 알아보니 아주 형편없는 무뢰한에 거지더군요. 제가 어려서 세상사를 잘 모르지만, 그래도 웃음이 나오대요. 그래서 '왜 고소를 했대?' 물으니까 하인들이 이러대요. '원래 작은아씨께서 그 사람과 정혼했는데, 지금 사정이 급해지니까 얼어죽으나 굶어죽으나 마찬가지라 생각하고 이걸 꼬투리로 삼은 모양입니다. 그러다 설령 죽더라도 얼어죽거나 굶어죽는 것보다야 낫지 않겠느냐는 거지요. 하긴 그 사람도 고소할 만하지요. 서방님이 너무 서둘렀거든요. 결국 국상에다 집안의 상까지 겹쳤고, 부모와 아내 몰래 첩을 들인 것까지 네 겹으로 죄를 지었지요. 속담에도 능지처참을 감수할 작정이면 황제를 말에서 끌어내리는 짓을 못할까〔拚着一身剮 敢把皇帝拉下馬〕라고 하잖아요? 궁해서 제정신을 잃은 사람이니 무슨 짓인들 못하겠어요? 게다가 이런 충분한 이유까지 있으니 고소하지 않고 모시러 올 때까지 기다릴 이유가 없지요.' 형님, 설사 제가 한신韓信*이나 장량張良*처럼 용기와 지모智謀가 뛰어난 사람이라 할지라도 그런 말을 들으면 지모가 놀라 달아나버리지 않겠어요? 서방님도 집에 안 계시니 상의할 사람도 없고 해서 어쩔 수 없이 돈으로 때웠는데, 돈을 쓰면 쓸수록 칼자루를 빼앗기는 법이니 일이 더욱 틀어지지 않겠어요? '쥐꼬리에 난 부스럼에 고름이 나오면 얼마나 나오겠나?'라는 말처럼 저는 가진 것도 없는 몸이니 조급하기도 하고 화도 나서 이렇게 형님을 찾아올 수밖에 없었어요."

그 말이 채 끝나기도 전에 우씨와 가용이 말했다.

"걱정 마십시오. 당연히 저희가 처리하겠습니다."

가용이 또 덧붙였다.

"그 장화라는 작자가 너무 궁하다보니 다급해서 목숨을 돌보지 않고 고소를 한 겁니다. 이제 방법을 생각해서 그자에게 돈을 조금 주고 스스로 무고죄를 인정하게 한 후, 저희가 뇌물을 조금 써서 소송을 마무리 짓도록 하겠습니다. 그 자가 나온 뒤에 다시 돈을 좀 주면 되지 않겠습니까?"

희봉이 코웃음을 쳤다.

"철없는 것! 어쩐지 앞뒤 돌보지 않고 그런 일을 저질렀다 했더니 정말 멍청해서 그랬구나! 네 말대로 한다면 그자가 잠깐 동안은 따르겠지. 또 관청에서 풀려나 돈까지 얻었으니 지금이야 당연히 끝난 것으로 여길 거야. 하지만 그자는 무뢰배라서 돈이 손에 들어오면 금방 다 써버리고 또 무슨 핑계를 만들어내 말썽을 부릴 거란 말이야. 다시 이 일을 들춰낸다 해도 우리야 두렵지는 않겠지만 두고두고 걱정거리가 되지 않겠어? 뒤가 구리지 않으면 왜 자기한테 돈을 주었겠냐고 따질 게 분명하니, 결국 문제를 해결할 수 없게 된단 말이야."

가용도 머리가 좋은 사람이라 그 말을 듣자 곧 웃으며 말했다.

"저한테 또 생각이 있습니다. '매듭도 묶은 사람이 풀어야 한다〔來是是非人 去是是非者〕.'고 했으니 이 일은 제가 마무리 짓는 게 맞겠지요. 이제 제가 장화에게 가서 기필코 사람을 내놓으라고 하는지, 아니면 일이 끝나고 돈을 얻으면 새사람을 얻으려고 하는지 알아보겠습니다. 기어이 사람을 내놓으라고 하면 어쩔 수 없이 이모님에게 그 댁에서 나와 원래의 혼처로 가시라고 설득하는 수밖에 없고, 돈을 바란다면 저희 쪽에서 내주도록 하겠습니다."

희봉이 얼른 말했다.

"그렇다 해도 나는 차마 너희 이모를 내보낼 수 없어. 절대 보내지 않을 거야! 조카, 나를 생각해서라도 그자한테 돈이나 조금 쥐어주는 걸로 마무리짓도록 해."

가용은 희봉이 말은 이렇게 해도 속으로는 어떻게 해서든 이저를 내보내고 자기가 현숙한 아내 행세를 하려 한다는 것을 잘 알고 있었다. 그러니 지금은 그저 하자는 대로 하는 수밖에 없었다. 희봉이 기뻐하며 말했다.

"밖에서는 잘 처리된다 해도 집안에서는 대체 어쩌지요? 아무래도 형님이 저와 같이 가서 말씀드려야 하지 않겠어요?"

우씨도 다급해져서 희봉을 붙들고 어떻게든 거짓말로 넘어가는 방법을 찾아보자고 했다. 희봉이 코웃음을 치며 말했다.

"그럴 재간도 없으면서 누가 일을 벌이래요? 이제야 그런 식으로 말씀하시니 꼴불견이 아니냐고요! 그래도 대책을 마련하지 않자니 제가 또 마음이 너그럽고 얼굴이 두껍지 못한 사람이라 어쩔 수 없네요. 남이 저를 가지고 멋대로 주물러도 그냥 멍청하게 맡아서 해결해드릴 수밖에요. 형님네는 나서지 마세요. 제가 형님 여동생을 데리고 할머님과 어머님께 인사를 시키겠어요. 그러면서 형님의 여동생인데 제 마음에 들었고, 마침 제가 아들을 낳지 못하고 있어서 첩실을 두어 명 들일 생각을 하고 있던 참이었다고 할게요. 형님 여동생이 아주 괜찮은 사람이라는 걸 알게 되었는데 사돈끼리 결혼하면 더 좋을 것 같아 제가 첩으로 들이고 싶어 했다고 말씀드리지요. 그런데 형님 여동생 집안에 최근에 부모와 자매들이 모두 세상을 떠나서 살아가기도 힘들고, 백 일 뒤까지 기다리자니 집안에 재산이 없어 그럴 형편도 아니라서, 제가 나서서 맞아들였다고 하겠어요. 방도 이미 마련되었으니 잠시 거기서 지내다가 복상服喪 기간이 다 차면 합방을 시킬 생각이라고 하지요. 제가 창피함을 무릅쓰고 죽어라 밀어붙일 테니까, 혹시 일이 잘못돼도 형님네한테 화가 미치지는 않게 하겠어요. 모자지간에 잘 생각해보셔요. 이렇게 하면 되겠어요?"

우씨와 가용이 일제히 웃으며 말했다.

"역시 숙모님께서는 도량도 아주 넓으시고 지모도 대단하십니다! 일이 잘 마무리되면 저희 모자가 반드시 건너가 사례하겠습니다."

우씨는 황급히 하녀들에게 희봉의 시중을 들어 세수하고 머리를 빗게 한 후, 술상을 차려서 몸소 술잔을 건네고 안주를 집어주었다.

희봉은 더 이상 앉아 있지 않고 한사코 고집을 부려 그곳을 나왔다. 그리고 대관원에 들어가 이저에게 이 일에 대해 얘기하면서, 자신이 얼마나 애를 태우며 사정을 알아보았는지, 또 어떻게 방책을 마련해서 모두가 무사히 넘어갈 수 있는지를 설명한 후, 어쩔 수 없이 자신이 나서서 생선 대가리처럼 이 복잡하고 고약한 사정을 해결해야 모두에게 좋을 것이라고 말했다.

이후에 어찌 되었는지는 다음 회를 보시라.

제69회

잔꾀를 부려 남의 칼을 빌려 살인하고
죽을 때를 깨닫자 생금을 삼켜 자살하다

弄小巧用借劍殺人　覺大限吞生金自逝

우이저는 금을 삼켜서 스스로 목숨을 끊다.

이저는 희봉의 말을 듣고 무척 감사하며 그녀를 따라나섰다. 우씨도 예의를 차리려면 건너와서 희봉과 함께 여쭈러 가지 않을 수 없었다. 희봉이 웃으며 말했다.

"형님은 아무 말씀 마셔요. 제가 다 말씀드릴게요."

"그야 당연하지. 하지만 일이 잘못되면 다 자네 탓으로 돌릴 거야."

그러면서 그들은 먼저 태부인의 거처로 갔다.

마침 태부인은 대관원 안의 자매들과 담소를 나누고 있었다. 그러다가 문득 희봉이 웬 아리따운 젊은 아낙을 데리고 들어오자 얼른 살피면서 물었다.

"뉘 집 아이더냐? 정말 예쁘구나!"

희봉이 얼른 나섰다.

"호호, 할머님, 자세히 보셔요. 괜찮지 않아요?"

그러면서 얼른 이저의 팔을 잡아끌며 말했다.

"할머님이셔. 어서 절 올려!"

이저가 황급히 대례를 올리고 일어나자 희봉이 또 자매들을 가리키며 여기는 누구고 여기는 누구라고 소개했다.

"우선 얼굴을 익혀두었다가 어머님을 뵙고 나서 다시 정식으로 인사하도록 해."

제69회 407

이저는 모두에게 일일이 "처음 뵙겠습니다!" 인사하고, 고개를 숙인 채 옆쪽에 섰다. 태부인 그녀를 위아래로 훑어보고는 또 웃으며 물었다.

"네 성은 무엇이냐? 올해 몇 살이지?"

희봉이 얼른 웃으며 대답했다.

"할머니, 묻지 마셔요. 그냥 저보다 예쁜지 어떤지만 말씀해보셔요."

태부인이 다시 안경을 끼고 원앙과 호박에게 분부를 내렸다.

"저 아이를 가까이 데려와라. 좀 자세히 보자꾸나."

모두들 입을 오므리고 웃으며 이저에게 앞으로 다가가라고 슬쩍 밀었다. 태부인이 자세히 살펴보더니 또 호박에게 말했다.

"손을 내서 내게 보이도록 해라."

원앙이 이저의 치마를 걷어올려 발까지 보여주자 태부인이 살펴보고 나서 안경을 벗으며 말했다.

"호호, 아주 나무랄 데 없는 아이로구나. 내가 보기엔 너보다 더 예뻐!"

희봉은 얼른 웃으며 무릎을 꿇더니 우씨의 집에서 지어낸 이야기를 자세히 말하고 나서 이렇게 덧붙였다.

"그래서 부득이 할머님께서 자비를 베푸시어 저 사람이 들어와 살게 해주십사 청하는 겁니다. 합방은 일 년 뒤에 하면 되잖아요?"

"그거야 안 될 거 없지. 네가 이렇게 현숙하다니 아주 기특하구나. 하지만 합방은 일 년 뒤에 하게 하거라!"

희봉이 다시 머리를 조아리면서, 이저를 형부인과 왕부인에게 인사시켜야 하는데 이 일이 태부인의 생각이라고 이야기하게 해달라며 간청했다. 태부인이 허락하자 곧 두 어멈이 이저를 데리고 형부인 등에게 인사시키러 갔다. 왕부인은 이저에 대한 소문이 좋지 않아 무척 염려했지만, 일이 이렇게 되니 당연히 기뻐할 수밖에 없었다. 이리하여 이저는 이날부터 떳떳하게 사랑채로 옮겨와 살게 되었다.

그런 와중에 희봉은 몰래 사람을 시켜 장화를 부추겼다. 즉 그가 본래 아내를 돌려달라고 하면 가씨 집안에서 그에게 많은 배상을 해줄 뿐만 아니라, 돈과 집까지 마련하여 편히 살아갈 수 있게 해줄 거라는 것이었다. 장화는 원래 가씨 집안을 고소할 만큼 간이 크지 않았고, 또 나중에 가용이 보낸 하인이 대질심문을 할 때 한 이야기도 있어서 망설였다. 그 하인은 이렇게 말했다.

"장화가 먼저 혼사를 물렸습니다. 우리가 우이저와 친척지간이라 집에 모셔다 살게 해드린 것은 사실입니다만, 시집을 오게 한 적은 없습니다. 그런데 장화가 우리 집안에 밀린 빚이 있어 갚으라고 독촉하자 무고한 소인의 상전이 그런 일을 했다고 고소한 것입니다."

도찰원 장관은 가씨 집안 및 왕씨 집안과 친한 사이인데다 뇌물까지 받았기 때문에, 무뢰배인 장화가 가난 때문에 거짓 사건을 꾸며 고소했다면서 고소장조차 접수하지 않고 한바탕 곤장을 쳐서 내쫓아버렸다. 하지만 경아가 밖에서 그를 위해 뇌물을 썼기 때문에 심한 매질은 면할 수 있었다. 경아가 또 그를 부추겼다.

"혼사는 원래 자네 집안에서 정해준 것이니까, 자네가 혼인을 하겠다고 우기면 관아에서 틀림없이 사람을 자네에게 돌려줄 걸세."

이리하여 장화는 다시 고소했다. 왕신이 또 그 내막을 도찰원 장관에게 알려주자 도찰원 장관은 결국 다음과 같이 결재했다.

> 장화는 가씨 집안에 빚진 돈을 기한 안에 정확히 갚을 것이며, 정해진 혼사는 그가 혼례를 치를 여력이 생겼을 때 부인을 데려갈 수 있도록 하라.

그리고 그의 아버지를 관아로 불러 판결을 내렸다. 장화의 아버지도 경아에게 설명을 들어서 며느리와 재물을 한꺼번에 얻게 된다는 사실에 기뻐하며, 가씨 집안으로 가서 며느리를 내달라고 했다.

희봉은 깜짝 놀란 체하며 태부인에게 달려가, 일이 이러이러하게 되었는데 이건 다 우씨가 일을 분명하게 처리하지 못해 생긴 일이라고 말했다. 게다가 그 집안과 파혼을 하지 않아 고소를 하게 만들었고, 결국 관청에서 이렇게 판결이 났다고 설명했다. 태부인은 황급히 우씨를 불러 일을 허술하게 처리했다고 꾸짖었다.

"네 여동생이 어려서 태중 혼약이 되어 있었는데, 파혼을 하지 않아 고소당하지 않았느냐!"

"그쪽에서 돈까지 받아갔는데, 왜 파혼에 동의하지 않았다고 하는지 모르겠네요."

그러자 희봉이 옆에서 말했다.

"장화의 진술에 따르면 돈을 받은 적도 사람이 간 적도 없다고 했습니다. 그리고 그 아비도 이랬답니다. '원래 사돈댁 모친께서 그런 얘기를 한번 하신 적은 있지만 저는 동의한 적이 없소. 그런데 사돈댁 모친께서 돌아가시면 당신들이 데려다가 첩으로 들이겠다고 하지 않았소?' 이렇게 증거도 없이 자기들 마음대로 얘기하고 있답니다. 다행히 서방님께서 집에 계시지 않아 아직 합방을 하지 않았으니 괜찮긴 합니다만, 이미 들어온 사람을 어떻게 돌려보내겠어요? 그러면 집안 체면이 깎이지 않겠어요?"

그러자 태부인이 말했다.

"합방도 하지 않았으니 정해진 혼처가 있는 사람을 억지로 빼앗을 수는 없지. 집안 명성도 나빠질 테니 말이야. 차라리 돌려보내는 게 낫겠구나. 설마 또 괜찮은 사람을 구할 데가 없을까?"

이저가 그 말을 듣고 태부인에게 아뢰었다.

"사실 제 어머님께서 모년 모월 모일에 그 집에 은돈 열 냥을 주고 파혼을 했습니다. 그 사람이 가난 때문에 다급하여 고소하면서 말을 바꾼 것이지, 제 언니가 일을 잘못 처리한 게 아닙니다."

태부인이 말했다.

"그러니 간사한 놈들은 건드리면 곤란한 게야. 기왕 이리 되었으니, 희봉이 네가 알아서 처리하도록 해라."

희봉은 어쩔 수 없이 그러겠노라고 대답했다. 그리고 돌아와서 가용을 불러오라고 했다. 가용은 희봉의 속내를 잘 알고 있었지만, 이저를 장화에게 돌려준다면 집안 체통이 서지 않을 것 같았다. 그래서 그는 가진에게 보고하여, 암암리에 사람을 보내 장화를 설득하게 했다.

"너는 이제 돈도 많이 벌었는데 굳이 원래 사람을 고집할 필요 있느냐? 계속 고집을 부리다가 나리들께서 진노하시면, 무슨 꼬투리를 잡아서라도 너를 죽어도 묻힐 곳마저 없게 만들어버리실 게다! 돈도 있고 하니 고향으로 돌아가면 좋은 사람을 얻지 못하겠느냐? 네가 떠난다면 노자도 얼마쯤 얹어주마."

장화가 듣고 보니 그것도 괜찮을 것 같아 제 아버지와 상의했다. 그리고 백 냥의 돈을 얻은 후, 이튿날 날이 밝을 무렵 길을 떠나 고향으로 돌아가 버렸다.

가용은 그 사실을 확인하고 태부인과 희봉에게 보고했다.

"장화 부자가 사실이 아닌 일을 꾸미고 벌을 받을까 무서워서 도주해버렸는데, 관청에서도 그런 상황을 알고 있지만 굳이 쫓아가 추궁하지 않고 있습니다. 그러니 일이 마무리된 거나 마찬가지입니다."

희봉이 그 말을 듣고 속으로 생각했다.

'장화한테 기어이 이저를 데려가게 하면 서방님이 돌아와 또 돈을 써서 다시 데려오려 할 테고, 그러면 장화도 어쩌지 못할 거야. 차라리 이저를 보내지 말고 내가 함께 지내는 게 낫겠어. 나중에 다시 방법을 마련하지 뭐. 그나저나 장화는 어디로 간 걸까? 그자가 이 일을 다른 사람한테 얘기하거나 나중에 또 이 일로 꼬투리를 잡아 소송을 일으키면 내가 스스로 망치는 꼴이 되지 않겠어? 애초에 이렇게 칼자루를 남한테 쥐어주는 게 아니었어!'

하지만 이제 와서 후회해봐야 늦었기 때문에 다시 한 가지 방법을 생각해냈다. 그녀는 황급히 왕아에게 장화를 찾아서 그를 도둑으로 몰아 관아에 고발하여 사형에 처해지게 만들거나, 또는 몰래 일을 꾸며 사람을 시켜서 그를 죽이고 삭초제근削草除根함으로써 자신의 명예를 보전할 수 있게 하라고 했다. 분부를 받은 왕아는 집에 돌아와 곰곰이 생각했다.

'장화가 이미 떠나버려서 일이 마무리되었는데 굳이 이런 모진 짓을 할 필요가 있을까? 사람 목숨은 하늘에 달린 것이라 아이들 장난과는 다르지 않은가? 잠시 아씨를 속여놓고 다시 방법을 마련해야겠구나.'

그는 밖에서 며칠 동안 숨어 지내다가 돌아와서 희봉에게 이렇게 보고했다.

"장화가 돈을 몇 푼 갖게 되자 도망을 쳤는데, 사흘째 되는 날 새벽에 경사 입구 근처에서 강도를 만나 맞아죽었습니다. 여관에 있던 그의 아버지도 놀라 죽어버렸는데, 그곳에서 관리들이 검시를 하고 묻어버렸다고 합니다."

희봉은 그 말을 믿지 않았다.

"거짓말은 아니겠지? 내 다른 사람을 시켜 알아보고, 거짓말이라면 네 이빨을 몽땅 부숴놓겠다!"

하지만 그 뒤로는 이 일을 팽개친 채 더 이상 따지지 않았다. 희봉은 이저와 아주 화목하게 지내면서 친자매보다 열 배나 더 다정하게 지냈다.

어느 날 가련이 일을 마치고 돌아와 먼저 새집에 들러보니, 대문은 자물쇠로 채워져 있었고 집을 지키는 영감만 하나 있는 것이었다. 가련이 캐묻자 영감이 앞뒤 사정을 자세히 들려주었다. 가련은 너무 놀라 하마터면 등자燈子*에서 떨어질 뻔했다. 어쩔 수 없이 그는 가사와 형부인에게 찾아가 다녀온 일에 대해 보고했다. 가사는 무척 기뻐하며 제법 쓸모가 있다고 칭찬하고, 은돈 백 냥과 함께 자신이 데리고 있던 열일곱 살 먹은 추동秋桐*이라는 하녀를 첩으로 주었다. 가련은 머리를 조아려 상을 받으면서 말할 수 없이 기뻐했다. 이어서 태부인과 집안사람들을 찾아가 인사하고 돌아가 희봉을 만났는데, 그의 얼굴에는 자기도 모르게 부끄러운 기색이 피어났다. 하지만 뜻밖에도 희봉이 예전과는 달리 차분한 얼굴로 이저와 함께 마중나와 문안 인사를 하는 것이었다.

가련은 득의만만한 표정으로 뽐을 내며 추동을 받은 이야기를 들려주었다. 희봉은 서둘러 두 명의 어멈을 시켜 수레를 준비하여 가사의 거처로 가서 추동을 맞아오게 했다. 하지만 마음속으로는 이미 박혀 있는 가시 하나를 없애기도 전에 느닷없이 또 하나가 박힌 셈이라, 차마 말은 못하고 분을 삼킨 채 웃는 얼굴로 심사를 숨겼다. 그녀는 새 식구를 환영하는 잔치를 준비하게 하는 한편, 추동을 데리고 태부인과 왕부인에게 가서 인사를 시켰다. 그 모습을 보고 가련도 속으로 뜻밖이라고 생각했다.

어느덧 섣달 십이일이 되었다. 가진은 출발 준비를 하고 먼저 집안 선조의 사당에 절을 하고 나서, 영국부로 건너와 태부인 등에게 작별 인사를 했다. 가족들은 쇄루정灑淚亭*까지 전송하고 돌아왔고, 가련과 가용은 꼬박 사흘 밤낮 동안 전송하고 돌아왔다. 도중에 가진이 마음을 잘 추슬러 집안을 돌보라는 등의 당부를 하자 둘은 그러겠노라고 하면서 상투적으로 점잖은 말들을 했다. 그에 대해서는 자세히 서술할 필요 없겠다.

한편, 집에 있는 희봉은 겉으로야 말할 필요 없이 이저를 잘 대해주었지만, 속으로는 다른 생각을 하고 있었다. 그래서 주변에 다른 사람이 없을 때 이저에게 이렇게 말했다.

"동생의 평판이 아주 나빠서 심지어 할머님이나 마님들까지 알게 되셨어. 동생이 처녀 때 몸가짐이 깨끗하지 못해 형부와 무슨 관계가 있었다라 하시면서 '아무도 데려가지 않는 걸 네가 데려왔구나! 지금이라도 내보내고 다른 좋은 사람을 구해보는 게 어떠냐?' 이러시지 뭐야? 그 소리를 듣고 너무 화가 나서 대체 누가 그 따위 소리를 흘렸는지 조사해봤지만 범인은 찾지 못했어. 오래전 일이기도 하고 아랫것들 앞이기도 해서 말을 꺼내기도 곤란했지. 내가 괜히 수습하기 어려운 일을 저질러놓은 것 같아."

이런 말을 두어 번 하더니 자기도 화병에 걸려 식음을 전폐했다. 평아를 제외한 하녀들은 모두들 이리저리 빗대어 수군거리며 몰래 비웃고 욕을 해댔다.

추동은 가사가 내려준 몸이라 아무도 함부로 대하지 못했고, 심지어 희봉과 평아도 안중에 두지 않는 추동이 이저를 용납하려 했겠는가? 그러니 입만 열면 이렇게 나불거렸다.

"아무도 데려가려 하지 않는 갈보하고 먼저 붙어먹고 나서 들여왔는데, 자기가 나보다 더 대접을 받으려고 들어?"

그런 소리를 들은 희봉은 속으로 좋아했지만, 이저는 남몰래 부끄럽고 화도 났다. 희봉은 병을 핑계로 이저와 식사도 같이하지 않았다. 매일 하녀들을 시켜 이저의 방에 밥상을 갖다주어서 혼자 먹게 했는데, 그 반찬이며 차가 모두 형편없는 것들이었다. 평아가 차마 보지 못하고 자기 돈으로 요리를 만들어 보내주거나, 가끔 이저에게 대관원에 들어가 놀다오자 하고 대관원 안의 주방에서 따로 국 같은 것을 끓여 먹이기도 했다. 하지만 아무도 감히 희봉에게 일러바치지 못했다. 그러다 추동이 언젠가 그 모습을 보고 즉시 희봉에게 가서 일러바쳤다.

"아씨의 명성을 평아가 망쳐놨어요. 이 좋은 음식들을 내버려두고 대관원 안에 가서 몰래 먹다니요!"

그러자 희봉이 평아를 꾸짖었다.

"남의 집 고양이는 쥐를 잡는데 우리 집 고양이는 닭만 무는구나!"

평아는 감히 다른 말을 못하고 이후로는 그녀도 이저를 멀리했다. 그리고 속으로 추동을 원망했지만 말을 꺼내지는 못했다.

대관원의 자매들과 이환, 영춘, 석춘 등은 모두 희봉이 호의를 가진 것으로 생각했다. 하지만 보차와 대옥 등 몇몇은 남몰래 이저를 걱정하고 있었다. 다들 쓸데없는 일을 일으키고 싶어 하지는 않았지만, 이저가 가련해서 자주 찾아가 위로하며 도와주곤 했다. 그러면 이저는 다른 사람이 없을 때 눈물만 흘릴 뿐 감히 원망은 하지 못했다. 희봉도 전혀 못된 기색을 드러내지 않았다.

집에 온 가련은 희봉의 현숙한 모습을 보고 나자 그 일에 신경을 쓰지 않았다. 게다가 그는 평소 가사의 희첩과 하녀들이 제일 많은 것을 보고 못된 생각을 품고 있었지만, 아직까지는 감히 손을 쓰지 못하고 있었다. 추동과 같은 연배의 여자들은 가사가 나이도 많고 정신도 흐린데다 욕심까지 많아서 자기들한테 남겨주는 것도 없는지라, 예의와 염치를 아는 몇몇을 제외한 사람들 중에는 중문의 심부름꾼들과 시시덕거리는 이도 있었다. 심지어 가련과 몰래 눈짓을 주고받는 이도 있었지만 가사의 위세가 무서워서 여태 손을 대지 못하고 있었다. 추동도 가련과 옛정이 있었지만 여태 같이 있어본 적이 없었다. 그러다가 이제 하늘의 인연이 교묘히 맞아떨어져 그녀를 상으로 주었으니, 둘은 그야말로 마른 장작에 불이 붙은 듯, 아교를 섞어 옻칠한 듯 아기자기하게 신혼을 즐기며 하루도 떨어져 지내려 하지 않았다. 그 바람에 이저를 향한 가련의 마음도 점차 식어져서 그저 추동 하나만을 목숨처럼 챙겼다.

희봉은 추동을 미워했지만 우선 그녀를 이용하여 이저를 떼어내고 자신은 쏙 빠지는 '차도살인借刀殺人'을 쓰기로 했다. 그녀는 '산마루에 앉아 호랑이 싸움을 구경'하다가 추동이 이저를 처치하면 자신이 다시 추동을 처치할 속셈이었다. 그렇게 계획이 서자 그녀는 남들이 없을 때면 늘 추동을 몰래 부추겼다.

"넌 어려서 세상 물정을 몰라. 그 사람은 어엿한 둘째 아씨이고 서방님이 애지중지하기 때문에 나도 어느 정도 양보해야 해. 그런데 네가 함부로 대드는 건 제 발로 사지에 뛰어드는 격이 아니고 뭐겠어?"

그 말에 추동은 더욱 화가 치밀어 허구한 날 큰소리로 욕을 퍼부었다.

"아씨는 여린 분이라 저리 현숙하시지만 나는 그렇게 할 수 없어! 아씨의 평소 위세는 다 어디 갔지? 아씨는 그저 너그러우시지만 나는 눈에 낀 티를 그냥 내버려둘 수 없어! 내가 저 갈보년한테 한바탕 맛을 보여줘야 정신을 차리겠군!"

희봉은 방 안에서 그저 찍소리도 못하는 척했다. 이저는 화가 치밀어 방 안에서 울기만 하고 밥도 먹지 않았지만, 그렇다고 가련에게 하소연할 생각도 하지 못했다. 이튿날 태부인이 그녀의 벌겋게 부은 눈을 보고 이유를 물었을 때도 감히 얘기하지 못했다.

추동은 지금이야말로 자기 솜씨를 보일 때라고 생각해서, 슬그머니 태부인과 왕부인에게 이렇게 말했다.

"저 사람은 아주 죽는 시늉하는 데 이골이 났어요. 매일 이유 없이 초상이라도 난 것처럼 곡을 하고, 뒷전에서 아씨하고 저한테 일찍 죽으라고 저주를 퍼붓고 있어요. 그러면 자기가 서방님을 독차지할 수 있을 테니까요."

그러자 태부인이 말했다.

"너무 예쁘장하게 생긴 것들은 질투가 많은 법이지. 희봉이가 호의로 대해주는데도 오히려 이렇게 투기를 부려 말썽을 일으키다니 정말 천한 것이로구나!"

이 때문에 태부인도 점차 이저를 별로 좋아하지 않게 되었다. 다른 사람들도 그걸 보고 따라서 박대하게 되니, 이저는 죽고 싶어도 죽을 수 없고, 살고 싶어도 살 수도 없는 처지가 되고 말았다. 그나마 평아가 늘 희봉 몰래 그녀를 위로해주었다.

이저는 원래 '꽃 같은 마음씨에 눈 같은 살결을 가진 사람'이라 이런 시달림을 견뎌낼 수 없어서, 한 달 남짓 이렇게 드러나지 않는 고통을 받자 금방 병을 얻고 말았다. 그녀는 사지가 나른해지고 음식도 제대로 먹지 못해 점차 누렇게 야위어갔다. 어느 날 밤에 눈을 감으니 그녀의 여동생이 원앙검을 받쳐들고 찾아왔다.

"언니, 평생 순진하고 여린 마음으로 살더니 결국 이런 꼴을 당하고 마는군요. 저 질투 많은 계집의 감언이설을 믿지 마세요. 겉으로는 현숙한 척하지만 속으로는 간교한 속셈을 숨기고 있어요. 그 계집이 한을 드러내면 기어이 언니를 죽여야 직성이 풀릴 거예요. 제가 살아 있었더라면 절대 언니한테 이 집에 들어오지 말라고 했을 테고, 들어온 뒤에도 그 계집에게 이런 짓을 하도록 내버려두지 않았을 거예요. 하지만 이 또한 운명인가 보네요. 언니와 저는 생전에 너무 방탕하게 지내서 다른 남자들로 하여금 윤리를 잃고 행실을 그르치게 했으니 이런 대가를 치르는 거예요. 언니, 제 말대로 해요. 이 칼로 저 질투 많은 계집을 베고 함께 경환선고께 가서 재판을 받고, 그분의 처분에 따라요. 그렇지 않으면 언니만 괜히 목숨을 잃게 되고, 아무도 불쌍히 여겨주지 않을 거예요!"

이저가 울며 대답했다.

"동생, 내 평생 행실을 망쳤으니 지금의 응보가 당연한 거야. 그런데 굳이 또 살생의 죄를 지을 필요 있겠어? 그냥 참고 견딜래. 그러다가 하늘이 불쌍히 여겨 내 병이 낫게 해주신다면 둘 다 좋은 게 아니겠니?"

"흥! 언니는 어쩔 수 없는 바보예요! 예로부터 '하늘의 그물은 넓고 커서, 성기지만 빠뜨리지 않는다〔天網恢恢 疏而不漏〕.'라고 했으니, 하늘의 도리는 되갚아주는 것을 좋아해요[1]. 언니가 잘못을 참회하고 새사람이 된다 해도 이미 다른 부자와 형제들로 하여금 한 여자와 함께 어울리는 문란한 짓을 하게 만들었으니, 하늘이 어떻게 언니를 평안히 살게 해주겠어요!"

"편히 살 수 없는 게 당연한 이치라면 나도 원망해서는 안 되겠지."

삼저는 그 말을 듣고 긴 한숨을 내쉬고는 사라졌다.

이저가 놀라 깨어보니 한바탕 꿈이었다. 그녀는 가련이 병문안 왔을 때 주위에 다른 사람이 없는 틈을 타 울면서 말했다.

"제 병은 나을 가망이 없어요! 제가 여기 온 지도 반년이 되어서 뱃속에 아이도 있지만, 사내인지 계집애인지 미리 알 수 없어요. 하늘이 불쌍히 여겨주셔서 아이를 낳을 수 있다면 좋겠지만, 그렇지 않다면 제 목숨도 보존하기 어려운데 아이 목숨이야 말할 필요 있겠어요?"

가련도 울면서 말했다.

"걱정 마시오. 내가 용한 의원을 모셔 와 고쳐주겠소."

가련은 밖으로 나오자마자 의원을 불렀다.

그런데 왕태의는 군대에서 종군하고 있는 중이었다. 나중에 좋은 벼슬이라도 얻어보려는 셈이었다. 심부름꾼들은 다른 곳으로 가서 호군영胡君榮이라는 태의를 데리고 왔다. 호태의가 들어와 진맥을 해보더니, 월경이 순조롭지 못하니까 보양을 많이 해야겠다고 말했다. 그러자 가련이 물었다.

"벌써 석 달 동안 월경을 하지 않고 또 자주 구역질을 하니, 혹시 태기가 있는 게 아닌가?"

호군영은 다시 살펴보겠다고 하면서 할멈들에게 이저의 손을 내밀게 했다. 이저가 다시 휘장 안에서 손을 내밀자 군영이 한참 동안 진맥을 해보더니 이렇게 말했다.

"태기라면 당연히 간맥肝脈*이 아주 강해야 합니다. 하지만 목木이 성하면 화火가 생기기 마련이니, 월경이 불순한 것 역시 간의 목 기운 때문입니다. 외람된 말씀이지만 아씨의 존안을 조금 보여주십시오. 소생이 기색을 살펴봐야 약 처방을 쓸 수 있겠습니다."

가련은 어쩔 수 없이 휘장을 조금 들어 이저의 얼굴을 드러내게 했다. 군영은 그녀의 얼굴을 보자마자 혼이 하늘 높이 날아가 온몸이 굳어버리고 정신이 혼미해졌다. 잠시 후 휘장이 닫히자 가련이 그와 함께 밖으로 나와 이저의 병세가 어떠냐고 물었다.

"태기가 아니라 어혈이 뭉쳐 있는 것입니다. 지금은 어서 어혈을 풀고 경맥이 통하게 만드는 것이 중요합니다."

그러면서 처방을 써놓고 떠났다. 가련은 사람을 시켜 진료비를 보내고,

약을 지어다 이저에게 먹이게 했다. 그런데 한밤중이 되자 이저는 복통이 그치지 않더니, 뜻밖에 벌써 형체까지 다 갖춰진 사내아이를 유산하고 말았다. 그리고 하혈이 멈추지 않아 혼수상태에 빠져버렸다. 가련이 그 소식을 듣고 호군영에게 욕을 퍼부으면서 다시 의원을 부르러 사람을 보내는 한편, 사람을 시켜 호군영을 고소하게 했다. 그 소문을 들은 호군영은 일찌감치 짐을 싸서 줄행랑을 놓아버렸다.

한편, 새로 온 의원이 말했다.

"본래 기혈이 약하신데 임신한 뒤에 아마 뱃속에 울화가 좀 맺힌 듯합니다. 그 의원이 독한 약을 함부로 쓰는 바람에 지금 원기가 거의 상해버렸으니, 금방 낫는다고 보장할 수도 없게 되었습니다. 탕약과 환약을 함께 복용하시면서 쓸데없는 말이나 일에 신경 쓰시지 않는다면 나을 가망은 있습니다."

의원이 가고 나자 가련은 화가 치밀어 누가 호군영을 데려왔는지 찾아내어 초주검이 되도록 매질을 했다. 희봉은 가련보다 열 배나 더 조급한 듯이 이렇게 말했다.

"우리 팔자에 아들은 없는 모양이구나! 겨우 하나 생겼나 했더니 또 이리 형편없는 의원을 만나다니!"

그녀는 곧 천지신 앞에 향을 사르고 절하면서 몸소 기도문을 읽었다.

"제가 병이 들어도 좋으니 부디 우씨 아우의 몸이 쾌차하게 해주셔서 다시 사내아이를 잉태하게 해주소서. 그를 위해 저도 오래도록 재계하며 염불을 하겠나이다!"

가련을 비롯한 많은 이들은 그 모습을 보고 모두들 칭찬해 마지않았다. 가련이 추동과 함께 있을 때 희봉은 국을 끓이고 따뜻한 물을 준비해서 이저에게 보내주었다. 그러면서 또 평아에게 복도 지지리 없다고 나무랐다.

"너도 나랑 똑같아! 나야 병이 많아서 그런다지만, 너는 병도 없으면서 어떻게 임신도 못하니? 이제 둘째가 이리 된 것은 모두 우리가 복이 없기 때문이야. 혹시 무슨 금기를 범해서 살이 뻗쳐 이런 일이 생긴 건 아닐까?"

그러면서 사람을 내보내 점을 쳐보게 했다. 점을 치러 갔던 사람이 돌아와서 이렇게 보고했다.

"토끼띠 여자의 살이 뻗쳤답니다."

다들 따져보니 추동 혼자만이 토끼띠였는지라, 다들 그녀의 살이 뻗쳤다고 쑤군거렸다. 추동은 근래에 가련이 이저를 위해 의원을 부르고 약을 지으며 하인들을 때리고 다그치는 모습을 보자 벌써 마음에 질투가 가득 들어차 있던 참이었다. 그런데 또 자기의 살이 뻗쳤다는 소문이 들리고, 희봉마저도 "몇 달 동안 다른 곳에 피해 있다가 와라." 하는 것이었다.

그러자 추동은 화가 치밀어 통곡하며 말했다.

"그 잡것들의 못된 혓바닥을! 저는 그 사람하고 '우물물이 냇물을 범하지 않는 것'처럼 아무 관계도 없는데 어떻게 그 사람한테 해를 끼쳤다는 거예요! 정말 대단한 귀염둥이로군요! 밖에선 못 만나는 사람이 없었는데, 하필 여기 들어오고 나서 누구한테 해를 입었다고요? 난데없이 어디서 아이가 생겼대요? 기껏해야 귀 얇은 우리 서방님을 속이려는 수작에 지나지 않아요! 설사 아이가 있다 해도 장가놈의 씨인지 왕가놈의 씨인지 누가 알아요? 아씨께서야 그 잡종놈의 씨를 귀하게 여기시지만, 저는 싫어요! 나이가 들면 누군들 애를 낳지 못하겠어요? 일 년 반이면 하나를 낳을걸요? 그것도 잡것이 섞이지 않은 순수한 서방님 씨앗으로 말이에요!"

그런 욕지거리에 사람들은 우스워도 감히 웃지 못했다. 하필 그때 형부인이 인사하러 오자 추동은 형부인에게 울면서 하소연했다.

"아씨께서 저를 돌려보내려 하셔서 있을 곳이 없어졌어요. 마님, 제발 은혜를 베풀어 구해주셔요!"

그 말을 들은 형부인은 화들짝 놀라 희봉을 한바탕 나무라고 또 가련을 꾸짖었다.

"철없는 것 같으니! 아무리 저 아이가 싫어도 어쨌든 네 아비가 주신 아이야! 밖에서 들여온 아이 때문에 저 아이를 내쫓으려 하다니, 네 아비마저 안중에 없는 게냐? 내쫓을 거면 차라리 네 아비한테 돌려드려라!"

형부인은 버럭 화를 내며 가버렸다. 더욱 의기양양해진 추동이 이저의 창 아래로 가서 대성통곡하며 욕을 퍼부으니, 이저는 더욱 귀찮고 짜증스러워졌다.

저녁이 되자 가련은 추동의 방에서 쉬고, 희봉이 잠들자 평아가 이저에게 건너와 조용히 달래주었다.

"저런 못된 짐승은 상대하지 말고 몸조리나 잘하셔요."

이저가 그녀를 붙들고 흐느껴 울면서 말했다.

"아가씨, 여기 온 뒤로 많이 보살펴주셔서 정말 고마워요. 저 때문에 아가씨도 괜한 수모를 많이 당하셨지요. 목숨을 건지게 되면 반드시 은혜에 보답할게요. 하지만 그러지 못하면 내생을 기약할 수밖에요."

평아도 눈물을 참지 못하고 말했다.

"생각해보면 모두 제가 둘째 아씨를 수렁에 빠뜨린 거예요. 제가 어리석어서 여태 희봉 아씨한테 거짓말을 하지 못했거든요. 그러니 밖에서 둘째 아씨를 들였다는 소리를 듣고 희봉 아씨한테 말씀드릴 수밖에 없었어요. 하지만 이런 일이 생길 줄 어찌 알았겠어요?"

이저가 얼른 말을 막았다.

"아가씨, 그건 틀린 말씀이에요. 아가씨가 알리지 않았다 하더라도 결국 그분도 알게 되셨을 거예요. 그저 아가씨가 그보다 먼저 말씀드린 것뿐이지요. 게다가 저도 이 댁에 들어와 체통을 세우고 싶어했는데, 아가씨랑 무슨 상관이라고 그러셔요?"

둘이 함께 한바탕 울고 나서 평아가 또 몇 마디 당부했다. 그리고 밤이 깊어져서 자기 방으로 돌아가 잠자리에 들었다. 평아가 가고 나자 이저는 곰곰이 생각했다.

'병은 이미 깊어졌는데 날마다 조리는커녕 더 상할 일만 있으니 낫기는 틀렸어! 게다가 유산까지 해서 마음에 걸릴 일도 없는데 굳이 이런 수모를 당할 필요 있을까? 차라리 죽어버리는 게 깨끗하지! 듣자 하니 생금生金을 먹으면 죽을 수 있다고 하던데, 그게 목을 매거나 칼로 목을 긋는 것보다 더 깔끔하겠지.'

이렇게 생각을 굳히자 그녀는 어렵사리 자리에서 일어나 장롱을 열고 생금 한 덩이를 찾아냈다. 무게가 얼마나 되는지는 모르겠지만 모진 마음을 먹고 눈물을 머금은 채 생금을 입에 넣고, 몇 차례나 용을 쓴 뒤에야 간신히 삼킬 수 있었다. 그런 다음 서둘러 옷차림과 머리장식을 단정히 하고 구들에 올라가 누웠다. 그때 그런 일이 일어나고 있는지는 귀신도 몰랐다.

이튿날 아침, 하녀들과 어멈들은 이저가 자기들을 부르지 않자 좋아라하며 자기들끼리 세수하고 머리를 감으러 갔고, 희봉은 추동과 함께 어른들에게 인사하러 갔다. 평아가 그 꼴을 보다 못해 하녀들에게 말했다.

"너희들은 인정머리 없는 사람한테 걸려서 매를 맞고 욕을 먹어야 움직일 모양이로구나! 아픈 사람을 두고 불쌍하다는 생각도 안 들어? 저 아씨가 아무리 마음이 곱더라도 너희들이 적당히 해야지, 너무 분별없이 굴지는 말아야 할 거 아니냐! 안 그래도 쓰러져가는 담장을 여럿이서 떠밀어대는 수작을 부려서야 되겠어?"

그 말에 하녀들이 서둘러 방문을 열고 들어가보니, 이저는 단정히 차려입고 구들에 누운 채 죽어 있었다. 하녀들은 그제야 깜짝 놀라 고함을 질러댔고 평아도 들어가보고 대성통곡했다. 사람들은 희봉을 무서워했지만, 이저는 평소 아랫사람들에게 따뜻하게 대해주었기 때문에 이저가 희봉보다 낫다고 생각하고 있었다. 그러니 이저가 죽자 모두들 슬퍼 눈물을 흘렸지만 감히 희봉에게 그 모습을 보이지 못했다. 그 소식은 순식간에 온 집안에 알려졌다. 방에 들어간 가련은 시신을 부여안고 목놓아 소리 높여 울었고, 희봉은 진심으로 슬퍼 우는 체했다.

"아이고, 몹쓸 동생 같으니라고! 왜 나를 버리고 떠났어? 이렇게 내 마음을 저버리다니!"

우씨와 가용 등도 와서 한바탕 울고 가련을 위로했다. 가련은 곧 왕부인에게 알려서 영구를 이향원에 닷새 동안 두었다가 철함사로 옮기겠다 했고, 왕부인도 그렇게 하라고 했다. 이에 가련은 급히 사람을 시켜 이향원의 문을 열고 가운데 채를 정리하여 영구 맞을 준비를 하게 했다. 그는 영구가 뒷문으로 나가는 게 모양새가 좋지 않다고 생각하여 이향원 담에 거리로 통하는 대문을 내게 하고, 대문 양쪽에 천막을 치고 제단을 만들어 불공을 올릴 수 있게 했다. 그리고 침대에 비단 이불을 깔고 이저의 시신을 눕힌 다음 얇은 이불로 덮었다. 이어서 여덟 명의 일꾼들과 어멈 몇 명이 에워싸고 안채의 담 쪽에서 이향원 안으로 침대를 옮겼다. 그곳에는 미리 모셔 온 천문생天文生*이 대기하고 있었다. 그가 이불을 들춰보니 이저의 얼굴은 살아있는 듯했고, 오히려 살아있을 때보다 아름다워 보였다. 그 모습을 보고 가련이 다시 시신을 부여안고 통곡했다.

"여보, 이리 죽다니 모두 내 탓이오!"

가용이 얼른 다가가 위로했다.

"숙부님, 너무 슬퍼 마십시오. 우리 이모님이 박복하셔서 이리 되신 겁니다."

그러면서 그는 남쪽 대관원의 담장을 가리켰다. 가련이 눈치채고 슬그머니 발을 구르며 말했다.

"내가 소홀했구려. 끝까지 진상을 조사해서 복수해주겠소!"

그러자 천문생이 말했다.

"아씨께서 오늘 묘시卯時(오전 5~7시) 정각에 운명하셨으니 오일장은 안 되고, 삼일장이나 칠일장으로 해야 합니다. 내일 인시寅時(오전 3~5시)에 염습을 하는 게 길합니다."

"삼일장은 절대 안 되니 칠일장으로 하세. 숙부님과 형님이 모두 밖에 계시고 또 소상小喪²이니 영구를 오래 안치할 수 없네. 밖으로 내간 후 삼십오 일 동안 영구를 모시고 성대한 도량道場을 거행한 뒤에 철함사에 안치해두었다가 내년에 남쪽 선영으로 모셔 가 매장하도록 하세."

천문생이 알겠노라고 하면서 앙방殃榜[3]을 써주고 떠났다. 보옥도 일찌감치 찾아와 한바탕 곡을 했고, 가족들도 모두 문상을 왔다.

가련은 서둘러 안으로 들어가 희봉에게 관을 준비하고 장례 치를 돈을 달라고 했다. 희봉은 시신을 내가는 것을 보고 병을 핑계로 이렇게 둘러댔다.

"할머님과 마님께서 제가 병을 앓고 있기 때문에 삼방三房[4]을 피해야 한다면서 가지 말라고 하셨어요."

그래서 그녀는 밖으로 나가 상복을 입지 않고 대관원으로 들어갔다. 그녀는 여러 산들을 돌아 북쪽 담장 발치에 이르러 바깥에 귀를 기울여 한두 마디 이야기를 들어보고, 돌아와서 태부인에게 이러저러하더라고 이야기했다. 그러자 태부인이 말했다.

"천문생의 헛소리를 믿다니! 어느 집에서 폐병으로 죽은 아이를 화장하지 않고 정식으로 상을 치르고 매장한다더냐? 기왕 첩으로 들인 애니까 부부간의 정을 생각해서 삼십오 일 동안 영구를 두었다가 밖으로 내가 화장하거나 대충 묻으면 그만이거늘!"

"호호, 그러게요. 그래도 전 그렇게 하시라고 서방님께 권할 수 없어요."

그렇게 말하고 있는데 하녀가 와서 희봉에게 전했다.

"아씨, 서방님께서 돈을 내달라고 기다리고 계십니다."

희봉은 어쩔 수 없이 집으로 가서 가련에게 물었다.

"무슨 돈을 달라는 건가요? 요즘 집안 살림이 쪼들린다는 걸 당신도 아시잖아요? 우리한테 다달이 나오는 돈도 갈수록 줄어들어서 닭 모이조차 내년 몫을 당겨 먹일 정도로 지금 수입보다 지출이 많아요. 어제도 제 금목걸이 두 개를 은돈 삼백 냥에 저당 잡혔는데 무슨 잠꼬대 같은 소리예요? 여기 아직 이삼십 냥 정도 있으니까 그거라도 필요하면 가져가셔요."

그러면서 평아에게 돈을 꺼내오라고 해서 가련에게 건네주고, 태부인이 불렀다면서 또 나가버렸다. 가련은 화가 치밀었지만 할 말이 없어 어쩔 수 없이 이저의 장롱을 열고 자기가 모아둔 돈을 꺼내려고 했다. 하지만 장롱을 열어보니 돈이라고는 한 푼도 없고 그저 부러진 비녀와 낡은 장식 몇 개, 그리고 반쯤 낡은 비단옷 몇 벌밖에 없었다. 그것들은 모두 이저가 평소 입던 것들이었다. 그걸 보자 그는 또 가슴이 아파 통곡하기 시작했다. 그는 그것들을 모두 보자기에 싸더니 하녀를 시키지도 않고 직접 들고 나와 불태웠다.

그 꼴을 보고 평아는 가슴이 아프기도 하고 또 우습기도 해서, 얼른 은돈 부스러기 이백 냥이 들어 있는 봉투를 훔쳐 들고 나와, 사랑방에서 가련을 붙들고 남몰래 건네주었다.

"우는 소리 좀 그만 내셔요. 곡을 하고 싶으시면 밖에서 얼마든지 하실 수 있는데 왜 굳이 여기로 달려와서 추한 꼴을 보이셔요?"

"네 말이 맞아."

그는 은돈을 받아들고 치마 하나를 평아에게 건네며 말했다.

"이건 그 사람이 늘 입던 건데 네가 잘 간수해서 기념으로 삼아라."

평아는 그걸 받아 잘 숨겨두고 간수했다. 가련은 은돈을 가져가 사람들에게 주며 관을 사오게 했다. 하지만 좋은 것은 비쌌고, 어중간한 것은 쓰고 싶지 않았다. 그는 말을 타고 직접 살펴보겠다며 가더니 저녁 무렵에 과연 은돈 오백 냥 남짓한 괜찮은 관재를 외상으로 들여와서 밤새 관을 만들게 했다. 또 한편으로는 사람들을 나누어 상복을 입고 영구를 지키게 하면서, 밤이 되어도 집에 돌아가지 않고 그곳에서 함께 잤다. 그야말로……

(5권에서 계속)

| 역자 주석 |

제53회

1. '도검점都檢點'은 원래 오대五代 시기에 설치된 관직으로서 금군禁軍의 최고 지휘관이었으나, 송나라 초기에 폐지되었다. 여기서는 조정에서 지방으로 파견한 고급 무관이라는 뜻으로 쓰였다.
2. '대사마大司馬'는 원래 한나라 때 설치한 관직으로 조정의 정사를 통괄하는 직책이었는데, 후세에는 병부상서兵部尙書를 가리키는 호칭으로 쓰이게 되었다.
3. 옛날에 중국에서는 설이 되면 황제가 상례常禮에 따라 봉호封號를 받은 관료들에게 조상에 대한 제사에 쓸 비용으로 일정 정도의 은을 하사했는데, 이것을 '은상恩賞'이라고 한다.
4. '광록시光祿寺'는 북제北齊시대에 처음 설립된 기구로, 황실의 음식을 담당했다. 이 기구는 역대 왕조마다 계속 설치했는데, 청나라 때는 황제의 음식은 내무부內務府에서 관장하고, 광록시는 조정 바깥의 제사에 필요한 음식 등의 사무를 담당했다.
5. 청나라 때는 만주족과 한족 중 기적旗籍에 들어 있는 귀족 지주들에게 할당된 전답을 관리하는 대리인을 '장두莊頭'라고 불렀다. 이들은 소작농들의 농사일을 감독하고, 소작료를 걷고, 사람들을 부역賦役에 동원하는 일 등을 전담했다. 때에 따라서 장두 자신이 지주 신분인 경우도 있었다.
6. '샴 돼지〔暹豬〕'는 태국에서 들여온 돼지 품종 중 하나이다.
7. '탕저湯豬'는 돼지를 도살한 뒤 뜨거운 물에 담가 털을 제거한 통돼지를 가리킨다.
8. '용저龍豬'는 돼지의 품종 중 하나로, 털이 길고 살이 적다.
9. '청양靑羊'은 산양의 일종으로, 얼룩무늬가 있는 영양이다.
10. '은상탄銀霜炭'은 품질 좋은 무연탄의 일종이며, 표면이 하얀 서리가 내린 것처럼

회백색을 띠고 있다.

11. '어전연지미御田胭脂米'는 품질 좋은 쌀의 일종이다. 익히면 연지처럼 붉은색을 띠며 향기가 나고, 알맹이는 찰기가 있고 길쭉하다. 청나라 때 유정기劉廷璣가 편찬한 『재원잡지在園雜志』와 『순천부지順天府志』에 기록된 바에 따르면, '연지미'는 강희제가 풍택豊澤의 어전御田에 심었던 벼의 일종으로 '옥전미玉田米'라고도 부른다고 했다.

12. '벽나糯'는 약간 연두색을 띤 찹쌀의 일종이다. '곡斛'은 원래 10말[斗]을 가리키는 용량을 뜻했으나 나중에는 5말을 뜻하는 단위가 되었다.

13. '월대月臺'는 정전正殿 앞쪽의 평평한 대臺이며, 정면이나 삼면에 위로 오르는 계단이 만들어져 있다.

14. '문신門神'은 무사 형상의 신을 조각하여 대문에 붙이는 것으로, 사악한 것이 집에 들어오지 못하게 막아준다.

15. '괘패掛牌'는 문설주나 문 옆에 거는 나무패로, 그 위에는 길상吉祥이나 시적인 의미를 담은 글이 적혀 있다.

16. '도부桃符'는 정월에 2장의 복숭아나무로 만든 판자에 신도神荼와 울루鬱壘를 그려서 각기 문짝의 좌우에 붙여 악귀를 쫓는 부적의 일종이다. 『풍속통風俗通』에 따르면 동해 도삭산度朔山에 가지가 1000리나 뻗어 있는 커다란 복숭아나무가 있는데, 그 북쪽에 귀신이 드나드는 문[鬼門]이 있고, 그 문을 지키는 신이 바로 신도와 울루라고 했다. 이에 따라 황제黃帝가 복숭아나무로 만든 판자를 대문에 붙이고 두 신의 모습을 그려서 못된 귀신을 쫓았다고 한다. 또한 봄에 대문에 붙이는 대련인 춘련春聯을 '도부'라고 부르기도 한다.

17. '새문塞門'은 곧 병문屏門으로서, 안채와 바깥채 사이에 두는 가운데 문을 가리킨다. 여기서는 내의문과 본채[正堂] 사이에 있는 또 하나의 병문을 가리킨다. 병문은 병풍문屛風門이라고도 한다.

18. '고조高照'는 긴 자루와 받침대가 달려서 세워놓을 수 있는 등불이다. '고등高燈' 또는 '착등戳燈'이라고도 부른다.

19. '연성공衍聖公'은 공자의 후예에게 내려진 봉호로서 송나라 인종仁宗 때부터 하사되기 시작하여 1935년 중화민국 정부가 취소할 때까지 계속되었다. 이에 따라 1920년에 봉해진 콩더청[孔德成]이 최후의 연성공이 되었다. 다만 이 소설에 언급된 공계종孔繼宗은 실존 인물이 아니라 가상의 인물이다. 혹자는 공자의 후손 중 '계繼'를 돌

림자로 쓰는 사람은 청나라 중후기인 가경嘉慶(1796~1820), 도광道光(1821~1850) 연간의 인물일 수밖에 없으니 강희康熙(1662~1722), 옹정雍正(1723~1735) 무렵을 배경으로 하는 『홍루몽』에 등장할 수 없는 인물이라고 지적하기도 한다. 하지만 이것은 소설과 사실을 직접 대응시키려는 '색은파索隱派'의 오류라고 할 수 있겠다.

20. 원문의 '증상蒸嘗'은 제사의 명칭이다. 『이아爾雅』「석천釋天」에 따르면 상嘗은 가을에 지내는 제사이고, 증蒸은 겨울에 지내는 제사이다.
21. '성휘보필星輝輔弼'은 태양과 달을 보좌하는 빛나는 별과 같이 제왕의 중요한 신하라는 뜻이다.
22. '신종추원愼終追遠'은 『논어』「학이學而」에 들어 있는 내용을 토대로 만들어진 구절이다. '신종'은 부모님이 돌아가시면 3년 동안 상을 치러 예를 다한다는 뜻이고, '추원'은 때맞춰 공경스럽게 조상에게 제사를 올린다는 뜻이다. 여기서는 근면하고 삼가는 자세로 맡은 일을 함으로써 자신이 죽은 뒤를 헤아리고 조상을 추념하여 그들의 덕을 길이 보존한다는 의미로 쓰였다.
23. 『예기』「제통祭統」에 기록된 바에 따르면, 옛날 종법제도宗法制度에서 제사를 지낼 때는 시조始祖가 중앙에 자리 잡고, 시조의 바로 아래 세대인 소昭 항렬의 사람들은 왼쪽에, 소 항렬의 바로 아래 세대인 목穆 항렬의 사람들은 오른쪽에 늘어섰다. 또 목 항렬의 바로 아래 세대는 다시 소 항렬이 되어 왼쪽에 서고, 이후의 세대는 같은 방식으로 소목昭穆을 나누어 서는 자리를 정했다. 이를 통해 부자父子 관계와 친척의 가까운 정도, 연배의 위아래 등을 구별하기 쉬워진다.
24. '운룡봉수雲龍捧壽'는 길상도안吉祥圖案의 일종으로, 중간에 '수壽'자를 넣고 사방을 구름과 용의 무늬로 두른 것이다.
25. '인침引枕'은 양반 자세로 앉았을 때 팔을 기댈 수 있게 둥근 돈대墩臺 모양으로 만든 의침依枕이다.
26. 송백향松柏香은 소나무와 잣나무 진액을 섞어 만든, 태워서 피우는 향이다.
27. '도소주屠蘇酒'는 약주藥酒의 일종이다. 정월 초하루에 나이 순서에 따라 마시는데, 나쁜 질병을 피하게 해준다는 설이 있다.
28. '합환탕合歡湯'은 '일품과一品鍋'라고도 하는데, 백합과 대추 등 다양한 재료를 넣고 끓인 것으로서 온 가족의 화합과 경사를 기원하는 의미를 담은 것이다.
29. 계원桂員과 밤, 땅콩, 석류와 같이 이름의 발음이나 글자의 내용에 길상吉祥의 상징이 들어 있는 과일들을 가리킨다.

30. '여의고如意糕'는 여의如意 모양으로 만든 떡으로서 길상吉祥의 의미를 담고 있다.
31. '영락瓔珞'은 '영락纓絡'과 같다. 원래 진주나 옥 따위를 꿰어서 만든 목걸이를 가리키는 말인데, 여기서는 수실이 달린 자수刺繡 진열품을 가리킨다.
32. '세한삼우歲寒三友'는 소나무와 대나무, 매화를 가리키고, '옥당부귀玉堂富貴'는 모란과 작약을 가리킨다.
33. '미인권美人拳'은 나무로 만든 작은 망치이며, 바깥을 가죽으로 싸고 탄력이 좋은 대나무로 자루를 만들어 달았다. 대개 노인들이 주먹을 대신해서 다리를 두드리는 데 쓴다.
34. '착사등戳紗燈'은 세로무늬가 뚜렷한 비단의 일종인 '착사'를 씌운 등롱이고, 요사등料絲燈은 빛이 통과할 수 있는 유리나 자석영紫石英 따위를 녹여 실처럼 뽑아낸 것을 천처럼 짜서 씌운 등롱이다.
35. 『서루기西樓記』는 명나라 말엽에서 청나라 초까지 활동했던 원우령袁于令이 지은 전기傳奇로서 우숙야于叔夜와 기생 목소휘穆素徽 사이의 사랑과 이별, 재회를 그린 연극이다. 이 중 「누각에서의 만남〔樓會〕」은 제8단락〔齣〕으로서 속칭 「서루회西樓會」라고 부르는 대목이다.

제54회

1. 원문의 '희채반의戲彩斑衣'는 『열녀전列女傳』에 들어 있는 노래자老萊子의 이야기를 가리킨다. 그에 따르면 노래자는 일흔 살이 되었을 때 부모를 즐겁게 해드리기 위해 색동옷을 입고 어린아이처럼 재롱을 피웠다고 한다. 이에 따라 '노래오친老萊娛親'이라고 쓰기도 한다.
2. 『팔의기八義記』는 명나라 때 서원徐元이 지은 전기傳奇로, 원나라 때의 잡극雜劇인 『조씨고아趙氏孤兒』를 개편한 연극이다. 내용은 춘추시대 진나라의 조순趙盾 일가와 도안고屠岸賈 사이의 대립과 갈등 속에서 8명의 의사義士들이 조순 일가를 위해 목숨을 바친다는 이야기이다. 「등 구경〔觀燈〕」은 이 연극의 일부를 떼어서 공연하는 절자희折子戲이다.
3. 『혼원합混元盒』은 청나라 초기의 이름 모를 작가가 지은 연극으로서 장조〔張照〕가 지었다는 설도 있다. 황당무계한 신선과 요괴 이야기로, 이야기 중 금화성모金花聖母와 장진인張眞人이 술법을 겨루는 장면이 들어 있는데, '혼원합'은 바로 장진인이 가지

고 있는 술법을 부릴 때 쓰는 도구 중 하나이다.
4. '구자澡子'는 피부를 윤택하게 하는 향긋한 꿀이 섞인 비눗물의 일종이다. 또한 느릅나무 대팻밥을 탄 물을 가리키기도 하는데, 느릅나무 대팻밥은 물에 섞으면 점성粘性이 생겨서 옛날 여자들이 머리를 감는 데 썼다.
5. 정월 대보름에 먹는, 소가 들어 있는 새알 모양의 떡을 넣어 끓인 국을 가리킨다. 대개 '탕위앤[湯圓]'이라고도 부르며, 남방에서는 '탕투안[湯團]', 광둥[廣東] 등지에서는 '탕완[湯丸]'이라고 부른다. 그 외에 지역에 따라 여러 가지 별칭이 있다.
6. 『이십사효二十四孝』는 원나라 때 곽거업郭居業이 편찬한 책으로서, 모두 24명의 효자 이야기를 수록하고 있다.
7. 「장군령將軍令」은 원래 군중에서 명령을 내릴 때 쓰던 고취곡鼓吹曲인데, 후세에 그 곡조에 맞춰 노래를 만들어 불렀다.
8. 「심몽尋夢」은 『모란정』 제12단락[齣]으로, 두여낭杜女娘이 꿈속에서 유몽매柳夢梅와 만난 후, 이튿날 유몽매가 꽃밭에서 꿈속의 자취를 따라가 둘이 다시 만난다는 이야기이다.
9. 『혜명하서惠明下書』는 『서상기』 제2본 제2절 설자楔子라고도 한다. 승려 혜명이 장張선비의 편지를 포관浦關에 보내 백마장군白馬將軍 두확杜確에게 보구사普救寺로 와서 적군의 포위를 풀어달라고 요청하는 이야기이다.
10. 「초강청楚江晴」은 『서루기西樓記』의 제8단락[齣]에 해당한다.
11. 「청금聽琴」은 『서상기』 제2본에 들어 있는 것으로, 최앵앵崔鶯櫻이 달밤에 장張선비의 거문고 소리를 듣고 그 마음을 헤아리는 모습을 묘사하고 있다.
12. 『옥잠기玉簪記』는 명나라 때 고렴高濂이 편찬한 전기傳奇로서 비구니 진묘상陳妙常과 서생 반필정潘必正 사이의 사랑 이야기이다. 「금도琴挑」는 이 연극의 제16단락[齣] 「기롱寄弄」 부분을 떼어 공연하는 극의 제목이다.
13. 『속비파續琵琶』는 청나라 때 『홍루몽』 작자로 알려진 조설근曹雪芹의 조부인 조인曹寅이 지었다는 전기傳奇로서 한나라 말엽 채옹蔡邕의 딸 채문희蔡文姬가 남흉노南匈奴 땅에 붙들려 있다가 조조曹操의 도움으로 한나라로 돌아오게 된다는 이야기를 묘사하고 있다. 「호가십팔박胡茄十八拍」은 이 연극의 제27단락[齣] 「제박制拍」에서 채문희가 자신의 신세와 역경 속의 심사를 노래하기 위해 만들어 연주한 음악의 제목이다.
14. '춘희상미초春喜上眉梢'는 봄날의 즐거움이 문설주에 어렸다는 의미로서 '미眉'와 '매梅'의 발음이 [méi]라는 점을 이용하여 '격고전매擊鼓傳梅' 즉 북을 울리며 매화

를 돌리는 것처럼 술잔을 돌리는 주령놀이를 우아하게 표현한 것이다.
15. '화강령고花腔令鼓'는 주령놀이를 할 때 쓰는 북으로, 일정한 악보에 맞춰 연주할 수 있다.
16. '연화락蓮花落'은 곡예曲藝의 일종으로서 '연화악蓮花樂' 또는 '낙자落子'라고도 부른다. 원래 거지들이 구걸할 때 부르던 노래였으나 나중에 그것을 전문적으로 공연하는 기예인技藝人이 나타났다. 노래 내용은 대개 민간의 전설이며, 죽판竹板을 두드려 박자를 맞춘다.

제55회

1. '보인유덕輔仁諭德'은 자신의 너그러움과 덕성에 대해 늘 부족한 부분을 보충하고, 타인에게 덕을 일깨워준다는 뜻이며, 옛날 관료 사대부들이 스스로 겸손하게 노력하겠다는 의미로 쓰던 말이다.
2. 야차夜叉는 '약차藥叉'라고도 하며 사람을 잡아먹는다는 못된 귀신인데, 여기서는 왕희봉을 가리킨다. 태세太歲는 흉한 일을 일으키는 나쁜 신으로 접촉을 꺼리는 대상인데, 여기서는 이환과 가탐춘, 설보차를 가리킨다.
3. 여기서 '작은할머니〔老姨奶奶〕'는 할아버지의 첩을 가리킨다.

제56회

1. '부자기문不自棄文'은 주희朱熹의 『주자문집대전류편朱子文集大全類編』권20 「정훈庭訓」에 들어 있는 문장이다. 대체적인 내용은 세상의 모든 물건은 모두 조금이라도 쓸 만한 데가 있기 때문에 버려져서는 안 되는데, 사람으로 태어나 버림을 받는다면 그것은 그 스스로 버린 것이라는 것이다. 그렇기 때문에 버림을 받으면 운명을 탓하거나 남을 원망하지 말고 자신에게서 그 이유를 찾아, 조상이 다져둔 기반을 보존하고 더욱 발전시켜야 한다고 했다.
2. '희자姬子'에 대해서는 연구자들마다 다양한 설이 있다. 대개 작자가 허구적으로 만들어낸 인물이라고 간주하는데, 논자에 따라서는 희姬 성의 주공周公을 염두에 둔 해학적인 표현이라고 설명하는 사람도 있고(兪平伯), '희'의 중국어 발음이 '기基'와 같이 (ji)이기 때문에 명나라 때의 유기劉基를 암시한다는 사람도 있다(李知其).

431

3. '장방賬房'은 권세 있는 집안에서 금전과 물품의 출입을 관리하는 곳, 또는 그곳에서 일하는 사람을 가리킨다.
4. 원문에서 '주注'는 도박에서 거는 돈(賭注)을 가리킨다. '삼주三注'는 도박에서 상문上門과 중문中門, 하문下門의 세 곳에 걸린 돈을 가린다.
5. 인상여藺相如(기원전 329~기원전 259)는 전국시대 조나라의 재상(上卿)으로 뛰어난 정치가이자 외교관이었다.
6. 『사기』「공자세가孔子世家」에 따르면 공자는 생김새가 양호와 닮았는데, 양호가 광匡 땅 사람들을 억압한 적이 있어서 공자 일행이 그 지역을 지날 때 그곳 사람들이 그를 양호인 줄 알고 수레를 에워싸고 며칠 동안 곤욕을 치르게 했다는 이야기가 실려 있다. '광匡'은 춘추시대 위나라에 속한 지역으로, 지금의 허난성(河南省) 창위앤현(長垣縣)에 속하는 곳이다. 양호는 춘추시대 노나라 계손씨季孫氏의 가신家臣으로 권력을 장악하여 정치를 마음대로 좌우했다.
7. '진한 찻물(茶鹵)'은 양치질하거나 입을 헹구기 위해 진하게 짜낸 찻잎 즙이다.

제57회

1. 인중人中은 인체의 혈맥血脈 중 하나이며 윗입술과 코 아래쪽의 중간에 움푹 파인 곳에 위치해 있다. 인사불성이 되었을 때 구급 처방으로 이곳에 침을 놓거나 손톱으로 누르면 효과가 있다.
2. '담미痰迷'는 '담미심규痰迷心竅'라고도 하는데, 담이 경락과 숨구멍을 막아서 정신이 혼미해지는 증상을 가리킨다. 일반적으로 '중풍中風'이라고 부르는 증세이다.
3. 봄이 되면 날이 따뜻해져서 추위도 점차 사라지고, 가을이 지나면 추위가 오기 때문에 더위도 금방 사라진다는 뜻으로, 노인의 건강은 내일을 기약할 수 없을 정도로 빨리 쇠해진다는 것을 비유한 말이다.
4. 형가荊軻는 전국시대 위衛나라 사람으로 연燕나라 태자 단丹의 청부를 받아 진시황을 암살하려다 실패하여 처형당했다. 섭정聶政은 전국시대 한韓나라 사람으로 다른 사람의 복수를 위해 재상 한괴韓傀(기원전 397)를 찔러 죽이고 자살했다. 이들의 이야기는 모두 『사기』「자객열전刺客列傳」에 들어 있다. 이 둘은 역대로 의를 중시하고 자기 목숨을 가벼이 여기며 지기知己에게 보답하기 위해 분연히 사지死地로 달려간 협객이라고 간주되었다.

제58회

1. 봉황은 옛 전설에서 상서로움을 상징하는 신령한 새이며, 그중 수컷은 '봉鳳', 암컷을 '황凰'이라고 한다. 이 말은 대개 부부를 비유할 때 쓰인다. 여기서는 우관藕官과 적관蕊官이 연극에서 부부 연기를 하고 실제 생활에서도 부부처럼 지내지만, 사실 그들은 모두 어린 여자아이들일 뿐이기 때문에 '가짜 봉황'과 '헛된 짝'이라고 표현한 것이다.
2. 봉건시대에는 황제의 후비에 대한 상을 신하와 백성들도 모두 지켜야 했다. 상을 치르는 기간에는 벼슬아치부터 일반 백성까지 모두 연회와 결혼 등에 갖가지 제한이 가해졌다.
3. 진가경秦可卿이 죽은 후 가용賈蓉이 재혼한 사람의 이름을 지연재脂硯齋 비평본에서는 '허씨許氏'라고 표기했고, 본 번역의 저본인 '교주본校注本' 제58회의 원문에 "태부인과 형부인, 왕부인, 우씨, 허씨 등의 고부姑婦와 조손祖孫들이 매일 조정에 들어가 제사에 참석했다〔賈母, 邢, 王, 尤, 許婆媳祖孫等皆每日入朝隨祭〕."라는 내용이 들어 있기 때문에 '허씨'라고 하는 것이 맞을 수도 있다. 하지만 본 번역에서는 뒤쪽의 서술에서 줄곧 '호씨胡氏'라고 표기한 것에 맞추기 위해 이 부분을 "태부인과 형부인, 왕부인, 우씨 그리고 많은 고부姑婦와 조손祖孫들이 매일 조정에 들어가 제사에 참석했다."라고 조금 바꿔서 번역했다.
4. 편궁偏宮은 정전正殿 양쪽에 지어진 건물을 가리킨다.
5. 이 시 구절은 소녀가 결혼해서 아이를 낳았음을 비유하는 뜻으로도 쓰인다. 『당시기사唐詩紀事』 권56에는 두목杜牧이 호주湖州를 여행할 때 아름다운 소녀를 만났는데, 14년 후 그가 다시 호주의 지방관으로 나가게 되어 그 소녀를 찾아보니 이미 결혼해서 아들을 낳아 기르고 있었다. 이에 그는 다음과 같은 시를 지었다고 한다.

  自是尋春去較遲   봄나들이 나선 게 조금 늦었으니
  不須惆悵怨芳時   꽃구경 때를 놓쳤다고 슬퍼하지 말아야지
  狂風落盡深紅色   거센 바람에 진홍빛 꽃들 다 떨어지고
  綠葉成蔭子滿枝   푸른 잎 무성한 가지에 열매 가득 달렸구나!

6. 공야장公冶長은 춘추시대 공자의 제자로서 노나라 사람이다. 일설에는 제나라 사람이라고도 하는데, 새의 말을 알아들을 수 있었다고 한다.
7. 옛날에는 부모나 형제가 죽었을 때 은박지를 접어 만든 돈〔元寶〕이나 은괴〔錁子〕, 지전 따위를 종이로 만든 주머니〔包袱〕에 넣고 태워 제사를 지냈다.

8. 당나라 한유韓愈가「맹교孟郊를 전송하며〔送孟東野序〕」의 첫머리에서 "무릇 사물은 그 공평함을 얻지 못하면 울게 된다〔大凡物不得其平則鳴〕."라고 한 데서 나온 말이다. 대체적인 내용은 가만히 있던 종도 때리면 소리를 내듯이 사람도 불공평한 대우를 받으면 하소연을 하게 된다는 것이다.
9. 용장계慵妝髻는 머리카락 사이가 뜨도록 느슨하게 묶어서 한쪽으로 늘어뜨리는 머리모양이다.

제59회

1. '타교馱轎'는 앞뒤에서 각기 2마리의 가축들이 메고 가는 가마로서 '나타교騾馱轎'라고도 부른다.
2. 가용의 아내였던 진가경은 이미 앞부분에서 죽은 것으로 되어 있기 때문에, 여기 등장하는 사람은 후실인 것으로 보인다. 120회본의 뒤쪽에 나오는 설명에 따르면 그녀는 호胡 아무개라는 벼슬아치의 딸이다.
3. '행반선杏癬癬'은 버짐의 일종으로 대개 봄에 많이 생긴다.
4. '장미초薔薇硝'는 장미꽃 등을 넣어 만든 가루약이며, 주로 버짐 치료에 많이 쓰인다.

제60회

1. 각각 태비의 장례식에 참석하러 간 태부인과 왕부인, 그리고 몸져누워 있는 왕희봉을 가리킨다.
2. '매향이와 자매를 맺으면 나이에 상관없이 다 종〔梅香拜把子-都是奴幾〕'이라는 것은 헐후어歇後語이다. '매향梅香'은 기생을 대표하는 말이고, '배파자拜把子'는 형제자매의 의를 맺었다는 뜻이며, '기幾'는 서열 내지 항렬이라는 뜻이다. 그러니 이 말은 곧 '조씨 당신이나 나 방관이나 모두 가씨 가문의 노비 신세가 아니냐.'는 뜻이다.
3. '선자鐥子'라고도 한다. 이것은 술을 데울 때 쓰는 그릇으로서 위아래로 반듯한 원통 모양인데, 대개 구리나 주석으로 만든다. 술을 데울 때는 술병을 선자 안의 뜨거운 물에 담가 적당히 데워질 때까지 기다린다.

제61회

1. 옛날 남자아이들은 사방의 머리를 깎고 중간에 짧은 머리카락을 조금 남겨두었는데, 그 생김새가 마치 요강 뚜껑과 비슷했기 때문에 이렇게 표현한 것이다.
2. 원문에서 '새매'라고 번역한 '여계鷙鷄'는 온몸이 검은색이고 몸통은 작은데 꼬리는 긴, 사나운 맹금류猛禽類이다. 특히 이 새는 알을 부화하고 있을 때 둥지를 침범당하면 목숨을 걸고 싸운다고 알려져 있다.

제62회

1. 공첨供尖은 밀가루로 만든 작은 막대 모양의 덩어리를 기름에 튀긴 후 꿀을 발라 탑 모양으로 쌓은 것인데, 절이나 도관에서 부처나 신에게 올릴 때 쓰는 음식이다. 밀공蜜供이라고도 부른다.
2. 자물쇠 모양의 목걸이[鎖兒]는 대개 금이나 은으로 만들며, 어린아이가 이걸 걸고 있으면 건강하고 평안하게 살 수 있도록 보호해준다는 미신이 있다.
3. 사면화합四面和合은 염낭을 만들 때 4조각의 비단을 이어 붙여 만드는 것으로서, 명칭 자체에 상서로운 의미가 들어 있다.
4. 녕국부 가경의 조부이자 가대화의 부친인 녕국공 가연賈演을 가리킨다.
5. 탄사彈詞는 민간 곡예曲藝의 일종으로, 이야기 서술을 위주로 하면서 말과 노래를 섞어 진행하는데, 대개 비파와 같은 악기의 반주를 곁들인다.
6. '사복射覆'은 고대로부터 전해지는 놀이의 일종이며, 원래는 사발 같은 그릇에 어떤 물건을 덮어놓고 무엇이 들어 있는지 알아맞히는[射] 놀이였다. 나중에는 주령으로 발전해서 시나 글귀, 고사성어, 전고典故 등을 이용하여 어떤 사물을 암시하게 해놓고, 차례가 된 사람에게 알아맞히게 하는 방식으로 바뀌었다. 이때 답을 맞히는 사람도 그 사물을 암시하는 다른 시나 글귀, 고사성어, 전고 등을 제시해야 한다. 답을 맞히지 못하거나 문제를 잘못 낸 사람은 모두 벌주를 마셔야 한다.
7. '무전搏戰'은 '활권豁拳', '할권搳拳', '획권劃拳', '고권鼓拳'이라고도 부르는 주령의 일종이다. 두 사람이 동시에 손가락을 내밀면서 각기 하나의 숫자를 말하는데, 말하는 숫자와 쌍방에서 내미는 손가락의 개수를 합한 수가 맞으면 이기게 된다.
8. '계창雞窗'은 서재를 가리킨다. 진晉나라 때 연주자사兗州刺史를 지낸 송처종宋處宗이 울음소리가 긴 닭을 한 마리 얻어서 늘 창가에 두었는데, 어느 날 갑자기 닭이 사람

의 말을 할 줄 알아서 송처종과 종일 이야기를 나눈 덕분에 그의 학문이 크게 진보했
다고 한다. 이 때문에 후세에 '계창'은 종종 서재를 가리키는 말로 쓰이게 되었다
(『유명록幽明錄』). '계인雞人'은 원래 주나라 때의 벼슬 이름으로서 제사에 올리는 닭
을 담당하면서 대전大典을 거행할 때는 시간을 알리며 밤에 순찰 도는 일도 맡았다.
후세에는 궁중에서 시간 알리는 일을 전담하는 관리를 가리키는 뜻으로 쓰였다.

9. 첫 구절부터 차례로 당나라 때 왕발王勃의 「등왕각서滕王閣序」, 송나라 때 육유陸游의
시 「한석寒夕」에서 나온 것이다. 후자의 원문은 다음과 같다.

夜扣銅壺彻旦吟   밤중에 구리 단지 두드리며 날 새도록 읊조리나니
了無人會此時心   이때의 마음 알아주는 이 없으리라.
燈殘焰作孤螢小   등불은 스러져 불꽃은 반딧불처럼 작아지고
火冷灰如積雪深   화롯불은 식어 재가 눈처럼 깊이 쌓였구나.
風急江天無過雁   세찬 바람 몰아치는 강 위 하늘에는 지나는 기러기도 없고
月明庭戶有疏砧   달빛 밝은 뜰에는 성긴 다듬이질 소리 들리네.
此身畢竟歸何許   이 몸은 결국 어디로 돌아가려나?
但憶藏舟黃葦林   그저 시든 갈대숲에 숨겨둔 배만 생각나네.

그리고 '절족안折足雁'은 '장삼長三'과 '일이一二', '장삼'으로 이루어진 골패 짝의
이름이며, '구회장九廻腸'은 곡패曲牌 이름이고, 마지막 구절의 "홍안래빈鴻雁來賓"은
『예기禮記』 「월령月令」에 들어 있는 구절이다.

10. 이 두 구절은 '개암나무 진榛'과 '다듬이 침砧'의 중국어 발음이 모두 [zhēn]이라는
점을 교묘히 이용하여 주령의 규정에 맞추면서 개암나무 열매와 다듬이 소리는 아무
상관이 없다는 사실을 설명하고 있다.

11. 이환이 상에 놓인 술통[樽]을 보고 송나라 때 소식蘇軾의 시 「구일에 읊은 세 수〔九日
三首〕」의 "표주박 술통 부질없이 벽에 걸려 있네〔瓢樽空掛壁〕."라는 구절을 염두에 두
고 '표주박'이라고 문제를 내자, 형수연이 당나라 때 유희이劉希夷의 시 「신풍으로
떠나는 벗을 전송하며〔送友人之新豊〕」의 "초록 술통 앞에서 시름 생기네〔愁向綠樽生〕."
라는 구절을 염두에 두고 '초록'이라고 대답해 맞힌 것이다.

12. "독 안으로 들어가시지요〔請君入瓮〕!"라는 말은 그 사람의 수단을 이용해서 그 사람
자신을 다스린다는 뜻이다. 『자치통감資治通鑑』 「당기唐紀」에는 당나라 천수天授 2년
(691)에 무측천武則天이 내준신來俊臣에게 주흥周興을 심문하게 한 이야기가 수록되
어 있다. 이때 내준신이 주흥에게 "범인을 자백하게 하려면 어떻게 해야 하는가?"

하고 물으니, 주홍은 "범인을 불구덩이 속에 놓인 큰 독에 넣으면 자백하지 않을 수 없지요." 했다. 이에 내준신은 그가 말한 대로 큰 독을 놓고 주홍에게 "황제의 칙명을 받아 그대를 심문하게 되었으니 독 안으로 들어가시게." 하고 말했다. 이에 주홍이 즉시 모든 죄를 자백했다고 한다. 여기서는 사상운에게 아까 가보옥에게 얘기했던 것과 똑같은 조건으로 주면과 주저를 읊어보라는 뜻이다.

13. 첫 구절은 송나라 구양수歐陽脩의 「추성부秋聲賦」에, 둘째 구절은 당나라 두보杜甫의 시 「추흥 8수(秋興八首)」에 들어 있다. '철쇄람고주鐵鎖纜孤舟'는 '장삼長三'과 '삼륙三六', '장삼'으로 이루어진 골패 짝의 이름이다. '일강풍一江風'은 곡패曲牌 이름이며, "불의출행不宜出行"은 옛날 달력의 날짜 아래에 상투적으로 쓰이던 구절이다.

14. '오리 대가리(鴨頭)'와 '하녀 아가씨(丫頭)'가 중국어에서 똑같이 (yātou)라고 발음하는 것을 이용한 말장난이다.

15. 남송 때 정회鄭會의 시 「관저의 벽에 쓰다(題邸間壁)」에 들어 있는 구절로, 구절 중 '옥비녀(玉釵)'는 촛불을 비유한 표현이다.

16. 이 구절은 잠참의 시 「남해 현위로 떠나는 양원을 전송하며(送楊瑗尉南海)」에 들어 있다. 「남해 현위로 떠나는 장선생을 전송하며(送張子尉南海)」라고도 한다.

17. 이 구절은 이상은의 시 「잔화殘花」에 들어 있는데, 원래는 "보배로운 비녀에 먼지 생기지 않는 날 언제인가(寶釵何日不生塵)?"로 되어 있다. 보배로운 옥에 먼지가 생긴다는 말은 여자가 화장하고 꾸미는 데에 게으르다는 것을 묘사한 것이다.

18. 첫 구절은 송나라 구양수歐陽脩의 「취옹정기醉翁亭記」에, 둘째 구절은 당나라 이백李白의 시 「객중행客中行」에 들어 있다. '매초월상梅梢月上'은 '장오長五'와 '일오么五', '장오'로 이루어진 골패 짝의 이름이다. '취부귀醉扶歸'는 곡패曲牌의 이름이다. "응당 친우를 만나리라(宜會親友)."는 달력의 날짜 아래 종종 적혀 있는 구절이다.

19. 『당여록唐餘綠』에 따르면 이덕유李德裕의 평천별서平泉別墅에 술 깨는 돌이 있는데, 취했을 때 그 위에 앉아 있으면 술이 깬다고 했다. 여기서는 입에 물고 있는 돌의 일종인 듯한데, 실제 효과가 있는 것인지는 알 수 없다.

20. 장쑤(江蘇) 우시(無錫)의 혜산사惠山寺에 있는 이른바 '천하제이천天下第二泉'의 물로 빚은 술로, 청나라 초기에 혜천주는 황실 진상품이 되었다.

21. '녹휴향도綠畦香稻'는 벼 이랑에 아직 푸른빛이 남아 있을 때 베어 도정한 품질 좋은 멥쌀이다.

제63회

1. 보이차普洱茶는 윈난〔雲南〕 푸얼〔普洱〕 일대에서 나는 것으로, 대개 많은 찻잎을 눌러서 덩어리 형태로 만든다. 『본초강목습유本草綱目拾遺』 「목부木部」에 따르면 검은색은 술을 깨는 데 좋고, 녹색은 효능이 더 좋아서 소화를 돕고 담을 제거하여 위를 튼튼하게 해준다고 했다.
2. 명나라 때 이일화李日華가 편찬한 『자도헌잡철紫桃軒雜綴』에 따르면, 여아차女兒茶는 태산泰山 부근에서 벽오동의 새싹을 따서 만든 음료이다. 일설에는 여아차도 보이차의 일종이라고 하기도 한다.
3. 정요定窯는 정주定州, 지금의 허베이〔河北〕 취양〔曲陽〕에 있던 가마로, 송나라 때 5대 명요名窯 중 하나이다. 이곳에서는 당나라 때 형요邢窯에서 만들던 백자의 전통을 이어받아 한층 발전시켰으며, 북송 중엽부터 궁중에서 쓰는 자기를 만들기 시작했다.
4. '창홍搶紅'은 주사위를 던져서 붉은 점의 개수가 많이 나오는 사람이 이기는 놀이다.
5. '꽃 이름 뽑기〔占花名兒〕'는 각종 꽃 이름을 적은 제비를 놓고 주사위를 던져서 제비를 뽑은 다음, 제비에 적힌 방식대로 술을 마시거나 노래를 부르는데, 역시 제비에 적힌 내용에 따라 자신이 직접 할 수도 있고 남을 시킬 수도 있다. 제비를 뽑은 사람은 적힌 내용을 수행하고 나서 다시 주사위를 던져 다음에 제비를 뽑을 사람을 정한다.
6. 이 구절은 당나라 때 나은羅隱이 쓴 「모란〔牡丹花〕」에 들어 있다. 전체 시는 다음과 같다.

似共東風別有因	봄바람 같이 쐬어도 다른 사연 있는 듯
絳羅高卷不勝春	붉은 비단 높이 말고 봄을 이기지 못하네.
若敎解語應傾國	사람 말 가르치면 나라 기울게 할지니
任是無情亦動人	무정하다 해도 사람을 움직이리라.
芍藥與君爲近待	작약은 그대 옆에서 시중드는데
芙蓉何處避芳塵	부용은 어디에서 향기로운 먼지 피하는가?
可憐韓令功成後	가련하게도 한홍韓弘은 공을 세운 후
辜負穠華過此身	아름다운 꽃을 저버리고 내 탓이라고 하겠지.

7. 이 가사는 명나라 때의 희곡 『목양기牧羊記』 「경수慶壽」의 세 번째 노래인 「산화자山花子」의 첫 구절이다.
8. 「꽃구경하는 시절〔賞花時〕」은 곡패曲牌 이름이다. 명나라 때 탕현조湯顯祖가 쓴 『한단기邯鄲記』 「도세度世」에서 하선고何仙姑가 봉래산蓬萊山에 와서 대문 밖에서 꽃을 쓸며

부르던 노래이다. 다만 여기 수록된 노래 가사는 청나라 때 섭당葉堂의 『납서영곡보納書楹曲譜』에 수록된 『한단기』에 들어 있는 것과는 약간 차이가 있다.

9. 명나라 때 풍몽룡이 편찬한 『성세항언醒世恒言』「여동빈이 황룡을 베려고 칼을 날리다〔呂洞賓飛劍斬黃龍〕」에 따르면, 여동빈은 황룡선사黃龍禪師와 다투다가 머리에 계척戒尺을 한 대 맞고 화가 나서 밤에 제사를 지내 '항마태아신광보검降魔太阿神光寶劍'을 만들어 황룡을 베려고 날렸으나 칼을 빼앗겨버려서 자신이 직접 찾으러 갔다. 하지만 그 역시 붙들려 '입마암入魔岩'에 갇혀 죽을 위기에 처했는데, 다행히 그의 스승 종리권鍾離權이 사정해서 간신히 구해낼 수 있었다고 한다.

10. 송나라 때 소식蘇軾의 「차운회선생삼수次韻回先生三首」의 서문에 따르면, 송나라 때 호주湖州 동림東林의 심沈 아무개가 집은 가난한데 손님 접대하기를 좋아했고, 술을 잘 빚어서 손님을 붙들고 술을 마시면 항상 손님을 취하게 만들었다고 한다. 이 구절은 여동빈으로 하여금 길 가는 도중에 술 욕심에 일을 그르치지 말라고 권고하는 뜻이다.

11. 이 구절은 당나라 때 고섬高蟾의 시 「낙제 후 영숭의 고 시랑에게 올림〔下第後上永崇高侍郞〕」에 들어 있다. 전체 시는 다음과 같다.

    天上碧桃和露種 하늘 위에 벽도 이슬 개어 심고
    日邊紅杏倚雲栽 해 옆의 붉은 살구 구름에 기대 심었구나.
    芙蓉生在秋江上 부용은 가을 강가에 자라지만
    不向東風怨未開 꽃 피지 못했다고 봄바람을 원망하진 않는다네.

12. 이 구절은 송나라 때 왕기王琪의 시 「매화〔梅〕」에 들어 있는 것으로서, 전문은 다음과 같다.

    不受塵埃半點侵 속세의 먼지 조금도 묻지 않아
    竹籬茅舍自甘心 대 울타리 초가집도 스스로 달가워하노라.
    只因誤識林和靖 다만 임포林逋에게 잘못 알려져
    惹得詩人說到今 지금까지 시인들로 하여금 얘기하게 만들었구나.

임포(967~1028)의 자字는 군복君復으로 항주杭州 서호西湖 근처에 은거하며 매화와 학을 벗삼아 평생 독신으로 살다가 죽었다. 훗날 송나라 인종仁宗이 그에게 화정선생和靖先生이라는 시호를 하사했다.

13. 이 구절은 송나라 때 소식蘇軾의 시 「해당화〔海棠〕」에 들어 있는 것으로, 전문은 다음과 같다.

東風裊裊泛崇光　산들산들 봄바람에 고귀한 빛 일렁이고
　　　香霧空濛月轉廊　향기 배인 흐릿한 안개 속에 달은 회랑을 돌아가네.
　　　只恐夜深花睡去　그저 밤이 깊어 꽃도 잠들까 걱정일 뿐이라
　　　故燒高燭照紅粧　커다란 촛불 밝혀 아리따운 자태 비추네.

14. 이 구절은 가보옥 곁의 여인들이 모두 떠난 뒤에도 사월은 마지막까지 그의 곁에 남아 저무는 영화의 마지막을 장식한다는 뜻을 암시하고 있다. 도미는 장미과의 관목灌木으로서 덩굴에 고리 모양의 가시가 나 있으며, 늦여름에 하얀 꽃이 핀다. 이 구절은 송나라 때 왕기王琪의 시 「늦봄에 작은 정원을 노닐며[春暮遊小園]」에 들어 있는데, 전문은 다음과 같다.

　　　一從梅粉褪殘粧　매화의 남은 화장 퇴색한 뒤에
　　　涂抹新紅上海棠　새로 만든 붉은 화장 해당화에 발랐네.
　　　開到荼蘼花事了　도미꽃 피면 한 해 꽃도 다 피는 셈인데
　　　絲絲天棘出莓墻　가느다란 천문동天門冬들 딸기밭 울타리를 뚫고 나오네.

15. 연리지는 두 나무의 가지가 붙어 함께 자라는 것으로, 종종 사랑하는 부부 사이를 비유한다. 이 구절은 송나라 때 주숙정朱淑貞의 시 「지는 봄 아쉬워[惜春]」(「낙화落花」라고 하기도 함)에 들어 있는데, 전문은 다음과 같다.

　　　連理枝頭花正開　연리지 끝에 꽃이 활짝 피었는데
　　　妒花風雨便相催　비바람이 시기하며 번갈아 재촉하네.
　　　願教青帝長爲主　부디 봄의 신 청제께서 영원히 주관하사
　　　莫遣紛紛落莓苔　꽃잎들 어지러이 이끼 위에 떨어지지 않게 해주시길!

16. 이 구절은 송나라 때 구양수歐陽脩의 「명비곡: 왕안석의 시에 화답하여 지은 두 번째 시[明妃曲和王介甫作二首]」에 들어 있다. 시 전문은 너무 길기 때문에 본 주석에서는 인용하지 않는다.

17. 화습인이 이 구절이 적힌 제비를 뽑았다는 것은 훗날 가씨 가문이 몰락할 무렵 그녀가 가보옥을 떠나 장옥함과 결혼해버리는 경박한 품행을 풍자한 것이다. 이 구절은 송나라 때 사방득謝枋得의 시 「경전암의 복사꽃[慶全庵桃花]」에 들어 있는데, 전문은 다음과 같다.

　　　尋得桃源好避秦　복사꽃 피는 곳 찾아 진나라의 폭정 피하니
　　　桃紅又見一年春　복사꽃 붉게 피면 또 봄이 온 줄 알겠네.
　　　花飛莫遣隨流水　꽃잎 날려도 흐르는 물에 띄워 보내지 말지니

怕有漁郎來問津　어부가 찾아오는 길 물을지 모른다네.
18. 이 두 구절은 송나라 때 범성대范成大의「중양절에 묘지에 다녀오다〔重九日行營壽藏之地〕」에 들어 있는데, 첫 구절의 마지막 글자는 차이가 있다. 전문은 다음과 같다.
　　　家山隨處可行楸　고향 어디에서나 오동나무 벨 수 있나니
　　　荷鍤攜壺似醉劉　삽 지고 술병 든 모습 취한 유영劉伶 같네.
　　　縱有千年鐵門限　천년 동안 부귀영화 누린다 해도
　　　終須一個土饅頭　결국 한 무더기 무덤으로 돌아갈 뿐.
　　　三輪世界猶灰劫　죄업으로 가득 찬 세상은 화겁火劫 뒤의 재 같은데
　　　四大形骸强首丘　인간의 육신은 기어이 고향으로 돌아가려 하네.
　　　螻蟻烏鳶何厚薄　개미와 까마귀 중 누가 더 나은가?
　　　臨風拊掌菊花秋　바람 앞에서 손뼉 치며 국화 피는 가을 맞이하네.
19. '기인畸人'은 하는 일이 괴팍하고 속세의 예절에 어긋나는 사람을 가리킨다.『장자莊子』「대종사大宗師」에서 공자孔子는 제자 자공子貢에게 "기인은 사람들에게는 어울리지 않아서 하늘과 같아지려는 사람〔畸人者 畸於人而侔於天〕"이라고 설명했다.
20. '견융犬戎'은 '견이畎夷', '곤이崑夷', '관이串夷'라고도 부르는 소수민족으로, 고대 중국 서융西戎 민족의 별칭이다. 이 민족은 이미 은·주나라 때부터 경수涇水와 위수渭水 유역에서 유목생활을 했다.
21. 대영의 성인 위韋와 '오직'이라는 뜻을 가진 유惟는 모두 중국어 발음이 〔wéi〕이기 때문에 이런 식의 은유가 가능하다.
22.『주역周易』「계사상繫辭上」에 나오는 말이며, 전문은 다음과 같다. "방법은 부류에 따라 모이고 사물은 무리에 따라 나뉘어 길흉이 생겨나게 된다〔方以類聚 物以群分 吉凶生矣〕."
23. '온도리나溫都裏納'는 의미상 금성처럼 주황색의 보석, 또는 그것으로 만든 유리 제품 내지 도자기 제품으로 보인다. 어쨌든 이 단어는 프랑스어의 음역으로 보이는데, 원래의 단어에 대해서는 사실 이태리어인 'venturina'를 가리킨다든지, 프랑스어의 'aventurine'나 'vitrine'이라는 설, 심지어 그것이 유리 제품을 뜻하는 프랑스어 'verre'의 어원인 범어梵語 'vaidūrya'를 가리킨다는 등 다양한 설이 있다.
24. 송나라 때 장군방張君房이 편찬한『운급칠첨雲笈七籤』에 따르면, 도교에서는 사람의 몸안에 '삼시三尸'가 있어서 평소 행한 못된 일을 살피다가 경신일庚申日에 천제天帝에게 고발하여 그 사람의 복과 수명을 줄이게 만든다고 믿고, '삼시'가 자기 몸에서

빠져 나가지 못하도록 경신일에 잠을 자지 않는 풍습이 있었다고 한다.
25. '천문생天文生'은 본래 명·청 시대 흠천감欽天監에서 근무하던 벼슬아치를 가리키는데, 주로 별자리와 날씨 등 기상과 기후를 관측하고 예보하는 직책을 맡았다. 다만 여기서는 옛날에 택일이나 점복, 풍수 등을 담당하던 사람을 말하는데, 일반적으로 이런 사람들을 음양선생陰陽先生, 풍수선생風水先生, 감여선생堪輿先生 등으로 불렀다.
26. '숭호嵩呼'는 '산호山呼'라고도 한다. 신하들이 황제를 칭송하기 위해 소리 높여 '만세'를 외치는 것이다. 일반적으로 만세는 세 번을 외친다.
27. 축사밀의 씨[砂仁]는 양춘사陽春砂 또는 해남사海南砂의 씨앗으로서, 한의학에서는 기의 운행을 돕고 위의 활동을 촉진시켜 소화를 돕는 효능이 있는 약재로 활용된다.

제64회

1. 『논어』「팔일八佾」의 "예는 화려하기보다는 검소한 게 좋고, 상은 가볍게 치르는 것보다 비통하게 치르는 게 좋다[禮 與其奢也寧儉 喪 與其易也寧戚]."라는 구절을 염두에 둔 말이다.
2. 서시의 마지막 운명에 대해서는 이설이 많은데, 대표적인 것으로는 2가지가 있다. 첫째는 오나라가 망한 후 서시가 범려范蠡와 함께 천하의 호수를 노닐며 지냈다는 것이고(당나라 육광미陸廣微가 편찬한 『오지기吳地記』에 인용된 『월절서越絶書』의 내용), 다른 하나는 강물에 몸을 던져 죽었다는 것이다(『순자荀子』「친사親士」). 여기서 임대옥은 후자의 설을 채택하여 서시의 운명을 슬퍼하고 있다.
3. 『장자』「천운天運」에는 서시의 이웃에 못생긴 여자가 있었는데 서시가 눈살 찡그리는 모습이 보기 좋아서 그걸 따라 했더니 더욱 밉게 보였다는 이야기가 실려 있다. 훗날에는 그 이웃 여자를 '동시東施'라고 부르곤 했다.
4. 이 개울은 대개 절강浙江 소흥紹興의 약야계若耶溪를 가리키는 것으로 알려져 있다.
5. 초패왕楚覇王 항우項羽가 사랑하던 애첩으로, 항상 전쟁터에까지 항우를 따라다녔다고 한다. 그러나 항우가 해하垓下에서 사면초가四面楚歌의 위기에 처해 그녀를 걱정하는 노래를 부르자, 그에 화답하고 스스로 목을 베어 자결했다고 한다.
6. '오추마烏騅馬'는 항우가 타고 다니던 명마 이름이다.
7. 『사기』「항우본기項羽本紀」에 따르면 항우는 겹 눈동자[重瞳]를 가지고 있었다는 설이 있다고 했다.

8. 경포黥布는 본래 항우의 부장部將이었는데 훗날 한나라에 투항하여 유방劉邦을 따라 초나라 군대를 격파했지만, 나중에 모반을 꾀하다가 처형되었다. 팽월彭越은 원래 거야택巨野澤에서 진秦나라에 대항하는 의병을 일으켰다가 나중에 한나라에 귀순하여 양왕梁王에 봉해졌으나, 나중에 모반을 꾀한다는 밀고를 당해 해형醢刑에 처해지고, 그 육장肉醬은 제후들에게 하사되었다. '해醢'는 본래 고기나 생선을 장에 담가 조리는 요리 방법인데, 옛날에는 반역죄와 같은 중죄인을 처형하는 방법으로도 쓰였다.
9. 왕소군王昭君을 가리킨다.
10. 한나라 원제元帝는 궁녀가 많아서 화공이 그린 초상화를 보고 총애를 베풀었는데, 당시 궁정의 화가 모연수毛延壽 등에 뇌물을 준 궁녀들은 예쁘게 그리고 왕소군처럼 그렇지 않은 이들은 원래 모습과 달리 밉게 그려서 황제의 총애를 받지 못하게 했다. 훗날 왕소군이 흉노의 왕비로 선발되어 나갈 때 본모습을 본 원제는 사건을 조사하여 모연수 등의 화공들을 처형했다고 한다.
11. 『진서晉書』 「석숭전石崇傳」과 송나라 때 악사樂史가 쓴 『녹주전綠珠傳』에 따르면, 녹주綠珠는 진晉나라 때의 부호 석숭石崇의 시첩侍妾으로서 성은 양梁씨인데, 피리(笛)를 잘 불었다고 한다. 당시 손수孫秀라는 권력자가 녹주를 탐했지만 석숭이 주지 않자, 손수가 황제의 명령을 위조하여 석숭을 체포했다. 그러자 녹주는 자살해버렸고, 석숭도 사형에 처해졌다고 한다.
12. 석숭石崇은 산기상시散騎常侍, 시중侍中, 남만교위南蠻校尉 등의 벼슬을 지냈기 때문에 원문에서 '석위石尉'라고 표현했다.
13. 홍불紅拂은 당나라 때 두광정杜光庭이 쓴 전기傳奇 소설 「규염객전虯髯客傳」의 여자 주인공으로 성은 장張씨이며, 수나라의 대신 양소楊素의 시녀였다가 훗날 이정李靖과 눈이 맞아 몰래 도망친다. 그녀는 양소의 시녀로 있을 때 붉은 먼지떨이를 들고 있다가 이정을 만나자 자신의 이름을 '홍불'이라고 소개했다.
14. 소설에서 평민 신분인 이정은 대신 양소를 만났을 때 엎드려 큰절하지 않고 그저 허리만 깊숙이 숙여 절한 후, 편안하고 거침없는 웅변으로 듣는 사람을 설복시켰다.
15. '칸막이(排揷兒)'는 '패삽牌揷'이라고도 부르는데, 실내의 구역을 나누는 고정된 시설 중 하나로서 종종 실내의 앞뒤 처마 아래의 구들 양쪽에 설치한다.
16. 갑신본甲申本 등 다른 판본에서는 이 뒤에 다음과 같은 구절이 덧붙여져 있다. "그야말로, '단지 형제가 색욕을 탐한 까닭에 부부 사이에 전쟁이 일어나게 되는구나.' 라는 격이었다[正是: 只爲同枝探色慾 致教連理起干戈]."

제65회

1. 원문의 '이사二爺'는 둘째 도련님(二公子), 또는 둘째 서방님(二少爺)이라는 뜻이다. '사爺'는 원래 사인舍人이라는 벼슬 이름이었으나, 송나라와 원나라 이래로는 귀족이나 관료 집안 자제를 가리키는 뜻으로 쓰였다.
2. 제44회 이야기에 따르면 포이댁은 가련과 불륜이 들통난 후 목을 매 자살했다고 했는데 여기서 다시 등장하고 있으니, 판본을 조합하는 과정에서 착오가 생긴 듯하다. 어쩌면 이 사람은 나중에 가련이 구해준 두 번째 부인일 수도 있으나, 본문에는 그에 대한 설명이 없다.

제66회

1. 옛날에는 사람이 죽으면 승려나 도사를 불러 관 주위를 돌며 경을 외워 죽은 이의 영혼을 저승으로 안내하는 풍습이 있었다.
2. '기夔'는 용과 비슷하게 생겼으며 다리가 하나 나 있는 전설 속의 동물이다. 옛날 기물器物의 문양에 자주 등장한다.
3. 문맥상 '사랑의 하늘(情天)'과 '사랑의 땅(情地)'은 모두 태허환경太虛幻境을 가리키는 듯하다.

제67회

1. '향주香珠'는 '향관香串'이라고도 하는데, 구슬 모양으로 만든 향 덩어리를 꿴 것이다. 대개 한 꿰미에 18개가 꿰어져 있기 때문에 '십팔자十八子'라고도 부른다.
2. '호구虎丘'는 지금의 장쑤성(江蘇省) 쑤저우시(蘇州市) 서북쪽에 있는 후치우산(虎丘山) 일대를 가리킨다. 동한 때 조엽趙曄이 편찬한 『오월춘추吳越春秋』에 따르면 오나라 왕 합려闔閭의 무덤이 여기 있는데, 그를 묻고 3일 후에 하얀 호랑이 한 마리가 무덤 위에 앉아 있는 것이 보여서 '호구'라는 이름이 붙었다고 한다.
3. '사자등沙子燈'은 등롱 모양의 장난감으로, 불은 밝힐 수 없다. 겉껍질을 얇게 깎은 버드나무로 둥글게 만들어서 등롱 덮개처럼 보이며, 크기는 다양하다. 앞쪽에는 두꺼운 종이를 발라 연극 장면을 묘사하는데, 인물의 팔다리나 머리, 기타 무기 등의 소지품들은 별도의 종이를 오려 만들어 붙인다. 뒤쪽에는 고려지高麗紙를 붙이고 그

안에 가는 모래를 담은 후, 방울을 하나 달아두었다. 사자등을 슬쩍 움직이면 모래가 흐르면서 방울이 울리고, 인물들이 팔다리를 움직이며 무기를 휘두른다.

제68회

1. 도찰원都察院은 명나라 최고의 행정 및 사법기관으로서 각종 사건에 대한 조사와 심리를 담당했다. 또 이 부서의 장관도 '도찰원'이라고 불렀다. 청나라 때는 이곳을 '감찰監察'이라고 불렀다.

제69회

1. 『노자老子』제73장 "어기는 데에 용감하면 죽음을 당하게 되고, 순종하는 데에 용감하면 살아남을 수 있다. 이 둘 중 어떤 것은 이롭고 어떤 것은 해롭다. 하늘이 미워하는 까닭을 누가 알랴? 그래서 깨달은 사람도 그걸 어렵게 여긴다. 하늘의 도는 싸우지 않고도 잘 이기고, 말로 표현하지 않아도 잘 대답하고, 부르지 않아도 저절로 찾아오며, 느슨한 듯하면서도 계획을 잘 세운다. 하늘의 그물은 넓은데, 성기면서도 빠뜨리지 않는다〔勇於敢卽殺 勇於于不敢卽活. 此兩者 或利或害. 天之所惡 孰知其故？是以聖人猶難之. 天之道 不爭而善勝 不言而善應 不召而自來 繟然而善謀. 天網恢恢 疏而不失〕."
2. 『주례周禮』「천관天官」「재부宰夫」의 정현鄭玄 주석에 따르면, '소상小喪'은 원래 왕실의 부인夫人 이하 구빈九嬪과 세부世婦, 어녀女御 및 내인內人의 상을 가리킨다고 한다. 여기서는 정실부인이 아닌 첩실의 상을 가리킨다.
3. '앙방殃榜'은 '상방喪榜' 또는 '앙서殃書'라고도 하며, 사람이 죽었을 때 음양가에게 부탁하여 출관일시出棺日時와 죽은 사람의 생년월일 및 사망 연월일 등을 써달라고 해서 받아두는 것을 가리킨다.
4. 옛날 풍속에 병자는 신방新房과 출산방〔産房〕, 영구가 안치된 방〔靈房〕에 들어가는 것을 피해야 한다는 것이 있었다.

| 가씨 가문 가계도 |

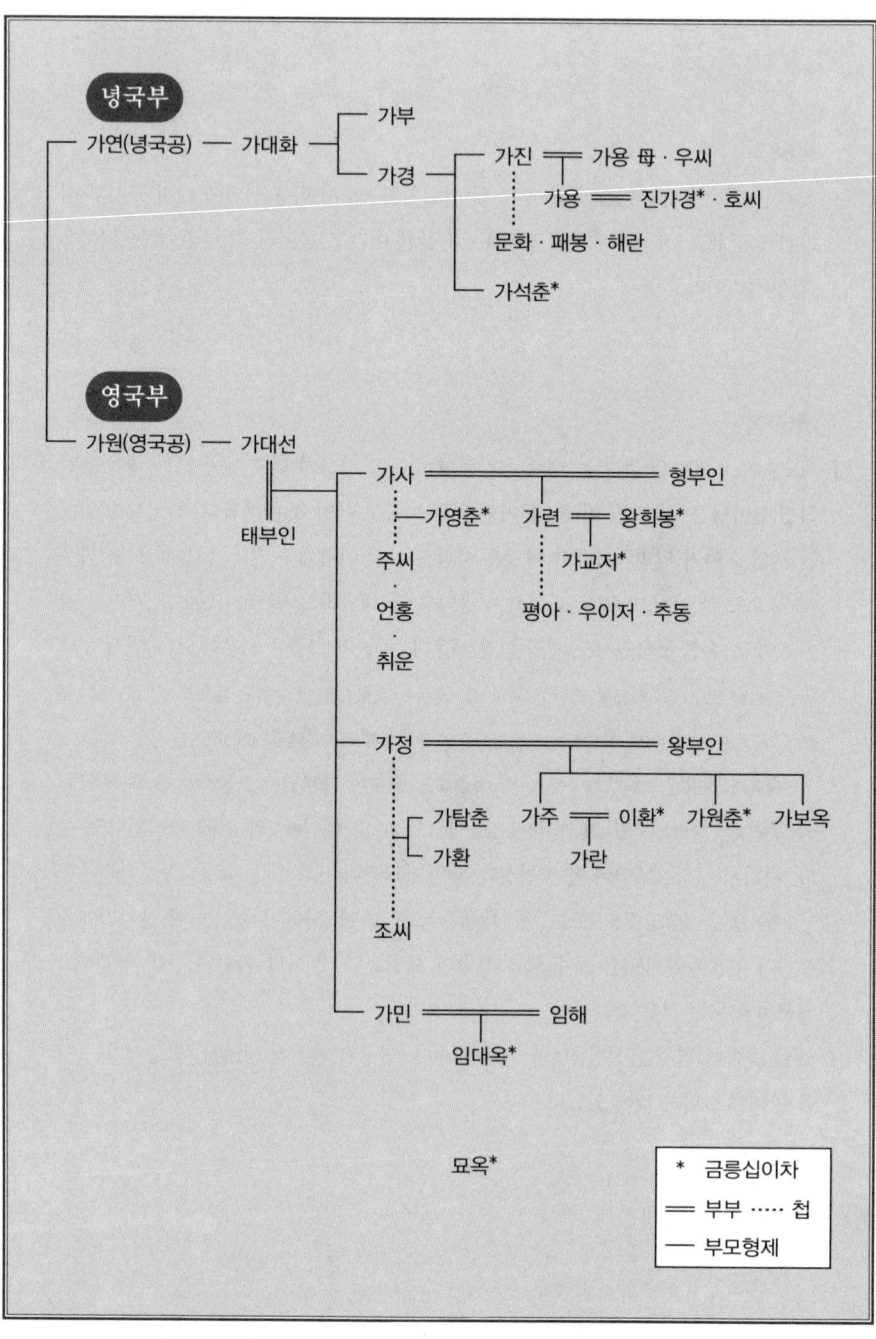

| 주요 가문 가계도 |

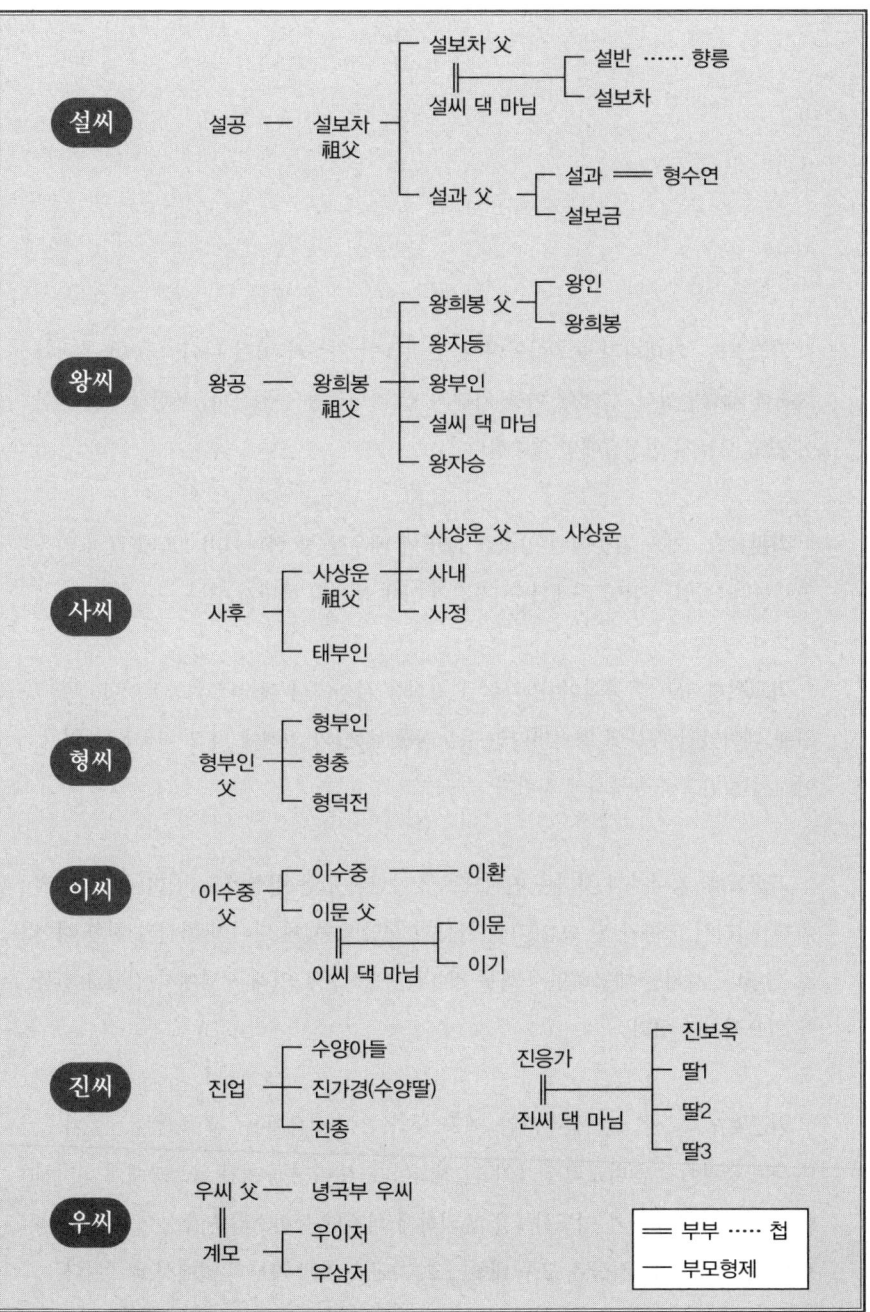

| 등장인물 소개 |

가경賈敬 가대화의 둘째아들이며, 큰아들인 가부가 어린 나이에 죽어 부친의 작위를 세습받았다. 슬하에 아들 가진과 딸 가석춘을 두었으나, 세상사에는 관심이 없고 오로지 신선술에만 열중한다.

가관茄官 가씨 가문에서 양성한 12명의 배우들 중 하나이며 노단老旦 배역을 연기한다. 훗날 극단이 해체된 후 가진의 아내 우씨의 하녀가 된다.

가교저賈巧姐 금릉십이차. 가련과 왕희봉 사이에서 태어난 외동딸이다. 7월 7일에 태어났기 때문에 양어머니인 유노파〔劉姥姥〕의 의견에 따라 이름을 지었다. 어려서는 비교적 유복하게 자랐다.

가균賈菌 영국부의 가까운 친척으로서 가란과 같은 항렬이고, 어머니는 누婁씨이다. 어려서 고아가 된 그는 가씨 가문의 서당〔家塾〕에 다니며 가란과 친한 사이로 지낸다. 하지만 대담하면서 화를 잘 내는 성격으로 인해 서당에서 김영과 갈등을 일으키기도 한다.

가근賈芹 가씨 가문에서 가란, 가용 등과 같이 이름자에 '풀 초(艸, ⺿)'가 들어가는 항렬이지만 비교적 관계가 먼 친척이다. 어머니 주씨가 왕희봉에게 청탁하여 수월암의 비구니와 여도사들을 관리하게 되지만 불미스러운 소문이 퍼지는 바람에 비구니와 여도사들은 모두 내쫓기고, 가근은 가씨 가문의 일에서 배제된다.

가련賈璉　영국부 가대선과 태부인의 큰아들인 가사와 형부인 사이에서 태어난 아들로서 왕희봉의 남편이자 가사의 첩 주씨가 낳은 딸 가영춘의 이복오빠이다. 돈을 바치고 동지同知 벼슬을 얻었으나 관청 일에는 신경 쓰지 않고 숙부인 가정의 집안에 살면서 왕희봉과 함께 영국부의 집안일을 맡아 처리한다. 무능하고 방탕하기는 하지만 가씨 집안 전체의 살림을 유지하기 위해 그 나름의 노력을 기울이기도 한다.

가보옥賈寶玉　원래 태허환경에 있는 적하궁의 신영시자로서 인간 세상에 태어난 인물이며, 이 작품의 주인공이다. 영국부 가정의 아들로 입에 통령보옥을 물고 태어나며, 가씨 가문에서 가장 어른이라고 할 수 있는 태부인의 사랑을 독차지한다. 대관원에서 여러 미녀들과 함께 살면서 다양한 에피소드를 만들어내는 그는 순결한 여성에 대해 병적인 애착을 가지고 있으며 세속의 부귀공명을 혐오한다.

가연賈演　영국공 가원의 형이며, 공신으로서 녕국공 작위를 받았다. 그가 죽은 후 아들 가대화가 작위를 계승한다.

가영춘賈迎春　금릉십이차. 가정의 형인 가사와 첩 사이에서 태어난 딸이며, 가씨 집안의 딸들 중 둘째 서열에 해당한다. 착하지만 무능하고, 유약하면서 겁이 많은 그녀는 시사詩詞에 대한 재능도 다른 자매들보다 못하고, 무른 성격으로 인해 남에게 속는 일도 많다.

가용賈蓉　녕국부 가진의 아들로, 원래는 감생監生이었지만 아내 진가경이 죽은 후 아버지가 오품 용금위 벼슬을 사주었다. 나중에 호씨胡氏와 재혼한다. 잘생기고 호리호리한 몸매를 가지고 있지만 아버지와 마찬가지로 방탕한 생활을 한다.

가용의 아내　녕국부 가진의 아들 가용의 아내를 가리킨다. 그의 아내는 원래 진가경이었으나 그녀가 죽은 후 호씨胡氏와 재혼했다. 제92회에서 풍자영과 가정이 주고받은 대화에 따르면, 그녀는 경기도京畿道를 지낸 사람의 딸이라고는 하지만

부록

449

그 집안은 그다지 내세울 만하지는 않은 듯하다. 한편, 지연재 비평본에서는 그녀를 '허씨許氏'라고 표기했고, 번역의 저본인 '교주본校注本' 제58회의 원문에 "賈母 邢 王 尤 許婆媳祖孫等皆每日入朝隨祭"라는 내용이 들어 있기 때문에 '허씨'라고 하는 것이 맞을 수도 있다. 하지만 본 번역에서는 뒤쪽의 서술과 맞추기 위해 이 부분을 "태부인과 형부인, 왕부인, 우씨 그리고 많은 고부姑婦와 조손祖孫들이 매일 조정에 들어가 제사에 참석했다."라고 조금 바꿔서 번역했다.

가원賈源 녕국공 가연의 아우로서 그 역시 공신이며 영국공의 작위를 받았다. 그가 죽은 후 아들 가대선이 작위를 계승한다.

가종賈琮 녕국부 가사의 둘째 아들로서 첩에게서 낳은 서자인 듯하지만 명확히 밝혀지지는 않았다. 이야기에서 대부분 가정의 서자인 가환과 함께 등장하지만, 줄거리 전개에서 그다지 중요한 역할을 하지 않는다.

가진賈珍 녕국부 가경의 아들로, 아버지가 신선술에 빠진 덕분에 젊은 나이에 작위를 물려받지만, 무능한데다 방탕한 성격으로 인해 가문의 몰락을 부추기는 인물이다. 심지어 자신의 며느리인 진가경의 장례를 지나치게 호사스럽게 치름으로써 둘이 불륜 관계였다고 의심을 받고 있으며(제13회), 처제인 우이저와 우삼저 자매들과의 관계도 애매하다(제64, 65회).

가탐춘賈探春 금릉십이차. 영국부 가정과 그의 첩인 조씨 사이에서 태어난 여인으로, 가씨 집안의 딸들 중 셋째 서열에 속한다. 총명하고 마음 씀씀이가 꼼꼼하면서도 성격이 강직하여 집안일에 뛰어난 수완을 발휘하며 왕희봉이나 왕부인에게도 인정을 받는다. 병중인 왕희봉을 대신하여 집안일을 맡아보면서 기울어가는 집안을 걱정하기도 한다.

가황賈璜 가씨 가문의 적파嫡派로서 녕국부 인물이며, 가보옥과 같은 항렬이다. 가황과 그의 아내 김씨는 녕국부 골목에서 얼마 안 되는 재산을 지키며 살고 있다. 늘 녕국부와 영국부를 찾아가 문안 인사를 드리며 왕희봉과 가진의 아내 우씨를 받들어 모신 덕분에 그들의 도움으로 살아간다.

경아慶兒 희아와 함께 영국부 가련과 왕희봉이 심복으로 부리는 하인이다.

경환선고警幻仙姑 『홍루몽』에 나오는 가상의 신선 이름으로 '경환선자警幻仙子'라고도 부른다. 제5회의 내용에 따르면 그녀는 방춘산 견향동의 태허환경을 주관하는 신선으로 이한천 관수해에 살면서 인간 세상의 사랑과 속세의 남녀들이 품고 있는 사랑의 원한과 어리석은 열정을 관장한다. 여기서 그녀는 가보옥이 꿈속에서 찾아오자 '금릉십이차'를 비롯하여 『홍루몽』에 등장하는 주요 여인들의 운명이 적힌 책자를 보여주고, 다시 『홍루몽』이라는 12가락으로 된 신선의 노래를 들려주었다.

구아鳩兒 가씨 가문의 하녀인 하할멈의 딸이자 춘연의 동생이다. 이야기에서는 어머니가 머리를 감겨주는 장면에서만 잠깐 등장할 뿐이다

규관葵官 가씨 가문에서 양성한 12명의 배우들 중 하나로 '대화면大花面' 배역을 연기하며, 훗날 극단이 해체된 후 사상운의 하녀가 된다. 방관, 우관, 예관과 사이가 좋아서 가정의 첩 조씨가 방관을 꾸짖자 넷이서 함께 대들기도 한다.

금향후錦鄕侯 작위 이름. 가씨 가문과 대대로 교분이 친밀한 집안 중 하나로 설정되어 있는데, 어떤 곳에서는 금향백錦鄕伯으로 쓰기도 한다. 그의 성명은 밝혀져 있지 않지만, 제14회에서 진가경의 장례식을 치를 때 그의 아들 한기韓奇가 조문하러 왔다고 했고, 제55회에서는 그 집에서 잔치가 열려 왕부인이 참석했다고 했다. 또 제71회에는 태부인의 생일잔치에 그의 고명부인이 찾아와 축하 인사를 하기도 한다.

뇌대賴大 가씨 가문에서 하녀로 사들인 뇌할멈의 아들로, 그의 어머니가 태부인과 비슷한 연배로서 오랫동안 가씨 가문에서 일하며 상전들의 신임을 얻은 덕분에 그는 영국부의 대총관을 맡아 모든 하인들을 통솔한다. 이에 따라 그 자신이 하

인 신분임에도 불구하고 위세가 높아서 자기 집에 수많은 하인들을 두고 부린다.

뇌승賴升 녕국부의 대총관(또는 도총관)으로서 영국부의 대총관인 뇌대의 동생이기도 하다.

대서待書 가탐춘의 시녀로서 눈치가 빠르고 말솜씨가 훌륭하다. 제74회에서 왕선보댁이 대관원을 수색하면서 가탐춘에게 무례를 저질러 따귀를 맞았을 때, 대서가 나서서 왕선보댁에게 쏘아붙여 할 말이 없게 만드는 장면은 그녀의 성격을 잘 보여준다.

동희同喜 설씨 댁 마님의 하녀이며, 이야기에서는 그다지 중요한 역할을 하지 않는다.

두관荳官 가씨 가문에서 양성한 12명의 배우들 중 하나로 '소화면小花面' 배역을 연기하며, 훗날 극단이 해체된 후 설보금의 하녀가 된다. 대관원 사람들은 그녀를 아두阿荳, 볶은 콩[炒荳子]이라고도 불렀는데, 설보금은 그녀의 이름을 두동荳童으로 고쳐 불렀다.

명연茗煙 영국부 섭葉어멈의 아들로, 가보옥의 서동書童이다. 말썽도 자주 피우고 상전의 분부를 무시할 때도 있지만, 가보옥의 반항적인 성격을 이해하고 비호해준다. 이 때문에 이야기 속에서 가보옥은 그를 대단히 신뢰하여 사적이고 은밀한 일을 할 때는 항상 그와 함께한다.

문관文官 가씨 가문에서 양성한 12명의 배우들 중 한 명으로, 소생小生 배역을 연기한다. 12명의 배우들 중 우두머리로서 영리하고 말솜씨가 좋아 태부인에게 귀여움을 받았으며, 이 때문에 극단이 해체된 뒤 태부인의 하녀로 들어가게 된다.

방관芳官 대관원에서 사들여 양성한 12명의 배우들 중 하나이며, 원래 성은 화

花씨이고 고향은 소주이다. 연극에서 그녀는 '정단' 배역을 연기하며, 극단이 해체된 후에는 가보옥의 하녀가 된다. 영리하고 마음씨가 착하면서도 자존심이 강한 그녀는 유오아와 사이가 좋아서 많은 호의를 베풀기도 한다. 남성적인 기질이 있어서 한때 가보옥이 그녀에게 남장을 시키고 '야율웅노' 및 '온도리나'라는 별명을 붙여주었다.

벽흔碧痕 영국부 가보옥의 하녀이며, 이야기에는 겨우 두세 차례 등장한다. 나름대로 성깔 있고 입심이 대단한 것으로 묘사되어 있다.

비취翡翠 가씨 가문의 하녀이며, 태부인 거처에서 시중을 드는, 지위가 그다지 높지 않은 인물이다.

사기司棋 가영춘의 하녀로, 형부인의 하녀인 왕선보댁의 외손녀이다. 키가 훤칠하고 활달한 성격의 그녀는 자신보다 지위가 낮은 하녀들에게 거침없이 위세를 부리기도 한다.

사상운史湘雲 금릉십이차. 태부인 사씨의 질손녀이다. 비록 명문가에서 태어났지만 어려서 부모를 잃고 숙부 사내史鼐와 사정史鼎 밑에서 자라지만 두 숙모에게 냉대를 당한다. 명랑하면서 솔직하고 시원한 말투를 지녔으며, 시 창작에 뛰어난 재능과 열정을 가지고 있다.

사아四兒 가보옥의 하녀로, 본래 이름은 운향芸香이었는데 화습인이 혜향蕙香으로 바꾸었다. 제21회에서는 화습인에게 화가 나 있던 가보옥이 혜향의 이름을 '사아'로 바꿔버린다.

사월麝月 가보옥의 하녀 중 하나로, 직설적이고 반항적인 성격은 청문과 비슷한 데가 있다. 화습인의 말을 잘 따르고, 청문과도 가끔 다투기도 하지만 금방 잊어버리고 다시 좋은 사이로 지낸다. 과격한 성격 때문에 청문이 다른 사람과 다툼

453

이 생길 때도 나서서 도와주곤 한다.

선대량單大良 영국부의 하인이지만 이야기에 직접 등장하지는 않는다. 다만 제54회에 그가 정월 21일에 집에서 잔치를 열고 태부인을 접대했다는 내용이 있는 것으로 보건대 임지효 등과 비슷하게 지위가 높은 집사임을 알 수 있다.

선저蟬姐 가씨 가문의 하녀인 하할멈의 외손녀이며, 가탐춘의 거처에서 물건을 사들이는 일을 맡은 하녀이다.

선저善姐 왕희봉의 하녀이다. 훗날 왕희봉의 계략에 따라 우이저가 영구부로 들어왔을 때 그녀는 왕희봉의 지시에 따라 우이저의 시중을 들면서 일부러 반항하면서 우이저의 일상용품을 챙겨주지도 않고, 먹다 남은 음식으로 초라한 밥상을 차려주는 등의 박대를 한다.

설과薛蝌 설보차의 사촌오빠이자 설반의 사촌동생, 설보금의 친오빠이다. 아버지가 세상을 떠나고 어머니도 병환을 앓고 있어서 여동생을 미리 정혼된 곳에 시집보내기 위해 경사에 왔다가 설씨 댁 마님의 집에서 지내게 된다. 선량하고 충직한 성품을 가졌다.

설반薛蟠 영국부 왕부인의 동생인 설씨 댁 마님에게서 태어난 아들이며 설보차의 오빠, 가보옥의 이종형이다. 교만하고 무식하며 여색을 밝히는 인물로 '멍청한 깡패〔獸覇王〕'라는 별명을 가지고 있다. 집안의 재산과 가씨 가문의 위세를 등에 업고 향릉을 차지하기 위해 풍연을 죽이기도 하고, 유상련에게 집적대다가 매를 맞기도 한다. 술집 종업원을 때려죽이는 바람에 사형 선고를 받고 옥에 갇히지만 설씨 댁 마님과 가정 등의 노력으로 사면을 받고 풀려나 개과천선한다.

설보금薛寶琴 설과의 동생이자 설씨 댁 마님의 질녀로, 설반 및 설보차와 고종사촌지간이다. 아주 아름답고 지혜로운 그녀는 태부인의 귀여움을 받으며 왕부인의 의붓딸이 되고, 또 태부인의 거처에서 함께 지내게 된다. 어려서부터 글공부를 한 데다 총명한 그녀는 사상운과 연구 대결에서도 지지 않는다.

설보차薛寶釵 금릉십이차. 가보옥의 이모인 설씨 댁 마님의 딸이자 설반의 동생이다. 부유한 집안에서 태어난 그녀는 용모도 아름답고 행동거지도 예의 바르며, 처세에 능하고 마음 씀씀이가 주도면밀하다. 시사詩詞에도 뛰어난 재능을 보인다. '금릉십이차' 중 임대옥과 더불어 첫머리에 꼽히는 인물이다. 운명의 암시가 적힌 금팔찌를 차고 다님으로써 가보옥과 '금옥량연金玉良緣'의 인연이 있는 것으로 여겨진다.

설안雪雁 임대옥이 소주의 집에서 데려온 하녀이다. 임대옥의 또 다른 하녀인 자견과 친하게 지내면서 성심껏 임대옥을 모신다. 그러나 자견의 역할이 커질수록 그녀의 존재감은 임대옥에게서 점점 멀어진다.

소라小螺 설보금의 하녀이다.

송할멈 가씨 가문의 하녀이며, 제52회에서는 이홍원의 하녀인 추아가 평아의 금팔찌를 훔친 사실을 적발한다.

수란繡鸞 영국부 왕부인의 시녀 중 하나로 설정되어 있지만, 이야기에서는 그다지 중요한 역할을 하지 않는다.

수아壽兒 희아와 함께 녕국부 가진이 심복으로 부리는 하인이다.

애관艾官 가씨 가문에서 양성한 12명의 배우들 중 하나로, 노외老外 배역을 연기한다. 훗날 극단이 해체된 후 가탐춘의 하녀가 된다.

앵아鶯兒 설보차의 하녀로서 원래 이름은 황금앵인데, 설보차가 그 이름의 발음이 좋지 않다고 하여 '앵아'라고 바꿔 불렀다. 영리하고 손재주가 좋은 그녀는 가보옥과 설보차가 통령보옥과 금목걸이를 살펴볼 때 두 물건이 짝을 이룬다는 것을 금방 눈치챈다.

연화蓮花 가씨 가문의 하녀로서 가영춘의 하녀이다.

예관蕊官 가씨 가문에서 사들여 양성한 12명의 배우 중 한 명으로 '소단' 배역을 연기한다. 훗날 극단이 해체되고 나서는 설보차의 하녀로 들어간다. 방관, 우관 등과 친하게 지낸다.

오신등吳新登 가씨 가문의 우두머리 하인들 중 하나로, 영국부 은고방의 최고 관리자이다. 대관원 건설에 참여하기도 했으며, 매년 설 무렵에는 집안에서 잔치를 열어 태부인 등을 초청하여 대접하기도 한다.

오아五兒 대관원의 주방을 관리하던 유어멈의 딸로서 남매들 중 다섯째이기 때문에 '오아'라는 이름이 붙여졌다고 한다. 특히 청문과 생김새가 기품이 비슷하다.

옥천玉釧 영국부 왕부인의 시녀로, 성은 백白씨이며 금천의 동생이다.

왕부인王夫人 권세 높은 4대가문四大家門의 하나인 왕씨 가문에서 태어난 왕부인은 영국부 가정의 아내이자 경영절도사 왕자등의 동생, 설씨 댁 마님의 언니이다. 작품 속에서 말수가 그다지 많지 않지만 태부인에게 신임을 받고 있으며, 집안 살림에 대한 권한을 자신의 조카인 왕희봉에게 맡긴 채 보고만 받는다. 왕부인은 종종 재계齋戒하고 염불을 하며 겉으로는 선한 인물처럼 보이지만, 몇 가지 사건에서 냉혹한 면을 보이기도 한다.

왕신王信 영국부의 하인으로서 가련과 왕희봉 밑에서 일한다.

왕자등王子騰 이 이름은 제3회에서 처음 등장하는데, 도태위통제현백都太尉統制縣伯 왕공王公의 후예로서 왕부인과 설씨 댁 마님의 오빠이자 왕자승의 형이다.

왕충王忠 운남절도사雲南節度使라는 직책을 맡고 있다. 또한 이야기꾼 이선아가 원소절에 태부인 앞에서 들려주려 했던 『봉구란鳳求鸞』에도 같은 이름의 인물이 언급되는데, 오대 잔당 시절 어느 시골의 호족으로서 금릉 사람이며 두 왕조에 걸쳐서 재상을 지냈다. 슬하에 왕희봉이라는 독자가 있다고 한다.

왕희봉王熙鳳 『홍루몽』에서 왕희봉은 사실 3명이 등장한다. 첫째는 가련의 아내로서 이 작품에서 중요한 역할을 하는 주인공이고, 둘째는 제54회에서 이야기꾼 이선아가 들려준 이야기에서 등장하는 인물이다. 셋째는 제101회에서 산화사의 비구니 대료가 한나라 때 벼슬을 구하려 했다는 인물이라며 거론한 사람이다.

왕희봉王熙鳳 금릉십이차. 영국부 가사의 아들 가련의 아내이자, 가보옥의 어머니인 왕부인의 친정 조카이다. 영민하면서도 냉철하고 시기심이 강한 왕희봉은 영국부의 살림을 도맡아 하면서 태부인의 신임을 얻는다.

우관藕官 가씨 가문에서 사들여 양성한 12명의 배우 중 한 명으로 '소생' 배역을 연기한다. 훗날 극단이 해체되고 나서는 임대옥의 하녀로 지낸다.

우삼저尤三姐 녕국부 가진의 아내 우씨의 계모가 시집올 때 데려온 두 딸 중 동생으로, 아름다우면서도 호쾌한 풍류가 넘치는 인물이다. 가진과 가련, 가용 같은 호색한들의 유혹에 오히려 적극적으로 나서 그들을 농락하며 자신의 순결을 지킨다.

우씨尤氏 녕국부 가경의 아들 가진의 계실繼室이다. 위세 높은 집안 출신이 아닌 그녀는 명목상 녕국부의 살림을 맡고 있지만 실질적인 권력은 없이 그저 가진의 뜻에 순종하는 인물이다. 별다른 능력도 말주변도 없이 그저 남의 험담이나 일삼는다.

우이저 尤二姐 녕국부 가진의 아내 우씨의 계모가 시집올 때 데려온 두 딸 중 언니로, 아름다운 용모와 유순한 성격을 지녔다. 훗날 가련의 첩이 되지만 왕희봉의 계략으로 고생하다가 결국 금을 삼키고 자살한다.

원앙 鴛鴦 태부인의 하녀로, 성은 김씨이다. 그녀의 아버지는 가씨 가문의 하인이었기 때문에 그녀도 자연히 이 집안의 하녀가 되었으며, 태부인에게 많은 신임을 얻는다. 이 덕분에 그녀는 가씨 가문에서도 지위가 높다.

유록 兪祿 녕국부의 젊은 집사이며, 주로 금전의 출납을 담당한다.

유상련 柳湘蓮 원래 명문 집안의 후손이지만 일찍이 부모를 여의어서 학업은 제대로 이루지 못했다. 호탕한 성격에 무술도 뛰어나며, 술과 도박을 좋아하고 기생집에서 지내기도 한다. 악기 연주에도 뛰어난 그는 빼어난 용모를 타고나서 가끔 연극배우로도 활동하기 때문에 그를 잘 모르는 사람은 배우로 오인하기도 한다. 그는 우삼저와 정혼했다가 그녀의 나쁜 평판 때문에 파혼하며, 우삼저가 자살한 후에 도사를 따라 출가한다.

유 어멈 柳 가씨 가문의 하녀이자 유오아의 어머니로, 대관원 주방을 관리한다.

융아 隆兒 희아와 함께 영국부 가련이 심복으로 부리는 하인이다.

이기 李綺 이환의 숙모가 낳은 두 딸 중 작은딸이자 이문의 동생으로서 빼어난 미모를 지녔다. 어머니, 언니와 함께 대관원에 살면서 시 모임에도 참여한다.

이문 李紋 이환의 숙모가 낳은 두 딸 중 큰딸이자 이기의 언니로, 빼어난 미모를 지녔다. 어머니, 동생과 함께 대관원에 살면서 시 모임에도 참여한다.

이환 李紈 금릉십이차. 가보옥의 형 가주의 아내이며 자는 궁재宮裁이다. 남편이 스무 살이 되기도 전에 요절하여 홀로 외아들 가란을 키운다. 국자좨주를 지낸 이수중李守中의 딸로서 어려서부터 "여자는 재주가 없는 것이 덕"이라는 봉건적 여성관을 주입받아 전형적인 현모양처로 살아간다.

임대옥林黛玉 금릉십이차. 임해와 가민 부부의 외동딸로 일찍이 어머니를 여의고 외가인 영국부로 가서 외할머니인 태부인 사씨의 사랑을 받다가, 얼마 후 아버지마저 세상을 떠나자 그대로 영국부에서 살게 된다. 병약하지만 아름다운 용모와 순결한 심성을 갖춘 그녀는 금기서화琴棋書畵와 시시詩詞에도 뛰어난 재능을 보인다. 가보옥과 '목석지맹木石之盟'으로 불리는 정신적인 사랑을 나눈다.

임지효林之孝 영국부에서 전답과 건물을 관리하는 일을 맡고 있는데, 말수도 적고 처세술도 영민하지 않은 인물이다.

입화入畵 가석춘의 하녀이며, 부모가 남쪽에 있는 관계로 오빠와 함께 작은아버지 집에서 지내다가 대관원으로 들어간다.

자견紫鵑 임대옥의 시녀이다. 현대의 연구자들 중에는 그녀가 원래 태부인 방에 있던 이등 하녀인 '앵가'와 동일인물일 가능성이 있다고 주장하는 이들이 많다. 총명하고 지혜로운 그녀는 임대옥의 처지를 동정하면서 성심으로 모시며, 아울러 임대옥과 가보옥의 사랑이 결실을 맺게 하기 위해 노력한다. 이를 위해 가보옥의 마음을 떠보려고 임대옥이 소주로 돌아갈 거라는 거짓말을 했다가 가보옥으로 하여금 정신이 혼미해져서 쓰러지게 함으로써 한바탕 소동을 일으키기도 한다.

자초紫綃 이홍원에서 잔심부름을 하는 하녀로 이야기에서는 그다지 중요한 역할을 하지 않는다.

장화張華 우이저와 태중 혼약을 한 사람인데, 집안이 쇠락한 후 시정의 불량배가 되어 기생질과 노름으로 방탕하게 생활하다가 자기 아버지에게서 쫓겨나기도 한다. 우이저와 결혼할 경제력이 없는 그는 녕국부 가진의 위세에 눌려 우이저와의 혼약을 파기하는데, 나중에 왕희봉이 그를 부추겨서 국상 중에 자신의 정혼자를 빼앗은 혐의로 가련을 관청에 고소하게 한다. 이후 자기 목적을 달성한 왕희봉이 왕아로 하여금 장화를 죽여 후환을 없애라고 지시하지만, 목숨을 가벼이 여기지 않는 왕아의 성품 덕분에 장화와 그의 아버지는 시골로 도망쳐서 숨어 살게 된다.

적관芍官 가씨 가문에서 사들여 양성한 12명의 배우 중 하나로 '소단' 배역을 연기한다. '소생'을 연기하는 우관과 늘 부부 연기를 하면서 실제 생활에서도 부부 사이로 착각하여 지냈던 것으로 묘사되어 있다. 그러나 무슨 이유에선지 일찍 죽었고, 이후 우관은 그녀의 죽음을 슬퍼하며 기일이 되면 늘 지전紙錢을 사르며 애도하는데, 결국 대관원에서 지전을 사르다가 들통이 나서 곤경에 처하기도 한다.

전괴錢槐 영국부 가정의 첩 조씨의 조카로, 가환이 서당에 다닐 때 따라가 시중 드는 서동書童이다. 그의 부모는 가씨 가문의 창고에서 장부 관리하는 일을 한다.

전아篆兒 형수연의 하녀.

진현秦顯 가씨 가문의 하인이지만 소설에 직접 등장하지는 않고 잠깐 언급된다. 사기의 숙부이기도 하다.

채란彩鸞 영국부의 하녀이며, 명확히 밝혀지지는 않았지만 왕부인의 방에서 시중드는 것으로 보인다.

채운彩雲 가씨 가문의 하인에게서 태어나 영국부 왕부인의 시녀가 된 인물이며 왕부인의 물건을 관리하고 가정이 외출할 때 준비를 돕는 등 신임이 두터웠다.

채하彩霞 가씨 가문의 하인에게서 태어나 영국부 왕부인의 시녀가 되어 왕부인의 물건을 관리하고 가정이 외출할 때 준비를 돕는 등 신임이 두텁다. 일설에는

'채운'과 동일 인물이라고 여기기도 하지만, 120회 판본에서는 별개의 인물로 설정되어 있다. 어떤 경우에는 가정의 첩 조씨의 시중을 드는 이등 하녀로 등장하기도 한다.

청문晴雯 가보옥의 하녀 중 하나로 아름다운 용모와 호리호리한 몸매를 가졌으며 눈과 눈썹이 임대옥을 닮았다. 총명하면서 개성적인 그녀는 직설적이고 반항적이면서 날카로운 언변을 지니고 있다.

추동秋桐 원래 영국부 가사의 하녀였는데, 가련이 왕희봉 몰래 우이저를 첩으로 들인 후 가사가 다시 그녀를 가련의 첩으로 준다. 추동은 자신의 배경을 믿고 거들먹거리다 왕희봉이 우이저를 제거하는 데 이용당한다. 그러나 왕희봉이 죽은 후 평아와 반목이 생기고, 결국 가련에게 버림을 받아 친정으로 돌아가게 된다.

추문秋紋 가보옥의 하녀 중 하나로 화습인이나 청문에 비해 지위는 낮지만 항상 가보옥 가까이에서 시중을 든다. 하지만 상전에게 충심을 다하는 순종적인 성격이기 때문에, 이야기에서 여러 차례 등장하기는 해도 다른 인물들에 비해 강렬한 인상을 남기지 못한다.

추아墜兒 가보옥의 하녀이며 평아의 금팔찌를 훔친 사실이 들통나 청문에 의해 내쫓긴다.

춘연春燕 가씨 가문의 하녀인 하할멈의 딸로서 가보옥의 이등 하녀이다. 총명하고 영리하며 임기응변에 능하다.

취루翠縷 사상운의 하녀로서 어리고 순진한 소녀이다. 남녀 관계에 대해서도 전혀 숙맥이다.

취묵翠墨 가탐춘의 하녀로서 수완이 좋아 종종 중요한 일을 맡아 처리한다. 제

46회에서 원앙과 평아가 나누는 대화에 따르면, 그녀는 그 두 사람을 비롯하여 화습인, 호박 등 지위가 높은 시녀들과 어릴 적부터 친한 사이였다.

태부인〔賈母〕 영국부 가대선의 부인 사史씨를 가리킨다. 금릉의 세도 높은 사씨 가문의 딸로서 가씨 가문의 증손 며느리로 들어와 그 자신이 증손 며느리를 들일 때까지 영민한 능력을 발휘하고 엄격한 법도를 세워 가씨 가문을 안정시키고 최고의 영화를 누리도록 이끈다. 노년에 들어서는 가보옥과 자매들에 둘러싸여 편안하게 지내지만, 무능하고 타락한 자손들로 인해 쇠락해가는 가문을 지켜볼 수밖에 없다.

파리玻璃 가씨 가문의 하녀이며 태부인 거처에서 시중을 드는, 지위가 그다지 높지 않은 인물이다.

패봉佩鳳, **해원**偕鴛 두 사람 모두 녕국부 가진의 첩이다. 이들은 평소 녕국부 밖을 잘 나가지 않지만, 이따금 가진의 아내 우씨가 영국부나 대관원으로 나들이 갈 때 두 사람을 데리고 가기도 한다. 두 사람 모두 젊고 활달한 성격으로 묘사되어 있다. 소설 속에서 가진은 해원보다는 패봉과 더 가까운 사이인 것으로 보인다.

평아平兒 왕희봉이 결혼할 때 데려온 하녀이자 가련의 첩이다. 총명하고 선량한 그녀는 왕희봉을 도와 집안 살림을 처리하면서 냉혹한 왕희봉의 처사로 인해 생기는 문제들을 몰래 처리하기도 한다.

포이鮑二 작품 안에서 그의 신분은 애매하게 처리되어 있다. 먼저 제44회에 따르면 그는 영국부의 하인인데, 그의 아내가 가련과 통정한 사실이 드러나 자살하자 가련이 그에게 돈을 주어 달래고 새로운 아내를 얻어준다. 한편, 제64회에는 같은 이름의 녕국부 하인이 등장한다. 가련이 왕희봉 몰래 우이저를 첩으로 들인 후, 가진이 포이 부부를 보내 우이저의 시중을 들게 한다. 120회본에서 두 사람은 한 인물인 것처럼 처리되어 있으나, 원래 소속이 영국부인지 녕국부인지는 여전히 혼란스럽다.

풍아豐兒 왕희봉의 하녀로, 항상 곁에서 시중을 들며, 하녀들 중 지위가 평아보다 조금 낮다.

하何 **할멈** 가씨 가문의 하녀로 춘연의 어머니이다. 이야기에서 가씨 가문의 예절을 잘 몰라 잦은 실수를 하지만, 춘연과 한바탕 소란을 피운 후부터는 딸의 조언을 충실히 따르며 적응한다.

형수연邢岫烟 영국부 가사의 아내 형부인의 동생인 형충 부부의 딸이다. 집안이 가난한 그들 가족은 경사로 와서 형부인에게 의탁하는데, 태부인의 배려에 따라 형수연은 대관원에 있는 가영춘의 거처에서 함께 지내게 된다. 그러나 형부인의 무관심 속에서 어렵게 살아가다가 그녀의 단아하고 예절 바른 모습에 마음이 끌린 설씨 댁 마님이 태부인에게 청하여 그녀를 설과와 결혼시킨다.

형충邢忠 형부인의 동생이자 형수연의 아버지이다. 이야기에 직접 등장하지는 않는다.

형부인邢夫人 위세 높은 4대가문四大家門 출신이 아닌 형부인은 녕국부 가사의 아내이며 가련의 생모이다. 우둔하고 유약한 성격으로 오로지 남편을 따르며 남편의 환심을 사려고 애쓴다. 재물에 대해서도 욕심이 많다. 또한 자녀나 하인들 중 누구도 믿지 않고 누구의 말도 듣지 않아 인심을 얻지 못하고, 큰머느리임에도 불구하고 태부인에게 신임을 얻지 못하며, 종종 며느리 왕희봉과 갈등을 일으킨다.

호박琥珀 태부인의 하녀로서 주로 분부를 전달하거나 물건을 가져오는 등의 잡다한 심부름을 한다.

홍옥紅玉 소홍의 본명이며, 성은 임씨이다. 영국부 집사인 임지효의 딸로 원래 이홍원에서 허드렛일하는 지위 낮은 하녀였다. 가보옥이나 임대옥의 이름에 들어 있는 '옥玉'자와 겹친다는 이유로 '소홍'이라고 바꿔 부르게 했다. 영리하고 조리 있는 말솜씨를 가진 그녀는 신분 상승을 위해 끊임없이 노력하며, 결국 왕희봉의 눈에 들어 그녀 밑에서 일하게 된다. 또한 가운과 서로 좋아하는 사이기도 하다.

화습인花襲人 본래 이름은 화진주花珍珠(화예주花蕊珠라는 설도 있음)인데, 어려서 가씨 가문에 팔려와 태부인의 시중을 들다가 나중에 가보옥의 시중을 들게 되었다. 이홍원의 시녀들 중 가장 신분이 높고, 가보옥에게 처음으로 이성과의 육체적인 사랑 행위를 경험하게 해주었다.

흥아興兒 『홍루몽』에 2명의 홍아가 등장한다. 하나는 녕국부 가진賈珍이 심복으로 부리는 하인이다(제53회). 다른 하나는 영국부 가련이 심복으로 부리는 하인이다. 그는 우이저에게 영국부의 사정에 대해 자세히 들려주기도 하며, 나중에 가련이 우이저를 몰래 첩으로 들인 사실이 들통 나자 왕희봉에게 불려가 심문을 당하고 모든 사실을 자백한다(제65~67회).

희아喜兒 『홍루몽』에는 2명의 희아가 등장하는데, 제35회에서 앵아와 함께 언급되는 인물은 설보차의 하녀인 듯하고, 제65회에서 수아와 함께 등장하는 인물은 녕국부 가진이 심복으로 부리는 하인이다.

| 찾아보기 |

간맥肝脈 한의학 용어. 간장의 상태를 나타내는 맥을 가리킨다.

공배空排 바둑 용어. 바둑에서 어느 쪽이 두어도 이익이나 손해가 없는 빈자리로, 둘 곳을 다 둔 뒤에 서로 번갈아가며 이런 자리를 메우고 남은 집을 세어서 승부를 가리게 된다.

광록시光祿寺 관서 이름. 진秦나라 때는 낭중령郎中令이라고 불렀으나 한나라 무제武帝 때 광록훈光祿勳으로 고쳐 불렀다가 동한 때는 다시 낭중령으로 불렀다. 이들은 대개 궁중에서 숙직을 서거나 황제 가까이서 시중드는 벼슬아치들의 우두머리를 가리킨다.

구성검점九省檢點 벼슬 이름. '구성도검점九省都檢點'을 줄인 말로, '구성도통제九省都統制'와 같은 의미이다. 이것은 『홍루몽』에서 고대의 무관 제도를 활용해 만든 벼슬로서 구성九省의 군사 업무를 총괄적으로 관장하는 직책이라는 뜻이다. 도검점(또는 도통제都統制)이라는 벼슬은 원래 오대 시기에 금군禁軍의 최고 사령관을 가리키는 말이었으나 송나라 초기에 폐지되었고, 청나라 때는 제독의 별칭으로 쓰였다.

군기처軍機處 청나라 때의 관서 이름. '군기방軍機房' 또는 '총리처總理處'라고도 한다. 청나라 중엽 이후 중추적인 권력기관으로서 긴급한 군사 업무를 처리하며 황제의 정치를 보좌하기 위한 목적으로 1729년에 설치되었다. 이후 1732년에는 '판리군기처辦理軍機處'로 명칭을 바꾸었는데 이것을 줄여서 '군기처'라고 불렀다.

근두운筋斗雲 구름 이름. 명나라 때의 장편소설 『서유기西遊記』에서 손오공이 타고 다니는 구름이다. 한 번에 10만 8천 리를 날아갈 수 있다고 하는데 손오공이 영대방촌산靈臺方寸山 사월삼성동斜月三星洞에서 수보리조사須菩提祖師에게서 72가지의 변화술과 함께 배운 것이라고 한다.

금화성모金花聖母 선녀 이름. 고대 중국의 전설에 나오는 선녀로서 '금화부인金花夫人', '금화낭랑金花娘娘', '송자낭랑送子娘娘' 이라고도 부른다. 그녀에 관한 전설은 각 지방마다 조금씩 다르지만 대체로 본래는 무당이었다가 호수에 빠져 죽은 후 몇 가지 이적이 일어나서 사람들이 신선으로 섬기게 되었다는 내용이다.

기명부寄名符 호신護身 부적의 일종. 옛날 중국에서는 자녀들이 부처나 신의 비호를 받아 무사히 잘 자랄 수 있도록 승려나 도사의 기명제자寄名弟子, 즉 명분상의 제자로 삼는 풍속이 있었다. 이때 기명사부는 해당 제자에게 법명을 지어주고 그것을 적은 '기명부' (또는 '기명부寄命符')를 주어서 차고 다니거나 목에 걸고 다니게 했다.

납채納采 혼례 의식 중 하나. 신랑 집에서 신부 집에 혼인을 구하기 위해 행하는 의례로, 대개 사주단자를 교환하고 나서 정혼의 증거로 적당한 예물을 보내는 것을 가리킨다. '납폐納幣' 라고도 한다.

내의문內儀門 대문 이름. 안쪽에 있는 의문儀門이라는 뜻이다.

노단老旦 중국 전통 연극의 배역 이름. 주로 나이 많은 여성을 연기하며, 오늘날 경극에서는 하층의 여성에서부터 황후에 이르기까지 다양한 주인공을 연기한다.

노외老外 중국 전통 연극의 배역 이름. 명·청 이후로 '외外' 배역은 나이 많은 남자가 담당하여 흰 수염을 기른 모습으로 분장하기 때문에 '노외' 라고 부르게 되었다.

대련對聯 문학 용어. 서로 짝을 이루는 두 개의 구절로서 '대對', '연련聯', '대구對句', '대자對子' 라고도 부른다. 일반적으로 문이나 청사廳舍, 집 등 건축물 안팎의 기둥이나 벽에 글자를 새기거나 족자에 적어 걸어둔다. 이 경우 앞 구절의 마지막 글자의 성조聲調는 반드시 측성仄聲으로 쓰고, 뒤 구절의 마지막 글자는 평성平聲으로 써야 한다. 대련은 그 위치나 내용의 성격에 따라 문련文聯, 영련楹聯, 수련壽聯, 만련輓聯, 춘련春聯 등의 구체적인 명칭을 갖기도 한다.

대화면大花面 중국 전통 연극의 배역 이름. '대화검大花臉' 또는 '정淨' 이라고도 부르며, 대개 얼굴에 하얀색을 칠해 분장하고 먹으로 눈썹과 눈 등을 과장해서 그린다. 그 외에도 붉은 얼굴[紅臉]과 검은 얼굴[黑臉]로 분장하기도 한다. 대개 연극 내용에서 충직하고 용감한 인물을 연기한다.

도호道號 도인이나 도사의 명호, 또는 그들을 높여 부르는 호칭이다.

등자鐙子 마구馬具 중 하나. 말을 타고 앉을 때 두 발을 넣어 디디도록 설치한 것으로,

안장에 달아 말의 양쪽 옆구리로 늘어뜨린다.

명각등明角燈 등롱燈籠 이름. 등불 덮개에 양 뿔로 만든 판을 아교로 붙여 반투명하게 만들고, 비바람을 막을 수 있게 한 것으로서 '양각등羊角燈'이라고도 부른다. 일반적으로 귀족 저택의 대문 앞에 걸어놓거나 밤에 외출할 때 길을 밝히기 위해 들고 다니는데, 대개 그 위에 주인의 성씨나 관직을 써놓는 경우가 많다.

미인등美人燈 등롱 이름. 자세한 모양은 알 수 없으나, 제55회에서 왕희봉이 임대옥을 미인등에 비유하면서 "바람만 살짝 불어도 잘못돼버린다."라고 한 것으로 보면 연약하고 아름다운 미녀의 형상을 본떠서 만든 등롱인 듯하다.

반악潘岳(247~300) 인명. 자는 안인安仁이고 지금의 허난〔河南〕 중머우〔中牟〕 사람이다. 빼어난 미남자로서 어려서부터 재능 많기로 명성이 높았지만 주위의 질시를 받아 벼슬길에 오르지 못하다가 30세 무렵에야 하양현령河陽縣令이 되었다. 당시 그곳에서 곳곳에 복숭아나무를 심어 그 지역을 유명하게 만들었고, 정치적으로도 치적이 훌륭하여 태부太傅 양준楊駿의 주부主簿로 발탁되기도 했다.

복령상茯苓霜 약재 이름. 소나무 뿌리에서 자라는 버섯의 일종인 복령(또는 복령茯靈)은 부위에 따라서 갈색 껍질을 '복령피', 그 안쪽의 껍질 쪽에 가까운 분홍색 부분을 '적복령', 가장 안쪽의 하얗고 조직이 조밀한 부분을 '백복령'이라고 부른다.

봉구란鳳求鸞 이야기 제목. 이야기꾼 이선아가 원소절에 태부인 앞에서 들려주려 했던 이야기의 제목이다. 그녀의 설명에 따르면 이 이야기의 주인공은 왕희봉인데, 오대 잔당 시절 어느 시골의 호족으로서 금릉 사람이며 두 왕조에 걸쳐 재상을 지낸 왕충이라는 사람의 외아들이라고 했다. 그러나 태부인이 뒷이야기가 진부하다고 비판하는 바람에 계속하지 못하게 된다.

빈랑檳榔 과일 이름. 인도와 스리랑카, 말레이시아, 필리핀 등에서 자라는 종려과의 빈랑나무 열매이다. 대개 이 열매는 달걀 정도 크기이며 섬유질 속에 회갈색 반점이 있는 씨를 품고 있다.

사마상여司馬相如(기원전 179?~기원전 127) 인명. 자는 장경長卿이고, 촉군蜀郡(지금의 쓰촨〔四川〕 난충〔南充〕) 사람이다. 서한 시기의 대표적인 사부辭賦 작가로서 대표작으로는 『자허부子虛賦』가 꼽힌다. 또한 탁문군과의 로맨스로도 유명하다.

사제사祠祭司 관서官署 이름. 청나라 때 예부에 소속된 관서로서 제사祭祀에 관련된 업무를 관장했다.

산매탕酸梅湯 음식 이름. 무더운 여름에 오매烏梅(산매酸梅, 황자黃仔, 합한매合漢梅,

간지매干枝梅라고도 함)에 산사山楂와 계화桂花, 감초甘草, 설탕 등을 넣고 끓인 후 차게 해서 마시는 음료이다.

석숭 石崇(249~300) 인명. 자는 계륜季倫이고, 서진西晉의 개국공신이자 미남으로도 유명한 석포石苞(?~273)의 아들이다. 그는 부친에게 재산을 전혀 물려받지 못했지만 자수성가하여 당시 중국에서 가장 많은 재산을 지닌 부자가 되었다. 서진 왕조에서 사도司徒, 시중侍中, 대사마大司馬 등의 벼슬을 지냈지만 만년에는 점차 벼슬살이가 순탄하지 않게 되자 낙양성洛陽城 북쪽의 하양河陽에 금곡원金谷園이라는 별장을 짓고 천하의 문인들을 초빙하여 연회를 벌이고 시를 지으며 유유자적했다.

소단 小旦 중국 전통 연극의 배역 이름. 일반적으로 중국 전통 연극에서 나이 어린 여자아이의 배역을 연기하는 배우를 가리킨다. 다만 월극越劇과 곤곡崑曲에서는 역시 여성 배역이긴 하지만 이야기에서 신분과 연기의 방식에 따라 비단悲旦(경극京劇에서는 '청의靑衣'라고 함), 화단花旦, 규문단閨門旦, 정단正旦, 무단武旦, 발단潑旦 등으로 나뉜다.

소생 小生 중국 전통 연극의 배역 이름. 중국 전통 연극에서는 여주인공을 '단旦(또는 정단正旦)', 남주인공을 '말末(또는 정말正末)'이라고 부른다. 일반적으로 '생生'은 주인공보다는 비중이 낮은 남자 배역을 가리키는데, 나이와 역할에 따라 그 아래 '소생小生', '노생老生', '무생武生' 등 다양한 배역으로 나뉜다.

소화면 小花面 중국 전통 연극의 배역 이름. '정淨' 배역의 속칭俗稱으로서 소화검小花臉이라고도 한다. '정' 배역은 대화면大花面이라 하고, 부정副淨은 이화면二花面, 축丑은 소화면小花面이라고도 부른다.

소흥주 紹興酒 술 이름. 저장[浙江] 사오싱[紹興]에서 생산되는 황주黃酒로서 중국의 특산품인 황주 중에 최고로 꼽히는 술이다. 춘추시대부터 만들어지기 시작하여, 월나라의 왕 구천勾踐이 오나라를 정벌하러 나서기 전에 병사들에게 나눠주었다는 전설이 있으며, 남북조 시기부터 황실의 진상품으로 명성을 날렸다.

쇄루정 灑淚亭 일종의 여관. 옛날에는 도로에 10리마다 하나씩 장정을, 5리마다 하나씩 단정短亭을 두어서 여행객들의 휴식 장소로 제공했다. 대개 성에서 10리 떨어진 곳의 장정은 송별의 장소로 사용되곤 했다.

역서 曆書 책의 한 종류. 일정한 역법曆法의 편제編制에 따라 연年, 월月, 일日, 시時와 계절 등을 전문적으로 기록한 책을 가리킨다. 고대 중국에서는 새로운 왕조가 들어서면 반드시 정삭正朔을 개정하여 한 해와 첫째 달이 시작되는 정월 초하루를 새로 정하고, 관료들의 복식 색깔을 바꾸어 새로운 시대가 열렸음을 선언하는 징표로 삼았다.

연성공衍聖公 작위 이름. 공자의 적계 후손에게 내려지던 세습 봉호로서 서한西漢 평제平帝 원시元始 1년(서기 1)에 예교禮敎를 널리 선양하기 위해 공자의 후예를 포성후褒成侯에 봉하면서 시작되었다. 그 후 각 왕조를 거치면서 봉호의 명칭과 직위에 조금씩 변화가 있었는데, 송나라 인종仁宗 지화至和 2년(1055)에 이르러 '연성공'으로 바뀌었고 그것이 계속 이어졌다. 그러나 1935년에 중화민국 정부는 '연성공'의 직위를 취소하고 '대성지성선사봉사관大成至聖先師奉祀官'으로 바꾸었다. 이로 인해 공자의 77대 장손인 쿵더청[孔德成]이 마지막 연성공이자 최초의 '대성지성선사봉사관'이 되었는데, 2008년에 그가 죽음으로 인해 '연성공'이라는 작위는 더 이상 남아 있지 않게 되었다.

왕공후백王公侯伯 작위 이름. 왕족과 고관대작에게 붙는 작위들이다. 『맹자』「만장萬章」에 따르면 주나라 때는 천자天子 아래로 공공, 후侯, 백伯, 자子, 남男 등의 작위가 있었다고 하는데, 후세에는 천자의 호칭이 왕王에서 황제로 바뀌면서 '왕' 도 제후에 대한 호칭이 되었다. 수·당 이후로는 대체로 황족과 특별한 공신에게 '왕'의 작위를 주었고 '공', '후', '백' 등은 대개 황족이 아닌 공신들에게 주어졌다.

요서蓼溆 제사題詞. '요정화서蓼汀花溆'를 줄인 말이다. 『홍루몽』의 주요 무대인 대관원 안에 있는 풍경구에 적히거나 새겨진 것이다. 작품의 설명에 따르면, 도향촌에서 산비탈을 돌아 샘가를 따라서 가다가 여러 개의 화단을 지나면 돌구멍에서 흘러나오는 물소리가 졸졸 들리는데, 돌구멍 위쪽에는 덩굴이 드리워져 있고 그 아래에는 떨어진 꽃잎들이 물에 떠다니고 있는 곳이 나온다. 바로 이곳에 대해 가보옥이 '요정화서'라는 제사를 지었다. '요정'이란 여뀌가 자라는 물가 모래밭이라는 뜻이고, '화서'는 물가의 꽃밭이라는 뜻이다.

우물尤物 얼굴이 잘생겨서 남자에게 매력이 있는 여자를 비하하여 표현한 것이다.

원소절元宵節 명절 이름. 음력 정월正月 15일은 '상원절上元節'이라고 하는데, 이날 밤을 일컬어 '원소元宵', '원야元夜', '원석元夕' 등이라고 한다. 당나라 이래로 이날 밤에 등불을 구경하는 풍속이 생겼기 때문에 '등절燈節'이라고도 부른다.

월대月臺 건축 용어. 고대 건축에서 본채〔正房, 正殿〕 앞쪽으로 돌출되어 계단과 이어진 편평한 대臺를 가리킨다. 이것은 해당 건축물의 기초이자 그 건축물의 한 부분이기도 하다. 지붕이 없고 사방이 탁 트여서 달을 감상하기 좋기 때문에 '월대'라는 명칭이 붙었다.

월하노인 月下老人 신神 이름. 중국 고대 전설에서 혼인을 관장하는 신으로서 '월로月老'라고도 부른다. 전설에 따르면 당나라 때 위고韋固라는 사람이 송성宋城에서 그를 만났을 때 월하노인이 그를 위해 붉은 실로 결혼할 대상을 가르쳐주었는데, 나중에 위고는 월하노인의 말대로 상주자사相州刺史 왕태王泰의 딸과 결혼하게 되었다고 한다. 이 때문에 후세에는 남녀가 부부로 맺어지는 것은 월하노인이 붉은 실로 두 사람을 묶어주었기 때문이라는 믿음이 생겨났다. 이에 월하노인은 중매쟁이를 가리키는 뜻으로도 쓰인다.

유엽저 柳葉渚 경관景觀 이름. 『홍루몽』에 나오는 가상의 정원인 대관원 안에 있으며 추상재 근처, 우향사 연못가에 위치하고 있다. 태부인이 대관원에서 두 차례 잔치를 베풀 때 이곳에서 배를 타고 형무원으로 갔다고 서술되어 있다. 또 제59회에서 앵아가 임대옥의 거처인 소상관으로 갈 때 버들 제방을 따라 가다가 버들가지를 꺾어 바구니를 엮었다. 이곳에는 버드나무뿐만 아니라 살구나무도 심어진 것으로 묘사되어 있기 때문에 『홍루몽』에 언급된 '행엽저'나 '유엽저'는 모두 동일한 곳으로 보인다.

은신부 隱身符 부적 이름. 지니고 있으면 몸을 숨겨서 남의 눈에 띄게 하지 않게 해준다는 부적이다.

이상은 李商隱(812?~858?) 자는 의산義山, 호는 옥계생玉溪生 또는 번남생樊南生이며, 당나라 말엽 하남河南 형양滎陽(지금의 정저우[鄭州]에 속함.)에서 태어났다. 당대 저명한 시인인 두목杜牧(803?~852?)의 사촌형인 그 역시 뛰어난 시인이자 문장가였다. 문종文宗 때인 838년 진사에 급제하여 동천절도사판관東川節度使判官 등을 지내며 장래가 촉망되었으나 이른바 '이우당쟁李牛黨爭'의 틈바구니에 끼어 벼슬길에서 뜻을 펼치지 못했다. 그의 시는 신기한 구상과 화려한 수사법을 활용한 애정시와 우울한 심사를 담은 상징시에서 뛰어난 성취를 이루었다고 평가된다.

이향원 梨香院 정원 이름. 원래 영국공 가원이 만년에 정양靜養하던 곳으로, 제4회의 묘사에 따르면 작고 아기자기하게 10여 칸의 방을 갖추고, 앞뒤 청사가 모두 갖추어져 있다. 또한 거리로 통하는 별도의 문이 있고, 서남쪽에도 작은 문이 있어서 담 사이의 길을 통해 왕부인이 있는 본채의 동쪽으로 갈 수 있다. 설보차와 설씨 댁 마님, 설반이 처음 가씨 가문에 찾아왔을 때 잠시 이곳에 머물렀다. 나중에 그들이 다른 곳으로 거처를 옮긴 후로는 소주에서 사온 12명의 배우들이 이곳에 머물면서 선생에게서 노래와 연극을 배웠다.

오대 五代 역사 시기. '오대십국五代十國'을 줄여서 부르는 명칭이다. 907년에 당나라가 망한 뒤 중국에는 후량, 후당, 후진後晉, 후한, 후주까지 5개 왕조와 서촉, 강남, 영남, 하동 등지를 나누어 차지한 10여 개 정권이 난립했는데, 이것들을 모두 아울러서 '오대십국'이라고 부른다. 일반적으로 '오대'라고 하면 후량부터 후주까지 5개 왕조만을 가리키기도 한다. 960년에 송나라 태조 조광윤趙匡胤이 왕조를 건립하고, 이어서 978년에 오월국吳越國이 송나라로 완전히 편입됨으로써 오대십국의 분열은 끝나게 된다.

잠참 岑參(715?~770) 인명. 원적原籍이 남양南陽(지금의 허난〔河南〕에 속함)이지만 강릉江陵(지금의 후베이〔湖北〕에 속함)으로 옮겨 정착한 벼슬아치 집안에서 태어났다. 일찍이 부친을 여의고 독학으로 744년 진사에 급제하여 우내솔부병조참군右內率府兵曹參軍에 임명되었으며, 749년에 안서사진절도사安西四鎭節度使 고선지高仙芝의 막부幕府에서 서기書記로 일하게 된 것을 계기로 변방에서 활동했다. 759년에는 기거사인起居舍人이 되었으나 한 달도 되지 않아 괵주장사虢州長史로 폄적되었다. 이후에 다시 태자중윤太子中允, 고부낭중庫部郎中을 거쳐 가주자사嘉州刺史를 지냈지만 얼마 후 벼슬을 잃고 유랑하다가 성도成都의 여관에서 객사했다. 당시 변방의 정서를 노래한 변새시邊塞詩로 시단詩壇에 명성을 날렸다.

장량 張良(기원전 250?~기원전 186) 인명. 자는 자방子房, 성보城父(지금의 안휘이〔安徽〕 보저우〔亳州〕) 사람이다. 한나라 고조高祖 유방劉邦의 군사軍師로서 개국공신이 되었으나, 나중에 스스로 자리에서 물러남으로써 '토사구팽兎死狗烹'을 면했다. 죽은 뒤에는 문성文成이라는 시호를 받았다. 『사기史記』「유후세가留侯世家」에 그의 전기가 수록되어 있다.

장자 莊子(기원전 369?~기원전 286) 인명. 자는 자휴子休(또는 자목子沐), 전국시대 송나라의 몽蒙(지금의 안훼이〔安徽〕 멍청〔蒙城〕 또는 허난〔河南〕 상치우〔商丘〕라는 설이 있음) 사람으로서, 송나라에서 칠원리漆園吏를 지냈다. 원래 초나라의 왕족이었으나 전란을 피해 송나라로 갔다고 하며, 도가 학설의 기반을 닦은 인물이다. 그의 사상은 노자를 계승하여 더욱 발전시켰으며, 그와 제자들이 함께 쓴 것으로 여겨지는 『장자莊子』에는 풍부한 우언寓言을 통해 '천인합일天人合一'과 '청정무

471

위淸淨無爲'를 중심으로 한 철학적 주장들을 전개하고 있다.

정단正旦 중국 고대 연극의 배역 이름. 연기하는 주인공이 대개 푸른색의 겹옷[褶子]을 입기 때문에 흔히 '청의靑衣'라고도 불린다. 전통 연극에서는 대개 여성 배역을 '단旦'이라고 부르는데, 이야기에서 가장 중요한 주인공의 배역을 '정단'이라고 부른다. 정단의 연기는 대사보다는 주로 노래를 중심으로 하며 몸동작은 상대적으로 적고 행동도 차분하고 진중한 것이 특징이다. 이들은 대개 이야기 안에서 현모양처나 정절을 지키는 열녀로 설정되어 있다.

제자백가諸子百家 춘추전국시대의 여러 학파를 아울러 칭하는 말로서 공자와 노자를 비롯해서 맹자, 장자, 묵자, 열자, 한비자, 손자, 오자, 귀곡자 등으로 대표되는 유가, 도가, 묵가, 법가, 명가, 병가, 종횡가, 음양가 등이 모두 포함된다.

제천대성齊天大聖 손오공의 칭호. 명나라 때의 장편소설『서유기西遊記』의 주인공인 손오공이 스스로 붙인 봉호이다. 72가지의 변화술과 근두운, 여의봉을 가진 그는 처음 하늘나라에 불려가 마구간을 관리하는 필마온弼馬溫이라는 말단 벼슬을 받았다. 나중에 속았다는 것을 알고 다시 화과산의 원숭이 무리로 돌아가 하늘나라에 대항하면서 '제천대성'이라고 자처했는데, 이것은 하늘나라 옥황상제와 동등한 위대한 신선이라는 뜻이다. 이후 그의 위세를 누르지 못한 옥황상제는 그 봉호를 승인해준다.

조선당祖先堂 사당의 일종. 조상의 위패를 모시는 사당이다.『홍루몽』에서 '조선당'은 녕국부 안에 있으며, 녕국부 서쪽의 또 다른 정원에 있는 '종사宗祠'와는 다른 곳이다.

조식曹植(192~232) 인명. 자는 자건子建, 패국沛國 초譙(지금의 안휘이[安徽] 보저우[亳州]) 사람이다. 위나라 무제 조조의 넷째 아들이자 위나라 문제 조비의 동생으로서 진왕陳王에 봉해졌으며, 시호가 '사思'이기 때문에 흔히 '진사왕陳思王'이라고도 불린다. 정치적으로 조비의 억압 때문에 많은 시달림을 겪었던 그는 문학에서 뛰어난 성취를 이루어 조조, 조비와 더불어 '삼조三曹'라고 칭해진다.

종사宗祠 사당의 일종. 조상의 위패를 모시고 제사를 올리는 사당으로서, 종법사회宗法社會에서 가문의 위상을 상징하는 중요한 장소로 간주되었다. 아주 옛날에는 천자天子 이외에 아무도 감히 이런 사당을 짓지 못했지만 송나라 때 주희朱熹(1130~1200)가 각 가문마다 4대의 조상을 모시는 사당을 건립할 것을 주장한 이래 보편화되었다.

주령酒令 **놀이** 놀이의 일종. 술자리에서 흥을 북돋기 위한 놀이로서, 서주西周 시기부터 시작되었고, 수·당 무렵에는 어느 정도 틀이 정착된 것으로 보인다. 일반적으로 주령놀이를 할 때는 술자리에 앉은 사람 중 한 명을 우두머리[令官]로 정하고, 나머지 사람들은 우두머리가 정한 규칙에 따라 순서대로 돌아가며 시사詩詞를 읊거나 연구聯句를 짓거나 기타 정해진 일을 행한다. 놀이의 방식은 아주 다양하지만, 규칙을 어긴 사람은 대개 벌주를 마시기 때문에 이 놀이를 '행령음주行令飮酒'라고도 부른다.

천문생天文生 호칭. 원래 천문 현상을 관측하고 시간과 날짜를 계산하던 관리를 가리킨다. 당나라 때는 사천대司天臺에 60명의 천문생을 두었으며, 명·청 시대에는 흠천감欽天監 소속이었다. 그러나 민간에서는 일반적으로 길흉을 점치거나 택일을 하고, 풍수를 보는 사람을 '천문생' 또는 '음양생'이라고 부르기도 했다.

철함사鐵檻寺 절 이름. 가씨 가문에서 가문의 중요한 인물이 죽었을 때 영구를 안치하고 장례식을 치른 곳이다. 이 절은 경사의 성 밖에 위치해 있으며, 주지는 색공色空이라고 했다. 진가경과 가경 등의 장례가 이곳에서 치러지며, 진종과 지능이 밀회를 즐겼던 수월암(만두암) 역시 이 절에 속한 암자이다.

청명절淸明節 절기 이름. 동지로부터 106일 후, 그리고 한식으로부터 하루나 이틀 뒤에 해당하는 날로서 음력 24절기 중 하나이다. 이날은 춘분이 지난 뒤이며 따뜻한 봄기운이 시작될 무렵이기 때문에, 온 가족이 나들이를 나가 조상의 무덤에 성묘하는 풍습이 있으며, 그 외에도 각 지방에 따라 다양한 민속놀이가 행해진다.

춘련春聯 풍속 용어. 봄날에 소망이나 집안의 평안을 기원하는 말 등을 적어 대문이나 벽 등에 붙이는 것으로서 '문대門對', '춘첩春貼', '대련對聯' 등으로도 부른다. 이런 풍속은 주나라 때 대문 양쪽에 긴 직사각형의 복숭아나무 판자를 걸어놓는 '도부桃符'의 풍속에서 비롯되었다고 알려져 있는데, 당시에는 그 위에 각기 '신도神茶'와 '울루鬱壘'라는 2명의 신 이름을 적어놓았다고 한다. 이후 오대 서촉의 궁정에서 그 위에 연구聯句를 쓰는 일이 시작되었고, 명나라 때부터는 아예 그 명칭이 '춘련春聯'으로 바뀌었다. 다만 설[春節]에 춘련을 붙이는 풍습은 송나라 때 시작되어 명나라 때부터 성행하기 시작한 것으로 알려져 있다.

취금문聚錦門 대문 이름. 영국부의 서남쪽 모퉁이에 있는 대문으로, 영국부와 녕국부 사이의 대로로 통하는 문이다.

태허환경太虛幻境 지명. 『홍루몽』에 나오는 가상의 신선세계로서 인사 세상의 애정사를 주관하는 곳이다.

팔보련춘八寶聯春 도안圖案 이름. 여기에 사용되는 '팔보'는 불교와 도교에서 말하는 것과 각기 다르다. 불교에서는 법륜法輪과 법라法螺, 보산寶傘, 백개白蓋, 연화蓮花, 보병寶瓶, 금어金魚, 반장盤長의 8가지를 가리키는데 일반적으로 이것들을 륜輪, 라螺, 산傘, 개蓋, 화花, 항缸, 어魚, 장腸이라고 부른다. 도교에서는 팔선八仙이 지니고 다니는 호신법보護身法寶로서 어고漁鼓와 보검寶劍, 화람花籃, 방리放籬, 호로葫蘆, 부채[扇子], 음양판陰陽板, 횡적橫笛의 8가지를 가리킨다.

폐백幣帛 혼례 예물. 혼인 전에 신랑이 신부 집에 보내는 예물을 가리키며 '예포禮布'라고도 한다. 이 외에도 신부가 처음 시부모를 뵐 때 큰절을 하고 올리는 물건, 임금이나 신神에게 바치는 물건, 그리고 윗사람이나 점잖은 사람을 만나러 갈 때 가지고 가는 선물도 폐백이라고 부르기도 한다.

필정여의筆錠如意 장식품 이름. 금이나 은을 이용하여 여의如意 모양의 작은 덩어리로 만든 것으로, 두고 감상하거나 장식용으로 쓴다. 그 이름은 '모든 일이 반드시 뜻대로 이루어진다[必定如意]'라는 말과 중국어 발음이 비슷하다.

한신韓信(기원전 231?~기원전 196) 인명. 회음淮陰(지금의 쟝쑤[江蘇] 화이안[淮安]) 사람이다. 서한西漢의 개국공신이자 뛰어난 군사 지략가였던 그는 제왕齊王과 초왕楚王으로 봉해지기도 했으나 나중에 회음후淮陰侯로 좌천되었고, 결국 모반을 꾀했다는 죄명을 뒤집어쓰고 처형당했다.

항서전恒舒典 전당포 이름. 설씨 가문에서 운영하는 전당포로, 제57회에 따르면 대관원에 있을 때 형편이 궁해진 형수연이 이곳에 솜옷을 저당잡히고 용돈을 마련했는데, 이를 알게 된 설보차가 남몰래 되찾아준다.

행인차杏仁茶 간식 이름. 살구씨 가루와 찹쌀가루 등을 주요 재료로 참깨와 건포도 등 10여 가지의 보조 재료를 섞어 끓인 일종의 죽이다.

호구산虎丘山 산 이름. 지금의 쟝쑤성[江蘇省] 쑤저우시[蘇州市] 서북쪽에 있는 산으로서 원래 이름은 해용산海湧山이었으며, 오나라의 왕 합려闔閭의 무덤이 있는 곳이라고 한다. 전설에 따르면 합려를 무덤에 안장한 후 사흘째 되던 날 흰 호랑이가 그 위에 쪼그려 앉아 있었다고 해서 '호구'라는 이름이 생겼다고 한다. 이곳은 역대로 '오중제일명승吳中第一名勝'으로 꼽힐 정도로 아름다운 곳이며, 그 안에는 '중국의 피사의 사탑'이라고 불리는 운암사탑雲岩寺塔과 검지劍池의 명소가 있다.

혼세마왕混世魔王 가보옥의 별명. 세상을 어지럽히고 사람들에게 큰 재난을 가져다주는 사람을 비유한 말이다. 제3회에 들어 있는 사詞 작품인 「서강월西江月」에는 가보옥이 잡초처럼 재주도 보잘것없고, 하는 짓도 제멋대로 괴팍하며, 무능하기로는 천하제일이고, 못나기로는 고금에 짝이 없다는 등의 반어적인 풍자를 보여주고 있다.

홍향포紅香圃 대관원의 경관景觀 중 하나. 이곳은 심방정 근처의 작약꽃밭 안에 세 칸짜리 작은 청사廳舍가 들어선 모습으로 묘사되어 있으며, 봄여름에 꽃구경을 하기에 좋기 때문에 제62회에서는 태부인과 왕부인 등이 집에 없는 틈을 타서 이곳에서 가보옥의 생일잔치를 떠들썩하게 벌인다.

황도길일黃道吉日 점술 용어. 옛날에 별자리를 통해 길흉을 점칠 때, 청룡靑龍, 명당明堂, 금궤金匱, 천덕天德, 옥당玉堂, 사명司命까지 6개 별자리〔星宿〕를 길신吉神으로 간주했는데, 이 6개의 별자리가 해의 경로와 같이하는 때는 모든 일이 뜻대로 풀리기 때문에 따로 기피해야 할 흉험한 것이 없다고 해서 '황도길일'이라고 불렀다. 일반적으로 이 말은 어떤 일을 처리하기에 좋은 날짜를 의미한다.

획권劃拳 **놀이** 주령의 일종. '시권猜拳'이라고도 하며, 술자리에서 흥을 돋우기 위해 한 사람이 몇 개의 손가락을 펼칠 때 다른 한 사람이 동시에 손가락을 펴 보이거나 주먹을 내밀면서 각자 한 가지 숫자를 외치는데, 미리 정한 규칙에 따라 승패를 정하는 놀이이다. 대개 두 사람이 펼친 손가락의 개수를 합친 숫자를 외친 사람이 승자가 되고, 진 사람은 술을 마신다. 우리나라의 가위바위보와 유사한 놀이이다.

효자현孝慈縣 지명. 『홍루몽』에서 설정한 가상의 지명으로, 제58회에 따르면 이곳은 황릉皇陵이 있는 곳이며 경사로부터 오가는 데 열흘이 걸리는 거리에 있다.

| 가부賈府와 대관원 평면도 |

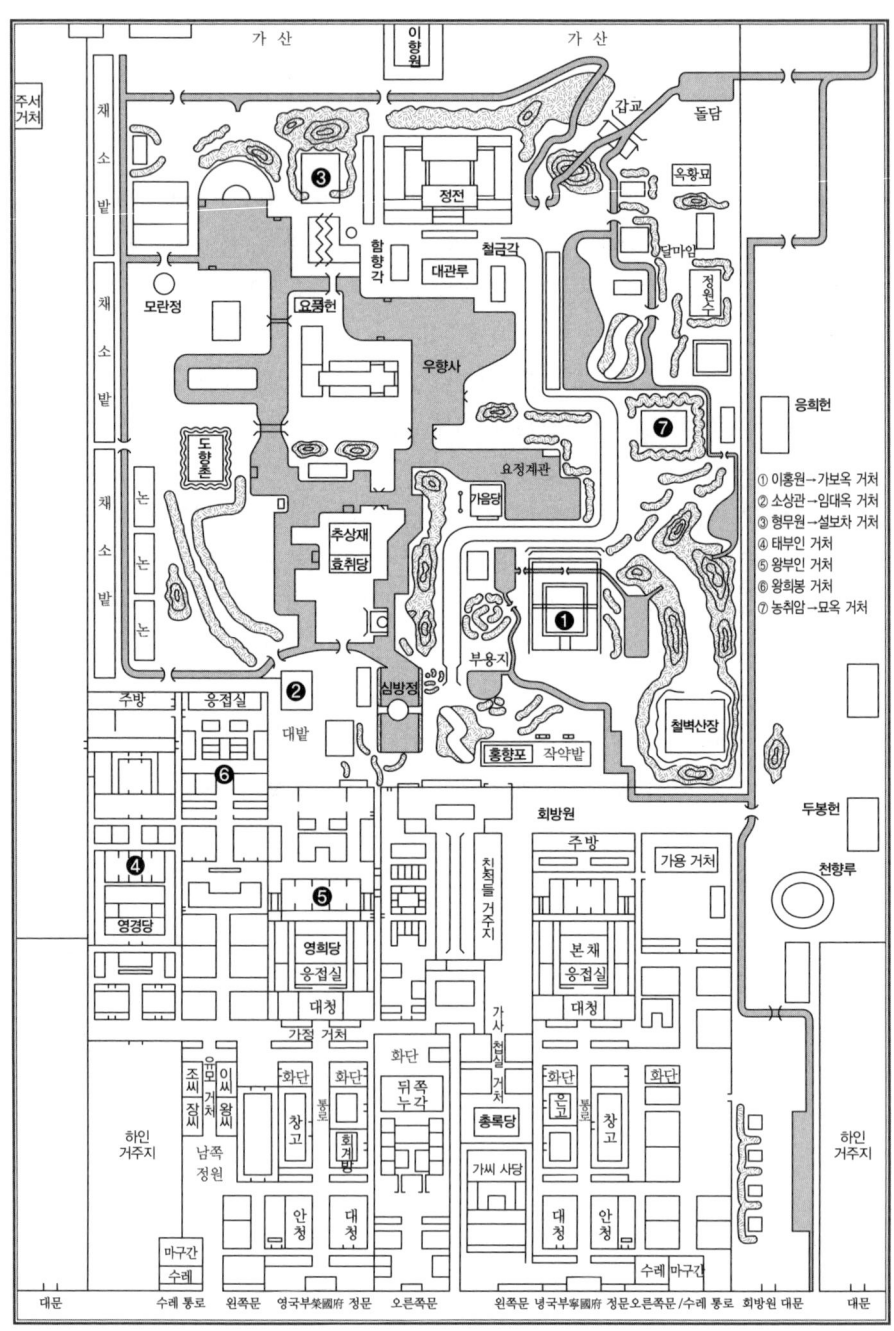

| 연표* |

회차	연차	계절/월일	주요 사건	참고
53	16	12월 ?일	오진효, 소작세를 바치러 옴.	
		12월 29일	녕국부 사당에서 조상에게 제사 지냄.	
		1월 15일	영국부에서 원소절 밤에 잔치 벌임. 태부인, 이야기꾼의 상투적인 이야기 비판.	
54	17	1월 17일	가씨 가문의 조상에 대한 제사가 끝남.	
55		1월 하순	왕희봉, 병세 심해짐.	
		2월 초순	가탐춘과 이환, 왕희봉을 대신하여 집안 살림 맡음.	
		?	가탐춘, 조씨와 말다툼.	
56		?	가탐춘, 묵은 폐단 개혁함.	진보옥 13세. 가보옥 17세.
		?	진甄씨 집안의 하녀들이 문안 인사하러 옴. 가보옥, 꿈에서 진보옥 만남.	
57		?	자견, 가보옥의 마음 시험함. 설씨 댁 마님의 생일. 설과와 형수연의 혼약 정해짐.	
58		?	태비太妃 서거.	
		청명절	우관, 죽은 적관을 위해 지전 사름. 방관, 수양어미와 다툼.	
59			앵아, 버들가지로 바구니 엮음. 춘연 모녀가 다툼.	
60		이튿날	방관, 가환에게 장미초 대신 말리화 가루를 준 일로 조씨와 다툼. 오아, 복령상 얻음.	
61		이튿날	사기, 오아의 어머니 유어멈과 다툼. 가보옥, 자신이 죄를 뒤집어쓰고 채운의 죄를 덮어줌.	
62		4월 28~30일	채운, 가환과 다투고 물건을 도랑에 버림. 가보옥, 설보금, 형수연, 평아의 생일. 사상운, 술에 취해 작약꽃잎 속에서 잠듦. 화습인, 가보옥의 부탁을 받고 향릉에게 치마를 줌.	

* 이 연표는 가보옥이 태어나면서 이야기가 시작된 첫 해를 기점으로 하여 주요 사건을 날짜별로 정리한 것이다. 다만 『홍루몽』은 판본의 전승 과정이 복잡하기 때문에 연월일과 계절에 대한 기술이 정확하지 않고 뒤섞이거나 잘못된 부분도 적지 않다. 특히 제80회 이후로는 연월일에 대한 서술이 거의 없다. 이 때문에 날짜의 경우는 간혹 문맥을 바탕으로 추측한 것도 있어서, 하루 이틀 정도의 오차가 있을 수도 있음을 밝혀둔다.

63		4월 28~30일	이홍원에서 밤에 가보옥의 생일잔치 엶. 묘옥, 가보옥에게 생일 축하 편지 보냄.	
		이튿날	가보옥, 묘옥에게 답장 보냄. 녕국부 가경 사망.	
		4월 30일 ~5월 3일	가용, 우이저 희롱.	
64		5월 4일	가경의 영구를 집안으로 가져옴.	본문에서 가보옥은 임대옥이 시를 지은 때가 7월이라고 했지만, 정황상 5월로 보는 편이 타당할 듯함.
		?	임대옥, 「다섯 미인의 노래〔五美吟〕」를 지음.	
		이튿날	태부인 등이 돌아옴.	
65		6월 3일	가련, 왕희봉 몰래 우이저를 첩으로 들임. 가경의 영구 발인.	
		7월 ?일	가련, 우삼저 희롱.	
		7월 하순	흥아, 우이저와 우삼저에게 영국부에 대해 이야기함. 우삼저, 유상련과 결혼하려고 결심.	
66	17	8월 초순	가련, 평안주로 떠남.	
		이틀 후	가련, 도중에 설반과 유상련을 만나 유상련과 우이저의 혼약을 정함.	
		8월 중순	가련, 영국부로 돌아옴.	
		8월 하순	유상련, 경사에 도착하여 가보옥 만남. 우삼저가 자살하고, 유상련은 도사를 따라 출가함.	
67		8월 말~ 9월 초	설반, 잔치를 열어 가게 점원들 초청. 왕희봉, 우이저를 첩으로 들인 사실을 알고 하인들 심문.	설보차의 말에 따르면 설반이 경사로 돌아온 지 10~20일이 되었다고 했음.
68		9월 15일	우이저, 왕희봉을 따라 대관원으로 들어감.	
		9월 하순	장화, 우이저를 돌려달라고 소송.	
		이튿날	왕희봉, 녕국부에서 난동 부림. 왕희봉, 우이저를 데려가 태부인에게 인사시킴.	내왕, 장화를 죽이라는 왕희봉의 지시를 어김.
		이튿날	장화, 찾아와서 우이저를 내놓으라고 함.	
		이튿날	장화, 경사를 떠나 고향으로 감.	
69		10월 ?일	가련, 영국부로 돌아옴. 가사, 가련에게 추동을 줌.	가경의 영구를 옮긴 날짜는 그가 죽은 5월 초부터 49일 후에 출상하고, 100일 후에 영구를 옮겼기 때문에 대략 10월 초순이 되어야 할 듯함.
		12월 12일	가진, 가경의 영구를 고향으로 운반하기 위해 출발.	
		12월 중순	우이저 자살.	

홍루몽 4

1판 1쇄 발행 2012년 12월 5일
1판 5쇄 발행 2023년 8월 1일

지은이   조설근
옮긴이   홍상훈
펴낸이   임양묵
펴낸곳   솔출판사

주소   서울시 마포구 와우산로29가길 80(서교동)
전화   02-332-1526
팩스   02-332-1529
블로그   blog.naver.com/sol_book
이메일   solbook@solbook.co.kr
출판등록   1990년 9월 15일 제10-420호

ISBN   978-89-8133-619-6 (04820)
          978-89-8133-623-3 (세트)

• 잘못된 책은 구입한 곳에서 바꿔드립니다.
• 책값은 뒤표지에 표시되어 있습니다.